新譯顧亭林文集

劉九洲 注譯
黃俊郎 校閱

三民書局 印行

刊印古籍今注新譯叢書緣起

劉振強

人類歷史發展，每至偏執一端，往而不返的關頭，總有一股新興的反本運動繼起，要求回顧過往的源頭，從中汲取新生的創造力量。孔子所謂的述而不作，溫故知新，以及西方文藝復興所強調的再生精神，都體現了創造源頭這股日新不竭的力量。古典之所以重要，古籍之所以不可不讀，正在這層尋本與啟示的意義上。處於現代世界而倡言讀古書，並不是迷信傳統，更不是故步自封；而是當我們愈懂得聆聽來自根源的聲音，我們就愈懂得如何向歷史追問，也就愈能夠清醒正對當世的苦厄。要擴大心量，冥契古今心靈，會通宇宙精神，不能不由學會讀古書這一層根本的工夫做起。

基於這樣的想法，本局自草創以來，即懷著注譯傳統重要典籍的理想，由第一部的四書做起，希望藉由文字障礙的掃除，幫助有心的讀者，打開禁錮於古老話語中的豐沛寶藏。我們工作的原則是「兼取諸家，直注明解」。一方面熔鑄眾說，擇善而從；

一方面也力求明白可喻，達到學術普及化的要求。叢書自陸續出刊以來，頗受各界的喜愛，使我們得到很大的鼓勵，也有信心繼續推廣這項工作。隨著海峽兩岸的交流，我們注譯的成員，也由臺灣各大學的教授，擴及大陸各有專長的學者。陣容的充實，使我們有更多的資源，整理更多樣化的古籍。兼採經、史、子、集四部的要典，重拾對通才器識的重視，將是我們進一步工作的目標。

古籍的注譯，固然是一件繁難的工作，但其實也只是整個工作的開端而已，最後的完成與意義的賦予，全賴讀者的閱讀與自得自證。我們期望這項工作能有助於為世界文化的未來匯流，注入一股源頭活水；也希望各界博雅君子不吝指正，讓我們的步伐能夠更堅穩地走下去。

新譯顧亭林文集　目次

卷 二

卷三

卷四

卷五

卷 六（補遺）

導讀

一、顧炎武的家世及其生平

顧氏的先世在吳郡（今江蘇東南部），為江東四大姓之一。在三國東吳孫權朝，就有一位名叫顧雍的任過丞相（參見〈與毛錦銜〉）。五代時，顧氏遷居滁州（治所在今安徽滁縣）。南宋時，有名顧慶的，從滁州遷居海門姚劉沙（今上海崇明）。顧慶的次子伯善，又從姚劉沙遷居崑山縣（今屬江蘇）的花浦邨，其後又移家到千墩，顧氏便定居下來。

從顧伯善傳十一世到顧濟，是顧炎武的高祖。顧濟字舟卿，號思軒，是明代正德年間的進士，官至江西饒州知府，著有《諫垣疏》一卷。曾祖顧章志，字子行，號觀海，是嘉靖癸丑年間的進士，官至南京兵部侍郎；性極清介，獨愛藏書（見〈鈔書自序〉）。本祖父顧紹芳，字實甫，號學海，萬曆丁丑年的進士，官至左春坊左贊善，著有《寶庵集》十二卷。

《靜志居詩話》稱他「工於五律，不露新穎，矜鍊以出之，頗有近於孟襄陽、高蘇門者」。嗣祖父顧紹芾，字德甫，號蠡源，是太學生。他天才俊逸，工詩及古文，奇奧秀拔；尤善於書法，極為董其昌所稱許（見《崑新合志》）。本生父顧同應，字仲從，官蔭生；性極闊達，好施與；善詩文，其詩「詞澹意遠，有白雲自出，山泉泠然之致」（見《明詩綜》引王平仲語）。著有《藥房》、《秋嘯》等集（見《蘇州府志》）。嗣父顧同吉，早卒，聘王氏，是太僕寺卿王宇的孫女，諸生王述的女兒。她十七歲未婚守節，因此以顧炎武為後嗣，性極孝，曾斷指以療姑病；又「晝則紡績，夜觀書至二更乃息」，「有奩田五十畝，歲所入，悉以散之三族」（見〈先妣王碩人行狀〉）。上述家世，無疑對顧炎武的成長具有潛移默化的作用。

顧炎武生於明代萬曆四十一年（西元一六一三年），卒於清代康熙二十一年（西元一六八二年）。初名絳，字忠清，明朝亡後，他就改名炎武，字寧人；又曾叫圭年，別號蔣山傭；學者稱他為亭林先生。

顧炎武由其嗣祖父顧蠡源、嗣母王氏撫養成人。他自幼性情耿介，落落有大志。十四歲時，與同里友人歸莊參加主張改良政治的知識分子組織——復社；因其瞳子中白邊黑，相貌怪異，時人稱他和歸莊為「歸奇顧怪」。他雖年少，但詩文俱佳，在當時的文士中頗有聲名（見〈答原一、公肅兩甥書〉）。二十七歲時，秋試被廢除，於是「退而讀書」，遍覽二十一史、明代十三朝實錄、天下圖經、前輩文編以及公移邸鈔之類共千餘部，輯錄有關材料，旁推互證，撰寫《肇域志》和《天下郡國利病書》兩書。這兩部書，前者著重於記述地理形勢和山川要塞，後者詳細記錄了各地疆域、形勝、水利、兵防、物產、賦稅等資料。

西元一六四五年五月，清兵渡過長江，顧炎武糾合同志，發動義兵，堅守蘇州，但最後歸於失敗，他的友人大多戰死，他自己也差點喪命。此戰失敗後，他並沒有放棄抗清的行動，而是扮作商賈模樣，奔走於江、浙，來往於山東、河北、陝西等地，聯絡抗清志士，觀察中原地理形勢，以圖恢復明室。他在北方結識了李中孚、王宏撰等愛國人士。曾經六次往謁昌平的明十三陵和五次往謁南京的明孝陵。他的活動受到清政府的注意。康熙七年（西元一六六八年）二月，他被山東姜元衡告發入獄，後因李中孚、朱彝尊等人的盡力營救，才被釋放。後來定居於陝西的華陰，因為他認為華陰「綰轂關、河之口，雖足不出戶，而能見天下之人，聞天下之事。一旦有警，入山守險，不過十里之遙。若志在四方，則一出關門，亦有建瓴之便」（見〈與三姪書〉）。在華陰，他置田五十畝自給，並在他處開墾荒地，其收入則另外存儲，以備恢復之用。其矢志不渝，由此可見。

顧炎武在奔走南北，遊覽九州五嶽過程中，閱歷更加豐富，視野更加開闊，這有助於他的學術研究。他所撰寫的《音學五書》、《日知錄》、《金石文字記》、《石經考》等數十種著作，涉及到諸多學術領域，對清代學者產生過極大影響，直至今天，人們仍然不只是把他視為明清之際的著名愛國者，更推崇他是中國近代傑出的啟蒙思想家和國學大師。

二、顧炎武的民主思想及愛國精神

顧炎武具有強烈的民主主義思想，這不僅表現在他對黃宗羲《明夷待訪錄》這部批判封建君主制的著作的推崇上，更表現在他的一系列政論文中。他寫了九篇〈郡縣論〉，其中首先對封建君主的專制行為予以揭露，他說：「古之聖人，以公心待天下之人，胙之土而分之國；今之君人者，盡四海之內為我郡縣猶不足也，人人而疑之，事事而制之。」（見〈郡縣論一〉）同時又提出了改革郡縣制的主張，他說：「寓封建之意於郡縣之中，而天下治矣。」（見〈郡縣論一〉）他所謂「寓封建之意於郡縣之中」，其實質就是分權地方，實行宗法自治。他說：「人君之於天下，不能獨治也，獨治之而刑繁矣，眾治之而刑措矣。古之王者不忍以刑窮天下之民也，是故一家之中父兄治之，一族之中宗子治之；其有不善之萌，莫不自化於閨門之內。」（見《日知錄・愛百姓故刑罰中》）又說：「惟一鄉之中，官之備而法之詳，然後天下之治，若網之在綱，有條而不紊。」（見《日知錄・鄉亭之職》）「尊令長之秩，而予之以生財治人之權，罷監司之任，設世官之獎，行辟屬之法，……而二千年以來之敝可以復振。」（見〈郡縣論一〉）他的這種主張，著眼於「厚民生，強國勢」，在當時可能不失為救弊之良劑，在今天則可看出它與現代民主精神有相合之處。

顧炎武的民主思想還表現在他對當時一些經濟政策的看法上。比如，清初陝西關中一帶的田賦，是向農民徵收銀錢。由於道路不通，關中本來就銀少錢貴，農民為了繳納稅銀，只得以低價賣出糧食，去換取銀兩，從而導致穀賤銀貴，農民貧困日甚一日，以致到了豐年賣子的境地。針對這種情形，顧炎武寫了〈錢糧論〉，深刻揭露其弊病，同時又考證了歷代經濟政策的得與失，對那些使民窮而姦吏富的作法進行了嚴厲的抨擊。

顧炎武的愛國精神也表現得相當突出，這從我們對他的生平的介紹中已經可以得到證明。他的這種愛國精神，與他遵循嗣母遺訓分不開。他的嗣母王氏是一位深明大義的剛烈女子。當清兵南下，崑山城破時，她絕食十五天而死，臨死前對顧炎武說：「我雖婦人，身受國恩，與國俱亡，義也。汝無為異國臣子，無負世世國恩，無忘先祖遺訓，則吾可以瞑於地下。」（見〈先妣王碩人行狀〉）對於嗣母的這些叮囑，顧炎武銘刻在心。他一生都不與清朝統治者合作。就在清廷因纂修《明史》，特開博學鴻詞科時，朝中大臣屢次想推薦，都被他嚴辭拒絕。他曾對朋友說，如果真的強他出仕，就準備「以身殉之」（見〈與葉訒菴書〉）。可見他不違母訓、忠於先朝的態度是何等堅決。

三、顧炎武的學術觀點及治學方法

顧炎武生在學者「束書不觀，游談無根」的時代。他認為明代的滅亡，與明代道學先生空談「明心見性」直接有關。他說：「劉石亂華，本於清談之流禍，人人知之。孰知今日之清談，有甚於前代。昔之清談，談老莊，今之清談，談孔孟。未得其精而已遺其粗；未究其本而先辭其末。不習六藝之文，不考百王之典，不綜當代之務，舉夫子論學論政之大端一切不問，而曰『一貫』曰『無言』，以『明心見性』之空言，代修己治人之實學。股肱惰而萬事荒，爪牙亡而四國亂；神州蕩覆，宗社丘墟。」（見《日知錄・夫子之言性與天道》）他把明朝的滅亡歸之於道學先生的空談，未免言之過重，但也有其合理之處。基於這種看法，他從實用的觀點出發，對做學問與寫文章的目的，表明了自己的主張。他說：「君子之為學也，非利己而已，有明道淑人之心，有撥亂反正之事，知天下之事，何流極而至於斯，則思起而極之。」（見〈與潘次耕書〉）又說：「凡文不關於六經之指、當世之務者，一切不為。」（見〈與人書三〉）「文之不可絕於天地間者，曰明道也，紀政事也，察民隱也，樂道人之善也。若此者，有益於將來，多一篇，多一篇之益矣。若夫怪力亂神之事，無稽之言，勦襲之說，諛佞之文。若此者，有損於己，無益於人，多一篇，多一篇之損矣。」（見《日知錄・文須有益於天下》）他的這種看法，一方面固然是對儒學所謂「文以載道」的傳統觀念的繼承，但是另一方面則與他具有強烈的社會責任感不無關係。他說：「保國者，其君其臣，肉食者謀之；保天下者，匹夫之賤，與有責焉耳矣。」《日知錄・正始》又說：「天生豪傑，必有所任，如人主於其臣，授之官而與以職。今日者拯斯人於塗炭，為萬世開太平，此吾輩之任也。」（見〈病起與薊門當事書〉）顧炎武一生之所以重實學，輕空談，雖著作等身，而無一虛妄之文，應當能夠從他的這些話中得到可靠的解答。

與上述學術觀點相一致的是，顧炎武採取了注重實際調查和確切證據的治學方法。全祖望在〈亭林先生神道表〉中說：「凡先生之遊，以二馬二騾，載車自隨。所至阨塞，即呼老兵退卒，詢其曲折。或與平日所聞不合，則即坊肆中發書而對勘之。」顧炎武在談到自己撰述《金石文字記》一書的經過時也說：「比二十年間，周遊天下，所至名山、巨鎮、祠廟、伽藍之跡，無不尋求，登危峰，探窈壑，捫落石，履荒榛，伐頹垣，畚朽壤，其可讀者，必手自鈔錄，得一文為前人所未見者，輒喜而不寐。」經過了如此艱苦的探尋工作之後，顧炎武又對此書所錄漢以後碑刻三百餘種各綴跋語，述其本末源流，辨其譌誤，極為精核。

顧炎武是清代學風的開山祖師，他的考證方法被清代乾嘉以後的學者充分繼承和大力發揚。顧炎武不僅在對漢代經學及古代音讀的研究上成功地運用考證方法，從而糾正了前人理解上的諸多錯誤，而且在地理、風俗乃至禮儀等等方面的辨析中，也因考證有力而澄清了許多長期懸而未決的問題。比如在〈北嶽辨〉中，針對前人懷疑古代帝王祭北嶽恆山於上曲陽這一問題，先從先秦的〈虞書〉考證起，隨後依次引述《周禮》、《爾雅》、《史記》、《漢書》、《後漢書》、〈郡國志〉、《水經注》、《魏書》、《隋書》、《唐書》等史籍的有關記載予以博證，最後才得出結論說：「於是知北嶽之祭於上曲陽也，自古然矣。」因為據史而論，引證充分，所以他的結論也就成了毋庸置疑的定論。

《顧亭林文集》有康熙原刻本存世。本書則以此為底本，遇有字句脫誤之處，則據《蔣山傭殘稿》及清光緒張修府、董金鑑諸刻本（見《學古齋金石叢書》）參校補正。

對本書各篇的研析，本著有話則言、無話則免的原則予以處理。在作研析時，或談其思想內容，或談其藝術特色，或談其所體現出的作者的人格精神、治學態度等等，沒有定規。

《顧亭林文集》至今無人進行過完整的注釋和翻譯。本人才疏學淺，在從事這一工作時又無從借鑑，若有錯誤，懇請讀者指正。

劉九洲

於二千年春

卷一

北嶽辨

【題解】顧炎武在〈北嶽辨〉之後附錄了明代馬文升奏疏中的一段話，並且加以評析。馬端肅認為：北嶽本是大同府（治所在今山西大同）渾源縣的恆山，秦、漢、隋、唐諸朝均在山上致祭。宋代失守雲中（即大同），才開始以河北上曲陽縣的恆山為北嶽，並且只在上曲陽縣遙祭，而不是在山上致祭。因此，他上疏要求改祭北嶽於山西渾源的恆山。顧炎武在附錄的評析中，對馬氏之議予以反駁。這也可說是對〈北嶽辨〉正文內容的補充。

在正文中，顧炎武敘述自己通過「徵於史」和實地考察，證明自古以來就以河北上曲陽縣的恆山為北嶽，而祭祀並非都在山之巔，從而糾正了馬文升奏疏中的錯誤。

古之帝王，其立五嶽❶之祭，不必皆於山之巔；其祭四瀆❷，不必皆於其水之源也。東嶽泰山於博[3]，中嶽泰室[4]於嵩高[5]，南嶽灊山[6]於灊[7]，西嶽華山於華陰[8]，北嶽恆山於上曲陽[9]，皆於其山下之邑[10]。然四嶽不疑而北嶽疑之者，恆山之綿亙[11]幾[12]三百里，而曲陽之邑於平地，其去[13]山趾[14]又一百四十里，此馬文升[15]所以有改祀之請[16]也。河[17]之入中國也自積石[18]，而祠之臨晉[19]；江[20]出於岷山[21]而祠之江都[22]；濟[23]出於王屋而祠之臨邑[24]，先王制禮，因地之宜而弗變也。考之〈虞書〉[25]：「十有[26]一月朔[27]，巡狩[28]至於北嶽。」《周禮》[29]：「并州[30]其山鎮[31]曰恆。」《爾雅》[32]：「恆山為北嶽。」注並指為上曲陽。三代[33]以上雖無其迹，而《史記》[34]云：「常山王[35]有罪遷[36]。天子封[37]其弟於真定[38]，以續先王祀[39]，而以常山[40]為郡。」然後五嶽皆在天子之邦[41]。《漢書》[42]云：「常山之祠於上曲陽。」應劭[43]《風俗通》[44]云：「廟在中山[45]上曲陽縣。」《後漢書》[46]：「章帝[47]元和三年[48]春二月戊辰[49]，幸[50]中山。遣使者祠北嶽於上曲陽。」〈郡國志〉[51]：「中山國上曲陽，故屬常山。恆山在西北。」則其來舊矣。《水經注》[52]乃謂此為恆山下廟，漢末喪亂，山道不通，而祭之於此。則不知班氏[53]已先言之，乃孝宣[54]之詔太常[55]，非漢末也。《魏書》[56]：「明元帝[57]泰常四年[58]秋八月辛未，東巡，遣使祭恆嶽。太武帝[59]太延元年[60]冬十一月丙子，幸鄴[61]。十二月癸卯，遣使者以太牢[62]祀北嶽。太平真君[63]四年春正月庚午，至中山。二月丙子，車駕至於恆山之陽[64]，詔有司[65]刊石勒銘[66]。十一年冬十一月，南征，逕[67]恆山，祀以太牢。文成帝[68]和平元年[69]春正月，幸中山，過恆嶽，禮其神而反[70]。明年[71]，南巡，過石門[72]，遣使者用玉璧牲牢[73]禮恆嶽。」夫魏都平城[74]，在恆山之北，而必南祭於曲陽，遵古先[75]之命祀而不變者，猶之周都豐鎬[76]，漢都長安[77]，而東祭於華山，仍謂之西嶽也。故吳寬[78]以為帝王之都邑無常，而五嶽有定。歷代之制，改都而不改嶽。太史公[79]所謂「秦稱帝都咸陽，而五嶽四瀆皆并在東方」者也。《隋書》：「大業四年[80]，秋八月辛酉，帝親祠恆嶽。」《唐書》[81]

定州[82]曲陽縣：「元和十五年[83]，更恆嶽曰鎮嶽，有嶽祠[84]。」又言：「張嘉貞為定州刺史，於恆嶽廟中立頌[85]。」予嘗親至其廟，則嘉貞碑故在[86]。又有唐鄭子春、韋虛心、李荃、劉端[87]碑文凡四，范希朝[88]、李克用[89]題名各一，而碑陰[90]及兩旁刻大曆[91]、貞元[92]、元和[93]、長慶[94]、寶曆[95]、太和、開成[96]、會昌[97]、大中[98]、天祐[99]年號某月某日祭，初獻、亞獻、終獻[100]某官姓名凡百數十行。宋初，廟為契丹[101]所焚。淳化二年[102]重建，而唐之碑刻未嘗毀。至宋之醮文[103]碑記尤多，不勝錄也。自唐以上徵於史者如彼，自唐以下得於碑者如此，於是知北嶽之祭於上曲陽也，自古然矣。

古之帝王望[104]於山川，不登其巔也，望而祭之，故五嶽之祠皆在山下；而肆覲諸侯[105]，考正風俗，是亦必於大山之陽，平易廣衍之地，而不在險遠曠絕之區也明甚。且一歲[106]之中，巡狩四嶽，南至湘中[107]，北至代北[108]，其勢有所不能。故《爾雅》諸書並以霍山[109]為南嶽，而漢人亦祭於灊。禹會諸侯於塗山[110]，塗山，近灊之地也。《水經注》曰：「上曲陽故城，本嶽牧[111]朝宿之邑[112]也。古者天子巡狩常山，歲十一月至於北嶽，侯伯[113]皆有湯沐邑[114]以自齊潔。周衰，巡狩禮廢，邑郭仍存。秦以立縣，縣在山曲之陽[115]，是曰曲陽，有下，故此為上矣。」而文升乃謂宋失雲中[116]，始祭恆山於此，豈不謬哉？五鎮[117]惟醫無閭[118]最遠，自唐於柳城[119]郡東置祠遙禮，而宋則附[120]祭於北嶽之祠。然則宋人之遙祭者，北鎮也，非北嶽也。世之儒者，唐宋之事且不能知也，而況與言三代之初乎？先是，倪岳[121]為禮部尚書，已不從文升議，而萬曆[122]中，沈鯉[123]駁大同撫臣胡來貢之請，又申言之，皆據經史之文而未至其地。予故先至曲陽，後登渾源[124]，而書所見以告後之人，無惑乎俗書之所傳焉。

【注釋】❶五嶽　中國五大名山的總稱。漢宣帝確定以今河南的嵩山為中嶽、山東的泰山為東嶽、安徽的天柱山為南嶽、陝西的華山為西嶽、河北的恆山（在曲陽西北）為北嶽。其後又改今河南的衡山為南嶽，隋以後遂成定制。明代始以今山西渾源的恆山為北嶽。清代移祀北嶽於此。傳說群神所居，歷代帝王多往祭祀。❷四

瀆　古人對四條獨流入海的大川的總稱，即江（長江）、河（黃河）、淮、濟。古代天子祭天下名山大川，即指五嶽與四瀆。❸博　古州名。隋置。在今山東聊城縣西。❹泰室　即太室山，嵩山的別名。嵩山在河南登封北。其高峰有三：東為太室山，中為峻極山，西為少室山。據戴延之《西征記》云：「嵩，其總名也。謂之室者，山下各有石室也。」❺嵩高　即嵩山。❻灊山　也稱天柱山、霍山。漢代所謂南嶽。❼灊　亦作「潛」。古縣名。即今安徽霍山縣。❽華陰　即今陝西華陰。❾上曲陽　即曲陽縣，在河北西部。秦置曲陽縣，漢為上曲陽縣，北齊後改為曲陽縣。❿皆於其山下之邑　據前文所云，祭「中嶽泰室於嵩高」，似乎並不在山下之邑立祭。⓫綿亙　相連不斷貌。⓬幾　將近；幾乎。⓭去　離。⓮山趾　山腳。⓯馬文升　字負圖，明代鈞州人，景泰進士，授御史。明孝宗時累官至吏部尚書。諡端肅。著有《馬端肅奏議》。見《明史》卷一〇二。⓰改祀之請　謂請求改變祭祀之地。⓱河　黃河。⓲積石　即小積石山，在今甘肅臨夏西北，即古唐述山。《尚書・禹貢》有「導河積石，至於龍門」之說。⓳臨晉　舊縣名。在今山西西南部。⓴江　長江。㉑岷山　在四川北部，綿延川、甘兩省邊境。㉒江都　縣名。在江蘇中部、長江北岸。㉓濟　濟水。古與江、淮、河並稱四瀆。其源出於河南濟源王屋山，其故道本過黃河而南，東流至山東，與黃河並行入海。後下游為黃河所奪，惟河北發源處尚存。㉔臨邑　縣名。在山東西北部。㉕虞書　《尚書》組成部分之一。相傳是記載唐堯、虞舜、夏禹等事跡的書。今本凡〈堯典〉、〈舜典〉、〈大禹謨〉、〈皋陶謨〉、〈益稷〉五篇。㉖有　通「又」。用於整數與零數之間。㉗朔　夏曆每月初一日。㉘巡狩　即「巡守」。古時皇帝五年一巡守，視察諸侯所守的地方。㉙周禮　亦稱《周官》或《周官經》。儒家經典之一。搜集周王室官制和戰國時代各國制度，添附儒家政治理想，增減排比而成的彙編。據傳為周公所作。㉚并州　古州名。相傳大禹治水，分域內為九州。并州為九州之一。見《周禮・夏官・職方氏》。㉛鎮　古稱一方的主山為鎮。㉜爾雅　中國最早解釋詞義的專著。今本十九篇。由漢初學者綴輯周、漢諸書舊文，遞相增益而成。㉝三代　指夏、商、周三個朝代。㉞史記　原名《太史公書》。西漢司馬遷撰，一百三十卷，為中國第一部紀傳體通史。㉟常山王　即漢景帝之子劉舜。㊱遷　貶謫。㊲封　帝王把爵位或土地賜給臣子。㊳真定　地名。戰國趙東垣邑。漢高祖十一年更名真定縣，治所在今河北正定南，唐初移今正定。㊴祀　承祀。謂子孫世祀不絕。㊵常山　即恆山。常山郡，漢置。治所在今河北元氏。以避文帝劉恆諱，改常山郡。㊶在天子之邦　在天子的國境內。㊷漢書　東漢班固撰，一百篇，分一百二十卷。中國第一部紀傳體斷代史。㊸應劭　東漢汝南南頓（今河南項城縣西南）人，字仲遠。獻帝時任泰山太守。著有《漢官儀》十卷、《風俗通義》三十卷。㊹風俗通　即《風俗通義》。內容以考釋議論名物、時俗為主。㊺中山　郡名。漢高帝置。治盧奴（今河北定縣）。㊻後漢書　今本一百二十卷。其中本紀十卷、列傳八十卷，為南朝范曄撰，唐李賢等注。志三十卷，為晉司馬彪撰，梁劉昭注。㊼章帝　即東漢章帝劉炟。㊽元和三年　即西元八五年。㊾戊辰　古人用干支紀日。干是天干，即甲乙丙丁戊己庚辛壬癸。支是地支，即子丑寅卯辰巳午未申酉戌亥。十干和十二支依次組合為六十單位，稱為六十甲子。每個單位代表一天。如戊辰即戊辰日。㊿幸　指帝王駕臨。(51)郡國志　秦之郡縣，到漢又分為郡與國。郡直轄於朝廷，國分封於諸王侯。《漢書》稱「地理志」，《後漢書》稱「郡國志」。(52)水經注　《水經》，舊題漢桑欽撰，但從所記的地理情況看，可能為三國時人所作。記中國河流水道，共一百三十七條。到北魏酈道元為作注，補充記述河流水道至一千二百五十二條，注文較原書多出二十倍。注以水道為綱，描述範圍自地理情況至歷史事跡、民間傳說，內容十分豐富。(53)班氏　指班固。(54)孝宣　即漢宣帝劉詢。(55)太常　官名。秦置奉常，漢景帝時改稱太常。為九卿之一，掌宗廟禮儀，兼掌選試博士。歷代沿置，則成為專司祭祀禮樂之官。(56)魏書　北齊魏收撰，共一百三十卷。(57)明元帝　即北魏明元帝拓跋嗣。(58)泰常四年　即西元四二〇年。(59)太武帝　即北魏太武帝拓跋燾。(60)太延元年　即西元四三五年。(61)鄴　古都邑名。曹魏初定都於此，十六國時後趙、前燕、北朝東魏、北齊皆定都於此。有兩城，南北相連，北城在今臨漳縣西南鄴鎮一里半漳水北岸，南城在漳水之南。為隋文帝楊堅所焚。(62)太牢　古代帝王諸侯祭祀社稷時，牛、羊、豕三牲全備為「太牢」。(63)太平真君　北魏太武帝拓跋燾的年號。(64)陽　山的南面。(65)有司　古代設官分職，各有專司，因稱官吏為「有司」。(66)刊石勒銘　在石碑上刻下銘文。(67)逕同「徑」。經過。(68)文成帝　即北魏文成帝拓跋濬。(69)和平元年　即西元四六〇年。(70)反　通「返」。(71)明年　第二年。(72)石門　縣名。在湖南北部、澧水中游。(73)牲牢　供祭祀用的牲畜。(74)都平城　以平城為都。平城，古縣名。秦置。治所在今山西大同東北。(75)古先　古代祖先。(76)豐鎬　即豐京與鎬京，同為西周都邑。前者是文王的都邑，在今陝西長安西南灃河以西。後者是武王的都邑，在灃河以東昆明池北岸。(77)漢都長安　漢以長安為都。長安，即今陝西西安。(78)吳寬　明代長洲人。字原博，號匏菴。以文行，有聲諸生間，成化年中會試廷試第一。孝宗時為禮部尚書，卒諡文定。(79)太史公　即司馬遷。(80)大業四年　即西元六〇八年。大業為隋文帝楊堅年號。(81)唐書　即《舊唐書》。為後晉劉昫監修，作者為張昭遠、賈緯等，二百卷。(82)定州　州名。北魏天興三年（西元四〇〇年）改安州置。治所在今定縣。(83)元和十五年　即西元八二〇年。元和，為唐憲宗李純年號。(84)嶽祠　恆嶽的祠廟。(85)立頌　謂樹立刻有頌文的石碑。頌，為古代文體之一。(86)故在　依然存在。(87)鄭子春韋虛心李荃劉端　鄭子春、李荃、劉端三人生平不詳。韋虛心，字無逸，舉孝廉，遷大理侍御史，正直不屈，官至工部尚書、東京留守。(88)范希朝　虞鄉縣（今屬山西）人，字致君。德宗時以戰守功累兼御史中丞，遷振武軍節度使，憲宗時為河東節度使，以太子太保致仕。卒諡宣武。(89)李克用　本突厥人。其父於貞元年間歸唐，賜以國姓。黃巢陷京師，克用率兵破之，封晉王。(90)碑陰　碑的背面。(91)大曆　唐代宗李豫年號。(92)貞元　唐德宗李适年號。(93)元和　唐憲宗李純年號。(94)長慶　唐穆宗李恆年號。(95)寶曆　唐敬宗李湛年號。(96)太和開成　均為唐文宗李昂年號。(97)會昌　唐武宗李炎年號。(98)大中　唐宣宗李忱年號。(99)天祐　唐昭宗李曄年號。(100)初獻亞獻終獻　古代祭祀，第一次奠爵稱初獻，第二次為亞獻，第三次為終獻，合稱三獻。(101)契丹　古族名、古國名。源於東胡。北魏以來，在今遼河上游一帶游牧。唐以其地置松漠都督府，並任命契丹首領為都督。唐末，迭剌部首領阿保機統一契丹及鄰近各部，建立遼國，與五代和北宋並立。(102)淳化二年　即西元九九一年。淳化，為宋太宗趙炅年號。(103)醮文　祭祀之文。(104)望　古代祭祀山川的專稱。遙望而祭，故稱。(105)肆覲諸侯　謂會見諸侯。肆，遂；於是。覲，會見。(106)一歲　一年。(107)湘中　湖南的中部。湘，湖南的簡稱。[108]代北　古地區名。泛指漢、晉代郡和唐以後代州（即今山西代縣等地）以北地區。[109]霍山　在安徽西部。《爾雅・釋山》云：「霍山為南嶽。」漢武帝移嶽神於天柱山，後遂以天柱為霍山，實誤。[110]塗山　在今安徽蚌埠西淮河東岸，又名當塗山。與荊山隔淮相對。據《左傳・哀公七年》云：「禹合諸侯於塗山。」[111]嶽牧　傳說堯舜時代有四嶽十二牧，省稱嶽牧。後泛指地區長官。[112]朝宿之邑　指朝見君王時的住宿之處。[113]侯伯　古代爵位分為公、侯、伯、子、男五等。侯伯分居第二、第三等。見《禮記・王制》。[114]湯沐邑　周代供諸侯朝見天子時住宿並沐浴齋戒的封地。《禮記・王制》云：「方伯為朝天子，皆有湯沐之邑於天子之縣內。」《注》云：「給齋戒自潔清之用。浴用湯，沐用潘。」[115]山曲之陽　山彎曲朝南之處。[116]雲中　府名。宋宣和四年（西元一一二二年）改遼大同府預置。治所在今山西大同，為雲中府治所。是宋、金聯合攻遼盟約中預定歸還宋人之地。其後金人失約，地遂入金，仍改名大同。[117]五鎮　五嶽之外，另有五座鎮山，叫五鎮。東鎮青州沂山，西鎮雍州吳山，中鎮冀州霍山，南鎮揚州會稽山，北鎮幽州醫巫閭山。[118]醫無閭　亦作「醫巫閭」。山名。在遼寧北鎮鎮西，人呼為廣寧山。[119]柳城　縣名。漢置。在今遼寧城興西南。[120]附　通「祔」。古代祭名。新死者附祭於祖先。[121]倪岳　字舜咨，明代天順進士，官至吏部尚書。有《青谿漫稿》傳世。[122]萬曆　明神宗朱翊鈞年號。[123]沈鯉　字仲化，明代歸化縣（今屬福建明溪縣地）人。嘉靖進士，授檢討。神宗時，累官至吏部左侍郎、禮部尚書。詳稽先朝典制。卒謚文瑞，有《玉堂稿》流傳於世。[124]渾源　縣名。地在山西東北部，桑乾河支流渾河上游。北嶽恆山在縣城東南。

【語　譯】古代的帝王，他們所確立五嶽的祭祀之處，不必都在山頂；他們在祭祀四瀆時，不必都在所祭之水的源頭。祭東嶽泰山則在博州，祭中嶽泰室則在嵩山，祭南嶽灊山則在灊縣，祭西嶽華山則在華陰，祭北嶽恆山則在上曲陽，都是在其山下的城邑祭祀的。然而人們不懷疑四嶽的祭祀處而對北嶽卻表示懷疑，其原因是恆山綿亙將近三百里，而曲陽城在平地，離山腳又有一百四十里，這就是馬文升請求改變祭祀之處的原因。黃河進入中國是從積石開始的，而祭祀它則在臨晉；長江出於岷山，而祭祀它則在江都；濟水出於王屋山，而祭祀它則在臨邑；先王制定禮儀，因地理適當而不變更。考證〈虞書〉上說：「十一月初一，巡視到了北嶽。」《周禮》說：「并州的主山叫恆山。」《爾雅》說：「恆山為北嶽。」以上各書的注文所指的祭祀之處都是上曲陽。天子夏、商、周三代以上雖沒有它們的遺跡可查，但是《史記》則說：「常山王有罪而被貶謫。天子把真定封給他的弟弟，以承續先王的祭祀，而以常山為郡縣。」此後五嶽都在天子的國境之內。《漢書》說：「常山的祭祀處在上曲陽。」應劭的《風俗通》說：「廟在中山郡的上曲陽縣。」《後漢書》說：「章帝元和三年春二月戊辰日，駕臨中山。派使者祭祀北嶽於上曲陽。」〈郡國志〉說：「中山郡的上曲陽縣，以前屬於常山。恆山在它的西北。」由此看來，在上曲陽縣祭祀恆山，則是很久以來的事了。《水經注》卻說這是恆山下的祠廟，漢末禍亂，山道不通，因而才在此祭祀北嶽。他卻不知道班固已經先說過了，那是漢宣帝給太常的詔書中說的，不是在漢末。《魏書》說：「明元帝於泰常四年秋八月辛未日，巡視東方，派使者祭祀恆嶽。太武帝於太延元年冬十一月丙子日，駕臨鄴城；十二月癸卯日，派使者以太牢祭祀北嶽。太平真君四年春正月庚午日，來到中山。同年二月丙子日，駕臨恆山的南面，降詔官吏在石碑上刻下銘文。又於太平真君十一年冬十一月，出征南方，經過恆山，以太牢祭祀。文成帝於和平元年春正月駕臨中山，經過恆山，禮敬其神之後就回去了。第二年，他巡視南方，經過石門，派使者用玉璧牲牢禮敬恆山之神。」北魏以平城為都，平城在恆山之北，因此一定要在南面的曲陽縣去祭祀，如此遵守古代祖先的命令而不改變的作法，猶如周朝以豐鎬為都、漢朝以長安為都，而朝東祭祀華山，仍然稱之為西嶽一樣。所以吳寬認為帝王的都城沒有永久不變的，而五嶽則是固定的。歷代的制度，都是改變國都而不改變五嶽。這就是太史公司馬遷所謂「秦始皇稱帝以咸陽為都城，而五嶽四瀆全都在東方」的意思。《隋書》說：「大業四年，秋八月辛酉日，皇帝親自祭祀恆嶽。」《唐書》記載定州曲陽縣說：「元和十五年，更改恆嶽之名為鎮嶽，建有祭祀鎮嶽的祠廟。」又說：「張嘉貞為定州刺史，在恆嶽廟中樹立刻有頌文的石碑。」我曾經親自到過那座廟，嘉貞立的碑依然存在。廟中又有當代鄭子春、韋虛心、李荃、劉端的碑文共四篇，范希朝、李克用題名的碑文各一篇，而碑的背面及兩旁刻有大曆、貞元、元和、長慶、寶曆、太和、開成、會昌、大中、天祐年號及某月某日祭，初獻、亞獻、終獻及某官姓名共一百幾十行。宋代初年，廟為契丹所焚。淳化二年重建，而唐代的碑刻未嘗毀掉。至於宋代的醮文碑記尤其多，不能全部錄下來。從唐代以上徵引於史籍的如同前面所述，從唐代以下得於碑刻的如同此處所說，因而可以知道在上曲陽祭祀北嶽，自古以來就是這樣的。

古代的帝王對山川遙望而祭，並不登上它的山頂。因為是遙望而祭，所以五嶽的祠廟都在山下；而會見諸侯，考正風俗，這必定也是在大山的南面、平坦寬廣的地方，而不在極其險遠的區域，這是非常明確的。況且在一年之中，帝王巡視四嶽，南方要到湖南的中部，北方要到山西代縣以北的地區，這種情勢有所不能。因此《爾雅》諸書都以霍山為南嶽，而漢代的人也是在灊縣祭祀的。大禹在塗山會見諸侯，塗山則臨近灊縣之地。《水經注》說：「上曲陽以前的城邑，本來是地方長官朝見君王的住宿之處。古時候天子巡視常山，每年十一月到北嶽，侯伯都有沐浴的城邑以供他們自己齋戒清潔之用。周代衰敗，巡視的禮制廢棄了，但上曲陽的城廓仍然存在。秦代在上曲陽建立郡縣，因為該縣就在山曲的南面，也就稱之為曲陽了。又因為有下曲陽，所以這個縣就叫做上曲陽。」但是馬文升卻說宋朝喪失雲中，開始在此地祭祀恆山，這難道不是錯誤的嗎？五鎮只有醫無閭最遠，自從唐代在柳城郡的東面修建祠廟遙行祭禮之後，宋代便在這個祠廟袝祭北嶽了。既然這樣，那麼宋人所遙祭的則是北鎮，而不是北嶽了。世代的儒生，對於唐宋的事尚且不能知道，何況是跟他們談論夏商周三代以前的事呢？最先是倪岳為禮部尚書時，就已經不聽從馬文升的意見，而在萬曆年間，沈鯉反駁大同撫臣胡來貢的請求時，又重複加以說明，他們都是依據經史之文而沒有到那個地方去考察。我因此先到曲陽縣，隨後又登上渾源縣，而寫下我所見到的以告訴後來之人，使他們不被凡庸之書流傳的內容所迷惑。

【研　析】顧炎武治學態度嚴謹，重視治學方法的運用，這是他能夠在學術上取得多方面成就的主要原因。他的治學方法的特點就是，對各種學術問題，講求真憑實據，不盲從，重存疑，反對因襲依傍。他在具體運用這種治學方法時，常常是一方面從古代典籍中旁徵博引，以史料為佐證；另一方面則實地勘察，以此取得第一手材料。本文在辯論北嶽恆山的是與非時，正是從這兩方面去做的，因此他的反駁有力，立論正確，令人信服。我們在閱讀這篇文章時，不僅應當學習其論辯藝術，而且更應當從中領會作者的治學態度和治學方法。

革除辨

【題解】明代有一種說法，認為明成祖朱棣篡奪明惠帝朱允炆帝位的當年，降詔去掉惠帝的建文年號，而稱明太祖朱元璋的洪武年號，其臣下也就稱建文年間為革除之年。顧炎武經過考證，認為「建文不革於成祖，而革於傳聞；不革於詔書，而革於臣下奉行者之文」，對革除之說的歷史真相予以澄清。

革除之說何自而起乎？成祖❶以建文四年❷六月己巳即皇帝位。夫前代之君若此者，皆即其年改元❸矣。不急於改元者，本朝之家法也；不容仍稱建文四年者，歷代易君之常例也。故七月壬午朔❹，詔文一款❺一「今年❻仍以洪武三十五❼年為紀，其改明年❽為永樂元年❾」，並未嘗有革除字樣，即云革除，亦革除七月以後之建文，未嘗併❿六月以前及元⓫、二、三年之建文而革除之也。故建文有四年而不終⓬，洪武有三十五年，而無三十二、三十三、三十四年。夫實錄⓭之載此明矣。

自六月己巳以前書四年[14]，庚午以後特書洪武三十五年，此當時據實而書者也。第[15]儒臣淺陋，不能上窺聖心，而嫌於載建文之號於成祖之錄，於是刱[16]一無號之元年以書之史。使後之讀者彷徨[17]焉不得其解，而革除之說自此起矣。夫建文無實錄，因成祖之事不容闕此四年，故有元年以下之紀。使成祖果革建文為洪武，則於建文之元，當書洪武三十二年矣。又使不紀洪武，而但革建文，亦當如《太祖實錄》之例書己卯矣。今則元年、二年、三年、四年書於成祖之錄者，犂然[18]也。是以知其不革也。既不革矣，乃不冠建文之號於元年之上，而但一見於洪武三十一年之中，若有所辟[19]而不敢正書[20]，此史臣之失，而其他奏疏文移[21]中所云洪武三十二、三十三、三十四年者，則皆臣下奉行[22]之過也。且實錄中每書必稱建文君，成祖即位後與世子[23]書，亦稱建文君，而後之人至目為革除君。夫建文不革於成祖，而革於傳聞；不革於詔書，而革於臣下奉行者之文，是不可以無辯。或曰，洪武有三十五年矣，無三十

二、三十三、三十四年，可乎？考之於古，後漢高祖㉔之即位也，仍稱天福十二年㉕，其前則出帝㉖之開運三年㉗。故天福有十二年，而無九、十、十一年，是則成祖之仍稱洪武，豈不闇㉘合者哉。

【注釋】❶成祖　指明成祖朱棣。❷建文四年　即西元一四〇二年。建文，明惠帝朱允炆的年號。❸改元　漢武帝即帝位，以建元為年號。以後新君即位，例於次年改用新年號紀年，稱改元。歷代相承。其間一帝在位，往往多次更改年號，亦稱改元。明、清例行一帝一元制，中途皆不改元。❹朔　朔日，即農曆每月初一。❺款　條目；事項。❻今年　指建文四年，亦即明成祖篡奪明惠帝皇位的當年。❼洪武三十五年　洪武，明太祖朱元璋的年號。朱元璋在位共三十一年。隨後是明惠帝朱允炆在位不滿四年。明成祖於惠帝在位的第四年六月奪得皇位，因不能仍以明惠帝的建文年號紀年，又不能急於改元，故稱洪武三十五年。❽明年　猶言第二年。❾永樂元年　即西元一四〇三年。永樂，為明成祖朱棣年號。❿併　一齊。⓫元　元年，即第一年。⓬有四年而不終　猶言不滿四年。⓭實錄　編年史的一種體裁，專記某一皇帝統治時期的大事。⓮四年　指建文四年。⓯第　但。⓰刱　「創」的本字。⓱彷徨　疑惑貌。⓲犂然　堅確；確鑿。⓳辟　通「避」。⓴正書　猶言直接記錄。正，正面；直接。㉑文移　公文。移，古代官府文書的一種，行於不相統屬的官署之間。㉒奉行　遵照實行。㉓世子　帝王、諸侯的正妻所生的長子。也叫太子。㉔後漢高祖　指五代時後漢高祖劉暠。㉕天福十二年　即西元九四七年。天福，為五代十國時後晉高祖石敬瑭的年號。㉖出帝　即後晉出帝石重貴。㉗開運三年　即西元九四六年。開運，為出帝年號。出帝於西元九四三年即位，仍稱天福八年。第二年改元開運，前後在位共四年。㉘闇　「暗」的異體字。

【語　譯】革除之說從哪裏產生的呢？明成祖在建文四年六月己巳日登上皇帝寶座。前代的君王若是這樣，都在登位的當年改元。不急於改元，則是本朝的家法；不允許繼續稱建文四年，則是歷代改換君王的常例。因此，七月壬午，即七月初一，詔文第一條第一項所載「當年仍然以洪武三十五年來紀年，第二年則改為永樂元年」，並沒有革除字樣。即使說革除，也是革除七月後的建文年號，未嘗連六月以前及元、二、三年的建文年號都一齊革除。因此，建文不滿四年，洪武有三十五年，而沒有三十二、三十三、三十四年。對此，實錄記載很清楚。自六月己巳日以前書寫的是建文四年，庚午日以後特地書寫為洪武三十五年，這是當時據實而記錄的。但是儒生臣下孤陋寡聞，不能窺見皇上的心意，而疑忌把建文年號載入成祖的實錄，於是便創造了一個無號的元年而寫進史書中。使後來的讀者疑惑不明，而革除之說從此產生了。建文帝沒有實錄，因為成祖之事不允許缺少這四年，因此才有無號之元年以下的紀年。假使成祖果然革除建文改為洪武，那麼在建文的第一年，就應當書寫為洪武三十二年了。又假使不以洪武紀年，而只是革除建文，也應當如同《明太祖實錄》的慣例書寫為己卯年。現在建文元年、二年、三年、四年寫進了《成祖實錄》，這是確鑿無疑的。由此便知道建文沒有被革除。既然沒有被革除，也就不必在成祖登上皇位的第一年冠上建文的年號，而只是一律見於洪武三十一年之中，似乎有所迴避而不敢直接記錄，這是史臣的過失，而其他奏、疏、文移中所說的洪武三十二、三十三、三十四年，則都是臣下奉行其事的過錯。況且《成祖實錄》中每次寫到時一定稱為建文君，成祖登上皇位後，在給太子的書信中也稱建文君，而後來的人竟然把建文帝看成是革除君。建文不為成祖所革除，而是被傳聞所革除；不為詔書所革除，而是被臣下中奉行其事者的文章所革除，因此不能夠沒有辯解。有人說，洪武有三十五年，沒有三十二、三十三、三十四年，行嗎？考證古代，後漢高祖登上皇位時，仍然稱天福十二年，在此之前則是出帝的開運三年。因此天福有十二年，而沒有九、十、十一年。由此看來，成祖仍然用洪武年號，豈不是與此暗暗相合嗎？

【研　析】本文前呼後應，環環相扣，意脈相續，具有較強的內在邏輯性。

文章開篇設疑道：「革除之說何自而起乎？」這一設問，既提出論題，為後文確定了論述對象與範圍，又引人深思，激發了讀者的閱讀興趣。隨後文章一方面就古今易君改元之同與異予以辯說，另一方面考證了明成祖的詔文和當時的實錄，以證明並無革除建文字樣。順此，便對開篇所設之問作出第一次回答：「第儒臣淺陋，不能上窺聖心，而嫌於載建文之號於成祖之錄，於是刱一無號之元年以書之史。使後之讀者彷徨焉不得其解，而革除之說自此起矣。」但這一回答稍嫌粗略，不能盡釋讀者疑惑，這就為下文作深入分析留有餘地：因建文帝無實錄，而《成祖實錄》中既不能缺建文四年，又不能冠之以建文年號，故有「無號之元年」出現——這是對上文的承接。因為有「無號之元年」以下之紀，可見《成祖實錄》中雖沒寫明建文之年號，但究其實，它也未被革除。史臣把建文元年書入洪武三十一年之中，意在「有所辟而不敢正書，此史臣之失」；而其他奏疏文移順次把建文二、三、四年書為洪武三十二、三十三、三十四年，「則皆臣下奉行之過」。這是對《成祖實錄》中出現「無號之元年」的歷史錯誤所進行的分析，自然也就使讀者的疑惑有了初步消解。為此，便可以針對開篇所設之問作出第二次回答了：「建文不革於成祖，而革於傳聞；不革於詔書，而革於臣下奉行者之文。」這一回答，是基於前一回答所作出的結論，同時也是針對開篇論題所表明的論點。文章寫到這裏，本可以打住，但作者意猶未盡，又從讀者角度再次設疑，並隨之以史為證，說明成祖登位當年仍以洪武紀年，其作法暗合於古。這就把讀者的疑惑徹底掃除了。當然，也使作者在前面所提出的論點間接得到了證明。

原姓

【題解】所謂「原姓」，就是辨明「姓」的來源。顧炎武認為，根據周代的制度，「男子稱氏，女子稱姓」。氏是用來區分男子族類或尊卑的，它可以不斷變化；姓則是用來防範後人同為一脈所傳而通婚，它是千萬年都不能變化的。只是從秦代以後，姓氏不分，男子也可稱姓，周代的制度因此而消亡。

男子稱氏，女子稱姓[1]，氏一再傳而可變，姓千萬年而不變。最貴者國君，國君無氏，不稱氏稱國。踐土之盟，其載書曰：晉重、魯申、衛武、蔡甲午、鄭捷、齊潘、宋王臣、莒期[2]。荀偃之稱齊環[3]，衛太子之稱鄭勝、晉午[4]是也。次則公子，公子無氏，不稱氏稱公子。公子彄[5]、公子益師[6]是也。最下者庶人[7]，庶人無氏，不稱氏稱名。然則氏之所由興，其在於卿大夫[8]乎？故曰：諸侯之子為公子，公子之子為公孫，公孫之子以王父字若謚、若邑、若官為氏[9]。氏焉者，類族[10]也，貴貴⑪也。考之於《傳》⑫，二百五十年之間，有男子而稱姓者乎？無有也。女子則稱姓。古者男女異長⑬，在室也稱姓，冠之以序⑭，叔隗、季隗⑮之類是也；已嫁也，於國君則稱姓，冠之以國，江羋⑯、息媯⑰之類是也；於大夫則稱姓，冠以大夫之氏，趙姬⑱、盧蒲姜⑲之類是也。在彼國之人稱之，或冠以所自出之國若氏，驪姬⑳、梁嬴㉑之於晉，顏懿姬、鬷聲姬㉒之於齊是也；既卒也，稱姓，冠之以諡，成風㉓、敬嬴㉔之類是也；亦有無諡而仍其在室之稱，仲子㉕、少姜㉖之類是也。范氏之先，自虞㉗以上為陶唐氏，在夏為御龍氏，在商為豕韋氏，在周為唐杜氏。士會之帑處秦者為劉氏㉘，夫槩王㉙奔楚為堂谿㉚氏，伍員㉛屬㉜其子於齊為王孫氏，智果㉝別族㉞於太史㉟為輔氏，故曰：氏可變也。孟孫氏小宗㊱之別為子服氏，為南宮氏；叔孫氏小宗之別為叔仲氏。季孫氏之支子㊲曰季公鳥、季公亥㊳、季寤㊴，稱季不稱孫，故曰貴貴也。魯昭公㊵娶於吳，為同姓，謂之吳孟子；崔武子㊶欲娶棠姜㊷，東郭偃㊸

曰：「男女辨姓。今君出自丁，臣出自桓，不可。」㊹夫崔之與東郭氏，異昭公之與夷昧㊺，代遠，然同姓百世而昏姻不通者，周道也。故曰姓不變也。是故，氏焉者，所以為男別也；姓焉者，所以為女坊㊻也。自秦以後之人，以氏為姓，以姓稱男，而周制亡，而族類㊼亂。作〈原姓〉。

【注釋】❶男子稱氏二句　據《通志・氏族略序》云：「三代之前，姓氏分而為二，男子稱氏，婦人稱姓。氏所以別貴賤，貴者有氏，賤者有名無氏；……姓所以別婚姻，故有同姓、異姓、庶姓之別；氏同姓不同者，婚姻可通，姓同氏不同者，婚姻不可通。三代之後，姓氏合二為一，皆所以別婚姻，而以地望明貴賤。」地望，即郡望。如崔姓為清河，李姓為隴西。秦漢以後，姓、氏不別，或言姓，或言氏，或兼言姓氏。❷踐土之盟三句　踐土，春秋鄭地名。故地在今河南原陽西南。春秋魯僖公二十八年四月，晉文公率諸侯之師，敗楚人於城濮，五月諸侯結盟於踐土。事見《左傳・僖公二十八年》。盟之載書，見《左傳・定公四年》。晉重，即晉文公重耳。魯申，即魯僖公。衛武，即衛叔武。蔡甲午，即蔡莊侯。鄭捷，即鄭文公。齊潘，即齊昭公。宋王臣，即宋成公。莒期，即莒茲丕公。❸荀偃之稱齊環　荀偃，春秋晉人，即中行獻子，字伯游。齊環，即齊靈公。環是其名。❹衛太子之稱鄭勝晉午　載《左傳・哀公二年》。衛太子，即蒯聵。鄭勝，即春秋鄭聲公，勝是其名。晉午，即春秋晉定公，午是其名。❺公子彄　即臧僖伯。魯國大夫。僖，謚號。見《左傳・隱公五年》。❻公子益師　春秋魯國人，字眾父。見《左傳・隱公元年》。❼庶人　西周以後對農業生產者的稱謂。秦漢以後泛指沒有官爵的平民。❽卿大夫 西周時國王及諸侯所分封的臣屬。❾公孫之子句 猶言公孫的兒子以祖父的字或諡號或封邑或官職為其氏。王父，祖父。字，人的表字。若，或者。諡，諡號；古代人死後按其生前事跡評定褒貶給與的稱號。❿類族 因同類而相族聚。⓫貴貴 猶言尊重貴人。⓬傳 即《左傳》。⓭異長 分別撫育。長，撫育。⓮冠之以序 謂在姓之前加序號。⓯叔隗季隗 據《左傳・僖公二十三年》載：春秋晉國公子重耳（即後來的晉文公）奔逃狄國，「狄人伐廧咎如，得其二女：叔隗、季隗」。重耳娶季隗，「以叔隗妻趙衰」。叔、季，古代兄弟姊妹的排行為伯、仲、叔、季，叔、季表示行三、行四。隗，春秋為狄族的姓。⓰江芈 春秋時楚成王妹，嫁於江。見《左傳・文公元年》。芈，春秋時楚國祖先的族姓。⓱息嬀 春秋時息侯的夫人。嬀姓。楚文王滅息，以息婦歸，生堵敖及成王。傳說因國亡夫死之痛，息嬀與文王不通言語。見《左傳・莊公十四年》。⓲趙姬 春秋時晉文公之女。見《左傳・僖公二十四年》。⓳盧蒲姜 齊大夫盧蒲癸之妻，慶舍女。見《左傳・襄公二十八年》。⓴驪姬 一作「麗姬」。春秋時驪戎之女，姬姓。晉獻公攻克驪戎，被奪歸，立為夫人。見《左傳・僖公四年》。㉑梁嬴 梁國女，晉惠公娶之為妻。見《左傳・僖公十八年》。㉒顏懿姬鬷聲姬 均為齊靈公之妻。顏、鬷皆二姬母姓，因以為號。懿、聲皆諡號。見《左傳・襄公十九年》。㉓成風 魯莊公之妾，魯僖公之母。見《左傳・閔公二年》。㉔敬嬴 魯文公之妃，魯宣公之母。見《左傳・文公十八年》。㉕仲子 魯桓公之母。見《左傳・隱公元年》。㉖少姜 齊女，嫁於晉侯，晉侯為之立別號曰少齊，所以表示寵異。見《左傳・昭公二年》。㉗虞 即虞舜。㉘士會之帑處秦者為劉氏 士會，即隨武子、范武子。春秋晉國大夫。士蔿之孫，字季。食邑在隨（今山西介休東南），後更受范地（今山東梁山西北），亦稱隨會、范會。帑，通「孥」。妻兒。㉙夫槩王 春秋末年吳國君闔廬之弟。見《左傳・定公四年》。㉚堂谿 古地名。堂，亦作「棠」。在今河南西平西面。春秋楚地。㉛伍員 春秋時吳國大夫，名員，字子胥。㉜屬 通「囑」。㉝智果 不詳。㉞別族 另外一族。㉟太史 古官名。春秋時掌管起草文書、策命諸侯卿大夫、記載史事、編寫文書等。㊱小宗 舊時稱嫡系長子以下諸子的世系為小宗，與大宗相對。㊲支子 舊時稱嫡長子及繼承先祖嫡系之子為宗子，嫡妻之次子以及妾子為支子。㊳季公鳥季公亥　見《左傳・昭公二十五年》。㊴季寤　見《左傳・定公八年》。㊵魯昭公　名禂，魯襄公之子。㊶崔武子　即崔杼，齊國大夫。見《左傳・襄公二年》。㊷棠姜　原為齊棠公之妻，東郭偃之姊。見《左傳・襄公二十五年》。㊸東郭偃　春秋齊人，即棠姜之弟。㊹男女辨姓四句　崔武子之祖為齊丁公，東郭偃之祖為齊桓公小白，同姓姜，故不可通婚。㊺夷昧　春秋時吳子壽夢第三子，季札之兄。㊻女坊　謂女子以姓相別來防止同族之人通婚。坊，通「防」。㊼族類　謂同族的人。

【語譯】男子稱氏，女子稱姓，氏一再相傳而可以改變，姓則千萬年也不能改變。最尊貴的是國君，國君是沒有氏的，因此他們不稱氏而稱國。如踐土之盟，載入書中寫道：「晉重、魯申、衛武、蔡甲午、鄭捷、齊潘、宋王臣、莒期。」荀偃稱呼齊環，衛太子稱呼鄭勝、晉午就是例子。比較尊貴的是公子，公子也沒有氏，因此他們不稱氏而稱公子。如公子彄、公子益師就是例子。最卑下的是平民，平民也沒有氏，因此他們不稱氏而是稱呼其名。既然如此，那麼氏的產生，豈不在於卿大夫嗎？所以說：諸侯之子為公子，公子之子為公孫，公孫之子則以祖父的名字或諡號、封邑、官職為氏。氏是用來使同類相族聚，或尊重貴人的。考察《左傳》，二百五十年之間，有男子稱姓的嗎？沒有。只有女子才稱姓。古代的男女是分別撫育的。女子在家也稱姓，或在姓前加上序號，如叔隗、季隗之類便是。已經出嫁的，若是嫁給國君則稱其姓時，在前面加上國名，如江羋、息嬀之類便是；若是嫁給大夫則稱呼其姓時，在前面加上大夫的氏，如趙姬、盧蒲姜之類便是。嫁到別國的女子稱呼其姓時，有的則在前面加上她原來所在國的國名或氏，如驪姬、梁嬴嫁到晉國，顏懿姬、鬷聲姬嫁到齊國就是例子。女子死了，在稱其姓時，要加上她的諡號，如成風、敬嬴之類便是；也有的沒有諡號而仍然用她在家的稱呼，如仲子、少姜之類便是。范氏的先祖，在虞舜時為陶唐氏，在夏朝為御龍氏，在商朝為豕韋氏，在周朝為唐杜氏。士會的妻兒中在秦國的為劉氏。夫槩王逃奔到楚國則為堂谿氏，伍員囑咐他的兒子在齊國稱王孫氏，智果另外一族在太史筆下為輔氏。所以說：氏是可以改變的。孟孫氏的小宗另外稱子服氏或南宮氏；叔孫氏的小宗另外稱叔仲氏。季孫氏的支子叫季公鳥、季公亥、季寤，稱季而不稱孫，所以說是尊重貴人。魯昭公從吳國娶妻，因為是同姓，所以稱之為吳孟子；崔武子想娶棠姜，棠姜的弟弟東郭偃說：「男女通婚也要辨明姓。現在您出自齊丁公，我出自齊桓公，同姓姜，因此不能通婚。」崔氏與東郭氏，不同於昭公與夷昧，世代很遠，然而同姓百代不通婚，這是周朝的規矩。所以說姓是不能改變的。因此，氏是男子用來彼此相區別的，姓是女子用來防範同族通婚的。從秦朝以後，就以氏為姓，以姓稱呼男子，周朝的制度也就不存在了，同族人也可以隨便通婚了。我作〈原姓〉意在辨明此事。

【研　析】顧炎武做學問注重運用歸納的方法，即通過對古代典籍的考證，在收集大量事例的基礎上，歸納出某種結論來。因為這些事例是作為論據而存在的，因此從事例中所歸納出的結論就顯得很有說服力。顧炎武能在學術上取得輝煌的成就，不能說與他對這一種方法的熟練運用沒有關係。本文對「姓」的來龍去脈的辨析，正可看作是成功運用這一方法的範例。

在本文中，顧炎武提出：「男子稱氏，女子稱姓，氏一再傳而可變，姓千萬年而不變」，這一看法是他通過對《左傳》所載的眾多事例的分析中得來的。這一看法關係到兩個方面，即「氏」與「姓」。氏與姓是不可分的。儘管本文著重探討的是「姓」的有關問題，但是只要說清了「氏」，也就有助於對「姓」的辨析。因此，本文在提出上述看法後，首先談的是氏。從《左傳》所載的眾多事例中可知，周代國君無氏、公子無氏、平民也無氏，氏是從卿大夫那裏產生的；氏能夠使同類相族聚，或便於尊重貴人。至於氏之可變，可從范氏等一再改變的情形中得到證明。

因為有了對氏的辨析，探討「姓」的來源與作用也就有了基礎。本文考證《左傳》之所載，二百五十年之間，沒有男子稱姓，只有女子稱姓。而女子稱姓又分眾多情形，對此，本文依實例逐一予以說明。至於在闡釋「姓」千萬年而不變，以及它的作用在於防止同姓通婚等問題時，本文也沒有離開對具體實例的分析或引證。

郡縣論一

【題 解】顧炎武一共寫了九篇〈郡縣論〉，比較集中地闡明了他的社會進化論觀點和現代民主思想。在第一篇中，他指出封建制的弊端在於專權於下，因此它必然要變而為郡縣制；郡縣制的弊端在於專權於上，因此它必然也會發生變化。但是郡縣制並不會變回到封建制的老路上去。它的變化應當是寓封建制之意於郡縣制之中，也就是設郡縣官職世襲的獎勵和給與郡縣官生財治人的全權。認為這樣才能使國富民強。

知封建❶之所以變而為郡縣❷，則知郡縣之敝而將復變。然則將復變而為封建乎？曰，不能。有聖人起，寓封建之意於郡縣之中，而天下治矣。蓋自漢以下之人，莫不謂秦以孤立❸而亡。不知秦之亡，不封建亡，封建亦亡；而封建之廢，固自周衰之日❹而不自於秦也。封建之廢，非一日之故也❺，雖聖人起，亦將變而為郡縣。

方今郡縣之敝已極，而無聖人出焉，尚一一仍其故事❻，此民生之所以日貧，中國之所以日弱而益趨於亂也。何則？封建之失，其專在下；郡縣之失，其專在上⑦。古之聖人，以公心待天下之人，胙之土而分之國⑧；今之君人者，盡四海之內為我郡縣猶不足也，人人而疑之，事事而制之，科條文簿⑨日多於一日，而又設之監司⑩，設之督撫⑪，以為如此，守令⑫不得以殘害其民矣。不知有司⑬之官，凜凜焉救過之不給⑭，以得代為幸⑮，而無肯為其民興一日之利者，民烏得而不窮，國烏得而不弱？率⑯此不變，雖千百年，而吾知其與亂同事⑰，日甚一日者矣。

然則尊令長之秩⑱，而予之以生財治人之權，罷監司之任，設世官⑲之獎，行辟屬⑳之法，所謂寓封建之意於郡縣之中，而二千年以來之敝可以復振㉑。後之君苟欲厚民生㉒，強國勢，則必用吾言矣。

【注釋】①封建　古代帝王把爵位、土地賜給諸侯，在封定的區域內建立邦國。舊史相傳黃帝建萬國，為封建之始；至周朝制度才完備。爵有公、侯、伯、子、男五等，地有百里（公、侯）、七十里（伯）、五十里（子、男）之別。❷郡縣　秦始皇併六國，統一境內，遂廢封建制，分海內為三十六郡，是為郡縣制之始。❸孤立　言秦朝不封建諸侯國，以藩屏王室。❹而封建之廢二句　春秋戰國時，諸侯互相兼併，周天子已無力控制局面，因而此時的封建制名存而實亡。❺封建之廢二句　謂封建政制的廢除是漸進而成的。❻尚一一仍其故事　指舊日各種典章制度仍然讓其一一保存下去。故事，即成例。指舊日的典章制度。❼封建之失四句　謂封建政制的失敗在於諸侯專權，而郡縣政制的失敗在於中央專權。❽胙之土而分之國　賞賜土地，分封城邑。胙，賜予。國，城邑。❾科條文簿　法令和官府文書。科條，指法令。文簿，指案牘，即官府文書。❿監司　監察地方屬吏之官。「監司」之名始於《後漢書》。宋朝設置轉運使，以監各路，始以監司為通稱。明朝設按察使以按察為職，故謂之監司。清朝通稱司道為監司，以監督府縣為專職。⓫督撫　即總督和巡撫。皆為明清兩代地方最高長官。⓬守令　即太守和縣令。分別為一府或一縣的最高行政長官。⓭有司　古代設官分職，各有專司，因稱官吏為「有司」。⓮凜凜焉救過之不給　謂唯恐補救其過失還來不及。凜凜，戒懼的樣子。給，通「及」。⓯以得代為幸　以得到官職或替代他人做官為幸事。⓰率　遵循。即遵循舊的典章制度。⓱與亂同事　語出《尚書・太甲》：「與亂同事，罔不亡。」謂與作亂的人共事。⓲尊令長之秩　尊重縣令之品級。秩，官職之品級。⓳世官　世襲官職。⓴辟屬　自行任用屬吏。辟，徵召。㉑振　消除。㉒厚民生　使人民生計優裕。

【語　譯】知道封建政制之所以變化為郡縣政制，也就知道郡縣政制因有其弊端而又將發生變化。然而它將再變化為封建政制嗎？回答是不可能的。若有聖人出現，把封建政制的內容寄寓於郡縣政制之中，那麼天下也就安定了。自漢朝以來，人們沒有不說秦朝的滅亡是因為不封建諸侯國以藩屏王室的緣故。他們並不知道，秦朝的滅亡，是不推行封建政制要滅亡，推行封建政制也要滅亡。封建政制的廢除，本來從周朝衰敗之日就開始了，而不是從秦朝才開始的。封建政制的廢除，是漸進而成的，並非一日之內就完成得了的。當時即使有聖人出現，也將會變封建政制而為郡縣政制。

現在郡縣政制的弊端已達到極點，但是仍然沒有聖人出現，舊日的典章制度還是一一繼續保存下去，這就是人民生活之所以一天比一天貧困，中國之所以一天比一天衰弱，並且愈來愈趨於混亂的緣故。為什麼這樣說呢？因為封建政制的失敗在於諸侯專權於下，郡縣政制的失敗在於中央專權於上。古代的聖人，以公心對待天下的人，對有功者賞給土地、分封城邑。今天作為人民君主的人，據全國的郡縣為己有，即使如此他還不滿足，對每一個人他都要懷疑，對每一件事他都要控制，法令條文和官府文書，一天比一天增多。而且又設置監司、督撫等官職，以為這樣一來，太守和縣令就不能夠殘害他們管轄下的人民。他不知道這些官吏唯恐救自己的過失還怕來不及，他們以得到官職或替代他人做官為幸事，而不肯為他們所管轄的人民興辦能獲一天利益的事，人民怎麼能夠不貧窮、國家怎麼能夠不衰弱呢？遵循舊日的典章制度而不改變，雖歷經千百年，而我知道他是在與作亂的人共事，民窮國弱也就一天比一天嚴重了。

然而要是能夠尊重縣令的品級，而給與他以生財治人的權力，撤消監司這一官職，而設置能夠世襲縣令官職的獎勵，推行自行徵用其屬吏的方法，這就是所謂的把封建政制的內容寓於郡縣政制之中，而兩千年以來郡縣政制的弊端就可以得到消除了。以後的君王，如果想使人民的生活優裕，使國家的勢力強大，那就一定要照我所說的去做。

【研　析】在這篇〈郡縣論〉中，顧炎武提出了消除郡縣制之弊的辦法，就是設置郡縣官職世襲的獎勵和給與郡縣官以生財治人的權力。在當時的歷史背景下，即在明清兩朝相交替之際，中國的資本主義正處於萌芽階段，現代民主思想初露曙光，占統治地位的仍然是封建專制主義，顧炎武所提出的除弊之法，不失為一劑救時良藥。

顧炎武是以歷史進步和發展的眼光在看待現實政制。他認為封建制與郡縣制各有其弊。由封建制變而為郡縣制，是勢所必然。郡縣制也得要變，不變則國弱民窮，變則厚民生、強國勢。寓封建之意於郡縣之中，就是變的途徑。這種觀點，正是顧炎武民主思想的某種表露。

在論述過程中，顧炎武採用了對比分析的方法。比如將封建制之弊與郡縣制之弊進行對比，將古之聖人與今之人君或為公或為私進行對比。因為使用了這種論證方法，他的論點才得以成立，而文章也就具有說服力。

郡縣論二

【題解】在第二篇〈郡縣論〉中，顧炎武對「寓封建之意於郡縣之中」的主張進行了具體解釋：在「尊重縣令品級」方面，他認為應當做到兩點：一是提升其品級，並為之正名。二是對縣令進行考核，凡稱職者予以獎勵，同時對不稱職者也予以處罰。在「給與縣令用人權力」方面，顧炎武也提出了兩點：一是當縣令因年老或生病而請求辭職時，聽憑其推舉替代自己的人，被推舉者無論是誰皆可。二是聽憑他自行擇用其屬吏。此外，本篇還談到了郡的設置、太守的任期以及撤消督撫司道官職等內容。

其說曰❶：改知縣為五品官，正其名❷曰縣令。任是職者，必用千里以內習其風土❸之人。其初曰試令❹。三年，稱職❺，為真❻。又三年，稱職，封父母❼。又三年，稱職，璽書勞問❽。又三年，稱職，進階益祿❾，任之終身。其老疾乞休❿者，舉子若弟代⓫。不舉子若弟，舉他人者聽⓬。既代去，處其縣為祭酒⓭。祿之終身。所舉之人，後為試令。三年，稱職，為真，如上法。

每三四縣若五六縣為郡，郡設一太守。太守三年一代⑭。詔遣御史巡方⑮，一年一代。其督撫司道⑯悉罷。令以下設一丞⑰，吏部選授⑱。丞任九年以上，得補令。丞以下曰簿⑲、曰尉⑳、曰博士㉑、曰驛丞㉒、曰司倉㉓、曰游徼㉔、曰嗇夫㉕之屬，備設之，毋裁。其人聽令自擇，報名於吏部，簿以下，得用本邑人為之。

令有得罪於民者，小者流㉖，大則殺。其稱職者，既家於縣，則除其本籍㉗。夫使天下之為縣令者，不得遷，又不得歸，其身與縣終，而子孫世世處焉。不職者流，貪以敗官㉘者殺。夫居則為縣宰，去則為流人㉙，賞則為世官，罰則為斬絞㉚，豈有不勉而為良吏者哉？

【注釋】❶其說曰　對其（指「寓封建之意於郡縣之中」）解釋道。❷正其名　辨正其名稱。❸風土　地方的風俗民情和地理環境。❹試令　試用期的縣令。❺稱職　勝任其職。❻為真　成為真正的縣令。❼封父母　封贈其父母。封，封贈。封建王朝推恩於大官重臣，把官爵授予其父母，父母存者稱封，父母死者稱贈。❽璽

書勞問　下詔書慰問。璽書，封建帝王的詔書。勞問，慰問。❾進階益祿　升官和增加俸祿。階，官級。祿，俸祿。❿乞休　請求辭官退休。⓫舉子若弟代　推舉其子或其弟代替自己。若，或者。⓬聽　聽任；任憑。⓭祭酒　古時饗宴酹酒祭神，必由尊者或老者一人舉酒祭地，遂謂位尊者或年長者為祭酒。⓮一代　一個任期。⓯御史巡方　御史巡察四方。御史，官名。春秋戰國時便設此職。漢以後其職銜累有變化。至明清僅存監察御史，分道使糾察。⓰司道　即監司。⓱丞　官名。多作為佐官之稱。⓲吏部選授　由吏部選拔和授予官職。吏部，官署名。掌管全國官吏的任免、考課、升降、調動等事務。⓳簿　即主簿，掌管各種簿目。⓴尉　典獄及捕盜之官。㉑博士　教授之官。㉒驛丞　司驛站之官。㉓司倉　主管倉庫之吏。唐朝規定，在府的稱倉曹參軍，在州的稱司倉參軍，在縣的稱司倉。㉔游徼　秦漢時鄉官，掌管巡禁盜賊。徼，巡察之意。㉕嗇夫　秦朝規定，在鄉設置嗇夫，其職責是聽訴訟、收賦稅。漢、晉、劉宋各代皆沿用之。後廢除。㉖流　即流刑，遣送到邊遠地方服勞役的刑罰。秦漢時就有此刑。隋朝定為五刑之一，沿用至清朝。㉗本籍　原來的籍貫。㉘敗官　敗壞官職。㉙流人　被流放的人。㉚斬絞　斬首或絞死。

【語　譯】所謂「寓封建之意於郡縣之中」，具體說來就是：改知縣為五品官，正其名為縣令。一定選用那種在千里之內熟悉其風俗習慣的人去擔任這一官職。最初擔任這一官職的稱作「試令」。滿三年，若能勝任此職，則成為真正的縣令。再滿三年，仍然稱職，則封贈其父母。又滿三年，仍然稱職，則下詔書慰問。又滿三年，仍然稱職，則晉升官級，增加俸祿，並且留任終身。那些因年老體病，請求辭官退休的縣令，允許他推舉自己的兒子或弟弟代替。如果他不推舉自己的兒子或弟弟，而是推舉他人，也聽任其意。既然為人替代而去職，那麼就讓他居住在他任時的那個縣，並且尊之為祭酒，其俸祿享受終身。他所推舉的那個人，再為「試令」，滿三年，如果稱職，就轉為真正的縣令，其後如上面所說的辦法。

每三、四個縣或者五、六個縣組成一個郡，每郡設置一位太守。太守一屆任期為三年。由皇帝下詔書派遣御史巡察四方，御史的任期為一年。那些督撫、司道等官職全都撤消。縣令以下設一丞，由吏部選拔和授予其職。丞在任九年以上，才可以增補為縣令。丞以下的所謂簿、尉、博士、驛丞、司倉、游徼、嗇夫之類官職，全部設置，不必裁減。擔任這些官職的人，聽憑縣令自行擇用，只須把任職者姓名上報吏部備案。不過，簿以下的官職，必須用本地人擔任。

縣令有得罪於人民的，罪小的服流刑，罪大的殺頭。那些稱職的縣令，既然已安家於任職的縣，就應當除去原來的籍貫。要使天下當縣令的人，不能遷移他地，也不能返回祖籍，讓他終老此縣，他的子子孫孫世世代代也要在這裏居住下去。對那些不稱職的縣令，則放逐到邊遠之地服勞役。對那些因貪污而敗壞官職的，則殺他的頭。在位則是縣令，丟官則為流人，受賞則世襲其官，受罰則被斬首或被絞死。如此一來，難道還有誰不肯努力成為好縣令的呢？

【研析】顧炎武在本文中所表達的政治主張頗有創見，可歸納為以下三點：其一，對縣令任職情況連續進行考核。尤其是對其任職設立試用期，這並非為顧炎武首倡，但可看作是他對現代民主政治的一種設想。其二，賦予縣令以充分的用人之權，其中暗寓著對縣令充分信任之意。其三，重獎重罰，獎懲分明。乍看似無新意，其實不然。「賞則為世官，罰則為斬絞」，這是前人所沒有言及的。

郡縣論三

【題解】在這篇〈郡縣論〉中，顧炎武首先闡明了檢驗縣令稱職的標準。接著以平常人家畜養五牸為喻，說明養民之法。最後得出結論：馬以一圉人而肥，民以一令而樂。從而間接論證了第一篇〈郡縣論〉中所提出的觀點，即信任縣令並給與其治人生財之權是很重要的。

何謂稱職？曰：土地闢，田野治，樹木蕃❶，溝洫❷修，城郭❸固，倉廩實❹，學校興，盜賊屏❺，戎器完❻，而其大者，則人民樂業而已。

夫養民者，如人家之畜五牸❼然：司馬牛者一人，司芻豆❽者復一人，又使紀綱之僕❾監之，升斗之計❿，必聞之於其主人，而馬牛之瘠⓫也日甚。吾則不然：擇一圉人⓬之勤幹⓭者，委之以馬牛，給之以牧地，使其所出常浮⓮於所養，而視其肥息⓯者賞之，否則撻⓰之。然⓱，則其為主人者，必烏氏⓲也，必橋姚⓳也。故天下之患⓴，一圉人之足辦，而為是紛紛者也㉑；不信其圉人，而用其監僕，甚者并㉒監僕又不信焉，而主人之耳目亂㉓矣。於是愛馬牛之心，常不勝其吝芻粟之計，而畜產耗矣㉔。故馬以一圉人而肥，民以一令而樂。

【注釋】❶蕃 茂盛。❷溝洫 田間水道。❸城郭 古時在都邑四周作防禦的牆垣。一般有兩重：裏面的稱城，外面的稱郭。❹倉廩實 糧倉充實。廩，糧倉。❺屏 隱藏。❻戎器完 兵器完好無損。戎，古代兵器的總稱。❼畜五牸 飼養五畜之牸。《齊民要術》云：「牛馬豬羊驢五畜之牸，畜牸則速富之術也。」牸，泛指雌的牲畜。❽芻豆 草和豆。泛指飼料。芻，餵牲口的草。❾紀綱之僕 為總管之僕人。❿升斗之計 指或一斤或一斗的計量飼料。⓫瘠 瘦。⓬圉人 養馬的人。⓭勤幹 勤勞能幹。⓮浮 多出；超過。⓯肥息 指馬牛膘肥和繁殖得多。息，繁殖。⓰撻 用鞭棍打人。⓱然 如此。⓲烏氏 名倮，秦人。以畜牧為業，養牛馬用穀糧。秦始皇命比封君。⓳橋姚 姓橋名姚，亦畜牧家。《史記‧貨殖列傳》有載。⓴天下之患 天下的憂慮。㉑一圉人之足辦二句 一個養馬人可以做成的事，卻讓很多人去辦。足，可以。辦，做成。紛紛，繁多貌。㉒并 通「摒」。拋棄。㉓亂 昏亂。㉔常不勝其吝芻粟之計二句 經常不能勝過他那吝嗇飼料的計量，而他的畜牧產業也就虧損了。不勝，不能勝過。芻粟，泛指飼料。耗，虧損。

【語譯】什麼叫稱職？回答是：土地得到開闢，田野得到整治，樹木生長茂盛，溝洫也整修好。城牆堅固，糧倉充實，學校興建，盜賊隱藏，兵器完好無損。而最大的稱職則是使人民安居樂業。

說到教養人民，就如同平常人家畜養五牸一樣：讓一人管馬牛，又讓一人管飼料，還讓當總管的僕人去監視他們。投放飼料或一升或一斗，一定要聽從其主人的吩咐。這樣一來，馬牛也就越來越瘦了。若是我就不這樣做：我要選擇一位勤勞能幹的養馬人，把馬牛都委託給他，把牧地提供給他，使他所投放的飼料常常多於馬牛所需要的。見他所養的馬牛肥壯繁殖得多就獎賞他，否則就鞭打他。如此一來，那些當主人的，一定會成為烏氏，一定會成為橋姚了。所以天下的憂患，在於一個養馬人可以做成的事，卻讓很多人去辦。做主人的不信任自己的養馬人，而用他的監僕，更有甚者，連監僕也不相信而把他拋棄。為此，主人就耳不聰、目不明了。主人愛馬牛之心，不能勝過他因吝嗇飼料而斤斤計較，於是他的畜牧產業也就因此而虧損了。因此，我的結論是說，馬因用了一個勤勞能幹的養馬人而肥壯，人民因用了一個稱職的縣令而安居樂業。

【研　析】在回答一個縣令怎樣才算稱職時，顧炎武首先著眼其政績，尤其是把「人民安居樂業」這一點看作是縣令稱職的突出標誌。這反映出作者經世致用的觀點。同時也暗示出顧炎武的另一種主張，就是一個縣令是否稱職，與人民的生活有著直接的利害關係。

這就牽涉到君王的養民之法了。因為君王有開明的養民之法，就能使稱職的縣令有用武之地。依顧炎武看來，君王教養人民，如同平常人家牧養牲畜一樣，如果主人不信任其牧養牲畜的僕人，處處限制他，不給他必要的權力，其畜牧產業就會遭受虧損。反之，如果主人選擇一個勤勞能幹的養馬人，信任他，授權於他，為他提供必要的條件，同時獎懲分明，那麼，這樣的主人就會成為類似烏氏或橋姚那樣的畜牧家。由此，顧炎武自然而然引出他在本篇中要證明的觀點：如果說馬肥是因為主人選擇了一位勤勞能幹的養馬人的話，那麼人民能夠安居樂業，則是因為君王選擇了一位稱職的縣令。

顯然，這篇〈郡縣論〉表現出兩點特色，一是其內在邏輯性強，作者由解釋稱職的具體表現說到如何讓稱職的縣令發揮作用，最後亮出觀點。這觀點，卻又是從前面層層分析中歸納出來的，析理舉例結合得十分緊密。二是巧妙地運用了對比和類比的論證方法。文章中說到了兩種不同的養馬方法，導致了兩種不同的效果，這是對比。養馬之法類似養民之法，又是類比。這種論證方法的運用，能夠把抽象的道理寓於具體的事例之中，這就使文章說理形象生動，讀者也就易於接受作者的觀點了。

郡縣論四

【題解】在第一和第二篇〈郡縣論〉中，顧炎武提出過三點主張：罷監司之任；選用千里以內熟悉其風俗之人任縣令；如果縣令因年老體病請求退休，可舉薦子弟替代之。在本篇中，作者設想有人會對上述三點主張分別提出異議：無監司，縣令權太重；子弟代，將導致奪權；以千里以內之人任縣令，會偏私其親戚故舊。對此，作者或論理，或析例，逐一予以反駁，從而間接證明自己的三點主張是正確的。

或曰：無監司，令不已重乎❶？子弟代，無乃專❷乎？千里以內之人，不私其親故❸乎？

夫吏職之所以多為親故撓❹者，以其遠也。使並處一城之內，則雖欲撓之而有不可者。自漢以來，守鄉郡❺者多矣。曲阜❻之令，鮮以貪酷敗者，非孔氏之子獨賢❼，其勢然也。若以子弟得代而慮其事，蕞爾之縣❽，其能稱兵❾以叛乎？上有太守，不能舉旁縣之兵以討之乎？太守欲反，其五六縣者，肯舍其可傳子弟之官而從亂乎？不見播州之楊⑩，傳八百年而以叛受戮乎？若曰無監司不可為治，南畿十四府四州，何以自達於六部乎⑪？且今之州縣，官無定守，民無定奉⑫，是以常有盜賊戎翟⑬之禍，至一州則一州破，至一縣則一縣殘，不此之圖，而慮令長之擅，此之謂不知類也⑭。

【注釋】❶無監司二句　言如不設監司，則縣令之權豈不太重了嗎。已，猶「太」。❷專　專權；獨斷。❸私其親故　偏愛其親戚故舊。私，偏愛。❹撓　擾亂。❺守鄉郡　在家鄉任郡守。❻曲阜　縣名。位於山東中部偏南。周朝時為魯國都，秦朝設置魯縣，隋改曲阜縣。為孔子故里。❼非孔氏之子獨賢　不是唯獨孔子的子孫賢能。曲阜令由孔子子孫世襲，故云。❽蕞爾之縣　小小的縣令。蕞爾，小貌。❾稱兵　舉兵；興兵。稱，舉、發動之意。❿播州之楊　播州的楊氏。播州，土司名。宋置播州安撫司，治今貴州遵義。土司楊氏世有其地。明萬曆二十八年（西元一六〇〇年）楊應龍反，擒而殺之。⓫南畿十四府四州二句　京城以南十四府四州，為什麼能夠自行通達六部呢。因這十四府四州由中央直轄，故云。畿，古稱天子所領之地，後指京城管轄的地區。六部，從隋唐開始為中央行政機關中的戶、吏、禮、兵、刑、工各部的總稱。⓬官無定守二句　州縣無穩定的守令，人民無穩定的擁戴者。奉，擁戴。⓭戎翟　西戎和北狄。此泛指外寇。戎，西方之外族。翟，通「狄」。北方之外族。⓮不此之圖三句　不謀劃如何清除盜賊外寇之禍，而擔心縣令專權，這叫做不明事理。圖，謀劃。擅，專擅；獨斷獨行。類，事理。

【語　譯】有人會問：沒有監司，縣令的權力不是太重了嗎？允許其子弟替代，難道不會專權嗎？選用千里以內的人任縣令，他不會偏私其親戚故舊嗎？

官吏任職時之所以多為親戚故舊所騷擾，是因為這些人住得太遠。假若讓他們和任職的官吏住在同一城內，那麼雖然想騷擾卻也有不可能之處。自漢朝以來，在家鄉任郡守的夠多了。曲阜縣令很少因為貪污暴虐而丟官的，這並非唯獨孔子的子孫才賢能，而是勢所必然。假若因為子弟可以替代為縣令而擔憂其專權，那麼一個小小的縣令能興兵叛亂嗎？上有太守，難道不能發動旁縣的軍隊加以討伐嗎？太守想造反，他所管轄的五、六個縣的縣令，難道肯捨棄他那可傳給子弟之官而跟隨作亂嗎？難道沒有見到播州的楊氏，傳官八百年而因反叛被殺的嗎？有人說：沒有監司就不可能進行治理，那麼京城以南十四府四州為什麼能夠自行通達六部呢？況且今天的州縣無穩定的守令，人民無穩定的擁戴者，因而常常發生盜賊外寇之禍，殃及一州則一州被攻破，殃及一縣則一縣遭殘害。不去謀劃如何消除盜賊外寇之禍，而在擔憂縣令的專權，這就叫做不明事理啊。

【研　析】這是一篇駁論文。作者開篇就連設三疑：無監司，令不已重乎？子弟代，無乃專乎？千里以內之人，不私其親故乎？明確提出對立觀點，為後文樹立了批駁的靶子。

在進行批駁時，作者首先分析了官吏任職期間常為親故所擾的原因在於相住太遠。若能讓他們同處一城，這一問題就可得到解決。這就間接回答了第三點詰難。隨後，舉出孔子子孫世襲曲阜令而很少因貪污暴虐而丟官之例，直接反駁了第二點詰難。最後分析縣令或太守均不可能造反的原因，並舉例予以證明。同時提出現實的禍亂在盜賊外寇，而不在守令專權，這就批駁了第一點詰難。文章先立後破，破中有立；析理簡明，例證典型。尤其是在反駁過程中連續運用五個反問句，使文章產生了某種排浪陣湧的氣勢，加強了征服人心的論辯力量。

郡縣論五

【題解】在這篇〈郡縣論〉中，顧炎武提出一個有趣的觀點：用天下之私以成一人之公，而天下治。在他看來，天下之人各為其私，是人之常情。假若使縣令能把自己所轄之地視為私有，那麼他就會愛護其人民，整治其田疇，修繕其城郭倉庫。若發生意外之禍亂，他就會拼死守地拒敵。如此，自縣令言之，是為私，但是他的行為卻達到了天子求治的目的，所以他又是在為天子之公。由此就可得出結論來：天下之私，天子之公也。私與公，巧妙獲得統一。不用說，顧炎武在前面諸篇〈郡縣論〉中反覆強調要重用縣令的各項主張的合理性，於此再次得到說明。

天下之人，各懷其家，各私其子，其常情也。為天子為百姓之心，必不如其自為。此在三代❶以上已然矣。聖人者因而用之❷，用天下之私以成一人之公❸，而天下治❹。夫使縣令得私其百里之地，則縣之人民皆其子姓❺，縣之土地皆其田疇❻，縣之城郭皆其藩垣❼，縣之倉廩皆其囷窌❽。為子姓，則必愛之而勿傷；為田疇，則必治之而勿棄；為藩垣囷窌，則必繕⑨之而勿損。自今言之，私也；自天子言之，所求乎治天下者，如是焉止矣⑩。

一日有不虞之變⑪，必不如劉淵⑫、石勒⑬、王仙芝⑭、黃巢⑮之輩，橫行千里，如入無人之境也。於是有效死勿去之守⑯，於是有合從締交之拒⑰。非為天子也，為其私也；為其私，所以為天子也。故天下之私，天子之公也。公則說，信則人任焉⑱。此三代之治可以庶幾⑲，而況乎漢唐之盛，不難致也⑳。

【注釋】❶三代　夏、商、周。❷因而用之　依據這一點而運用它。因，依靠；根據。❸用天下之私句　用天下人人都有的私心去成就天子一人的公事。❹治　安定。❺子姓　猶言「子孫」。❻田疇　已耕作的田地。❼藩垣　屏障。❽囷窌　儲藏糧食之地。圓的叫囷，地窖叫窌。❾繕　修補。❿如是焉止矣　像這樣就達到目的了。止，至；達到。指達到天子求治的目的。⓫不虞之變　意外變故。不虞，猶言「意外」。虞，料度。⓬劉淵　五胡十六國時漢國的建立者。字元海，匈奴族。世襲匈奴左部師。西晉末年在離石（今屬山西）起兵反晉，稱大單于，後改稱漢王。永嘉二年（西元三〇八年）稱漢帝，建都平陽（今山西臨汾西北）。⓭石勒　五胡十六國時後趙的建立者。字世龍，上黨武鄉（今山西榆社北）人，羯族。太和元年底（西元三二九年初）滅前趙，取得中國北方大部分地區，建都襄國（今河北邢臺），三年，稱帝，年號建平。⓮王仙芝　唐濮州（今山東濮縣）人。僖宗時，聚眾作亂，後兵敗被殺。⓯黃巢　唐曹州（今山東曹縣）人。僖宗時，攻陷長安，自稱「齊帝」。後為李克用追討，自刎而死。⓰有效死勿去之守　有效力至死而不逃離的防守。效死，效力至死。去，逃離。⓱有合從締交之拒　有互相聯合結交的抵禦。合從，即「合縱」。原指南方國家與北方國家聯盟，此泛指互相聯合。締交，猶言結交。拒，抵禦。⓲公則說二句　為公則感到高興，守信則成為人的責任。⓳庶幾　差不多。⓴而況乎漢唐之盛二句　何況漢、唐二代的興隆情形，便不難達到了。盛，興隆。

【語譯】天下的人，各自想念他們的家庭，各自偏愛他們的子女，這是人之常情。人們為天子為百姓的心，一定比不上他們自己為自己。這在夏、商、周三代以上就已經是這樣了。聖人依據這一點而運用它。其結果是，用天下人人都有的私心去成就天子一人的公事，而天下得以安定。假使讓縣令能夠把他所管轄的百里之地當作私地，那麼他那個縣的人民都是他的子孫，他那個縣的土地都是他的田地，他那個縣的城郭都是他的屏障，他那個縣的倉庫都是他的囷窌。是他的子孫，他就一定愛護而不會傷害他們；是他的田地，他就一定整治而不把它拋棄；是他的屏障、囷窌，他就一定修繕而不損壞它們。從縣令方面來說，這是為私；從天子方面來說，這就達到了他所追求的治理天下的目的。

一旦出現了意外的變故，必然不會像劉淵、石勒、王仙芝、黃巢等人那樣橫行千里，好像進入了無人之境。在這個時候，就會有效力至死而不逃離的防守，就會有互相聯合結交而共同抵禦敵軍。縣令的這種防守和抵禦並不是為了天子，而是為了他們的私利；正因為他們是為了自己的私利，所以才是為天子。因此，天下之私就成為天子之公了。為公則感到高興，守信則成為人的責任。這樣一來，差不多可以達到夏、商、周三代天下安定的程度，何況漢、唐二代的興隆，更是不難達到了。

【研　析】這一篇〈郡縣論〉結構嚴謹，邏輯性強。

作者先從人的本性談起，認為人的本性是「自私」，人的「自為」之心勝過「為天子為百姓之心」。人的這種本性在夏、商、周三代就已經形成了，而三代盛世的成功之處就在於聖人能利用人的自私本性去治理天下。由此便引出本篇論點：用天下之私以成一人之公，而天下治。顯然，這裏存在一個邏輯推理，而本篇論點則是這一邏輯推理的結論。

隨後，作者提出一個假設（這一假設也是他在第一篇〈郡縣論〉中所主張的「寓封建之意於郡縣之中」的具體體現）：讓縣令把他所管轄的百里之地視為私有，這樣，他就會從「自私」的本性出發，去愛護他的人民、整治他的田地、修繕他的城郭、倉庫。倘若出現如同劉淵等人那樣的動亂，他們就會死守其轄地，並且互相聯合共同拒敵。縣令能夠精心治理他們的轄地，能夠拼死守地拒敵，這是「為私」，但是他們「為私」的結果卻達到了天子求治天下的目的，故而又是「為公」。由此，自然又可得出另一結論：天下之私即天子之公。這一結論，其實是在更深的層次上闡明了天下之私與天子之公的一致關係，從而也就說明本篇論點是站得住腳的。

郡縣論六

【題解】在這篇〈郡縣論〉中，作者提出了除貧致富的辦法。總起來說是節流和開源，具體而言則分為兩點：一是節省開支，精簡政務，讓縣令有精力關注農、林、牧、礦諸業。二是從山澤獲取利益而不是取之於民，這就必須給縣令以生財之權。作者自信地認為，這種富國之策，一經採用，五年便可達到小康水準，十年就能夠十分富裕了。

今天下之患❶，莫大乎貧。用吾之說❷，則五年而小康❸，十年而大富。且以馬言之：天下驛遞往來❹，以及州縣上計❺京師，白事司府❻，迎候上官❼，遞送文書，及庶人在官❽所用之馬，一歲無慮❾百萬匹，其行無慮萬萬里。今則十減六七，而西北之馬驘❿不可勝用矣。以文冊言之：一事必報數衙門⓫，往復駁勘⓬必數次，以及迎候、生辰、拜賀⓭之用，其紙料之費，索諸民者歲不下巨萬⓮，今則十減七八，而東南之竹箭⓯不可勝用矣。他物之稱是者⓰，不可悉數。

且使為今者得以省耕斂⑰，教樹畜⑱，而田功之獲⑲，果蓏⑳之收，六畜之孳㉑，材木之茂，五年之中必當倍益㉒；從是而山澤之利亦可開㉓也。夫採礦之役㉔，自元以前，歲以為常㉕，先朝㉖所以閉之而不發者，以其召亂㉗也。譬之有窖金焉：發於五達之衢㉘，則市㉙人聚而爭之；發於堂室之內，則唯主人有之，門外者不得而爭也。今有礦焉，天子開之，是發金於五達之衢也；縣令開之，是發金於堂室之內也。利盡山澤而不取諸民㉚。故曰此富國之筴㉛也。

【注釋】❶患　憂慮。❷用吾之說　採用我的主張。說，主張。❸小康　經濟較寬裕，可以不愁溫飽。❹驛遞往來　驛站的馬往來傳遞。驛，指驛站之馬。❺上計　指州縣等向京師呈送一年的簿計。❻白事司府　向司、府稟白事情。白，稟白。司府，均為古時官署名。❼上官　上司；上級長官。❽庶人在官　平民和居官任職者。庶人，平民。在官，在職者；居官任職者。❾一歲無慮　一年大約。一歲，一年。無慮，大都；大約。❿驘　「騾」的本體字。⓫衙門　同「牙門」。舊時官吏辦事的地方。⓬駁勘　辨駁勘正。勘，勘正；覈對。⓭拜賀　拜訪恭賀。⓮巨萬　萬萬。巨，大。此處極言耗費之多。⓯箭　小竹。⓰他物之稱是者　其他事物的費用與此相當者。稱，相當；相副。是，此。⓱省耕斂　視察耕種與收穫。省，察看。斂，收穫。⓲教樹畜　教導種植樹木和飼養禽獸。樹，種植樹木。畜，飼養禽獸。⓳田功之獲　田地的收穫。功，功效。指田地的收成。⑳果蓏　瓜果的總稱。㉑孳　繁殖。㉒倍益　加倍增加。㉓開　開發。㉔役　事。㉕歲以為常　年年當作常事。㉖先朝　指明朝。㉗召亂　招致動亂。召，招致。㉘五達之衢　四通八達之道。㉙市　求取。㉚利盡山澤而不取諸民　所得利益盡取於山澤而不是取之於民。㉛筴　通「策」。

【語　譯】當今天下人所憂慮的事情，沒有大於貧窮的。如果採用我的主張，那麼五年就可以達到小康水準，十年就富裕了。以馬為例：天下驛站之馬往來遞送，以及州縣向京師呈送一年的簿計，或向司、府稟白事情，迎候上級官員，遞送文書，再加上平民和居官任職者所用的馬，一年大約有一百萬匹，牠們的行程大約有萬萬里。現在把它減少十分之六七，那麼西北的馬騾就用不完了。再就文冊而言：一件事必須上報給幾個衙門，往返辨駁覈實必定有數次，加上迎候、生辰、拜訪恭賀，這些文冊的紙張材料的費用，僅從人民身上索取的每年不少於萬萬。現在把它減少十分之七八，那麼東南的竹子就用不完了。其他事物的費用與此相當的，不可能全部計算清楚。

假若讓當縣令的能夠視察耕種收穫，教導種植樹木和飼養禽獸，那麼田地的糧食和瓜果的收穫，六畜的繁殖，材木的豐盛，五年之中一定會成倍增長。由此而山澤的利益也能夠開發了。至於採礦之事，在元代以前，年年當作常事，明代之所以關閉而不開發，是因為由此而招致了動亂。譬如有一地窖金子：如果在四通八達的道上打開，那麼求取的人就會聚集起來爭搶；如果在居室之內打開，那麼就能為主人所有，門外的人不能去爭搶了。現在的礦產，如果由天子開採，這好比是在四通八達之道發掘這窖金子；如果由縣令開採，那就是在居室之內發掘這金子了。所得利益盡取於山澤而不是取之於民。所以說這是富國之策。

【研　析】這篇〈郡縣論〉雖然談的是除貧致富之法，但最後還是為了論證「寓封建之意於郡縣之中」的政治主張。因為作者所說的除貧致富之法，真正能夠實行起來，還是要給縣令以治人生財之權，而這正是上述政治主張的內容之一。

在闡述除貧致富之法時，作者主要採用了實例分析法。即通過對實例的分析，說明節流和開源能夠除貧致富的道理。此外，在談到開「源」時，作者又運用了比喻論證法，說明應當把礦產開發權下放給縣令。因為用以做比的事例通俗易懂，故而作者的這種觀點頗能為人所接受。

郡縣論七

【題解】這一篇〈郡縣論〉首先談到最不可取的理財之法是把甲縣賦稅收入調撥給乙縣去用，而好的理財之法則根據各縣實情，量入為出，並留有餘地。上繳天子的只是各縣盈餘部分。隨後，本篇還談到如何給田地定賦稅，以及應付臨時所需時縣與縣之間如何互相協助的問題。作者認為，按照他所說的去實行，只需十年，各縣都可做到自給自足了。

法之敝❶也，莫甚乎以東州之餉而給西邊之兵，以南郡之糧而濟北方之驛❷。今則一切歸於其縣，量其衝❸僻❹，衡其繁簡❺，使一縣之用，常寬然有餘。又留一縣之官之祿，亦必使之溢於常數❻，而其餘者然後定為解京❼之額。

其先必則壤定賦❽，取田之上中下列為三等或五等，其所入悉委縣令收入。其解京，曰貢❾、曰賦；其非時之辦❿，則於額賦⓫支銷，若盡一縣之入用之而猶不足，然後以他縣之賦益之，名為協濟⓬。此則天子之財，不可以為常額⑬。然而行此十年，必無盡一縣之入用之而猶不足者也。

【注　釋】❶法之敝　理財之法的弊病。❷莫甚乎二句　意指拆東補西，把甲縣的賦稅收入調撥給乙縣去用。餉，軍糧。給，供給。兵，軍隊。❸衝　衝要。指軍事或交通上重要的地方。❹僻　偏僻之地。❺繁簡　多少。❻溢於常數　多於通常的數額。❼解京　押送京師。解，解送；押送。❽則壤定賦　指根據地的等差而確定租賦的多少。則，等差。❾貢　即賦。❿非時之辦　臨時的費用。非時，隨時；臨時。辦，備辦。指臨時所需的費用。⓫額賦　有定額的、經常的賦稅。⓬協濟　協助。⓭常額　通常的數額。

【語　譯】理財之法的弊病，沒有比用東州的軍餉去供給西邊的軍隊，用南郡的糧食去接濟北方的驛站更為嚴重的了。現在若把一個縣的所有賦稅收入劃歸該縣，並根據該縣所處要衝或偏僻之地，計其所需用的多少，使一個縣的費用常常寬裕而有剩餘。又留下全縣官員的俸祿，同時也使之多於通常數額，其餘的然後才定為解送京師的數額。

在此之前，必須根據田地的等差而確定租賦的多少，把田地分為上中下三等或五等，所有租賦收入全都委託縣令收取。解送京師的那一部分稱作貢，或稱作賦；那些臨時所需的費用，則在有定額的、經常的賦稅中去支付開銷。假使拿出一個縣的全部收入仍然不夠用，那就用其他縣的賦稅去補足，這叫做「協濟」。儘管天子的財富不可能有通常的數額，但是照這樣去實行十年，一定不會再有把一個縣的全部收入拿出來用仍然不夠的情形了。

【研　析】本文雖然主要談的是理財之法的問題，但實際上涉及到了理財之權。理財之法有兩種，一是各縣賦稅全部上繳，由天子統一調配，而各縣毫無自主權，這樣做難免會拆東補西。一是各縣賦稅收入劃歸各縣，讓各縣根據自己的實際情況去量入為出，只是把多餘的部分上繳京師。這兩種方法關係到兩種理財之權；使用前一方法則權在天子，使用後一方法則權在縣令。作者的主張是把理財之權下放給縣令，使之能夠採用相應的理財之法。並斷言如此辦理，十年內各縣便可自給自足了。顯然，根據本文的主要內容去理解，讓縣令有理財之權，這正體現著「寓封建之意於郡縣之中」的含義。

從上面的分析中還可看出，對比論證正是本文的主要特色。正因為採用了這一論證方法，所以能夠把兩種理財之法及理財之權彼此區別得十分鮮明，作者的觀點也因此而豁然可見。

郡縣論八

【題解】這篇〈郡縣論〉針對吏胥把持州縣之權的弊病，提出消除之法，即選擇千里以內的人去任該州縣之官。因為他們熟悉當地民事，若讓其終身擔任此職，則上下明察，人心安定，修治法規，吏事精簡。這樣便可收到州縣之官能統御其吏，而吏不能把持其官的成效。

善乎葉正則[1]之言曰：「今天下之官無封建[2]而吏有封建。」州縣之敝，吏胥[3]窟穴[4]其中，父以是傳之子，兄以是傳之弟。而其尤桀黠[5]者，則進而為院司[6]之書吏，以掣[7]州縣之權。上之人，明知其為天下之大害而不能去也。使官皆千里以內之人，習其民事，而又終其身任之[8]，則上下辨而民志定矣，文法除而吏事簡[9]矣。官之力足以御吏而有餘，吏無所以把持官而自循其法。昔人所謂養百萬虎狼於民間者，將一旦而盡去。治天下之愉快，孰過於此。

【注釋】❶葉正則　名適，字正則，南宋人，學者稱水心先生。官至吏部侍郎。❷封建　參見〈郡縣論一〉❶。❸胥　舊時官府中辦理文書的小吏。❹窟穴　猶言盤據。❺桀黠　兇悍而狡猾。❻院司　舊時官署名稱。❼掣　牽制。❽終其身任之　指終身擔任州縣之官。❾文法除而吏事簡　修治法規而精簡吏事。文法，法律條令。除，修治。簡，精簡。

【語譯】葉正則的話說得好：「當今天下之官沒有實行封建之制而胥吏卻有封建之實。」州縣的弊病在於胥吏盤據其中，父將此職傳給他的兒子，兄將此職傳給他的弟弟。胥吏中那些特別兇悍狡猾的人，則進而充當院司的書吏，以牽制州縣的權力。在上為官的人，明明知道這是天下的大害，卻不能除去它。假如那些擔任州縣之官的人都是千里之內的人，他們熟悉當地民事，而又讓他們終身擔任此官，那麼就會上下明察而人心安定，法規修治而吏事精簡。這樣，州縣之官的權力足以統御胥吏而有餘，而胥吏不可能把持其官而自行遵循其法規。過去的人所說的「養百萬隻虎狼於民間」的弊病，將會一旦全部除掉，治理天下所得到的歡樂，怎麼能夠超過這件事呢。

【研析】在前面的第二篇〈郡縣論〉中，作者主張千里之內熟悉當地風土人情的人終身擔任縣令。這一篇〈郡縣論〉則提出要除去胥吏專權之弊，只有把這一主張付諸實施。可見，此篇〈郡縣論〉是第二篇〈郡縣論〉部分內容的展開。

在這一篇〈郡縣論〉中，作者開篇引述葉適之言，以揭發胥吏專權之弊，隨後自然引出治弊的主張，最後說明實行這一主張的必然成效。層層推進，環環相扣；條分縷析，不枝不蔓，頗具邏輯力量。

郡縣論九

【題　解】在這一篇〈郡縣論〉中，作者主要闡述了「取士之制」，即：推薦用古人鄉舉里選之意，考試用唐代身言書判之法。每縣隔一年送一人參加吏部面試，成績上等者為侍郎，並依其等次而定官職。此外，設學校，各縣自聘本地之士，稱之為師而不稱之為官；在京師，選拔公卿以上者則仿照漢代三府徵召之法。對於那些有道德而不願為官者尊為人師；對於那些有學術而自我顯露於世者，縣令要舉薦，三府要徵召。作者認為，採用上述取士之制及諸種措施後，人材就不會流失了。

最後，針對有人會提出「每縣隔一年才向吏部舉薦一人，功名之路未免狹窄」的疑慮分辯道：能教化天下之士使之不去競爭功名，這是王治最大的成功之處。並以孔子的弟子為例，說明天下之士不必要去求取功名的道理。

取士❶之制，其薦之也，略用古人鄉舉里選❷之意；其試之也，略用唐人身言書判❸之法。縣舉賢能之士，間歲❹一人試於部❺，上者為郎❻，無定員❼，郎之高第❽，得出而補令❾。次者為丞，於近郡用之。

又次者，歸其本縣，署⑩為簿尉⑪之屬。而學校之設，聽⑫令與其邑之士自聘之，謂之師，不謂之官，不隸名於吏部。而在京，則公卿以上，倣漢人三府⑬辟召⑭之法，參⑮而用之。夫天下之士，有道德而不願仕者，則為人師；有學術才能而思自見⑯於世者，其縣令得而舉之，三府得而辟之；其亦可以無失士⑰矣。或曰，間歲一人，功名之路無乃狹乎？化天下之士使之不競於功名，王治之大者也。且顏淵⑱不仕，閔子辭官⑲，漆雕未能⑳，曾皙異撰㉑，亦何必於功名哉？

【注釋】❶士　古代四民之一，位於庶民之上。其於學道藝多有成就。❷鄉舉里選　古代取士之法。或經鄉試選拔，或由鄉里考察推薦。此法始於漢代。❸身言書判　唐代選拔人才的標準。身，指體貌豐偉。言，指言辭辨正。書，指楷法遒美。判，指文理優長。❹間歲　隔一年。❺部　指吏部。❻郎　官名。戰國始置。秦漢時直宿衛，屬郎中令，有侍郎、郎中，為侍從之職。唐始於諸司置侍郎一人，以為尚書之副，歷代皆沿襲之。❼無定員　沒有確定的人員限額。❽高第　凡舉官選士，成績優異者稱「高第」。❾得出而補令　可以外放增補為縣令。出，從京師外放地方任職。❿署　指代理、暫任或試充官職。⓫簿尉　主簿和縣尉。泛指地方官府的佐理官員。⓬聽　聽任；任憑。⓭三府　漢代的太尉、司徒、司空設立的府署，合稱三府。⓮辟召　因推薦而徵召入仕。辟，徵召。⓯參　參驗；核驗。⓰自見　自我顯露。見，通「現」。顯露。⓱失士　流失之士。

指沒有被徵用之士。⑱顏淵　孔子弟子，名回，字子淵，魯國人。據《論語・雍也》載：顏淵窮苦，卻不改變自有的快樂。⑲閔子辭官　據《論語・雍也》載：季氏叫閔子騫做他的采邑費地的縣長，但遭到謝絕。閔子，孔子弟子，名損，字子騫。⑳漆雕未能　據《論語・公冶長》載：孔子叫漆雕開去做官，他答道：「我對這個還沒有信心。」漆雕，即漆雕開（姓漆雕，名開），孔子弟子。㉑曾皙異撰　據《論語・先進》載：孔子叫子路、曾皙、冉有、公西華談談自己的志向，曾皙說，他不同於其他三人志在從政。曾皙，名點，曾子的父親，孔子弟子。撰，選擇。

【語　譯】選拔士的制度是：推薦大致採用古人鄉舉里選的意思，考試大致採用唐代的身言書判的辦法。每一縣隔一年推舉一位有德有才之士到吏部去面試，成績居上的為侍郎，沒有確定的人員限額。侍郎中最優秀的人，可以外放增補為縣令。次一等的則為丞，在附近的郡縣去任用他們。又次一等的就回到他們的本縣去，暫任簿尉之類。至於設置學校，則任憑縣令和當地的士人自己去聘用，被聘用者稱之為師，而不稱之為官，也不在吏部附上名字。在京城，公卿以上的人選，則仿照漢代三府徵召的方法，參驗而採用它。天下之士，有道德而不願做官的，就去當他人的老師；有學術才能而想自我顯露於世的，那個縣的縣令可以推薦他，三府可以徵召他。這樣一來，沒被徵用的士也就沒有了。可能有人會說，隔一年向吏部推薦一人，功名之路豈不太狹窄了嗎？教化天下之士，使他們不要去競爭功名，這是王治最大的成功之處。孔子弟子顏淵不去做官，閔子騫辭官不做，漆雕開對做官未能產生信心，曾皙選擇的也不是從政。照此看來，當今天下之士又何必去競爭功名呢？

【研　析】這是最後一篇〈郡縣論〉。作者所提出的「取士之制」，其實就是把古代舉賢薦能、選拔各級官員的方法借用於今日。對於他的這一主張，應從兩方面去理解：一是他雖然認為社會在變化中前進，但不能因此而否定歷史上有用的東西，應當古為今用。對此，他在第一篇〈郡縣論〉中提出「寓封建之意於郡縣之中」的觀點時，似乎就暗示著這方面的意思。二是他生平所發揮的學說就是經世致用，包括本文在內的九篇〈郡縣論〉都比較明確地體現了這一學說的要義。

此外，化民成俗也是作者在政治思想方面特別予以關注之處。在這一篇〈郡縣論〉的結尾，作者提出「化天下之士使之不競於功名，王治之大者」的主張正體現了這一點。

從寫作特色來說，本文採取了兩個論述角度：談取士之制時，由上而論下，即王者如何去為天下之士開闢功名之路，使之人盡其才；談化民成俗時，則由下而言上，即天下之士如何做到淡泊功名，樂於道藝，以實現「王治之大者」。因為採取了兩種論述角度，所以作者的主張才能被闡述得較為透徹。

錢糧論上

【題解】在清初，陝西關中一帶，即使是豐收之年，老百姓仍然要賣其妻子以維持生計。其原因在於，老百姓交納的田賦是銀子而非糧食。顧炎武並不是一概反對使用銀子，而是主張根據各地具體情況而定。關中交通不便，本來就缺乏銀子，銀少錢貴，老百姓必須以低賤的價格賣掉糧食，換取銀子，再向官府交納。這就勢必造成穀賤銀貴的現象。老百姓因受到官商的雙重剝削，自然就「歲甚登，穀甚多」，而「相率賣其妻子」。可見明清之際的田賦制度極其不合理。

自禹、湯❶之世，不能無凶年❷，而民至於無饘❸賣子。夫凶年而賣其妻子者，禹、湯之世所不能無也；豐年而賣其妻子者，唐、宋之季❹所未嘗有也。往在山東，見登、萊並海❺之人多言穀賤，處山僻不得銀以輸官。今來關中❻，自鄠❼以西至於岐下❽，則歲甚登❾，穀甚多，而民且相率賣其妻子。至徵糧之日，則村民畢出，謂之人市❿。問其長吏⓫，則曰，一縣之鬻⓬於軍營而請印⓭者，歲近千人，其逃亡或自盡者，又不知凡幾[14]也。何以故？則有穀而無銀也。所獲非所輸[15]也，所求非所出也。夫銀非從天降也，丱[16]人則既停矣，海舶[17]則既撤矣，中國[18]之銀在民間者已日消日耗，而況山僻之邦，商賈之所絕迹，雖盡鞭撻[19]之力以求之，亦安所得哉？故穀日賤而民日窮，民日窮而賦日詘[20]。逋[21]欠則年多一年，人丁則歲減一歲，率[22]此而不變，將不知其所終矣。

且銀何自始哉？古之為富者，菽粟[23]而已。為其交易也，不得已而以錢權[24]之。然自三代以至於唐，所取於民者，粟帛而已。自楊炎[25]兩稅之法[26]行，始改而徵錢，而未有銀也。〈漢志〉[27]言秦幣二等，而銀錫之屬施於器飾，不為幣。自梁時始有交、廣[28]以金銀為貨之說。宋仁宗景祐二年[29]，始詔諸路歲輸緡錢[30]，福建、二廣[31]易以銀，江東[32]以帛。所以取之福建、二廣者，以坑冶[33]多而海舶利也。至金章宗[34]始鑄銀，名之曰：承安寶貨，公私同見錢用。哀宗正大間[35]，民但以銀市易而不用鑄。至於今日，上下通行而忘其所自。然而考之《元史》[36]，歲課[37]之數，為銀至少。然則國賦之用銀，蓋不過二三百年間爾。今之言賦必曰錢糧，夫錢，錢也；糧，糧也，亦惡有所謂銀哉？且天地之間，銀不益增而賦則加倍，此必不供之數也。昔者唐穆宗㊳時，物輕錢重，用戶部尚書楊於陵之議㊴，令兩稅等錢皆易以布帛絲纊㊵，而民便之。吳徐知誥從宋齊丘之言㊶，以為錢非耕桑所得，使民輸錢，是教之棄本逐末也。於是諸稅悉收穀帛紬絹㊷。是則昔人之論取民者，且以錢為難得也；以民之求錢為不務本也，而況於銀乎？先王之制賦，必取其地之所有。今若於通都大邑㊸行商㊹麕集㊺之地，雖盡徵之以銀，而民不告病㊻，至於遐陬僻壤㊼，舟車不至之處，即以什之三徵之而猶不可得。以此必不可得者病民，而卒至於病國，則曷若度土地之宜，權歲入之數，酌轉般㊽之法，而通融乎其間？凡州縣之不通商者，令盡納本色㊾，不得已，以其什之三徵錢。錢自下而上，則濫惡㊿無所容而錢價貴，是一舉而兩利焉。無蠲賦(51)之虧，而有活民之實，無督責之難，而有完逋之漸52，今日之計，莫便乎此。夫樹穀而徵銀，是畜羊而求馬也；倚銀而富國，是恃酒而充飢也。以此自愚，而其敝53至於國與民交盡54，是其計出唐、宋之季諸臣之下也。

【注釋】❶禹湯　禹，夏朝的建立者。湯，商朝的建立者；亦稱天乙、成湯。❷凶年　荒年。❸䊪　同「饘」。厚粥。此泛指糧食。❹季　一個朝代的末年。❺登萊並海　登州、萊州及海州。登州，唐代時其治所在今山東蓬萊。萊州，治所在今山東掖縣。海州，治所在今江蘇連雲港市西南海州鎮。❻關中　地名。相當於今陝西省。❼鄠　鄠縣，即今陝西鄠邑。❽岐下　岐山之下。岐山在今陝西岐山縣北。❾登　成熟；豐收。❿人市　人口市場。⓫長吏　指縣吏。⓬鬻　賣。⓭請印　請求蓋印畫押。⓮凡幾　共計多少。凡，總計。幾，多少。⓯輸　輸出；繳納。⓰卝　古「礦」字。⓱海舶　航海的大船。⓲中國　中原。⓳鞭撻　鞭打。⓴詘　短縮；減少。㉑逋　拖欠。㉒率　遵循。㉓菽粟　糧食的通稱。菽，大豆。粟，穀子。㉔權　稱量。㉕楊炎　唐朝理財家。字公南，鳳翔天興（今陝西鳳翔）人。德宗時，官至門下侍郎同平章事。㉖兩稅之法　夏秋兩稅之法。唐初實行「以丁夫為本」的租庸調法，到德宗建中元年（西元七八〇年），楊炎改行以家產多寡為標準的兩稅法，規定用錢納稅。夏稅不超過六月，秋稅不超過十一月。㉗漢志　即《漢書》的〈食貨志〉。敘述漢代經濟財政。㉘交廣　即交州、廣州。古地名。漢武帝元封五年設置十三州郡，交州是其一。東漢交州首府在廣信，即今廣西蒼梧。三國吳分置廣州，不久又併入交州，首府改設於番禺（即今廣州），後又幾經遷移。㉙宋仁宗景祐二年　即西元一〇三五年。㉚緡錢　用繩穿連成串的錢，即貫錢。緡，穿錢用的繩子。㉛二廣　路名。宋開寶中置嶺南節度使，亦稱廣南路。端拱後分為東西兩路。東路治所在今廣州市，西路治所在今桂林市。㉜江東　路名。亦即江南東路，宋置。治所在江寧（今南京）。㉝坑冶　採礦和冶煉。唐、宋以來，開採五金的礦場都稱坑。礦冶業都稱坑冶，並設置有坑冶官。㉞金章宗　即完顏璟，西元一一九〇至一二〇八年在位。承安為其年號。㉟哀宗正大間　即金哀宗完顏守緒。正大為其年號。正大年間，即西元一二二四至一二三一年。㊱元史　明代宋濂等撰，共二百卷。㊲歲課　每年的賦稅。㊳唐穆宗　即李恆，西元八二一至八二四年在位。㊴楊於陵之議　見《舊唐書・穆宗紀》。㊵纊　亦作「絖」。絮衣服的新絲綿。㊶吳徐知誥從宋齊丘之言　吳，指五代十國時的吳國。徐知誥為輔相，宋齊丘為員外郎。事見宋代洪邁《容齋續筆・宋齊丘》。㊷紬絹　即「綢絹」。紬，「綢」的異體字。㊸通都大邑　四通八達的大都市。㊹行商　「坐商」的對稱。無固定營業地址、經常往來於各地區間販賣商品的商人。㊺麕集　即「群集」。麕，通「群」。㊻告病　聲稱困苦或為難。病，困苦；為難。㊼遐陬僻壤　偏僻遙遠之地。遐，遠。陬，隅；角落。㊽轉般　即轉運。般，今作「搬」。轉運。㊾本色　自唐末至明清，繳納的實物田賦稱本色，折成錢幣或他物的稱折色。㊿濫惡　極端粗劣。51蠲賦　即「捐賦」。免除賦稅。蠲，通「捐」。除去；減免。52完逋之漸　猶言繳納拖欠稅賦的條件。完，舊時稱繳納租稅。逋，拖欠。漸，條件；前提。53敝　亦作「弊」。失敗。54交盡　交相匱乏。

【語　譯】自從禹、湯之世以來，不可能沒有荒年，而老百姓竟至於無糧食而賣孩子。荒年而賣其妻兒的事，這是禹、湯之世所不可能沒有的；豐年而賣其妻兒的事，這是唐、宋的末年所未嘗有的。以前在山東，見登州、萊州及海州的人大多說到穀的價格低廉，處於窮山僻壤不能用銀子去繳納官稅。現在來到關中，從鄠縣以西到岐山之下，雖然全年大豐收，糧食很多，而老百姓還是一個接一個賣其妻兒。到了徵糧那天，村民全都出來，這叫做人市。問當地的縣吏，則回答道，一個縣賣到軍營而請求蓋印畫押的，一年將近千人，那些逃亡或自殺的，還不知道共計多少。這是什麼原因呢？則是老百姓有糧食而沒有銀子。老百姓所收穫的不是他們所繳納的，所求取的不是他們所交出的。銀子不是從天而降的，礦工既然已經停止開採，海船既然已經撤除，中原民間的銀子就已經一天一天消耗了，何況窮山僻壤，商人足跡所不到之處，雖然竭盡鞭撻之力而去求取，又怎麼能夠得到呢？因此穀價一天比一天低賤，而人民一天比一天窮困，人民一天比一天窮困，而賦稅一天比一天減少。拖欠則一年多於一年，人丁則一年少於一年。順著這種情形下去而不發生變化，將不知道會發展到什麼地步。再說以銀子繳納賦稅從什麼時候開始的呢？古代所富有的，無非是糧食而已。因為要交易，不得已則以錢去稱量它，然而從夏、商、周三代直到唐朝，從老百姓那裏獲取的不過是糧食、布帛而已。自從唐代楊炎的兩稅之法實行之後，才開始改為徵收錢幣，但是還沒有徵收銀子。《漢書．食貨志》談到秦代的錢幣有二等，而銀、錫之類用於器物的裝飾，不能用作錢幣。從梁代才開始有交州、廣州以金銀作貨幣的說法。宋仁宗景祐二年，開始詔令各路每年繳納貫錢，福建和廣南東路、廣南西路把貫錢換成銀子，江南東路則以帛替代貫錢。之所以在福建、二廣收取銀子，因為那裏的礦場和採煉業多而海船運輸便利。到金章宗時才開始鑄造銀子，稱之為「承安寶貨」，公開或私下都把它當作錢來使用。金哀宗正大年間，老百姓只是用銀子交易而不用鑄造。到了今日，上下通用銀錢而忘記它的來歷了。然而考證《元史》，在一年賦稅的數額裏銀錢的份額很少。那麼在國家的賦稅中使用銀錢，也不過二、三百年之間的事。今天談到賦稅，一定要說錢糧。錢，就是錢；糧，就是糧，又怎麼會有所謂的銀子呢？況且在天地之間，銀子不再增加，而賦稅則會加倍增長，這必定不能滿足供給之數了。以前在唐穆宗時，物的價值低而錢則貴重，於是用戶部尚書楊於陵的建議，令春秋兩次賦稅等都改用布帛絲纊，這樣老百姓也就方便了。吳國徐知誥聽從宋齊丘之言，認為錢不是種田養蠶所獲得的，讓老百姓繳納錢，是教他們棄本逐末，於是所有的稅都徵收穀帛綢絹。這就是前人談到向人民徵收賦稅，尚且認為錢為難得，讓人民求錢是不務本，何況是繳納銀子呢？先王規定賦稅時，一定收取老百姓所在之地原有的東西。今天在四通八達的大都市、行商群集的地方，雖然徵收的賦稅全部是銀子，而老百姓也不會為難，至於偏遠之地，舟車不能到的地方，即使徵收的賦稅十分之三是銀子也還不能得到。以這種必定不可得到的銀子去為難老百姓，而最後乃至於為難國家，那麼何不推測土地宜於生產什麼，權衡一年收入的數量，斟酌轉運的方法，而在其間予以通融呢？凡是不能通商的州縣，讓它們全都徵納實物田賦，不得已則於十份中徵收三份的錢。錢自下而上，那麼極端粗劣的則無所容納，錢價也就貴了，因此一舉而兩方得利啊！既沒有減免賦稅的虧損，又有使老百姓活下去的實蹟，既沒有催債的困難，又有繳納拖欠稅賦的條件。今日計議起來，沒有比這樣做更方便的了。假若種穀而徵收銀子，這是養羊而求馬；依靠銀子而使國家富裕，這是借酒充飢。以這種作法自己愚弄自己，其失敗會竟至於國家與老百姓都交相匱乏。因此要求用銀子繳納賦稅的計議，比起唐、宋末年諸臣的計議還要低下。

【研　析】這篇文章的論證方法是層層推進。

文章開頭說，老百姓於凶年賣子，這在「禹、湯之世所不能無」；豐年賣子，則在「唐、宋之季所未嘗有」。這種連唐、宋末年都未嘗有的事，竟然在當今之世出現了：「歲甚登，穀甚多，而民且相率賣其妻子」，並以例證說明這種情形的嚴重程度。隨後便對這種情形出現的原因進行探求：「何以故？則有穀而無銀也。」從老百姓來說，「所求非所出」。至此，豐年賣子的根源得到揭示，文章的論點也予以點明。

接下去自然要對上述論點進行分析論證。為什麼說有穀無銀是豐年賣子的根源呢？因為礦工停止開採，海船不再轉運，民間的銀子也就越來越少。何況窮鄉僻壤，老百姓更是拿不出銀子。這樣一來，老百姓只能低價賣穀，高價買銀，其結果是「穀日賤而民日窮，民日窮而賦日詘。逋欠則年多一年，人丁則歲減一歲」。可見豐年賣子，的確是因為老百姓「有穀無銀」的緣故。

上述論述，側重於推理，其後便以史實為據，進一步證明論點並予以歸納分析。文章先從何時以錢納稅談起，進而談到何時開始使用銀子，再則論及以錢或銀納稅的弊病，最後提出消除這一弊病的辦法，即因地制宜，「凡州縣之不通商者，令盡納本色，不得已，以其什之三徵錢」，認為「錢自下而上，則濫惡無所容而錢價貴」，是「一舉而兩利」。文章結尾回照前文：「樹穀而徵銀，是畜羊而求馬也；倚銀而富國，是恃酒而充飢也。」以銀納稅之荒謬，由此可見。

錢糧論下

【題解】本文對當權者以「火耗」為巧取之術，從而使老百姓倍加貧困的現實予以揭露和抨擊。

所謂「火耗」，是明、清政府藉口所徵賦稅銀兩鎔鑄時有折耗而加徵的稅額。火耗名稱，始見於《元史・刑法志・食貨》。明中葉行一條鞭法後，田賦徵銀漸多，州縣以所徵零碎銀兩，照規定成色熔化成塊上交，須彌補折耗為名，在徵田賦時另徵火耗。改熔折損至多不過百分之一、二，但所收火耗卻至少百分之二、三十。清初火耗極重，有高到百分之五十的。雍正年間，火耗列入正稅，存留地方備用，但地方官員又別立新名浮收。

本文認為，火耗之弊在於徵銀為稅，若改徵粟米，此弊則可消除。

嗚呼！自古以來，有國者❶之取於民為已悉❷矣，然不聞有「火耗」之說。火耗之所由名，其起於徵銀之代乎？此所謂正賦十而餘賦三者與？此所謂國中飽而姦吏富❸者與？此國家之所峻防❹，而污官猾胥❺之所世守，以為子孫之寶者與？此窮民之根，匱財之源，啟盜之門，而庸懦❻在位之人所目覩而不救者與？原夫耗之所生，以一州縣之賦繁矣，戶戶而收之，銖❼銖而納之，不可以瑣細而上諸司府❽，是不得不資於火❾。有火則必有耗，所謂耗者，特❿百之一二而已。有賤丈夫⓫焉，以為額外之徵，不免干⓬於吏議⓭，擇人而食⓮，未足厭⓯其貪惏⓰，於是藉火耗之名，為巧取之術，蓋不知起於何年，而此法相傳，官重一官⓱，代增一代，以至於今。於是官取其羸十二三，而民以十三輸國之十；里胥⓲之輩又取其羸十一二，而民以十五輸國之十。其取則薄⓳於兩而厚⓴於銖，凡徵收之數，兩者，必其地多而豪㉑有力㉒，可以持吾之短長㉓者也；銖者，必其窮下戶也，雖多取之，不敢言也。於是兩之加焉十二三，而銖之加焉十五六矣。薄於正賦而厚於雜賦，正賦，耳目㉔之所先也，雜賦，其所後也。於是正賦之加焉十二三，而雜賦之加焉或至於十七八矣。解㉕之藩司㉖，謂之羨餘㉗，貢諸節使㉘，謂之常例㉙，責之以不得不為，護之以不可破㉚，而生民之困，未有甚於此時者矣。

愚嘗久於山東，山東之民，無不疾首蹙額㉛而訴火耗之為虐㉜者。獨德州㉝則不然，問其故，則曰：州之賦二萬九千，二為銀八為錢也。錢則無火耗之加，故民力紓㉞於他邑也。非德州之官皆賢，里胥皆善人也，勢使之然也。又聞之長老㉟言，近代之貪吏，倍甚於唐、宋之時，所以然者，錢重而難運，銀輕而易齎㊱；難運，則少取之而以為多，易齎，則多取之而猶以為少。非唐、宋之吏多廉，今之吏貪也，勢使之然也。然則銀之通，錢之滯；吏之寶，民之賊也。在有明之初，嘗禁民不得行使金銀，犯者准㊲奸惡論。夫用金銀，何奸之有？而重為之禁者，蓋逆㊳知其弊之必至於此也。當時市肆㊴所用，皆唐、宋之錢，而制錢㊵則偶一鑄造，以助其不足耳。今也泉貨㊶弱而害金與，市道㊷窮而偽物作，國幣奪於上，民力單㊸於下，使陸贄㊹、白居易㊺、李翱㊻之流而生今日，其咨嗟㊼太息㊽，必有甚於唐之中葉㊾者矣。曰：子以火耗為病於民也，使改而徵粟米，其無淋尖踢斛㊿，巧取於民之術乎？曰：吾未見罷任之倉官51，寧家52之斗級53，負米而行者也，必鬻銀54而後去。有兩車行於道，前為錢，後為銀，則大盜之所睨55，常在其後車焉。然則豈獨今之貪吏倍甚於唐、宋之時，河朔56之間所名為響馬57者，亦當倍甚於唐、宋之時矣。

【注釋】❶有國者　指當權者。❷悉　知道。❸國中飽而姦吏富　語出《韓非子・外儲說右下》。中飽，指侵吞經手的財物。❹峻防　嚴厲防範。❺污官猾胥　貪污狡猾的官吏。胥，胥吏；古代官府中的小吏。❻庸愞　平庸懦弱。愞，通「懦」。❼銖　中國古代衡制中的重量單位，說法不一。《漢書・律曆志上》云：「二十四銖為兩，十六兩為斤。」❽司府　猶言官府。❾資於火　指以火熔鑄。❿特　但。⓫賤丈夫　語出《孟子・公孫丑下》。即貪利可鄙之人。⓬干　關涉。⓭吏議　處分官吏，議定其罪。⓮擇人而食　選定一些人的賦稅去吞食。⓯厭　滿足。⓰貪惏　即「貪婪」。貪得無厭。惏，「婪」的異體字。⓱官重一官　猶言一官比一官加重稅額。⓲里胥　古之鄉吏。⓳薄　少。⓴厚　多。㉑豪　強橫。㉒有力　有勢力。㉓短長　是非；優劣。㉔耳目　指官吏的爪牙。㉕解　押送。㉖藩司　即布政使。清代定為督、撫屬官，專管一省的財賦和人事，與專管刑名的按察使並稱兩司。㉗羨餘　清代州縣所收田賦火耗在公費開支和私人中飽後解交藩司（省庫）的部分。㉘節使　即節帥。清代用以稱呼督撫。㉙常例　指固定要交納的加徵的稅額。㉚責之以不得不為二句　猶言索取火耗不得不做，回護這種行為而不能破壞。責，責求；索取。㉛疾首蹙額　痛恨憂苦的意思。㉜為虐　為害。㉝德州　市名。在山東西北部，鄰接河北省。㉞紓　寬裕。㉟長老　年高者。㊱齎　「賫」的異體字。㊲准　按照。㊳逆　預先猜度。㊴市肆　市中店鋪。㊵制錢　指明清兩代按其本朝定制由官爐所鑄的錢。以別於前朝的舊錢和本朝的私爐錢。㊶泉貨　錢幣；貨幣。㊷市道　市儈手段。㊸單　通「殫」。盡。㊹陸贄　唐代蘇州嘉興（今屬浙江）人，字敬輿。大曆進士，官至中書侍郎、同平章事。曾在〈上均節財賦六事〉其二言：「凡國之賦稅，必量人之力，任土之宜，故所入者，惟布、麻、繒、纊與百穀而已。」㊺白居易　唐代詩人。字樂天，其先太原（今屬山西）人，後遷居下邽（今陝西渭南東北）。貞元進士，官至刑部尚書。有〈贈友〉詩云：「私家無錢鑪，平地無銅山，胡為秋夏稅，歲歲輸銅錢！」㊻李翱　唐代古文家、哲學家。字習之，隴西成紀（今甘肅秦安東）人。貞元進士，官至山南東道節度使。有〈疏改稅法〉云：「錢者，官司所鑄，粟帛者，農之所出，今乃使農人賤賣粟帛，易錢入官，是豈非顛倒而取其無者耶？」㊼咨嗟　歎息。㊽太息　大聲歎氣。㊾中葉　泛指中期。㊿淋尖踢斛　亦作「淋踢」。古代稅吏收稅時，為多徵米穀，故意用腳踢斛，使斛面堆尖。斛，量器名，亦容量單位。古代以十斗為一斛，南宋末年改為五斗。(51)倉官　指掌管穀物收藏和分發之官。(52)寧家　回家。(53)斗級　主守倉庫務場局院等的役吏。斗謂斗子，級謂節級。(54)鬻銀　指把掠奪貪污的錢財出賣換成銀子。鬻，賣。(55)睨　斜視。(56)河朔　地區名。泛指黃河以北。(57)響馬　古時稱在路上搶劫財物者。因搶劫時先放響箭，故稱。

【語　譯】啊！自古以來，當權者從老百姓那裏收取錢財而歸於自己的手法全都知道，然而未曾聽見有「火耗」的說法。火耗這一名稱的由來，產生於徵收銀子的時代嗎？這就是所謂正賦十而餘賦三的作法嗎？這就是所謂「國內有中飽私囊現象而姦吏富了」的嗎？這就是國家所嚴厲防範而貪官猾吏世代所守護，用以作為留給子孫的法寶的嗎？這就是老百姓貧窮的根由，財物匱乏的源頭，打開盜竊的大門，而平庸懦弱的當權者所能見到而不能自救的嗎？本來損耗之所以產生，是因為一州一縣的賦稅多了，假如一戶一戶徵收，一銖一銖繳納，那麼就不可能把一點一點賦稅全都上交到官府，為此不得不以火熔鑄。有熔鑄必定有損耗，所謂損耗，只不過百分之一、二罷了。有貪利可鄙之人，以為在稅額之外所徵收的，不免關涉到被議定其罪，而選定一些人的賦稅去吞食，又不足以滿足其貪婪之心，於是假藉火耗之名，玩弄巧取之術。不知道從哪一年開始，這種手法相遞傳授，所收「火耗」一官比一官加重，一代比一代增多，直到今天。於是官吏加徵十分之二、三稅額，而老百姓要拿出十三份去上交國家十份的稅額，里胥之輩又加徵十分之一、二的稅額，而老百姓則以十五份去上交國家的十份稅額。他們在收取稅額時對火耗少加於「兩」而多加於「銖」。凡是徵收的稅額，交「兩」的一定是那些地多而且強橫有勢力的人，這些人可以持論官吏是非；交「銖」的一定是那些窮家小戶，雖然多收取，這些人也不敢說什麼。於是對於「兩」只加徵十分之二、三，對於「銖」則加徵十分之五、六了。對於正賦則少收「火耗」，對於雜賦則多收「火耗」。正賦，由官吏的爪牙先收；雜賦，則由官吏後收。於是正賦加徵十分之二、三，而雜賦則加徵到十分之七、八。押送給藩司的，謂之羨餘；貢獻給節使的，謂之常例。索取火耗不得不為，回護這種行為使之不可破除，而老百姓的貧困，未有比此時更加厲害的了。

我曾在山東待過很久。山東的老百姓，沒有不痛恨憂苦而訴說火耗之為害的。唯獨德州則不是這樣，問其原因則說：本州的賦稅共二萬九千，其中二份為銀子八份為錢幣。錢幣則沒有加徵火耗，所以民力要比其他地方寬裕。這並非德州的官吏都是賢人，里胥都是善人，是情勢使他們這樣的。又聽長老說，近代的貪官污吏，更比唐、宋之時的厲害，造成這種情形的原因，是錢重而難以運輸，銀輕而容易攜帶；難以運輸，則收取雖少反而還認為多，容易攜帶，則收取雖多反而還認為少。並非唐、宋之時的官吏很清廉，今天的官吏太貪心，是情勢使他們這樣的。既然如此，那麼通用銀子，錢幣也就不流通了；是官吏的法寶，也就是老百姓的盜賊。在明代初期，曾禁止老百姓不得使用金銀，違犯者按照奸惡之人論罪。使用金銀，有何邪惡呢？而要嚴厲地加以禁止？大概是預先猜測到它的弊病一定會發展到現在這種樣子。當時市中店鋪所使用的，都是唐、宋時的舊錢幣，而制錢則偶爾鑄造一次，以彌補舊錢的不足。今天錢幣的使用減弱了，而有害的金銀的使用則興起了；市儈的手段窮盡了，而虛假的事物出現了。國家的貨幣在上面被掠奪，老百姓的財力在下面喪失殫盡，即使陸贄、白居易、李翱之流生於今日，他們感慨歎息的程度一定超過唐代中期的人。有人說：你以為火耗有害於老百姓，讓稅賦由徵收銀子改為徵收粟米，難道就沒有淋尖踢斛這種巧取於民的辦法了嗎？我的回答是：我沒有見到罷免任職的倉官，回家的斗級，是背負粟米而行的，他們一定是把貪污的財物出賣換成銀子而後離開。假如有兩輛車在道上行駛，前一輛裝的是錢，後一輛裝的是銀，那麼大盜所注意的常常在後面那輛車上。既然這樣，那怎麼會只是今日的貪官污吏比唐、宋之時的加倍厲害呢？就是黃河以北所稱呼的響馬，也應當是比唐、宋之時加倍厲害了。

【研　析】本文從火耗的產生，談到它的為害，以及它得以為害的原因，最後歸結到作者的主張：由徵銀改為徵粟米，火耗之弊則可消除。文氣貫暢，脈絡分明，頗有論辯力量。

作者在論述自己觀點的過程中，使用了幾種不同的手法。第一，在文章的開頭，運用了四個設問句構成一組排比，其作用有三：一是針對全文所要闡述的論題進行概括提示，使讀者易於掌握全文要點。二是所設之問能引起讀者深思，從而能吸引讀者讀下去。三是所設四問之間，層層遞進，它不僅把論題所涉及的內容引向深入，更使文章增添一股氣勢。第二，文章的中間使用了對比論證。作者先用德州民力寬裕與他邑生民日困對比，說明火耗害民之深，這是橫向對比。隨後把近代官吏之貪與唐、宋官吏之貪作一比較，說明正是徵銀才使前者甚於後者，這是縱向對比。因為對比可以把彼此區別開來，所以作者運用這種手法進行論證時，有助於自己觀點的確立。第三，文章最後運用了假設論證。本來，作者經過上面的論述，改徵銀為粟米的主張已得到了比較充分的證明，但是為了掃盡讀者疑慮，又設問道：難道改徵粟米，貪吏就沒有類似於淋尖踢斛的巧取之術了嗎？針對這一疑問，一方面以現存實例予以解惑，另一方面則虛設例證，強調自己主張的正確性。因為假設論證具有反駁的力量，故而在廓清讀者疑慮的同時，再次對作者自己的主張予以間接證明。

生員論上

【題解】科舉時代，在太學及州、縣學學習的人統稱生員。但唐代指的是在太學學習的監生。宋代以後，監生與生員有別。明清時代，凡經過本省各級考試入府、州、縣學的，都稱生員，也就是通常所說的秀才。生員之員，指入學之人有一定的數額。

本文認為，國家設置生員，目的在於為國家培養治國理政之才。而今生員雖然人數眾多，但是大都不學無術，從中很難挑選出國家所需要的實用之才。要改變這種狀況，必須「請一切罷之，而別為其制」，挑選從嚴，寧缺勿濫；以禮聘師，精心栽培，如此則「其人材必盛於今日」。

國家之所以設生員者何哉？蓋以收天下之才俊[1]子弟[2]，養之於庠序[3]之中，使之成德[4]達材[5]，明先王之道，通當世之務，出為公卿[6]大夫[7]，與天子分猷共治[8]者也。今則不然。合天下之生員，縣以三百計，不下五十萬人，而所以教之者，僅場屋[9]之文。然求其成文者，數十人不得一，通經[10]知古今，可為天子用者，數千人不得一也，而嚚訟[11]逋頑⑫，以病⑬有司⑭者，比比而是。上之人以是益厭之，而其待之也日益輕，為之條約⑮也日益苛。然以此益厭益輕益苛之生員，而下之人猶日夜奔走之如鶩⑯，竭其力而後止者何也？一得為此，則免於編氓⑰之役，不受侵於里胥；齒⑱於衣冠⑲，得於禮見官長，而無笞捶⑳之辱。故今之願為生員者，非必其慕功名也，保身家㉑而已。以十分之七計，而保身家之生員，殆㉒有三十五萬人，此與設科之初意悖㉓，而非國家之益也。人之情孰不為其身家者？故日夜求之，或至行關節㉔，觸法抵罪㉕而不止者，其勢然也。今之生員，以關節得者十且七八矣，而又有武生㉖、奉祀生之屬，無不以錢鬻之。夫關節，朝廷之所必誅，而身家之情，先王所弗能禁，故以今日之法，雖堯舜復生，能去在朝之四凶㉗，而不能息天下之關節也。然則如之何？請一切罷之，而別為其制㉘，必選夫五經兼通者而後充之，又課㉙之以二十一史㉚與當世之務而後升之。仍分為秀才㉛、明經㉜二科，而養之於學者，不得過二十人之數，無則闕之，為之師者，州縣以禮聘焉，勿令部選[33]。如此而國有實用之人，邑有通經之士，其人材必盛於今日也。然則一鄉之中，其粗能自立[34]之家，必有十焉，一縣之中，必有百焉。皆不得生員以芘[35]其家，而同於編氓，以受里胥之凌暴[36]，官長之笞捶，豈王者保息[37]斯人之意乎？則有秦漢賜爵[38]之法，其初以賞軍功[39]，而其後或以恩賜[40]，或以勞賜[41]，或普賜[42]，或特賜[43]，而高帝[44]之詔有曰：「今吾於爵，非輕也，其令吏善遇[45]高爵[46]，稱吾意。」至惠帝[47]之世，而民得買爵。夫使爵之重得與有司為禮，而復其戶勿事，則人將趨之。開彼則可以塞此[48]，即入粟拜爵[49]，其名尚公[50]，非若鬻諸生以亂學校者之為害也。夫立功名與保身家，二塗也；收俊乂[51]與恤平人[52]，二術也；並行而不相悖也，一之則敝[53]矣。夫人主與此不通今古之五十萬人共此天下，其芘身家而免笞捶者且三十五萬焉，而欲求公卿大夫之材於其中，以立國而治民，是緣木而求魚[54]也。以守則必危，以戰則必敗矣。

【注釋】❶才俊　才能出眾之人。❷子弟　指學生。❸庠序　古代的學校。❹成德　盛德；全德。❺達材　通材。❻公卿　原指三公九卿，後泛指朝廷中的高級官員。❼大夫　古代國君之下有卿、大夫、士三級，因此為一般任官職者之稱。❽分猷共治　猶言共同謀劃治理。猷，謀劃。❾場屋　指科舉時代考試士子的地方，也稱科場。❿經　指五經。⓫囂訟　奸詐好訟。囂，奸詐。⓬逋頑　怠惰頑鄙。⓭病　為難；害。⓮有司　古代設官分職，各有專司，因稱官吏為「有司」。⓯條約　指條件規章。⓰奔走之如鶩　奔走如鶩，謂急速奔走。鶩，奔馳。⓱編氓　編入戶籍的普通人民。氓，草野之民。⓲齒　重視。⓳衣冠　士大夫；官紳。⓴笞捶　拷打。㉑身家　家業。㉒殆　差不多；大概。㉓悖　違背。㉔關節　暗中行賄、說人情。㉕觸法抵罪　觸犯法律，抵觸罪刑。抵罪，因犯罪而受到相應的處罰。㉖武生　即武生員。科舉制度中有專為考試武藝人才而設有武科。唐代始試武舉，以後逐漸發展成為與一般文士考試相對的體系。從童生、生員到舉人、進士、狀元等名稱相同，但加武字以別之。㉗四凶　古代傳說舜所流放的四人。《尚書・堯典》云：「流共工於幽州，放驩兜於崇山，竄三苗於三危，殛鯀於羽山。四罪而天下咸服。」㉘別為其制　謂另外實行一種制度。㉙課　按照規定的內容和分量教授和學習。㉚二十一史　明嘉靖時校刻史書，於宋人所稱十七史外，加宋、遼、金、元四史，合稱二十一史。終明之世，均用此名。㉛秀才　漢代以後的舉士科目。㉜明經　唐代時與秀才並立的舉士科目。㉝部選　清代中央各部考選官吏之謂。㉞自立　謂以自力有所建樹。㉟芘　通「庇」。庇護。㊱凌暴　欺侮。㊲保息　安養繁殖。息，生息；繁殖。㊳賜爵　賜予爵位。㊴軍功　猶戰功。㊵恩賜　帝王對臣下的恩遇、賞賜。㊶勞賜　因功績而賜予爵位。㊷普賜　普遍賞賜。㊸特賜　特別賞賜。㊹高帝　即漢高祖劉邦。㊺遇　待。㊻高爵　高爵位。㊼惠帝　即漢惠帝劉盈。㊽塞此　指堵塞以關節求生員之路。㊾入粟拜爵　指交納粟糧而授予爵位。㊿尚公　奉公；奉行公事。尚，奉。(51)收俊乂　招收賢德之人。乂，才能出眾。(52)恤平人　撫恤普通之人。(53)敝　通「弊」。壞。(54)緣木而求魚　語出《孟子・梁惠王上》。上樹找魚。喻勞而無功。

【語　譯】國家設置生員的原因是什麼呢？就是用來招收天下才能出眾的學生，把他們放在學校中去教育，使他們德材兼備，既懂先王治國之道，又通曉當代的事務，出仕就能成為公卿大夫，與天子共同謀劃治理。今天則不是這樣。總計天下的生員，若每縣以三百人計算，不少於五十萬人，用以教育他們的，僅僅是科場之文。然而請他們寫成一篇完整文章，數十人中也不能夠有一人，至於通經書知古今，可以為天子所用的，數千人中也不能夠有一人，而奸詐好訟、怠惰頑鄙，以此為難官吏的，則比比皆是。上面的人因為這樣而更加討厭他們，對他們日益輕視，為他們制定的條約規章日益苛刻。下面的人還日夜急速奔走追求，竭盡其力而後罷休，其原因是什麼呢？一旦能夠成為生員，那就可以免除普通人的勞役，不受里胥的侵擾；為士大夫所重視，能夠以禮見官長，而無被拷打的侮辱。因而今天願為生員的人，不一定就是他們羨慕功名，而是為了保護身家而已。以十分之七計算，出於保護身家而當生員的大概有三十五萬人，這與設立科舉的最初意義是相違背的，並非國家利益之所在。照人之常情看來，誰不為他們身家著想的呢？因此也就要日夜追求成為生員，有的竟至於進行賄賂觸犯法律罪刑而不能停止，這是勢所必然的。今天的生員，以行賄手段獲得的，十人中將近有七、八人，而又有武生、奉祀生之類，沒有不是以錢買到的。行賄，這是朝廷一定要懲罰的；而為身家著想的情義，則是先王所不能禁止的。因此，以今日的法律，雖然是堯、舜再生，能夠除掉朝內的四凶，而不能制止天下的行賄之事。既然如此，那麼該怎麼辦呢？請把現在所有的生員都罷免掉，而另外實行一種制度，一定挑選那些兼通五經的人去充當生員，又以二十一史和當代的事務去教授或學習，然後才提升他們。仍然分為秀才、明經二科，而放在學校中予以培養的，不能超過二十人的數目，沒有這麼多人就空闕下來；當他們老師的，州縣以禮去聘請，不要讓有關的部去推選。如此則國家有實際可用的人，州縣有通曉經書之士，那時人材一定多於今天了。倘若這樣，那麼一鄉之中，那些粗略能自立的，一定有十人，一縣之中，一定有百人了。這些人都不能以生員的身分來庇護他們的身家，而與普通人相同，以受里胥的欺侮、官長的拷打，難道是王者安養繁育這些人的意思嗎？於是就有了秦漢賜爵之法，最初是用來賞賜有戰功的，其後有的是用來恩賜，有的是用來勞賜，有的則是普賜，有的則是特賜。漢高祖的詔書中說：「現在我對於爵位，不是輕視它。如果能使官吏好好地對待高爵位，那才符合我的意思。」到了漢惠帝時代，老百姓就能夠買爵位了。使爵位重要到能與官吏以禮相待，而有爵位者的家庭又沒有什麼事，於是人們將爭著去獲得爵位了。打開別的路就可以堵塞這條路，即使是交納粟糧以買得爵位，那也叫做奉公，而不是像出賣各種生員而擾亂學校那樣成為禍患。建立功名與保護身家，是兩條道路；招收賢德之人與撫恤平常之人，是兩種手法，並行而不相互違背，把它們當作一回事那就壞了。帝王與這些不通古今的五十萬人共有這個天下，那種為庇護身家或免遭拷打而求取生員的人將近三十五萬，想從他們中間得到公卿大夫之材，以建立國家和治理人民，是緣木而求魚。用他們來守衛則一定危險，用他們來作戰則一定失敗。

【研析】夾敘夾議，是議論文中經常使用的寫作方法。敘即敘事，議即議理。敘是為議提供對象或論據，議是對所敘之事進行剖析，揭示其實質。本文在論述「生員」時，敘與議結合得十分巧妙。

文章開頭一問一答，說明國家設置生員的目的在於培養能「與天子分猷共治」的人材（議中夾議）。接下去轉入正文：今則不然。生員眾多，但絕大多數均不學無術，無能無德（敘中夾議）。對這種無用的生員，上之人「益厭益輕益苛」，下之人卻趨之若鶩，其原因是什麼呢？原來一旦成為生員，就可以保護身家。正是出於保身家而非慕功名的目的，所以下之人才不擇手段去求得生員，哪怕是行賄犯罪也在所不惜（議中夾敘）。那麼怎樣才能消除上述弊端、培養出有用之材呢？「請一切罷之，而別為其制」（敘中夾議）。文章最後寫道：對於下之人來說，「立功名與保身家」是兩條道路；對於上之人來說，「收俊乂與恤平人」是兩種手法，「並行而不相悖也，一之則敝矣」。今之生員之所以很少有實用之材，其根本原因即在於把立功名與保身家看作一回事。而帝王要從他們中間求取公卿士大夫是緣木求魚，「以守則必危，以戰則必敗矣」（議中夾敘）。

生員論中

【題解】在〈生員論上〉中，作者指出當時的生員雖多，但於國無益，於民有害。只有罷免所有的生員，另外挑選少量有學識的人去充任，經過精心培養方能成為有用之才。本篇則承接上篇之意，認為「廢天下之生員」有四點好處，即「官府之政清」、「百姓之困蘇」、「門戶之習除」和「用世之材出」，並且對這四點分別進行了論證。

廢天下之生員而官府之政清，廢天下之生員而百姓之困蘇❶，廢天下之生員而門戶❷之習除，廢天下之生員而用世之材出。今天下之出入公門❸以撓官府之政者，生員也；倚勢以武斷❹於鄉里者，生員也；與胥吏❺為緣❻，甚有身自為胥吏者，生員也；官府一拂❼其意，則群起而鬨❽者，生員也；把持官府之陰事❾，而與之為市❿者，生員也。前者譟，後者和⓫；前者奔，後者隨；上之人欲治之而不可治也，欲鋤⓬之而不可鋤也，小有所加⓭，則曰是殺士也，坑儒⓮也。百年以來，以此為大患⑮，而一二識治體⑯能言⑰之士，又皆身出於生員，而不敢顯言其弊，故不能曠然⑱一舉而除之也。故曰廢天下之生員而官府之政清也。

天下之病民⑲者有三：曰鄉宦⑳，曰生員，曰吏胥。是三者，法皆得以復其戶㉑，而無雜泛之差㉒，於是雜泛之差，乃盡歸於小民。今之大縣至有生員千人以上者，比比也。且如一縣之地有十萬頃，而生員之地五萬，則民以五萬而當十萬之差矣；一縣之地有十萬頃，而生員之地九萬，則民以一萬而當十萬之差矣。民地愈少，則詭寄㉓愈多，詭寄愈多，則民地愈少，而生員愈重㉔。富者行關節以求為生員，而貧者相率㉕而逃且死，故生員之於其邑㉖人無秋毫之益㉗，而有丘山之累㉘。然而一切考試科舉之費，猶皆派取之民，故病民之尤㉙者，生員也。故曰：廢天下之生員，而百姓之困蘇也。

天下之患，莫大乎聚五方㉚不相識之人，而教之使為朋黨㉛。生員之在天下，近或數百千里，遠或萬里，語言不同，姓名不通，而一登科第[32]，則有所謂主考官者，謂之座師；有所謂同考官者，謂之房師；同榜之士，謂之同年；同年之子，謂之年姪；座師、房師之子，謂之世兄；座師、房師之謂我，謂之門生；而門生之所取中者，謂之門孫；門孫之謂其師之師謂之太老師。朋比膠固[33]，牢不可解，書牘交於道路[34]，請託徧於官曹[35]，其小者足以蠹政[36]害民，而其大者，至於立黨傾軋，取人主太阿之柄而顛倒之[37]，皆此之繇[38]也。故曰：廢天下之生員，而門戶之習除也。

國家之所以取生員而考之以經義[39]、論[40]、策[41]、表[42]、判[43]者，欲其明六經之旨，通當世之務也。今以書坊[44]所刻之義[45]，謂之時文[46]，舍聖人之經典，先儒之注疏與前代之史不讀，而讀其所謂時文。時文之出，每科一變[47]；五尺童子[48]能誦數十篇而小變其文，即可以取功名，而鈍[49]者至白首[50]而不得遇[51]。老成之士[52]，既以有用之歲月，銷磨於場屋之中，而少年捷得之者，又易視天下國家之事，以為人生之所以為功名者，惟此而已，故敗壞天下之人材，而至於士不成士，官不成官，兵不成兵，將不成將，夫然後寇賊姦宄㊸得而乘之，敵國外侮㊹得而勝之。苟以時文之功，用之於經史及當世之務，則必有聰明俊傑通達治體之士，起於其間矣。故曰：廢天下之生員，而用世之材出也。

【注釋】❶困蘇　困頓之後獲得休息。蘇，蘇息。❷門戶　舊時稱結黨為立門戶。❸公門　衙門。❹武斷　語出《史記‧平準書》。原意謂「鄉曲豪富無官位，而以威勢主斷曲直」。❺胥吏　古代官府中的小吏。❻緣　牽連。❼拂　拂逆；違背。❽鬨　喧鬧。❾陰事　祕事。❿市　交易。⓫前者譟二句　謂前面的鼓譟，後面的附和。譟，群鳴；喧譁。和，跟著吵鬧。⓬鋤　鏟除。⓭小有所加　謂稍微加以管束。小，稍微。⓮坑儒　秦始皇統一全國，於三十四年（西元前二一三年）以咸陽諸生是古非今，不利於王朝統治，乃燔燒《詩》、《書》，坑殺儒生四百餘人。⓯大患　大的災難、禍害。⓰治體　治國的體要。⓱能言　能言善辯。⓲曠然　開朗豁達的樣子。⓳病民　猶言使老百姓受苦。⓴鄉宦　即鄉官，治理一鄉事務的官吏。㉑復其戶　語出《荀子‧議兵》。謂免除其戶之賦稅和勞役。㉒雜泛之差　指各種各樣的差役。㉓詭寄　將自己的田地偽報在別人名下，以逃避田賦、差役。㉔重　增加。㉕相率　一個接一個。㉖邑　古代區域單位。㉗秋毫之益　喻指微小的利益。㉘丘山之累　喻指很大的害處。㉙尤　特別的；突出的。㉚五方　東、南、西、北、中。㉛朋黨　排除異己的黨派集團。㉜科第　科舉登第。㉝朋比膠固　謂依附勾結，關係緊密。朋比，依附勾結。膠固，堅固。㉞書牘交於道路　指書信頻繁來往於路上。㉟官曹　官署。曹，古時分職治事的官署或部門。㊱蠹政　損害政制。㊲取人主句　猶言授人權柄，自受其害。人主，指帝王。太阿，本古劍名，比喻權柄。㊳繇　通

「由」。從；自。㊴經義　科舉考試所用文體之一。以書中文句為題，應試者作文闡明其中之理。㊵論　議論文體。㊶策　古代考試以問題書之於策，令應舉者作答，稱為「策問」，也簡稱「策」。後來就成為一種文體。㊷表　古代奏章的一種。㊸判　判牘。判決司法案件等文章，古代多用四六駢體文。㊹書坊　刻印售賣書籍的店鋪。㊺義　制義。即八股文。㊻時文　科舉應試之文。㊼每科一變　謂每次科舉考試之後就變換一次文章。㊽五尺童子　語出《孟子・滕文公上》。指尚未成年的兒童。古尺短，故稱五尺童子。㊾鈍　愚鈍。㊿白首　言年老。(51)遇　相逢。此處指獲取功名。(52)老成之士　指閱歷多而練達世事之人。(53)姦宄　指犯法作亂之人。宄，內亂。(54)敵國外侮　指敵國入侵。

【語譯】廢除天下的生員而官府的政治得以清明，廢除天下的生員而百姓的困頓能夠獲得蘇息，廢除天下的生員而門戶的習氣能夠被除掉，廢除天下的生員而為世所用的人材才能出現。今天出入衙門而騷擾官府政事的，是生員；依靠威勢而在鄉里主斷是非曲直的，是生員；與官府小吏相牽連，甚至有自身就是官府小吏的，是生員；官府一旦違背其意願，則群起而喧鬧的，是生員；把持官府的祕事，而與官府做交易的，是生員。前面的鼓譟，後面的喧譁；前面的朝前奔，後面的緊隨其後。對於這種情形，上面的人想整治而又整治不了，想鏟除而又鏟除不了。稍微加以管束，就說是「殺士」，是「坑儒」。百年以來，都是以此為最大禍害，而一兩位懂得治國體要、能言善辯之士，又都出身於生員，而不敢說到它的弊病，因此不能豁達地一舉而把它鏟除。所以說：廢除天下的生員而官府的政治得以清明。

天下使老百姓受苦的有三種人：鄉宦、生員、吏胥。這三種人，根據法令他們都能免除賦稅和勞役，而沒有各種各樣的差役。於是各種各樣的差役，全都屬於普通老百姓的了。今天的大縣竟至於有生員一千人以上的，比比皆是。如果一個縣的土地有十萬頃，而生員的土地占了五萬頃，那麼老百姓以五萬頃之地而要負擔十萬頃之地的差役；一個縣的土地有十萬頃，而生員的土地占有九萬頃，那麼老百姓以一萬頃之地而要負擔十萬頃之地的差役。老百姓的土地愈少，則「詭寄」之事愈多，「詭寄」之事愈多，則老百姓的土地愈少，而生員則更加多了。富有的人進行賄賂以求得成為生員，而貧窮的人一個接一個地逃走或死亡。因此生員對於邑人來說沒有微小的利益，卻有很大的害處。然而一切考試科舉的費用，還是都分給老百姓並從他們那裏收取。因此特別禍害老百姓的，就是生員。所以說：廢除天下的生員，老百姓才能在困頓之後獲得蘇息。

天下最大的禍患，沒有大於聚集五方不相識之人，而讓他們成為朋黨。生員住在天下各地，近的則有的相距幾百千里，遠的則有的相距萬里，語言不同，姓名不通，但一旦科舉登第，則有所謂的主考官，稱為座師；有所謂的同考官，稱為房師；同榜之士，稱為同年；同年之子，稱為年姪；座師、房師之子，稱為世兄；座師、房師對那些科舉登第的生員，稱為門生；而門生所取中的生員，稱為門孫；門孫稱他的老師的老師為太老師。如此依附勾結，關係緊密，牢不可破。書信頻繁來往於路上，請求託付之事遍於官署，從小的方面而言，它足以損害政制危害百姓。從大的方面而言，竟至於結成朋黨相互傾軋，授人權柄，自受其害。這些事都是從生員產生的。所以說：廢除天下的生員，而門戶的習氣能夠被除去。

國家之所以在取生員時要用經義、論、策、表、判對他們進行考試，就是希望他們懂得六經的旨意，通曉當世的事務。今天書坊所刻的制義，稱為時文。捨去聖人的經典，和以前儒生的注疏與前代的史書不讀，而讀那些所謂的時文。時文的印行，在每次科舉考試之後就變換一次。五尺童子能夠背誦數十篇，而只要稍微對它進行改變就可以獲取功名，而那些愚鈍的人一直到年老都不能得到。閱歷豐富、練達世事的人，把有用的歲月，銷磨在科場之中，青年男子中那些捷足先得功名的人，又輕視天下國家之事，以為人生求取功名的途徑，唯有科舉而已。因此毀壞了天下的人材，以至於士不成其為士，官不成其為官，兵不成其為兵，將不成其為將，然後寇賊之類犯法作亂之人也就能夠乘機發難，敵國入侵也就能夠獲得勝利。假若把花在時文上的功夫，用在經史及當世的事務上，那麼一定會有聰明俊傑、通達治國體要之士，產生於其中。所以說：廢除天下的生員，為世所用的人材才能產生。

【研　析】這篇文章層次分明，邏輯嚴密。

文章開頭就提出總論點：「廢天下之生員而官府之政清，廢天下之生員而百姓之困蘇，廢天下之生員而門戶之習除，廢天下之生員而用世之材出。」這一總論點由四個排比句式構成，它們分別從四個方面表明廢除天下之生員的必要性，而在其後的論證中，它們又以四個分論點的身分出現。

為什麼說「廢天下之生員而官府之政清」？因為「撓官府之政」、「倚勢以武斷於鄉里」等等，都是生員。「上之人欲治之而不可治」、「欲鋤之而不可鋤」、「百年以來，以此為大患」。

為什麼說「廢天下之生員而百姓之困蘇」？因為「法皆得以復其戶，而無雜泛之差，於是雜泛之差，乃盡歸於小民」。「故生員之於其邑人無秋毫之益，而有丘山之累」。

為什麼說「廢天下之生員而門戶之習除」？因為生員無論遠近、語言不同或姓名不通，他們一登科第，便形成千絲萬縷的聯繫，「其小者足以蠹政害民，而其大者，至於立黨傾軋，取人主太阿之柄而顛倒之」。

為什麼說「廢天下之生員而用世之材出」？因為生員之所讀者為時文而非聖人之經典、先儒之注疏與前代之史，這樣一來，「五尺童子能誦數十篇而小變其文，即可以取功名，而鈍者至白首而不得遇」；「老成之士」，把歲月消磨於科場之中；「少年捷得之者，又易視天下國家之事，以為人生之所以為功名者，惟此而已」。其結果是「敗壞天下之人材」，乃至於禍國殃民。

由上述可見，既然四個分論點構成了總論點，那麼對四個分論點的依次論證，也就是從不同的角度對總論點予以論證。因此，這篇文章之所以層次分明，邏輯嚴密，其原因就在於總論點與分論點之間存在著相依共存的內在聯繫。

生員論下

【題解】〈生員論中〉雖然從四個方面論證了廢除生員的必要性，但並沒有完全消解人們心頭疑慮：廢除生員，何以取士？本文則就此作了回答。作者認為，應「用辟舉之法，而並存生儒之制」。對選入各級學校的生員限定其數額，這樣，「天下之為生員者少矣，少則人重之，而其人亦知自重」。對於教官的設立，也應當予以改進，即「聘其鄉之賢者以為師，而無隸於仕籍；罷提學之官，而領其事於郡守」，這樣，「聚徒合黨，以橫行於國中」之事，「將不禁而自止」。

問曰：廢天下之生員，則何以取士？曰：吾所謂廢生員者，非廢生員也，廢今日之生員也。請用辟舉之法❶，而並存生儒之制❷。天下之人，無問其生員與否，皆得舉而薦之於朝廷，則我之所收者，既已博矣，而其廩之學者❸為之限額，略倣唐人郡縣之等❹：小郡十人，等❺而上之，大郡四十人而止；小縣三人，等而上之，大縣二十人而止。約其戶口之多寡，人材之高下而差次❻之，有闕則補，而罷歲貢❼舉人❽之二法。其為諸生⑨者，選其通雋⑩，皆得就試於禮部⑪，而成進士者，不過授以簿尉⑫親民之職，而無使之驟進，以平其貪躁⑬之情。其設之教官⑭，必聘其鄉之賢者以為師，而無隸於仕籍⑮；罷提學⑯之官，而領其事於郡守⑰。此諸生之中，有薦舉而入仕者，有考試而成進士者，亦或有不率⑱而至於斥退⑲者，有不幸而死，及衰病而不能肄業⑳、願給衣巾以老者，闕至於二人三人，然後合㉑其屬之童生㉒，取其通經能文者以補之。然則天下之為生員者少矣，少則人重之，而其人亦知自重。為之師者不煩於教，而向所謂聚徒合黨，以橫行於國中者，將不禁而自止。若夫溫故知新㉓，中年考較㉔，以蘄至於成材，則當參酌㉕乎古今之法，而茲不具論也。

或曰：天下之才，日生而無窮也，使之皆壅於童生，則奈何？吾固曰：天下之人，無問其生員與否，皆得舉而薦之於朝廷，則取士之方，不恃諸生之一途而已也。夫取士以佐人主理國家，而僅出於一途，未有不弊者也。

【注　釋】❶辟舉之法　即徵召和選舉之法。辟，徵召。❷生儒之制　即生員之制。生儒，儒生。❸廩之學者　猶言養之於學校的人，即廩生（生員名目之一）。廩，廩食；官府供給糧食。❹等　等級。❺等　衡量。❻差次　分別等級班次。❼歲貢　科舉制度中貢入國子監的生員之一種。明、清兩代，一般每年或兩、三年從府、州、縣學中選送廩生升入國子監讀書，因稱歲貢。❽舉人　漢代指由郡國薦舉的人，唐、宋指被薦舉參加進士科考試的人，明、清始稱鄉試登第者為舉人。❾諸生　明、清兩代稱已入學的生員。❿通雋　即人材俊逸出眾。雋，通「俊」。⓫禮部　官署名。北周始設。隋、唐為六部之一。掌禮儀、祭享、貢舉等職。長官為禮部尚書，歷代相沿。⓬簿尉　主簿和縣尉。簿，指縣主簿，掌管縣之簿目者。尉，指縣尉，掌一縣治安。⓭貪躁　貪婪急躁。⓮教官　掌管學校的官員。元、明府學置教授，州學置學正，縣學置教諭訓導，掌教誨所屬生員之事，統稱教官，也稱學官、校官。⓯無隸於仕籍　猶言不要載入官員之簿冊，也就是不要封為官員。隸，附屬。仕籍，登載官員的簿冊。仕，做官。⓰提學　明時提刑按察使司有提學，巡察各省學政。清改為提督學政，掌全省學校生徒考課黜陟之事，三年一任，大省以四品以上大員充任，較小省份以翰林院編修充任。⓱郡守　宋以後郡改為府，知府亦稱郡守。⓲不率　謂不遵循教令。率，遵循；服從。⓳斥退　驅逐。⓴肄業　修習學業。㉑合　對照。㉒童生　別稱文童。明、清科舉制度，凡應考生員（秀才）之試者，不論年齡大小，皆稱儒童，習慣上稱童生。㉓溫故知新　語出《論語・為政》。溫習已學過的知識，獲得新的理解與體會。㉔考較　考試；考查。㉕參酌　參考；斟酌。

【語　譯】有人會問：假如廢除天下的生員，那麼用什麼辦法選拔學士呢？我的回答是：我所說的廢除生員，並不是廢除生員制本身，而是廢除今天的生員。希望採用「辟舉」之法，而同時存在選取儒生的制度。天下的人，不要問他是否是生員，都能被推薦給朝廷，那麼我所收納的人，也就多了。對那些供養在學校的人要限定名額，大略倣效唐人設立的郡縣等級制：小郡十人，比小郡大的便增加名額，大郡則限定為四十人。小縣三人，比小縣大的就增加名額，大縣則限定為二十人。大略根據其戶口的多少，人材的高下而分別等級班次，有缺就補，取消歲貢、舉人二種方法。對那些已是諸生的，則挑選出俊逸出眾之人，請他們全部參加禮部考試；而對那些已成為進士的，只不過授予主簿、縣尉等接近老百姓的職務，而不要使他們急速升遷，以平息他們貪婪急躁的心情。對那些設置的教官，一定聘請當地的賢人為師，而不要把他們封為官員；免除提學官職，而由郡守管領其事。在這些諸生之中，有經舉薦而做官的，有經考試而成為進士的，也可能有不遵循教令以至於被驅逐的，也可能有不幸而死亡的，以及身體衰弱生病而不能修習學業，希望供給衣食而終老的。缺少二人三人，然後對照其所屬的童生，選取那些通曉經典、能寫文章的人去補充。既然這樣，那麼天下成為生員的人少了，少了就被人所尊重，而生員也知道自我尊重。當老師的不厭其煩地教授，以前所謂聚集門徒結成朋黨，以橫行於國中的事，將不禁而自止。至於說溫故知新，中年考查，以求成材，則應當參考斟酌於古今的方法，對此我不再一一論述了。

有人會說：天下的人材，日日產生而沒有窮盡，假如讓他們都為童生之制所阻塞，則怎麼辦呢？我本來就說過：天下的人材，不問其是否是生員，都能被舉薦給朝廷，那麼選取學士的方法，就不僅依靠諸生這一條途徑了。選取學士以輔佐人主治理國家，而僅僅出於一條途徑，是沒有不出現弊端的。

【研析】本文結構頗為特別：全文分為兩個部分，每一個部分由一問一答所構成；並且後一問為前一答所生發，後一答則又是對前一答的回應和補充。由此，文章意脈貫連，首尾圓合。

文章第一部分開頭借他人之口設問：「廢天下之生員，則何以取士？」隨之在退而申述所謂廢生員並非廢生員之制，而是廢今日生員之後，進而正面解答取士之法：「請用辟舉之法，而並存生儒之制。」接著便對這兩種取士之法進行了詳盡說明。文章第二部分開頭又借他人之口問道：「天下之才，日生而無窮也，使之皆壅於童生，則奈何？」（顯然，這一問是針對前一答中所謂「並存生儒之制」而發的）隨之又解答道：「吾固曰：天下之人，無問其生員與否，皆得舉而薦之於朝廷，則取士之方，不恃諸生之一途而已也。」（顯然，這一答是對前一答所謂「請用辟舉之法」的強調）至於文章的結尾說：「夫取士以佐人主理國家，而僅出於一途，未有不弊者也。」這既是對後一答內容的延伸與擴展，又可看作是對全文所作的言簡意賅的小結。

卷二

音學五書序

【題解】序，亦作「敘」，即介紹評述一部著作的文字。或由作者自己撰寫，或請他人撰寫。在本序中，作者闡明了自己撰寫《音學五書》的緣由。他認為，《詩經》是古人之音書。至劉宋周顒、梁代沈約時出現了四聲之譜，則「今音行而古音亡，為音學之一變」。下及唐代陸法言作《切韻》，乃至宋代「劉淵始併二百六韻為一百七；元黃公紹作《韻會》因之，以迄於今。於是宋韻行而唐韻亡，為音學之再變」。為了使今日之音還歸淳古，使六經之文可讀，作者「據唐人以正宋人之失，據古經以正沈氏唐人之失」，撰寫了《音論》、《詩本音》、《易音》、《唐韻正》和《古音表》五書。作者曾在〈與人書二十五〉中說道：「某自五十以後，篤志經史，其於音學，深有所得。今為《五書》，以續三百篇以來久絕之傳。」可見，此書是作者潛心研究多年的得意之作。

〈記〉❶曰：「聲成文謂之音。」❷夫有文斯有音❸，比音而為詩❹，詩成然後被之樂❺，此皆出於天而非人之所能為也。三代❻之時，其文皆本於六書❼，其人皆出於族黨❽庠序❾，其性皆馴化於中和❿，而發之為音無不協於正⓫。然而《周禮》⓬大行人之職⓭：「九歲屬⓮瞽⓯史⓰，諭⓱書名⓲，聽聲音⓳。」所以一道德⓴而同風俗㉑者又不敢略㉒也。是以《詩》三百五篇㉓，上自〈商頌〉㉔，下逮陳靈㉕，以十五國之遠，千數百年之久，而其音未嘗有異。帝舜之歌，皐陶之賡㉖，箕子之陳㉗，文王、周公之繫㉘無弗同者，故三百五篇，古人之音書也。魏、晉以下，去古日遠，詞賦日繁，而後名之曰韻㉙；至宋周顒㉚、梁沈約㉛而四聲之譜作。然自秦、漢之文，其音已漸戾㉜於古，至東京㉝益甚，而休文作譜，乃不能上據〈雅〉、〈南〉，旁摭騷子㉞，以成不刊之典㉟，而僅按班、張㊱以下諸人之賦，曹㊲、劉㊳以下諸人之詩所用之音，撰為定本㊴，於是今音行而古音亡，為音學之一變。下及唐代，以詩賦取士，其韻一以陸法言[40]《切韻》為準，雖有獨用、同用之注，而其分部[41]未嘗改也；至宋景祐之際[42]，微有更易；理宗[43]末年，平水[44]劉淵[45]始併二百六韻為一百七；元黃公紹[46]作《韻會》因[47]之，以迄於今。於是宋韻行而唐韻亡，為音學之再變。世日遠而傳日訛[48]，此道[49]之亡，蓋二千有餘歲矣。炎武潛心有年，既得《廣韻》[50]之書，乃始發悟於中而旁通其說[51]，於是據唐人以正宋人之失，據古經以正沈氏唐人之失，而三代以上之音部分[52]秩如[53]，至賾[54]而不可亂。乃列古今音之變而究其所以不同，為《音論》三卷；考正三代以上之音；注三百五篇，為《詩本音》十卷；注《易》，為《易音》三卷；辨沈氏部分之誤，而一一以古音定之，為《唐韻正》二十卷；綜古音為十部，為《古音表》二卷，自是而六經[55]之文乃可讀。其他諸子[56]之書，離合[57]有之，而不甚遠也。天之未喪斯文[58]，必有聖人復起，舉今日之音而還之淳古[59]者。予曰：「吾自衛反魯，然後樂正，〈雅〉、〈頌〉各得其所。」[60]實有望於後之作者焉。

【注釋】❶記　《禮記・樂記》。❷聲成文謂之音　聲即聲音。據《禮記正義》云：「謂聲之清濁雜比成文謂之音。」古以聲之清濁高下，分為宮、商、角、徵、羽五音，加變宮、變徵為七。文，據《易・繫辭下》云：「物相雜，故曰文。」本謂彩色交錯，此指五聲相雜。❸有文斯有音　謂有五聲清濁雜比成文則有音。斯，則；就。❹比音而為詩　調音韻和協而為詩。比，調順；和協。❺詩成然後被之樂　謂詩成然後施之於樂。古代詩、樂、舞三位一體，故有此說。被，施加；施用。❻三代　夏、商、周。❼六書　古人分析漢字的造字方法而歸納出來的六種條例，即象形、指事、會意、形聲、轉注、假借。❽族黨　聚居的同族親屬。❾庠序　古代地方所設的學校，與帝王的辟雍、諸侯的泮宮等大學相對而言。❿中和　儒家中庸之道（不偏叫中，不變叫庸），認為能「致中和」，則無事不達於和諧的境界。⓫協於正　合於正聲。正聲，即純正的樂聲。⓬周禮　亦稱《周官》或《周官經》。儒家經典之一。搜集周王室官制和戰國時代各國制度，添附儒家政治理想，增減排比而成的彙編。⓭大行人之職　《周禮・秋官》載明大行人的職責。大行人為接待賓客的官吏。漢稱典客，又改稱大鴻臚。⓮屬　聚集。⓯瞽　瞎眼。古以瞽者為樂官，因以為樂官的代稱。⓰史　史官，即太史或內史。⓱諭　曉諭。⓲書名　所書之字，即文字。⓳聽聲音　謂習聽聲音。⓴一道德　謂使道德純一。㉑同風俗　謂使風俗齊同。㉒略　節省。㉓詩三百五篇　即《詩經》。因《詩經》實際存數為三百零五篇，故有此說。㉔商頌　《詩經》三頌之一。相傳微子後七世戴公時，大夫正考父得〈商頌〉十二篇於周大師，歸以祀其先王。孔子錄《詩》已亡其七，故只得五篇。㉕陳靈　指陳靈公。〈國風・陳風・株林〉小序云：「刺靈公也。」據此可知，此處「陳靈」代指〈國風・陳風〉產生的時期。〈陳風〉為〈國風〉中最晚的作品，約在春秋時期。㉖帝舜之歌二句　帝舜，即舜帝。皋陶，一作「咎繇」。傳說中東夷族的首領，偃姓，相傳曾被舜任為掌管刑法的官，後被禹選為繼承人，因早死，未繼位。《尚書・益稷》載：「帝庸作歌曰：『敕天之命，惟時惟幾。』……（皐陶）乃歌曰：『元首明哉，股肱良哉，庶事康哉！』」譯成白話文為：「舜帝因此作歌道：『勤勞天命，這樣子就差不多了。』……皐陶於是繼續作歌道：『君王英明啊！大臣賢良啊！諸事安康啊！』」賡，繼續之意。

㉗箕子之陳　據《尚書・洪範》載：武王訪問箕子，問殷為何滅亡，箕子不忍說殷商的惡政。於是武王改問上天安定下民的常道，箕子便告以洪範九疇，也就是大法九類。箕子，商代貴族，紂王的叔父，官太師。封於箕（今山西太谷東北）。曾勸諫紂王，紂王不聽，把他囚禁。周武王滅商後被釋放。陳，即陳述大法九類。㉘文王周公之繫　指文王作彖辭，周公作爻辭。其內容是對全卦、各爻所作的解釋。㉙韻　聲韻。㉚周顒　據《南齊書・陸厥傳》云：「汝南周顒，善識聲韻。」㉛沈約　字休文。歷仕宋、齊、梁三朝。在梁朝，官至尚書令。沈約於詩主四聲八病之說。著有《四聲韻譜》。㉜戾　違背；背離。㉝東京　東漢都洛陽，因在西漢都長安之東，故稱長安為西京，洛陽為東京。又以建都地點代表這兩個朝代，故又稱西漢為西京，東漢為東京。

㉞乃不能上據雅南二句　猶言這不能於上依據《詩經》，旁採騷體。〈雅〉、〈南〉均為《詩經》組成部分，故以其代稱。摭，拾取。騷子，借指以屈原〈離騷〉為代表的騷體，即楚辭體。㉟不刊之典　不可更改的經典。刊，刪改；修訂。㊱班張　班固、張衡，均為東漢辭賦大家。班固寫有〈兩都賦〉，張衡寫有〈二京賦〉。

㊲曹　指曹操及其子曹丕、曹植。㊳劉　指劉楨，為建安七子之一。㊴定本　一書的最後確定之本。指自己編撰或整理前人的著作，在一定時間內，已經整理完畢，最後確定，準備刊行的本子。㊵陸法言　隋音韻學家。名詞，以字行，臨漳（今屬河北）人，官承奉郎。與劉臻、顏之推等人討論音韻，評議古今是非，南北通塞，編成《切韻》。自此書出，六朝諸家韻書漸亡，唐、宋韻書多以此為藍本。㊶分部　分類。《切韻》共分一百九十三韻，平聲五十四，上聲五十一，去聲五十六，入聲三十二。部，部目；類別。㊷景祐之際　西元一〇三四至一〇三八年。景祐，宋仁宗趙禎的年號。㊸理宗　宋理宗趙昀。自西元一二二五至一二六四年在位。㊹平水　舊平陽府城（今山西臨汾的別稱）。以城市南汾水支流平水得名。㊺劉淵　宋平水人，理宗末年曾刊印《禮

部韻略》，餘有增改，世稱平水韻。㊻黃公紹　元代音韻訓詁學家。字真翁，昭武（今福建邵武）人。約在至元二十九年（西元一二九二年）前撰成《古今韻會》，以《說文》為本，並參考宋、元以前的字書、韻書，為字書訓詁集大成的著作。㊼因　沿襲。㊽訛　錯誤。㊾道　指音學。㊿廣韻　全稱《大宋重修廣韻》。韻書，五卷。宋陳彭年等奉詔重修，原為增廣《切韻》而作，除增字加注外，部目也略有增訂。(51)旁通其說　猶言相互貫通音學。(52)部分　按部首分類。(53)秩如　條理井然貌。(54)至賾　指極其複雜的事物。賾，雜。(55)六經　六部儒家經典，即在《詩》、《書》、《禮》、《易》、《春秋》五經之外，另加《樂經》。(56)諸子　指先秦至漢初的各派學者。(57)離合　謂違反與符合。(58)斯文　語出《論語・子罕》。本指古代的禮樂制度，此指音學。(59)淳古　質樸而有古風，謂將今日之音還其古代質樸的本來面目。(60)子曰四句　出自《論語・子罕》。反，通「返」。樂正，糾正音樂的篇章。

【語　譯】《禮記・樂記》說：「五聲相雜謂之音。」有五聲相雜則有音，音韻和協而為詩，詩成然後施用於樂，這些都是出於天然而不是人所能做到的。在夏、商、周三代之時，其文章都是以六書為本，其人都出於聚族而居的學校，他們的性情都被中和之道所馴化，他們發聲為音，沒有不協和於正聲的。然而《周禮・秋官》在說明大行人的職責時寫道：「第九年則聚集樂官和史官，曉諭文字，習聽聲音。」可見用以使道德純一和使風俗齊同的方式又是不敢簡省的。因此，《詩經》三百零五篇，上自〈商頌〉，下及陳靈公之時，以十五國相距之遙，以一千幾百年相隔之久，而音未嘗有所不同。帝舜所作之歌，皐陶隨後的唱和，箕子的陳述，文王、周公所作的彖辭、爻辭，其音沒有不相同的。因此《詩經》是古人的音學之書。自魏、晉以下，離古代越來越遠，詞賦日益增多，隨後便稱音為「韻」了。到了南朝宋周顒、梁沈約則撰成四聲之譜。然而從秦、漢之文開始，其音就已經漸漸背離古代。到了東漢，則背離得更加厲害了。而沈約作四聲之譜，卻不能於上依據《詩經》，旁採騷體，以撰成不可更改的經典，而僅僅按照班固、張衡以下諸人之賦，曹氏父子及劉楨以下諸人之詩所用的音，撰寫成定本，於是今音流行而古音亡失，這是音學的第一次變化。此後到了唐代，以考試詩賦去選取士子，其詩賦之韻全都以陸法言的《切韻》為準，該書雖然有獨用、同用的注釋，但是它的分類並沒有改變；到了宋仁宗景祐之際，才稍稍有所更改變易。在宋理宗末年，平水劉淵開始摒除二百零六韻而改為一百零七韻，元代黃公紹作《韻會》時沿用了他的分類，直到今天也是如此。於是宋韻流行而唐韻亡失，這是音學的第二次變化。時代相距越遠而傳布越發有誤。這種音學之道的亡失，大概有二千多年了。炎武潛心研究多年，又得到了《廣韻》一書，開始從中受到啟發而相互貫通音學之道。於是依據唐人之音而訂正宋人的失誤，依據古代經書之音以訂正沈約、唐人的失誤，而夏、商、周三代以上之音則按部首分類、條理井然，雖然極其複雜，但是不能混亂。於是我列舉古音和今音的變化，探究它們不同的原因，而撰成《音論》三卷，以考察訂正夏、商、周三代以上的音韻；注釋《詩經》而撰成《詩本音》十卷；注釋《易經》而撰成《易音》三卷；辨析沈約《四聲韻譜》分類的錯誤，並一一以古音予以改定，而撰成《唐韻正》二十卷；綜合古音為十個部類，而撰成《古音表》二卷，自此而六經之文才可以閱讀了。其他諸子之書，其音或違反或符合是會有的，但是相差不會很遠。天沒有讓音學之道喪失，一定會有聖人再次出現，稱引今日之音而還其質樸古音的面目。孔子說：「我從衛國返回魯國，才把音樂的篇章整理出來，使〈雅〉歸〈雅〉，〈頌〉歸〈頌〉，各有適當的位置。」這其實是寄希望於後來寫作音書的人啊！

【研　析】序文的撰寫，如果重在評論，則以議論方式為主，如果重在介紹，則以敘述方式為主。本文意在介紹自己撰寫《音學五書》的緣由，因此主要運用的是敘述方式。以敘為主，就應當做到脈絡清楚，中心意思突出，這就要求處理好敘述角度。本文著眼於音學的歷史變化，因此讀來既能從整體上把握音學的變化過程，又能對作者所撰寫的《音學五書》的學術價值加深理解。

本文開頭即對三代之音作了介紹，從對古籍的引述與辨析中得出結論：《詩經》三百零五篇，是古人之音書。接著敘述魏晉之後周顒、沈約四聲之譜的撰寫，在指出其不足之處的同時，說明因四聲之譜的出現，導致了「今音行而古音亡」，這是音學的第一次變化。再次敘述唐代以詩賦取士，其韻則以陸法言的《切韻》為準。而到了宋代劉淵的平水韻出來之後，「宋韻行而唐韻亡」，這是音學的第二次變化。最後在交代自己撰寫《音學五書》緣由的基礎上，簡要介紹每本書的基本內容，同時在文章的結尾順便說到了《音學五書》的價值及自己的期望。

本文由於取的是「史」的角度，朝代的或先或後便成了歸併材料的依據，這不僅保證了敘事的條理性，而且還使文章具有了較強的層次感。因此，文章結構井然有序，亦在情理之中了。

音學五書後序

【題解】這一篇後序，可以看作是對上一篇序文內容的補充。它分為三個層次：一是說明「著書之難而成之之不易」，二是對這部書的諸多疑問作出解答，三是以例為證指出著書「成之難而毀之甚易」，這正是「今日之通患」。

余纂輯❶此書三十餘年，所過山川亭鄣❷，無日不以自隨，凡五易稿而手書者三矣。然久客荒壤❸，於古人之書多所未見，日西方莫❹，遂以付之梓人❺，故已登版❻而刊改者猶至數四❼；又得張君弨為之考《說文》❽，采《玉篇》❾，倣《字樣》❿，酌時宜⓫而手書之；二子叶增、叶箕分書小字；鳩工淮上⓬，不遠數千里累書往復，必歸於是，而其工費又取諸鬻產之直⓭，而秋毫不借於人，其著書之難而成之之不易如此。然此書為《三百篇》而作也，先之以《音論》，何也？曰：審音學之原流也。《易》文不具⑭，何也？曰：不皆音⑮也。《唐韻正》之考音詳矣，而不附於經，何也？曰：文繁也。已正其音而獨遵元第⑯，何也？曰：述⑰也。《古音表》之別為書，何也？曰：自作也。蓋嘗四顧躊躇⑱，幾欲分之，幾欲合之，久之然後臚列⑲而為五矣。

嗚呼！許叔重《說文》始一終亥⑳，而更之以韻，使古人條貫㉑不可復見，陸德明㉒《經典釋文》割裂刪削，附注於九經㉓之下，而其元本㉔遂亡。成之難而毀之甚易，又今日之通患也。孟子曰：「流水之為物也，不盈科不行。」㉕〈記〉曰：「不陵節而施之謂孫。」㉖若乃觀其會通㉗，究其條理，而無輕變改其書，則在乎後之君子。李君因篤㉘每與余言《詩》，有獨得者，今頗取之，而以答書附之於末。上章㉙涒灘㉚寎月㉛之望㉜，炎武又書。

【注釋】❶纂輯　編輯。❷亭鄣　古代邊塞的堡壘。鄣，也作「障」。❸荒壤　邊遠偏僻之地。❹日西方莫　猶言日薄西山，正是晚暮之時。比喻已到暮年。莫，通「暮」。❺梓人　印刷刻版之人。梓，刻版印刷。

❻登版　謂刻製成版。❼數四　再三再四。❽說文　即《說文解字》。文字學書，東漢許慎（字叔重）撰，十四卷，加上敘目共十五卷，集古文經學訓詁之大成，為後代研究文字及編輯字書的重要依據。❾玉篇　字書，南朝梁陳之間顧野王撰，三十卷，體例仿《說文解字》，部目稍有增刪，分五百四十二部，部次也同《說文》稍異。❿字樣　即《九經字樣》，一卷，唐代唐玄度作。玄度於大和中考定石經的字體，補充張參《五經文字》一書沒有收入的字，共四百一十字。每字都用同紐的字注音，並標明四聲，以糾正俗字錯字。⓫時宜　時勢所宜。⓬鳩工淮上　謂聚集刻印工匠於淮水邊上。鳩，聚集；募集。淮上，淮水之濱。⓭鬻產之直　謂出售家產的錢。鬻，出賣。直，通「值」。價錢。⓮易文不具　《易經》之文不完備。⓯不皆音　謂並不都是與音韻有關。⓰獨遵元第　猶言唯獨遵循原來的次第（指沈約的《四聲韻譜》的次第）。元，通「原」。⓱述　謂出於傳承之意。⓲四顧躊躇　猶豫不決。⓳臚列　依序排列。⓴始一終亥　始於一部，終於亥集。《說文解字》分為子、丑、寅、卯、辰、巳、午、未、申、酉、戌、亥十二集，每集又分上、中、下三部分。該書以子集的一部開頭，又以亥集結束。故有「始一終亥」之說。㉑條貫　條理；系統。㉒陸德明　唐代經學家、訓詁學家。名元朗，以字行。蘇州吳縣（今江蘇吳縣）人。曾採集漢、魏、六朝音切，凡三百三十餘家；又兼採諸儒訓詁，考證各本異同，撰《經典釋文》，是研究中國文字、音韻及經籍版本等的重要參考書。㉓九經　儒家奉為經典的九種古籍。九種名目，相傳不一。《經典釋文‧序錄》定為：《易》、《書》、《詩》、《周禮》、《儀禮》、《禮記》、《春秋》、《孝經》、《論語》。㉔元本　原來的版本。元，通「原」。㉕孟子曰三句　載《孟子‧盡心上》。盈科，謂水流滿坑窪。科，指坑窪。㉖記曰二句　見《禮記‧學記》。陵，超越。節，謂自己年齡和才能所能承擔者。孫，謙遜。㉗會通　會合變通；融會貫通。㉘李君因篤　李因篤，字天生，一字子德，明末富平縣（在陝西中部）人。與李顒、李柏號為「關中三李」。其學以朱熹為宗，工詩，尤精音訓，有《受祺堂集》、《漢詩音注》等。㉙上章　古用甲子紀年，庚年叫上章。㉚涒灘　太歲年名。太歲在申謂之涒灘。太歲為古代天文學中假設的星名。古代以每年太歲所在的部分紀年，如太歲在寅叫攝提格，在卯叫單閼等等。㉛寎月　農曆三月的別

名。㉜望 望日，即農曆每月十五日。

【語譯】我編撰這部音學之書達三十多年，在我所經過的山川亭鄣之地，沒有一天不把它帶在身邊，我一共五次修改書稿並且親手抄寫了三次，然而由於長久地客居荒遠偏僻之地，對於古人的書大多沒有見到。我已到了晚暮之年，於是便把它交給了刻版印刷之人，因此已經刻製成版卻還是再三再四地加以修改；又得到張弨為之考證《說文》，採集《玉篇》，倣效《字樣》，斟酌時勢所宜而親手抄寫；其二子叶增、叶箕也分別抄寫小字。在淮水邊上募集了刻印工匠，不遠數千里累次書信往返，一定談的是這件事。該書的工本費又是取之於我所出售家產的錢，而絲毫不是從他人那裏借來的，其著書的困難及成功的不容易就像這個樣子。然而這部《音學五書》卻是為《詩經》而作的。我把《音論》放在最先，這是什麼原因呢？回答是：為了詳查音學的源流。《易經》之文並不俱全，這是什麼原因呢？回答是：它並不都是關涉音韻。《唐韻正》考查音韻很詳細，卻不把它附於經書之後，這是什麼原因呢？回答是：文字太多了。已經更正沈約《四聲韻譜》的音韻卻唯獨還遵循其原來的次第，這是什麼原因呢？回答是：出於傳承之意。《古音表》另外作為《音學五書》中的一書，這是什麼原因呢？回答是：它是我自己撰寫的。我曾猶豫不決，幾次想把它們分開，幾次又想把它們合在一起，猶豫很久之後才把它們依序排列為五書。

啊！許慎的《說文》始於一部終於亥集，而對音韻予以更改，使古人的條理不能再見到了。陸德明的《經典釋文》經割裂刪削之後，附注於九經之下，而其原來的版本也就亡失了。成功很難而毀掉它卻很容易，這又是今天的通病。孟子說：「流水這個東西，不把窪地注滿，不再向前流。」《禮記・學記》說：「不超越自己年齡和才能去施教就叫做謙遜。」若要觀其融會貫通，究其條理系統，而又不輕易改變其書，則在於後來的君子。李因篤每次和我談《詩》，都有獨得的見解，今天這些見解很多都被我採用，並以答信方式把它附於《音學五書》的末尾。庚申之年三月十五日，炎武又書。

【研析】這篇文章可以當作隨筆去讀。以平實自然的語言去表情達意，正是其特色之所在。

在文章的第一層，作者訴說著書的甘苦，語調舒緩，聲韻低沈，恰當地傳達出作者內心的萬般感歎。在文章的第二層，作者自問自答地解釋了《音學五書》的有關疑問。因為先後重複地使用了五組結構大致相似的句式，於是便準確地展示了「夫子自道著述之意」的氛圍，從而能把讀者引入聆聽先生解惑的情景之中。在文章的第三層，作者慨歎古人編著音書之不足，並把它與現實聯繫起來；在說古道今中，自然而然地表現了自己對繼承古代文化遺產的看法。那種懇切的語氣，使其對後來者的殷切期望溢於言外，讀來不禁為之動容。

初刻日知錄自序

【題解】《日知錄》是顧炎武撰寫的一部讀書札記。該書按經義、吏治、財賦、史地、兵事、藝文等分類編入，並闡述其源流，引證極為謹嚴。作者曾以鑄錢為喻，謂做學問當先從「採山之銅」入手，廣集資料。故該書用力極勤，為作者一生精力所注。書以「明道」、「救世」為宗旨，包括了作者全部的學術政治思想。如強調民族氣節，為文須有益於天下等，都切中時弊。該書初刻於康熙九年（西元一六七〇年），僅八卷，後漸次增改二十餘卷。現在我們所見到的，則有三十二卷。

本文是作者初刻《日知錄》時寫的一篇序。序中所要表達的中心思想體現在一句話上：「故昔日之得，不足以為矜；後日之成，不容以自限。」對於這句話，可作如下解讀：學無止境。

炎武所著《日知錄》，因友人多欲鈔寫，患不能給❶，遂於上章閹茂之歲❷刻此八卷。歷今六、七年，老而益進❸，始悔向日❹學之不博，見之不卓❺，其中疏漏❻往往而有，而其書已行於世不可掩❼。漸次增改❽，得二十餘卷，欲更❾刻之，而猶未敢自以為定❿，故先以舊本質之同志⑪。蓋天下之理無窮，而君子之志於道也，不成章不達⑫。故昔日之得，不足以為矜；後日之成，不容以自限⑬。若其所欲明學術⑭，正人心，撥亂世⑮，以與太平之事，則有不盡於是刻者⑯。須絕筆⑰之後，藏之名山⑱，以待撫世宰物者⑲之求。其無以是刻之陋而棄之⑳則幸甚。

【注釋】❶患不能給　擔心不能滿足供應。患，憂慮；擔心。給，供給；供應。❷上章閹茂之歲　即庚戌年，也就是康熙九年。上章，十干中庚的別稱，用以紀年。閹茂，十二支中戌的別稱，亦用以紀年。❸老而益進　年老而更有長進。益，更加；越發。進，長進。❹向日　往日；以前。❺見之不卓　見解不高明。❻疏漏　粗疏錯漏。❼掩　隱藏。❽漸次增改　逐漸順次增補修改。❾更　再。❿自以為定　自以為定本。定，定本；一書的最後確定之本。⓫質之同志　詢問於志趣相同者。質，通「詰」。詢問。⓬不成章不達　謂不是文理成就、斐然可觀就不顯露於世。成章，指文理成就、斐然成章。達，顯明。⓭故昔日之得四句　因此昔日所學得的東西，不足以成為誇耀的資本；以後的成就，也不允許用以作為自己止步不前的界限。矜，矜誇；誇耀自己的長處。容，可；允許。自限，自我規定的界限。⓮學術　學問。⓯撥亂世　撥正混亂之世。⓰則有不盡於是刻者　那麼就還有這一刻本所沒有收盡的文章。是刻，這一刻本。⓱絕筆　停止而不再寫作。⓲藏之名山　語見《史記・太史公自序》。謂隱藏而不示於人。⓳撫世宰物者　指王者。撫世，安撫人世。宰物，主宰萬物。⓴無以是刻之陋而棄之　不因為這一刻本的淺薄而拋棄它。

【語譯】炎武所著《日知錄》一書，因友人大多想抄寫，我擔心不能滿足供應，於是就在庚戌年刻印了這一個八卷本。從那時到現在已過去了六、七年，因年老而更有長進，於是開始後悔往日所得的東西並不廣博，所發表的見解並不高明。其中粗疏錯漏之處往往還存在，但是這本書已流行於世而不可隱藏了。此後，我慢慢順次增補和修改，又有了二十餘卷，想再次把它刻印出來，但自己還是不敢把它看作是定本。因此先以舊本詢問於志趣相同者。天下的道理沒有窮盡，而君子有志於弘道，那麼不是文理成就、斐然可觀就不會顯露於世。因此昔日所學得的東西，不足以成為誇耀的資本；以後的成就，也就不允許用以作為自己止步不前的界限。假如所想的是顯明學問，端正人心，撥正亂世，以興盛太平之事，那麼就還有這一刻本所沒有收盡的文章。那些文章必須在絕筆之後，藏之名山，以等待王者之所求。不過，如果沒有因為這一刻本的淺陋而拋棄它，也就非常幸運了。

【研　析】在這篇序文中，作者之所以認為「昔日之得，不足以為矜；後日之成，不容以自限」，是因為：其一，「天下之理無窮」；其二，「君子之志於道也，不成章不達」。這也就是說，存在於客觀世界的道理無窮無盡，人的學習也就沒有止境。再從主觀世界來說，有志於弘道的人對自己文章的寫作有著很高的要求，這同樣需要勤奮不斷地學習。作者這些認識的得來，又是他對《日知錄》初刻本反省的結果。他為該書疏漏之處的存在而後悔，自責以前學習不廣博，見解不高明。這表明，作者的治學態度謙虛嚴謹，而這對於後輩學子來說也具有啟迪的意義。

左傳杜解補正序

【題解】《左傳》，也稱《春秋左氏傳》或《左氏春秋》。編年體春秋史。相傳為春秋時左丘明所撰。記自魯隱公元年至魯悼公四年間二百六十年史事。漢初研究《春秋》的只有《公羊》、《穀梁》二家，立於學官。東漢時逐漸通行《左傳》，有賈逵、服虔二人並作訓解。《春秋》、《左傳》原分為二書，至晉代時杜預始以《左傳》附於《春秋》，作《春秋經傳集解》，與《穀梁》范甯《注》、《公羊》何休《注》、《左氏》服虔《注》並立學官。隋時盛行杜預《注》。唐初編《五經音義》，其中《左傳》取杜預《注》，孔穎達作《正義》，即今天通行的《注》《疏》本，與《公羊》、《穀梁》合稱《春秋》三傳。

顧炎武曾撰述《左傳杜解補正》三卷，博考古代各種書籍，以補正杜預《集解》的闕失。本文為該書之序，簡要陳述了該書的成因及其他有關問題。

《北史》❶言周❷樂遜著《春秋序義》，通賈、服❸說，發杜氏❹違。今杜氏單行，而賈、服之書不傳矣。吳❺之先達❻邵氏寶有《左觿》百五十餘條，又陸氏粲有《左傳附注》，傅氏遜本之為《辨誤》一書，今多取之，參以鄙見，名曰《補正》，凡三卷。若經文大義，《左氏》❼不能盡得，而《公》❽、《穀》❾得之；《公》、《穀》不能盡得，而啖、趙❿及宋儒得之者，則別記之於書而此不具⓫也。

【注釋】❶北史　唐李延壽撰，一百卷。記載從北魏到隋的歷史。❷周　即北周。西元五五七年，宇文泰子宇文覺代西魏稱帝，國號周，建都長安（今陝西西安）。❸賈服　即東漢賈逵、服虔。❹杜氏　指晉代杜預。❺吳　地名。東漢時江蘇為吳郡地，後因別稱吳。❻先達　前輩。❼左氏　指《左傳》。❽公　即《公羊傳》，又稱《春秋公羊傳》或《公羊春秋》。儒家經典之一。專門闡釋《春秋》，舊題戰國時公羊高撰。❾穀　即《穀梁傳》，又稱《春秋穀梁傳》。舊題戰國時穀梁赤撰。內容亦是闡釋《春秋》。❿啖趙　即唐代經學家啖助與趙匡。⓫具　陳述。

【語譯】《北史》說北周樂遜著《春秋序義》，貫通賈逵、服虔的解說，闡發杜預對《春秋》本義的違背之處。今天唯有杜預的《春秋經傳集解》流行於世，而賈逵、服虔的書則不流傳了。吳郡前輩邵寶著《左觿》一百五十多條，又有陸粲撰寫《左傳附注》，傅遜則以它為本撰寫《辨誤》一書。今天我從這些書中吸取很多，並把我的意見加了進去，編著成一書，稱之為《補正》，共有三卷。那些《春秋》經文所包含的要旨，《左傳》不能全部弄明白，而《公羊傳》、《穀梁傳》則弄明白了的；《公羊傳》、《穀梁傳》不能全部弄明白，而啖助、趙匡及宋代儒者弄明白了的，則另外記錄在一本書裏，此處就不陳述了。

【研析】顧炎武治學重考據，主張辨別源流、審核名實和區分真偽。反對因襲和依傍，主張有獨創之見。為此他博覽群書，虛心求教。關於這些，從本文的敘述中便可得到證明。為了撰寫《左傳杜解補正》，他大量參閱古今有關《左傳》的論著，從中吸取有益的東西，同時又融入自己的見解。他之所以能夠成為清代漢學的「開山祖師」，與他這種嚴謹務實謙虛好學的治學精神是分不開的。

營平二州史事序

【題解】營州，治所在廣寧，即今河北昌黎，轄境相當今昌黎縣附近。平州，治所在今河北盧龍，轄境相當今河北陡河流域以東、長城以南地區。北宋末年，金人滅遼，宋人欲得營、平、灤（治所在義豐，即今灤縣，轄境相當今河北灤縣、灤南、樂縣等地）三州，與金交惡，乃至於亡其天下。

本文敘述撰寫《營平二州史事》一書的由來，表明自己對著述史書須重考據的看法。

昔神廟❶之初，邊陲❷無事，大帥得以治兵之暇留意圖籍❸。而福之士人郭君造卿在戚大將軍❹幕府❺，網羅❻天下書志❼略備，又身自行歷薊❽北諸邊❾營壘❿，又遣卒至塞外⓫窮濡源⓬，視舊大寧⓭遺址，還報與書不合，則再遣覆按⓮，必得實乃止，作《燕史》數百卷。蓋十年而成，則大將軍已不及見。又以其餘日作《永平志》百三十卷，文雖晦澀，而一方之故頗稱明悉。其後七十年而炎武得遊於斯，則當屠殺圈占⑮之後，人民稀少，物力衰耗，俗與時移，不見文字⑯禮儀⑰之教，求郭君之志且不可得，而其地之官長暨士大夫⑱來言曰：「府志藁已具矣，願為成之。」嗟乎！無郭君之學，而又不逢其時，以三千里外之人，而論此邦士林⑲之品第⑳，又欲取成於數月之內，而不問其書之可傳與否，是非僕所能。獨恨《燕史》之書不存，而重違主人之請，於是取二十一史㉑、《通鑑》㉒諸書，自燕㉓、秦㉔以來此邦之大事，迄元至正㉕年而止，纂為六卷，命曰《營平二州史事》，以質諸其邦之士大夫。世之人能讀全史者罕矣，宋宣和㉖與金結盟，徒以不考營、平、灤三州之舊，至於爭地構兵㉗，以此三州之故而亡其天下，豈非後代之龜鑑㉘哉！異日有能修志者，古事備矣，續今可也。或曰：及營，何也？曰：中國之棄營久矣。夫營，吾州也，其事與平相出入焉，焉得不紀！若夫合幽并營㉙，以正古帝王之疆域，必有聖人作焉，余以此書俟㉚之。

【注　釋】❶神廟　稱明神宗朱翊鈞。❷邊陲　邊疆。❸圖籍　地圖和戶籍。❹戚大將軍　即戚繼光。明抗倭名將，字元敬，號南塘，山東蓬萊人。嘉靖四十二年（西元一五六二年）調福建任總兵官。二年後與俞大猷剿平廣東倭寇，解除東南倭患。❺幕府　軍隊出征，施用帳幕，所以古代將軍的府署稱幕府。❻網羅　比喻招羅搜求。❼書志　指典籍志書。志書，即記述地方疆域沿革、古蹟險要及人物物產風俗的書。有縣志、府志、一省的通志；記載全國的叫「一統志」；又有專記一地、一事物的志書，如《長安志》、《泉志》等。❽薊　古地名。在今北京城西南角。❾邊　邊鎮。明代在北方設立九個軍事重鎮。即遼東、宣府、大同、延綏、寧夏、甘肅、薊州、太原、固原，合稱「九邊」，以防禦北方游牧部族的侵擾。❿營壘　堡壘。⓫塞外　舊指長城以北，包括內蒙古、甘肅和寧夏的北部和河北長城以北等地。⓬濡源　濡水之源。濡水即今河北東北部的灤河。⓭大寧　都司名。明洪武二十年（西元一三八七年）置。治所在大寧衛。轄境相當今河北長城以北，內蒙古西拉木倫河以南地區。後移治保定府（今保定）。⓮覆按　反覆按驗、審察。⓯圈占　指清兵入關後以圈地方式強占土地。⓰文字　指文章。⓱禮儀　行禮之儀式。⓲士大夫　有地位有聲望的讀書人。⓳士林　泛稱有文士身分的人。⓴品第　品評優劣而定其第級。㉑二十一史　明嘉靖時校刻史書，於宋人所稱十七史外，加宋、遼、金、元四史，合稱二十一史，終明之世，均用此名。㉒通鑑　即《資治通鑑》。北宋司馬光撰，二百九十四卷，又考異、目錄各三十卷。書名「資治」，目的在於供帝王從歷代治亂興亡中取得鑑戒。㉓燕　燕國。本作「郾」，西元前十一世紀周分封的諸侯國，在今河北北部和遼寧西端，建都薊（今北京城西南隅）。戰國時七雄之一。西元前二二二年為秦所滅。㉔秦　指秦朝。㉕至正　元惠宗妥懽帖睦爾年號（西元一三四一至一三六八年）。㉖宣和　宋徽宗年號（西元一一一九至一一二五年）。㉗構兵　交戰。㉘龜鑑　比喻借鑑。龜，龜卜。鑑，鏡子。㉙合幽并營　調合併幽、營二州。幽州，漢武帝時置。轄境相當今河北北部及遼寧等地，後代多有變化。㉚俟　等待。

【語譯】以前在明神宗在位的初年，邊疆沒有什麼事，大帥能夠在治兵的空閒留意於地圖和戶籍。福州的一位儒生郭造卿在戚大將軍府署裏做事，他搜集天下的典籍和志書大略齊全，又親自步行歷經薊北各邊鎮堡壘，又派遣士卒到塞外尋求濡水的源頭，探查以前大寧的遺址，回來報告說實際情況與書上記載的不一樣，於是再次派人反覆按驗，一定要得到真實情況才停止，這才寫出數百卷的《燕史》。大約經歷十年才寫成，可是戚大將軍已經來不及見到了。他又在其剩下的日子裏撰寫了《永平志》一百三十卷。其文章雖然晦澀難懂，但關於一個地方的典故寫得可以說是清楚詳盡。此後過了七十年，炎武得以到這個地方遊覽，可是正當屠殺百姓、圈占土地之後，人民稀少，物力衰竭耗盡，風俗與時代相推移，不能見到文章和禮儀的教化，尋求郭君的志向尚且不可得到，而這個地方的官長和士大夫卻前來說道：「府志的草稿已經都準備好了，希望你把它完成。」啊！我沒有郭君的學識，又生不逢其時，作為三千里外的人，來對這個地方的儒生們品評優劣而論其等次，又想在數月之內寫成，而不問其書能否流傳，這不是我所能做到的。唯獨感到遺憾的是《燕史》這部書沒有保存下來，而我又難以違背主人的請求，於是取來二十一史、《通鑑》各書，搜集從燕、秦以來這個地方所發生的大事，直到元代至正年間為止，撰為六卷，名為《營平二州史事》，以質正於這個地方的士大夫。世上的人能夠閱讀全部史書的很少，宋代在宣和年間與金結盟，只是由於沒有考察營、平、灤三州以前的情形，以至於爭地交戰，因為這三個州的緣故而失去了宋代的天下，這難道不是後代所要借鑑的嗎！他日如有能夠修志的人，古代的事已經完備，只須續寫今天的事就行了。有人會說：涉及到營州，這是什麼原因呢？回答是：中國拋棄營州很久了。營州，也是我們的一個州，營州的事與平州的相出入，豈能不記載！要說那合併幽、營二州，以辨正古代帝王的疆域，那就一定是有聖人出現了，我以這部書等待聖人的出現。

【研 析】古人說，寫文章應當「曲折而三致意」，其大意是文章要寫得一波三折而又始終不離題旨。本文表面看來是交代撰寫《營平二州史事》一書的成因，而真正意圖則在於說明著史書、做學問應當重考據、講事實的道理。對於這一觀點，他表達得曲折含蓄，致使文章波瀾起伏，韻味雋永。

文章開頭談到郭造卿撰寫《燕史》和《永平志》的情形，對他嚴謹的治學態度不無讚賞之意，而自己的觀點也就間接地表達了出來。其後，談到自己為何要撰寫《營平二州史事》一書，以及該書的完成過程，這是直接以自己的親身經歷來說明重考據是何等必要。最後是解答疑問，闡述把營州與平州史事並敘的依據，暗示出自己是經過考證之後才這樣處理的，又一次間接說明考據在做學問中的重要作用。

金石文字記序

【題解】《金石文字記》，六卷，為顧炎武所編著。此書所錄漢以後碑刻共三百餘種；每種各綴跋語，述其本末、源流，辨其偽誤，極為精核。

本篇序文闡明了作者性好金石之文的原因，敘述了他查訪收集這些文字的艱辛、喜悅和遺憾。最後希望後繼者能把他所沒完成的這件事繼續做下去。

余自少時，即好訪求古人金石之文❶，而猶不甚解。及讀歐陽公《集古錄》❷，乃知其事多與史書相證明，可以闡幽表微❸，補闕正誤❹，不但詞翰之工❺而已。比❻二十年間，周遊天下，所至名山巨鎮，祠廟伽藍❼之跡，無不尋求，登危峰，探窈壑❽，捫❾落石，履荒榛❿，伐頹垣⓫，畚朽壤⓬，其可讀者必手自鈔錄，得一文為前人所未見者，輒喜而不寐⓭。一二先達之士⓮，知余好古，出其所蓄，以至蘭臺之墜文⓯，天祿之逸字⓰，旁搜博討⓱，夜以繼日。遂乃抉剔史傳⓲，發揮經典，頗有歐陽、趙氏⑲二錄⑳之所未具者，積為一帙㉑，序之以貽後人㉒。

夫〈祈招〉之詩㉓，誦於右尹㉔，孔悝之鼎㉕，傳㉖之《戴記》㉗，皆尼父所未收㉘，六經之闕事㉙，莫不增高五嶽，助廣百川㉚。今此區區㉛，亦同斯指㉜。恨生晚不逢㉝，名門舊家㉞，大半凋落㉟。又以布衣之賤，出無僕馬，往往懷毫㊱舐墨，躑躅㊲於山林猿鳥之間。而田父傖丁㊳，鮮㊴能識字，其或徧於聞見㊵，窘於日力㊶，而山高水深，為登涉之所不及者。即所至之地，亦豈無挂漏㊷？又望後人之同此好者，繼我而錄之也。

【注釋】❶金石之文　金石碑版的文字。金，謂鐘鼎之類。石，謂碑碣之類。❷歐陽公集古錄　歐陽公即歐陽脩。集古錄，為歐陽脩集錄的金石之文，共四百餘篇，分為十卷。❸闡幽表微　謂闡明幽深細微之理。表，明。❹補闕正誤　增補遺闕修正錯誤之事。❺不但詞翰之工　不只是詞章工巧。詞翰，詞章。❻比　近。❼祠廟伽藍　祠堂廟宇和佛寺。伽藍，佛寺。❽窈壑　幽深的山谷。❾捫　摸。❿履荒榛　踩著荒蕪的榛叢。履，踏；踩。榛，灌木。⓫伐頹垣　敲打頹敗的垣牆。伐，敲打。垣，矮牆。⓬畚朽壤　用畚揹走腐朽的土壤。

畚，用草繩或竹篾編織的盛物器具。朽壞，腐土。⑬輒喜而不寐　就歡喜而不能入睡。輒，就。寐，睡眠。⑭先達之士　指前輩。⑮蘭臺之墜文　蘭臺所遺落的文字。蘭臺，漢代藏書的宮觀。墜，墜落；遺失。⑯天祿之逸字　天祿所散失的文字。天祿，漢代殿閣名。為劉向、揚雄校書之所。逸，散失。⑰旁搜博討　廣泛收集和尋究。旁，廣博。討，尋究。⑱抉剔史傳　搜求挑取史傳所述之事。抉剔，搜求挑取。⑲歐陽趙氏　歐陽脩、趙明誠。⑳二錄　即《集古錄》和《金石錄》。趙明誠也是宋代人。嘗收藏三代彝器及漢唐以來石刻，仿歐陽脩《集古錄》例，成《金石錄》三十卷。㉑帙　盛書之函。㉒以貽後人　以留給後人。貽，遺留。㉓祈招之詩　為周代祭公謀父所作。㉔誦於右尹　周代楚國設有右尹之官，此處代指子革。子革誦〈祈招〉之詩，載於《左傳・昭公十二年》。㉕孔悝之鼎　孔悝為春秋時期衛國的正卿。因立莊公有功，莊公刻銘於鼎，以表彰其德。此事載《禮記・祭統》。㉖傳　記載。㉗戴記　即《禮記》。漢朝戴聖所編。㉘皆尼父所未收　指上述二事皆孔子的《春秋》所未收入。尼父，即孔子。㉙六經之闕事　六經所缺漏之事。六經，即《詩》、《書》、《易》、《春秋》、《禮》、《樂》。㉚莫不增高五嶽二句　謂《左傳》所載〈祈招〉之詩，《戴記》所載孔悝之鼎，對六經有拾遺補缺使之更加完美的作用。㉛區區　自稱的謙詞。㉜亦同斯指　也同於這一旨意。指，通「恉」。意旨；意向。㉝不逢　不遇。㉞名門舊家　著名的豪門和歷時久遠的大戶人家。㉟凋落　凋零衰落。㊱毫毛筆。㊲躑躅　踏步不前。此處指行走艱難。㊳田父傖丁　老農這類鄙賤之人。田父，老農。傖，粗野；鄙賤。㊴鮮　少。㊵褊於聞見　褊狹於所聞所見。褊，狹窄。㊶窘於日力　窘迫於一天的力量。日力，指一天的力量。也泛指時間、光陰。㊷挂漏　記此而漏彼。挂，登記。

【語　譯】我從小時候起就喜愛探訪搜求古人的金石碑版文字，但是並不十分理解它的作用。直到讀了歐陽脩的《集古錄》之後，才知道金石碑版文字大多可與史書相互證明，可以闡幽發微，增遺補缺修正錯誤。因此，它的作用不只是表現在詞章工巧方面。近二十年間，我周遊天下，所到名山大鎮，對祠堂廟宇佛寺的遺跡，無不尋求。我攀登危險的山峰，探察幽深的山谷，撫摸墜落的石頭，踩踏荒蕪的榛叢，敲打頹敗的垣牆，用畚箕把腐土揹走，對那些可以閱讀的文字，我一定親手抄錄下來。如果得到一篇為前人所未見到過的文字，我就歡喜得不能入睡。也有一兩位前輩，知道我喜愛古代文字，便把他們所收藏的拿了出來。以至蘭臺所遺漏的篇章，天祿所散失的文字，我都夜以繼日地廣泛收集和尋求。於是我求取史傳所述之事，發揮經典所言之義，頗有歐陽脩的《集古錄》、趙明誠的《金石錄》所沒有的內容，最後積累為一帙，同時我又敘述它的成因以留給後人。

〈祈招〉之詩，被楚國右尹子革所吟誦；表彰孔悝的鼎文，記載於《戴記》之中。這些都是孔子的《春秋》所未收入，六經所遺缺的事。這些事的記載，對於六經來說，莫不有如使五嶽增加高度，使百川更加廣闊一樣。今天我所做的區區小事，也與這種旨意相同。我悔恨自己出生太晚而不逢時，那些著名的豪門和歷時久遠的大戶人家，大半凋零衰落了。我又以老百姓的低賤身分，出門無僕從車馬，往往懷毫舐墨，艱難地行走於山林猿鳥之間。而老農這類的鄙賤之人，很少能夠識字，他們有的褊狹於所聞所見，有的窘迫於一天的力量，而山高水深，是登攀涉渡所不能到達的。即使是所到之地，也難道就沒有記此漏彼的嗎？因此，我又希望後人中有與這種愛好相同的，跟隨我的後面去把那些漏掉的金石文字抄錄下來。

【研　析】這篇序文在兩個方面對我們有啟發作用。其一，學以致用。顧炎武之所以喜愛金石文字，是因為它能「與史書相證明，可以闡幽表微，補闕正誤，不但詞翰之工而已」。顧炎武特別反對「游談無根」的理學，以為學問就在日常行為極平實處，也就是主張學以致用。這種主張在他闡述自己喜愛金石文字的原因時已有暗示，而在他敘述自己艱苦搜求金石文字的過程時，又使之得到了充分體現。其二，注重實際調查和確切的憑據。這可看作是顧炎武做學問的立足點。在這篇序文中，作者生動描述了他是如何克服艱難險阻去搜集鈔錄金石文字的。如果我們站高一點去透視他的所作所為，則可悟出，他重實際調查和確切憑據，實在是有著方法論的意義。

鈔書自序

【題解】作者一家世代為儒，世代愛讀書，亦愛藏書。從先高祖起到作者這一代，中間多有變故；所藏之書，得而復失，失而復得。作者所受磨難，超過了他的先輩，但「嗜書」之性不改。遇到好書，或親手抄錄，或請人代抄，樂此不疲。作者性行學業，最得力於他的嗣祖和嗣母；他對鈔書與著書的看法，以及他從鈔書、讀書中所得到的收益，則受他們的影響更深。關於這些，我們讀了這篇序文，就可以知道。

炎武之先，家海上[1]，世為儒[2]。自先高祖[3]為給事中[4]，當正德[5]之末。其時天下惟王府官司[6]及建寧[7]書坊[8]，乃有刻板[9]。其流布[10]於人間者，不過四書[11]五經[12]、《通鑑》[13]、性理[14]諸書。他書即有刻者，非好古之家不蓄[15]，而寒家[16]已有書六、七千卷。嘉靖[17]間，家道中落[18]，而其書尚無恙[19]。

先曾祖[20]繼起[21]，為行人[22]，使嶺表[23]，而倭闌入江東[24]，郡邑[25]所藏之書，與其室廬俱焚，無孑遺㉖焉。洎㉗萬曆㉘初，而先曾祖歷官至兵部侍郎㉙，中間涖方鎮三四㉚，清介之操㉛，雖一錢不以取諸官，而性獨嗜書㉜，往往出俸購之。及晚年而所得之書過於其舊，然絕無國初以前之板。而先曾祖每言：「余所蓄書，求有其字而已，牙籤㉝錦軸㉞之工，非所好也。」

其書後析而為四。炎武嗣祖㉟太學公㊱，為侍郎公㊲仲子㊳，又益好讀書，增而多之。以至炎武，復有五、六千卷。自罹變故㊴，轉徙無常，而散亡者什之六七，其失多出於意外。二十年來，贏縢擔囊㊵，以遊四方，又多別有所得，合諸先世所傳，尚不下二、三千卷。其書以選擇之善㊶，較之舊日，雖少其半，猶為過之，而漢、唐碑亦得八、九十通㊷，又鈔寫之本，別貯二簏㊸，稱為多且博矣。

自少為帖括㊹之學者二十年。已而學為詩古文，以其間篡記故事㊺。年至四十，斐然㊻欲有所作。又十餘年，讀書日以益多，而後悔其嚮者[47]立言[48]之非也。自炎武之先人，皆通經學古，亦往往為詩文。本生祖贊善公[49]，文集至數百篇，而未有著書以傳於世者。昔時嘗以問諸先祖[50]，先祖曰：「著書不如鈔書。凡今人之學，必不及古人也，今人所見之書之博，必不及古人也。小子勉之，惟讀書而已。」

先祖書法，蓋逼唐人；性豪邁不群[51]。然自言少時日課[52]，鈔古書數紙，今散亡之餘，猶數十帙，他學士家所未有也。自炎武十一歲，即授之以溫公[53]《資治通鑑》。曰：「世人多習《綱目》[54]，余所不取。凡作書者，莫病乎其以前人之書，改竄而為自作也。班孟堅[55]之改《史記》[56]，必不如《史記》也；宋景文[57]之改《舊唐書》[58]，必不如《舊唐書》也；朱子之改《通鑑》，必不如《通鑑》也。至於今代，而著書之人幾滿天下，則有盜前人之書而為自作者矣。故得明人書百卷，不若得宋人書一卷也。」

炎武之遊四方，十有[59]八年，未嘗干人[60]。有賢主人以書相示者，則留；或手鈔，或募人[61]鈔之。子[62]不云乎：「多見而識之。知之，次也。」今年至都下[63]，從孫思仁[64]先生得《春秋纂例》[65]、《春秋權衡》[66]、《漢上易傳》等書；清苑[67]陳祺公[68]資以薪米紙筆，寫之以歸。愚嘗有所議於《左氏》[69]，及讀《權衡》，則已先言之矣。念先祖之見背[70]，已二十有七年，而言猶在耳，乃泫然[71]書之，以貽諸同學李天生[72]。天生今通經之士，其學蓋自為人而進乎為己[73]者也。

【注釋】❶炎武之先二句　顧炎武的先世住在吳郡，為江東四大姓之一。五代時遷居滁州。南宋時有名慶的，從滁州遷居海門姚劉沙，即今崇明縣。該縣位於上海市北部、長江口崇明島上，東臨東海。故作者有所謂「炎武之先，家海上」之說。❷世為儒　世代為儒士。儒，孔子的學派。信奉孔子學說的人稱儒士。自漢以後，儒家學說占統治地位，儒士又成為知識分子的通稱。❸先高祖　名濟，字舟卿，正德進士。❹給事中　官名。明朝時分吏、戶、禮、兵、刑、工六科，每科設都給事中一人，左右給事中若干人，鈔發章疏，稽察違誤，其權頗重。❺正德　明武宗年號。❻官司　官府。❼建寧　福建省府名。一九一三年廢，其舊治在今建甌縣。❽書坊　刻印售賣書籍的店鋪。❾刻板　古代在木、石上刻上字或圖，用作印刷的底板，稱刻板。板，亦作「版」。❿流布　流傳散布。⓫四書　即〈大學〉、〈中庸〉、《論語》和《孟子》。⓬五經　即《易》、《書》、《詩》、《禮》和《春秋》。⓭通鑑　即《資治通鑑》。宋代司馬光撰，共二百九十四卷。⓮性理　指宋儒言性命理氣之書。⑮蓄　儲藏。⑯寒家　寒賤之家。猶言「寒舍」，謙稱己家。⑰嘉靖　明世宗年號。⑱家道中落　家產中途衰敗。家道，家產；家庭經濟狀況。中落，中途衰敗。⑲無恙　本來為問候用語，無疾無憂之意。後也泛稱安全、完整，此處即用此意。⑳先曾祖　名章志，字子行，嘉靖進士。㉑繼起　繼承先人的成業而興起家道。㉒行人　官名。掌管朝覲聘問之事。㉓嶺表　猶言「嶺南」，即廣東。㉔倭闌入江東　指嘉靖三十三年倭寇入侵江蘇、浙江一帶。倭，古代對日本人的稱謂。闌入，擅入。江東，自漢至隋、唐稱自安徽蕪湖以下的長江下游南岸地區為江東。㉕郡邑　即郡縣。㉖孑遺　遺留；餘剩。孑，餘。㉗洎　及；到。㉘萬曆　明神宗年號。㉙侍郎　為各部副大臣。㉚中間涖方鎮三四　中間履行方鎮之職有三、四次。涖，同「蒞」。來；到。方鎮，指掌握一方兵權的軍事長官。㉛清介之操　清高耿直之操守。㉜性獨嗜書　性情唯獨愛好書籍。㉝牙籤　舊時藏書者繫於書函上作為標誌、以便翻檢的牙製籤牌。㉞錦軸　錦飾之卷軸。古書皆用卷，卷端有桿，故亦謂之軸。㉟嗣祖　名紹芾，生同吉，早卒，聘王氏，未婚守節，以亭林為後。㊱太學公　紹芾曾是國子生，故有此稱謂。㊲侍郎公　指作者的先曾祖。㊳仲子　次子。㊴自罹變故　自從遭遇變故。罹，遭遇。㊵羸縢擔囊　裹足綁腿，肩挑布袋。羸，裹。縢，纏束。㊶善　好；正確。㊷通　文書首尾完全者曰「通」。㊸麓　疑為「簏」的假借字。簏，即竹筐、竹箱之類。㊹帖括　科舉應試之文。㊺纂記故事　編纂記錄過去的事。㊻斐然　文采貌。㊼嚮者　從前；往昔。㊽立言　謂著書立說。㊾本生祖贊善公　指作者自己本來的親生祖父顧紹芳。顧紹芳為萬曆進士，官左春坊左贊善，故以官名稱之。㊿先祖　指作者嗣祖顧紹芾。(51)不群　不合群；不合流俗。(52)日課　每天的功課。(53)溫公　即司馬光。因其死時被追封為溫國公，故有此稱謂。(54)綱目　即《通鑑綱目》。宋代朱熹因司馬光編纂《資治通鑑》而作《通鑑綱目》，仿《春秋》之例，以綱為經，以目為傳，共五十九卷。(55)班孟堅　班固，字孟堅，東漢史學家。漢明帝時為典校祕書。奉詔續成其父所著書，歷經二十年，修成《漢書》。(56)史記　西漢司馬遷撰，共一百三十卷，為中國第一部紀傳體通史。(57)宋景文　北宋史學家。宋祁，字子京，與歐陽脩等合修《新唐書》。書成，官翰林學士、史館修撰。諡景文。(58)舊唐書　原名《唐書》，因與宋祁等人所撰《新唐書》區別，故稱。59有　通「又」。60干人　求取於人。61募人　招募人。62子　孔子。他所說的話見《論語・述而》。63都下　京師。64孫思仁　不詳。65春秋纂例　唐代陸淳撰，共十七卷。66春秋權衡　宋代劉敞撰，共十七卷。67清苑　縣名。位於河北中部。68陳祺公　不詳。69左氏　即《左傳》。70見背　即去世之意。背，離開。71泫然　傷心流淚貌。72李天生　即李因篤。工詩文。著有《受祺堂集》、《漢詩音注》等書。73其學蓋自句　他的學問從為他人進入到為自己的境界。《論語・憲問》載：「子曰：古之學者為己，今之學者為人。」孔安國注：「為己，履而行之；為人，徒能言之。」

【語譯】炎武的先世，家住海島之上，世代為儒士。先高祖開始任給事中，是在正德末年。那時天下只有王府官署及建寧書坊才有刻板。那些流傳散布於人間的，不過是四書、五經、《通鑑》以及宋儒談性命理氣方面的書籍。其他書即便有刻印的，並不喜愛古書的人家也不會收藏。而我寒賤之家當時已有書六、七千卷。嘉靖年間，雖然家產中途衰敗，但是那些書卻還完整無缺。

先曾祖繼承先人成業而興起家道，任行人之職，出使廣東。當時倭寇入侵江、浙一帶，郡縣所藏之書，與其房屋全都被焚毀，毫無遺留。到了萬曆初年，先曾祖依次升官至兵部侍郎，其間履行方鎮之職有三、四次。他的操守清高耿直，雖然一個錢都沒有取之於所任官職，但是他的性情唯獨愛好書籍，往往拿出俸金去購買。到了晚年，他所得的書超過了以前家中所藏的書，然而絕無明代開國初期以前的版本。先曾祖常說：「我所藏的書，只求有那些字而已，牙籤、錦軸的工巧，不是我所喜愛的。」

先曾祖的那些書，後來分為四份。炎武的嗣祖太學公，是先曾祖的次子，更是喜愛讀書，因此增加了不少書。以至於到炎武時，又有書五、六千卷。自從遭遇變故，我輾轉遷移，變化不定，所散失的書達十分之六、七。這些書的散失大多出於意料之外。二十年來，我裹足綁腿，肩挑布袋，遊歷四方，又大多另有所得。與先世所傳的書籍合起來，還不少於二、三千卷。這些書因選擇得好，同以往的比較起來，雖然數量上少了一半，但質量還是超過了它。尤其是漢、唐碑文也得到八、九十通，又有抄寫之本，另外貯藏了兩竹箱，這可稱得上既多且博了。

我從小學習帖括達二十年。旋即又學作詩文，並在其中編纂記錄過去的事。到四十歲時，文采斐然，想有所寫作。又過了十餘年，讀書日益增多，便後悔我以前著書立說的過錯了。從炎武的先人開始，都通經學古，也往往寫詩作文。本生祖贊善公所寫的文章集中起來達數百篇，但他沒有著書以流傳於世。以前我曾就這件事問過先祖。先祖說：「著書不如抄書。凡是今人的學問，一定不及於古人；今人所見到的書的廣博程度，也一定不及於古人。孩子你要努力去做的，只有讀書而已。」

先祖的書法，大約逼近唐人；先祖的性情豪邁不合流俗。然而他自己說他小時每天的功課，就是抄錄數頁紙的古書。現在散失之後所剩下的，還有數十帙，這是其他讀書人家所未有的事。從炎武十一歲起，先祖就講授司馬光的《資治通鑑》。他說：「世上的人大多學習《綱目》，我就不是這樣。凡是著書的人，沒有不指責在他之前的人所著的書，並竄改原書而當作自己著作的。班孟堅竄改《史記》而作了《漢書》，一定不如《史記》；宋景文竄改《舊唐書》而作《新唐書》，一定不如《舊唐書》；朱熹竄改《資治通鑑》而作《通鑑綱目》，一定不如《資治通鑑》。至於當代，著書的人幾乎滿天下都是，其中就有盜竊前人之書而當成自己著作的人。因此，獲得明朝人的書一百卷，不如獲得宋朝人的書一卷。」

炎武遊歷四方，已十八年了，未嘗求取於人。有德行好的主人拿書給我看，我就留下來，或親手抄錄，或招募他人抄錄。孔子不是說過嗎？「多多地看，全記在心裏。這樣的知，是僅次於生而知之的。」今年到京師，從孫思仁先生那裏得到《春秋纂例》、《春秋權衡》、《漢上易傳》等書；清苑的陳祺公以錢米紙筆相資助，我抄錄而回。我曾經對《左傳》有所議論，等到讀《春秋權衡》才知道，它已經先說過了。想到先祖去世已經二十七年，而他講的話還在耳邊。於是流著淚寫了上述那些，以贈送給同學李天生。天生是當今通曉經典之人，他的學問大概從為他人進入到為自己的境界了。

【研　析】這篇序文先用近一半的篇幅敘述了作者一家世代喜愛藏書的情形。這為後文引述作者先祖關於「著書不如鈔書」的觀點作了很好的鋪墊。

為什麼說「著書不如鈔書」？從序文直接闡明的理由來看，就在於今人的學問、今人讀書的廣博程度都不及於古人，因此今人所著之書就難免要竄改乃至盜竊古人之書了。但是若從深一層去理解，作者寫這篇序文的用意並不只是為了辨明「著書不如鈔書」的道理。他更要提倡的則是多讀書、多讀前人有創見的書，以增長知識，開闊眼界。這樣才不會人云亦云，所著之書才有收藏價值。由此可見，這篇〈鈔書自序〉，無異於一篇頗具有啟發性的讀書心得。

西安府儒學碑目序

【題解】西安府為明代洪武二年（西元一三六九年）改置。治所在長安、咸寧（今西安），轄境在明、清時代曾有變易。

儒學碑，指刻有宣揚儒家學說之文字的碑碣。古人把長方形的刻石叫「碑」，把圓首形的或形在方圓之間、上小下大的刻石叫「碣」。秦始皇刻石紀功，大開樹立碑碣的風氣。東漢以來，碑碣漸多，有碑頌、碑記，又有墓碑，用以紀事頌德，碑的形制也有了一定的格式。現在陝西西安內有「碑林」，建於宋元祐五年（西元一〇九〇年），原為保存唐「開成石經」而設，後陸續增加，內儲漢魏以來的各種碑石約一千數百方。

本文藉著列敘儒學碑的目錄，對徒有好古之虛名致使「病民而殘石」的「今之君子」進行了嚴厲抨擊，並提出了如何保存碑版而又不至於危害老百姓的建議。

西安府儒學先師廟之後，為亭者五。環之以廊，而列古今碑版❶於中，俗謂之碑洞。自嘉靖❷末地震，而記志有名❸之碑多毀裂不存，其見❹在者，猶足以甲天下❺。余遊覽之下，因得考而序之。

昔之觀文字，模金石❻者，必其好古而博物❼者也。今之君子有世代之不知，六書❽之不辨，而旁搜古人之蹟，疊而束之❾，以飼蠹鼠❿者。使郡邑⓫有司⓬煩於應命，而工墨之費計無所出，不得不取諸民，其為害已不細⓭矣。或碑在國門之外⓮，去邑數十武⓯，而隸卒⓰一出，村之蔬米，舍之雞豚⓱，不足以供其飽，而父老子弟相率蹙頞⓲，以有碑為苦；又或在深山窮谷，而政令之無時⓳，暑雨寒冰，奔馳僵仆⓴，則工人隸卒亦無不以有碑為苦者，而民又不待言。於是乘時之隙㉑，掊㉒而毀之以除其禍。余行天下，所聞所見如此者多矣，無若醴泉㉓之最著者。縣凡㉔再徙㉕，而唐之昭陵㉖去今縣五十里。當時陪葬諸王、公主、功臣之盛，墓碑之多，見於崇禎十一年㉗之志㉘，其存者猶二十餘通㉙，而余親至其所，止見衛景武公㉚一碑，已剗㉛其姓名。土人㉜云，他碑皆不存，存者皆磨去其字矣。夫石何與於民，而民亦何讎㉝於石？所以然者，豈非今之浮慕㉞古文之君子階㉟之禍哉！

若夫碑洞之立，凡遠郊之石，並舁㊱而致之其中，既便於觀者之留連㊲，而工人麕集㊳其下，日得數十錢以給衣食，是則害不勝利㊴。今日之事，苟害不勝利，即君子有取焉，予故詳列之以告真能好古者。若郊外及下邑㊵之碑，予既不能徧㊶尋，而恐錄之以貽害㊷，故弗具。且告後之有司：欲全境內之碑者，莫若徙諸邑中；而有識之君子，慎㊸無以好古之虛名，至於病民而殘石㊹也！

【注釋】❶碑版　銘刻文字的碑碣。❷嘉靖　明世宗朱厚熜的年號。❸記志有名　猶言記載姓名。❹見　通「現」。❺甲天下　猶言天下占第一。❻模金石　即搨摹金石文字圖形。金，指鐘鼎之類。石，指碑碣之類。古人常於日用器物上鐫刻文字，又頌功紀事寓戒，多銘於金石。東漢以後，墓碑盛行。搨摹則是以濕紙緊覆在碑帖或金石文物上，用墨打搨摹印其文字或圖形。❼博物　能辨識許多事物。❽六書　古人分析漢字的造字方法而歸納出來的六種條例，即象形、指事、會意、形聲、轉注、假借。❾疊而束之　猶言把它們堆疊而捆起來。意即棄於一邊而不翻閱。❿蠹鼠　蛀蟲和老鼠。蠹，書蠹；蛀蝕書籍的小蟲。⓫郡邑　郡縣；府縣。⓬有司　古代設官分職，各有專司，因稱官吏為「有司」。⓭細　小。⓮國門之外　城門之外。⓯武　古代以六尺為步，半步為武。⓰隸卒　差役。⓱豚　豬。⓲蹙頞　愁苦貌。即皺眉頭。頞，鼻梁。⓳無時　猶言沒有確定的時日。⓴僵仆　倒下。㉑乘時之隙　謂趁搜取碑版之時的間隙。猶乘機。㉒掊　破。㉓醴泉　縣名。在陝西中部。㉔凡　總共。㉕再徙　遷移了兩次。㉖昭陵　即唐太宗李世民墓。在陝西醴泉縣東北五十里九嵕山。㉗崇禎十一年　即西元一六三八年。崇禎，為明毅宗朱由檢的年號。㉘志　指《醴泉縣志》。㉙通　篇。㉚衛景武公　即唐代李靖。唐太宗時歷任兵部尚書、尚書右僕射等職，封衛國公。死時賜其謚號為景武，並陪葬昭陵。㉛剗　通「鏟」。鏟除。㉜土人　當地人。㉝讎　「仇」的異體字。㉞浮慕　猶言假意仰慕。浮，虛浮。㉟階　導致。㊱舁　抬。㊲留連　留戀不願離開。㊳麕集　群集。麕，通「群」。㊴害不勝利　猶言危害不能超過利益。㊵下邑　小縣。㊶徧　同「遍」。㊷貽害　留下禍害。貽，遺留。㊸慎　禁戒之詞。㊹病民而殘石　猶言危害老百姓而毀壞石碑。

【語　譯】在西安府儒學先師廟的後面，建有五座亭子。環繞它們的是遊廊，遊廊中陳列著古代和當今的碑版，習慣上稱之為碑洞。自從嘉靖末年地震之後，記載了姓名的碑版大多毀壞破裂而不存在了。但那些現存的仍然足以占天下第一。我遊覽之後，便特地進行了考證並為它寫了一篇序。

以前觀覽文字，搨摹金石的，一定是那些好古並能辨識許多事物的人。今天的君子中有連世代都不知道、六書都不能辨清的人，卻廣泛搜集古人的遺跡，把它們堆疊而捆綁起來，用以餵養蠹蟲和老鼠，使郡縣的官吏煩於應付命令，而人工紙墨的費用計議起來沒有地方支出，不得不取之於民，其為害已經是不小了。有的石碑在城門之外，離城幾十武遠，而衙役一出來，村裏的蔬菜米飯，家裏的雞和豬，都不足以供給他們吃飽，而父老子弟跟著皺眉頭，以有碑為苦；還有的石碑在深山窮谷，而政令的下達沒有確定的時日，於酷暑下雨、寒冬結冰之時，往來奔馳而倒下，於是工人衙役也無不以有碑為苦，至於老百姓更是不用說了。於是老百姓趁機把石碑擊破而毀壞，以消除它帶來的禍害。我行遊天下，聽見或看到的這些事很多了，但沒有像醴泉縣那樣最顯著的。醴泉縣共遷移了兩次，唐代的昭陵離今天的縣城有五十里。當時陪葬的諸王、公主、功臣之興盛，墓碑之多，見於崇禎十一年的縣志，那些保存下來的還有二十多篇，而我親自到那個地方去考察，只見到衛景武公一塊碑了，並且已經鏟掉了他的姓名。當地的人說，其他的石碑都不存在了，存在的也都磨去了它上面的字。石碑何曾給老百姓什麼，而老百姓又為什麼仇恨石碑？之所以會這樣，難道不是今天那些假意仰慕古文的君子導致的禍害嗎？

至於那碑洞的建立，凡是遠郊的石碑，一併抬來送交到這裏，既便於觀覽的人留戀忘返，又使得工人群集在這裏，每天能夠得到數十錢以供給衣食，因此石碑的危害不可能超過它所帶來的利益。今天的事，假如要使其危害不超過其利益，就要讓君子有所獲，我因此詳細列敘了碑版目錄以告訴那些真正能夠喜好古文的人。至於郊外及小縣的石碑，我既不能普遍尋找，又唯恐把它們記錄下來而留下禍害，因此就不陳述了。並且告訴後來的官吏：想要保全所管轄境內的石碑，不如把它們遷移到各城邑之中；有見識的君子，不要因為好古的虛名，以至於危害老百姓而毀壞石碑啊！

【研　析】 本文共分為三個部分。第一部分從西安府的碑洞寫起，歸結到寫這篇序文的來因。這就為下文的展開作了必要的鋪墊。第二部分是全文的主體。它首先在整體上概述了今天徒有好古虛名的君子是如何害民殘石的，緊接著以醴泉為例，具體介紹那裏的老百姓身受石碑之苦，那裏的石碑因此而被毀壞。點面結合，相互印證，使文章的主旨突現得異常鮮明。第三部分首先談到碑洞的建立能使「害不勝利」，從而回應了文章的開頭；隨之順便說到沒有陳述「郊外及下邑之碑」的原因，並對官吏或「有識之君子」提出建議或告誡，從而回應了第二部分的內容。

於此可見，本文敘事前後照應，材料之間聯繫緊密，文章結構因此而顯得頗為緊湊。

儀禮鄭注句讀序

【題解】《儀禮》為春秋戰國時代一部分禮制的彙編。為儒家經典之一。一說是周公制作，一說是孔子訂正。古代只稱《禮》，對記言則稱《禮經》，合記言則稱《禮記》。自西晉初，以戴聖四十九篇稱《禮記》，因而便稱《禮經》為《儀禮》。漢代所傳有戴德本、戴聖本和劉向《別錄》本。今傳十七篇是鄭玄注《別錄》本。鄭玄《儀禮注》參用古今文，唐代賈公彥作《儀禮義疏》，在諸經中譌脫最多。清代胡培翬撰《儀禮正義》四十卷，以鄭玄《注》為依據，採集過去經學家的研究成果，加以訂補申說，是較有系統的《儀禮》注解書。

據本文所敘可知，《儀禮鄭注句讀》一書為清代張爾岐所撰，但沒有刊行。「句讀」即句和逗，指文章中休止和停頓之處。本文對禮的含義及其在社會生活中的作用作了簡要介紹，同時敘述了《儀禮》一經在歷史上遭受危害的情況，並對《儀禮鄭注句讀》一書將會產生的影響作用給與較高評價。

《記》❶曰：「優優大哉！禮儀三百，威儀三千。」❷禮者，本於人心之節文❸，以為自治治人之具❹，是以孔子之聖，猶問禮於老聃❺，而其與弟子答問之言，雖節目[6]之微，無不備悉[7]。語其子伯魚曰：「不學禮，無以立。」[8]《鄉黨》[9]一篇，皆動容周旋中禮之效[10]。然則周公之所以為治，孔子之所以為教，舍禮其何以焉。劉康公[11]有言：「民受[12]天地之中以生，所謂命也。是以有動作禮義威儀之則，以定命也。」三代之禮，其存於後世而無疵者，獨有《儀禮》一經。漢鄭康成[13]為之注，魏、晉以下至唐、宋通經之士，無不講求[14]於此。

自熙寧[15]中，王安石[16]變亂舊制[17]，始罷《儀禮》，不立學官[18]，而此經遂廢，此新法之為經害者一也；南渡[19]已後，二陸[20]起於金谿，其說以德性[21]為宗，學者便其簡易，群然趨之，而於制度文為一切鄙為末事[22]，賴有朱子[23]正言力辨[24]，欲修三禮之書[25]，而卒不能勝夫空虛妙悟之學[26]，此新說之為經害者二也。沿至於今，有坐皋比[27]，稱講師，門徒數百，自擬濂、洛[28]，而終身未讀此經一徧者。若天下之書皆出於國子監[29]所頒，以為定本，而此經誤文最多，或至脫一簡[30]一句，非唐石本㉛之尚存於關中㉜，則後儒無由以得之矣。

濟陽㉝張爾岐㉞稷若篤志好學㉟。不應科名㊱，錄《儀禮》鄭氏㊲注，而采賈氏㊳、陳氏、吳氏㊴之說，略以己意斷之，名曰《儀禮鄭注句讀》。又參定監本脫誤凡二百餘字，並考石經之誤五十餘字，作《正誤》二篇，附於其後，藏諸家塾㊵。時方多故，無能板行㊶之者。後之君子，因句讀以辨其文，因文以識其義，因其義以通制作之原㊷，則夫子㊸所謂以承天之道而治人之情者，可以追三代㊹之英㊺，而辛有之歎㊻，不發於伊川㊼矣。如稷若者，其不為後世太平之先倡乎？若乃據石經，刊監本，復立之學官，以習士子㊽，而姑勸之以祿利，使毋失其傳，此又有天下者之責也。

【注釋】❶記 指《禮記》。❷優優大哉三句 見《禮記・中庸》。朱熹注：「優優，充足有餘之意。禮儀，經禮也。威儀，曲禮也。」經禮，謂冠、婚、喪、祭等典章制度。曲禮，謂行事進退的儀式，也就是古時典禮中的動作儀文和待人接物的儀節。❸節文 節制修飾。❹具 工具。❺老聃 即老子。姓李名耳，字伯陽，楚國苦縣（今河南鹿邑東）厲鄉曲仁里人，做過周朝「守藏室之史」（管理藏書的史官）。孔子問禮於老聃，載《史記・老子韓非列傳》。❻節目　條目。❼備悉　完備齊全。❽語其子伯魚曰三句　見《論語・季氏》。伯魚為孔子的兒子。❾鄉黨　為《論語》篇名。此篇記錄孔子於日用之間是如何的遵守禮節。❿皆動容周旋中禮之效　猶言都是其舉止儀容合於禮的證明。動容周旋中禮，語出《孟子・盡心下》。周旋，古代行禮時進退揖讓的動作。效，效驗；證明。⓫劉康公　周人，定王之母的弟弟，亦稱王季子。采食於劉，為卿士。其所言載於《左傳・成公十三年》。⓬受　容納。⓭鄭康成　鄭玄，康成是其字。東漢高密（今屬山東）人，經學家。曾注《儀禮》。⓮講求　講論探求。⓯熙寧　宋神宗趙頊的年號。⓰王安石　北宋政治家、文學家。字介甫，號半山。撫州臨川（今屬江西）人。神宗熙寧二年（西元一〇六九年）被任為參知政事，次年拜相。曾推行均輸、市易、免役、農田水利等新法，為舊黨所反對。⓱變亂舊制　改變混亂舊有的制度。⓲學官　又稱「教官」。指中國舊時主管學務的官員和官學教師。如漢代開始設立的五經博士、博士祭酒，西晉開始設置的國子祭酒、博士、助教，宋以後的提學、學政、教授、學正等。⓳南渡　宋高宗趙構渡江，建都臨安，稱南宋。因其自北渡過長江，所以叫南渡。⓴二陸　即陸九淵和其兄陸九齡。宋撫州金谿（今屬江西）人。陸九淵，字子靜。乾道八年進士，官至荊門軍。後還鄉居貴溪之象山講學，學者稱象山先生。陸九齡，字子壽。乾道五年進士，為興國軍教授。與弟九淵相為師友，時稱「二陸」。㉑德性　儒家指人的自然稟性。㉒而於制度文句　猶言把制度條文作為一時權宜並鄙視為不重要的事。㉓朱子　即朱熹，南宋思想家、教育家。字元晦，一字仲晦，號晦庵，別稱紫陽，徽州婺原（今屬江西）人。曾任祕閣修撰等職。朱熹闡發儒家思想中的「仁」和〈大學〉、〈中庸〉的哲學思想，繼承和發揚二程（程顥、程頤）理氣關係的學說，集理學之大成，後世並稱程朱。著作有《四書章句集注》、《楚辭集注》、《周易本義》、《詩集傳》等。㉔正言力辨　端正言論、盡力分辨。朱熹重道問學，而陸九淵則重尊德性，二人論多不合。㉕三禮之書　指《儀禮》、《周禮》和《禮記》。㉖空虛妙悟之學　指陸九淵以德性為宗的學說。陸九淵認為「心即理」，認為只要悟得本心，不必多讀書，理即自然而明。故而他的學說易流於空虛。妙悟，敏慧善悟。㉗坐皐比　據《宋史·張載傳》：「嘗坐虎皮講《易》，京師聽從者甚眾。」後因稱任教為「坐擁皐比」。皐比，虎皮。㉘濂洛　宋代理學的兩個重要學派。「濂」指以北宋周敦頤為首的學派。周原居道州營道（今湖南道縣）濂溪，人稱「濂溪先生」，並稱其學派為「濂溪學派」。「洛」指以二程（程顥、程頤）為首的學派。㉙國子監　簡稱「國學」。是古代的教育管理機關和最高學府。晉武帝咸寧二年（西元二七六年）始設，清光緒三十一年（西元一九〇五年）廢。㉚簡　為戰國至魏晉時的書寫材料。是削製成的狹長竹片或木片，竹片稱簡，木片稱札或牘，統稱為簡；稍寬的長方形木片叫方；若干簡編綴在一起的叫策（冊）。均用毛筆書寫。㉛唐石本　指唐文宗開成二年（西元八三七年）用楷書刻下的《儀禮》。開成石經共有十二種，《儀禮》為其中之一。石本，即石經本，刻在石上的儒家經典。㉜關中　地名。相當於今陝西省。㉝濟陽　縣名。在今山東西北部。㉞張爾岐　明清之際經學家。字稷若，號蒿庵。山東濟陽人。明諸生，入清，隱居。曾參加編修《山東通志》，與顧炎武訂交。㉟篤志好學　志向專一、愛好學習。㊱科名　科舉的名目。㊲鄭氏　指鄭玄。㊳賈氏　指唐代賈公彥，他曾為鄭注本作《疏》。㊴陳氏吳氏　待查證。㊵家塾　相傳周代以二十五家為一閭，閭有巷，巷首門邊設家塾，用以教授居民子弟。後便稱延師在家教授子弟為家塾，以別於公家所設立的學校。㊶板行　刻版印行。㊷因其義以通制作之原　猶言通過其義而弄清制度的來源。制作，即制度。㊸夫子　指孔子。語出《禮記·禮運》。㊹三代　夏、商、周三代。㊺英　傑出的人物。㊻辛有之歎　辛有為周大夫。平王東遷時，辛有前往伊川，見有人披髮而祭於野外，便說：不到百年，這裏就成了戎族人的住地，禮制先就消亡了。此後，秦國、晉國把陸渾之戎（古族名）遷徙到了伊川。載明代廖用賢撰《尚友錄》卷四。㊼伊川　即今河南伊河。㊽士子　學子。

【語　譯】《禮記》說：「充裕廣大啊！條舉禮儀的大綱，足有三百，條舉威儀的節目，足有三千。」禮是本於人心的節制修飾之物，是用來自治與治人的工具。因此孔子這樣的聖人，還要向老子問禮，他在與弟子一問一答的言語中，即使所談禮的條目細微，也無不完全齊備。他對其子伯魚說道：「不學禮，就沒有立足社會的依據。」《論語》中的〈鄉黨〉一篇，都是舉止儀容合於禮的證明。然而周公所用來進行治理的是禮，孔子所用來進行教育的是禮，假如捨棄了禮他們拿什麼去進行治理和施教呢！劉康公有句話說：「人民容於天地之中而生存，這就是所說的命。因此有舉止、禮義、威儀的準則，這是用來安定命的。」夏、商、周三代的禮儀，其存在於後世而沒有缺陷的，唯有《儀禮》這一部經書。漢代鄭玄為它作了注釋，魏、晉以後直到唐、宋通曉經書的讀書人，無不講論探求於鄭玄的注釋之中。

自從北宋神宗熙寧年間，王安石改變混亂舊有的制度，開始停止講授《儀禮》，不立學官，而這部經書也就廢棄了。這是新法成為經書之危害的第一次；南宋以後，二陸學派在金谿興起，其學說以德性為宗旨。學者以其簡易為便利，成群地趨向於它，而把制度條文作為一時權宜並鄙視為不重要的事。幸而有朱熹端正言論、盡力分辨，希望修定《儀禮》、《周禮》和《禮記》三部書，但是最終不能勝過二陸那種空虛妙悟的學說，這是新說成為經書之危害的第二次。沿襲到今天，有任教的，被稱為講師，其門徒有數百人，自我摹仿濂、洛學派，而終身沒有讀過一遍《儀禮》這部經書。假若天下的書都出於國子監所頒發，以作為定本，而這部經書內錯誤的文字最多，有的甚至脫落了一簡一句，若不是唐代石經本還存在於關中，那麼後來的儒生就無從得到它了。

濟陽張爾岐稷若志向專一、愛好學習，不參加科舉名目的考試，摘錄《儀禮》鄭玄的注釋，而採納賈公彥、陳氏、吳氏的觀點，大略以自己的意思予以判斷，稱為《儀禮鄭注句讀》。又參考確定國子監頒發的版本所脫落錯誤的共有二百多字，並且考證石經的錯誤有五十多字，作《正誤》

二篇，附在它的後面，把它藏在家塾中。此時正當世多變故，不能把它刻版印行。後來的君子，借助句讀以辨析《儀禮》之文，借助《儀禮》之文以識別《儀禮》之義，借助《儀禮》之義以通曉制度的本源，那麼孔子所說的以應承天之道的禮去治理人之情，就可以追溯到夏、商、周三代的傑出人物那裏，而辛有的感歎，就不會在伊川發出了。像稷若這樣的人，難道不會成為後世太平的先導嗎？至於依據石經，刊定國子監的版本，再次建立學官，以教習學子，而姑且以官祿名利勉勵他們，使《儀禮》不失傳，這又是獲得天下的人的責任了。

【研　析】本文意在肯定《儀禮鄭注句讀》一書的價值。可是開篇落筆甚遠，隨後敘事過半仍沒涉及題旨。這看似閒筆，其實閒筆不閒，它為引出題旨作了層層鋪墊，從而使之得到更鮮明的表達。

文章第一部分從禮的含義及其作用談起，最後落腳到《儀禮》一經。言外之意在於：既然有如此重要的作用，那麼作為記錄禮制最完善的《儀禮》一經，其作用當然也是很重要的了（這是第一次鋪墊）。

接下去，文章的第二部分自然就要談《儀禮》了。這一部分敘述了《儀禮》在歷史上所遭受的兩次危害，以及它的現狀，暗示該經到了非重新整理不可的地步，並且有必要恢復它作為經書的歷史地位（這是第二次鋪墊）。

經過上述兩次鋪墊，文章題旨也就呼之欲出了。於是，第三部分順承前文，介紹《儀禮鄭注句讀》的基本內容，並對它將要產生的社會影響作用提出肯定性評價。

古人談鋪墊的運用時說：「言在彼而意在此。」這從一個方面指出了鋪墊在文章寫作中的表現特點以及它所能產生的作用，同時又告訴我們，鋪墊一定要有助於文章題旨的表達，否則鋪墊不成，便是「離題萬里」了。

唐宋遺民❶錄序

【題解】這篇序文所表達出的崇尚民族氣節的思想，是與作者一生志存恢復明室相一致的。清兵下江南破南京，明朝社稷遂告傾覆，作者糾合同志，起義兵，守吳江，終因寡不敵眾而失敗。他的同志大多犧牲，他自己也差點喪命。他的嗣母王氏是一位有民族節操的女子。崑山城破以後，她絕食自殺，留給作者的遺訓是：「汝無為異國臣子，無負世世國恩。」作者深深體驗到了民族壓迫的慘痛。後來，當清朝統治者逼迫他修《明史》時，他毅然拒絕，並且向朋友表示，如果真要逼他出仕，就準備「以身殉之」，可見他忠於先朝的決心。

這篇序文從《唐宋遺民錄》編纂者朱明德求其寫序的原因說到朱明德編纂此書的動機，最後直斥那些甘為貳臣的變節之人，作者的磊落胸懷，錚錚鐵骨，於此足可見到。

子曰：「有朋自遠方來，不亦樂乎！」❷古之人，學焉而有所得，未嘗不求同志之人，而況當滄海橫流❸，風雨如晦❹之日乎？於此之時，其隨世以就功名者❺，固不足道；而亦豈無一二少知自好之士❻，然且改行於中道❼，而失身於暮年❽。於是士❾求其友也益難。而或一方不可得，則求之數千里之外，今人不可得，則概想[10]於千載以上之人，苟有一言一行之有合於吾者，從而追慕[11]之，思為之傳其姓氏而筆之書。嗚呼，其心良亦苦[12]矣！

吳江[13]朱君明德[14]，與僕同郡人，相去不過百餘里，而未嘗一面。今朱君之年六十有二矣，而僕又過之五齡[15]；一在寒江荒草之濱[16]，一在絕障重關之外[17]，而皆患乎無朋。朱君乃採輯舊聞，得程克勤[18]所為《宋遺民錄》，而廣之至四百餘人，以書來問序於余。殆[19]所謂一方不得其人，而求之數千里之外者也。其於宋之遺民，有一言一行，或其姓氏之留於一二名人之集者，盡舉而筆之書。所謂今人不可得，而概想於千載以上之人者也。

余既尠聞[20]，且耄[21]矣，不能為之訂正[22]。然而竊有疑焉：自生民[23]以來，所尊莫如孔子，而《論語》、《禮記》，皆出於孔氏之傳[24]，然而互鄉之童子，不保其往也[25]；伯高之赴，所知而已[26]；孟懿子[27]、葉公[28]

之徒，問答而已；食於少施氏而飽㉙，取其一節㉚而已。今諸㉛繫㉜姓氏於一二名人之集者，豈無一日之交而不終其節者乎？或邂逅㉝相遇而道不同者乎？固未必其人之皆可述也。然而朱君猶且眷眷㉞於諸人，而并號之為遺民，夫亦以求友之難而託思於此㉟歟？

莊生有言㊱：「子不聞越㊲之流人㊳乎？去國㊴數日，見其所知㊵而喜；去國旬月㊶，見所嘗見於國中者喜；及期年㊷也，見似人者㊸而喜矣。」余嘗遊覽於山之東西、河之南北㊹，二十餘年，而其人益以不似㊺。及問之大江以南㊻，昔時所稱魁梧丈夫者㊼，亦且改形換骨，學為不似之人㊽。而朱君乃為此書，以存人類㊾於天下，若朱君者，將不得為遺民乎？因書以答之。吾老矣，將以訓後之人，冀人道㊿之猶未絕也。

【注釋】❶遺民　指改朝換代後不仕新朝的人。❷子曰三句　孔子說的這句話載於《論語・學而》。❸滄海橫流　大海之水四處泛流。比喻時世動亂。❹風雨如晦　風雨大作，使天色昏暗如夜晚。亦用來比喻時世動亂。晦，天黑；夜晚。❺隨世以就功名者　順應時勢以成就功名的人。❻少知自好之士　輕視寵遇、潔身自愛之人。少，輕視。知，知遇；賞識寵遇。自好，潔身自愛。❼改行於中道　於中途改變品行。❽失身於暮年　在晚年失去操守。暗指晚年變節仕清室者。失身，失去操守。暮年，晚年。❾是士　這樣的人。是，這樣。❿慨想　感慨懷想。⓫追慕　追憶而仰慕。⓬其心良亦苦　猶言這種用意是很深的。良，很；十分。苦，深。⓭吳江　縣名。在江蘇最南部，西濱太湖，鄰接上海市。⓮朱君明德　不詳。⓯五齡　五歲。⓰一在寒江荒草之濱　指朱明德定居吳江。⓱一在絕障重關之外　指顧炎武定居陝西的華陰縣。⓲程克勤　明代河間人。名敏政，字克勤。登化進士，官終禮部右侍郎。學問賅博，為一時之冠。⓳殆　大概。⓴尠聞　少聞；少見寡聞。尠，「鮮」的異體字。㉑耄　年老之意。㉒訂正　改定覈實。㉓生民　人。㉔孔氏之傳　孔子之傳授。㉕互鄉之童子二句　《論語．述而》載：「互鄉難與言，童子見，門人惑。子曰：『……人潔己以進，與其潔也，不保其往也。』」譯文：互鄉這個地方的人難於交談，一個童子得到孔子的接見，弟子們疑惑。孔子說：「……別人把自己弄得乾乾淨淨而來，便應當贊成他的乾淨，讓他進來，但不能保證他去後的行為。」互鄉，地名，不詳其所在。童子，未成年的人。往，去。㉖伯高之赴二句　《禮記．檀弓上》載：「伯高死於衛，赴於孔子。」譯文：伯高死於衛國，派人向孔子報喪。赴，報喪；訃告。㉗孟懿子　即魯國大夫仲孫何忌。《論語．為政》載：「孟懿子問孝。子曰：『無違』。」譯文：孟懿子向孔子問孝道。孔子說：「不要違背禮節。」㉘葉公　即楚國葉縣公沈諸梁。《論語．子路》載：「葉公問政。子曰：『近者悅，遠者來。』」譯文：葉公問政。孔子說：「境內的人使他高興，境外的人使他來投奔。」㉙食於少施氏而飽　《禮記．雜記下》載：「孔子曰：吾食於少施氏而飽。少施氏食我以禮。」譯文：孔子說：我在少施氏那裏吃得飽，因為少施氏以禮款待我吃飯。少施氏，為魯惠公子施父之後。㉚節　禮節。㉛諸　指那些姓名留於一二名人之集者。㉜繫　涉及。㉝邂逅　不期而遇。㉞眷眷　依戀不捨。㉟託思於此　託崇尚氣節之思於這些人。㊱莊生有言　這段話見《莊子．徐无鬼》。莊生，即莊子。名周，戰國蒙人，著書十餘萬言。㊲越　越國。㊳流人　有罪而被流放者。㊴去

國　離開家鄉。國，地方。此處可解為家鄉。㊵所知　指所熟悉的人。㊶旬月　滿一月。㊷期年　一週年。㊸似人者　好似鄉里之人。㊹嘗遊覽句　顧炎武於西元一六五六年隻身北上，來往於山東、河北、河南、山西、陝西一帶。故有此說。㊺益以不似　更加不似家鄉人。猶言更加不熟悉。㊻大江以南　即江南。為顧炎武祖居之地。㊼魁梧丈夫者　指有氣節者。魁梧，身材壯大貌。丈夫，猶言「大丈夫」，壯士。㊽不似之人　指喪失操守、投靠清室者。㊾人類　人之類；人群中的這一類。㊿人道　人類社會的道德規範。

【語　譯】孔子說：「有志同道合的人從遠處來，不也快樂嗎？」古代的人，學習而有所收穫，未嘗不求助於有相同志向的人，何況正當滄海橫流、風雨如晦的時候呢？在這個時候，那些順應時勢以成就功名的人，本來就不值得去說他；但是，難道也就沒有一兩位輕視寵遇、潔身自愛的人，忽然在中途改變品行，而在晚年失去操守的嗎？在這樣的人中去尋求那些志同道合者更加困難。有時在一個地方不能求得，那就到數千里之外去尋求了；在當今的人們中間不能求得，那就感慨懷想於千載以前的人。假如有一言一行與我相合，我就追憶而仰慕他們，想為他們傳名而寫進書中。唉，這種用意是很深的啊！

吳江朱明德，與我是同郡人，相距不過一百多里，但是我們二人未嘗見過一面。今年朱明德六十二歲，而我又大他五歲；一人在寒江荒草之濱，一人在絕障重關之外，而且我們都憂慮沒有志同道合者。朱明德採輯舊聞，得到程克勤所著的《宋遺民錄》，把它擴充到四百多人，並寫信來詢問我能否寫一篇序。這大概就是上面所說的：一個地方不能求得，那就到數千里之外去尋求了。朱明德對於宋代的遺民，只要有一言一行，或者他們的姓名留在一二名人的文集中，全都寫進書裏。這就是上面所說的：在當今人們中間不可求得，那就感慨懷想於千載以前的人。

我既寡聞，而且年老，不能為他的書改定覈實。然而我私下有些疑惑：自從有人以來，所被尊崇的沒有像孔子那樣。《論語》、《禮記》，都出於孔子的傳授；然而互鄉的童子，不能保證他去後的行為；伯高的訃告，只是為人所知而已；孟懿子、葉公之類的人，或問孝或問政，不過一問一答罷了；孔子在少施氏那裏吃得飽，也只是肯定他遵守一種禮節。現在那些在一二名人文集中所涉及姓名的人，難道就沒有只是與一二名人有一日的交往，而沒有把自己的操守保持到最後的嗎？或者只是與一二名人不期而遇，而他們所遵循的人道根本不同嗎？本來這些人未必就都可以撰述的，然而朱明德還是對他們依戀不捨，而且還一併稱他們為遺民。這也許因為難於求友而託崇尚氣節之思於這些人吧？

莊子說：「你沒有聽說越國被流放的人嗎？他們離開家鄉數日，見到所熟悉的人而感到高興；離開家鄉一整月，見到他們曾經在家鄉所見到的人就感到高興；等到他們離開家鄉一週年，見到那些好似家鄉的人就感到高興了。」我曾經遊覽於山之東西、河之南北，有二十餘年，而見到的那些人更加不似家鄉人。我詢問大江以南，往日那些所謂有氣節的人，也都改形換骨，仿效而為喪失操守之人。朱明德撰述此書，用意在天下存念這一類人。像朱明德這樣的人，將會不可能成為遺民嗎？為此我才寫了上述那些回答他。我老了，將以此訓誡後來之人，希望人道還沒有絕滅。

【研　析】梁代文章學家劉勰在《文心雕龍・章句》中說，寫文章應當做到「外文綺交，內義脈注」，其意思是：文句要像織綺的花那樣交錯，意義要像脈絡那樣貫通。這一篇序文的確做到了這點。

序文以孔子名言開頭，順帶說明古之學者求友之必要；隨即由古言今，點出當今亂世之求友尤為必要。這幾句看似閒筆，其實不閒，它已埋下了「求友之難」的伏筆，把後文所有內容包括了進去；後文之所述，因此而如繭抽絲，綿綿不絕。

正文是這樣展開的：當今之世，不乏隨時以就功名者，更有中途變志、晚節不忠之人，可見求友之難。但也並非無處求友：「一方不可得，則求之數千里之外，今人不可得，則慨想於千載以上之人」。於此便自然引出朱明德撰述《唐宋遺民錄》及其來書求序之事。而求序即求友於千里之外，撰述即求友於千載以上之人。看來朱明德似乎解決了求友的難題。其實不然：朱明德於千里之外固已得友，但從《論語》、《禮記》所載之人與事看來，他所撰述的《唐宋遺民錄》中的四百餘人，未必皆可稱述者，因此他未必於千載以上之人中真正得友。因為這四百餘人中，有相當一部分是因其姓名存於一二名人之集才被選錄的，這並不能確保他們人人都能始終保持操守，遵循人道。雖然如此，朱明德仍眷眷於諸人，並號之為遺民，其原因無非是由於求友之難，而借諸人寄託其崇尚民族氣節之思罷了。

序文最後又借莊子之言及自己的親身體驗，證明當今之世難於求友：江南那些曾經以氣節名譽天下之人尚且也改形換骨，投靠清室，那麼就連類似於撰述《唐宋遺民錄》的朱明德等人能不能固守節操，也只好存疑了。既然如此，只有以節操訓誡後人希望人道之未絕。序文緊扣「求友之難」娓娓道來，至此戛然而止。其文字前後呼應，意脈首尾相連，使全篇顯得天衣無縫；其悲哀之情，言外之意，因此而令人回味無窮。

朱子斗詩序

【題解】本文並不是對朱子斗詩作的藝術成就進行評價，而是對他因出身於明朝宗室而一生不受重用，從而無法展示自己才能的遭遇發表看法。認為人材有利於國家的長治久安，因此，對於天下的人材，固然要「愛之重之」，而對那些出於帝王宗室的人材，則尤其應當「愛之重之」。

國家之所以常治❶而不亂者，人材也。人材之出於天下者，固將愛之重之；夫苟人材之出於其宗❷，則尤愛之而尤重之。以文王❸之明德❹作人❺，而其用之也，常先同姓而後庶姓❻；周公❼為太宰❽，康叔❾為司寇❿，聃季⓫為司空⓬；成王⓭顧命⓮，而六卿⓯之長，五為同姓。周公、祭公⓰、毛伯⓱、凡伯⓲之屬⓳，每見於《春秋》⓴，而與周相終始。漢、唐而下，以同宗而為丞相，筦㉑中書者不可勝數。

然則自古以來，待宗人之失，未有如有明者也。庸疏而舍戚㉒，內羈而外親㉓，既不得筮仕為吏㉔，而後限之於國城㉕之中，若無罪而拘之者，故其不肖者怙侈放辟㉖，以為民害，而其賢者亦僅僅守己潔行㉗，學為詞賦，以自附於文苑之徒。於是舉天子之宗，無一人焉任國家之事，以生草澤之心㉘，而召蠻裔之侮㉙，寧以其四海之大，宗祧㉚之重，畀㉛之非族者而不恤㉜。嗚呼！此亦後世有天下者之大監㉝也已。

余聞萬曆㉞以來，宗室中之文人莫盛於秦㉟，秦之宗有七子，而子斗最少，及崇禎㊱之末，六子皆先逝，而子斗獨年至八十，後先帝㊲十一年乃卒，故其為詩多離亂之作㊳，有閔周哀郢㊴之意而不敢深言。余又聞其人孝弟㊵忠信㊶，而又明於當世之故，蓋宗之賢者也。子斗名誼汧，永與王府奉國中尉㊷。當天啟㊸時，開科舉之途，而子斗久以詩文為關中士人領袖，其次子存柘彥衡乃得為諸生㊹，中副榜㊺。賊陷西安㊻，存柘義不屈，投井死。長子存杠伯常，扶其父逃之村墅㊼得免。子斗沒後八年而余至關中，訪七子之後，其六子皆衰落不振，而伯常年已六十有二，獨其家遺書尚存，而為人亦溫恭葸慎❹❽，以求全於世，惟恐人目之為故王孫者，反不若庶姓之人，猶得盱衡❹❾扼腕❺⓿，言天下之事於朋友之前而無所忌，雖時勢則然，亦繇❺❶國家向日❺❷裁抑❺❸太過，無有彊宗大豪❺❹如南陽諸劉❺❺，得以撓❺❻新莽❺❼之威而保先人之祚❺❽者也。

余悲夫以子斗之賢，使其立朝，必能為天子正紀綱❺❾，補闕失；其在封疆❻⓿，必能秉一節❻❶，遏寇虣❻❷，乃終老不用，歷變故以卒，而僅以其詩著，故序而傳之。七子者：惟燿伯明、惟焢叔融、懷垩士簡、懷珏長生、懷[illegible]季鳳、誼澌伯聞與子斗為七，皆號能詩。而又有誼眔明遠、存樨春夫二中尉者，賊至時同不屈死。明遠中崇禎九年❻❸舉人，此皆秦宗之有學行❻❹者。子斗詩中往往及之，故並舉而列之於篇。嗚呼！孰謂宗室無人材也哉！

【注釋】❶治 安定。❷宗 同祖；同族。❸文王 周文王，商末周族領袖。姬姓，名昌。武王之父。❹明德 美德。❺作人 作育人材。❻庶姓 古代指與帝王無親屬關係的異姓諸侯。❼周公 周武王之弟，姓姬名旦，亦稱叔旦。因采邑在周（今陝西岐山北），稱為周公。曾助武王滅商。❽太宰　官名。殷代始置「宰」，掌管家務和家奴。西周時沿置，掌王家內外事務，有在王的左右而贊王命者。春秋時各國沿用，多稱「太宰」。❾康叔　周初衛國的始祖。名封，周武王弟。初封於康（今河南禹縣西北），故稱康叔。❿司寇　官名。西周始置，春秋、戰國時沿用。掌管刑獄、糾察等事。周成王曾命康叔為周的司寇。⓫聃季　亦作「冉季」。周文王少子，周公弟。⓬司空　官名。西周始置，春秋、戰國時沿用。掌管工程。⓭成王　周成王，西周天子。姬姓，名通。其父武王死時，他年幼，由叔父周公旦攝政。周公東征勝利後，大規模分封諸侯，鞏固了西周王朝的統治。後周公歸政於他。⓮顧命　臨終遺命。⓯六卿　周代的六官：冢宰、宗伯、司馬、司寇、司空。⓰祭公　即祭公謀父的省稱。周王室卿士，周公的後人。⓱毛伯　即毛伯衛。見《左傳．文公元年》。⓲凡伯　見《左傳．隱公七年》。⓳屬　類。⓴春秋　儒家經典之一。編年體史書。相傳孔子依據魯國史官所編《春秋》加以修訂而成。㉑筦　「管」的異體字。指筆。㉒庸疏而舍戚　猶言用疏遠之人而捨棄親戚。庸，用。㉓內羈而外親　猶言親近客人而疏遠親屬。內，親近。羈，指在外作客的人。㉔筮士為吏　出仕為官。筮士，即筮仕，外出做官。㉕國城　指侯王封地的城邑。㉖怙侈放僻　謂堅持奢侈，放任邪惡。怙，仗恃。僻，偏；邪。㉗守己潔行　保持自身操守，純潔自身行為。亦即自正其身之意。㉘草澤之心　猶隱士之心。草澤，指隱士。㉙蠻裔之侮　邊遠之地蠻族的欺侮。裔，邊遠之地。㉚宗祧　猶宗廟，指王室。宗，祖廟。祧，遠祖之廟。㉛畀　給與。㉜恤　憂慮。㉝監　通「鑑」。借鑑。㉞萬曆　明神宗朱翊鈞年號。㉟秦　秦地。即今陝西省，因戰國時為秦國地域，故名。㊱崇禎　明毅宗朱由檢年號。㊲先帝　指崇禎皇帝朱由檢。㊳離亂之作　歌詠在戰亂中悲歡離合的作品。㊴閔周哀郢　猶言對周朝和楚國感到憂慮和哀痛。哀郢，哀歎郢都。郢，楚國的首都，在今湖北江陵西北。屈原被放逐後，寫〈哀郢〉之詩以寄託其懷念故國的感情。㊵孝弟　即「孝悌」。儒家倫理思想。善事父母為孝，善事兄長為弟。㊶忠信　忠誠不欺。㊷中尉　官名。其職責歷代多有變化。㊸天啟　明熹宗朱由校的年號。㊹諸生　明、清兩代稱已入學的生員。㊺副榜　科舉考試中的一種附加榜示。

亦稱備榜。即於錄取正卷外，另取若干名之意。鄉試副榜始於明嘉靖時，清代因之，每正榜五名取中一名，名為副貢，不能與舉人同赴會試，但下科仍可應鄉試。會試副榜始於明永樂時，亦不能參加廷試，但下科仍可應會試。㊻賊陷西安　崇禎十六年（西元一六四三年），李自成率部在河南汝州（今臨汝）殲滅明陝西總督孫傳庭的主力，隨後乘勝進占西安，次年正月建立大順政權，年號永昌。㊼村墅　鄉村田野的草房。㊽溫恭葸慎　溫和、恭順、膽怯、謹慎。葸，膽怯；畏懼。㊾盱衡　揚眉舉目。盱，張目。㊿扼腕　用手握腕。表示情緒的激動、振奮或惋惜。51繇　通「由」。52向日　往日。53裁抑　控制；壓制。54彊宗大豪　指勢力強大的宗室或豪紳。55南陽諸劉　指西漢末年劉漢宗室各諸侯。南陽，郡名。治所在宛縣（今河南南陽）。56撓　阻撓。57新莽　王莽廢漢自立，建號新，故稱新莽。58祚　皇位；國統。59正紀綱　正法制。60封疆　指封疆之內統治一方的將帥，明清時各省長官如總督、巡撫等稱「封疆大吏」，也簡稱「封疆」。61一節　同一節操。62遏寇虓　遏制如猛獸般的賊寇。虓，猛獸。63崇禎九年　即西元一六三六年。64學行　指學問品行。

【語譯】國家長治久安而不混亂的原因，是人材。人材出現於天下時，本來應該愛護和重用他們；假如人材出現於帝王宗室，那麼尤其應當愛護和重用他們。以周文王之美德作育人材，而周文王在用人時，常常先同姓而後異姓；周公任太宰，康叔當司寇，聃季為司空；周成王臨終遺命，而六卿的長官中，就有五個是同姓。周公、祭公、毛伯、凡伯之類，往往在《春秋》中見到，而與周朝同始共終。漢、唐以下，以同姓的人為丞相，史筆之下所書的不可勝數。

然而自古以來，對待同宗人的失誤，沒有如同明朝這樣的。用疏遠之人而捨棄親人，親近客人而把親屬當外人，同宗的人既不能出仕做官，而又把他們限制在封地城邑之中，好像是沒有罪而被拘囚的人，因此那些不肖之徒堅持奢侈、放任邪惡，而成為老百姓的禍害。那些有才有德之人也僅僅保持自身操守、純潔自己行為，學習寫詞作賦，而把自己歸附於文苑之類的人。於是在與天子同宗的所有人中，沒有一人承擔國家的事情，因而產生隱士之心，以致招來邊遠之地蠻族的侮辱。寧可把他那廣大的天下，重要的王室，託付給不是本族的人而不感到憂慮。啊！這也是後世據有天下者的重大借鑑。

我聽說萬曆以來，宗室的文人沒有比秦地更多的。秦地宗室有七子，子斗年齡最小。到了崇禎末年，六人都先去世了，而子斗獨自一人活到了八十歲，在崇禎皇帝逝世十一年才死去，因此他所寫的詩大多是悲歎離別戰亂的作品，有類似古人對周朝和楚國感到憂慮和悲痛的意思而又不敢深入地表達出來。我又聽說他為人孝悌忠信，而又明辨於當世的事情，本來就是宗室有才有德之人。子斗名叫誼泘，永興王府奉國中尉。正當天啟年間，朝廷開通了科舉的途徑，而子斗很早就因能詩會文而成為關中讀書人的領袖，他的第二個兒子存柘彥衡才能夠成為諸生，考中副榜。反賊李自成攻破西安，存柘信守節義而不屈服，投井而死。長子存杠伯常，扶著他的父親逃到鄉村田野的草房才得以幸免於難。子斗死後八年而我來到關中，查訪七子的後代，其中六子都衰落而不振興，而伯常年已六十二歲，唯獨他家的遺書還存在，而他為人也是溫順恭敬膽怯謹慎，以求得全身於世上，唯恐別人把他看作明朝的子孫，因此反而不像異姓的人，還能夠揚眉舉目、激憤扼腕，在朋友面前談論天下的事而無所顧忌，雖然時勢是這樣，也是由於國家往日壓制得太過分，因此沒有勢力強大的宗室和豪紳如同南陽各位劉氏諸侯，能夠阻撓新莽的威勢而保住先人的皇位。我感到悲痛的是以子斗的才能和德行，使他能在朝廷為官，一定可以為天子端正朝綱法紀，彌補錯誤過失；讓他擔任封疆大吏，一定能夠秉持同一節操，遏制如猛獸般的賊寇。但是他居然到老都不被重用，經歷許多變故而死去，僅僅以其詩而著名，因此我才寫這篇序來記載他。七子是：惟爟伯明、惟焢叔融、懷垩士簡、懷玨長生、懷䝕季鳳、誼漸伯聞與子斗共七人，都號稱能夠寫詩。而又有誼眾明遠、存梓春夫二中尉，反賊李自成到來時一同不屈服而死。明遠於崇禎九年考中舉人，他們都是秦地宗室有學問品行的人。子斗詩中往往提到他們，因此把他們一同舉出來列敘於篇中。啊！誰說宗室沒有人材呢！

【研　析】本文的核心論點是：「人材之出於其宗，則尤愛之而尤重之」。為了確立該論點，本文採用了對比論證的方式。

在文章的第一部分，作者列舉了周朝文王、成王以及漢、唐以下各朝重用同宗之例，說明在使用人材方面，即使是古代聖人，也是「先同姓而後庶姓」；而漢、唐以下各朝也沒有以同宗為由而壓制人材。

在文章的第二部分，作者以「然則」過渡，轉到明朝待宗人之失上去。明朝對同宗的人材並非「尤愛之而尤重之」，而是相反，採取壓制的方式，使他們無法施展才能，其結果是：不肖者終為民害，「其賢者亦僅僅守己潔行，學為詞賦，以自附於文苑之徒」。

為了證明明朝待宗人之失的確如此，文章的第三部分便舉了秦地七子中子斗的例子。子斗為人「孝弟忠信，而又明於當世之故」，若「使其立朝，必能為天子正紀綱，補闕失；其在封疆，必能秉一節，過寇虣」，但是他「終老不用，歷變故以卒，而僅以其詩著」。從子斗的遭遇中可以想見明朝宗室之賢者的共同結局。

本文由於運用了對比論證，那麼從其正反的例子中歸納出文章的核心論點，也就順理成章了。

程正夫詩序

【題解】本文以程正夫詩為議論的依據，從古代大量例證中歸納出一個基本觀點，即：「子孫不忘其祖父，孝也；後人不忘其先民，忠也；忠且孝，所以善俗而率民也。」

嘗讀〈商頌〉❶之〈那〉❷曰：「自古在昔❸，先民有作❹。」而夫子之稱詩亦曰：「昔吾有先正，其言明且清。」❺是以古人之立言❻也，必稱諸祖考❼而本諸先正先民；在朝則稱於朝，高宗之言「先正保衡」❽是也；與人交則稱於友，叔孫豹❾之言「先大夫臧文仲❿」是也。降及末世⓫，人心之不同既已大拂⓬於古，而反諱⓭其行事⓮，〈召旻〉之詩曰：「維今之人，不尚有舊。」⓯而周公之戒後王也，亦曰：「乃逸乃諺，既誕，則曰：昔之人無聞知。」⓰余自少時侍於先王父，其終日言而無擇⓱者，大率⓲皆祖考之世德，鄉先生⓳之行事；既得見於先王父之友，則其言亦然；既又得見於異邦之名公⑳耆碩㉑，則其言亦復然。距今三十餘年，而邈㉒焉不可作矣。貪欲以為能，捷徑以為巧，苟同以為賢，而罔念夫昔之人者，天下皆是也。余至德州㉓，工部㉔正夫程君出其所作，於其州之自國初㉕以來士大夫二十一人合為一章，而序之曰〈先賢詩〉。於其高祖㉖以下四公各為一章，而序之曰〈程氏先賢詩〉。是諸君子者，行誼㉗不同而無不明於出處㉘取與㉙之分，有古賢人之遺焉。工部之為是作也，其亦所謂「景行行止」㉚者乎？昔趙文子觀乎九原而願隨武子之為人㉛，孟僖子述正考父之鼎銘，以卜其後之將有達者㉜。故子孫不忘其祖父，孝也；後人不忘其先民，忠也；忠且孝，所以善俗㉝而率民㉞也。是鄉大夫㉟之職也。然則工部之為此也，殆古人之義而其先大夫之遺訓也夫！

【注釋】❶商頌　《詩經》中〈頌〉的一部分，共五篇。其內容是對商代歷代祖先發跡、建國等事業進行歌頌。❷那　〈商頌〉第一篇。為祭祀成湯的樂歌，陳述音樂舞蹈之盛，以紀念其先祖。❸自古在昔　猶言從往古、在從前。❹先民有作　猶言先人就是這樣作樂。先民，先人。❺夫子之稱詩亦曰三句　夫子指孔子。孔子稱詩載於《禮記・緇衣》。先正，先代賢臣。孔子所稱引的這二句是逸詩。❻立言　著書立說。❼祖考　祖先；祖宗。❽高宗之言先正保衡　載《尚書・說命》。高宗，即武丁，盤庚之姪，小乙之子。殷商帝王中最有聲望者。保衡，殷商相伊尹的尊號，又稱阿衡。❾叔孫豹　春秋時魯國大夫，得臣之子，謚號穆子，又稱穆叔。❿臧文仲　春秋時魯國大夫。⓫末世　指一個朝代的末期，含有衰亂之意。⓬拂　違背。⓭諱　隱瞞。⓮行事　所做之事。⓯召旻之詩曰三句　召旻，《詩・大雅》最後一篇。據說此詩是刺幽王任用小人，造成天災民病。詩人憂心如焚，希望他改過，擢用舊人。維，作語助詞，用於句首或句中。舊，指舊人，如召伯那樣的好臣子。⓰周公之戒後王也六句　據《史記・魯周公世家》載：成王年長之後，周公害怕他「有所淫佚」，寫〈無逸〉「以誡成王」。此處引文即出於〈無逸〉。⓱擇　區別。⓲大率　大略；大概。⓳鄉先生　古時尊稱辭官居鄉或在鄉任教的老人。⓴名公　有名望之人。㉑耆碩　年高而有德望之人。㉒邈　遠。㉓德州　在山東西北部。㉔工部　官署名。掌管各項工程、工匠、屯田、水利、交通等政令，長官為工部尚書。㉕國初　指明朝開國初年。㉖高祖　曾祖的父親。㉗行誼　猶行義。品行、道義。㉘出處　出，出仕。處，隱退。㉙取與　收受及給與。㉚景行行止　《詩・小雅・車舝》云：「高山仰止，景行行止。」《箋》云：「古人有高德者，則慕仰之；有明行者，則而行之。」景行，本指大道。用以喻稱高尚的德行。故「景行行止」，直譯則是：「望著那大道走去吧。」意譯則是：「明白那高尚的德行，就去實行吧。」㉛昔趙文子句　此典故載《國語・晉語八》。趙文子，即趙武，春秋晉人，趙盾孫。亦稱趙孟。文是其謚號。九原，為戰國時晉國卿大夫之墓地，又作「九京」。在山西絳縣北境。隨武子，指范會。㉜孟僖子述正考父之鼎銘二句　事載《左傳・昭公七年》。孟僖子，春秋魯國大夫。正考父，春秋時宋人，上卿，歷佐戴、武、宣三公。生孔父嘉，別為公族，以字為孔氏，即孔子之祖。㉝善俗　移風易俗，使歸於美善。㉞率民　使人民成為楷模。率，表率；楷模。㉟鄉大夫　周代官名。地官之屬。掌鄉之政教禁令。

【語　譯】嘗讀〈商頌〉的〈那〉一篇，其中說道：「自往古，在從前，先人就是這樣作樂的。」而孔子所稱引的詩也說：「過去我們有先代賢臣，他的話明白又清晰。」因此，古人著書立說，一定要稱述祖先，而以先代賢臣和先人為根據。在朝廷就稱述於朝廷，高宗武丁所說的「先代賢臣保衡伊尹」就是例子；與人交往則稱述於朋友，叔孫豹所說的「先大夫臧文仲」就是例子。下降到末世，人心的不同即使已經大大地與古代相違背，卻反過來還忌諱古人所做之事。《詩經．大雅》中的〈召旻〉之詩說：「如今這些人，不是還有舊人嗎？」周公告誡後來的成王時也說：「那些小民的兒子貪圖安逸，行為粗魯，還非常放肆，乃至於說：過去的人無知無識！」我從小的時候就侍候於先祖父身旁，他一天到晚說的沒有什麼區別，大概都是祖先世代流傳的功德，辭官居鄉之人所作的事情。得以見到先祖父的友人之後，卻見他們說的也是這樣；得以又見到其他地方年高有名望的人，卻見他們說的也同樣如此。這離今天已經三十多年，那種遙遠的情形不可能再出現了。把貪欲用來當作才能，把捷徑用來當作技巧，把苟且迎合用來當作有才有德，而不想到前人的人，天下到處都是的。我到德州，工部侍郎程正夫拿出他所寫的詩作，把他那個州從建國初期以來的士大夫二十一人，合起來寫成一章，而稱敘它為〈先賢詩〉。把他的高祖以下四公各寫一章，而稱敘它為〈程氏先賢詩〉。這些君子，品行道義雖不同，但是沒有誰不明白出仕與隱退、收受及給與的分別，他們有古代賢人的遺風啊！程正夫寫出這些詩作，他也是所謂「明白那高尚的德行就去實行」的人吧？以前趙文子遊覽九原而希望學隨武子的為人，孟僖子講述正考父刻在鼎上的銘文，而預卜他的後人中將會有顯貴之人出現。因此，子孫不忘其祖父，這是孝；後人不忘其先人，這是忠；又忠又孝，這是移風易俗使歸於美善，並且使人民成為楷模的原因。這也是鄉大夫的職責。既然這樣，那麼程正夫這樣做，近似古人的道義，也是其先大夫的遺訓啊！

【研　析】本文雖短，但是引經據典多達九處。這樣多的引證材料安排得井井有條，讀起來並不覺得有疊床架屋之嫌，原因之一是作者在敘事論理的過程中注意了線索的設置，即：作者以自己所讀、所聞、所見、所思為貫穿全文的線索，把那些引證材料分別置於其間，這就好比一條藤上懸著九枚瓜果，排列有序，匠心獨運。

文章開頭便從「嘗讀」寫起，先後使用了〈商頌〉之〈那〉和孔子所稱之詩，稍加歸納之後又進行推演。在推演過程中，分別使用了四個材料，即「高宗之言」、「叔孫豹之言」、〈召旻〉之詩和「周公之戒後王」，這四個材料包含著正反論證的意味。

接著敘述「余自少時侍於先王父」的情形，寫的則是「所聞」，其中雖沒有引證材料，卻因為他把此前此後的引證材料分離開來，於是便收到了疏密相間的效果。

接下去敘述「余至德州」之「所見」，正式歸結到本題。其中也引用了「景行行止」一句詩，用以對程正夫寫作〈先賢詩〉這一行為進行褒揚。同時，也為後文點題作一鋪墊。

文章最後寫「所思」，但「所思」又是從兩個典故中引申出來的。這兩個典故是：「趙文子觀乎九原」和「孟僖子述正考父之鼎銘」。其實，由這兩個典故所引申出的「所思」，就是本文所要表明的基本觀點。

萊州❶任氏族譜序

【題　解】萊州任氏之所以門庭依舊，家道不至於頹落，其原因是能夠超出山東之敝俗。這篇序文以此為議論的出發點和歸結處，分析了山東之敝俗的危害，指明了任氏超俗倡教於一族之人的用心，並道出了自己寫這一篇序文的目的。

予讀《唐書》韋雲起❷之疏❸曰：「山東人自作門戶❹，更相談薦❺，附下罔上❻。」袁術❼之答張沛曰：「山東人但求祿利；見危授命❽，則曠代❾無人。」竊❿怪其當日之風，即已異於漢時，而歷數近世人材，如琅邪⓫、北海⓬、東萊⓭，皆漢以來大儒⓮所生之地。今且千有餘年，而無一學者見稱於時⓯。何古今殊絕⓰也？至其官於此者，則無不變色咋舌⓱，稱以為難治之國⓲，謂其齊民之俗⓳有三：一曰逋稅⓴，二曰劫殺，三曰訐訟㉑。而余往來山東者十餘年，則見夫巨室之日以微[22]，而世族之日以散[23]，貨賄之日以乏[24]，科名之日以衰[25]，而人心之日以澆且偽[26]，盜誣其主人而奴訐其長[27]，日趨於禍敗而莫知其所終。乃余頃[28]至東萊，主[29]趙氏、任氏，入其門，而堂[30]軒[31]几[32]榻[33]無改於其舊；與之言，而出於經術[34]節義[35]者，無變其初心[36]；問其恆產[37]，而亦皆支撐以不至於穨落。余於是欣然有見故人之樂，而歎夫士之能自樹立者，固不為習俗之所移。

任君唐臣，因出其家譜一編，屬[38]余為之序。其文自尊祖睦族[39]，以至於急賦稅[40]，均力役[41]，諄諄[42]言之，豈不超出於山東之敝俗[43]者乎？子[44]不云乎？「得見有恆者斯可矣。」[45]恆者，久也，天下之久而不變者，莫若君臣父子[46]，故為之賦稅以輸之，力役以奉之，此田宅之所以可久也。非其有不取[47]，非其力不食[48]，此貨財之所以可久也。為下不亂[49]，在醜不爭[50]，不叛親，不侮賢，此鄉里宗族之所以可久也。夫然[51]，故名節以之而立，學問以之而成，忠義之人，經術之士，出乎其中矣。不明乎此，於是乎飲食之事也而至於訟，訟不已而至於師[52]，小而舞文[53]，大而弄兵[54]，豈非今日山東之大戒[55]？而若任君者，為之深憂過計[56]，而欲倡其教[57]於一族之人，即亦不敢諱其從前之失，而為之丁寧[58]以著於譜。昔召穆公[59]思周德之不類[60]，故糾合宗族於成周[61]，而作詩曰：「凡今之人，莫如兄弟。」[62]任君其師此意[63]矣。

余行天下，見好逋者必貧，好訟者必負[64]，少陵長，小加大[65]，則不旋踵[66]而禍隨之。故推[67]任君之意，以告山東之人，使有警[68]焉，或可以止橫流[69]而息燎原[70]也。

【注釋】❶萊州　州、府名。隋代設置。治所在今山東掖縣。❷韋雲起　唐代雍州萬年人，唐高祖時為遂州都督，為竇軌所害。❸疏　奏章。❹門戶　謂樹立朋黨。❺更相談薦　相互交替稱頌舉薦。更相，相互交替。談，稱頌人之美德，使其名譽遠揚。薦，引薦；推舉。❻附下罔上　附和下級而欺騙上級。罔，欺騙。❼袁術　東漢汝南汝陽（今河南商水西南）人。字公路。袁紹弟。建安二年（西元一九七年）稱帝於壽春（今安徽壽縣），後為曹操所破，不久病死。❽見危授命　語出《論語・憲問》。謂遇到危險便肯付出生命。授，付予。❾曠代　絕代；世所未有。❿竊　猶言私。常用作表示個人意見的謙詞。⓫琅邪　亦作「瑯琊」。郡名。秦置。

治所在琅邪（今山東膠南縣琅邪臺西北）。轄境相當於今山東半島東南部。⑫北海　郡名。漢置。治所在營陵（今山東昌樂東南）。轄境相當於今山東濰坊及安丘、昌樂、壽光、昌邑等縣。⑬東萊　郡名。漢置。治所在掖縣（今屬山東）。轄境相當於今山東膠萊河以東、岠嵎山以北和乳山河以東地。⑭大儒　謂著名的學者。漢代時在山東的這些地方出現過孟喜、費直、夏侯勝、孔安國、申公等著名學者。⑮見稱於時　被時人所稱頌。見，被。時，當時；當代。⑯殊絕　謂相差甚遠。殊，異；不同。絕，極遠。⑰變色咋舌　驚懼悔恨之狀。咋舌，把自己的舌頭緊咬住或忍住不言。咋，亦作「齚」。啃咬。⑱國　地方。⑲齊民之俗　齊地人民之習俗。齊，地區名。今山東泰山以北黃河流域及膠東半島地區，為戰國時齊國之地。此處泛指山東。⑳逋稅　拖欠賦稅。逋，拖欠。㉑訐訟　控告訴訟。訐，揭發他人陰私；攻擊別人短處。訟，訴訟。㉒巨室之日以微　世家大族日益頹敗。巨室，舊指世家大族。微，衰退；頹敗。㉓世族之日以散　名門望族日益分散。世族，猶言「世家」，舊時泛指世代顯貴的家族。㉔貨賄之日以乏　錢財之物日益貧乏。貨賄，即財物。㉕科名之日以衰　科舉的名目日益衰落。科名，舊時科舉考試制度中經鄉試、會試錄取之稱。㉖人心之日以澆且偽　人心日益刻薄而又虛偽。澆，即刻薄、不厚道。㉗奴訐其長　奴僕攻擊其上司。長，位高者。此處作長上、上司解。㉘頃　不久。㉙主　謂寓居在人家，以其家人為主人。㉚堂　堂屋；正屋。㉛軒　有窗檻的長廊或小室。㉜几　矮或小的桌子。㉝榻　無頂無框的小床。㉞經術　經學。㉟節義　謂節操與義行。㊱初心　本意；本願。㊲恆產　指家庭固定的產業。㊳屬　通「囑」。託付。㊴尊祖睦族　尊敬祖先，和睦族人。睦，和睦。㊵急賦稅　出盡賦稅。急，盡。㊶均力役　平均分攤勞役。力役，勞役。㊷諄諄　教誨不倦貌。㊸敝俗　壞的習俗。㊹子　即「孔子」。㊺得見有恆者斯可矣　孔子所說的這句話載於《論語．述而》。㊻君臣父子　此指君與臣、父與子之間的關係而言。㊼非其有不取　不是為其所有則不獲取。㊽非其力不食　不是他的勞動所得則不食。力，勞動；勞力。㊾為下不亂　處於下位的人不犯上作亂。下，舊指處於下位的人。㊿在醜不爭　語出《禮記．曲禮上》。醜，即「醜夷」。古代稱年輩相同、學行相齊的人為「醜夷」。猶儕輩、等類之意。(51)然　這樣。

(52)師　謂攻戰。(53)舞文　以文字相攻詆。(54)弄兵　動干戈；武裝起事。(55)大戒　最大的禁制。(56)深憂過計　深深憂慮而過於謀劃。(57)倡其教　倡導其教誨。(58)丁寧　再三叮囑。(59)召穆公　名虎，周朝卿士。(60)類　善。(61)成周　周朝時洛邑之稱，戰國後改稱洛陽。(62)凡今之人二句　謂凡今天下之人欲強盛，莫如兄弟之相親。(63)師此意　效法這種意思。(64)負　賠償。(65)少陵長二句　語出《左傳》。意即年少的欺侮年長的，年小的欺侮年大的。陵，欺侮。加，陵駕，亦即欺侮之意。(66)旋踵　猶言轉足之間，比喻其迅速。(67)推　推想；推求。(68)警　警覺；警惕。(69)橫流　洪水四處奔流。指人的行為不由正軌，猶如水不由道行。(70)燎原　若火之燎原。比喻禍亂之迅猛。

【語　譯】我讀《唐書》，見韋雲起的奏章中說：「山東人自己樹立朋黨，相互交替稱頌舉薦，附和下級而欺騙上級。」袁術回答張沛時說：「山東人只求祿位和名利，遇到危險便肯付出生命的，則世所未有。」我私下驚異於當時的風氣就已經與漢代不同了；而歷數近代人材，如琅邪、北海、東萊等地，都是漢代以來出大儒的地方，至今已有一千多年，卻沒有一位學者被時人所稱頌。為何古今相差這麼遠呢？至於那些在山東做官的，則沒有誰不變色咋舌，稱之為難於治理的地方，說齊地之民有三種習俗：一是欠稅，二是搶劫殺人，三是揭人陰私和訴訟。我往來山東有十多年，所見到的則是世家大族日益頹敗，名門望族日益分散，錢財之物日益貧乏，科舉之名目日益衰落，而人心則越來越刻薄而又虛偽，盜賊誣陷他的主人，奴僕攻擊他的上司，日益趨於災禍和衰敗而不知其最終結果。我不久前到過東萊，寓居在趙氏、任氏家中。進入他們家的門，便見到堂軒几榻沒有改變其舊貌；和他們談話，那些出於經學、節操和義行的內容，都沒有改變其本意；詢問他們固定的產業，也都支撐著而不至於頹敗衰落。我於是高興得有如見到故人那樣快樂，感歎讀書人中那些能自我樹立的人，本來就不會為習俗所移易。

於是，任唐臣拿出他的一本家譜，囑託我給它寫一篇序。其文從尊敬祖先、和睦族人說起，以至於說到出盡賦稅，平均分攤勞役，其諄諄之所言，豈不超出於山東的壞習俗了嗎？孔子不是說過：「能看見有一定操守的人就可以了。」所謂「恆」，就是「長久」的意思。天下能夠長久而不改變的，沒有像君臣父子那樣。因此，為了繳納賦稅、進獻勞役，這是田宅之所以能夠長久存在的原因。不為其所有則不獲取，不是其勞動所得則不食，這是財物之所以能夠長久保持的原因。處於下位的人不犯上作亂，作為等輩人則不互相爭執，不背叛親友，不侮辱聖賢，這是鄰里宗族之所以能夠長久和睦相處的原因。這樣一來，名譽節操因此而樹立，學問因此而有所成就，忠義之人、經學之士，便都從中產生出來了。倘若不明白這一點，於是乎便會出現因飲食之事而至於訴訟，訴訟不能完結而至於攻戰，小則以文字相攻訐，大則動用干戈。這難道不是今天山東所缺少的最大的禁制嗎？至於任唐臣，對山東的現狀深感憂慮而過於謀劃，他想在一族人中倡導他的教化之意，即使如此他也不敢隱瞞從前的過失，而再三叮囑要把它寫進家譜。往昔召穆公想到周朝的德行不善，因此把同族人集合到成周，他作詩明志道：「凡今天下之人，要想強盛，莫如兄弟之相親。」任唐臣就是效法這一意思吧。

我行遊天下，見那些喜愛欠稅的一定貧困，喜愛訴訟的一定賠償，年少的欺侮年長的，年小的欺侮年大的，則於轉足之間災禍就隨之而來。因此我推想任唐臣的意思，以此告訴山東之人，使他們有所警覺，這或許能夠阻止洪水橫流而熄滅燎原之火吧。

【研析】顧炎武在政治思想上最注意於敦俗與化民。他曾在《日知錄・兩漢風俗》一文中說過：「目擊世趨，方知治亂之關，必在人心風俗，而所以轉移人心、整頓風俗，則教化紀綱為不可缺矣。」在他看來，國家的治亂、盛衰，乃至興亡都與人心風俗有關。因此「轉移人心、整頓風俗」，應是治世救國之法。而要做到這一點，「則教化紀綱為不可缺」，也就是要以經術、節義去教化人民，把倫理綱常植入人心。在這篇序文中，作者再次表述了這種思想。

序文開頭借用古人兩句話點明山東之習俗自漢以後向壞的方面變化了。並藉為官當地之人的說法把這種壞的習俗概括為三點。隨後用作者親眼所見，證明這種壞的習俗給社會帶來了極大危害。同時又指出，在這種頹波橫流之際，只有那些能自我樹立之士方能陶冶於經術、固守於節義，不為習俗所移，因而也就不會深受其害。這就從正反兩方面說明了敦俗與化民的重要。

接下去作者把任氏請求為其家譜寫序當作話頭，對任氏倡教於一族之人的用心大加發揮，尤其針對「齊民」的三點敝俗，又從正反兩方面進行了具體分析和說明，從而進一步證明了敦俗與化民是治亂、保家興國之道。

序文最後再次指出山東之敝俗的危害，並表明自己寫此序的目的無非是警告山東之人，使之能改變那種壞的習俗。無疑，其中必然暗寓著作者所一貫倡導的敦俗與化民之意。

呂氏千字文序

【題解】《千字文》是中國舊時兒童入學的啟蒙課本。南朝梁周興嗣撰。他掇取王羲之遺書中不同的字共一千個，編為四言韻語，敘述有關自然、社會、歷史、倫理、教育等方面的知識。隋代開始流行。此後有多種續編和改編本。如宋代胡寅《敘古千文》、侍其瑋《續千文》、葛正剛《重續千文》，元代許衡《稽古千文》，明代周履靖《廣易千文》、李登《正字千文》，清何桂珍《訓蒙千字文》、龔聰《續千字文》等。

本文在敘述《千字文》源流的同時，對《呂氏千字文》的內容和特點，以及該書撰者的為人進行了概括介紹。

《呂氏千字文》者，待詔❶餘姚❷呂君裁之之所作也。蓋小學之書❸，自古有之。李斯❹以下，號為《三蒼》❺，而《急就篇》❻最行於世。自南北朝以前，初學之童子無不習之。而《千字文》則起於齊、梁之世，今所傳「天地玄黃❼」者，又梁武帝❽命其臣周興嗣❾取王羲之❿

遺字次韻⑪成之，不獨以文傳，而又以其巧傳。後之讀者苦《三蒼》之難，而便《千文》之易，於是至今為小學家恆用之書。而崇禎之元⑫，有仁和⑬卓人月者，取而更次之⑭，以紀先帝⑮初元⑯之政，一時咸稱其巧。呂君以為事止於一年，未備也，於是再取而更次之，而明代二百七十年之事乃略具。若夫錯綜古人之文如己出焉，不亦進而愈巧者乎？蓋吾讀史遊《急就篇》，博之於名物⑰制度，浩賾⑱而不可窮，而其末歸於「漢地廣大，萬方來朝，中國安寧，百姓承德」。而呂君此文其首曰：「大明⑲洪武⑳，受命㉑配天㉒。」其末曰：「臣呂章成，頓首㉓敬書。」則猶史遊之意也。史遊在元帝㉔時為黃門令㉕，日侍禁中㉖，當漢室之無事；而呂君身為宰輔㉗之後，丁㉘板蕩之秋㉙，遯跡山林㉚而想一王之盛㉛，〈匪風〉㉜之懷，〈下泉〉㉝之歎，有類於詩人，而過於齊、梁文士之流者也。不然，崔浩之書改漢彊而為代彊者㉞，今豈無其人乎？而呂君棄之不顧，曰：吾將退而訓於蒙士㉟焉。其風節又豈在兩龔㊱下哉？夫小學，固六經之先也，使人讀之而知尊君親上之義，則必自其為童子始，故余於是書也樂得而序之。

【注釋】❶待詔　官名。明、清翰林院屬官有待詔，秩從九品，則為低級事務官，掌校對、章疏、文史。❷餘姚　縣名。在浙江東部。❸小學之書　舊時的兒童教育課本。❹李斯　秦代時官至丞相，上蔡（今河南上蔡西南）人。著有〈諫逐客書〉和《蒼頡篇》（今佚，有輯本）。❺三蒼　也作《三倉》。字書。秦李斯撰《蒼頡篇》、趙高撰《爰歷篇》、胡毋敬撰《博學篇》。大抵四字為句，兩句一韻，便於誦讀，當時以教學童識字。今皆不傳。❻急就篇　一名《急就章》。字書。西漢史遊撰。今本三十四章。大抵按姓名、衣服、飲食、器用等分類編成韻語，多數為七字句，以教學童識字。因首句有「急就」二字，故以名篇。❼玄黃　《易・坤・文言》云：「夫玄黃者，天地之雜也，天玄而地黃。」後用為天地的代稱。❽梁武帝　名蕭衍。❾周興嗣　南朝梁項人。博通傳記，擅文章。官至給事中。其文頗為梁武帝稱賞。其書備精諸體，為歷代學書者所崇尚。❿王羲之　東晉書法家。字逸少，琅邪臨沂（今屬山東）人。官至右軍將軍，人稱「王右軍」。因與王述不和辭官，定居會稽山陰（今浙江紹興）。⓫次韻　此指周興嗣依王羲之遺字之韻的先後次序寫成《千字文》。⓬崇禎之元　即西元一六二八年。⓭仁和　舊縣名。宋太平興國四年（西元九七九年）改錢江縣置，治所在今杭州市。⓮更次之　猶言又次韻成之。也就是再次依《千字文》之韻的次序進行修改。⓯先帝　指崇禎皇帝朱由檢。⓰初元　帝王登位之後，例須改元，因謂改元之初為「初元」。⓱名物　名號物色。⓲浩賾　浩大幽深。⓳大明　指明代。⓴洪武　明太祖朱元璋的年號。㉑受命　猶言受命於天。古代帝王託神權以鞏固統治，常把自己奪得天下說成是接受天命。㉒配天　德配於天。㉓頓首　叩頭。用於書信起頭或末尾，表示敬意。㉔元帝　即漢元帝劉奭。㉕黃門令　給事內廷之官。為宦者充任。㉖禁中　秦、漢規制，皇帝宮中稱禁中，言門戶有禁，非侍衛及通籍之臣，不得入內。至漢元帝皇后父名禁，改稱省中，省即省察之意。㉗宰輔　皇帝的輔政大臣，一般指宰相或三公。㉘丁　當；遭逢。㉙板蕩之秋　猶言社會動蕩之時。板蕩，《詩．大雅》有〈板〉、〈蕩〉二篇，皆諷周厲王的無道；後用以指政局混亂，社會動蕩不寧。㉚遯跡山林　猶隱居山林。遯跡，猶隱去蹤跡。㉛一王之盛　一代王朝的興盛。一王，一代王朝。㉜匪風　《詩．檜風》篇名。言周室衰微，諸侯兼併，檜為小國，即將及於禍亂。㉝下泉　《詩．曹風》篇名。〈詩序〉說是「思治」。後人或謂曹人思治，而傷周室衰微，不能制止諸侯兼併，故思上世明王賢伯治平之時。㉞崔浩之書句　崔浩為北魏清河（今江蘇淮陰）人。字伯淵，累官至司徒，仕魏三世，工書。其受人之託，書「急就章」，必稱「馮代彊」，以示不敢犯國。見《魏書．崔浩傳》。㉟蒙士　童蒙始學之士，亦即淺學無知的士人。㊱兩龔　西漢龔勝字君賓，龔舍字君倩，都是楚地人，都以名節見稱，時人稱為楚兩龔。見《漢書．兩龔傳》。

【語　譯】《呂氏千字文》，是擔任待詔之職的餘姚人呂裁之所編撰的。小學這類書，自古以來就有。李斯以下就有一本名為《三蒼》的書，而《急就篇》則在世上流傳最廣。南北朝以前，初學的兒童沒有不學習它的。而《千字文》則產生於齊、梁時代，今天所流傳的「天地玄黃」這個版本，是梁武帝命令他的臣子周興嗣摘取王羲之遺書中的字，依其韻的先後次序編撰而成的。這本《千字文》不只是因為它的文采而流傳，還因為它的精巧而流傳。後來的讀者因《三蒼》的艱難而苦惱，而因《千字文》的容易而感覺便利，於是，《千字文》直到今天仍然是小學家經常使用的書籍。崇禎元年，仁和縣有一位名叫卓人月的，把《千字文》拿來依其韻進行修改，用以記載崇禎元年的政事，一時都稱讚它的巧妙。呂裁之以為它所記載的只是一年的事，並不完備，於是又拿來依其韻作再次修改，明代二百七十年的事情才大略具備。要說那交錯綜合古人的文章如同自己寫出的一樣，不也是進一步顯得更加巧妙了嗎？我讀史游的《急就篇》，它廣博記載各種名物制度，浩大幽深而不可窮盡。它的末尾歸結到「漢朝地域廣大，各方諸侯前來朝拜，中國安寧，百姓承受德澤」。而呂裁之的《千字文》開頭說：「大明洪武，受天之命，德配於天。」它的末尾說：「臣呂章成，頓首敬書。」則還是史游的意思。史游在漢元帝時任黃門令，每天侍候於宮中，當時漢朝沒有什麼事情；而呂裁之身為宰輔的後代，正逢社會動蕩之時，他隱居山村而回想一代王朝的興盛，那種〈匪風〉的情懷，〈下泉〉的感歎，類似於詩人，而超過了齊、梁文士之流。不然，像崔浩那樣在書寫《急就篇》時改漢彊而為代彊的，今天難道沒有這種人嗎？而呂裁之則棄之而不顧，說：「我將隱退而教訓啟蒙始學之士啊！」他的風骨名節又難道在兩龔之下嗎？小學本來是在六經之前，使人讀了之後懂得尊重君王、親愛長上的意義，那就一定要從他們還是兒童的時候開始，因此我才高興地為這部書寫了一篇序。

【研　析】這是一篇記敘文。作者在介紹《呂氏千字文》的特點及其作者之為人時，成功地運用了比較的敘事方法。這種方法具體表現在對四組內容的交代上。

其一是在介紹小學之書的歷史源流時，以《三蒼》之難與《千字文》之易相比較，並說明《千字文》因其易而成為小學家常用之書。

其二是以《呂氏千字文》之愈巧與周氏、卓氏之《千字文》之巧相比較，暗示《呂氏千字文》優於周氏、卓氏《千字文》。

其三是以《呂氏千字文》與《急就篇》的開頭和結尾相比較，說明這兩部書的作者在文中所表達的意思相同。不過由於呂裁之和史遊所生活的時代不同，因此呂裁之在文中所表明的情懷有類於詩人。這就暗示出《呂氏千字文》較之《急就篇》更深沈。

最後又把呂裁之之為人與兩龔相比較，指明其風節並不在兩龔之下。

運用比較的敘事方法有兩個好處，一是通過比較可以把不同的敘述對象之間的同中之異突現得十分鮮明。二是這種比較只能是主要敘述對象與次要敘述對象之間的比較，後者只能是為前者起一種襯托作用。因此，通過主與次的比較，就能使文章的中心意思得到明確的表達。關於這些，我們只要認真閱讀這篇序文，就可領悟得到。

勞山圖志序

【題　解】在這篇序文裏，作者對勞山的地理位置、有關的典故，以及山名的來歷進行了考證或辨析。

勞山在今即墨縣❶東南海上，距城四、五十里，或八、九十里。有大勞、小勞，其峰數十，總名曰勞。志言：「秦始皇登勞盛山，望蓬萊。」❷因謂此山一名勞盛，而不得其所以立名之義。案《南史》：「明僧紹隱於長廣郡之嶗山。」❸則字或從山。又《漢書》：「成山作盛山，在今文登縣❹東北。」則勞、盛自是兩山。古人立言❺尚簡❻，齊❼之東偏❽，三面環海，其斗❾入海處南勞而北盛，則盡乎齊東境矣。其山高大深阻，旁薄❿二、三百里，以其僻在海隅⓫，故人跡罕至。凡人之情以罕為貴，則從而夸之，以為神仙之宅，靈異之府。其說云：吳王夫差登此山，得《靈寶度人經》。考之《春秋傳》[12]：吳王伐齊[13]，僅至艾陵，而徐承率舟師[14]自海道入齊，為齊人所敗而去。則夫差未嘗至此，而於越入吳之日，不知度人之經將焉用之？余遊其地，觀老君[15]、黃石[16]、王喬[17]諸蹟，類皆後人之所託名，而耐凍白牡丹花在南方亦是尋常之物。惟山深多生藥草，而地煖[18]能發南花，自漢以來，修真守靜[19]之流多依於此，此則其可信者。乃自田齊[20]之末，有神仙之論，而秦皇、漢武謂真有此人在窮山巨海之中，於是八神[21]之祠徧[22]於海上，萬乘[23]之駕常在東萊[24]，而勞山之名由此起矣。夫勞山皆亂石巉巖，下臨大海，偪仄難度[25]，其險處土人猶罕至焉。秦皇登之，是必萬人除道，百官扈從[26]，千人擁輓[27]而後上也。五穀不生，環山以外，土皆疏脊[28]；海濱斥鹵[29]，僅有魚蛤[30]，亦須其時。秦皇登之，必一郡供張[31]，數縣儲偫[32]，四民[33]廢業[34]，千里驛騷[35]而後上也。於是齊人苦之而名曰勞山也。其以是夫？古之聖王勞民[36]而民忘之；秦皇一出游，而勞之名傳之千萬年，然而致此則有由矣。〈漢志〉[37]言：齊俗夸詐，自太公[38]、管仲[39]之餘[40]，其言霸術[41]已無遺策[42]。而一二智慧之士倡為迂怪之談[43]，以聳動天下之聽[44]，彼其意不過欲時君擁篲[45]，辯士詘服[46]，以為名高[47]而已，豈知其患之至於此也。故御史[48]黃君居此山下，作《勞山志》未成，其長君[49]朗生修而成之，屬[50]余為序。黃君在先朝[51]抗疏言事[52]，有古人節槩[53]，其言蓋非夸者。余猶考勞山之故，而推其立名之旨[54]，俾[55]後之人有以鑒焉。

【注釋】❶即墨縣　隋朝設置。在山東青島市東北部。❷志言三句　志，據《日知錄・勞山》，引文係出自《太平寰宇記》。蓬萊，古代方士傳說為仙人所居之處，與方丈、瀛洲共稱三神山。❸案南史二句　案，通「按」。依照；按照。南史，唐李延壽撰，八十卷。記南朝宋、齊、梁、陳四代歷史，紀傳體。長廣郡，漢建安初置，治所在長廣（今山東萊陽東），旋廢。晉咸寧三年（西元二七七年）復置，治所在不其（今嶗山縣北）。轄境相當今山東青島市、嶗山、萊西、海陽、即墨、萊陽等地。❹文登縣　在山東東部，南臨黃海。❺立言　著書立說。❻尚簡　崇尚簡略。❼齊　地區名。今山東泰山以北黃河流域及膠東半島地區，為戰國時齊地，漢以後仍沿稱為齊。❽東偏　猶言偏向東面。❾斗　形狀似斗。❿旁薄　亦作「磅礴」。廣大無邊貌。⓫海隅　沿海地區；海角。⓬春秋傳　解釋《春秋》的有《左傳》、《公羊傳》和《穀梁傳》三種。⓭吳王伐齊　事見

《左傳・哀公十一年》。⑭舟師　水軍。⑮老君　俗稱老子為老君或太上老君。老子即老聃。春秋戰國時楚苦縣人。曾為周藏書室史官。相傳著《老子》（又名《道德經》）五千餘言。《史記》有〈老子韓非列傳〉。⑯黃石　即黃石公。秦隱士，曾賜張良《太公兵法》，張良據此而佐漢高祖平天下。見《史記》卷五五。⑰王喬　即仙人王子喬。《列仙傳》曰：「王子喬者，太子晉也，道人浮丘公接以上嵩高山。」⑱煖　同「暖」。⑲修真守靜　道教稱學道修行叫「修真」，保持清靜、無所企求叫「守靜」。⑳田齊　周初，齊國原為姜姓。戰國時，田氏奪取政權，稱田齊。其先人陳完為陳國厲公之子，因陳國發生變亂投奔齊國，改姓田。後田氏子孫世代為齊卿，逐漸奪得齊國政權。周安王時列為諸侯。見《史記・田敬仲完世家》。㉑八神　秦制祭祀名山大川及八神。八神為天主、地主、兵主、陰主、陽主、月主、日主、四時主。見《史記・封禪書》。㉒偏　同「遍」。㉓萬乘　周朝制度規定：天子地方千里，出兵車萬乘，諸侯地方百里，出兵車千乘。故以萬乘稱天子。㉔東萊　郡名。春秋時萊子國。在齊國之東，故名。漢初置東萊郡，屬青州。轄山東舊登州、萊州之地，治所在掖，即今山東掖縣。㉕偪仄難度　指亂石巉巖密集，難以通過。偪仄，也作「偪側」。迫近、密集貌。偪，通「逼」。㉖扈從　隨從；侍從。㉗擁輓　簇擁；牽引。㉘磽脊　粗礪貧瘠。㉙斥鹵　鹽鹼地。㉚蛤　一種有介殼的軟體動物，產於江河湖海。㉛供張　亦作「共張」。供具張設。㉜儲偫　儲備。偫，儲備。㉝四民　士、農、工、商。㉞廢業　荒廢本業。㉟驛騷　轉相陳告，自相驚動。㊱勞民　調役使老百姓。勞，役使。㊲漢志　指《漢書》中的〈地理志〉。㊳太公　周代呂尚的稱號。㊴管仲　即管敬仲。春秋初期政治家。名夷吾，字仲，潁上（潁水之濱）人。由鮑叔牙推薦，被齊桓公任命為卿，尊稱「仲父」。他在齊進行改革，幫助齊桓公成為春秋時第一個霸主。《漢書・藝文志》道家著錄有《管子》八十六篇。㊵餘　以後。㊶霸術　稱霸之術。㊷遺策　古代典籍。㊸迂怪之談　猶荒誕之談。㊹以聳動天下之聽　猶言驚動天下人們的視聽。㊺時君擁篲　猶言當時的君王掃除以待客。擁篲，即執篲，古人迎候貴客，常擁篲致敬。意謂掃除以待客。篲，通「帚」。㊻辯士詘服　猶言有口才的人屈服。辯士，有口才的人。詘服，猶「屈服」。詘，通「屈」。㊼名高　名望崇高。㊽御史　官名。春秋戰國列國都有御史，為諸侯王親近之職，掌文書及記事。秦置御史大夫，職副丞相，位甚尊。漢以後御史職銜累有變化。至明清僅存監察御史，分道行使糾察。㊾長君　稱人之長兄。㊿屬　通「囑」。託付。51先朝　指明朝。52抗疏言事　上書直言事情。53節槩　志節氣概。54立名之旨　謂勞山之名的含義。55俾　使。

【語　譯】勞山位於今天即墨縣東南的海上，距離縣城四、五十里，或八、九十里。有大勞山、小勞山之分，其山峰有數十座，總名叫勞。書上說：「秦始皇登勞盛山，遠望蓬萊。」因此說此山另一個名字叫勞盛，但是卻不能明白它叫這個名字的含義。按照《南史》所說的：「明僧紹隱居於長廣郡的嶗山。」那麼此山的名字「勞」有時便加上山旁。又按照《漢書》所說的：「成山叫作盛山，在今天的文登縣東北。」那麼勞、盛自然是兩座不同的山。古人著書立說崇尚簡略，齊地偏向東方，三面環繞著大海，它那形狀似斗的入海處，南邊的是勞山而北面的是盛山，完全佔滿齊地東面的疆界了。這座山高大深廣而險要，磅礡蜿蜒二、三百里，因為它荒僻而地處海角，所以人跡很少到這裏。大概人之常情以稀少為貴，於是便任意進行誇張，認為這座山是神仙的處所，靈怪異類的住地。一種傳說道：「吳王夫差登上這座山，得到《靈寶度人經》。」考證《春秋傳》：吳王討伐齊國，僅僅到過艾陵，而徐承率領水軍從海路進入齊國，為齊國人所打敗而逃去。假如夫差未曾到這個地方，而他從越國進入吳國之日，不知度人之經將會怎麼使用？我遊覽這個地方，觀看老君、黃石、王喬的各種遺跡，大抵都是後人借他人以顯名，而耐寒的白牡丹花在南方也是平常之物。只有山深多生藥草，而地域溫暖才能夠開放南方的花朵。自漢代以來，道教中修真守靜之流大多依附在這裏，這一點卻還是可以相信的。至於從田齊的末期開始，出現了神仙的說法，而秦始皇、漢武帝以為真有這種人在荒山大海之中，於是八神的祠廟遍於海上，天子的車駕常在東萊，而勞山的名字由此而產生了。勞山都是亂石巉巖，下臨大海，密集、迫近而難以通過，那些險要之處，當地人還很少到呢。秦始皇登這座山時，那一定是萬人修整道路，百官簇擁牽引而後上。這座山五穀不生，環山以外土地都是粗礪貧瘠；海濱則是鹽鹼地，僅僅只有魚、蛤，也還必須是正當其時才有。秦始皇登山，一定是一郡供具張設，數縣儲備，四民荒廢本業，千里轉相陳告、自相驚動而後上山。於是齊地人苦於這事而稱這座山叫勞山。大概因為這個緣故吧？古代的聖王役使老百姓而老百姓把它忘記了，秦始皇一出遊，而「勞」的名聲流傳千萬年，然而導致這種情形出現則是有緣由的。《漢書．地理志》說：齊地風俗誇張欺詐，自從太公、管仲之後，那些談論稱霸之術的已經沒有古代典籍可依，而一兩位有智慧的人則倡導而為荒誕之談，以驚動天下人們的視聽，他們的那種意思不過是想當時的君主擁帚致敬，讓有口才的人屈服，以便使名聲崇高罷了，怎麼知道其禍害會到這種地步呢。因而御史黃君居住在這座山下，撰寫《勞山志》而沒有完成，他的長兄朗生修改而完成了，並囑託我寫一篇序。黃君在明朝上書直言其事，有古人的志節氣概，他所說的大約不是誇張過的。我獨自考證勞山的典故，而推測勞山之名的含義，使後來的人有用作借鑒的啊。

【研　析】有人認為，顧炎武是清代學風的開山祖師。清代學風的特點就是重考證，包括考證古籍和實地調查。顧炎武在這方面的確堪稱典範，對此，從這篇序文中亦可見到。

在這篇序文中，為了說明勞山的地理位置和名稱的來歷，作者引證了記載地理沿革的書籍、

《南史》和《漢書》。對民間傳說之誤，也以《春秋傳》的記載予以糾正。

隨後又以親身遊歷之所見，說明所謂勞山諸仙人，都是「後人之所託名」，而勞山的地理特點和物產，則是「修真守靜之流多依於此」的原因。由此便推論勞山之名的含義：秦始皇相信真有神仙存在，便要登勞山祭拜，其結果是勞民傷財，「於是齊人苦之而名曰勞山也」。最後又引述〈漢志〉記載：齊俗有「夸詐」的風氣，但御史黃君以其為人，作《勞山圖志》「其言蓋非夸者」。這在文章結構上，也是回扣文題之筆。

我們從這篇序文中需要領悟的應在文外，即應當效法顧炎武嚴謹的治學態度和樸實的學風。

卷三

與友人論學書

【題解】顧炎武置身於學者「束書不觀，游談無根」的時代。照他看來，正是這種「以『明心見性』之空言，代修己治人之實學」，才致使「神州蕩覆，宗社丘墟」（《日知錄·夫子之言性與天道》），把明朝三百年的江山給斷送了。因此，他一貫反對清談「心、理、性、命」，提倡「經世致用」的實際學問。在本文中，他認為聖人之道在於「博學於文」、「行己有恥」，而「自一身以至於天下國家，皆學之事也；自子臣弟友以至出入、往來、辭受、取與之間，皆有恥之事也」。故而學問不在於「空虛之學」，而在於日常行為極平實處；為學不在於利己，而在於增強自己強烈的社會責任感。這種看法，是對當時空談心性，學非所用的新玄學的反動，具有開一代學風的重要意義。

比❶往來南北，頗承友朋推❷一日之長❸，問道❹於盲❺。竊歎夫百餘年以來之為學者，往往言心⑥言性⑦，而茫乎不得其解也。命⑧與仁⑨，夫子⑩之所罕言也；性與天道，子貢之所未得聞也⑪。性命⑫之理，著之〈易傳〉⑬，未嘗數以語人⑭。其答問士也，則曰「行己有恥」⑮；其為學，則曰「好古敏求」⑯；其與門弟子言，舉堯、舜相傳所謂危微精一之說⑰一切不道，而但⑱曰：「允執其中，四海困窮，天祿永終。」⑲嗚呼！聖人之所以為學者，何其平易而可循也，故曰：「下學而上達。」⑳顏子㉑之幾乎聖㉒也，猶曰：「博我以文。」㉓其告哀公㉔也，明善之功，先之以博學㉕。自曾子㉖而下，篤實㉗無若子夏㉘，而其言仁也，則曰：「博學而篤志，切問而近思。」㉙今之君子則不然，聚賓客門人㉚之學者數十百人，「譬諸草木，區以別矣」㉛，而一皆與之言心言性。舍多學而識，以求一貫之方㉜，置四海之困窮不言，而終日講危微精一之說。是必其道之高於夫子，而其門弟子之賢於子貢，祧東魯而直接二帝之心傳者也㉝。我弗敢知也。

《孟子》一書，言心言性，亦諄諄[34]矣。乃至萬章、公孫丑、陳代、陳臻、周霄、彭更[35]之所問，與孟子之所答者，常在乎出處[36]、去就[37]、辭受[38]、取與[39]之間。以伊尹[40]之元聖[41]，堯、舜其君其民之盛德大功，而其本乃在乎千駟一介之不視不取[42]。伯夷[43]、伊尹之不同於孔子也；而其同者，則以「行一不義，殺一不辜，而得天下不為」[44]。是故性也，命也，天也，夫子之所罕言，而今之君子之所恆言也。出處、去就、辭受、取與之辨，孔子、孟子之所恆言，而今之君子所罕言也。謂忠與清之未至於仁[45]，而不知不忠與清而可以言仁者，未之有也；謂不忮不求之不足以盡道[46]，而不知終身於忮且求而可以言道者，未之有也。我弗敢知也。

愚所謂聖人之道者如之何？曰「博學於文」[47]，曰「行己有恥」。自一身以至於天下國家，皆學之事也；自子臣弟友以至出入、往來、辭受、取與之間，皆有恥之事也。恥之於人大矣！不恥惡衣惡食[48]，而恥匹夫匹婦之不被其澤㊾，故曰：「萬物皆備於我矣，反身而誠。」㊿嗚呼！士而不先言恥，則為無本之人；非好古而多聞，則為空虛之學。以無本之人，而講空虛之學，吾見其日從事於聖人(51)，而去之彌遠(52)也。雖然，非愚之所敢言也，且以區區(53)之見，私(54)諸同志而求起(55)予。

【注釋】❶比　近來。❷推　推重。❸一日之長　語出《論語・先進》。謂年歲稍大。❹道　中國古代哲學範疇，指規律事情。道有天道（自然的規律）和人道（即為人之道或社會規範）之分。❺盲　瞎子，喻指不明事理者，此為作者自謙之詞。❻心　中國古代哲學範疇，指人的意識。❼性　中國古代哲學範疇，此指人的本性。❽命　中國古代哲學範疇，指命運。即人對之以為無可奈何的某種必然性。❾仁　中國古代儒家的一種含義極廣的道德範疇。孔子言「仁」，包括恭、寬、信、敏、惠、智、勇、忠、恕、孝、悌等內容。❿夫子　謂孔子。⓫性與天道二句　《論語・公冶長》云：「子貢曰：夫子之文章，可得而聞也，夫子之言性與天道，不可得而聞也。」子貢，姓端木，名賜，孔子弟子。⓬性命　中國古代哲學範疇，有一種解釋則是，人物之性都是天生的，人性是天道或天理在人身上的體現。如《禮記・中庸》有「天命之謂性」之說。⓭著之易傳　顯明於《易傳》。著，顯明、顯出之意。易傳，也稱〈十翼〉。是儒家學者對古代占筮用書《周易》所作的各種解釋。⓮未嘗數以語人　指未嘗多次把性命之理告訴人們。數，屢次；多次。⓯行己有恥　見《論語・子路》。謂當有所行為時，恥於自己難以做到而努力不怠。⓰好古敏求　語出《論語・述而》。謂喜愛古代文化，勤奮敏捷地去追求。⓱堯舜相傳句　《尚書・大禹謨》云：「人心惟危，道心惟微；惟精惟一，允執厥中。」蔡沈《集傳》云：「人心易私而難公，故危；道心難明而易昧，故微。」惟精惟一，即精心一意之意。允執厥中，見本篇⑲。⑳但　只；僅。㉑允執其中三句　語見《論語・堯曰》。謂為政當善於遵守中正之道，若天下百姓都陷於困苦貧窮，上天給你的祿位也就永遠地終止了。允，善。執，保持；遵守。中，中正之道，不偏不倚，無過與不及。㉒下學而上達　《論語・憲問》載：「子曰：不怨天，不尤人，下學而上達。」謂不怨恨天，不責備人，下學人事，上達天命。㉓顏子　即顏淵，孔子之弟子。㉔幾乎聖　將近成為聖人。幾，將近。㉕博我以文　語見《論語・子罕》。謂老師用各種文獻來豐富我的知識。㉖哀公　春秋時魯國的國君，名字為將。孔子對哀公所說的這句話，載於《禮記・中庸》。㉗明善之功二句　謂辨明善行之事，則以廣博學習為先。功，通「工」。事。㉘曾子　名參，字子輿，孔子弟子。㉙篤實　誠篤忠實。㉚子夏　姓卜名商，孔子弟子。㉛博學而篤志二句　語見《論語・子張》。篤志，堅守自己的志趣。切問，懇切地發問。近思，對當前的事加以考慮。㉜門人　門生；弟子。㉝譬諸草木二句　語見《論語・子張》。謂如同草木，是要區別為各種各類的。㉞舍多學而識二句　《論語・衛靈公》載：「子曰：賜也，女以予為多學而識之者與？對曰：然。非與？曰：非也，予一以貫之。」識，記也。一以貫之，以一理貫通萬事。㉟祧東魯句　謂棄孔子所傳之學，而直接繼承堯舜之道統。祧，本意為祀遠祖、始祖之廟。古代帝王立七廟，對其世次疏遠之祖，則依制遷去神主藏於祧。故遷去神主也稱祧。東魯，指孔子。二帝，指堯、舜。心傳，謂道統之受授。㊱諄諄　謹慎的樣子。㊲萬章句　皆孟子弟子。㊳出處　進退之意。出，出仕。處，隱退。㊴去就　去留進退之意。㊵辭受　推辭與接受。㊶取與　收受與給與。㊷伊尹　一名摯，耕於莘野，商湯聘之為相，遂有天下。孟子稱之為「聖之任者」。㊸元聖　大聖人。㊹而其本句　其根本乃在於如果不合道義，縱使有四千匹馬他也不望一下；如果不合道義，他一點也不取於別人。參閱《孟子・萬章上》云：「伊尹耕於有莘之野，而樂堯、舜之道焉。非其義也，非其道也，祿之以天下弗顧也，繫馬千駟弗視也；非其義也，非其道也，一介不以與人，一介不以取諸人。」㊺伯夷　商末孤竹君長子。初孤竹君以次子叔齊為繼承人。孤竹君死後，叔齊讓位，他不受。後二人都投奔到周。到周後，反對周武王討伐商朝。武王滅商後，他們又逃到首陽山，不食周粟而死。㊻行一不義三句　語見《孟子・公孫丑》。謂如果讓他們做一件不義之事，殺一個無辜之人，因而得到天下，他們不會去做。㊼忠與清之未至於仁　《論語・公冶長》載：「子張問曰：令尹子文三仕為令尹，無喜色；三已之，無慍色；舊令尹之政必以告新令尹，何如？子曰：忠矣。曰：仁矣乎？曰：未知，焉得仁。崔子弒齊君，陳文子有馬十乘，棄而去之，至於他邦，則曰猶吾大夫崔子也，違之……何如？子曰：清矣。曰：仁矣乎？曰：未知，焉得仁。」清，清白。㊽不忮不求之不足以盡道　謂不嫉妒，不貪求，不完全符合道。參閱《論語・子罕》：「子曰：……不忮不求，何用不臧？子路終身誦之。子曰：是道也，何足以臧？」忮，嫉妒；忌恨。㊾博學於文　語見《論語・雍也》。謂廣博地學習文獻。㊿惡衣惡食　語見《論語・里仁》。粗劣的衣食。惡，壞；不好。(51)匹夫匹婦之不被其澤　還有一個男人或一個婦女沒有沾潤其惠澤。《孟子・萬章上》云：「思天下之民，匹夫匹婦有不被堯、舜之澤者，若己推而內之溝中。」被，及；加。(52)萬物皆備於我矣二句　語見《孟子・盡心上》。謂一切我都具備了，反躬自問，自己是忠誠踏實的。物，事。(53)從事於聖人　猶言做的是聖人所做的事情。(54)去之彌遠　謂離聖人越來越遙遠。(55)區區　自稱的謙詞。(56)私　私下。(57)起　啟發。

【語　譯】近來，我南來北往，多蒙朋友們推重為年長之人，他們向我這不明事理者問道。我暗自感歎，一百多年以來那些做學問的人，往往談心談性，而茫然不得其解。命與仁，這是孔子很少談到的；性與天道，子貢更是沒有從孔子那裏聽說過。性命之理，顯明於〈易傳〉，但未嘗反覆多次地把它告訴人們。孔子在回答怎樣才可稱作士的時候，則說：「當有所行為時，恥於自己難以做到而努力不怠。」談到他如何做學問，則說：「喜愛古代文化，勤奮敏捷地去追求。」他和門人弟子交談時，舉出證據說是堯、舜相傳的所謂「危微精一」的說法，其他一切都不談，而只是說：「為政當善於遵守中正之道，若天下百姓都陷於困苦貧窮，上天給你的祿位也就永遠地終止了。」啊！聖人做學問的道理，何其平常簡單而又可以遵循。所以說：「下學人事，上達天命。」顏淵接近成為聖人了，他還說：「老師用各種文獻來豐富我的知識」。孔子告訴哀公說，要辨明善行之事，則應以廣博學習為先。從曾參往下，沒有誰像子夏那樣誠篤忠實的。而子夏在談到「仁」時則說：「廣泛地學習，堅守自己的志趣；懇切地發問，多考慮當前的問題。」今天的君子則不是這樣，他們聚集賓客、門人等求學者數千或數百人，這些人「如同草木，是要區別為各種各類的」，而他們全都與這些人談心談性。把多學習而又記得住的古訓捨去，以求得用一理去貫通萬事，對天下老百姓都陷入困苦貧窮之事置之不談，而整天講危微精一之說。這一定是他們的道要高於孔子之道，他們的門人弟子要賢於子貢了；他們放棄孔子所傳之學而直接繼承堯、舜之道統。對此，我是不敢賞識的。

《孟子》一書，談心談性，也是很謹慎的。乃至於萬章、公孫丑、陳代、陳臻、周霄、彭更之所問與孟子之所答的事情，常常在於進與退、去與留、推辭與接受、收受與給與之間。論伊尹之所以成為大聖人，堯、舜之所以在統治其民時取得盛大功德，其根本則在於如果不合道義，他們一點不取於別人。伯夷、伊尹並不等同於孔子，他們與孔子相同的，則是「若讓他們做一件不義之事，殺一個無辜之人，因而得到天下，他們也不會去做」。所以性、命、天，孔子很少議論，而今天的君子則常常談到。對進退、去留、辭受、取與的辯說，為孔子、孟子所常常言及，而今天的君子則很少談到。以為忠與清沒有達到仁，而不曉得不忠與不清則可以談仁，那是沒有的事；以為不嫉妒、不貪求不完全符合道，而不曉得終身都嫉妒與貪求而可以談道，那也是沒有的事。對此，我也不敢賞識。

我所說的聖人之道是怎樣的呢？就是「廣博地學習文獻」，就是「當有所行為時，恥於自己難以做到而努力不怠」。自一己之身以至於天下百姓、國家大事，都是所要學習的事；自父子、君臣、兄弟、朋友以至於出入、往來、辭受、取與之間，都有恥己不及而努力不怠之事。羞恥對於人關係重大。不恥於粗劣衣食，而恥於還有一個男人或一個女人沒有沾潤其惠澤。所以說：「一切我都具備了，反躬自問，自己是忠誠踏實的。」啊！作為讀書人而不先談羞恥，則是沒有根本的人；不喜愛古代文化並博聞多見，則是空虛的學問。以沒有根本的人去講空虛的學問，我看他每天做的是聖人所做的事，而離聖人則越來越遙遠了。雖則如此，這也不是我所敢說的，我姑且把區區見解，私下告訴志同道合的人，以求得他們對我的啟發。

【研　析】本文論學，主要回答兩個方面的問題。其一，究竟什麼是學問？其二，該如何去做學問？作者認為，從孔子、孟子等人那裏得知，學問並不就是對心、性、命、仁的虛空辯說，而是存在於日常行為極平實處。為學並不是置四海之困窮不言，而終日講危微精一之說，而是「博學於文」、「行己有恥」。對這兩個問題的回答，實際上貫穿著一個主張，就是要「學以致用」。這個主張也可看作是在提倡一種實用主義的學風，這在當時具有撥亂反正的實際意義。

在回答上述兩個問題、闡明自己主張的過程中，本文運用了兩種有效的論證方法，即引證法和對比法。在使用前一種方法時，作者大量引用孔子和孟子等人的言論，這對所要回答的問題，或所要闡明的主張，無疑提供了權威性的答案，或強有力的證據。在使用後一種方法時，作者時時把今之君子與古之聖賢在如何看待學問及如何為學的差異上進行對比，通過對比，把或是或非區別開來。由此，作者提倡什麼，反對什麼，也就表達得十分清楚了。

與友人論易書一

【題解】《易》亦稱《周易》、《易經》，儒家經典之一。「易」有變易（窮究事物變化）、簡易（執簡馭繁）、不易（永恆不變）三義。內容包括〈經〉和〈傳〉兩部分。〈經〉主要是由六十四卦和三百八十四爻所組成（卦是《易》中象徵自然現象和人事變化的一套符號。以陽爻和陰爻相配合而成。三個爻組成的卦共八個，通稱八卦。六個爻組成的卦共六十四個，即六十四卦。陽爻以「—」表示，陰爻以「--」表示。卦的變化取決於爻的變化，故爻表示交錯和變動的意義。卦、爻各有說明，即卦辭、爻辭，作為占卜之用）。〈傳〉包括解釋卦辭、爻辭的七種文辭共十篇，統稱〈十翼〉。

在本文中，作者針對友人解《易》時對爻的狹隘理解，提出了自己的看法，認為「《易》之為書，廣大悉備，一爻之中，具有天下古今之大，而注解之文，豈能該盡」。並以孔子傳《易》為證，說明對卦、爻的理解，不可局限於卦辭、爻辭所說的一人一事，否則便與「聖人立象以盡意」相違背了。

承示[1]圖書[2]、象數[3]、卜筮[4]、卦變[5]四考，為之歎服。僕嘗讀劉歆〈移太常博士書〉所謂「輔弱扶微，兼包大小之義」[6]，而譏時人之

「保殘守缺[7]，雷同相從[8]」，以為師說[9]，未嘗不三復於其言也。昔者漢之五經博士[10]，各以家法[11]教授：《易》有施[12]、孟[13]、梁邱[14]、京氏[15]；《尚書》歐陽[16]、大小夏侯[17]；《詩》齊、魯、韓、毛[18]；《禮》大小戴[19]；《春秋》嚴[20]、顏[21]，不專於一家之學。晉、宋以下，乃有博學之士會粹[22]貫通。至唐時立九經[23]於學官[24]，孔穎達[25]、賈公彥[26]為之《正義》，即今所云疏[27]者是也。排斥眾說，以申一家之論，而通經之路狹矣。及有明洪武三年[28]、十七年之科舉條格[29]，《易》主程[30]、朱[31]傳義，《書》主蔡氏[32]傳，《詩》主朱子[33]集傳，俱兼用古注疏。《春秋》主《左氏》[34]、《公羊》[35]、《穀梁》[36]、胡氏[37]、張洽[38]傳，《禮記》主古注疏，猶不限於一家。至永樂[39]中，纂輯《大全》[40]，并《本義》於程傳[41]，去《春秋》之張傳[42]及四經之古注疏，前人小注之文稍異於大注者不錄，欲道術[43]之歸於一，使博士弟子無不以《大全》為業，而通經之路愈狹矣。注疏刻於萬曆中年[44]，但頒行天下，藏之學官，未嘗立法以勸人之誦習也，試問百年以來，其能通十三經[45]注疏者幾人哉？以一家之學，有限之書，人間之所共有者，而猶苦其難讀也，況進而求之儒者之林[46]、群書之府[47]乎？然聖人之道，不以是而中絕也，故曰：「仁者見之謂之仁，知者見之謂之知。」[48]昔之說《易》者，無慮[49]數千百家，如僕之孤陋，而所見及寫錄唐宋人之書亦有十數家，有明之人之書不與[50]焉。然未見有過於程傳者。且夫《易》之為書，廣大悉備，一爻[51]之中，具有天下古今之大，而注解之文，豈能該盡[52]。若大著所謂此爻為天子，此爻為諸侯，此爻為相，此爻為師，蓋本之崔憬解〈繫辭〉[53]二與四、三與五同功異位[54]之說，然此特識其大者而已，其實人人可用，故曰：「君子所居而安者，《易》之序也；所樂而玩者，爻之辭也。」[55]故夫子之傳《易》也，於「見龍在田」，而本之以學問寬仁之功[56]，於「鳴鶴在陰」，而擬之以言行樞機之發[57]，此爻辭之所未及，而夫子言之。然天下之理實未有外於此者。素以為絢，禮後之意也[58]；

高山景行，好仁之情也[59]；諸姑伯姊，尊親之序也[60]。夫子之說《詩》，猶夫子之傳《易》也。後人之說《易》也，必以一人一事當之，此自傳注之例宜然[61]，學者舉一隅而以三隅反[62]，可爾。且以九四或躍之爻[63]論之，舜禹之登庸[64]，伊尹[65]之五就[66]，周公之居攝[67]，孔子之歷聘[68]，皆可以當之，而湯武特其一義[69]，又不可連比四五之爻[70]，為一時之事，而謂有「飛龍在天」[71]之君，必無「湯武革命」[72]之臣也。將欲廣之，適以狹之，此舉業[73]以來之通弊也。是故，盡天下之書皆可以注《易》，而盡天下注《易》之書，不能以盡《易》，此聖人所以立象以盡意[74]，而夫子作大象[75]，多於卦爻之辭之外，別起一義以示學者，使之觸類而通，此即舉隅[76]之說也。天下之變無窮，舉而措之[77]天下之民者亦無窮，若但解其文義而已，韋編何待於三絕[78]哉！「子所雅言，《詩》、《書》、執禮。」[79]《詩》、《書》、執禮之文，無一而非《易》也。下而至於《春秋》二百四十二年之行事，秦漢以下史書百代存亡之迹，有一不該於《易》者乎？故曰：「《易》有聖人之道四焉，以言者尚其辭，以動者尚其變，以制器者尚其象，以卜筮者尚其占。」⑧⓪愚嘗勸人以學《易》之方，必先之以《詩》、《書》、執禮，而《易》之為用存乎其中，然後觀其象而玩其辭，則道不虛行，而聖人之意可識矣。不審高明⑧①以為然否？

【注釋】❶示　對人來信的敬稱。❷圖書　指河圖洛書。《易・繫辭上》云：「河出圖、洛出書，聖人則之。」河圖，古人認為即八卦。洛書，漢儒認為即〈洪範〉九疇。❸象數　《周易》中凡言天日山澤之類為象，言初上九六之類為數。❹卜筮　古時占卜，用龜甲稱卜，用蓍草稱筮，合稱卜筮。❺卦變　由這一卦變為另一卦。❻僕嘗讀二句　劉歆為漢劉向子，字子駿。曾與其父總校群書。父死則繼父業，整理六藝群書，編成《七略》。他建議為《周禮》、《左傳》、《毛詩》、《古文尚書》等古文經設置博士，遭到今文學派的反對。〈移太常博士書〉見於《漢書・劉歆傳》。移，古代官府文書之一種。太常，官名。為九卿之一，掌禮樂郊廟社稷事宜。輔弱扶微，謂扶助微弱之學。微弱之學，指近於消亡的學說。扶，幫助。兼包，謂同時包容大小之義，謂賢者所識之大義，不賢者所識之小義。❼保殘守缺　一味好古，墨守殘缺的遺文。今多作「抱殘守缺」。❽雷同相從　隨聲附和，人云亦云。❾師說　老師的主張、教誨。❿五經博士　官名。漢武帝建元五年開始設置，以傳授儒家的經典。⓫家法　漢初儒生傳授經學，都由口授，各有一家之學。師所傳授，弟子一字不能改變，界限分明，稱為家法。⓬施　即施讎，漢代沛縣（在今江蘇）人。字長卿。從田王孫學《易》。宣帝時博士。

授《易》於張禹、魯伯，並再傳彭宣、毛莫如等。於是《易》有「施氏之學」。⓭孟　孟喜，漢代東海郡蘭陵縣（故地在今山東蒼山縣西南蘭陵鎮）人。字長卿。與施讎、梁丘賀同從田王孫學習，各成一家，故《易》有施、孟、梁丘之學。⓮梁丘　即梁丘賀，漢代琅琊郡諸縣（在今山東）人。從京房、田王孫學《易》。宣帝時，因京房門人得進，官至少府。其子臨，專行京房法，與施讎、孟喜《易》說共列於學官。⓯京氏　京房，漢代東郡頓丘縣（在今河南浚縣）人。字君明。元帝時立為博士，官至魏郡太守。曾學《易》於焦延壽，創立《易》學京氏學派。⓰歐陽　歐陽生，漢代千乘縣（在今山東博興縣西北）人。曾從伏生學《今文尚書》，為博士，授倪寬，寬授歐陽生子。世世相傳，由是《尚書》有歐陽氏學。⓱大小夏侯　指漢代《今文尚書》學者夏侯勝、夏侯建。漢初，伏生以《尚書》教濟南張生，夏侯勝之先人夏侯都尉又從張生受《尚書》學，傳至勝，勝傳從兄之子建，建又事歐陽高。由是今文《尚書》有大小夏侯之學。⓲齊魯韓毛　漢初傳《詩》者有魯、齊、韓、毛四家。《魯詩》為魯人申培公所傳。《齊詩》為齊人轅固生所傳。《韓詩》為韓嬰所傳。《毛詩》為毛公所傳。毛公有兩人，大毛公為毛亨，漢代魯國人，小毛公為毛萇，漢代趙國人。毛亨撰《毛詩故訓傳》，以授毛萇。⓳大小戴　漢代戴德為信都太傅，其兄之子戴聖，官至九江太守。二人皆受《禮》於后蒼，學者稱大小戴。⓴嚴　嚴彭祖，漢代東海下邳（今江蘇邳縣南）人。字公子。今文《春秋》學「嚴氏學」的開創者。曾任河南東郡太守、太子太傅等職。與顏安樂從眭孟受《春秋公羊傳》。宣帝時立為博士。㉑顏　顏安樂，字公孫，漢代魯國薛（今山東滕縣東南）人。今文《春秋》學「顏氏學」的開創者。曾任齊郡太守丞。宣帝時立為博士。㉒會粹　也作「會稡」。匯集。㉓九經　儒家九部經典。歷代說法不一。明代郝敬《九經解》，以《易》、《書》、《詩》、《春秋》、《禮記》、《儀禮》、《周禮》、《論語》、《孟子》為九經。㉔學官　又稱「教官」。古代主管學務的官員和官學講師。如漢代開始設置的五經博士便是。㉕孔穎達　唐代經學家。字沖遠，冀州衡水（今屬河北）人。歷任國子博士、國子司業等。曾奉唐太宗命主編《五經正義》。㉖賈公彥　唐代洺州（今屬河北）人。官至太學博士。撰有《周禮義疏》、《儀禮義疏》。都收入《十三經注疏》。㉗疏　指為古書舊注所作的闡釋或進一步發揮的文字。㉘洪武三年　即西元一三七〇年。洪武為明太祖朱元璋的年號。㉙科舉條格　即條例。㉚程　程頤，字正叔，世稱伊川先生。宋代洛陽人。著有《易傳》、《春秋傳》。㉛朱　朱熹，字元晦，號晦庵，宋代徽州婺原（今屬江西）人。曾任祕閣修撰等職。著有《周易本義》等。㉜蔡氏　蔡沈，字仲默，宋代建陽（今屬福建）人。曾師事朱熹，專習《尚書》數十年。著有《書集傳》。㉝朱子　即朱熹。著有《詩集傳》。㉞左氏　舊傳春秋時左丘明撰《春秋左氏傳》。㉟公羊　舊傳戰國時齊國人公羊高著《春秋公羊傳》。㊱穀梁　舊傳戰國時魯國人穀梁赤著《春秋穀梁傳》。㊲胡氏　胡瑗，字翼之，泰州海陵（今江蘇泰縣）人。官至太常博士。著有《春秋口義》。㊳張洽　字元德，宋代清江縣（今屬江西）人。官至著作佐郎。從朱熹學。著有《春秋集注》、《春秋集傳》等。㊴永樂　明成祖朱棣年號。㊵大全　明成祖永樂十一年，命翰林學士胡廣等修《五經四書大全》，永樂十三年告成。㊶并本義於程傳　謂把朱熹的《周易本義》併入程頤《易傳》中。㊷去春秋之張傳　謂捨棄張洽的《春秋集注》。㊸道術　道德學術。㊹萬曆中年　指萬曆中期。萬曆是明神宗朱翊鈞的年號。㊺十三經　儒家奉為經典的十三部古書。漢把《易》、《詩》、《書》、《禮》、《春秋》立於學官，名五經。唐合《周禮》、《儀禮》、《公羊》、《穀梁》為九經；後又加《孝經》、《論語》、《爾雅》，稱十二經。到宋代，後增《孟子》，至明合稱十三經。㊻林　泛指人或事物的會聚、彙集。㊼府　謂藏書之處。㊽仁者見之謂之仁二句　語出《易・繫辭上》。猶言「仁者見道，謂道有仁；知者見道，謂道有知也」。知，通「智」。㊾無慮　大約；總共。㊿不與　猶言不為。(51)爻　構成《易》卦的基本符號。(52)該盡　包括一切。該，通「賅」。(53)繫辭　即《繫辭傳》。〈十翼〉的兩篇。「繫」取繫屬之義，即「繫屬其辭於爻卦之下」（孔穎達《疏》）。(54)二與四三與五同功異位　二、四、三、五均為《易經》中的筮數。根據崔憬的解釋，二與四，雖分別處於卦中不同位置，但其作用是一樣的，三與五也是如此。(55)君子所居而安者四句　載《易・繫辭上》。居，就身上所處而言。安，隨分而安。易之序，謂《易》象之次序。玩，習玩。(56)故夫子之傳易也三句　夫子指孔子。見龍在田，《易・乾》云：「九二，見龍在田，利見大人。」九，陽爻。二，第二爻。孔穎達疏：「陽處二位，故曰九二；陽氣發見，故曰見龍；田是地上可營為有益之處，陽氣發在地上，故曰在田。……言龍見在田之時，猶似聖人久潛稍出，雖非君位，而有君德，故天下眾庶利見九二之大人。……有人君之德，故稱大人。」寬仁，仁愛。57於鳴鶴在陰二句　見《易・繫辭上》。鳴鶴在陰，猶言鶴鳥在暗處鳴叫。陰，暗；隱。樞機，樞為戶樞，機為門閫。樞主開，機主閉，故以樞機並言。比喻事物的關鍵部分。58素以為絢二句　語出《論語・八佾》。「素以為絢」是《詩經》中的一句逸詩，本意即「潔白的底子上畫著花卉」。子夏以這句詩問孔子，孔子回答說「繪事後素」，意即「先有白色底子，然後畫花」。子夏受到啟發，說：「禮後乎？」意即為「禮樂的產生在仁義之後嗎？」孔子讚賞他的理解。59高山景行二句　《詩・小雅・車舝》：「高山仰止，景行行止。」景行，朱熹注為「大道」。這兩句詩的言外之意是：「古人有高德者則慕仰之，有明行者則而行之。」後因以「高山景行」喻指高尚的德行。60諸姑伯姊二句　猶言旁系有姑、伯、姊，這是尊敬親屬的次序。61宜然　大概這樣。62舉一隅而以三隅反　語出《論語・述而》。言物有四隅。舉其一隅，則能推知其他三隅。比喻類推，能由此而識彼。隅，方面；角落。反，類推。63九四或躍之爻　《易・乾》云：「九四，或躍在淵，无咎。」九，陽爻。四，第四爻。孔穎達疏：「或，疑也；躍，跳躍也。言九四陽氣漸進，似若龍體欲飛，猶疑或也，躍於在淵，未即飛也。此自然之象，猶若聖人位漸尊高，欲進於王位，猶豫遲疑在於故位。」64登庸　舉用。庸，用。65伊尹　商湯臣。名摯，是湯妻陪嫁的奴隸。後佐湯伐夏桀，被尊為阿衡（宰相）。66五就　五次歸於湯。《孟子・告子下》云：「五就湯，五就桀者，伊尹也。」趙岐注云：「伊尹為湯見貢於桀，不用，而歸湯。湯復貢之，如是者五。」67周公之居攝　謂周公暫居攝政之位，處理政務。周公，即姬旦，周文王子，輔佐武王滅紂，建立周朝。武王死，成王年幼，周公攝政。68孔子之歷聘　孔子在魯曾任相禮（司儀）、委吏（管理糧倉）、乘田（管理畜養）一類的小官。魯定公時任中都宰、司寇等職。歷聘，依次受聘。69湯武特其一義　謂商湯、周武王位漸尊高，只是從「九四或躍之爻」所能推知的一種含義。70又不可連比四五之爻　謂不能把九四、九五之爻用來連續比喻一人一事。因為依九四或躍之爻，可推知湯、武雖位漸尊高，欲進王位而猶豫遲疑在於故位；

若用九五飛龍在天之爻比喻，則可推知湯、武有龍德飛騰而居天位（即登王位）。這麼一來，前後就不一致了。

71飛龍在天　《易．乾》云：「九五，飛龍在天，利見大人。」孔穎達疏：「言九五陽氣盛至於天，故云飛龍在天。此自然之象。猶若聖人有龍德飛騰而居天位，……此居王位之大人。」72湯武革命　《易．革》：「湯武革命，順乎天而應乎人。」孔穎達《疏》：「殷湯、周武……放桀鳴條，誅紂牧野，革其王命，改其惡俗。故曰湯武革命，順乎天而應乎人。」73舉業　舉子業。指科舉時代專為應試的學業。74立象以盡意　《易．繫辭上》：「子曰：聖人立象以盡意，設卦以盡情偽。」孔穎達《疏》：「雖言不盡意，立象可以盡之也。」象，指卦象。75大象　《易》傳的組成部分。依據一卦的基本觀念，擴大說明事物的變化和人事現象叫大象。76舉隅　謂舉一例而推知其他。77舉而措之　《易．繫辭上》：「舉而措之天下之民，謂之事業。」猶言舉出而安置之。78韋編何待於三絕　《史記．孔子世家》：「讀《易》，韋編三絕。」韋編，古時無紙，以竹簡寫書，用皮繩編綴，故曰韋編。三絕，皮繩斷了三次。79子所雅言二句　語出《論語．述而》。雅言，當時中國通行的語言。執禮，行禮。80易有聖人之道四焉五句　語出《易．繫辭上》。孔穎達疏：「言《易》之為書，有聖人所用之道者凡有四事焉。以言者尚其辭者，謂聖人發言而施政教者貴尚其爻卦之辭。……以動者尚其變者，謂聖人有所興動營為，故法其陰陽變化，變有吉凶，聖人之動，取吉不取凶也。以制器者尚其象者，謂造制刑器，法其爻卦之象。……以卜筮者尚其占者，……（謂）卜之與筮尚其爻卦變動之占者。」卜筮，古時占卜，用龜甲稱卜，用蓍草稱筮，合稱卜筮。81高明　對人的敬詞。

【語　譯】承蒙賜示圖書、象數、卜筮、卦變四篇考證文章，我為之感歎佩服。我嘗讀到劉歆〈移太常博士書〉中所說的「扶助微弱之學，同時包括大小之義」，而又譏諷當時的人「一味好古，墨守殘缺遺文；隨聲附和，人云亦云」，我認為這是師長的主張，未嘗不再三回味他的話。以前漢代的五經博士，各以家法教授：《易》有施、孟、梁邱、京氏之別；《尚書》有歐陽、大小夏侯之異；《詩》有齊、魯、韓、毛之分；《禮》有大戴、小戴之差；《春秋》有嚴、顏之不同，都不專於一家之學。自晉、宋以後，才有博學之士匯集各家之學並融會貫通。至唐代時設立有關九經的學官，孔穎達、賈公彥為這些經書《正義》，就是今天所說的疏。排斥多種學說，以申述一家的主張，而通曉經學的道路就狹窄了。到了明代洪武三年、十七年的科舉條例，則《易》主張用程頤的《易傳》、朱熹的《周易本義》，《書》主張用蔡沈的《書集傳》，《詩》主張用朱熹的《詩集傳》，都同時採用古代的注疏。《春秋》主張用《左傳》、《公羊傳》、《穀梁傳》、胡瑗的《春秋口義》、張洽的《春秋集傳》，《禮記》主張用古代的注疏，尚且還不限於一家。到了永樂年中，編輯《大全》，把朱熹的《周易本義》併入程頤的《易傳》，去掉了《春秋》傳中張洽的《春秋集傳》以及四經的古代注疏，前人的小注稍稍異於大注的不錄，希望讓道德學術歸於一致，使博士弟子無不以《大全》為學業，而通曉經書的道路便更加狹窄了。注疏刻於萬曆年的中期，但是頒行天下時，把它藏於學官，未嘗設立法制以勸勉人們去講誦習讀，請問一百年以來，那些能通十三經注疏的有幾人呢？以一家的學說，有限的書籍，即人間所共有的，尚且苦於難以讀懂它們，何況進一步求之於儒者之林、群書之府呢？然而聖人之道，並不因為這樣而中斷，因此才說：「仁者見道，謂道有仁；智者見道，謂道有智。」以前解釋《易》的，大概有數千百家，像我這樣孤陋寡聞，所見及抄錄唐人宋人的書也有十幾家，明代人的書則沒有抄錄。然而未見到有超過程頤《易傳》的。再說《易》這部書，內容廣闊完備，一爻之中，具有天下古今廣大的人和事，而注解的文字，豈能包括一切。你的大著所說的此爻為天子，此爻為諸侯，此爻為相，此爻為師，大約是以崔憬解釋〈繫辭〉二與四、三與五同功異位之說為根本，然而這只是知道《易》爻大的方面而已，其實人人都可用的，因此說：「君子能循《易》象之次序，則會身之所處隨分而安；能習玩《易》爻之辭，則會感到快樂。」因此孔夫子傳授《易》時，對於「見龍在田」的解釋，則以學問仁愛之功用為本；對於「鳴鶴在陰」，則用來比擬言行樞機的發生，這是爻辭所未涉及，而孔夫子則談到了。然而天下的道理實在未有在此之外的。潔白的底子上畫著花卉，暗示禮樂的產生在仁義之後；向著那高山仰望，朝著那大道走去，這表達了喜好仁義的情感；旁系有姑、伯、姊，這是尊敬親屬的次序。孔夫子解釋《詩》，猶如他傳授《易》。後人解釋《易》，一定以一人一事去相對應，這從傳注的舉例起大概就是這樣，學《易》的人舉一反三，是可以的。姑且以《易・乾卦》的「九四或躍」之爻來說明這點。舜、禹被舉用，伊尹五次歸於湯，周公暫居皇帝之位，孔子依次被聘任，都可以對應於這一爻，而商湯、周武王位漸尊高，只是從這一爻中所能推知的一種含義，並且又不能把九四、九五之爻用來連續比喻，對於一時的事情，說有「飛龍在天」之君，就一定沒有「湯武革命」之臣。想要擴展《易》爻的含義，恰好使它的含義變狹窄了，這是有舉子業以來的通弊。因此，天下全部的書都可以用來注釋《易》，而天下全部注釋《易》的書，都不能把《易》的含義表達盡，這就是聖人立卦象以表達全部意思的原因。而孔子寫作大象，大多在卦爻之辭以外，另外興起一義以告訴學《易》的人，使他們觸類而通，這就是舉一反三的主張。天下的變化無窮，舉出而安置天下老百姓的方法也無窮，假如只是解釋卦爻之辭的含義而已，孔子讀《易》，何以待到韋編三絕呢？「孔子用當時通行的語言，讀《詩》、讀《書》、行禮。」《詩》、《書》、行禮之文，沒有一篇不是《易》。自此以下直到《春秋》二百四十二年所做的事情，秦、漢以下史書所載百代存亡的事跡，有一樣不包括在《易》中的嗎？因此說：「《易》有聖人所用之道者四件事：發言時崇尚爻卦之辭，行動時崇尚爻卦的變化，製作刑器時崇尚爻卦之象，卜筮時崇尚爻卦變動之預測。」我嘗奉勸他人，用來學《易》的方法，一定先用來學《詩》、學《書》、行禮，而《易》的作用則在於其中，然後觀《易》象而習玩爻卦之辭，則《易》道就不會憑空推行，而聖人的意思也就能夠知道了。不知高明的你以為是這樣的嗎？

【研　析】顧炎武在闡述學術問題時，大多從大處著眼，小處入手。也就是首先把需要論證的具體的學術問題置於大的學術背景之下，然後再對它進行說明。本文在論《易》時就具有這一特點。

本文旨在論《易》，卻在前面用了相當多的篇幅闡述古人注傳經書的過程。漢之五經博士，各以家法傳授，不專於一家之學。「唐時立九經於學官，孔穎達、賈公彥為之《正義》」，「排斥眾說，以申一家之論，而通經之路狹矣。」至明代永樂年中，「纂輯《大全》」，「欲道術之歸於一，使博士弟子無不以《大全》為業，而通經之路愈狹矣。」這種排斥眾論，專於一家之學的作法，必然窒息學術空氣，降低學術水準，「試問百年以來，其能通十三經注疏者幾人哉？」——這正是專於一家之學的必然結果。

在上述學術背景之下，友人說《易》時「謂此爻為天子，此爻為諸侯，此爻為相，此爻為師」，對《易》爻作如此狹隘的解釋，也就不足為奇了。基於此，作者便自然提出自己的主張，認為《易》之為書，「廣大悉備，一爻之中，具有天下古今之大，而注解之文，豈能該盡」。並以孔子傳《易》之例及對「九四或躍之爻」所能包含的意義進行具體分析，說明不能以一人一事對應於一爻的道理。

從友人對《易》作褊狹解釋說起，這正是從小處入手。因為有了前文對大的學術背景的交代，所以友人說《易》之不當則不言自明；其後舉出孔子論《易》及對「九四或躍之爻」的分析，則又從對立方面確證了這一點。這種確證看似針對友人說《易》，其實又何嘗不是對大的學術背景予以撥正？於是，從小處入手則和從大處著眼打成一片了。

從大處著眼，小處入手，能夠使所論述的學術問題得到深入透徹的解釋和說明。對此，只要反覆體味本文的特點，便可明白了。

與友人論易書二

【題解】本文針對友人稱《易》中諸卦第五爻施用於王或人君的說法予以反駁，認為「《易》不可為典要，唯變所適」，若「必欲執一說以概全經」，則會造成失誤。

〈小過〉❶之五其辭曰「公」，公亦君也。〈歸妹〉❷五辭曰「其君」，帝女之貴，以姪娣❸視之，則亦君也。若曰：必天子而後謂之君，此後人之見耳。三代以上分土而治❹，尊卑之埶❺無大相遠，天子諸侯並稱曰后。《書》曰：「三后成功。」❻先儒以為〈象〉❼稱先王者，惟施於天子，稱后者兼諸侯，然則后與君、公一例也。今謂凡五必為王者，而〈小過〉之五為群陰脅制❽，乃貶其號曰公。然則〈益〉❾之三四，其辭何以不曰「告王」而曰「告公」乎？豈周公繫爻❿之前，先有一五為天子之定例乎？物之不齊⓫，物之情也。六十四卦豈得一一齊同。《易》不可為典要，唯變所適⑫。執事⑬徒見夫五之為人君也，而不知〈剝〉⑭、〈明夷〉⑮、〈旅〉⑯之五不得為人君也；徒見夫〈比〉⑰、〈家人〉⑱、〈渙〉⑲之五之言王也，而不知〈離〉⑳之上九㉑、〈升〉㉒之六四㉓特言王用㉔而非五也；〈隨〉㉕之上六㉖、〈益〉之六二㉗兼言王用而非五也。《記》曰：「夫言豈一端而已，夫各有所當也。」㉘必欲執一說以概全經，所謂「固哉，高叟之為詩」㉙，而咸丘蒙疑瞽瞍之非臣㉚者與之同失矣。

【注釋】❶小過　《易》卦名。《易・小過》云：「小過，小者過而亨也。」《疏》云：「過行小事，謂之小過。」❷歸妹　《易》卦名。《疏》云：「婦人謂嫁曰歸。歸妹言嫁妹也。」❸姪娣　亦作「娣姪」。隨嫁的妹妹和姪女。❹分土而治　謂分封土地而治理。❺埶　同「勢」。❻三后成功　語見《尚書・呂刑》。猶言伯夷、禹、稷三位大臣的功業完成。三后，指伯夷、禹、稷。❼象　〈象傳〉，《周易・十翼》之一。為解釋爻、象之辭。亦稱〈易大傳〉。總釋一卦之象者曰〈大象〉，論一爻之象者曰〈小象〉。❽小過之五為群陰脅制　《易・小過》云：「六五，密雲不雨，自我西郊。」孔穎達《疏》曰：「六得五位，是小過於大，陰之盛也。」脅制，以威力控制、強迫。❾益　《易》卦名。孔穎達《疏》曰：「益者增足之名，損上益下，故謂之益。」❿周公繫爻　相傳文王、周公作辭，繫於卦爻之下，稱作繫辭。繫，取繫屬之義。⓫不齊　不齊同；不一致。⓬易不

可為典要二句　語出《易・繫辭下》。猶言《易》不能成為經常不變的法則，唯有適時地順應變化。⓭執事　舊時書信中用以稱對方，謂不敢直陳，故向執事者陳述，表示尊敬。⓮剝　《易》卦名。孔穎達《疏》云：「剝者剝落也。今陰長變剛，剛陽剝落，故稱剝也。」⓯明夷　《易》卦名。《周易集解》注引鄭玄云：「夷，傷也。日出地上，其明乃光，至其明則傷矣。故謂之明夷。」⓰旅　《易》卦名。孔穎達《疏》云：「旅者客寄之名，羈旅之稱，失其本居而寄他方。謂之為旅。」⓱比　《易》卦名。孔穎達《疏》云：「比，吉者謂能相親比而得具吉。」⓲家人　《易》卦名。孔穎達《疏》云：「明家內之人道，正一家之人，故謂之家人。」⓳渙　《易》卦名。孔穎達《疏》云：「〈雜卦〉曰：渙，離也，此又渙是離散之號也。蓋渙之為義，小人遭難，離散奔迸而逃避也。」⓴離　《易》卦名。孔穎達《疏》云：「離，麗也。麗，謂附著也。言萬物各得其所附著處，故謂之離也。」㉑上九　《易》卦以「九」稱陽爻，上九則指第六爻，為陽爻。㉒升　《易》卦名。孔穎達《疏》云：「升者登上之義。升而得大通，故曰升。」㉓六四　《易》卦以「六」稱陰爻，六四則指第四爻，為陰爻。㉔王用　即王使用或王施用之意。本文所舉的「王用」，或「王用出征」，或「王用享王帝」等等，不一而足。㉕隨　《易》卦名。隨為相隨、相從之意。㉖上六　指〈隨〉的第六爻，為陰爻。㉗益之六二　指〈益〉第二爻，為陰爻。㉘記曰三句　語見《禮記・祭義》。謂語言不可能是一個方面的，各有適用之處。一端，一個方面。㉙固哉二句　語見《孟子・告子下》。猶言高老先生講詩太機械化了。固，固執己見，不肯變通。㉚咸丘蒙疑瞽瞍之非臣　見《孟子・萬章上》。咸丘蒙為孟子弟子，他以《詩・小雅・北山》之詩請教孟子說：「如果舜做了天子，請問瞽瞍卻不是臣民，又是什麼道理呢？」孟子說：「〈北山〉這首詩，不是你所說的意思，而是說作者本人勤勞國事以致不能夠奉養父母。」瞽瞍，舜的父親。

【語　譯】〈小過卦〉第五爻的爻辭說「公」，公也是君。〈歸妹卦〉第五爻的爻辭說「其君」，處帝王之女的貴位，卻當作隨嫁的妹妹和姪女看待，那麼也是君。有人說：一定是天子而後稱之為君，這是後人的見解。夏、商、周三代以上分封土地而治理，尊與卑的情勢相距不大，天子諸侯共稱為后。如《尚書》就說：「三后的功業完成。」以前的儒生以為〈象傳〉稱先王，只是用於天子，稱后則包括諸侯，既然這樣，那麼后與君、公是一樣的。今天說凡是《易》卦的第五爻一定施用於王，而〈小過卦〉的第五爻為群陰所控制，才貶其號叫公。既然這樣，那麼〈益卦〉的第三、四爻的爻辭為什麼不說「告王」而說「告公」呢？難道周公作辭繫於爻之前，先就有一個第五爻施用於天子的定例嗎？事物不齊同，這是事物的情形。六十四卦豈能一一齊同。《易》不能成為經常不變的法則，唯有適時地順應變化。執事只見到卦中第五爻施用於人君，而不知〈剝卦〉、〈明夷卦〉、〈旅卦〉第五爻不能施用於人君；只見〈比卦〉、〈家人卦〉、〈渙卦〉的第五爻的爻辭說到王，而不知〈離卦〉的上九爻、〈升卦〉的六四爻特別說到王施用什麼，都不是第五爻；〈隨卦〉的上六爻、〈益卦〉的六二爻同時也說到王施用什麼，而不是第五爻。《禮記》說：「語言不可能是一個方面的，各自有適用之處。」一定想堅持一種說法以概括全經，這如同孟子所說的「高老先生講詩太機械化」一樣，而咸丘蒙懷疑瞽瞍不是舜的臣民，則與高叟講詩犯了同樣的錯誤。

【研析】這是一篇辯駁的論說文。

友人說《易》時，以部分卦的第五爻可施用於王或人君為據，推論出全經各卦的第五爻都可施用於王或人君的結論。這種「執一說以概全經」的作法，在邏輯上顯然是犯了以偏概全的錯誤。作者要推翻友人的觀點並不難，只需舉出反證之例便夠了。因此，作者針對友人據以為證的實例，分別從三個方面舉出對立的例子予以反駁。

其一，針對友人所謂「凡五必為王者」，而〈小過〉的第五爻不稱王而稱公，是因為該爻「為群陰脅制，乃貶其號曰公」，作者反駁說，既然這樣，那麼〈益〉的第三、四爻的爻辭「何以不曰『告王』而曰『告公』」呢？

其二，針對友人所謂「五之為人君」，作者反駁說，〈剝〉、〈明夷〉、〈旅〉的第五爻就不能施用於人君。

其三，針對友人所謂「〈比〉、〈家人〉、〈渙〉之五之言王」，作者反駁說，〈離〉之上九、〈升〉之六四、〈隨〉之上六、〈益〉之六二都說到了「王用」，但它們都不是第五爻。

顯然，上述「其一」與「其二」是就諸卦第五爻能否施用於王或人君的情況予以辯駁；「其三」則闡明了有些卦並不是第五爻，而是其他爻的爻辭「言王」。通過三個方面的舉例反駁，友人所謂「凡五必為王」或人君的觀點也就站不住腳了。

在辯駁的論說文中，有駁論點或駁論據兩種情形。在駁論據時，有一種方式是舉出例子證明對方論據不足以支撐其論點，這就是反證法。它實際上是一種釜底抽薪的反駁方法，若用得恰當，則頗具論辯力量。這篇文章說服力強，無疑是因為成功地運用了這種反駁方法。

與友人論父在為母齊衰期書

【題解】本文依據《儀禮》和《禮記》有關喪服的記載，對「父在為母服一事」詳加申述，認為這關係到仁義禮教，故不可不予以辨明。

承教：以處今之時，但當著書，不必講學，此去名務實之論，良獲我心。惟所辨父在為母服一事，則終不敢舍二《禮》❶之明文，而從後王之臆制❷，狥❸野人❹之恩，而忘嚴父❺之義。夫為父斬衰❻三年，為母斬衰三年，此從子制之也。父在，為母齊衰❼期❽，此從夫制之也。《儀禮・喪服・傳》曰：「何以期也？屈❾也。至尊❿在，不敢伸⓫其私尊⓬也。」〈問喪〉⓭篇曰：「父在不敢杖⓮，尊者⓯在故也。」〈喪服四制〉⓰曰：「資於事父以事母而愛同⓱。天無二日，土無二王，國無二君，家無二尊⓲，以一治之也。故父在，為母齊衰期者，見⓳無二尊也。」所謂三綱[20]者，夫為妻綱，父為子綱。夫為妻之服除[21]，則子為母之服亦除，此嚴父而不敢自專之義也。奈何忘其父為一家制禮[22]之主，而論異同，較厚薄[23]於其子哉？伯魚[24]之母死，期而猶哭，夫子聞之曰：「誰與哭者？」門人曰：「鯉也。」夫子曰：「嘻！其甚也。」伯魚聞之，遂除之。伯魚之母，孔子之妻也。孔子為妻之服既除，則伯魚不敢為其母之私恩而服過期之服，所謂先王制禮，不敢過也。〈喪服・子夏傳〉曰：「禽獸知母而不知父。野人曰：父母何算[25]焉？都邑之士則知尊禰[26]矣。」〈喪服小記〉[27]曰：「祖父卒，而後為祖母後者[28]三年。」是則父在而不得伸[29]其三年者，厭[30]於父也；祖父在而不得伸其三年者，厭於祖父也。服之者，仁也，不得伸者，義也。品節斯，斯之謂禮[31]。雖然，《傳》曰：「父必三年然後娶，達子之志也。」[32]然則十五月而禫[33]之外，為之子者豈忍遂食稻衣錦[34]而居於內[35]乎？志之為言[36]，即心喪之謂。以父之尊厭之，而又以父之三年不娶者達之，聖人所以處人父子之間者，仁之至，義之盡矣。

自禮教不明，喪紀廢壞㊲，而徒以衰麻之服為喪，宜執事之疑而不敢安也。經傳言三年之喪，不謂之三年之服也。夫三日不怠，三月不解㊳，期悲哀，三年憂者，此三年之喪也。練㊴而慨然㊵，祥㊶而廓然㊷者，此三年之喪也。泣血三年未嘗見齒㊸者，此三年之喪也。喪云喪云，衰麻云乎哉？且執事謂今之父在為母者，果能服三年之服乎？卒哭㊹之後，固有屈於父而易為縞白淺淡之衣㊺者矣。是則并其衰麻之服亦有所不盡行。然而二十七月之內，不聽樂，不昏㊻嫁，不赴舉㊼，不服官㊽，則自周公以來固已如此矣。且夫《禮》㊾有母為長子三年之文，先儒以為不得以父在屈至期㊿，何也？從乎父也。父除，則雖子之為母而不敢不除；父未除，則雖母之為子而不敢除。故子有為母期者，母有為長子三年者。孟子曰：「禮之實，節文斯二者是也。」(51)若但曰：父母之親同，其愛同，其服同，則孩提之童(52)無不知之者矣。何待聖人為之制哉？曾子問曰：「並有喪，如之何？何先何後？」孔子曰：「葬先輕而後重；其奠也，先重而後輕。」53以父為重，以母為輕，苟非斯言之出於聖人，則亦將俗儒之所議矣。若夫上元54、洪武55改革之繇56，盧履冰57、元行沖58、褚無量59駁正之說，當亦執事舊聞，不煩更述，惟祈詳詧60。

【注釋】❶二禮　指《禮記》和《儀禮》。《禮記》為西漢人戴聖編定，共四十九篇，採自先秦舊籍。有漢鄭玄《注》及唐代孔穎達《正義》。以同時戴德別有《記》八十五篇，稱《大戴禮》，此書亦稱《小戴禮》。《儀禮》，為春秋、戰國時代一部分禮制的彙編。古只稱《禮》，對記言則曰《禮經》，後稱為《儀禮》。今傳十七篇是鄭玄注《別錄》本。❷臆制　主觀推想的守父母之喪的禮制。制，古代喪服有四制，後專以守父母之喪為制。❸狥　「徇」的異體字。曲從。❹野人　庶民；沒有爵祿的平民。❺嚴父　謂尊敬父親。嚴，敬重。❻斬衰　舊時五種喪服中最重的一種。用粗麻布製成的喪服，左右和下邊不縫。子、未嫁女對父母，媳對公婆，承重孫對祖父母，妻對夫，都服斬衰。❼齊衰　為五服之一，次於斬衰。以粗麻布做成，因其緝邊縫齊，故稱齊衰。為繼母、慈母服齊衰三年，為祖父母、妻、庶母服齊衰一年，為曾祖父母服齊衰三月。齊，衣的下襬。❽期　通「朞」。一週年。❾屈　委屈。❿至尊　極其尊敬。此指父親。⓫伸　表白。⓬私尊　私自尊敬。⓭問喪　《禮記》中的一篇。⓮杖　居喪時拿的棒。⓯尊者　尊長。⓰喪服四制　《禮記》中的一篇。⓱資於事父以事母而愛同　《疏》曰：「言操持事父之道以事於母而恩愛同。」⓲尊　尊長；長輩。⓳見　「現」

的本字。顯示。⑳三綱　謂君為臣綱，父為子綱，夫為妻綱，意思是說臣要絕對服從君，子要絕對服從父，妻要絕對服從夫。見漢代董仲舒《春秋繁露・基義》。㉑除　此謂除去喪禮之服。㉒制禮　守父母之喪的禮儀。㉓厚薄　謂厚此薄彼。厚，重視。薄，輕視。㉔伯魚　孔子的兒子。名鯉，字伯魚。㉕父母何算　謂父母分什麼尊卑。算，衡量；盤算。㉖尊禰　尊敬父廟。禰，父死在宗廟中立主曰禰。㉗喪服小記　《禮記》篇名。㉘為祖母後者　指祖父死後，因其子已先去世，嫡孫乃為其後繼者。㉙伸　表白。㉚厭　抑制。㉛品節斯二句　見《禮記・檀弓下》。謂如此按品級而加以節制，這就叫禮。品節斯，《疏》曰：「品，階格也；節，制斷也；斯，此也。」㉜傳曰三句　《儀禮・喪服・傳》。《疏》曰：「謂雖為妻期而除，三年乃娶者，通達子之心喪之志。」㉝禫　祭名。喪家除服之祭禮。㉞衣錦　穿錦繡衣服。衣，穿著。㉟居於內　指居於內室。按照古代喪禮，父母死後，須另居別室守喪。居於內室則表明不再守喪了。㊱志之為言　謂志的意思。㊲喪紀廢壞　謂喪事廢除毀壞。喪紀，喪事。㊳解　通「懈」。懈怠；鬆懈。㊴練　古代祭名。父母去世第十三個月祭於家廟，可穿練過的布帛，故以為名。㊵慨然　感慨的樣子。㊶祥　古祭名。父母死後十三個月而後祭曰小祥。二十五個月而後祭曰大祥。㊷廓然　空寂貌；孤獨貌。㊸泣血三年未嘗見齒　語出《禮記・檀弓上》。泣血，極其悲痛而無聲的哭泣。見齒，指笑。笑則露齒，故云。㊹卒哭　古代喪禮，百日祭後，止無時之哭，變為朝夕一哭，名為卒哭。㊺縞白淺淡之衣　指白色的喪服。㊻昏　「婚」的本字。㊼赴舉　參與推薦、選用。㊽服官　擔任官職。服，從事；擔任。㊾禮　《禮記》。㊿屈至期　委屈至一年。(51)孟子曰三句　見《孟子・離婁上》。謂禮的主要內容是對這兩者既能合宜地加以調節，又能適當地加以修飾。節文，節制修飾。(52)孩提之童　《孟子・盡心上》：「孩提之童，無不知愛其親者。」孩提，指初知發笑，尚在襁褓中的幼兒。(53)曾子問曰八句　見《禮記・曾子問》。曾子，春秋時魯國人，名參，字子輿。孔子弟子。並有喪，謂父母或祖父母等同月死。(54)上元　唐肅宗李亨年號。(55)洪武　明太祖朱元璋年號。(56)繇　通「由」。(57)盧履冰　唐代幽州范陽（今北京西南）人，仕歷右補闕。《唐書》卷二〇〇有傳。(58)元行沖　唐代洛陽人。名澹，以字行。博學，為弘文館學士。《唐書》卷二〇〇有傳。59 褚無量　唐代杭州鹽官（今浙江海寧西南）人。官至國子博士。尤精《禮記》。《唐書》卷二〇〇有傳。60 督　通「察」。

【語　譯】承蒙賜教：處於今天這種時代，只應當著書立說，不必講學，這種去名務實的說法，很合我的心。但所辨明的父在而為母服喪一事，則終不敢捨去《禮記》、《儀禮》所明確記載的文字，而聽從後來帝王主觀推想的為父母守喪之制，曲從平民的恩惠，而忘記尊敬父親的道義。為去世的父親穿斬衰之喪服三年，為去世的母親穿斬衰之喪服三年，這是依從兒子守喪的禮制去做的。父親健在，為去世的母親穿齊衰之喪服一年，這是依從丈夫守喪的禮制去做的。《儀禮・喪服・傳》說：「怎麼是一年呢？這受了委屈。因為父親健在，不敢對去世的母親表白自己內心的尊敬之情。」《禮記・問喪》說：「父親健在不敢用喪杖，這是尊長在的緣故。」《禮記・喪服四制》說：「以侍奉父親之道去侍奉母親而恩愛同。天無二日，地無二王，國無二君，家無二位尊長，只能讓一位尊長去治理。因此父親健在，為去世的母親穿齊衰這種喪服一年，是要顯示一家沒有二位尊長。」所謂三綱是什麼呢？夫為妻綱，父為子綱。丈夫為妻子除去喪服，則兒子就要為母親除去喪服，這是尊敬父親而不敢自己專行的意思。怎麼能忘記其父親是一家遵守喪禮的主要人物，而在其兒子身上論異同，計較其厚此薄彼呢？伯魚的母親死了，過了一年而他還在痛哭，孔子聽見了說：「誰在哭啊？」門人說：「鯉在哭啊。」孔子說：「嘻！他太過分了。」伯魚聽說後，於是就除去喪服了。伯魚的母親，就是孔子的妻子。孔子為其妻的喪服已經除去，那麼伯魚不敢因為他的母親的私恩而服過期的喪服，這就是所謂先王定下的守父母之喪的禮儀，不敢越過。《儀禮・喪服・子夏傳》說：「禽獸知道母親而不知道父親。平民百姓說：父母分什麼尊卑呢？都城的士人就懂得尊敬父廟。」《禮記・喪服小記》說：「祖父死了，嫡孫因其父早逝而為祖母之後繼者，則當為祖父守喪三年。」如此則父在而不得表白其三年之喪，是受父親健在的抑制；祖父在而不得表白其三年之喪，是受祖父健在的抑制。服一年之喪，是仁；不得表白其三年之喪，是義。如此按品級而加以節制，這就叫禮。雖然如此，但是《儀禮・喪服・傳》則說：「父必定為其妻服喪一年而除服，三年之後才娶，以通達其子之志。」既然這樣，那麼過了十五個月而在行了除服的喪禮以後，當兒子的豈能忍心就去食稻糧、穿錦繡衣服而居於內室呢？作為志這個詞，可以稱作「心喪」。以父親之尊位加以抑制，又以父親除服三年不娶而通達其子之志，聖人處於人父與人子之間的方法是做到仁至義盡。

　　自從禮儀教化不明之後，喪事被廢除或毀壞，而只是以穿衰麻之服為喪，這應當是執事疑惑不解而不敢心安的。經傳上說三年之喪，不是叫你穿三年的喪服。三日不怠慢，三月不鬆懈，一年悲哀，三年心憂，這就是守三年之喪。「練」時感慨，「祥」時孤寂，這就是守三年之喪。三年都極其悲痛無聲哭泣，不見笑容，這就是守三年之喪。守喪、守喪，難道只是穿著衰麻之服嗎！況且執事說今天父親還健在而為母親守喪的人，果真能穿三年的喪服嗎？卒哭之後，本來就有委屈於父親健在而改穿縞白淺淡喪服的。既然這樣，那麼連穿衰麻之服也有人不是完全能做到。然而，二十七個月內，不聽音樂，不辦婚嫁之事，不參與舉薦，不擔任官職，則是自周公以來本來已經是這樣了。況且《禮記》上有母親為長子服喪三年的文字，先儒以為不得因為父親健在而委屈至一年，為什麼呢？就是要依從於父親。父親除了喪，那麼雖然是兒子為母親服喪也不敢不除喪；父親未除喪，那麼雖然是母親為兒子服喪也不敢除喪；因此兒子有為母親守喪一年的，母親有為長子守喪三年的。孟子說：「禮的主要內容是對這兩者既能合宜地加以調節，又能適當地加以修飾。」假如只是說：父母之親近相同，對他們的愛戴相同，為他們服喪也相同，那麼連幼兒也沒有不知道這事的。何必等到聖人來確定守父母之喪的禮制呢？《禮記》載曾子問道：「父母同時去世，則怎麼辦？誰先誰後？」孔子回答說：「下葬時先輕後重；祭奠時先重後輕。」以父為重，以母為輕，假如不是這種說法出於聖人之口，那麼也會為淺陋迂腐的儒生所議論了。至如上元、洪武之年改革的原因，盧履冰、元行沖、褚無量予以駁正的說明，應當也是執事以前聽說過的，不煩再述了，只是祈請詳細審察。

【研　析】本文意在辨明「父在，為母齊衰期」，也就是「父親健在，為母親著齊衰之服一年」，認為這是「從父之制」。

為了辨明此事，作者反覆引證二《禮》及其他古籍。綜觀全文，引證達十處之多，而引證《儀禮》四處，引證《禮記》五處，引證《孟子》一處。這十處引證，在有力說明「父在，為母齊衰期」是先王之制的同時，還啟示我們：反覆引證並不是大量堆砌材料，而是應當對每組材料予以分析，揭示其基本含義，進而從一個方面去證明論點。比如，本文在說明為什麼父在而只能為母著齊衰之服一年而不是三年時，對所引述的二《禮》的材料加以歸納：「服之者，仁也，不得伸者，義也。品節斯，斯之謂禮。」這就把「父在，為母齊衰期」一事提高到仁、義和禮的高度去加以認識，以說明此制的合理性。無疑，因為有了這種分析，不僅論證過程清晰，而且因為材料與論點之間的聯繫得到了揭示，即使引證再多，也沒有疊床架屋之嫌了。

與友人論服制書

【題解】服制是指舊時的喪服制度。本文針對關中士大夫改先王所定下的服制進行了辨駁。認為君子是從內心去重視服喪的，若對「先王之禮」依從而又增加，必定是其內心對服喪重視不夠。因此，要表達其哀痛之情而去掉那種不必要的文飾，就應當沿襲先王所定下的舊制。

增三年之喪為三十六月，起於唐弘文館直學士王元感❶，已為張柬之❷所駁，而今關中❸士大夫皆行之。〈喪服小記〉❹曰：「再期之喪，三年也。」〈三年問〉❺曰：「至親以期斷❻，然則何以三年也？曰：加隆焉爾也。焉使倍之，故再期也。」❼古人以再期為三年，而於其中又有練祥❽之節，殺哀❾之序，變服❿之漸⓫，以其更歷三歲而謂之三年，非先有三年之名，而後為之制服⓬也。今於禮之所繇生者既已昧之，抑⓭吾聞之，君子之所貴乎喪者，以其內心者也。居處不安，然後為之居倚廬⑭以致其慕；食旨不甘⑮，然後為之疏食水飲⑯以致其菲⑰；去飾之甚，然後為之袒括⑱、衰麻⑲、練葛⑳之制以致其無文㉑。今關中之士大夫，其服官㉒赴舉㉓，猶夫人也，而獨以冠布㉔之加數月者為孝，吾不知其為情乎？為文乎？先王之禮，不可加也，從而加之，必其內心之不至也。其甚者，除服㉕之日而有賀。夫人情之所賀者，其不必然者也。得子也，拜官也，登科也，成室㉖也，不必然而然，斯可賀也。故曰：婚禮不賀，人之序㉗也。以其為人事之所必然，故不賀也。喪之有終，人事之必然者也，何賀之有？抑吾不知其賀者，將於除服之日乎？君子有終身之喪㉘，忌日㉙之謂也。是日也，以喪禮處之而不可以除。將以其明日乎？則又朝祥暮歌㉚之類也。賀之為言，稍知書者已所不道，而王元感之論則尚遵而行之。使有一人焉，如顏丁㉛、子羔㉜之行，其於送死㉝之事，無不盡也，而獨去其服於中月而禫㉞之日，其得謂之不孝哉？雖然，吾見今之人略不以喪紀㉟為意，而此邦猶以相沿之舊，不敢遽變，是風俗之厚也。若乃致其情而去其文㊱，則君子為教於鄉者之事也。

【注釋】❶王元感　唐代鄄城（今屬山東）人，弘文館直學士。著《禮繩衍》等。《唐書》卷一九九有傳。❷張柬之　唐代襄陽人。字孟將，官至天官尚書，封漢陽郡王。《唐書》卷一二〇有傳。❸關中　地名。相當於今陝西。❹喪服小記　《禮記》篇名。❺三年問　《禮記》篇名。❻至親以期斷　猶言為父母守喪一年而除服。至親，最近之親，指父母。❼然則何以三年也五句　孔穎達《疏》云：「本實應期，但子加恩隆重，故三年。……子既加隆於父母，……使倍之，……言倍一期故至再期也。」焉爾也，語助之詞。❽練祥　見〈與友人論父在為母齊衰期書〉㊴、㊶。❾殺哀　減省喪葬禮儀。❿變服　改變服飾。⓫漸　次序；步驟。⓬制服　喪服。⓭抑　然而。⓮倚廬　古人居父母喪時所住的房子。⓯食旨不甘　語出《論語・陽貨》。謂吃美味的食物而不覺得其味美。⓰疏食水飲　語出《禮記・喪大記》。疏食，指粗糲的食物。水飲，飲清水，別於茶湯，表示生活儉樸。⓱菲　微薄粗劣。⓲袒括　語出《禮記・檀弓上》。古喪禮，死者已小殮，弔喪者袒衣括髮而弔。括，捆束。⓳衰麻　用粗麻布製成的喪服。⓴練葛　用經煮練加工的葛布製成的喪服。葛，植物名。其莖的纖維可製葛布。㉑無文　沒有文飾。㉒服官　擔任官職。㉓赴舉　參與舉薦。㉔冠布　披戴白布。㉕除服　除去喪禮之服。㉖成室　成婚；成家。㉗人之序　猶言人所先後要經歷的事。序，先後之事。㉘終身之喪　一生的喪事。指每年逢父母忌日需要祭奠。㉙忌日　舊俗父母死亡日禁飲酒作樂叫忌日。㉚朝祥暮歌　《禮記・檀弓上》曰：「魯人有朝祥而暮歌者，子路笑之。」孔穎達《疏》云：「祥謂二十五月大祥。歌哭不同日，故仲由笑之也。」謂朝行祥祭，暮歌之。㉛顏丁　春秋時魯國人。善居喪。事見《禮記・檀弓下》。㉜子羔　春秋時齊人。姓高，名柴，字子羔。亦作「子皐」。孔子弟子，性仁孝。親喪泣血三年不露齒。事見《史記・仲尼弟子列傳》。㉝送死　指父母喪葬之事。㉞中月而禫　即在第二十七月舉行禫祭除服之禮。語出《儀禮・士虞禮》。孔穎達《疏》云：「與大祥間一月，二十七月而禫。」中，猶「間」。漢代鄭玄以二十五月為大祥，二十七月為禫，二十八月而作樂。㉟喪紀　喪事。㊱致其情而去其文　表達那種哀痛之情而去掉那種文飾。致，表達。文，文飾；修飾。

【語　譯】把三年的喪期增加到三十六個月，這是從唐代弘文館直學士王元感開始的，已經遭到張柬之的反駁，可是今天關中的士大夫都在這樣做。《禮記・喪服小記》說：「把一年的喪期增加一倍，應是三年。」《禮記・三年問》說：「為父母守喪一年而除服。既然這樣，那麼為什麼是三年呢？回答是：兒子對父母施加隆重的喪禮。於是就使喪期翻倍，因此就是再期之喪。」古人以再期之喪為三年，而於其中又有舉行「練」、「祥」之祭的禮節，減省喪葬禮儀的次序，改變服飾的步驟。因為它們經歷三歲而謂之三年，並不是先有三年的名稱，而後為它確定喪服。今天對於禮儀從何產生已經不清楚了，然而我聽說，君子是從內心出發去重視服喪的。居住不安，然後為之居倚廬以致其思念追慕；吃美味的食物而不覺得味美，然後為之粗食水飲以致其微薄粗劣；去掉過分的修飾，然後為之行袒括、衰麻、練葛之喪以致其沒有文飾。今天關中的士大夫，其擔任官職、參與舉薦時，如果有人還獨自以披戴白布而增加數月喪期的方式作為孝行，我不知道他是因為親情才這樣做呢？還是因為文飾才這樣做？先王之禮儀，是不能增加的，依從而增加，必定是其內心對服喪重視不夠。還有做得更過分的，是在除服那天受到祝賀。在人的情理中能夠受到祝賀的，是那些不一定發生的事，比如獲得兒子，拜了官爵，登上科第，成了家，都是不一定會這樣發生的事而這樣發生了，這才可以祝賀。所以說：婚禮不必祝賀，它是人所先後要經歷的事。

因為它是人事所必然發生的，因此不必祝賀。服喪總有結束的時候，這也是人事所必然發生的，有什麼值得祝賀的呢？然而我不知道，那種祝賀，會在除服之日進行嗎？君子有一生服喪之事，說的就是忌日也要祭奠。每逢忌日這天，要以喪禮待它而不可以除服。會在忌日之後的第一天嗎？則又是朝行祥祭而暮則歡歌之類的事。祝賀這句話，稍微讀過書的人都已經不說了，王元感的議論則還遵守而奉行。假使有一個人，有如顏丁、子羔那樣的行為，他對於父母喪葬之事，無不盡力去做，而唯獨在第二十七個月舉行禫禮之日才除去喪服，這能說他不孝嗎？雖然如此，我看今天的人們大概不以喪事為意，而此地還用相互沿襲下來的舊有喪禮，不敢馬上加以改變，這顯示的是風俗的淳厚。至於要表達那種哀痛之情而去掉那文飾，則是君子在鄉裏進行教化的事情了。

【研　析】本文辯駁了兩件事：一是「增三年之喪為三十六月」，一是「除服之日而有賀」。在辯駁過程中，作者並不是僅僅指出關中士大夫在這兩件事上均違反了先王之服制，而是以此為基礎，分析了它們的不合理之處。這樣便使文章的說服力大大增強了。

在辯駁第一件事時，作者先從引證入手，指明了「三年之喪」的來歷。隨後便分析道：「君子之所貴乎喪者，以其內心者也。」今關中士大夫對先王之禮「從而加之，必其內心之不至也」。他們這種捨本求末的作法，顯然有違先王制定服喪之禮的初衷。

在辯駁第二件事時，作者就事論理：「夫人情之所賀者，其不必然者也」。「喪之有終，人事之必然者也，何賀之有？」再者，若把賀期定在除服之日，那麼「君子有終身之喪」，「忌日」豈能接受祝賀？若把賀期定在忌日之後的第一天，則又有「朝祥暮歌」之嫌。

這兩件事都不合情理的根本原因在於：情與文之間存在矛盾。也就是說，關中士大夫只注重服制的表現形式，而忽視了服喪者內心情意的表達。由此，文章便不難得出要「致其情而去其文」，就得以先王之禮「為教於鄉」的結論。

與友人論門人書

【題解】在本篇文章中，作者婉言謝絕了友人要他招收門徒的建議。其原因是，當時的讀書人，其為學之目的在於利祿而不在於修己治人。從這一目的出發，他們自然就不願學五經，而對易於「襲而取之」的王陽明等人的語錄則十分感興趣。有鑒於此，作者認為：「於此時而將行吾之道，其誰從之？」何況作者以其高尚人格與嚴謹學風，也決不會為了「廣其名譽」而去「枉道以從人」。

伏承來教❶，勤勤懇懇❷，閔❸其年之衰暮❹，而悼❺其學之無傳，其為意甚盛❻。然欲使之效曩❼者二三先生❽，招門徒，立名譽，以光❾顯於世，則私心❿有所不願也。若乃西漢之傳經⓫，弟子常千餘人；而位高者至公卿，下者亦為博士⓬，以名其學⓭，可不謂榮歟？而《班史》⓮乃斷之曰：「蓋祿利之路然也。」故以夫子之門人，且學干祿⓯。子曰：「三年學，不至於穀，不易得也。」⓰而況於今日乎？

今之為祿利者，其無藉[17]於經術[18]也審[19]矣。窮年所習，不過應試之文；而問以本經[20]，猶茫然不知為何語。蓋舉唐以來帖括[21]之淺而又廢之，其無意於學也，傳之非一世矣。矧[22]納貲[23]之例行[24]，而目不識字者可為郡邑博士；惟貧而不能徙業[25]者，百人之中尚有一二讀書，而又皆躁競[26]之徒，欲速成以名於世。語之以五經[27]，則不願學；語之以白沙[28]、陽明[29]之語錄[30]，則欣然矣，以其襲而取之，易也。其中小[31]有才華者，頗好為詩。而今日之詩，亦可以不學而作。吾行天下，見詩與語錄之刻[32]，堆几積案，殆[33]於瓦釜雷鳴[34]，而叩[35]以二〈南〉、〈雅〉、〈頌〉[36]之義，不能說也。於此時而將行吾之道，其誰從之？「大匠不為拙工改廢繩墨，羿不為拙射變其彀率」[37]，若狥[38]眾人之好，而自貶其學，以來天下之人，而廣其名譽[39]，則是枉道以從人[40]，而我亦將有所不暇[41]。

惟是斯道之在天下，必有時而興；而君子之教人，有私淑艾者[42]，雖去㊸之百世而猶若同堂也。所著《日知錄》㊹三十餘卷，平生之志與業，皆在其中，惟多寫數本以貽㊺之同好㊻，庶㊼不為惡㊽其害己者之所去㊾，而有王者㊿起，得以酌取[51]焉，其亦可以畢[52]區區[53]之願矣。夫道之污隆[54]，各以其時，若為己而不求名[55]，則無不可以自勉。鄙哉硜硜[56]，所以異於今之先生者如此。高明[57]何以教之？

【注釋】❶伏承來教　古代書信開頭用語。猶言承蒙您來信指教。伏，敬詞。❷勤勤懇懇　殷勤懇切。❸閔　憐念；憂患。❹衰暮　年老體衰。❺悼　恐懼；害怕。❻盛　深厚。❼曩　以往；從前。❽先生　《韓詩外傳》云：「古謂知道者曰先生，猶言先醒也。」❾光　榮耀。❿私心　謂個人之心念。⓫傳經　以經學授徒。⓬博士　古代學官名。源於戰國。西漢自漢武帝後，博士專掌經學傳授。⓭以名其學　以顯明其學問。名，通「明」。⓮班史　《漢書》為班固所作，故稱《班史》。⓯夫子之門人二句　《論語・為政》云：「子張學干祿。」干，求。祿，舊時官吏的俸給。⓰子曰四句　語見《論語・泰伯》。謂讀書三年，並不心存做官的念頭，這是難得的。不至，指意念之所不至。穀，古代以穀米為俸祿，所以「穀」有「祿」之意。⓱藉　借。⓲經術　猶言「經學」。⓳審　確實。⓴本經　原本的經典。㉑帖括　唐代考試制度，明經科以「帖經」試士。後因應試的人多，考官常選偏僻的章句為題，考生因取偏僻隱幽的經文，編為歌訣，熟讀記憶，以應付考試，叫帖括。意謂包括「帖經」的門徑。後因稱科舉應試的文章為帖括。㉒矧　何況。㉓納貲　繳資買官。貲，「資」的異體字。㉔例行　依例推行。㉕徙業　猶言改行從事其他職業。㉖躁競　急於與人爭名逐利。

㉗五經　五部儒家經典。始稱於漢武帝時。即《詩》、《書》、《禮》、《易》、《春秋》。㉘白沙　即陳獻章，明代新會（今屬廣東）白沙里人，字公甫。世稱白沙先生。絕意科舉。曾應召，授翰林院檢討而歸，此後屢薦不起。著有《白沙集》。㉙陽明　即王守仁，字伯安，明代餘姚（今屬浙江）人。嘗築室故鄉陽明洞中，世稱陽明先生。官至南京兵部尚書。卒諡文成。有《王文成公全書》三十八卷。㉚語錄　言論的集錄。㉛小　稍微；略略。㉜刻　刻本。即雕版印成的書。㉝殆　通「迨」。及；趕上；比得上。㉞瓦釜雷鳴　語出屈原〈卜居〉。此處謂其詩與語錄，如瓦釜之聲，驚擾眾人，不堪入耳。瓦釜，即「瓦缶」。小口大腹的瓦器。雷鳴，聲如雷鳴，驚擾眾人。㉟叩　詢問。㊱二南雅頌　《詩》全部分為〈風〉、〈雅〉、〈頌〉三種。二南，即〈國風〉中的〈周南〉、〈召南〉。雅，即〈大雅〉、〈小雅〉。頌，即〈周頌〉、〈魯頌〉、〈商頌〉。㊲大匠不為拙工改廢繩墨二句　語見《孟子・盡心上》。大匠，高明的工匠。繩墨，木匠畫直線用的工具。羿，傳說中的古代善射者。彀率，按射中目標的需要把弓拉開的程度。彀，張滿弓弩。率，張弓之度。㊳狥　依循。㊴廣其名譽　猶言擴大其聲譽。㊵枉道以從人　謂不行正道以屈從他人。枉，彎曲；不正。㊶有所不暇　謂沒有空閒。㊷有私淑艾者　語見《孟子・盡心上》。謂有以其道的流傳而為後人所學習的。私淑，稱未得身受其教而崇仰其人為私淑。淑，善。艾，治。㊸去　相距。㊹日知錄　顧炎武所撰的讀書札記，共三十二卷。按經義、吏治、財賦、史地、兵事、藝文等分類編入。㊺貽　贈送。㊻同好　愛好相同的人。㊼庶　希冀之詞。㊽惡　討厭。㊾去　通「弆」。藏。㊿王者　君王。(51)酌取　酌量吸取。(52)畢　盡。(53)區區　自稱的謙詞。(54)道之污隆　語出《禮記》。謂道之盛衰。污，下降；衰落。隆，興盛。(55)為己而不求名　猶言為了修治己身而不追求名譽。(56)鄙哉硜硜　語出《論語・憲問》。鄙，鄙薄；淺陋。硜硜，淺見固執貌。(57)高明　對人的尊稱。

【語　譯】承蒙您來信指教。語氣殷勤懇切，擔憂我年老體衰，害怕我的學問不能傳下去，情意十分深厚。然而想讓我仿效以往的二、三位先生，招門徒，立名譽，榮耀於世，則是我個人心中所不情願的。至於西漢以經學授徒，弟子常常達一千多人；那些傳授經學者，其地位高的可到公卿，低的也是博士，以此來顯揚其學問，這能夠不叫做榮耀嗎？但是《漢書》卻判斷說：「這是求取祿利的途徑。」因此，以孔子的門人，也還要學習求取俸祿。孔子說：「讀書三年，並不心存做官的念頭，這是難得的。」何況在今天呢？

現在謀取祿利的人，不借助於經學那是很清楚的。他們一年到頭所練習的，不過是應付考試的文章；拿原本的經典去詢問，都茫然不知是什麼話。自整個唐代以來，帖括之文淺薄，後來把它廢棄了。這種無意於學的風氣，流傳至今已不是一代了。何況繳費買官的依例推行，使目不識字的人也可成為郡邑博士；只有貧窮而又不能改行從事其他職業的人，每一百人中還有一、二位在讀書，但又都是一些急於與人爭名逐利之徒，他們想迅速取得成功以揚名於世。為他們講五經，則不願學；為他們講白沙、陽明的語錄，則高興，其原因是這些語錄抄襲取用起來容易。這些人中間稍有才華的，頗喜愛作詩。而今日的詩，也可以不學就能作的。我行遍天下，見詩和語錄的刻本，堆滿了桌子，比得上瓦釜之聲，響如雷鳴，而問二〈南〉、〈雅〉、〈頌〉的含義，則不能講出來了。在這個時候準備推行我的道，難道有誰會跟隨嗎？「高明的工匠不因為拙劣的工人改變或者廢棄規矩，羿也不因為拙劣的射手變更拉開弓的標準」，如果依循眾人的愛好而自己貶低自己的學問，以招來天下的人，從而擴大其聲譽，這是不行正道以屈從他人，而我也恐怕沒有空閒。

只是這種道存在於天下，一定契合時機才興盛；而君子教育人的方式，有以其道的流傳為後人所私自學習的，雖然相距百代還是好像同處一室。我所著的《日知錄》有三十餘卷，平生的志向與事業都包含在其中，唯有多抄寫幾本以贈送給愛好相同的人，希望不被憎恨它害了自己的人所收藏，如有王者出現，能夠從中酌量吸取，這也就可以盡我的心願了。道的盛與衰，各因其時，如果為了修治己身而不追求名譽，則無不可以自我努力的。我淺薄而又固執，這是我如此不同於今日先生的地方。您會拿什麼來指教我呢？

【研　析】在這篇文章中，作者採用了談今論古、以古鑒今的方法，使所闡述的問題有了歷史感，文章因此而有了深度。

在開頭一段裏，作者表明自己不願仿效他人以招收門徒去追求祿利。隨之舉了西漢人以經學授徒，無非是把它當作獲取祿利的途徑；再上溯到周代，孔子的門人也「學干祿」，並且連孔子也發出了「三年學，不至於穀，不易得也」的感歎。周代、西漢尚且如此，何況今日？論述到此，這一問題的歷史淵源得到明確的揭示。而作者不願招收門徒，也就有了堅實的理由。

在第二段裏，作者說「今之為祿利者，其無藉於經術也審矣」。接著指出當今之士「窮年所習，不過應試之文；而問以本經，猶茫然不知為何語」。順此，又回述唐代以帖經取士所造成的後果，結論是「其無意於學也，傳之非一世矣」。這就對今日學無根基的淺薄學風作了縱的剖析。基於此，作者不願「枉道以從人」，也就不容置辯地表現出非常深刻的批判現實不良學風的意義。

與友人辭祝書

【題解】在這篇文章中，作者訴說了自己拒絕明府君光臨祝賀生日之禮的理由，即在國破家亡之時，當仿效古人「終身布衣蔬食，不聽音樂，不參喜事」之舉。

昨見子德❶云：明府❷將以賤辰❸光臨❹賜祝。竊惟生日之禮，古人所無。〈小弁〉❺之逐子❻，始說「我辰」❼；〈哀郢〉❽之故臣❾，乃言「初度」❿。故唐文皇⓫以劬勞⓬之訓，垂泣以對群臣；而近時孫退谷⓭、張簣山⓮著論，欲廢此禮。彼居常⓯處順⓰者，猶且辭之，況鄙人生丁⓱不造⓲，情事⓳異人，流離四方，偷存視息⓴。若前史王華㉑、王肅㉒、陸襄㉓、虞荔㉔、王慧龍㉕之倫㉖，便當終身布衣蔬食㉗，不聽音樂，不參喜事。即不能然，而又以此日接朋友之觴㉘，炫世俗之目，豈不於我心有戚戚㉙乎？知我者，當憫其不幸而弔慰㉚之，不當施之以非禮之禮，使之拂其心而夭其性也㉛。用是直攄㉜衷曲㉝，布㉞諸執事㉟，惟祈鑒之㊱！

【注釋】❶子德　即李因篤。❷明府　漢代對郡守之尊稱，即「明府君」的省稱。唐以後則多專用以稱縣令。❸賤辰　猶言我的生辰。賤，自稱之謙詞。❹光臨　稱賓客來臨的敬詞。謂賓客來臨給主人以光榮。❺小弁　《詩・小雅》篇名。為周幽王太子之傅所作，以刺幽王。《詩毛傳》云：「幽王取申國女，生太子宜咎；又悅褒姒，生子伯服，立以為后，而放宜咎，將殺之。」❻逐子　指放逐太子宜咎。❼我辰　〈小弁〉云：「天之生我，我辰安在？」❽哀郢　《楚辭・九章》之一，為屈原放逐江南時所作。郢，古都邑名。在今湖北江陵西北。❾故臣　指屈原。❿初度　指初生之時。屈原〈離騷〉云：「皇覽揆余于初度兮。」後稱「生日」為初度。⓫唐文皇　唐穆宗第二子，名昂。即位之初，勵精求治，政號清明；其後宦官撓權，遂成甘露之變。在位十四年崩，廟號文宗。⓬劬勞　勞苦；辛勞。《詩・小雅・蓼莪》云：「哀哀父母，生我劬勞。」後人根據此詩，遂以「劬勞」為專指父母養育子女的勞苦。劬，勞苦。⓭孫退谷　名承澤，益都（縣名，在山東中部）人。明崇禎進士。入清，官至吏部左侍郎。著有《庚子銷夏記》、《尚書集解》。⓮張篔山　名貞生，清廬陵（縣名，治所即今吉安市）人。官至侍講學士。以理學名，著有《庸書》、《聖門戒律》、《玉山遺響集》。⓯居常　平時；時常。⓰處順　順應變化。⓱丁　當；遭逢。⓲不造　語出《詩・周頌・閔予小子》。猶言不成、不幸。造，成。⓳情事　情況；事實。⓴偷存視息　猶言苟全性命、苟且偷生。視息，生存。息，呼吸。㉑王華　字子陵，南朝宋人。官至護軍將軍。其父名廞，兵敗，不知所終。㉒王肅　字恭懿。初仕南齊，任祕書丞。後因其父奐及兄弟被齊武帝所殺，乃奔魏。官散騎常侍、揚州刺史等。㉓陸襄　字趙卿，南朝梁人。痛父兄遇禍之酷，終身疏食布衣，不聽音樂，不言殺害者五十餘年。太清初，官至度支尚書。㉔虞荔　字山披，南朝餘姚人。善屬文。梁武帝置山林館，命為學士。陳文帝時，除太子中庶子。起初，侯景之亂，虞荔母隨之入臺，卒於臺內，不久城陷，情禮不申；由此終身布衣疏食，不聽音樂。㉕王慧龍　北朝後魏人。王愉之孫。王愉合家被誅，慧龍為沙門僧彬所藏，得免。後積功，授龍驤將軍。㉖倫　類。㉗布衣疏食　穿的是布製的衣服，吃的是粗糲的食物。謂衣食儉樸。疏，粗糲。㉘觴　向人敬酒或自飲。㉙戚戚　憂懼貌。㉚弔慰　對遭不幸者表示慰問。㉛拂其心而夭其性也　違背其心願而屈抑其性。拂，拂逆；違背。夭，委屈壓抑。㉜攄　發抒；舒展。
㉝衷曲　猶言心曲、內心想法。㉞布　陳述。㉟執事　書信中稱對方為「執事」，敬重之意，謂不敢直指其人。
㊱惟祈鑒之　猶言請求明察。惟，語助詞，無義。祈，祈請。鑒，鑒裁；明察。

【語　譯】昨天聽子德說，縣令將在我的生日光臨祝賀。我私下認為，祝賀生日的禮節，這是古人所沒有的。《詩經》的〈小弁〉諷刺周幽王放逐太子，開始說到「我的生辰」；寫〈哀郢〉的屈原，方才說到「初生之時」。所以唐文皇因劬苦之訓，面對群臣而流淚；而最近孫退谷、張篔山著文論述，想廢棄這種禮節。他們時常順從自然，尚且還推辭，何況我生遭不幸，情事異於他人，流落四方，苟且偷生。以前史書所記載王華、王肅、陸襄、虞荔、王慧龍之輩，便在當時就終身穿布製衣服、吃粗糲食物，不聽音樂，不參與喜慶之事。我即使不能這樣，卻又在生日接受朋友的敬酒，炫耀世俗人的眼光，這豈不會使我心中有憂慮恐懼之情產生嗎？知道我的人，應當憐憫我的不幸而慰問我，不應當對我施行不是禮節的禮節，使我違背自己的心願而委屈壓抑自己的性情。我用這些話直接抒發我內心的想法，向您陳述，請求明察。

【研　析】本文寫得情深意切，讀來無不動容。本來於生日之時，親友前來祝賀，這是喜慶之事，理當高興；何況還有縣令光臨，更應覺得榮耀。但作者卻一反人之常情，正言拒絕縣令前來祝賀，其原因是家破國亡，自己雖苟全性命，卻時時處於悲痛之中；若強顏歡笑，那是「拂其心而夭其性」，自己決然不會去做這種事情。作者在文章中首先說道，祝賀生日之禮，「古人所無」，並引經據典，試圖予以證明，但這不過是推託之詞，其本意並不在此。隨後舉前史所載王華等人之行事，才真正表明自己的心跡。而文章的最後說：「知我者，當憫其不幸而弔慰之，不當施之以非禮之禮，使之拂其心而夭其性也。」看似指責，不近人情，但細細品察，則是憤激之言，表明作者性格之剛烈，而內心之深痛。古人云，文以情生。讀了這篇文章，我們應當對這句話有更深刻的理解。

病起與薊門當事書

【題解】薊門即薊丘，故地在今北京市德勝門外。當事即當權者。本文向薊門當權者建議：把秦地老百姓的夏麥秋米及豆草作為實物田賦予以徵收，並貯之官倉，到第二年青黃不接時賣出，則國庫的金錢並不減少，而民間卻節省了幾倍的開支。認為這樣去做是厚積陰德之事。

天生豪傑，必有所任，如人主於其臣，授之官而與以職。今日者拯斯人[1]於塗炭[2]，為萬世開太平，此吾輩之任也。仁以為己任，死而後已，故一病垂危，神思不亂。使遂溘焉長逝[3]，而於此任已不可謂無尺寸之功，今既得生，是天以為稍能任事而不遽放歸[4]者也。又敢怠於其職乎？今有一言而可以活千百萬人之命，而尤莫切於秦[5]、隴[6]者，苟能行之，則陰德[7]萬萬[8]於于公[9]矣。請舉秦民之夏麥秋米及豆草一切徵其本色[10]，貯之官倉，至來年青黃不接之時而賣之，則司農[11]之金固在也，而民間省倍蓰⑫之出。且一歲計之不足，十歲計之有餘，始行之於秦中，繼可推之天下。然謂秦人尤急者，何也？目見鳳翔⑬之民舉債於權要⑭，每銀一兩，償米四石，此尚能支持歲月乎？捐⑮不可得之虛計⑯，猶將為之，而況一轉移⑰之間，無虧於國課⑱乎？然恐不能行也。《易》曰：「牽羊悔亡，聞言不信。」⑲至於勢窮理極，河決魚爛之後，雖欲徵其本色而有不可得者矣。救民水火，莫先於此。病中已筆之於書，而未告諸在位⑳。比讀國史㉑，正統㉒中，嘗遣右通政李畛等官糴米㉓得銀若干萬，則昔人有行之者矣。特建此說㉔，以待高明者籌之。

【注　釋】❶斯人　那些老百姓。斯，其。人，人民；老百姓。❷塗炭　爛泥和炭火。比喻災難困苦。❸溘焉長逝　忽然去世。溘，忽然。❹放歸　指去世。❺秦　春秋時，今陝西地屬秦國，故習稱陝西為秦。❻隴　隴山。在甘肅，因相沿稱甘肅為隴。❼陰德　謂人所不知己所獨知的善行。❽萬萬　極言數量之多。❾于公　漢代郯（今山東郯城縣）人。為縣獄吏，善決獄。他曾說：我治獄多陰德，子孫必有興者。《漢書》卷七一有傳。❿本色　自唐末至明清，繳納的實物田賦稱本色，折成錢幣或他物的稱折色。⓫司農　漢代官名。主管錢糧，為九卿之一，又稱大司農。魏以後或稱司農，或稱大司農。⓬倍蓰　好幾倍。蓰，五倍。⓭鳳翔　縣名。

屬陝西省。⑭權要　猶言權貴。指居高位而有權勢的人。⑮捐　賦稅。⑯虛計　憑空計算。⑰轉移　指以糧抵債、以銀納稅的轉換情形。⑱國課　國家的賦稅。⑲牽羊悔亡二句　見《易・夬・九四》文辭。孔穎達《疏》云：「羊者，抵狠難移之物，謂五也。居尊當位，為夬之主，下不敢侵，若牽於五，則可得悔亡。……然四亦是陽剛，各亢所處，雖復聞牽羊之言，不肯信服事於五。」牽羊悔亡，謂牽羊使行，以抑其狠性，使悔恨消失。⑳在位　居官任職，此指薊門當事。㉑比讀國史　近來讀明史。比，近來。國史，指明史。㉒正統　明英宗年號。㉓糶米　賣米。糶，賣出糧食。㉔特建此說　特地提出這種看法。建，提出。

【語譯】天生豪傑，一定對其有所任用，比如人主對待他的臣子，就授予他的官階，給與他的職位。今天要把那些老百姓從災難中拯救出來，為萬世開創太平，是我們的責任。以仁愛為己任，死而後已。因此，即使一病乃至於將要死去，我的思慮也沒有混亂。假使我忽然間就去世了，而在自己所承擔的責任方面已經不能說沒有尺寸之功勞，今天既然能夠活下來，這是老天認為我還稍稍能夠做點事而不肯馬上讓我死去。因此我又怎敢懈怠自己的職責呢？我今天有一句話可以救活千百萬人的性命，而且尤其沒有更切合於陝西、甘肅的，假使能夠推行，則其陰德會多於于公萬萬數。請把陝西老百姓的夏麥秋米及豆草一切都以實物田賦徵收，貯藏於官倉，到來年青黃不接之時把它賣出，那麼司農的金錢固然存在，而民間也節省幾倍的支出。如果一年計算起來並不足夠，十年計算起來則會有餘，從陝西開始實行，隨後可以推廣到天下。然而說陝西人尤其急需推行這一措施，是什麼原因呢？我親眼看見鳳翔的老百姓向權貴借債，每一兩銀子，償還四石米，這還能支撐歲月嗎？賦稅不能從憑空計算中得到，尚且還這樣去做，何況糧與銀相互轉換之間，國家賦稅能沒有虧損嗎？然而我說的那種措施恐怕不能推行。《易》說：「牽著羊使牠行走，抑制牠的狠性，使悔恨消失。雖聽說過牽羊悔亡這句話，但仍不肯信服。」等到勢窮理盡，河決魚爛之後，雖然想徵收老百姓的實物賦稅，也不可能得到的。把老百姓從水火中解救出來，沒有比這項措施更需先去實行的了。我在病中已經把這事寫進信中了，而沒有告訴您。近來讀明史，見正統年間，嘗派右通政李畛等官員賣米得銀若干萬，那麼以前的人就有推行過這項措施的了。因此特地提出這種建議，以等待高明的人去籌劃它。

【研 析】閱讀這篇文章，主要應當領會它的思想內容，尤其應當感受文中所顯示出的作者的偉大人格。

文中說：「今日者拯斯人於塗炭，為萬世開太平，此吾輩之任也。」這體現著何等強烈的社會責任感和歷史責任感。文中又說：「仁以為己任，死而後已。」其中所表露出的則又是深厚的憂國憂民思想和鮮明的自我犧牲精神。

正是基於此，作者才於病後提出「可以活千百萬人之命」的建議。我們還可以把作者一生為明室的恢復而奔走流離，至死遵守母訓而不肯「為異國臣子」的行為聯繫起來考慮，則又可明白，作者這種堅貞不屈的民族節操和愛國精神，何嘗不是基於他的社會責任感和歷史責任感呢？又何嘗不是他的憂國憂民思想和自我犧牲精神的另一種表現呢？

鑒於上述，數百年後，當我們閱讀這篇文章時，無疑應當把作者的偉大人格連同他的形象深深地印入自己的腦海中。

與李湘北書

【題解】李因篤是陝西富平縣人，字子德。明末諸生。見天下大亂，奔走塞上，訪求奇傑之士殺敵報國，無人響應。後閉門讀書，博涉經史，貫通注疏，時與盩厔（即今周至）縣人李顒（字中孚）、郿縣人李柏號稱「關中三李」。因篤與顧炎武友善，二人曾冒鋒刃走燕京，謁莊烈帝攢宮。清康熙乙未年（西元一七一五年），薦博學鴻詞，授檢討。

本文是顧炎武寫給學士李湘北的一封書信。信中替友人李因篤說情，請求放歸，以便其侍奉老母。情真意切，足見作者之為人。

關中布衣❶李君因篤頃❷承大疏薦揚❸，既徵好士之忱❹，尤羨拔尤之鑒❺。但此君母老且病，獨子無依，一奉鶴書❻，相看哽咽❼，雖趨朝之義❽已迫於戴星❾，而問寢之私❿倍懸於愛日⓫，況年逾七十，久困扶牀⓬，路隔三千，難通嚙指⓭，一日禱北辰而不驗⓮，迴西景以無期⓯，則缾罍之恥奚償⓰，風木之悲何及⓱！昔者令伯奏其愚誠，晉朝聽許⓲；

元直指其方寸，漢主遣行⑲。求賢雖有國之經⑳，教孝實人倫之本㉑。是用㉒遡風即路㉓，瀝血叩閽㉔。伏惟㉕執事宏錫類㉖之仁，憫向隅之泣㉗，俯賜吹噓㉘，仰徼㉙俞允㉚，俾得歸供菽水㉛，入侍刀圭㉜，則自此一日之斑衣㉝，即終身之結草㉞矣。若炎武者，黃冠㉟蒯屨㊱，久從方外㊲之蹤，齒豁目盲㊳，已在廢人之數，而以生平昆弟之交，理難坐視㊴，輒敢通書輦下㊵，布㊶其區區㊷。

【注釋】❶布衣　平民。多指沒做官的讀書人。❷頃　不久。❸大疏薦揚　謂向朝廷上疏舉薦讚揚。大，指稱對方有關事物的敬詞。疏，奏章。❹既徵好士之忱　猶言既驗證了喜好讀書人的熱忱。徵，驗證；證明。❺尤羨拔尤之鑒　猶言尤其羨慕選拔傑出人材的審察能力。尤，特異的；突出的。鑒，審察能力。❻鶴書　書體名。也叫「鶴頭書」。古時用於招賢納士的詔書。❼哽咽　悲痛氣塞，說不出話。❽趨朝之義　猶言歸附朝廷之大義。❾迫於戴星　猶言急迫得需頂著星宿趕路。戴星，頂著星宿，喻晚歸或早出。❿問寢之私　猶言問安的私情。問寢，問安；問候尊長的起居。⓫倍懸於愛日　猶言更加牽掛著奉侍老母之日。倍，更加。懸，懸掛；牽掛。愛日，漢代揚雄《法言．孝至》云：「不可得而久者，事親之謂也，孝子愛日。」後因稱奉侍父母之日為愛日。⓬久困扶牀　謂很長時間就精力不濟，只能扶床行動。困，精力不濟。扶牀，此處謂扶床行動。⓭嚙指　即「齧指」。表示思念深切。⓮禱北辰而不驗　猶言向北辰祈禱而不靈驗。北辰，北極星。⓯迴西景

以無期　猶言使夕陽回轉而無希望。西景，謂夕陽。暗喻李因篤之母。⑯缾罍之恥奚償　猶言密切的親情怎麼補償。缾罍之恥，即缾罄罍恥。《詩・小雅・蓼莪》云：「缾之罄矣，維罍之恥。」缾，同「瓶」。喻貧民。罍，喻王。意謂民之貧困，為王的恥辱。後以缾罄罍恥比喻關係密切。此謂母親去世，為己之恥。⑰風木之悲何及　猶言不能侍奉母親的悲痛何以表達。風木，猶「風樹」。舊時比喻父母亡故，不及侍奉。⑱昔者令伯奏其愚誠二句　令伯，李密，一名虔，字令伯。三國時犍為武陽（縣名，故城在今四川彭山縣東）人。父親早亡，母改嫁，由祖母撫養成人。曾仕蜀漢為尚書郎。蜀亡後，晉武帝徵其為太子洗馬，他因需侍奉祖母，上〈陳情表〉，辭不赴召。《晉書》有傳。愚誠，指李密孝敬祖母的誠意。聽許，聽受；同意。⑲元直指其方寸二句　元直，徐庶，字元直。三國時潁川（郡名，治所在今河南許昌市）人。東漢末客居荊州，與諸葛亮友善。薦亮於劉備。庶因母居曹操處，辭備歸操，仕魏至御史中丞。方寸，指心。據《三國志・蜀書・諸葛亮傳》云：「亮與徐庶并從，為曹公所追破獲庶母。庶辭先主而指其心曰：本欲與將軍共圖王霸之業者，以此方寸之地也。今已失老母，方寸亂矣，無益於事，請從此別。」⑳有國之經　猶言治理國家的常道。有，助詞，無義。經，常道。㉑人倫之本　猶言人倫的根本。人倫，指人與人之間的等級關係。㉒是用　因此。㉓遡風即路　指徐庶辭備歸曹。遡風，對著風。即路，上路。即，登；上。㉔瀝血叩閽　指李密上表陳情。瀝血，語出《吳越春秋・句踐入臣外傳》，謂滴血，以示竭誠。叩閽，有冤向朝廷申訴。㉕伏惟　俯伏思惟。下對上的敬詞。㉖錫類　謂以善施及眾人。㉗向隅之泣　語出漢代劉向《說苑・貴德》。謂孤獨失意。㉘吹噓　替人宣揚、說好話。㉙徼　要求。㉚俞允　書信中用作請對方允許的敬語。㉛菽水　豆和水。指粗茶淡飯，形容生活清苦。語出《禮記・檀弓下》云：「孔子曰：啜菽飲水，盡其歡，斯之謂孝。」後常用以稱晚輩對長輩的供養。㉜刀圭　古時量取藥物的用具。借指藥物。㉝斑衣　彩衣。相傳老萊子著彩衣為兒戲以娛親，後因以斑衣為老養父母的典故。㉞結草　春秋時晉國大夫魏武子臨死命其子魏顆以妾殉葬，顆不從命而嫁妾。後顆與秦力士杜回戰，見一老人結草使回仆地，遂獲之。顆夜夢老人曰：「余，而所嫁婦人之父也。」見《左傳・宣公十五年》。後因以

「結草」為報恩之典。㉟黃冠　古時指箬帽之類。箬，箬竹。㊱蒯屨　用蒯草編織的鞋。蒯，多年生草本。莖可編蓆編鞋。屨，單底鞋。㊲方外　世外。語出《莊子・大宗師》。後因稱僧道為方外。㊳齒豁目盲　謂牙齒脫落，眼睛昏盲。㊴坐視　猶言坐視不管。㊵輦下　京城。㊶布　陳述。㊷區區　愛慕；思念。

【語　譯】關中平民李因篤，不久前承蒙你上疏朝廷舉薦讚揚，既證明你有喜好讀書人的熱忱，尤其又令人羨慕你選拔傑出人材的審察能力。但是此君的母親年老有病，唯獨有他這個兒子而沒有其他依靠。一捧讀詔書，便相互看著對方哭得說不出話來，雖然奔赴朝廷的大義已急迫得需頂著星宿趕路，而問安的私情卻更加牽掛著侍奉母親的時候。何況其母年逾七十，很長時間就精力不濟，只能扶床行動。路隔三千里之遙，難以通達深切的思念。一旦祈禱北辰而不靈驗，使夕陽回轉而無希望，那麼密切的親情怎能補償，不能侍奉母親的悲哀何以傳達。以前令伯上表稟奏他的誠意，晉朝武帝聽受同意；元直指其心說方寸已亂，蜀漢先主讓他離去。求賢雖然是治理國家的常道，教習孝行實在是人倫的根本。因此元直才迎著疾風而上路，令伯才竭誠向朝廷陳情。執事宏揚施善於眾的仁義，憐憫孤獨失意的讀書人，屈尊而對李君予以褒揚，敬請答應我的請求，使他能夠回家供養其母，侍奉湯藥，那麼自此只要老養其母一天，他就會對你報恩終身。至於我本人，頭戴箬帽腳穿草鞋，很長時間就追隨方外之人的蹤跡，牙齒脫落眼睛昏盲，已經屬於無用之人。可是因為我與李君生平有兄弟般的交情，照道理很難坐視不問，於是就膽敢寄信於京師，陳述我的愛慕之意。

【研　析】這篇文章文氣貫暢，讀來似筆無停頓，一氣呵成。

作者代友人婉言說情，於敘事之中抒情論理，引經據典，顯得十分自然。文章開頭點明事由，並順筆對舉薦者略加讚揚，隨之以「但」字轉筆，落在友人難以在朝任官之事上。於此便順承其意，說明友人為何不能在朝任官的緣由：「母老且病，獨子無依，一奉鶴書，相看哽咽。」在此情形下，「雖趨朝之義已迫於戴星，而問寢之私倍懸於愛日」，可謂忠孝不能兩全。「路隔三千，難通嚙指」，一旦老母去世，「則缾罍之恥奚償，風木之悲何及」！

敘述到這裏，似意猶未盡，於是以「昔者」再次轉筆，歷舉古人辭官盡孝之事，以古例今，於類比之中暗示友人歸養老母之正當：「求賢雖有國之經，教孝實人倫之本」，若人倫之本尚且難以固守，那麼賢者怎能求得？

至此，於情於理已申述明白，作者也就自然而然地請求允許友人「歸供菽水，入侍刀圭」，並說：「自此一日之斑衣，即終身之結草矣。」表明不忘舉薦者的恩情。

最後，作者順便說到自己，亦含謝絕舉薦之意，而於收束文章時，又交代自己替友人說情的原因，這就照應了前文，使文章首尾貫連一體了。

答湯荊峴書

【題解】本文就《太祖實錄》及有關史事，作了簡要回答。

兩函❶併至，深感注存❷。足下❸有子產❹博物❺之能，子政❻多聞之敏❼，而下問❽及於愚耄❾，不知臣❿精⓫銷亡⓬，少時所聞，十不記其二三矣。聞之前輩老先生曰：《太祖實錄》⓭凡三修：一修於建文⓮之時，則其書已焚，不存於世矣；再修於永樂⓯之初，則昔時大梁⓰宗正⓱西亭⓲曾有其書，而洪水滔天之後，遂不可問；今史宬⓳所存，及士大夫家諱《實錄》之名，而改為《聖政記》者，皆三修之本也。然而再修三修所不同者，大抵為靖難⓴一事。如棄大寧㉑而并建立㉒之制，及一切邊事書之甚略，是也。至於潁、宋二公若果不以令終㉓，則初修必已諱之矣。聞之先人㉔曰：《實錄》中附傳於卒之下㉕者，正也；不係卒而別見者，變也。當日史臣之微意㉖也。王元美㉗作〈信國公詩〉曰：「所以恩澤終，穎宋乃反是？」㉘蓋謂二公之不得其死㉙，而不可謂之誅㉚。且以漢事言之：武帝㉛之於劉屈氂㉜，謂之誅，可也，成帝㉝之於翟方進㉞，謂之誅，不可也。是史臣之所以微㉟之也。今觀卒後恩典㊱之有無隆殺㊲，則舉一隅而三可反㊳矣。至於即主位㊴之月日，當如來論，以《實錄》為正耳。

【注釋】❶函　書信。❷注存　關注問候。舊時書信用語。❸足下　古代下稱上或同輩相稱的敬詞。❹子產　春秋時鄭國人。名僑，字子產。自鄭簡公時始執國政，歷定、獻、聲公三朝。❺博物　博識多知。❻子政　劉向，字子政，漢高祖弟楚元王（劉交）四世孫。宣帝時任散騎諫大夫。成帝時任光祿大夫。校閱經傳諸子詩賦等書籍，寫成《別錄》一書。另著有《新序》、《說苑》等多種書。《漢書》有傳。❼多聞之敏　猶言多聞博記的聰慧。❽下問　以能問於不能、以多問少、以上問下，都稱下問。❾愚耄　猶言愚昧無知的老年人。這是作者自我謙虛的說法。耄，高年，也泛指老年。❿臣　古人對一般人的自謙之詞。⓫精　精力。⓬銷亡　消耗殆盡。銷，通「消」。⓭太祖實錄　指明太祖朱元璋的實錄。實錄，編年史的一種體裁，專記某一皇帝統治時期的大事。自唐以後，每一朝的每位皇帝嗣位，都由史臣撰先帝實錄，成為定制。⓮建文　明惠帝朱允炆的年號。⓯永樂　明成祖朱棣的年號。⓰大梁　地名。即今河南開封地。⓱宗正　官名。掌管王室親族的事務。⑱西亭　明朱睦㮮之名號。⑲史宬　即「皇史宬」。明代皇宮收藏歷朝帝王實錄的地方。⑳靖難　明代建文帝朱允炆用齊泰、黃子澄之謀，削奪諸藩。燕王棣反，指齊、黃為奸臣，起兵入清君側，號曰靖難。建文四年六月，靖難兵入京師，帝不知所終。燕王稱帝，大殺建文諸臣，發其婦女於教坊。參閱《明史・成祖紀》。㉑大寧　路、府、衛名。蒙古至元七年（西元一二七〇年）改北京路為大寧路。治所在大寧（今內蒙古寧城西）。明洪武十三年（西元一三八〇年）改為府，後廢。洪武二十年（西元一三八七年）置大寧衛，永樂元年（西元一四〇三年）徙廢。㉒建立　古代立國君、皇后、太子均稱建立。㉓令終　保持善名而死。㉔先人　亡父。㉕附傳於卒之下　謂附傳於記述其死亡之下。也就是在記述一個人死亡之後，緊接著交代其生平事跡。卒，死。㉖微意　微妙的用意。㉗王元美　王世貞，字元美，號鳳洲，又號弇州山人。明代太倉（即今江蘇太倉）人。嘉靖二十六年進士。官至南京刑部尚書。詩文與李攀龍齊名，世稱王李。有《弇州山人四部稿》等。見《明史・文苑傳》。㉘所以恩澤終二句　猶言「何以恩惠長久，穎、宋卻與此相反？」恩澤，恩惠。終，久長。反是，與此相反。㉙不得其死　謂不該處死而處死了。㉚誅　誅殺。㉛武帝　即漢武帝劉徹。㉜劉屈氂　漢武帝庶兄中山靖王勝之子。官左丞相。曾與貳師將軍李廣利欲立昌邑王為太子。並「遣使巫祠社詛主上，有惡言」，故降詔腰斬於東市。見《漢書》卷六六。㉝成帝　指漢成帝劉驁。㉞翟方進　字子威，西漢汝南上蔡（今河南上蔡）人。家世微賤，少孤，給事太守府為小史。後棄小史受經，成帝河平中為博士，永始中為丞相，封高陵侯。後綏和元年定陵侯衛尉淳于長下獄死，廢后許氏自殺，方進與長善，不自安，帝有詔譴責，即日自殺。《漢書》有傳。㉟微　隱匿。㊱恩典　指帝對臣民的恩惠。㊲隆殺　尊卑、厚薄、高下。㊳舉一隅而三可反　語出《論語・述而》。舉一反三，比喻類推，能由此而識彼。隅，方面；角落。反，類推。㊴主位　君主的地位。

【語　譯】兩封書信一起收到，深深感謝你的關注和問候。你有子產博識多知的才能，子政多聞博記的聰慧，而謙虛地問到我這個愚昧無知的老年人，不知道我的精力消耗得沒有了，年輕時所聽說的，十件事中就有二、三件事不記得了。聽前輩老先生說：《太祖實錄》一共編纂了三次：第一次編纂於建文年間，但是這部書已經燒掉，不存在於世上了；第二次編纂於永樂初年，以前大梁宗正西亭曾有這部書，而在發大水之後，便不可能問到了；今天皇史宬所保存的，以及士大夫家忌諱《實錄》的名字，而改為《聖政記》的，都是第三次編纂的版本。然而第二次與第三次編纂所不同的，大抵因為靖難一事。比如放棄大寧與建立的制度，以及一切邊境之事都寫得很簡略，正是與此事有關。至於潁、宋二公如果不是因為保持善名而死，那麼第一次編纂時就一定已經隱瞞了。聽先父說：《實錄》中附傳於記述一個人死亡之下的，是正式的寫法；不是繫附於其死亡之下而是另外見到的，則是變通的寫法。這是當時史臣的微妙用意。王元美先生作〈信國公詩〉說：「何以恩惠長久，潁、宋卻與此相反？」大概是說這兩個人不該處死而處死了，而不能稱之為誅。姑且以漢代的事來予以說明：漢武帝對於劉屈氂，稱之為誅，可以；漢成帝對於翟方進，稱之為誅，就不可以了。這是史臣隱匿的方法。今天看一個人死後其恩惠是有還是無、是厚還是薄，就能舉一反三，予以類推了。至於登上君主寶位的月日，應當如同你的來信所講的，以《實錄》為準。

【研　析】這篇文章先總敘後分敘。在分敘時又注意過渡和詳略得當，於是文章顯得有條有理，層次分明。

文章開頭在寒暄之後，總敘自己因精力消亡，「少時所聞，十不記其二三矣」。暗示自己僅就記得的幾件事回答對方的詢問。

接下去是分敘，回答了三件事：第一件事是《太祖實錄》的三次編纂以及第二次與第三次編纂內容的差異。在敘述這件事時，以「聞之前輩老先生曰」起始；而敘完之後，則以「至於」過渡到第二件事，即前代史臣記載潁、宋二公遭誅殺的隱匿筆法。在敘述第二件事時，則以「聞之先人曰」起始；而敘完之後，又以「至於」過渡到第三件事，即有關「即主位之月日」的問題。因對第三件事敘述較略，也就與前文對第一、第二件事的詳敘形成對照，於是或主或次就區分得十分清楚了。

與葉訒菴書

【題解】清朝初年因纂修《明史》，特開博學鴻詞科，朝中大臣屢次想推薦顧炎武，均被他拒絕。其原因正如顧炎武在本文中所「直陳」，遵守嗣母遺命，盡忠明朝，「無仕異代」；假若果真強他出仕，「則以身殉之」。

顧炎武的嗣母是一位恪守傳統道德和具有民族節操的女子。她十七歲未嫁守節，曾受到明朝旌表。明朝滅亡，她絕食殉國，留給兒子的遺言說：「我雖婦人，身受國恩，與國俱亡，義也。汝無為異國臣子，無負世世國恩，無忘先祖遺訓，則吾可以瞑於地下。」無疑，嗣母剛烈的舉動和飽含血淚的遺言，對顧炎武影響至深，甚至可以說，這是他至死不與清廷合作的精神支柱。

去冬韓元少書來，言曾欲與執事薦及鄙人，已而中止。頃聞史局❶中復有物色❷及之者。無論昏耄之資，不能黽勉❸從事，而執事同里❹人也，一生懷抱，敢不直陳❺之左右❻。先妣❼未嫁過門❽，養姑抱嗣❾，為吳❿中第一奇節⓫。蒙朝廷旌表⓬。國亡絕粒⓭，以女子而蹈⓮首陽之烈⑮。臨終遺命⑯，有「無仕異代」之言，載於誌狀⑰，故人人可出而炎武必不可出矣。《記》曰：「將貽父母令名，必果；將貽父母羞辱，必不果。」⑱七十老翁何所求？正欠一死！若必相逼，則以身殉之⑲矣！一死而先妣之大節愈彰於天下，使不類之子⑳得附以成名㉑，此亦人生難得之遭逢也。謹此奉聞㉒。

【注釋】❶史局　史館。官修史書的機構。❷物色　本指形貌，引申為按照一定標準去訪求。❸黽勉　勤勉努力。❹同里　同鄉。❺直陳　直言陳述。❻左右　舊時書信中稱對方，不直稱其人，僅稱他的左右以示尊敬。❼先妣　舊時自稱去世的母親。❽未嫁過門　謂女子未嫁到男家。過門，女子嫁到男家。❾養姑抱嗣　謂侍養婆婆抱養嗣子。據顧炎武〈先妣王碩人行狀〉言：顧炎武嗣父顧同吉病逝時，其嗣母王氏年方十七，還沒有嫁到顧家。王氏執意到顧家守寡，盡孝於婆婆，為朝廷旌表曰貞孝。後抱養炎武，撫之如同己生。姑，丈夫的母親；婆婆。嗣，繼承；接續。舊時無子者以近支兄弟或他人之子為嗣，稱「嗣子」。❿吳　地名。東漢時江蘇為吳郡地，後因別稱吳。⓫奇節　奇特的節操。⓬旌表　舊時對忠孝節義的人，用立牌坊賜匾額的方式加以表揚，叫「旌表」。⓭絕粒　絕食。⓮蹈　信守。⓯首陽之烈　伯夷、叔齊是商朝孤竹君的兩個兒子。其父遺命要立次子叔齊為繼承人，叔齊讓位給伯夷，伯夷不受，叔齊也不願登位，先後逃到周國。周武王伐紂，兩人曾叩馬諫阻。武王滅商後，他們恥食周粟，逃到首陽山，採薇而食，餓死在山裏。見《史記・伯夷列傳》。烈，烈節；堅貞的節操。⓰遺命　臨終告誡。⓱誌狀　記述死者生平行事的文章。⓲記曰五句　《記》即《禮記》。引文見〈內則〉。原文是：「父母沒，將為善，思貽父母令名，必果；將為不善，思貽父母羞辱，必不果。」孔穎達《疏》云：「父母雖沒，思行善事，必果決為之；若為不善，思遺父母羞辱，必不得果決為之。」貽，遺留。令名，美名。果，果決。⑲以身殉之　謂為遵行母親遺命固守節操而死。⑳不類之子　作者自謙的說法。不類，壞；不善。㉑附以成名　謂隨著母親的大節顯揚於天下。附，附著；跟隨著。㉒奉聞　舊時書信結尾的敬詞。猶言進獻給你知道。

【語　譯】去年冬天韓元少來信，說曾想向你推薦我，隨即便中止了。不久前聽說史館中又有物色到我的人。他們不考慮我這個愚昧無知的老人的才性，是不能勤勉努力地去做這件事的。而你是同鄉的人，因此我一生的懷抱，敢不對你直言陳述？我的嗣母沒有嫁到男家，而到男家來侍奉婆婆、抱養嗣子，是吳地最有奇特節操的人，曾受到朝廷的旌表讚揚。國亡之時，她絕食而死，以女子的身分而信守伯夷、叔齊那樣堅貞的節操。她臨終告誡我，有「不要在別的朝代為官」的遺言，這已記載於誌狀之中。因此人人都可以出仕為官，而炎武一定不能出仕為官。《禮記》說：「將會留給父母美名，一定果決地去做好事；將會留給父母羞辱，一定不能果決地去做不好的事。」七十歲的老翁還求什麼呢？正好缺少一死！假如一定相逼，那麼我就為遵母命守節操而死了！我一死而嗣母的大節就更加顯揚於天下，也使我這個不好的兒子能夠跟隨著成名，這也是人生難得的遭遇了。於此，我慎重地把一生懷抱進獻給你聞知。

【研　析】這篇短文，乍讀語言平和，似不慍不火地如實直攄胸臆，而反覆讀來，卻會覺得，殷殷親情，溢於言表；家仇國恨，浸透字裏行間。尤其是那種至死不屈的愛國精神和高尚的民族節操，化作了巨大的人格力量，感人至深。

這種人格力量，首先來源於本文作者的嗣母。她以一個未嫁過門的女子，「養姑抱嗣」，這是對中華民族傳統美德的繼承，值得讚揚。而與此直接關聯著的則是：她深明大義，以身殉國。其剛烈之舉，足以與日月爭輝。

其次，這種人格力量還來源於本文作者。他決不為有辱先人之事，以此報答嗣母養育之恩；他誓死與清廷抗爭，以此表明其精忠報國的決心。其浩然之氣，足以和天地共存。

我們讀這篇文章，最應當汲取的就是它所表明的這種人格力量。

與史館諸君書

【題解】在這篇文章中，作者希望史館諸公能將嗣母事跡載入史冊，以表彰其高風亮節。

視草[1]北門[2]，紬書[3]東觀[4]，一代文獻[5]，屬之鉅公[6]，幸甚[7]幸甚。列女之傳[8]，舊史不遺，伏念[9]先妣王氏未嫁守節，斷指療姑[10]，立後訓子[11]，及家世名諱[12]並載張元長[13]先生傳中。崇禎九年[14]巡按御史王公（一鶚）具題[15]，奉旨旌表[16]。乙酉之夏，先妣時年六十，避兵於常熟[17]縣之語濂涇。謂不孝[18]曰：「我雖婦人，身受國恩，義不可辱。」及聞兩京[19]皆破，絕粒不食，以七月三十日卒於寓室[20]之內寢[21]。遺命炎武讀書隱居，無仕二姓[22]。迄今三十五年，每一念及，不知涕之沾襟也。當日間關[23]戎馬[24]，越大祥[25]後，乃得合葬於先考[26]文學之兆[27]。今將樹一石坊[28]於墓上，藉旌門之典[29]，為表墓之榮[30]。而適當修史之時，又得諸公以卓識宏才㉛而膺筆削之任㉜，共姬之葬，特志於《春秋》㉝；漆室之言，獨傳於中壘㉞，不無望於闡幽㉟之筆也。炎武年近七旬，旦暮入地㊱，自度無可以揚名顯親，敢瀝誠㊲哀懇㊳，冀㊴採數語存之簡編㊵，則沒世㊶之榮施㊷，即千載之風教㊸矣。

【注釋】❶視草　古時詞臣奉旨修正詔諭稱視草。後來泛指代皇帝起草詔諭。❷北門　唐代學士院在禁中北門，因以為學士院的代稱。❸紬書　編纂書籍。紬，綴集。❹東觀　在漢代洛陽南宮。東漢明帝時，命班固等人在此修撰《漢記》，書成名為《東觀漢記》。章、和二帝以後為聚藏圖書之處。❺文獻　文，指有關典章制度的文字資料。獻，指多聞熟悉掌故的人。後來指有歷史價值的圖書文物。❻屬之鉅公　猶言為文章巨匠所著作。屬，編輯；撰著。鉅公，即「巨公」。猶言巨匠、大師。❼幸甚　猶言幸運得很。❽列女之傳　猶言諸婦女的傳記。❾伏念　暗自想到。❿斷指療姑　據顧炎武〈先妣王碩人行狀〉云：婆婆病，王氏「斷一小指，和藥煮之」，婆婆因此而病癒。⓫立後訓子　猶言立嗣和教育兒子。〈先妣王碩人行狀〉云：「貞孝既侍翁姑十二年，而翁姑始為其子定嗣，貞孝撫之如己生。」⓬名諱　活時曰名，死後曰諱。⓭張元長　名大復。其所撰王氏之傳記，見〈先妣王碩人行狀〉。⓮崇禎九年　西元一六三六年。崇禎，明毅宗朱由檢的年號。⓯具題　題為題本，奏章的一種。明制：臣下章疏，有題本、奏本之別。凡兵刑錢糧，地方民務所關，大小公事，皆用題本，由官員用印具題，送通政司轉交內閣入奏；有私事啟請，如到任升轉、加級記錄，或代所屬專員謝恩等，用奏本，不准用印。⓰奉旨旌表　據〈先妣王碩人行狀〉載：「母年五十有一，而巡按史王君一鶚奏旌其門，曰貞孝，下禮部。禮部尚書姜公逢元奏如章，八月辛巳上，其甲申，制曰『可』。」⓱嘗熟　即今江蘇常熟。

⑱不孝　父母死，子於喪帖自稱不孝。此處為作者自稱。⑲兩京　指北京、南京。明洪武元年八月建都在江南應天府，永樂間遷都北京，改應天府為行在，正統間建為南京，即今南京市。⑳寓室　客居之內室。㉑內寢　內室；睡眠休息的地方。也專指婦女的居室。㉒無仕二姓　猶言不要侍奉兩朝君王。二姓，兩朝君王。㉓間關　謂道路崎嶇難行。㉔戎馬　戰馬。借指戰爭、軍事。㉕大祥　古時父母去世兩週年的祭禮。㉖先考　亡父。㉗兆　也作「垗」。墳地。㉘石坊　石製的牌坊。牌坊是古時表彰忠孝節義、功德、科舉等所立的建築物。㉙藉旌門之典　猶言借旌門的義典。藉，借用。旌門，古代帝王出行，在所住的帷幕前樹立旗幟，其狀若門，叫「旌門」。後來泛指旗門。㉚為表墓之榮　猶言作為墓之榮耀的標幟。表，標記；標識。㉛卓識宏才　謂見識高遠、才能宏大。㉜膺筆削之任　擔任修改文章的重任。膺，接受。筆削，筆指記載，削指刪除。古時文字刻在竹簡上，刪改時要用刀刮去竹上的字，所以叫削。後來常用作請人修改文章之詞。㉝共姬之葬二句　顧炎武的〈先妣王碩人行狀〉云：「《春秋》嫁女不書葬，而特葬宋共姬，賢之也。吾母之賢如此，……」謂《春秋》特地記載了宋國賢女共姬之葬。㉞漆室之言二句　謂漆室女之言，唯獨由劉向轉達。漆室，春秋時魯國邑名。魯穆公時，君老太子少，國事甚危。有少女深以為憂，因倚柱而悲歌，感動旁人。見漢代劉向《列女傳・漆室女》。中壘，官名。西漢有中壘校尉，掌管北軍壘門之內，又外掌西域。為八校尉之一。劉向曾任此官，故有劉中壘之稱。㉟闡幽　闡明隱微之事。㊱旦暮入地　謂早晚將要死去。㊲瀝誠　竭誠。㊳哀懇　哀求；悲痛地懇求。㊴冀　希望。㊵簡編　古人或書於簡，或書於帛、紙，編次成書，後因泛稱書為簡編。㊶沒世　終身；一輩子。㊷榮施　榮耀的施與。譬人施惠之詞。㊸風教　風俗教化。

【語譯】起草詔諭於北門，編纂書籍於東觀，一代文獻，為文章巨匠所撰述，這是很幸運很幸運啊！列女的傳記，舊的史書沒有遺漏。我暗自想到，嗣母王氏未出嫁而堅守節操，斬斷小指而為婆婆治病，立嗣而教育兒子，以及家世、名諱都載於張元長先生所寫的傳記中。崇禎九年，巡按御史王一鶚題奏，奉聖旨給與旌表稱揚。乙酉的夏天，嗣母當時六十歲，為躲避兵禍而住在常熟縣的語濂涇。她對我說：「我雖是婦人，但身受國恩，節操不可受辱。」等到聽說南京、北京都被攻破時，她拒絕進食，在七月三十日那天死於寓所的內室。遺言要我讀書隱居，不要侍奉兩朝君王。至今有三十五年了，每一想到這些，便不知不覺地讓涕淚沾濕了衣襟。當時道路崎嶇難行，又有戰爭，行過大祥的祭禮之後，才得以把嗣母合葬於嗣父的墓地。今天將在墓地上樹一塊石坊，為了顯揚墓的榮耀，還將借用旌門的儀典。而現在正當修史的時候，又遇到諸公以卓識宏才而接受修改的重任。共姬的葬禮，特地記載於《春秋》，漆室女的言論，唯獨由劉向轉達，對於闡明隱微之事的手筆，無不寄予希望。我年近七旬，早晚將要死去，自己考慮不能夠揚名而使親人富貴顯達，冒昧地竭誠哀求，希望採納幾句話記載於史冊之中，那麼嗣母終身施惠於人，就成為千載的風俗教化了。

【研　析】這篇文章的主要內容是圍繞嗣母生前或死後展開的。對嗣母生前的敘述，從「伏念」開始，至「每一念及，不知涕之沾襟也」結束，前後呼應，構成了一個完整的回憶段落。對嗣母死後的敘述，從「當日」開始，至文章的末尾，除了交代安葬嗣母外，主要談到欲藉史冊使嗣母既孝且忠的大節流芳百世。這一段落因寫的都是嗣母死後之事，故也構成了一個完整的段落。

上述兩個段落雖各自相對完整，因而也相對獨立，但它們之間並非互不關聯，而是聯繫緊密。其原因則在於所談到的是嗣母或生前或死後的事情。不過，這兩個段落的敘述角度則不一樣：前者是寫嗣母生前如何堅守大節，後者是寫作者如何顯揚嗣母之大節；前者落筆於母，後者落筆於子。這種敘述角度的轉換，固然也是因敘述內容的需要所致，卻也因此而使文章富於變化，同時也便於文章材料的組織和安排。

與公肅甥書一

【題解】公肅姓徐，名元文，公肅為其字。他是顧炎武的外甥。順治進士第一，官至文華殿大學士、戶部尚書。有《含經堂集》傳世。本文對修史的原則、方法以及對史料的選取，均提出了自己的看法。

修史之難，當局❶者自知之矣。求藏書於四方，意非不美，而西方州縣以此為苦，憲檄❷一到，即報無書，所以然者，正緣借端❸派取❹解費❺，時事人情，大抵如此。竊意此番纂述，止可以邸報❻為本，粗具草藁，以待後人，如劉昫之《舊唐書》❼可也（唐武宗以後無實錄）。憶昔時邸報至崇禎十一年❽方有活板❾，自此以前，並是寫本❿。而中祕⓫所收，乃出涿州⓬之獻，豈無意為增損者乎？訪問士大夫家，有當時舊鈔，以俸薪⓭別購一部，擇其大關目⓮處略一對勘⓯便可知矣。吾自少時，先王父⑯朝夕與一二執友談論，趨庭⑰拱聽⑱，頗識根源，但年老未免遺忘，而手澤⑲亦多散軼⑳，史藁之成，猶可辨其涇渭㉑。今日作書，正是劉昫之比，而諸公多引洪武㉒初修《元史》故事㉓，不知諸史之中，《元史》最劣，以其旬月㉔而就，故舛謬㉕特多。如列傳八卷速不台，九卷雪不台，一人作兩傳；十八卷完者都，二十卷完者拔都，一人作兩傳，幾不知數馬足，何暇問其驪黃牝牡㉖邪？然此漢人作蒙古人傳，今日漢人作漢人傳，定不至此。惟是奏章是非同異之論㉗，兩造㉘並存，而自外所聞，別用傳疑㉙之例，庶乎得之。此雖萬世公論，卻是家庭私語，不可告人以滋好事之騰口㉚也。

【注釋】❶當局　謂身當其事。❷憲檄　舊時稱上官所發檄文的敬詞。檄文，官府文書。❸借端　假託事由；藉口某件事。❹派取　分攤收取。❺解費　解送的費用。❻邸報　漢、唐時代地方長官於京師設邸，邸中傳抄詔令奏章等，以報於諸藩，故稱邸報。後世因稱朝廷官報為邸鈔。明末始有活字邸報，清代由報房刊行，稱京報。邸，地方長官在京師設置的住所。❼舊唐書　五代後晉劉昫等撰，二百卷。原名《唐書》。因與宋代歐陽脩等所撰《新唐書》相區別，通稱為《舊唐書》。後晉天福六年始修，開運二年成書。監修原為宰相趙瑩，書成時瑩已出為節鎮，故由宰相劉昫署名奏上。舊有吳兢、韋述等撰《唐書》及唐高祖至文宗各朝實錄，史料可據，劉昫等用為藍本。至長慶以後，實錄等缺失不存，昫等乃採雜說、傳記成之。故長慶（穆宗）以前部分，本紀、列傳記載詳明，長慶以後部分，本紀語多枝蔓，列傳多敘官資，缺乏事實。❽崇禎十一年　即西元一六三八年。崇禎為明毅宗朱由檢年號。❾活板　用活字排版印刷，又稱活字版。❿寫本　也稱「抄本」。即抄寫的書本。⓫中祕　宮內。⓬涿州　州名。唐代大曆四年（西元七六九年）分幽州置。治所在范陽（今涿縣）。⓭俸薪　官吏所得的薪給。⓮關目　事件；情節。⓯對勘　對照比較。⓰先王父　死去的祖父。⓱趨庭　《論語・季氏》云：「（孔子）嘗獨立，鯉趨而過庭。曰：學詩乎？」鯉，即孔子之子伯魚。後因稱子承父教曰趨庭。⓲拱聽　猶「恭聽」。⓳手澤　猶「手汗」。後多用以稱先人或前輩的遺墨、遺物等。⓴散軼　遺失；散失。㉑涇渭　指涇水和渭水。因涇清渭濁，後遂以涇渭比喻事物的好壞、優劣等彼此區分得很清楚。㉒洪武　明太祖朱元璋的年號。㉓故事　典故；舊事；先例。㉔旬月　十個月。㉕舛謬　差錯；錯誤。㉖驪黃牝牡　喻指事物的表面現象。驪黃，黑馬和黃馬。泛指馬。牝牡，鳥獸的雌性和雄性。㉗論　選擇。㉘兩造　雙方。㉙傳疑　對疑難問題不作定論，如實告人，以待他人解決。㉚騰口　張口放言。

【語　譯】編纂史書的困難，當事人自己是知道的。在四方尋求收藏的書籍，其用意並非不好，而西邊的州縣把這當作痛苦的事情。檄文一到，便回報說沒有藏書。這樣做的原因，正是由於藉口此事而分攤收取解送的費用。時事人情，大致如此。我個人的意思是，這次纂述，只能以邸報為根本，粗略完成草稿之後，便等待後人去修訂，如同劉昫等編纂《舊唐書》那樣就可以了（唐武宗以後沒有實錄）。記得往日的邸報到崇禎十一年才有活版，在此之前都是寫本。而宮內收藏的，卻出於涿州所進獻，他們難道無意去作增加或減少的事嗎？訪問士大夫家，若有當時舊的抄本，用俸薪另外購買一部，選擇那些敘述大事件之處稍加對照比較，便可以知道了。我從小的時候起，先祖父朝夕與一、二位執友談論事情，我承教恭聽，頗了解其根源，但年老未免遺忘，而前輩的遺墨也多散失，不過史稿完成，還能夠論其優劣。今天著書，正是參照劉昫著《舊唐書》的先例，而諸公多引述洪武初年修撰《元史》的典故，不知道在各種史書中，《元史》最差，因為它只用十個月就完成了，故而錯誤特多。比如列傳第八卷有速不台，第九卷有雪不台，給一人作了兩篇傳；第十八卷有完者都，第二十卷有完者拔都，也是給一人作了兩篇傳。大概不知道查點馬足，哪有閒暇問牠是黑是黃、是雌是雄呢？然而那是漢人作蒙古人的傳，今天是漢人作漢人的傳，一定不至於那樣的。只是對奏章或是或非或同或異的選擇，我認為兩者並存，而對從外面所聽到的，則另外用傳疑的常例去處理，這樣差不多可以解決了。這雖是萬世公論，卻也是家庭私語，不可告訴他人以助長好事者張口放言。

【研　析】從這篇文章裏，我們領悟到作者嚴謹的治學態度。作者說：「此番纂述，止可以邸報為本，粗具草藁，以待後人。」這句話說了兩層意思：其一，對史料的選取，應以準確真實為原則。其二，經後人補充和修改之後，才可能更符合歷史的本來面目。作者又說：「惟是奏章是非同異之論，兩造並存，而自外所聞，別用傳疑之例，庶乎得之。」這句話講到了寫史的方法，即對有異議的正式史料，可兩說並存；而對那些從其他管道聽來的，則用存疑的方式處理。這同樣也是為了求得史書的真實。

若透過上述內容再作進一步深究，則可以發現其中還表明了更深一層意思，即史書的真實，來源於治史者實事求是的精神，而這豈不又是對作者嚴謹的治學態度所作的最好注腳嗎？

與公肅甥書二

【題解】這篇文章緊接上一篇，都是寫給外甥公肅的信。在這篇文章中，作者提出在朝為官，當「以道事君，不可則止」的觀點。這種觀點，又是與他憂國憂民的思想緊密相聯的。

所謂大臣者，以道事君，不可則止。吾甥宜三復斯言，不貽譏❶於後世，則衰朽❷與有榮施❸矣。此中自京兆❹抵二崤❺皆得雨，隴西❻、上郡❼、平涼❽皆旱荒，恐為大同❾之續。與其賑恤❿於已傷，孰若弭除⓫於未病。又有異者，自為秦令⓬，而隔河買臨晉⓭之小兒，閹⓮為火者⓯，以充僮豎⓰，至割死一人，豈非自陝⓱以西別一世界乎？誠欲正朝廷以正百官，當以激濁揚清⓲為第一義，而其本在於養廉⓳，故先以俸祿一議附覽，然此今日所必不行，留以俟⓴之可耳。說經之外，所論著大抵如此。世有孟子，或以之勸齊梁㉑，我則終於韞匵㉒而已。

【注　釋】❶貽譏　遺留譏笑。❷衰朽　老邁無能。此為作者自稱之詞。❸榮施　榮耀的施與。譬人施惠之詞。❹京兆　漢代京畿的行政區劃名，為三輔之一，即今西安市以東至華縣之地。後世因稱京都為京兆。❺二崤　崤山在今河南洛寧西北。山分東崤、西崤，故稱二崤。❻隴西　縣名。屬甘肅省。❼上郡　郡名。地在今陝西延安、榆林一帶。❽平涼　縣名。在甘肅東部。❾大同　地名。即今山西大同。❿賑恤　救濟。⓫蠲除　免除。蠲，通「捐」。除去；免除。⓬秦令　猶言秦地縣令。秦本指春秋時秦國，在今陝西省。故習稱陝西為秦。⓭臨晉　縣名。即今山西臨猗。⓮閹　閹割。摘去男子的睪丸。⓯火者　明清時，豪戶買家貧之子，閹割以供驅使，稱為火者。⓰僮豎　僮僕。豎，「豎」的異體字。⓱陝　地名。即今河南陝縣。⓲激濁揚清　斥惡獎善。⓳養廉　保持和養成廉潔的操守。⓴俟　等待。㉑世有孟子二句　孟子名軻，字子輿，戰國鄒人。春秋魯公族孟氏之後，受業於子思的門徒。遊說於齊梁之間，未見用，退而與其門徒公孫丑、萬章等著書立說，繼承孔子思想，兼言仁和義，被後世尊為亞聖。㉒韞匵　藏在匣子裏。韞，蘊藏。匵，木匣；木櫃。《論語・子罕》云：「有美玉於斯，韞匵而藏諸？求善賈而沽諸？」後因以韞匵比喻抱才待時。

【語　譯】所謂大臣，要以道去侍奉君王，不能做到就不要為官了。我的外甥應當再三回味這句話，不要為後世所譏笑，那麼我也受到你榮耀的施與了。這裏從京都到二崤都下了雨，隴西、上郡、平涼都發生旱災，恐怕會跟隨大同之後了。與其在人們已受傷害之時進行救濟，還不如在他們未病之時免除其病。更有奇異的事：身為秦地的縣令，卻隔河去買臨晉的小兒，閹割而為火者，以充當僮僕，以致割死了一人，這豈不是自陝以西是另一世界嗎？如果想整治朝廷以整治百官，就應當以斥惡獎善為最上乘的道理，而其根本在於保持和養成廉潔的操守，因此先把有關俸祿的一種看法附上給你看看，然而這在今天一定不能實行，留著以等待能實行之日是可以的。解說經義之外，所論所著的大致如此。前世有孟子，有人按照他遊說齊國和梁國那樣去行事，我則自始至終如同藏於匣中之玉，抱才待時罷了。

【研　析】從這篇文章中，我們又可進一步感受到作者高尚的人格。他說，為官當「以道事君，不可則止」。他所闡明的這一為官之道，是與他有感於民不聊生、當權者橫行鄉里緊密相關的。由此便折射出他正直無私，以匡正天下為己任的思想品質。對於這一點，從他所謂「誠欲正朝廷以正百官，當以激濁揚清為第一義，而其本在於養廉」的一段話中，可以得到印證。

此外，他說自己「終於韞匵而已」，這表露出的是他不願與世俗同流的思想，自然也是他正直品性的體現。

答原一、公肅兩甥書

【題解】原一，徐乾學，號健庵，字原一。康熙進士，累官至刑部尚書。著有《讀禮通考》、《虞浦集》、《碧山集》等。公肅，徐元文，號立齋，字公肅，乾學弟。順治進士第一，官至文華殿大學士、戶部尚書。著有《含經堂集》。在本文中，作者謝絕了外甥徐乾學兄弟倆懇請其歸養之意。究其原因，一是自己要信守盟約，不變反清復明之志，以不失「故人之望」。二是為其外甥著想，不願因自己的歸養而使之招致「多口之議」。

老年多暇，追憶曩遊[1]：未登弱冠[2]之年，即與斯文[3]之會。隨廚俊[4]之後塵[5]，步揚、班[6]之逸躅[7]，人推月旦[8]，家擅雕龍[9]，此一時也。已而山嶽崩頹，江湖沸洶[10]，酸棗之陳詞慷慨，尚記臧洪[11]；睢陽之斷指淋漓，最傷南八[12]。重泉雖隔，方寸無睽[13]。此又一時也。已而奴隸[14]鴟張[15]，親朋瀾倒[16]。或有聞死灰之語，流涕而省韓安[17]，覽〈窮鳥〉之文，撫心以明趙壹[18]。終憑公論，得脫危機。此又一時也。

凡此三者之人[19]，騎箕[20]化鶴[21]，多不可追；哲嗣[22]聞孫[23]，往往而在。此即擔簦戴笠[24]，陌路[25]相逢，猶且為之敘殷勤[26]，陳夙昔[27]，班荊鄭國之野[28]，貰酒黃公之壚[29]。而況吾甥欲以郡中之園[30]，為吾寓舍。尋往時之息壤[31]，不乏同盟；坐今日之皋比[32]，難辭後學[33]。使雞黍[34]蔑具[35]，乾餱以愆[36]，既乖[37]良友之情，彌[38]失故人之望。且吾今居關華[39]，每年日用，約費百金，若至吳門[40]，便須五倍，吾甥能為辦之否乎？

又或謂廣廈之歡，可以大庇寒士[41]；九里之潤[42]，亦當施及吾儕[43]。而曰：吾爾皆同聲氣[44]同患難之人，爾有鼎貴[45]之甥，可無挹注[46]之誼？因罤覓菟[47]，見彈求鴞[48]，有如退之[49]詩所云，「偶然題作木居士，便有無窮祈福人」[50]者，吾甥復能副[51]之否乎？雖復田文[52]、無忌[53]，不可論之當今；假使元美[54]、天如[55]，當必有以處此[56]。而如其不然，則必以觖望[57]之懷，更招多口[58]之議。況山林晚暮，已成獨往之蹤[59]；城市云為，終是徇人之學[60]。然則吾今日之不來，非惟自適[61]，亦所以善為吾甥地（ㄉㄧˋ）[62]也（ㄧㄝˇ）。

【注　釋】❶曩遊　往日交遊。❷未登弱冠　猶言未進入二十歲。登，進入。弱冠，古代男子二十歲行冠禮，故用以指男子二十歲左右的年齡。弱，年少。❸斯文　指文人或儒者。❹廚俊　即「八廚」與「八俊」。據《後漢書》載：廣尚、張邈、王考、劉儒、胡毋班、秦周、蕃嚮、王章等為八廚。又載：李膺、荀昱、杜密、王暢、劉祐、魏朗、趙典、朱富為八俊。廚，指能以財救人者。俊，才智過人者。❺後塵　行進時後面揚起的塵土。用以比喻在他人之後。❻揚班　即揚雄、班固。皆為漢代文學家。❼逸躅　逸跡；遺蹤。❽月旦　《後漢書・許劭傳》云：「劭與靖俱有高名，好共覈論鄉黨人物，每月輒更其品題，故汝南俗有月旦評焉。」後因稱品評人物為「月旦」。❾雕龍　據《史記・孟子荀卿列傳》載，戰國時，齊人騶衍言「天事」，善閎辯，騶奭「采騶衍之術以紀文」。齊人因稱騶衍為「談天衍」，騶奭為「雕龍奭」。因用「雕龍」指善於撰寫文章。❿山嶽崩頹二句　山嶽崩塌頹廢，江湖沸騰洶湧。二語皆以比喻亡國。⓫酸棗之陳詞慷慨二句　《後漢書・臧洪傳》載：「洪字子源，射陽人。太守張超請為功曹。時董卓弒帝，圖危社稷，洪說超誅國賊。超與諸牧守大會酸棗，洪攝衣升壇，歃血而盟，辭氣慷慨，聞其言者無不激揚。」酸棗，漢置縣，宋改名延津，故城在今河南延津北。⓬睢陽之斷指淋漓二句　《舊唐書・忠義傳》載：霽雲，頓邱人。張巡守睢陽，賊將尹子奇來攻，巡令霽雲乞師於賀蘭進明，進明無出師意，欲留之為大饗，霽雲泣曰：「睢陽將士不食已彌月，義不忍獨享。」因拔刀斷指，一座大驚。城陷，子奇欲降霽雲，未應，巡呼曰：「南八！男兒死爾，不可為不義屈。」霽雲笑曰：「欲將有為也，公知我者，敢不死。」睢陽，郡名。唐天寶元年（西元七四二年）改宋州置。治所在宋城（今河南商丘縣南）。南八，即南霽雲。⓭重泉雖隔二句　猶言黃泉雖然相隔，但心則沒有分離。重泉，黃泉。方寸，指心。睽，睽違；分離。⓮奴隸　指陸恩。陸為顧炎武家世僕。他見顧炎武出遊，家道敗落，遂叛投葉姓。受葉姓唆使，欲告顧炎武通海（當時和魯王、唐王相通的叫通海）。被顧炎武捉住，投下海去。葉姓狀告顧炎武，並以千金賄太守，欲把顧炎武殺害。後來由路澤溥申訴於兵備使，才幸免於難。⑮鴟張　囂張、兇暴如鴟鳥張開翅膀一樣。鴟，即鷂鷹。⑯瀾倒　謂如狂瀾之傾倒。⑰或有聞死灰之語二句　《史記．韓長孺列傳》載：「獄吏田甲辱之，安國曰：死灰獨不復然耶？」韓安，即韓安國，字長孺。漢武帝時官至御史大夫。匈奴大舉入侵，安國為材官將軍，率兵抗擊，兵敗，詔責讓，因嘔血死。⑱覽窮鳥之文二句　《漢書．趙壹傳》載：「壹恃才倨傲，屢抵罪，幾至死，友人救得免，壹乃貽書謝恩，為〈窮鳥賦〉一篇。」趙壹，字元叔。後漢人。司徒袁逢、河南尹羊陟共稱薦之，名動京師，後十辟公府，皆不就。著賦頌等十六篇。⑲凡此三者之人　指上述三時交往之人。⑳騎箕　箕、尾二星宿間有一傳說星，舊傳為殷高宗賢相傅說死後升天所化。後沿稱大臣死為「騎箕尾」，或省稱「騎箕」。㉑化鶴　《神仙傳》云：「蘇仙公，桂陽人，升雲而去。後有白鶴來，止郡城樓上。人或彈之，鶴以爪書曰，城廓是，人民非，三百甲子一來歸。吾是蘇君，彈我何為？」後人因借化鶴為去世之喻。㉒哲嗣　稱別人之子的敬詞。猶言令嗣。㉓聞孫　指有聲譽的子孫。㉔擔簦戴笠　謂跋涉奔走。擔簦，背著傘。簦，笠之有柄者，猶今之傘。戴笠，戴著笠帽。㉕陌路　田間小道。㉖殷勤　懇切深厚的情意。㉗夙昔　往日。此處指往日之事。㉘班荊鄭國之野　《左傳．襄公二十六年》載：「伍舉奔鄭，將遂奔晉。聲子將如晉，遇之於鄭郊，班荊相與食，而言後故。」班荊，謂布荊於地而坐。㉙貰酒黃公之壚　《世說新語》載：「王戎遇黃公酒壚，謂客曰：吾與嵇叔夜、阮嗣宗酣飲此壚。自嵇、阮亡後，視此雖近，邈若山河。」貰，賒欠。㉚園　別墅或遊息之地。㉛息壤　本為戰國秦邑名。《戰國策．秦策》載：秦武王使甘茂將兵伐宜陽，甘茂恐怕武王半途而廢，二人乃盟於息壤。後甘茂攻宜陽，五月不拔，武王欲罷兵。甘茂曰：「息壤在彼。」武王曰：「有之。」因大舉起兵，遂拔宜陽。後因以「息壤」為盟約信誓的代詞。㉜坐今日之皋比　《宋史》載：張載嘗坐虎皮講《易》，京師聽從者眾；比見二程深明《易》道，撤坐輟講。故朱子贊有「勇撤皋比，三變至道」之語。皋比，即虎皮，後因以稱講座。㉝後學　謂後輩學生。㉞雞黍　《論語．微子》云：「（丈人）

止子路宿，殺雞為黍而食之。」後因以「雞黍」指招待賓客的飯菜。並用為招待朋友情意真率之語。㉟蔑具　無具；不具。蔑，無。㊱乾餱以愆　語出《詩・小雅・伐木》。謂以粗薄之食而得罪於人。乾餱，粗薄的食品。餱，乾糧。愆，過失。㊲乖　違背。㊳彌　更加。㊴關華　即華陰。因其地處關中，故稱「關華」。㊵吳門　蘇州的別稱。㊶又或謂廣廈之歡二句　語出杜甫〈茅屋為秋風所破歌〉，其云：「安得廣廈千萬間，大庇天下寒士俱歡顏。」㊷九里之潤　謂施惠及遠，猶河流之浸潤九里。語出《莊子・列禦寇》，其云：「河潤九里，澤及三族。」㊸儕　輩；類。㊹同聲氣　即「同聲共氣」。謂意見相同，志趣相投。㊺鼎貴　猶言正當貴顯。㊻挹注　語出《詩・大雅・泂酌》。指把液體從一個盛器中取出，注入另一個盛器。引申為以有餘補不足之意。㊼因罦覓菟　通過兔網而求得兔子。罦，兔網。菟，通「兔」。㊽見彈求鴞　語出《莊子》。見到彈弓而尋求鴞鳥。㊾退之　唐代韓愈字。㊿偶然題作木居士二句　見韓愈《昌黎集・題木居士之一》。木居士，木製的神像。迷信的人奉事以乞靈。(51)副　相稱；符合。(52)田文　戰國時齊國的孟嘗君。(53)無忌　戰國時魏國的信陵君。孟嘗君與信陵君皆以養士稱。(54)元美　明代王世貞字。(55)天如　明代張溥字。王世貞與張溥二人均好結客。(56)當必有以處此　猶言當必定有法處置此事。(57)觖望　猶言怨望。因不滿而怨恨。(58)多口　語出《孟子・盡心下》。猶言七嘴八舌。(59)況山林晚暮二句　比喻雖年高老邁，仍不隨世俗浮沈。(60)城市云為二句　猶言城市之言行，終究是曲從他人的學問。云為，言行。狥，通「徇」。曲從；順從。(61)自適　自求安適。適，安適；滿足。(62)地　餘地。指處事時所預留可供彈性運用的地步。

【語　譯】我年老多有閒暇，常追憶以往的交遊之事：不到二十歲，便參與文人的聚會。隨八廚與八俊的後塵，步揚雄和班固之逸跡。品評人物，人人推崇；撰寫文章，家家擅長。這是一個時期。不久，山嶽崩潰頹廢，江湖沸騰洶湧。還記得後漢之臧洪？於酸棗而意氣慷慨陳詞；最悲痛的是唐代的南八，在睢陽斷指而鮮血淋漓。黃泉雖然相隔，而心卻沒有分離。這又是一個時期。

不久，家僕氣焰囂張，如鷂鷹之展翅；親友為之所害，似狂瀾之傾倒。也許有人聽說過死灰復燃一語？應痛哭流涕而醒悟韓安國之意；也許有人閱讀過〈窮鳥賦〉一文？當撫心自問而明白趙壹之情。而我最終憑藉公論，才得以擺脫危機。這又是一個時期。

凡在這三個時期我所交往的人，騎箕、化鶴，死別人世，大多不可追憶；而他們的子孫則往往還在。這樣，也就在我身背雨傘、頭戴笠帽，與他們相逢於田間小道時，還能為他們敘述殷勤之情，陳說往昔之事。這好似伍舉與聲子相遇於鄭國之郊，布荊於地；又如王戎與嵇康、阮籍相聚於黃公酒壚，賒酒酣飲。況且我的外甥還想以郡中的遊息之地，作為我的寓舍！尋求往日的信誓，並不缺少締結盟約；坐在今天的講座，難以推辭後輩學生。假使沒有具備殺雞為黍的真率情意，而以粗薄之食得罪於人，這既違背良友的深情，更喪失故人的期望。況且我今日居住在華陰縣，每年日常所用，大約花費百金，假若遷至吳門，便需五倍的費用。我的外甥能夠置備嗎？

又會有人說，獲得寬大房子的歡悅，在於可以大量庇護天下窮苦的讀書人；恩惠如河流浸潤九里，也該施捨到我輩的頭上。並且說，我和你都是同聲氣共患難之人，你有正當貴顯的外甥，能不顧及取於彼而注於此的情誼嗎？通過兔網而尋求兔子，見到彈弓而尋求鴞鳥。這有如韓愈的詩所說的：「偶然題作木居士，便有無窮祈福人。」我的外甥又能與木居士相副嗎？雖然田文、無忌復出，在當今也不可能談到他們；假使王世貞、張溥在世，當必定有辦法處置這些事情。如果他們不能這樣，就一定會有人因不滿而存怨恨之心，於是又招來七嘴八舌的議論。何況山林晚暮，已成獨往獨來之蹤跡；城市言行，終是曲從他人的學問。然而我今日之不來，不只是自求安適，這也是善於為我的外甥們著想的原因！

【研析】這是一篇駢體文。駢體文起源於漢、魏，形成於南北朝。駢體文的主要特徵有兩點，一是在語言的運用上，全篇以兩兩相對的句式為主，講究對仗工整，有的還要求音韻鏗鏘，辭彩絢麗。二是在內容的表達上，大量用典，即大量援引古人、古事和古人的言論來論證文章的觀點，或者用以啟發聯想，借攄懷抱，使文章內容豐富，表達委婉含蓄。本文正具有上述兩點特徵。

就語言形式而言，本文除了極少數的散句外，其他均為偶句，且長短相間，錯落有致。如談到第二個時期的交遊時寫道：「山嶽崩頹，江湖沸洶，酸棗之陳詞慷慨，尚記臧洪；睢陽之斷指淋漓，最傷南八。重泉雖隔，方寸無睽。」這段話由三組聯句組成。第一與第三組均是由四字句與四字句組成為上下兩聯相對。而處於中間的第二組則是由兩個上七字下四字的長句組成為上下兩個長聯相對，這種短、長、短的交錯運用，使文章的語言形式於整齊之中有了變化，因而也就避免了呆板的毛病。至於這三組聯句各自結構對稱、詞語相互對偶的特點，讀者一眼便可看得出來，茲不贅述。

再說用典。僅在這篇並不很長的文章裏，作者用典多達二十餘處。這些典故的運用，不僅僅增強了文章的說明力量，更主要的則是作者久積於懷而又不便明言的憤激之情，得以傾泄出來。比如在敘述第二、三兩個時期的交遊之事時，作者分別用了臧洪陳詞、南八斷指及韓安國言死灰之語、趙壹寫窮鳥之文的典故。前面兩個典故，表達了作者對忠義之士的敬仰之情，亦暗寓著自己以他們為榜樣而行事的決心。後面兩個典故，一是顯示作者要為國為家報仇雪恨的凜凜正氣，另一個是對幫助自己脫離危機者表明謝恩之意。因為於典故之中寓進了作者獨有的情感，所以，本文用典雖多，但無堆砌之弊，讀來發人深省，意味無窮。

與彥和甥書

【題解】明、清兩代以八股文取士。八股文又稱制藝、制義、時文、時藝、八比文等；因題目取於四書，故又稱「四書文」。其體源於宋、元的經義，明成化年間以後漸成定式，清光緒末年廢。八股文以四書的內容為題，文章的發端為破題、承題，後為起講。起講後分起股、中股、後股和末股四個段落發議論。每個段落都有兩段相比偶的文字，合共八股，故稱八股文。

本文以例說明，萬曆以前的八股文無一字無來處，希望其外甥把先代文臣的八股文注解一、二十篇，以便明示於北方學者，並且指出，這是救近代科舉「杜撰不根之弊」的方法。

萬曆❶以前，八股之文可傳於世者，不過二、三百篇耳。其間卻無一字無來處。偶為門人❷講吳化❸事君數❹一節，文中有謇諤❺二字。《楚辭・離騷》❻：「余固知謇謇之為患兮，忍而不能舍也。」❼此謇字之所出也。《史記・商君傳》❽：「千人之諾諾，不如一士之諤諤，武王諤諤以昌，殷紂墨墨以亡。」❾此諤字之所出也。陸機❿〈辨亡論〉：

「左丞相陸凱以謇諤盡規⓫。」韓文公⓬〈鄖城聯句〉：「九遷⓭彌⓮謇諤。」則古人已用之矣。今欲吾甥集門牆⓯多士⓰十數人，委之將先正⓱文字注解一、二十篇來，以示北方學者。除事出四書⓲不注外，其五經⓳子⓴史㉑古文句法一一注之，如李善㉒之注《文選》㉓，方為合式㉔。此可以救近科㉕杜撰不根之弊㉖也。

【注釋】❶萬曆　明神宗朱翊鈞的年號。❷門人　弟子。❸吳化　人名。其生平事跡不詳。❹事君數　語出《論語・里仁》。猶言屢諫其君。❺謇諤　忠言正直貌。❻楚辭離騷　《楚辭》是騷體類文章的總集。西漢劉向輯。收有戰國楚人屈原、宋玉、景差諸賦，附以屈賦形式的漢人賈誼等人的作品，共十六篇。因都具有楚地的文學樣式、方言聲韻、風土色彩，故名「楚辭」。〈離騷〉為屈原所作，是《楚辭》的代表作。❼余固知謇謇之為患兮二句　猶言我本知道忠言直諫是會有禍患的，想要忍耐，但終於不能自止而不言。❽史記商君傳　《史記》係漢代司馬遷著，一百三十卷，記事自黃帝，止於漢武，首尾共約三千年。採用本紀、表、書、世家、列傳體裁，是中國第一部紀傳體通史。商君傳，即〈商君列傳〉，是秦相商鞅的傳記。❾千人之諾諾四句　猶言千人唯唯諾諾，不如一士忠言直諫，周武王因允許忠言直諫而昌盛，殷紂王因昏暗如夜而滅亡。諾，應承之詞。疾應曰「唯」，緩應曰「諾」。有順從之意。武王，即周武王。殷紂，即殷紂王。墨墨，形容極其昏暗。❿陸機　字士衡。西晉吳郡吳縣華亭（今上海松江）人。文學家。其所著〈辨亡論〉、〈文賦〉頗有名。後人輯有《陸士衡集》。⓫盡規　盡力規勸。規，規勸；諫諍。⓬韓文公　唐代文學家韓愈，卒諡文，故世稱韓文公。

⑬九遷　謂多次遭受貶謫。九，虛指多數。遷，貶謫；放逐。⑭彌　更加。⑮門牆　《論語・子張》：「夫子之牆數仞，不得其門而入，不見宗廟之美……」後遂以門牆為師門之稱。⑯多士　眾多士子或眾多學子。⑰先正　先代之臣。⑱四書　指《論語》、〈大學〉、〈中庸〉、《孟子》。南宋理學家朱熹注《論語》，又從《禮記》中摘出〈中庸〉、〈大學〉分章斷句，加以注釋，配以《孟子》，題稱《四書章句集注》，作為學習的入門書。元代皇慶二年定考試課目，必須在四書內出題，發揮題意規定以朱熹的《集注》為根據。一直到明、清相沿不改。⑲五經　儒家的五部經典。即《易》、《尚書》、《詩》、《禮》、《春秋》。⑳子　子書。指先秦百家的著作。如《老子》、《荀子》、《韓非子》。㉑史　史書；記載歷史的書籍。㉒李善　唐代揚州江都人，顯慶中為崇賢館學士。學問博洽。注有《文選》六十卷。㉓文選　南朝梁昭明太子蕭統編，故又名《昭明文選》。選錄先秦至梁的各體詩文，分三十七類，三十卷，為中國現存最早的文學總集。㉔合式　符合程式。㉕近科　近來科舉。㉖杜撰不根之弊　憑空捏造沒有根據的弊病。

【語　譯】萬曆年以前，能夠流傳於世的八股文，不過二、三百篇。其中卻沒有一個字沒有出處。偶然為弟子講授吳化「事君數」一節，文中有「謇諤」二字。《楚辭・離騷》說：「我本來知道忠言直諫是會有禍患的，想要忍耐，但終不能自止而不言。」這就是「謇」字的出處。《史記・商君列傳》說：「千人唯唯諾諾，不如一士忠言直諫。周武王因允許忠言直諫而昌盛，殷紂王因昏暗如夜而滅亡。」這就是「諤」字的出處。陸機的〈辨亡論〉說：「左丞相陸凱以忠言盡力規勸。」韓文公的〈鄆城聯句〉說：「雖多次遭貶謫，但更加忠言直諫。」那麼古人已經用過這兩個字了。今天希望我的外甥集中師門中眾多學子十幾人，委託他們把先朝大臣的文字注解一、二十篇寄來，以顯示給北方求學的人。除了事情出於四書因而不注解之外，那些五經、子、史、古文句法一一注解，如同李善注《文選》，才叫做合乎程式。這樣做則可以救近來科舉中出現的憑空捏造而沒有根據的弊病。

【研　析】在顧炎武生活的那個時代，學者「束書不觀，游談無根」，已成風氣，尤其在科舉考試中顯得更為突出。這無疑影響了對經義的準確理解和對其他人文科學的研究水準。為此，顧炎武深感憂慮，他在多次抨擊這種不良學風的同時，大力提倡重考據、輕浮言的良好學風，主張撰述文章應當做到無一字無來處。這種踏實嚴謹的學術研究精神，在當時產生了撥亂反正的作用。我們在閱讀這篇文章時，應當好好體味這一點。

與施愚山書

【題解】施愚山，施閏章，字尚白，號愚山。清宣城（今屬安徽）人。順治六年進士，康熙十八年舉博學鴻詞，纂修《明史》，官至侍讀，工詩文。有《學餘堂文集》、《詩集》等。

理學亦稱「道學」、「性理學」，指宋、明儒家哲學思想。漢儒（主要是古文經學派）治經側重名物訓詁，宋儒則多以闡釋義理、兼談性命為主，故有此稱。理學的創始人為周敦頤、邵雍、張載、二程兄弟（顥、頤），至朱熹集大成，建立了一個比較完備的客觀唯心主義體系；認定「理」先天地而存在，把抽象的「理」提到永恆的、至高無上的地位。與朱熹同時，還有陸九淵一派的主觀唯心主義，與程朱派對立。至明代，王守仁更發展了陸九淵一派的學說，主張「心即理」，斷言主觀的心是宇宙萬物的根源。

顧炎武對理學家空談「心性」甚為不滿，甚至認為明朝的滅亡也與此有關。因此，他一方面對「明心見性之空言」大張撻伐，另一方面則對理學進行歷史的考辨，認為「理學之名，古已有之」。不過，「古之所謂理學，經學也」，「今之所謂理學，禪學也」。由此便從理論上廓清了今之所謂理學與古之所謂理學的本質差別。

理學之傳，自是君家❶弓冶❷。然愚獨以為理學之名，自宋人始有之。古之所謂理學，經學❸也，非數十年不能通也。故曰：「君子之於《春秋》，沒身❹而已矣。」今之所謂理學，禪學❺也，不取之五經而但資之語錄❻，校❼諸帖括❽之文而尤易也。又曰：「《論語》，聖人之語錄也。」舍聖人之語錄，而從事❾於後儒，此之謂不知本矣。高明❿以為然乎？近來刊落⓫枝葉⓬，不作詩文，敬拜佳篇，未得訓和⓭。而《音學五書》之刻，其功在於注《毛詩》與《周易》，今但以為詩家不朽之書，則末矣。刊改未定，作一書與力臣，先印《詩經》并《廣韻》奉送，有便人⓮可往取之。

【注釋】❶君家　對人尊稱其家。❷弓冶　《禮記・學記》云：「良冶之子必學為裘，良弓之子必學為箕。」後用弓冶比喻父子世傳的事業。❸經學　研究儒家經書，為諸經作訓詁，或發揮經中義理之學。❹沒身　終身。❺禪學　佛教的禪觀之學。魏晉時期與般若學並行的佛學兩大派別之一。❻語錄　文體名。自唐以來，僧徒記錄師語，以所用多口語，故沿稱語錄。後來宋儒師弟傳授亦常採用此體。❼校　考核。❽帖括　唐代考試制度，明經科以「帖經」試士。後因應試的人多，考官常選偏僻的章句為題，考生因取偏僻隱幽的經文，編為歌訣，熟讀記憶，以應付考試，叫帖括。意謂包括「帖經」的門徑。❾從事　追隨。❿高明　對人的敬詞。⑪刊落　刪除繁瑣蕪雜的文字。⑫枝葉　比喻無關要旨或瑣碎、浮華的言辭。⑬詶和　以詩文相贈答。詶，通「酬」。⑭便人　趁便代辦某事的人。

【語　譯】理學的傳授，自然是你家父子相承的事業。然而我獨自認為理學的名稱，從宋人就開始有了。古代所謂理學，就是經學，沒有數十年的學習是不能通曉的。因此說：「君子對於《春秋》，終身學習罷了。」今天所謂理學，就是禪學，不取之於五經而只是憑藉語錄去考校各種帖括之文，則尤其容易。又說：「《論語》，是聖人的語錄。」捨棄聖人的語錄，而追隨於後儒，這就叫做不知道根本。你以為是這樣嗎？近來我在刪除瑣碎、蕪雜的文字，沒有寫詩作文，恭敬地拜讀你的佳作，未能夠以詩文相贈答。而《音學五書》的刻印，其功用在於注釋《毛詩》和《周易》，今天只是把它當作詩家不朽之書，則見識淺薄了。修改未定，寫了一封信給力臣，先印《詩經》，連同《廣韻》一起奉送給你，有人趁便可以代你前去把它們取回。

【研　析】顧炎武不滿於今之理學，而教學者反求諸古經。在他看來，這是一種「撥亂世反諸正」（見《日知錄・天子之言性與天道》）的作法。對於他的主張以及他的身體力行，可以置而不論，其是與非，我們倒是可以從中尋繹出某種題外之義來：清代學者把顧炎武視作「漢學」的「開山祖師」，主要是因為他在考據學及小學等方面有突出貢獻。這一篇文章雖不是這方面的專論，但可從中窺得顧炎武從事這方面學術研究的動機，即其意在以聖人之道去化民敦俗。關於這一點，只要我們結合本書的有關文章去理解，就可以看得更清楚了。

答汪苕文書

【題解】汪苕文有感於禮教之廢壞，希望顧炎武能對三禮之書進行整理，以「返百王之季俗」。顧炎武談到自己做此事頗有困難，同時向他推薦張爾岐所著《儀禮鄭注句讀》，並對其學術價值給與充分肯定。

關於汪苕文的情況，可參閱本書〈廣師〉的注釋。

遠惠手書❶，獎挹過甚❷，殊增慚愧❸。至於憫❹禮教❺之廢壞❻，而望之斟酌今古❼，以成一書，返❽百王❾之季俗❿，而躋⓫之三代⓬，此仁人君子之用心也。然斯事之難，朱子⓭嘗欲為之而未就矣，況又在四、五百年之後乎？弟少習舉業⓮，多用力於四經⓯，而三禮⓰未之考究⓱，年過五十，乃知「不學禮無以立」⓲之旨，方欲討論，而多歷憂患，又迫衰晚⓳，兼以北方難購書籍，遂於此經未有所得。而所見有濟陽⓴張君稷若名爾岐者，作《儀禮鄭注句讀》一書，根本先儒，立言簡當㉑，以其人不求聞達㉒，故無當世之名，而其書實似可傳，使朱子見之，必不僅謝監嶽之稱許㉓也。向見五服㉔異同之書，已相歎服。竊意出處㉕升沉㉖，自有定見㉗，如得殫㉘數年之精力，以三禮為經，而取古今之變附於其下，為之論斷㉙，以待後王，以惠來學㉚，豈非今日之大幸乎？弟方纂錄《易》解，程、朱㉛各自為書，以正《大全》㉜之謬，而桑榆之年㉝，未卜㉞能成與否，不敢虛期許之意㉟，而仍以望之君子也。

【注釋】❶遠惠手書　猶言從遠方寄來親筆書信。惠，賜；贈。手書，親筆書信。❷獎挹過甚　猶言讚賞推重過分。獎挹，讚賞推重。❸悚愧　惶恐慚愧。悚，恐懼。❹憫　哀憐。❺禮教　謂禮儀教化。❻廢壞　廢棄破壞。❼斟酌今古　猶言對今天和往古的禮教進行考慮。斟酌，考慮。❽返　更換；改變。❾百王　歷代帝王。❿季俗　末世的風俗。⓫躋　登；升。⓬三代　指夏、商、周。⓭朱子　即朱熹。⓮舉業　舉子業。指科舉時代專為應試的學業。⓯四經　指《詩》、《書》、《易》、《春秋》。⓰三禮　儒家經典《周禮》、《儀禮》、《禮記》的合稱。⓱考究　考索研究。⓲不學禮無以立　見《論語・季氏》。猶言不學禮，就沒有立足社會的依據。⓳衰晚　晚年；年老。⓴濟陽　縣名。在山東省。㉑立言簡當　謂文句簡明恰當。立言，著書立說。此處指張稷若所著之書的文句。㉒聞達　語出《論語・顏淵》。顯達或受稱譽。㉓稱許　讚許。㉔五服　舊時喪服制度，以親疏為差等，有斬衰、齊衰、大功、小功、緦麻等五種名稱，統稱五服。㉕出處　去就、進退之意。出，出仕。處，隱退。㉖升沈　指仕宦的升降進退。升謂登進，沈為淪落。㉗定見　明確的見解和主張。㉘殫　竭盡。㉙論斷　評論判斷。㉚以惠來學　猶言以贈給後來的學者。惠，賜；贈。㉛程朱　指程頤、朱熹。㉜大全　明成祖永樂十二年，命翰林學士胡廣等修《五經四書大全》，永樂十三年告成。在《五經四書大全》中，把朱熹的《周易本義》併入程頤的《易傳》，合為一書。顧炎武認為這是錯誤的，故在纂錄《易》解時把兩書分開。㉝桑榆之年　垂老之年。桑榆，指日落處，用以比喻人的垂暮晚年。㉞卜　卜知；預測；推測。㉟不敢虛期許之意　猶言不敢白白地存期望之意。虛，徒然；白白地。

【語譯】你從遠方寄來親筆書信，對我過分地讚賞和推崇，這特別增加了我的惶恐和慚愧。至於你哀歎禮儀教化被廢棄和破壞，而希望我對今天和古代的禮教進行考慮，以編纂成一本書，改變歷代帝王末世的風俗，而登上三代的行列，這是仁人君子的用心。然而做這件事很困難，就連朱子曾想完成它也沒有成功，何況又是在四、五百年之後呢？我年少時學習舉子之業，多用力於四經，而對三禮沒有考索研究，年過五十，才懂得「不學禮，就沒有立足社會的依據」的意思，正想對三禮進行研究，卻多次經歷憂患，又近垂老之年，加上北方難以購得書籍，於是對《禮經》沒有什麼研究心得。但是我所見到的人中有一位是濟陽張稷若，其名爾岐，他編纂了《儀禮鄭注句讀》一書，該書根源於先儒，文句簡明恰當。因為這個人不求顯達，因此在當今之世沒有聲名，而他的書確實好像可以流傳。假使朱子見到，一定不只是對謝監嶽的那種讚許了。以前見到他所寫的五服同異之書，就已經對他讚歎佩服。我私下猜想你進退升降自有明確的見解，如果能夠竭盡數年的精力，以三禮為經，而取古今禮儀的變化附在它的後面，對它進行評論判斷，以等待後王，以贈給後來的學者，豈不是今天的大幸嗎？我正在纂錄關於《易經》的解釋，使程頤、朱熹對《易》的解說各自獨立成書，以糾正《大全》的錯誤，而我已到垂老之年，不能卜知能否成功，不敢徒然存期望之意，於是仍把希望放在君子身上。

【研　析】顧炎武之所以學問淵博，為同代學者所推崇，與他貴有自知之明分不開。當汪苕文請他對《禮經》進行整理，以「返百王之季俗」時，他坦言自己對三禮並無研究，因此很難完成此事。古人言：「知之為知之，不知為不知，是知也。」顧炎武坦然承認自己的不足，的確算得上是一位智者。

也許正因為有自知之明，所以顧炎武才能對張稷若的著作給與實事求是的評價，在充分肯定其學術價值的同時，誠懇地表達自己的敬佩之情。由此便又表現出一種謙虛精神，而這種精神，對於今天的學子來說，是尤其應當具備的。

答俞右吉書

【題解】本文對俞右吉所問「《春秋》諸家及胡文定作傳之旨」作了簡要回答。

所論《春秋》諸家及胡文定❶作傳之旨，極為正當。在漢之時，三家之學各自為師❷，而范甯❸注《穀梁》，獨不株守❹一家之說。至唐啖❺、趙❻出而會通三傳，獨究遺經，至宋孫❼、劉❽出而掊❾擊古人，幾無餘蘊❿。文定因之，以痛哭流涕之懷，發標新領異⓫之論，其去游、夏⓬之傳，益以遠矣。今陸氏⓭之《纂例》，劉氏⓮之《權衡》、《意林》，並有其意，惟尊王⓯發微⓰未見，而後儒之辨《春秋》，其散見於志書⓱文集者，亦多鈔錄，未得會稡成帙⓲。若鄙著《日知錄‧春秋》一卷，且有一、二百條，如「君氏卒」、「禘⓳於太廟⓴，用致夫人」，當從《左氏》㉑；「夫人子氏薨㉒」，當從《穀梁》；「仲嬰齊卒」㉓，當從《公羊》；而「三國來媵㉔」，則愚自為之說，蓋見〈碩人〉㉕詩云：「東宮之妹。」㉖《正義》㉗以為「明所生之貴」，而非敢創前人所未有也，因乏寫手㉘，一時未得奉寄，惟就來書所問二事，敬錄以上，未知合否？祈為正之㉙。

【注釋】❶胡文定　即胡安國，南宋經學家。字康侯，建寧崇安（今屬福建）人。曾任中書舍人兼侍講，寶文閣直學士。卒諡文定。長於《春秋》學，撰有《春秋傳》三十卷，往往借用《春秋》議論政治。❷三家之學各自為師　謂《春秋》三傳各成一家。三家之學，指《春秋》三傳，即《左傳》、《公羊傳》、《穀梁傳》。❸范甯　字武子，晉代南陽順陽（今河南淅川東）人。曾任豫章太守，反對何晏、王弼等的玄學，推崇儒學，撰《春秋穀梁傳》十二卷。❹株守　比喻拘泥守舊不知變通。❺啖　啖助，字叔佐，唐代趙州（州治在今河北趙縣）人。曾任丹陽主簿。長於《春秋》之學，考核三傳，以為《左傳》敘事雖多，而解釋「大義」則多有誤。撰有《春秋集傳》和《春秋統例》。後由趙匡、陸淳加以補訂、編纂，開宋儒懷疑經傳的風氣。❻趙　趙匡，字伯循，宋代河東（郡治在今山西永濟蒲州鎮）人。官洋州刺史。曾補訂啖助著作，並自撰《春秋闡微纂類義疏》。以為《春秋》文字隱晦，不易明瞭，乃舉例闡釋，發揮「微言」。❼孫　孫復，字明復，宋代晉州平陽（今山西臨汾）人。曾著《春秋尊王發微》十二篇，聲名甚盛。參閱《宋史・儒林傳》。❽劉　劉敞，字原父，號公是，宋臨江新喻（今江西新餘）人。官至集賢院學士，長於《春秋》學，開宋儒批評漢儒的先聲。撰有《春秋權衡》、《春秋意林》等。❾掊　擊破。❿幾無餘蘊　猶言幾乎不留餘地。蘊，掩藏；藏蓄。⓫標新領異　猶標新立異。領，記錄；接受。⓬游夏　子游和子夏。游，子游，言氏，名偃，孔子學生。夏，子夏，卜氏，名商，孔子學生。據《春秋說題辭》說：「孔子作《春秋》一萬八千字，九月而書成，以授游、夏，游、夏之徒不能改一字。」相傳《春秋》是由子夏傳授下來的。⓭陸氏　即唐代陸淳。撰有《集傳春秋纂例》。⓮劉氏　指宋代劉敞。其所撰《春秋權衡》、《春秋意林》仍流傳於世。⓯尊王　尊重王室或忠於統治王朝。⓰發微　闡明微言大義。⓱志書　記事的書。⓲會稡成帙　匯集成書。稡，通「萃」。帙，卷冊。⓳禘　祭名。⓴太廟　天子的祖廟。㉑左氏　指《春秋左氏傳》。㉒薨　周代天子死曰崩，諸侯死曰薨。㉓仲嬰齊卒　見《春秋公羊傳·成公十五年》。㉔媵　古諸侯女兒出嫁時隨嫁或陪嫁的人。㉕碩人　《詩·國風·衛風》篇名。㉖東宮之妹　太子的妹妹。東宮，太子所居之宮，因借指太子。㉗正義　指唐代孔穎達的《毛詩正義》。㉘寫手　抄寫的人。㉙祈為正之　猶言祈請給與指正。書信結尾常用的客套話。

【語　譯】你所談論的《春秋》諸家及胡文定所作《春秋傳》的旨意，極為正確恰當。在漢代的時候，《春秋》三家之學各自為師，而范甯注釋《穀梁傳》，獨能不拘泥於一家之說。到了唐代，啖助、趙匡出來會合變通《春秋》三傳，僅僅研究遺漏的經義；到了宋代，孫復、劉敞出來抨擊古人，幾乎不留餘地。胡文定因襲他們的作法，以痛哭流涕的懷抱，發表標新立異的議論，其離子游、子夏傳授《春秋》的旨意更加遠了。今天所保存的唐代陸淳的《集傳春秋纂例》，宋代劉敞的《春秋權衡》、《春秋意林》，都有這種意思，只是尊重王室闡明微言大義沒有見到，而後來的儒生辨析《春秋》的文字，散見於志書文集，也多抄錄，未能匯集成書。至於我所著《日知錄·春秋》一卷，將近有一、二百條，比如：「君氏卒」、「禘於太廟，用致夫人」，這兩條依從於《左傳》；「夫人子氏薨」，這一條當從《穀梁傳》；「仲嬰齊卒」，這一條當從《公羊傳》；而「三國來媵」，這一條則是我自己提出的看法。我見到〈碩人〉詩有一句寫道：「太子的妹妹。」《毛詩正義》以為這是「說明其出身的高貴」，我的看法依據於此。我不敢創立前人所沒有的見解，因為缺少抄寫的人，一時不能夠奉寄給你，只是就你的來信中所問的二件事，敬錄在前面，不知道是否合你的意？祈請給與指正。

【研　析】在這篇文章中，顧炎武提出兩點很重要的學術主張：其一，做學問不能拘泥於一家之說，而應當融會變通各家觀點，這從他對范甯注《穀梁傳》，啖助、趙匡會通三傳的褒揚，以及自己撰述《日知錄．春秋》時依從三傳可以見到。其二，做學問要有獨創之見，但這種見解應有源可尋，不能為了標新立異而毫無根據地否定前人，這從他對孫復、劉敞、胡文定抨擊古人，不留餘地，以及自己撰述《日知錄．春秋》時參閱《毛詩正義》可以見到。

於此，可以這麼認為，做學問不因襲古人，貴有獨創之見，但又應當借鑒古人，不可盲目予以否定，這是我們讀這篇文章所能受到的啟發。

與戴楓仲書

【題　解】戴楓仲，名廷栻，祁縣（位於山西中部）人。生平事跡不詳。本文主張「反己自治」，也就是通過自省而加強道德修養。作者認為，只要做到「克伐怨欲」、「順事恕施」，就可以「入聖人之道」。為此，作者對那種「不務反己而好評人」，則持否定的態度。

大難初平❶，宜反己❷自治❸，以為善後之計❹。昔傅說❺之告高宗❻曰：「惟干戈省厥躬。」❼而夫子之繫《易》❽也，曰：「山上有水，蹇。君子以反身修德。」❾孟子曰：「行有不得者，皆反求諸己。」❿《左傳》載夫子之言曰：「臧武仲之智而不容於魯，有由也，作不順而施不恕也。」⓫苟能省察此心，使克伐怨欲之情⓬，不萌於中⓭而順事恕施⓮，以至於「在邦無怨，在家無怨」⓯，則可以入聖人之道矣。以向⓰者橫逆之來⓱，為他山之石⓲，是張子⓳所謂「玉女於成」⓴者也。至於臧否人物㉑之論，甚足以招尤㉒而損德。自顧其人能如許子將㉓，方可操汝南㉔之月旦；然猶一郡而已，未敢及乎天下也。不務㉕反己而好評人，此今之君子所以終身不可與適道㉖，不為吾友願之也。

【注釋】❶初平　剛剛平息。❷反己　與「反躬」、「反身」之義同，即反過來要求自己，亦即反省之義。❸自治　即自治其身，謂自我修養道德。❹善後之計　謂於事後妥善處理之計。❺傅說　商王武丁（即殷高宗）的大臣。相傳原是在傅巖地方從事版築的奴隸，後武丁任用為大臣，治理國政。❻高宗　殷商之中興王，盤庚弟，小乙子，名武丁。❼惟干戈省厥躬　語出《尚書・說命》。謂干戈在府庫而不用來止暴禁兵，將傷害其身。惟，助詞，無實義。干戈，謂兵器。省，通「眚」。災禍；傷害。厥，其。躬，身。❽夫子之繫易　《易》即《周易》。其內容包括「經」和「傳」兩部分。「經」主要是六十四卦和三百八十四爻，卦、爻各有說明（卦辭、爻辭），作為占卜之用。「傳」包含解釋卦辭、爻辭的七種文辭共十篇，統稱〈十翼〉，舊傳為孔子所作。繫，取「繫屬」之義，即「繫屬其辭於爻卦之下」（孔穎達《疏》）。❾山上有水三句　語出《易・蹇》。蹇，為六十四卦的卦名之一。艮下坎上。王弼注云：「山上有水，蹇難之象。」可見蹇有艱難之意。❿孟子曰三句　語出《孟子・離婁上》。謂任何行為如果沒有得到預期的效果都要反躬自責。⓫左傳載夫子之言曰四句　語出《左傳・襄公二十三年》。謂臧武仲聰明而不容於魯國，有其緣由，就是他不順從，而且強加於人不能做到寬容。智，聰明。作，則。不順，不順從。施，施行。不恕，不能寬容。⓬克伐怨欲之情　語出《論語・憲問》。克，好勝。伐，自誇。怨，怨恨。欲，貪欲。⓭中　指心。⓮順事恕施　語出《左傳・襄公二十三年》。謂順應事理而且在待人時做到寬容。恕，寬容。根據孔子的解釋，就是「己所不欲，勿施於人」（見《論語・衛靈公》。⓯在邦無怨二句　語出《論語・顏淵》。謂在外面做事無人怨恨，在家裏也無人怨恨。邦，泛指地方。相對「在家」而言，「在邦」則可理解為在外處理公事。⓰向　從前；往昔。⓱橫逆之來　《孟子・離婁下》云：「有人於此，其待我以橫逆，則君子必自反也：我必不仁也，必無禮也，此物奚宜至哉？」語譯則是：「假定這裏有個人，他對我橫蠻無理，那君子一定反躬自問：我一定不仁，一定無禮，不然，這種態度怎麼會來呢？」橫逆，強暴不順理。⓲他山之石　語出《詩・小雅・鶴鳴》。以喻藉他人之言攻己之過。⓳張子　即張載，字子厚，世號橫渠先生。宋代郿縣（今陝西眉縣）橫渠鎮人。著有《正蒙》、《東銘》、《西銘》等。⓴玉女於成　《西銘》云：「貧賤憂戚，庸玉女於成也。」謂愛之如玉，助之使成。女，通「汝」。㉑臧否人物　評論人物。臧否，褒貶；批評。㉒招尤　招致怨恨。尤，怨。㉓許子將　許劭，字子將，東漢汝南平輿（今屬河南）人。與從兄許靖有名於世，喜評論人物，每月更換，被稱為「月旦評」。㉔汝南　指許劭。見上注。㉕務勉力從事。㉖適道　歸向正道。適，歸向。

【語　譯】大難剛剛平息，應該反過來進行自我道德修養，以為事後妥善處理之計。從前傅說告訴高宗說：「干戈在府庫而不用來止暴禁兵，將傷害其身。」孔子為《周易》繫辭，其中說道：「山上有水，遇到險阻則止而不流；君子若遇到險阻，則反身自修其德。」孟子說：「任何行為如果沒有得到預期的效果，都要反躬自責。」《左傳》載有孔子的話說：「臧武仲聰明而不容於魯國，有其緣由，就是他不順從，而且凡事強加於人，不能做到寬容。」假如能夠省察自己的內心，使好勝、自誇、怨恨和貪欲之情不萌生其中，順應事理，而且在待人時做到寬容，以至於「在外面做事無人怨恨，在家裏也無人怨恨」，那就可以進入聖人之道了。按照從前的人所說的，別人以橫蠻無理的態度對待我（一定是我不仁，一定是我無禮），我視之為他山之石，這就是張載所說的

「玉女於成」的含義。至於品評人物的言論，特別足夠用以招致怨恨而損壞道德。自己回顧那些品評人物的人，能夠如同許劭那樣，方可去做許劭所做的品評人物之事；然而這也只限於品評一郡的人，還不敢涉及到天下的人。不勉力反省自己而喜愛品評人物，這就是今日的君子終身不能夠歸向聖人之道的原因，也不是我的朋友所希望的那樣。

【研　析】在這篇文章中，作者為了闡明「反己自治」的論點，採用了正反論證的方法。本文的前一部分引述數位古代聖賢的話，用以證明「反己自治」是入聖人之道的必經之途。後一部分則對評論人物作了分析，其結論是，「不務反己而好評人」，正是今之君子終身不能歸向聖人之道的原因，從而間接論證「反己自治」之必需。因為採用了正反論證的方法，所以本文的論點得到了有力證明，文章也就有了很強的說服力。

與李星來書

【題解】在這篇文章中，作者介紹了自己的處境、關中三友的現實狀況以及秦地利於避世的地理環境。

今春薦剡❶，幾徧詞壇❷，雖龍性之難馴❸，亦魚潛之孔炤❹。乃申屠之跡，竟得超然❺，叔夜之書，安於不作❻，此則晚年福事。關中❼三友：山史辭病，不獲而行❽；天生母病，涕泣言別❾；中孚至以死自誓而後得免❿，視老夫為天際之冥鴻⓫矣。此中山水絕佳，同志之侶⓬多欲相留避世。愚謂與漢羌烽火⓭但隔一山，彼謂三十年來在在築堡⓮。一縣之境，多至千餘，人自為守，敵難徧攻，此他省之所無，即天下有變而秦⓯獨完矣。未知然否？

【注釋】❶薦剡　薦舉人材的公牘。剡，即剡牘，舊時公文書寫多用剡溪紙，故稱公牘為剡牘。❷詞壇　猶文壇。❸龍性之難馴　語出《宋書・顏延之傳》引嵇康詩。謂像龍的性格倔強一樣難馴。❹魚潛之孔炤　《詩・小雅・正月》：「潛雖伏矣，亦孔之炤。」謂魚雖潛伏於水底，仍清晰可見。此處引以自喻。孔炤，十分明顯。孔，甚。炤，通「昭」。明。❺乃申屠之跡二句　申屠，東漢申屠蟠，字子龍。為郭泰、蔡邕所重。郡守召為主簿，不就。隱居治學，博貫五經。以漢室衰落，乃絕跡於梁、碭之間。中平六年，董卓廢立，荀爽、陳紀等皆被脅從，獨蟠得免。《後漢書》有傳。超然，離世脫俗貌。❻叔夜之書二句　叔夜，嵇康，字叔夜，三國魏人。少孤，為魏宗室婿，仕魏為中散大夫。丰神俊逸，博洽多聞。與阮籍、山濤、向秀、阮咸、王戎、劉伶友善，為「竹林七賢」。時司馬氏掌朝權，山濤為選曹郎，舉康自代，康撰〈與山巨源絕交書〉，自言不堪流俗，而非薄湯武。景元中為司馬昭所殺。❼關中　地名。相當於今陝西省。❽山史辭病二句　猶言山史因病告辭，沒得到同意就走了。山史，姓王名宏撰，字無異，號山史，華陰人。工書能文，精金石之學，著有《易圖》、《象述》、《砥齋集》等。❾天生母病二句　猶言天生母親生病，他痛哭流涕告別了。天生，姓李名因篤，字天生，一字子德，陝西富平縣人。其學以朱熹為宗，工詩，尤精音訓。有《受祺堂集》等。❿中孚至句　中孚，李顒，字中孚，號二曲，陝西盩厔（即今周至）人。刻苦獨學，經史百家無不通覽。晚年講學富平。清廷屢以博學鴻詞徵召，絕食堅拒得免。參見本書〈答李紫瀾書〉。⓫冥鴻　高飛的鴻雁。語出《法言・問明》：「鴻飛冥冥。」後多用來比喻避世之士。⓬同志之侶　謂志同道合的伴侶。⓭漢羌烽火　猶言漢代邊防烽火。亦借指其他朝代邊防烽火。此指戰火。⓮在在築堡　處處構築堡壘。⓯秦　指陝西省。

【語　譯】今春舉薦的公牘，幾乎遍及文壇，雖然像龍那樣性格倔強，難以馴服，也如同魚那樣潛伏水底，清晰可見。於是像申屠蟠那樣絕跡人間，竟能夠超然於世；如嵇叔夜那樣的絕交書，也安心於不必寫作，這就是晚年幸運的事情。關中的三位朋友：王山史因病告辭，沒有得到同意就走了；李天生母親生病，也痛哭流涕告別而去；李中孚直到以死明誓不願為官，才得以幸免。

再看一看我，只是高飛天際的鴻雁。這裏的山水特別美好，志同道合的伴侶大多想相互挽留，在此躲避人世。我說這裏與漢羌烽火只隔一座山，他們說三十年來此地處處構築堡壘，在一個縣境之內，多到了一千多座，人人自己防守，敵人難以遍地進攻，這是其他省所沒有的，即使天下有變亂而秦地也會獨自完好。不知道是不是這樣？

【研　析】這篇文章可分為三層，每一層敘述一件事。

從開頭到「安於不作」是第一層，敘述作者多次被舉薦，而他自己則不肯成為異國之臣。在這一層中，因為全是借典言事，因此表達得頗為含蓄。作者用「龍性之難馴」，表明自己固守節操的決心；用「魚潛之孔炤」，喻指自己雖隱居避世，仍逃不脫世俗的干擾。以申屠蟠絕跡人間，竟得幸免，暗示自己能苟全於世，全靠遁跡僻壤。又說自己不必像嵇叔夜那樣去寫絕交書，是晚年的福事，其自嘲之意溢於言表。

從「關中三友」到「視老夫為天際之冥鴻矣」為第二層。在這一層中，用前短後長的句式敘述三友的不同境況，語調由急促到舒緩，悲哀之情由此而生。隨後又自比天際之冥鴻，其中包含著無盡的淒涼。

從「此中山水絕佳」至文章結束為第三層，敘述秦地利於避世。這一層看似於敘述之中透出了某種亮色，語調也不像前面那樣低沈，其實因為敘事的落腳點在於「同志之侶多欲相留避世」，因而那種盤據於作者胸中的悲痛顯得更加沈重了。

答李紫瀾書

【題解】李紫瀾，名濤，號述齋。康熙乙卯解元，丙辰進士，累官至刑部侍郎。在本文中，作者盛讚李顒抗命清室之舉，其實這也就表明了自己堅守民族氣節，不向清室屈服，不求當世之名的決心。文章最後慨歎避世之難，其指責清室之意，也是不言自明的。

常歎有名不如無名，有位不如無位。前讀大教❶，謬相推許❷，而不知弟此來關右❸，不干❹當事❺，不立壇宇❻，不招門徒，西方❼之人，或以為迂，或以為是。而同志之李君中孚❽，遂為上官❾逼迫，舁❿至近郊，至臥操白刃⓫，誓欲自裁⓬。關中諸君，有以巨游⓭故事，言之當事，得為謝病⓮放歸。然後國家無殺士之名，草澤⓯有容身之地，真所謂威武不屈⓰。然而名之為累⓱，一至於斯⓲，可以廢然返⓳矣。或曰：「君子疾沒世而名不稱。」⓴何歟？曰：君子所求者沒世之名，今人所求者當世之名。當世之名，沒則已焉，其所求者正君子之所疾也，而何俗士之難寤㉑歟？

城郭溝池以為固，甲兵㉒以為防，米粟芻茭㉓以為守，三代㉔以來，王者之所不廢。自宋太祖㉕懲㉖五季㉗之亂，一舉而盡撤之，於是風塵㉘乍起，而天下無完邑矣。我不能守，賊亦不能據，而椎埋㉙攻剽㉚之徒，乃盡保㉛於山中。於是四皓㉜之商顏㉝，劉、阮㉞之天姥㉟，凡昔日兵革㊱之所不經，高真㊲之所託跡㊳者，無不為戎藪㊴盜區㊵。故避世之難，未有甚於今日，推原其故，而藝祖㊶、韓王㊷有不得辭其咎㊸者矣。讀書論世而不及此，豈得為「開拓萬古之心胸」㊹者乎？

【注釋】❶大教　猶言教誨。大，指稱對方有關事物的敬詞。❷謬相推許　謂錯誤地加以舉薦。推許，讚許；舉薦。❸關右　猶言關西或關中。指函谷關以西之地。❹干　求取。❺當事　當權者。❻壇宇　引申為範圍、界限。壇，堂基。宇，屋邊。❼西方　指關西。❽李君中孚　李顒，字中孚，明末盩厔縣（今陝西周至）人。清康熙二十八年，薦舉博學鴻詞，絕食拒不應命。著有《四書反身錄》、《二曲集》。❾上官　大官。❿舁　抬。⓫白刃　利刃。⓬自裁　自殺。⓭巨游　後漢李業之字。⓮謝病　託病自請退職。⓯草澤　草野之士；隱士。⑯威武不屈　語出《孟子》。謂不為威力所屈服。⑰名之為累　謂名聲所帶來的麻煩。累，煩勞；麻煩。⑱一至於斯　猶言竟然到了這種地步。一，竟；乃。⑲廢然返　語出《莊子・德充符》。謂怒氣消失，恢復常態。⑳君子疾沒世而名不稱　語出《論語・衛靈公》。謂君子引以為恨的是，到死而名聲不被人家稱述。疾，恨。沒世，死。㉑寤　通「悟」。覺悟；了解。㉒甲兵　鎧甲和武器。泛指武備。㉓蒭茭　餵牲口的草。㉔三代　夏、商、周。㉕宋太祖　即趙匡胤。宋朝的建立者。㉖懲　苦。㉗五季　指後梁、後唐、後晉、後漢、後周五代。㉘風塵　比喻戰亂。㉙椎埋　謂用椎殺人而埋之。即殺人埋屍。㉚攻剽　攻掠剽劫。㉛保守。㉜四皓　漢初四隱士東園公、綺里季、夏黃公、甪里先生。四人隱居商山中，皆鬚眉皓白，故謂之「四皓」。㉝商顏　即商山，在陝西商縣東。㉞劉阮　劉晨、阮肇。漢時人。同入天台山採藥迷路，在溪邊巧遇二女子，忻然如舊相識，被邀至女子家中，半年後回家，子孫已過七代。㉟天姥　山名。在浙江新昌東五十里，東接天台山。㊱兵革　兵器甲冑的總稱。引申指戰爭。革，用皮革製成的甲冑。㊲高真　高謂高人，高尚不仕之人。真謂真人，修正得道之人。㊳託跡　寄身。多指寄身方外或遁居深山，以逃避世事。㊴戎藪　軍隊集中之地。㊵盜區　盜賊出沒的區域。㊶藝祖　即宋太祖。㊷韓王　趙普封號。趙普，字則平。幽州薊（今天津薊縣）人。初事宋太祖為書記。歷任太祖、太宗兩朝宰相。卒謚忠獻。㊸咎　罪責。㊹開拓萬古之心胸　宋代陳亮上宋孝宗書有「推倒一時之智勇，開拓萬古之心胸」語。

【語譯】我常常感歎，有名聲不如沒有名聲，有地位不如沒有地位。前一次拜讀教誨，蒙兄錯加舉薦，而你並不知道弟此次來關西，不干求當權者，不設置界限，不招收門徒。關西的人，有的認為我迂腐，有的認為我做得對。而與我志趣相同的李顒，則為大官所逼迫出仕。他被抬到城邑近郊，到則躺臥而自操利刃，發誓要自殺。關西各位君子中有人把後漢李業的故事，說給當權者聽，李顒才得以託病自請退職，而被放回。這樣，國家沒有逼死讀書人的惡名，草野之人也有了容身之地，這真是所謂不為威力所屈服。然而，名聲給他所帶來的麻煩，竟然到了這種地步，現在他可以怒氣消失，恢復常態了。有人說：「君子引以為恨的是，到死而名聲不被人家所稱述。」為什麼呢？回答是：君子所求的是死後的名聲，今人所求的是當世的名聲。當世的名聲，死後就完了。今人所追求的正是君子所憎恨的，為什麼鄙俗的讀書人難以覺悟呢？

城郭溝池是用來鞏固的，鎧甲武器是用來防備的，米粟芻茭是用來守衛的，這是自夏、商、周三代以來帝王所不曾廢棄的。自從宋太祖苦於五代之亂後，這才一下子把它們全部撤掉，於是戰亂突然興起，而天下沒有完整的城邑了。我不能防守，賊也不能占據，殺人埋屍，攻掠剽劫之徒，也就盡守於山中。於是像四皓所隱居的商山，劉晨、阮肇所採藥的天姥山，凡是昔日戰爭之所沒有經過，高人、真人之所寄身方外的地方，無不成為軍隊集中、盜賊出沒的地方。因而，避世的困難，沒有超過今日的了。推究其原故，宋太祖和韓王趙普有不可推卸的罪責。讀書論世而不涉及於此，怎麼能夠成為「開拓萬古之心胸」的人呢？

【研　析】這篇文章分為兩大部分，談到了兩個話題，其一是名聲，其二是避世。乍看起來，這兩個話題互不關聯，文章也因此而成為不相連屬的兩截。其實不然。若梳理其意脈，前後聯繫緊密。

文章開頭說道：「常歎有名不如無名，有位不如無位。」自己這次到關西來，也是根據這一想法行事。為什麼呢？作者舉了「同志之李君中孚」以隱逸真儒被薦，而至死抗命不從的例子：「名之為累，一至於斯」；無名勝於有名，於此足可見到。

不過，作者並非排斥一切名聲。他反對俗士所追求的當世之名，而贊同像李顒這樣的君子所求的沒世之名，因為當世之名，「沒則已焉」，而沒世之名，則可傳之久遠。固而俗士之所求，正是君子之所恨。作者議論至此，雖戛然而止，其實意猶未盡：俗士追求當世之名，則出世做官；那麼君子如何去追求沒世之名呢？就是像李顒那樣避世而歸隱山居。然而，在當今之世，要避世談何容易。為什麼呢？這就要交代避世之難的原因，於是文章也就轉到第二個話題上去了。

從上面的分析中可以知道，古人寫文章常常「辭斷而意屬」（明代何景明語）。我們閱讀時，應當善於把握其意脈的前後貫連，這樣就能更準確的理解其文章的內容。

答曾庭聞書

【題解】曾庭聞，名畹，江西寧都人，舉人，著有《金石堂詩集》。作者慨歎朋友「淪落不偶」，比照自己，倍覺前景暗淡，頗有生不逢時之感。同時，對今人之不問道亦有微辭，並認為自己所著之書，「足以啟後王而垂來學」。

南徐州[1]別，三十六年。足下高論[2]王霸[3]，屈跡泥塗[4]，讀嚴武[5]、隗囂[6]之句，未嘗不為之三歎[7]。弟白首窮經[8]，使天假之年[9]，不過一伏生[10]而已，何敢望騏驥之後塵[11]，而希千里之步[12]？然以用世之才[13]如君者，而猶淪落[14]不偶[15]，況硜鄙[16]如弟，率[17]彼曠野，死於道塗，固其宜也，奚足辱君子勤而之問[18]乎？

宣尼[19]有言：「自南宮敬叔之乘我車也，而道加行。」[20]今之人情異乎是。即有敬叔之車，而季、孟[21]之流，不問杏壇[22]之字。然一生所著之書，頗有足以啟後王而垂來學㉓者。《日知錄》三十卷，已行其八，而尚未愜意㉔。《音學五書》四十卷，今方付之剞劂㉕。其梨棗㉖之工，悉出於先人之所遺，故國㉗之餘澤㉘，而未嘗取諸人也。「君子之道，或出或處㉙」，君年未老，努力加餐㉚！

【注釋】❶南徐州　古州名。即今江蘇丹徒。❷高論　大發議論。❸王霸　王道與霸道。儒家稱以仁義治天下為王道，以武力結諸侯為霸道。❹屈跡泥塗　謂屈身於草野。跡，形跡。泥塗，猶言草野，比喻卑下的地位。❺嚴武　字季鷹，唐代華陰縣（位於今陝西東部）人。曾以戰功封鄭國公。❻隗囂　字季孟，後漢成紀縣（故城在今甘肅秦安北）人。王莽當政時，據隴西，稱西州上將軍。光武帝西征，囂奔西城而死。❼三歎　再三感歎。❽白首窮經　謂人老髮白，窮究經書。❾天假之年　語出《左傳・僖公二十八年》。謂天所授與的年齡。❿伏生　名勝，字子賤，漢代濟南（郡、國名，治所在今山東章丘西）人。文帝時求能治《尚書》者，勝時年九十餘，老不能行，使鼂錯往受之，得二十九篇。撰有《尚書大傳》。⓫騏驥之後塵　猶言追隨於騏驥之後。比喻有更大的成就。騏驥，良馬。⓬千里之步　《莊子・秋水》云：「騏驥驊騮，一日而馳千里。」⓭用世之才　見用於世的才能。⓮淪落　流落。⓯不偶　不遇，謂不能遇到施展才能的機會。偶，值；遇。⓰硜鄙　固執鄙薄。⓱率　行。⓲勤而之問　殷勤的問候。⓳宣尼　即孔子。漢平帝追謚孔子為「褒成宣尼公」。⓴自南宮敬叔之乘我車也二句　見《孔子家語・致思》。注云：「孔子欲見老聃而西觀周，敬叔言於魯君，給孔子車馬，問禮於老子。孔子歷觀郊廟，自周而還，弟子四方來習也。」㉑季孟　季孫氏、孟孫氏。皆春秋時魯國公族。㉒杏壇　孔子講學處，位於今山東曲阜聖廟之前。㉓啟後王而垂來學　謂啟發以後的帝王而流傳後輩學生。㉔愜意　滿意。㉕剞劂　本為刻刀，後用以泛稱書籍雕版。㉖梨棗　雕印書籍以梨木棗木為上，故稱書版為「梨棗」。㉗故國　指明代。㉘餘澤　剩餘的恩澤。㉙或出或處　或出仕或隱退。出，出仕。處，隱退。㉚努力加餐　寬慰語，謂希望對方多多保重。

【語　譯】自南徐州分別後，已三十六年。您高論王霸之道，屈身於草野之中。讀您論嚴武、隗囂之句，未嘗不為之再三感歎。我人老髮白，窮究經書，以天所授與的年齡，到頭來也不過是另一個伏生而已。怎麼敢期望步騏驥之後塵，而希求千里之行呢？然而以見用於世的才能，如同您一樣，尚且流落而不能遇到施展的機會，何況像我這樣固執而鄙薄的人，行於那曠野，死於路途，這本來就是應該的了，怎麼可以承蒙君子殷勤的問候呢？

孔子說：「自從南宮敬叔讓我有車可乘之後，我的道更加流行了。」今天的人情則與此不同。即使有敬叔之車，而像季孫氏、孟孫氏之流，也不會到講學處求問文字的。然而我一生所著之書，頗有足以啟發後來的帝王而流傳於後輩學生的。《日知錄》三十卷，已刊行八卷，但還未令人滿意。《音學五書》四十卷，現在正交付雕刻，其書版之工，完全出於先人的遺傳、故國所剩餘的恩澤，而我未嘗求之於他人。

「君子處世之道，或出仕或隱退。」您年歲未老，希望多多保重！

【研　析】表面看來，本文並無激烈的言辭，語調也較和緩，所抒發的情感似乎因此而淡薄了。其實不然。在本文中，由於作者運用了「曲折而三致意」的手法，其所抒之情，既悲且憤，頗能動人心弦。

文章開頭，作者以朋友雖有用世之才卻「淪落不偶」，比照自己，覺得前景暗淡。雖不言悲憤而悲憤已在其中。此為一致意。隨之談到孔子之道當日所行之情形，比照今世則無人問道，人情已今非昔比，作者之悲憤亦可於此揣猜得到。此為二致意。最後，談到自己所著之書，自信能「啟後王而垂來學」，卻不能為今世所用，其悲憤自不待言；接著談到自己所著之書雕版之工，「悉出於先人之所遺，故國之餘澤」，雖則如此，仍傳達出「逝者已矣」的淒涼，這更加重了前面那種難言的悲憤。此為三致意。經過上述三次「曲折三致意」，其所抒之情，層層疊加，於是也就有了感人至深的力量了。

復陳藹公書

【題解】在本文中，作者先稱讚朋友「一門盡節，風教凜然」，次自辯「未敢存門戶方隅之見」，最後又引《詩》說明君子持己接人，「必有不求異而亦不苟同者」。這些最終都歸結到一點，即自己決不因世亂而變節。

山史❶西來，得接賜札❷，並讀〈井記〉。一門盡節❸，風教❹凜然❺，誠彤管❻之希聞，中壘❼所未記者矣。弟久客❽四方，年垂❾七十，形容枯槁❿，志業衰隤⓫，方且逃名寂寞之鄉，混跡漁樵之侶⓬，不敢效百泉⓭、二曲⓮，為講學授徒之事，亦烏有所謂門牆⓯者乎？若乃過汝南⓰而交孟博⓱，至高密⓲而訪康成⓳，則當世之通人⓴偉士㉑，自結髮㉒以來，奉為師友者，蓋不乏人，而未敢存門戶㉓方隅㉔之見也。《詩》曰：「風雨如晦，雞鳴不已。」㉕又曰：「樂彼之園，爰有樹檀，其下維縠，他山之石，可以攻玉。」㉖是則君子所以持己㉗於末流㉘，接人㉙於廣坐㉚者，必有不求異而亦不苟同㉛者矣。辱㉜承來教，實獲我心㉝，率㉞此報謝。

【注釋】❶山史　即王宏撰。❷賜札　指來信。賜，敬詞。札，書信。❸盡節　盡心竭力，保全節操。多指赴義捐生。❹風教　風俗教化。❺凜然　嚴肅令人敬畏貌。❻彤管　赤管筆。古代女史（女官名）以彤管記事，後因用於女子文墨之事。❼中壘　漢代劉向嘗為中壘校尉，故世稱劉中壘。劉向著《列女傳》七卷。❽客　客居；旅居他鄉。❾垂　將近。❿枯槁　憔悴。⓫隤　通「頹」。⓬逃名寂寞之鄉二句　謂逃避名聲於寂靜冷漠之鄉，夾雜形跡於漁民樵夫之間。侶，同伴。⓭百泉　清初錢世錫，字嗣伯，號百泉，秀水（今浙江嘉興）人。乾隆進士，官檢討，著有《麑山老屋文集》。⓮二曲　明末學者李顒別號。顒為盩厔（今陝西周至）人。自署二曲土室病夫，學者稱二曲先生。清人江藩於《漢學師承記・顧炎武》中說：「近日二曲以講學得名，遂招逼迫，幾致兇死。」參見〈答李紫瀾書〉❽。⓯門牆　語出《論語・子張》。猶言「師門」。⓰汝南　即今河南汝南縣。⓱孟博　後漢范滂字。范滂初為清詔使，遷光祿勳主事。後為汝南太守宗資屬吏。抑制豪強，並與太學生結交，反對宦官。終因黨錮之禍而致死。⓲高密　即今山東高密。⓳康成　漢代鄭玄，字康成，東漢經學家。曾因黨錮之禍而被禁。後潛心著述，以古文經說為主，兼採今文經說，遍注群經，是漢代經學的集大成者。⓴通人　調學識淵博、貫通古今的人。㉑偉士　高明、特異之士。㉒結髮　猶「束髮」。指年輕的時候。㉓門戶　派別。㉔方隅　全面積的一部分。借指拘於一偏之見。㉕風雨如晦二句　見《詩・鄭風・風雨》。如晦，言昏暗如夜。㉖樂彼之園五句　見《詩・小雅・鶴鳴》。樹檀，木名。漢王充《論衡・狀留》云：「樹檀以五月生葉，後彼春榮之木，其材強勁，車以為軸。」此處用以喻指君子。維，助詞。穀，木名。即構或楮。此處喻指小人。他，本作「它」。攻，加工；琢磨。㉗持己　持守己身。㉘末流　指衰亂時代的不良風習。㉙接人　交接他人。㉚廣坐　謂眾人聚會的場所。㉛苟同　苟且贊同。㉜辱　謙詞。猶言承蒙。㉝實獲我心　猶言正合我意。㉞率　猶「用」。

【語　譯】因山史自西而來，我得以接到您的來信，並且讀到了〈井記〉一文。您一家盡心竭力，保全節操，風俗教化，令人敬畏，這的確是古代女史所書之事中很少聽說的，也是劉向《列女傳》中所沒有記載的。我很久以來就旅居四方，年歲將近七十，形態容貌憔悴，志向事業衰頹。我正逃避名聲於寂靜冷漠之鄉，混雜形跡於漁民樵夫之間，不敢仿效百泉、二曲去做講學授徒之事，又怎麼會有所謂的「師門」呢？至於我過汝南而與類似孟博的人交往，到高密而訪問類似康成的人，那麼當世學識淵博貫通古今的高明之士，自我年輕以來，就奉之為師友的，並不缺少其人，因而我不敢存有門戶一隅之見。《詩經》說：「一天風雨，昏暗如夜，那雞還在鳴叫不止。」好比國家在風雨飄搖的時候，只有君子仍然不變其節操。」又說：「為什麼喜歡到那花園裏去呢？據說花園裏有的是檀樹，它的下面是惡劣的楮樹。檀樹好比君子，楮樹好比小人，君子則是必須訪求的。譬如別處山上的石塊，可以拿來做琢磨玉器的礪石，卻不可把它埋沒在深山裏面。」這就是君子之所以在衰亂時代的不良風習中謹守己身，在眾人聚會的場所交接他人時，一定有不求異於人而又不苟且贊同的原因。承蒙您在來信中的指教，這正合我意，因而我用此信向您報答謝意。

【研　析】在這篇文章中，作者所表明的是自己要固守民族氣節的心跡。但是這不過是讀者從文中揣摩到的，通觀全篇，並無一言直接予以點破。可見作者對含蓄手法的運用很成功。

文章所敘三件事，其實正是從三個不同方面含蓄表明自己的上述心跡，稱讚朋友「一門盡節」，表達自己的崇敬之情，其所肯定的即自己所盡力而為者，此其一。自辯無所謂「師門」，亦「未敢存門戶方隅之見」，道出自己處境艱難，並暗示其所以如此，則因自己決意不改變節操，此其二。最後言君子立身處世「有不求異而亦不苟同」的原因，正如所引《詩》句之喻指，其中亦表明以君子固守節操而自況的意思，此其三。因為含蓄手法運用得巧妙，故而文章內容的表達便有了波瀾，其言外之意，也就更加令人回味了。

卷四

答李子德書一

【題解】李子德，即李因篤，字子德，一字天生，富平（今陝西富平）人。其學以朱熹為宗，工詩，尤精音訓。著有《受祺堂集》、《漢詩音注》。在本文中，顧炎武對李子德於所贈之詩中推重自己頗有微辭，其直接原因是作者不願播其名於士大夫，而「受虛名之禍」。

接讀來詩，彌增愧側❶。名言在茲，不啻口出❷，古人有之。然使足下蒙朋黨❸之譏，而老夫受虛名之禍❹，未必不由於此也。韓伯休不欲女子知名❺，足下乃欲播吾名於士大夫，其去昔賢之見，何其遠乎！「人相忘於道術，魚相忘於江湖」❻。若每作一詩，輒相推重，是昔人標榜❼之習，而大雅❽君子所弗為也。願老弟自今以往，不復掛朽人❾於筆舌之間，則所以全之者大矣❿。

【注　釋】❶愧側　慚愧不安。側，通「仄」。不安。❷不啻口出　《尚書・秦誓》云：「人之彥聖，其心好之，不啻如其口出。」猶言別人有才有德，不但口中常常加以稱道，而且從內心喜歡他。不啻，不但。❸朋黨　朋比為黨，即排斥異己的宗派集團。❹受虛名之禍　清初欲修《明史》，特開博學鴻詞科。朝中大臣屢欲推薦，顧炎武都以死堅拒。❺韓伯休不欲女子知名　據《後漢書・韓康傳》載：「康字伯休，霸陵人。採藥賣於長安市，口不二價，三十餘年。時有女子從康買藥，康守價不移。女子怒曰：『公是韓伯休耶？』康曰：『我本欲避名，今小女子皆知我焉，何用藥為？』遁入霸陵山中。」❻人相忘於道術二句　語出《莊子・大宗師》。道術，道家用以指道之整體。❼標榜　稱揚。❽大雅　對才德高尚者的讚詞。❾朽人　衰老之人，作者自稱。❿所以全之者大矣　猶言成全我的作用就很大了。

【語　譯】收到並讀了您寄來的詩作，更加使我慚愧而不安。有名言在此，即所謂「（別人有才德，）不但口中常常加以稱道（，而且從內心喜歡他）」，古人也有這樣去做的。然而使您蒙受朋黨的譏諷，而我遭受虛名的禍害，未必不由於此。漢代的韓伯休不想讓買藥的女子知道他的姓名，您卻想把我的姓名傳播於士大夫之中，這與往昔賢人的見解相距何等遠啊！「人得道而自足自樂，也就忘去了道術；魚游於水而自覺舒適，於是忘卻了江湖。」假使每作一詩，就相互推重一番，這是過去人們相互標榜的惡習，而才德高尚的君子則不會這樣做的。希望老弟從今以後，不再把我掛於筆墨口舌之間，這樣成全我的作用就很大了。

【研　析】本來，李子德出於崇敬而於詩中推重本文作者，但作者卻頗為嚴厲地予以指責，這看似不通情理，但究其實作者也是為了保全自己，不得不這樣做。作者忠於明室，至死不變，清廷屢次逼他修《明史》，都被毅然拒絕。他曾對朋友表示，如果真的強他出仕，就準備「以身殉之」（見〈與葉訒菴書〉）。基於此，他便認為李子德傳播其名聲於士大夫之中，實在是有害而無益。關於這一點，《蔣山傭殘稿》中的〈答李子德〉文，說得再明白不過了：「竊謂足下身躡青雲，當為保全故交之計，而必援之使同乎己，非敗其晚節，則必夭其天年矣。」

雖然這篇文章很短，但是作者也沒有忘記使用引證的方法。文章開頭就引用了《尚書》的「名言」，中間使用了漢代韓伯休的典故，快結尾時則又引出了《莊子》中的兩句話。由於接二連三地引證，所以作者的觀點得到了透徹的說明。

答李子德書二

【題　解】清代的學術，以經學的研究成就最為顯著，而這種成就的取得又得力於小學的發達。清代以前，小學只是經學上的一個小小的附屬品。但是到了清代，經學家特別重視它，於是便使之成為一門獨立的學科。清代經學家之所以特別重視小學，主要原因是三代六經之音已失傳很久，但其文仍在。後人多不能通，於是以今世之音改之，這必然影響對字義的理解，從而導致曲解經義。因此，要研究經文，必先懂得字義；要懂得字義，必先明白古人的音讀。對此，顧炎武在本文中表達得十分清楚明白。

也正是基於上述認識，顧炎武率先撰寫了《音學五書》三十八卷。此書分五部：一是《古音表》二卷，二是《易音》三卷，三是《詩本音》十卷，四是《唐韻正》二十卷，五是《音論》三卷。他在《音學五書》自序中說：「此道之亡，蓋二千有餘歲矣。炎武潛心有年，既得《廣韻》之書，乃始發悟於中而旁通其說，於是據唐人以正宋人之失，據古經以正沈氏唐人之失，……自是而六經之文乃可讀。」可見該書是他的得意之作。

在顧炎武率先示範之下，後來的經學家也潛心於經文古音的研究。於是清代的小學中，又以古音韻學的研究最為發達，其所取得的成就最大。

三代六經之音，失其傳也久矣，其文之存於世者，多後人所不能通，以其不能通，而輒以今世之音改之，於是乎有改經之病。始自唐明皇改《尚書》，而後人往往效之，然猶曰：舊為某，今改為某，則其本文猶在也。至於近日鋟本❶盛行，而凡先秦以下之書率臆徑改❷，不復言其舊為某，則古人之音亡而文亦亡，此尤可歎者也。開元十三年❸敕曰：「朕聽政❹之暇，乙夜❺觀書，每讀《尚書・洪範》❻，至『無偏無頗，遵王之義』❼，三復茲句，常有所疑，據其下文並皆協韻❽，惟『頗』一字實則不倫❾；又《周易・泰卦》中『无平不陂』❿，《釋文》云：『陂字亦有頗音。』陂之與頗，訓詁無別⓫，其《尚書・洪範》『無偏無頗』字宜改為陂。」蓋不知古人之讀「義」為「我」，而「頗」之未嘗誤也。《易・象傳》⓬：「鼎耳革，失其義也。」⓭「覆公餗，信如何也。」⓮《禮記・表記》：「仁者右也，道者左也；仁者人也，道者義也。」⓯是「義」之讀為「我」，而其見於他書者，遽數之不能終也。

王應麟⑯曰：「宣和六年⑰詔：〈洪範〉復舊文為頗。」然監本⑱猶仍其故，而《史記・宋世家》之述此書，則曰「毋偏毋頗」，《呂氏春秋》⑲之引此書，則曰「無偏無頗」，其本之傳於今者，則亦未嘗改也。《易・漸・上九》：「鴻漸於陸，其羽可用為儀。」⑳范諤昌改「陸」為「逵」，朱子謂以韻讀之良是。而不知古人讀「儀」為「俄」，不與「逵」為韻也。〈小過・上六〉：「弗遇過之，飛鳥離之。」㉑朱子存其二說，謂仍當作「弗過遇之」，而不知古讀「離」為「羅」，正與「過」為韻也。〈雜卦傳〉：「〈晉〉晝也，〈明夷〉誅也。」㉒孫奕改「誅」為「昧」，而不知古人讀「晝」為「注」，正與「誅」為韻也。《楚辭・天問》：「簡狄在臺嚳何宜，玄鳥致詒女何嘉。」㉓後人改「嘉」為「喜」，而不知古人讀「宜」為「牛何反㉔」，正與「嘉」為韻也。〈招魂〉：「魂兮歸來，北方不可以止些。增冰峨峨，飛雪千里些。歸來歸來，不可以久些。」㉕五臣《文選》本㉖作「不可以久止」。

而不知古人讀「久」為「几」，正與「止」為韻也。《老子》：「朝甚除，田甚蕪，倉甚虛。服文采，帶利劍，厭飲食，財貨有餘，是為盜夸。」[27]楊慎[28]改為「盜竽」，謂本之《韓非子》[29]，而不知古人讀「夸」為「刳」，正與「除」為韻也。《淮南子・原道訓》[30]：「以天為蓋，以地為輿[31]，四時為馬，陰陽[32]為騶[33]。乘雲陵霄，與造化[34]者俱。縱志舒節[35]，以馳大區[36]。」後人改「騶」為「御」，而不知古人讀「騶」為「鄒」，正與「輿」為韻也。《史記・龜策傳》：「雷電將之，風雨迎之，流水行之。侯王有德，乃得當之。」[37]後人改「迎」為「送」，而不知古人讀「迎」為「昂」，正與「將」為韻也。〈太史公自序〉[38]：「有法無法，因時為業；有度無度，因物與舍。」[39]今《漢書・司馬遷傳》亦正作「舍」，而後人改為「合」，不知古人讀「舍」為「恕」，正與「度」為韻也。柏梁臺詩[40]〈上林令〉曰：「去[41]狗逐兔張罝罘[42]。」今本改為「罘罝」，又改為「罘罳」[43]，而不知古人讀「罘」

為「扶之反」，正與「時」為韻也。揚雄[44]〈後將軍趙充國頌〉：「在漢中興[45]，充國作武[46]，赳赳[47]桓桓[48]，亦紹[49]厥[50]後。」五臣《文選》本改「後」為「緒」，而不知古人讀「後」為「戶」，正與「武」為韻也。繁欽[51]〈定情詩〉：「何以結相於，金薄畫搔頭。」[52]後人改「於」為「投」，而不知古人讀「頭」為「徒」，正與「於」為韻也。陸雲[53]〈答兄平原詩〉：「巍巍先基，重規累構。赫赫重光，遐風激鶩。」[54]今本改「鶩」為「鷲」，而不知古人讀「構」為「故」，正與「鶩」為韻也。齊武帝[55]〈估客樂〉[56]：「昔經樊[57]、鄧役，阻潮梅根冶[58]。深懷悵往事，意滿辭不敘。」今本改「冶」為「渚」，不知《宋書・百官志》[59]：江南有梅根及冶塘二冶，而古人讀「冶」為「墅」，正與「敘」為韻也。《隋書》[60]載梁沈約[61]〈歌赤帝辭〉：「齊醍在堂[62]，笙鏞[63]在下，匪惟七百[64]，無絕終古[65]。」今本改「古」為「始」，不知「長無絕兮終古」[66]，乃〈九歌〉之辭，而古人讀「下」為「戶」，正與「古」

為韻也。

《詩》曰：「汎彼柏舟，在彼中河。髧彼兩髦，實惟我儀，之死矢靡他。」[67]則古人讀「儀」為「俄」之證也。《易・離・九三》：「日昃之離[68]，不鼓缶而歌，則大耋之嗟[69]。」則古人讀「離」為「羅」之證也。張衡[70]《西京賦》：「徼道外周，千廬內附[71]。衛尉八屯，巡夜警晝[72]。」則古人讀「晝」為「注」之證也。《詩》曰[73]：「君子偕老，副笄六珈[74]。委委佗佗[75]，如山如河[76]，象服是宜[77]。子之不淑，云如之何[78]。」則古人讀「宜」為「牛何反」之證也。又曰：「何其久也，必有以也。」[79]又曰：「吉甫燕喜，既多受祉。來歸自鎬，我行永久。」[80]則古人讀「久」為「几」之證也。左思《吳都賦》[81]：「橫塘查下，邑屋隆夸[82]。長千延屬，飛甍舛互[83]。」則古人讀「夸」為「刳」之證也。《漢書・敘傳》：「舞陽[84]鼓刀[85]，滕公[86]廄騶[87]。潁陰[88]商販[89]，曲周[90]庸夫[91]。攀龍附鳳[92]，並乘天衢[93]。」則古人讀「騶」為

「邾」之證也。《莊子》：「不將不迎，應而不藏，故能勝物而不傷。」[94]又曰：「無有所將，無有所迎。」則古人讀「迎」為「昂」之證也。《曲禮》[95]：「將適舍，求無固。」[96]《離騷》[97]：「余固知謇謇之為患兮，忍而不能舍也。指九天以為正兮，夫惟靈修之故也。」[98]則古人讀「舍」為「恕」之證也。秦始皇《東觀刻石文》：「常職既定，後嗣循業，長承聖治[99]。群臣嘉德，祗誦聖烈，請刻之罘[100]。」則古人讀「罘」為「扶之反」之證也。《詩》曰：「予曰有疏附，予曰有先後；予曰有奔走，予曰有禦侮。」[101]則古人讀「後」為「戶」之證也。《史記・龜策傳》：「今寡人夢見一丈夫[102]，延頸而長頭[103]。衣元繡之衣[104]而乘輜車[105]。」則古人讀「頭」為「徒」之證也。《荀子》[106]：「肉腐出蟲，魚枯生蠹。怠慢忘身[107]，禍災乃作。彊自取柱，柔自取束[108]。邪穢在身，怨之所構[109]。」「作」、「束」並去聲，則古人讀「構」為「故」之證也。馬融[110]《廣成頌》：「然後緩節舒容[111]，裴徊[112]安步[113]，降集波籞[114]。川衡[115]、澤虞[116]，矢魚[117]、陳罟[118]。茲飛[119]、宿沙[120]，田開[121]、古冶[122]。翬[123]終葵[124]，揚關斧[125]。刊[126]重冰[127]，撥蟄戶[128]。測潛鱗[129]，踵介旅[130]。」則古人讀「冶」為「墅」之證也。《詩》曰：「於以奠之，宗室牖下。誰其尸之，有齊季女。」[131]則古人讀「下」為「戶」之證也。凡若此者，遽[132]數之不能終也。其為古人之本音而非叶韻[133]，則陳第[134]已辨之矣。

若夫近日之鋟本，又有甚焉。阮瑀[135]〈七哀詩〉：「冥冥[136]九泉[137]室[138]，漫漫[139]長夜[140]臺。身盡[141]氣力索[142]，精魂[143]靡所能[144]。」今本改「能」為「迴」，不知《廣韻》[145]十六咍部元有「能」字，姚寬證之以《後漢書．黃琬傳》：「欲得不能，光祿[146]茂才[147]。」以為不必是鼈矣。張說[148]〈隴右節度大使郭知運神道碑銘〉：「河曲[149]迴兵[150]，臨洮[151]舊防。手握金節[152]，魂沈玉帳[153]。千里送喪，三軍悽愴[154]。」《唐文粹》[155]本改「防」為「址」，以叶上文「喜」、「祉」諸字，不知《廣韻》四十一漾部元有「防」字，而「峻岨塍，埒長城。豁險吞，若巨防」[156]，已見於左思〈蜀都賦〉矣。李白〈日夕山中有懷〉詩：「久臥名山雲，遂為名山客。山深雲更好，賞弄[157]終日夕。月銜樓間峰，泉漱[158]階下石。素心[159]自此得，真趣[160]非外借。」今本改「借」為「惜」，不知《廣韻》二十二昔部元有「借」字，而「傷美物之遂化，怨浮齡[161]之如借」，已見於謝靈運[162]之〈山居賦〉矣。凡若此者，亦遽數之不能終也。

嗟夫！學者讀聖人之經與古人之作，而不能通其音；不知今人之音不同乎古也，而改古人之文以就之，可不謂之大惑乎？昔者漢西平四年[163]，議郎蔡邕[164]奏求正定五經文字，乃自書丹[165]於碑，使工鐫刻，立於太學[166]門外，後儒晚學咸取正焉。魏正始[167]中，又立古文篆隸三字石經[168]。自是以來，古文之經不絕於代。傳寫之不同於古者，猶有所疑而考焉。天寶[169]初，詔集賢學士衛包改為今文，而古文之傳遂泯[170]，此經之一變也。漢人之於經，如先後鄭[171]之釋三禮[172]，或改其音而未嘗變其字。〈子貢問樂〉[173]一章，錯簡[174]明白，而仍其本文不敢移也，注之於下而已。所以然者，述古而不自專[175]，古人之師傳[176]，固若是也。乃朱子之正〈大學〉[177]、〈繫辭〉[178]，徑以其所自定者為本文，而以錯簡之說注於其下，已大破拘攣之習[179]。後人效之，《周禮》[180]五官互相更易，彼此紛紜[181]；〈召南〉[182]、〈小雅〉[183]且欲移其篇第[184]，此經之又一變也。聞之先人[185]，自嘉靖以前，書之鋟本雖不精工，而其所不能通之處，注之曰疑；今之鋟本加精，而疑者不復注，且徑改之矣。以甚精之刻，而行其徑改之文，無怪乎舊本之日微，而新說之愈鑿[186]也。故愚以為讀九經自考文始，考文自知音始。以至諸子百家之書，亦莫不然。不揣寡昧[187]，僭[188]為《唐韻正》一書，而於《詩》、《易》二經各為之音，曰：《詩本音》，曰：《易音》。以其經也，故列於《唐韻正》之前，而學者讀之，則必先《唐韻正》而次及《詩》、《易》二書，明乎其所以變，而後三百五篇與卦、爻、彖[189]、象之文可讀也。其書之條理最為精密，竊計後之人必有患其不便於尋討[190]，而更竄併入之[191]者，而不得不豫為之說以告也。夫子有言：「齊一變至於魯，魯一變至於道。」[192]今之《廣韻》，固宋時人所謂菟園之冊[193]，家傳而戶習者也。自劉淵[194]韻行，而此書幾於不存。今使學者睹是書，而曰：自齊、梁以來，周顒、沈約[195]諸人相傳之韻固如是也，則俗韻不攻而自絀[196]。所謂「一變而至魯」也。又從是而進之五經三代之書，而知秦、漢以下至於齊、梁歷代遷流[197]之失，而三百五篇之詩，可弦而歌之[198]矣。所謂「一變而至道」也。故吾之書，一循《廣韻》之次第而不敢輒更，亦猶古人之意，且使下學者易得其門而入，非託之足下，其誰傳之？今鈔一帙[199]附往，而考古之後，日知[200]所無，不能無所增益，則此之書猶未得為完本[201]也。

【注釋】❶録本　刻本。録，刻板。❷率臆徑改　猶言任意直接改動。❸開元十三年　即西元七二五年。開元，為唐明皇李隆基年號。❹聽政　處理政務。❺乙夜　二更時候，約為夜間十時。❻尚書洪範　相傳為商末箕子所作，以此向周武王陳述天地之大法。❼無偏無頗二句　猶言不應當有任何的偏頗，要完全遵照君王所建立的規範行事。頗，不平。
❽協韻　合韻。協，合；同。
❾不倫　不同類。此處指「頗」字不協韻。倫，類。
❿无平不陂　孔穎達《正義》曰：「初始平者，必將有險陂也。」
⓫訓詁無別　謂從訓詁的角度說二者沒有差別。訓詁，解釋古書字義。
⓬易象傳　〈象傳〉為《周易．十翼》之一。為解釋爻、象之辭，亦稱〈易大傳〉，舊說為周公所作。
⓭鼎耳革二句　為《易．鼎》第三爻的象辭。孔穎達《正義》曰：「鼎之為義，下實上虛，是空以待物者也。鼎耳之用，亦以空以待鉉，……既實而不虛，則變革鼎耳之常義也。」又曰：「失其義也者，失其虛中納受之義也。」
⓮覆公餗二句　為《易．鼎》第四爻的象辭。覆公餗，謂鼎中食物傾出於外。喻不勝任而敗事。餗，鼎中食物。信如何也，孔穎達《正義》曰：「言信有此不可如何之事也。」
⓯禮記表記五句　孔穎達《正義》曰：「此經明仁義相須，若手之左右也。」又曰：「道是履蹈而行。」又曰：「仁者人也，言仁恩之道以人情相愛偶也。道者義也，義，宜也。凡可履蹈而行者必斷割得宜然可履蹈。」
⓰王應麟　字伯厚，宋代慶元人，淳祐元年進士，官至禮部尚書。《宋史》有傳。
⓱宣和六年　即西元一一二四年。宣和，為宋徽宗趙佶的年號。
⓲監本　五代後唐時，宰相馮道、李遇請令國子監田敏校正九經，刻板印賣，後來因稱歷代國子監刊印之書為監本。
⓳呂氏春秋　也叫《呂覽》。據《史記．呂不韋列傳》載，呂不韋使其門客各著所聞，集論成書。
⓴鴻漸於陸二句　孔穎達《正義》曰：「上九，最居上極，是進處高潔，故曰鴻漸於陸也。……處高而能不以位自累，則其羽可用為物之儀表，可貴可法也，故曰其羽可用為儀，吉也。」鴻漸，謂飛鴻漸進於高位。陸，高之頂。儀，儀表。
㉑小過上六三句　〈小過〉為《易》的卦名。孔穎達《正義》曰：「以小人之身，過而弗遇，必遭羅網，其猶飛鳥飛而無託，必離矰繳。」遇，遏止。過，指行為超過其恰當的限度。離，遭逢。
㉒雜卦傳三句　〈雜卦〉為《周易》篇名，〈十翼〉之一。以不依六十四卦的順序，錯雜解說六十四卦卦義而稱。晉，孔穎達《正義》曰：「〈晉〉者，卦名也。晉之為義，進長之名，此卦明臣之昇進，故曰晉。」晝，光明。明夷，孔穎達《正義》曰：「〈明夷〉，卦名。夷者傷也。此卦日入地中，明夷之象。施之於人事：闇主在上，明臣在下，不敢顯其明智，亦明夷之義。」
㉓楚辭天問三句　〈天問〉為屈原被放逐

時所作。「天問」即「問天」之意。全篇提出一百七十多個問題，向天問難，期求解答。簡狄在臺嚳何宜，猶言簡狄住在高臺上，帝嚳為什麼認為與她成家很合適。簡狄，古代神話中有娀國的美女，後來成為帝嚳的次妃，生子契，是商朝的始祖。臺，神話中說有娀人建造一個高臺，讓簡狄和她妹妹住在上面。嚳，神話中的古帝。宜，合適。玄鳥致詒女何嘉，猶言鳳凰送給聘禮，處女何以變成了婦人。玄鳥，即鳳凰。致詒，送給聘禮。詒，指聘禮。嘉，通「珈」。古代女子婚前、婚後的頭飾有明顯的差別，珈是一種綴有珠穗的簪子，只有婦人才能使用。神話說，簡狄住在高臺上，帝嚳派鳳凰去作媒，後來簡狄就嫁給了帝嚳。㉔反　即「反切」。用兩個字拼合成另一個字的音，是傳統的一種注音方法。反切上字與所切之字聲母相同，反切下字與所切之字韻母和聲調相同，即上字取聲，下字取韻和調。如「宜」，「牛何反」，取「牛」字的聲母，取「何」字的韻母和聲調，拼合之音，則為「宜」的讀音。㉕招魂七句　招魂，《楚辭》篇名。舊說為屈原自招生魂的作品。止，停留。些，句尾語氣詞。據宋代沈括《夢溪筆談》說，禁咒句尾用「些」，是楚人舊俗。增冰，層層積累的堅冰。增，通「層」。峨峨，高聳的樣子。久，動詞，久留之意。㉖五臣文選本　《文選》是南朝梁昭明太子蕭統編，故又名《昭明文選》。選錄先秦至梁的各體詩文共三十卷，為中國現存最早的文學總集。唐代顯慶年間李善作注，分為六十卷。開元六年，呂延祚復集呂延濟、劉良、張銑、呂向、李周翰五人共為之注。稱「五臣注」。其注偏重於解釋字句，與李善注時有出入。㉗老子九句　猶言宮殿很整潔，農田很荒蕪，倉庫很空虛，而穿著錦繡的衣服，佩帶鋒利的寶劍，飽餐精美的飲食，占有多餘的財富，這就叫做強盜頭子。朝，宮室。除，整潔。蕪，長滿亂草。文采，指錦繡衣服。厭，飽足。盜夸，大盜。㉘楊慎　字用修，號升庵，明代四川新都縣人。正德六年進士第一，授翰林修撰。曾因事被謫戍雲南。記誦之博，著作之富，為明代第一。《明史》有傳。㉙韓非子　書名。韓非（戰國韓國人）死後，後人搜集其遺著並加入他人論述韓非學說的文章編成。為集戰國時法家學說大成的代表作。㉚淮南子原道訓　《淮南子》為漢代淮南王劉安等撰。〈原道訓〉是其中的一篇。㉛以地為輿　猶言以地為車。輿，車箱。泛指車。㉜陰陽　古以陰陽解釋萬物化生，凡天地、日月、晝夜、男女，以至腑臟、氣血皆分屬陰陽。㉝騶　侍從。㉞造化　指自然的創造化育。㉟縱志舒節　猶言伸展其志向和節操。縱、舒，都是伸展之意。㊱大區　廣闊的天空。㊲雷電將之五句　此係敘述龜為大寶，在雷電、風雨、流水的送迎之下，有德的侯王才能承受牠。將，送行。當，承受。㊳太史公自序　《史記》最後一篇。太史公，即司馬遷。㊴有法無法四句　這是司馬遷對道家之「道」的描述。猶言看似有法則又沒有法則，隨順時勢變化去建立功業；看似有法度又沒有法度，隨順事物變化去參與或放棄。㊵柏梁臺詩　即「柏梁體詩」。柏梁體是七言古詩的一體。相傳漢武帝於元封三年在柏梁臺上與群臣賦七言詩，人各一句，每句用韻。後世模仿其體，稱柏梁體。㊶去　驅。㊷罝罘　捕獸的網。㊸罘罳　張在屋檐或窗上防止鳥雀飛入的網。㊹揚雄　字子雲。西漢蜀郡成都人。長於辭賦，多仿司馬相如。又博覽群書，多識古文奇字。著《太玄》、《法言》等。《漢書》有傳。㊺中興　由衰落而重新興盛。㊻作武　作武勇之行為。㊼赳赳　雄健勇猛貌。㊽桓桓　威武貌。㊾紹　承繼。㊿厥　其。(51)繁欽　字休伯，漢末潁川郡（治所在今河南禹縣）人。以文才機變，少有名。善為詩賦，曾為丞相曹操的主簿。《玉臺新詠》有其〈定情詩〉一首。(52)何以結相於二句　猶言何以相親近，金箔飾玉簪。相於，相親近。金薄，亦作「金箔」。金之薄片，用以飾物，俗謂貼金。畫，裝飾。搔頭，簪的別名。(53)陸雲　字士龍，西晉吳郡吳縣華亭（今上海松江）人，陸機弟。曾任清河內史等職。以文才與其兄齊名，時稱「二陸」。(54)巍巍先基四句　先基，先人的基業。重規，合乎同樣的規矩法度。累構，猶層樓。赫赫，盛大顯赫貌。重光，重日之光。古稱日冕或日珥現象為重日，以為瑞應。遐風，遙遠之風。激鶩，猛烈急速。(55)齊武帝　即南朝齊武帝蕭賾。(56)估客樂　樂府西曲歌名。《樂府詩集》卷四八〈估客樂〉引《古今樂錄》，說是齊武帝所作。(57)樊　指樊城，即周代仲山甫所封樊國。在今湖北襄樊。樊城北有鄧城，為春秋鄧國都城遺址，現仍有城牆遺跡。此地南臨漢水，與襄陽隔水相望，自古為兵家必爭之地。(58)梅根冶　鎮名。在安徽貴池縣梅根港東五里。晉及六朝以來皆在此煉銅鑄錢幣。(59)宋書百官志　《宋書》為南朝梁沈約撰。記載南朝宋史實。〈百官志〉為其中一篇。(60)隋書　唐令狐德棻等監修，共八十五卷。所志以隋為主，兼及梁、陳、北齊、北周。(61)沈約　字休文，南朝吳興武康（今浙江德清武康鎮）人。歷仕宋、齊二代。後助梁武帝登基，為尚書僕射，後官至尚書令，卒諡隱。《南史》有傳。62齊醍在堂　謂酒菜擺在堂上。齊，通「齏」。醬菜或醃菜。63笙鏞　兩種樂器名。鏞，大鐘。64七百　語出《左傳．宣公三年》。後用以稱頌王朝運祚綿長。65終古　永遠。66長無絕兮終古　出自屈原〈九歌．禮魂〉。〈九歌〉為《楚辭》篇名，是屈原根據民間祭神樂歌改作而成，共十一篇。67詩曰六句　這是《詩．鄘風．柏舟》中的詩句。〈柏舟〉這首詩描寫女子堅貞表示愛情，怨阿媽不了解她。中河，即河中。髧，頭髮下垂。髦，下垂至眉的長髮。儀，匹配。之，至。矢，誓。靡他，無他心。68日昃之離　孔穎達《正義》曰：「處下離之終其明，將沒，故云日昃之離也。」日昃，太陽西斜。昃，日偏西。離，明。69不鼓缶而歌二句　孔穎達《正義》曰：「時既老耄，當須委事任人，自取逸樂。若不委之於人，則是不鼓擊其缶而為歌，則至於大耋老耄而咨嗟。」缶，瓦質的打擊樂器。大耋，年高的。指八十歲以上。耋，老。八十曰耋。嗟，咨嗟；嗟歎。70張衡　字平子。東漢南陽西鄂（今河南南召南）人。天文學家、文學家。其文學作品有〈西京賦〉，見《文選》。《後漢書》有傳。71徼道外周二句　徼道，巡行警戒的道路。徼，巡察。外，宮外。周，環繞。廬，衛兵值夜巡警所住的小屋。內，宮內。附，附著；靠近。72衛尉八屯二句　衛尉，官名，掌管宮門警衛。八屯，指宮廷的警衛部隊。屯，聚兵駐守的營地。73詩曰　所引詩句出於《詩．鄘風．君子偕老》。這首詩描寫貴族女子服飾容貌很美。74君子偕老二句　猶言她與其夫同生共死呀，玉簪兒在髮髻上面插。君子，指其夫。偕老，同生同死。副笄，古代貴族女子的首飾。編髮作假髻叫副，插在髮髻上的簪叫笄，笄上的玉飾叫珈。六珈，即簪上的裝飾物。75委委佗佗　雍容自得的樣子。委委，行之美。佗佗，長之美。76如山如河　朱熹注釋曰：「如山，安重也。如河，弘廣也。」77象服是宜　猶言穿著華麗的外衣多合適。象服，以繪畫為飾之服。宜，合適。78子之不淑二句　猶言這樣一個好姑娘，還有什麼話可講。不淑如之何，猶「如之何不淑」。猶言怎麼不好呢，言其好也。不淑，謂失德無行。如之何，怎麼樣。79何其久也二句　出自《詩．邶風．旄丘》。這首詩描寫流亡人盼望救濟，但終於失望了。80吉甫燕喜四句　出自《詩．小雅．六月》。此詩描寫玁狁入侵，周王朝出兵抵抗。尹吉甫為帥，驅逐了玁狁。凱旋之時，接受賞賜，舉行家宴。燕喜，歡宴。祉，福。此處指君王的賞賜。鎬，鎬京，故地在今陝西西安西南。周武王滅商，自酆徙都於此，謂之宗周，又稱西都。(81)左思吳都賦　左思，字太沖，西晉臨淄（今山東淄博）人。官祕書郎，善詩賦。曾構思十年，寫成〈三都賦〉，〈吳都賦〉為其中之一。(82)橫塘查下二句　橫塘、查下，均為古代建業的里巷名。邑屋，市區的房屋。隆夸，盛多。(83)長干延屬二句　長干，古代地名。屬建業。延屬，房屋相連。屬，相連續。飛甍，屋脊高聳欲飛。甍，屋脊。舛互，互相交錯。(84)舞陽　指樊噲。樊噲，沛縣人，少以屠狗為業，隨劉邦起義。後以軍功封舞陽侯。《漢書》有傳。(85)鼓刀　屠宰時敲擊其刀有聲，故稱鼓刀。(86)滕公　指夏侯嬰，沛縣人，秦末隨劉邦起兵，屢立戰功，封汝陰侯。曾任滕令，故又稱滕公。《漢書》有傳。(87)廄騶　掌馬的騎士。夏侯嬰曾為沛縣廄司御。(88)潁陰　即「潁陰」。灌嬰，睢陽人。少以販繒為業。從劉邦，屢立戰功。封潁陰侯。《漢書》有傳。(89)商販　商人。(90)曲周　酈商，漢陳留高陽人。酈食其之弟。劉邦兵至陳留，率眾四千屬之。以功封曲周侯。(91)庸夫　平庸之人。(92)攀龍附鳳　喻依附有聲望的人而立名。(93)天衢　天路。衢，四通八達的大路。比喻通顯之地。(94)不將不迎三句　出自《莊子・應帝王》。這幾句描述至人用心若鏡，鑒物而無情。將，送。勝物，謂與物相稱。(95)曲禮　《禮記》篇名。(96)將適舍二句　孔穎達《正義》曰：「適，猶往也；舍，主人家也；固，猶常也。凡往人家，不可責求於主人覓常舊有之物，故曰求毋固也。」(97)離騷　《楚辭》篇名。戰國時，屈原仕楚懷王為左徒，得王信任。後靳尚譖之，王乃疏屈原。因作〈離騷〉以見志。(98)余固知謇謇之為患兮四句　猶言我原知道忠言直諫是會有禍患的，想要忍耐，但終於不能自止而不言。指天為證，我這一切都是為了君王的緣故。謇，忠言貌。舍，停止。九天，古時候以為天有九重，故說「九天」。正，通「證」。靈修，指楚王。王逸注：「靈，神也。修，遠也。能神明遠見者，君德也。故以喻君。」(99)常職既定三句　猶言普通的官職已經確定，後代依循先君之業，永遠繼承聖明的治理。後嗣，後世；後代。聖治，聖明的治理。(100)群臣嘉德三句　猶言群臣讚美皇帝的仁德，敬頌其至高無上的功業，請把它刻在之罘山上。嘉，讚美；稱揚。祗，恭敬。

誦，通「頌」。聖烈，至高無上的功業。多用為稱頌皇帝的套語。之罘，也作「芝罘」。山名。三面環海，一徑南通，在今山東煙臺北。秦始皇二十九年（西元前二一八年）登之罘刻石。101予曰有疏附四句　出自《詩・大雅・緜》。這首詩寫古公亶父從邠遷岐，開創基業的情景。疏附，率臣下親附國君。奔走，奔走傳諭。禦侮，抵禦外侮。102丈夫　成年男子的通稱。103延頸而長頭　伸長脖子和頭。104元繡之衣　繡花的黑衣。元，通「玄」。清康熙名玄燁，清人避諱，遇「玄」字改作「元」。105輜車　有帷蔽可坐臥載物之車。輜，有帷蓋可載重之車。106荀子　為戰國時趙國人荀況所作。這裏引述的八句，出自其〈勸學〉。107怠慢忘身　謂懶散放蕩忘記身體。108彊自取柱二句　謂堅強的東西自然被用作支柱，柔軟的東西自然被用來做繩捆束東西。109構　集結。110馬融　字季長。東漢經學家、文學家。右扶風茂陵（今陝西興平東北）人。曾任校書郎、南郡太守等職。遍注經書，生徒常有千餘人。另有賦、頌二十篇，有集已佚。111緩節舒容　延緩節奏，舒展顏容。112裴徊　同「徘徊」。往返回旋。裴，通「徘」。113安步　緩步而行。114降集波籞　猶言降落雲集於園林。波籞，用竹籬圈成的帝王的園林。波，通「陂」。陂池。籞，竹籬。115川衡　官名，也叫水虞。掌巡視川澤，以川澤產品供祭祀、待賓客。116澤虞　官名。管理沼澤地區。117矢魚　陳列魚。118陳罟　施布網。罟，魚網。119茲飛　即佽飛，春秋時楚國勇士，曾赴江殺蛟。見《呂氏春秋》。120宿沙　即宿沙渠子。古代傳說中善於捕魚的人。見《魯連子》。121田開　即田開強。122古冶　即古冶子。田開、古冶及公孫捷三人是春秋時齊景公的勇士，齊景公用晏子之計，以二桃殺三士。見《晏子春秋》。123翬　揮。124終葵　椎。125關斧　斧名。126刊　除。127重冰　厚冰。重，厚。128蟄戶　昆蟲蟄伏的洞穴。129測潛鱗　觀察魚。測，觀察。潛，魚之息處。130踵介旅　追逐蟲魚之類的蹤跡。踵，追逐。介，謂魚蟲之類。旅，眾。131於以奠之四句　出自《詩・召南・采蘋》。宗室，宗廟。尸，主持。齊，通「齋」。齋戒。季女，少女。132遽　倉猝。133叶韻　也叫協句。南北朝有些學者因按照當時語音讀《詩經》，感到好多詩句韻不和諧，便以為作品中某些字需臨時改讀某音，稱為叶韻。後人並以此應用於其他古代韻文，到宋代極為盛行。明代陳第始用語音演變的原理，認為所謂叶韻的音是古代本音，讀古音就能諧韻，不應隨意改讀。叶，通「協」。134陳第　字季立，號一齋。明代連江縣（今屬福建）人。精研古音，主張古音、今音以時有古今，地有南北，字有更改，音有轉移，破除古人叶韻之說，開清人研究古音的風氣。著有《毛詩古音考》、《屈宋古音義》等。135阮瑀　字元瑜，三國陳留尉氏（今屬河南）人。曾任曹操司空軍謀祭酒等職。善作書檄，又能詩，為建安七子之一。136冥冥　晦暗；昏昧。137九泉　地下深處。常指人死後埋葬的地方。138室　墳墓。139漫漫　長遠、無際貌。140長夜　謂人死長埋地下，處於永夜之中。141身盡　身死。盡，死。142索　盡。143精魂　靈魂。144靡所能　謂無所作為。靡，無。145廣韻　全稱《大宋重修廣韻》。韻書，五卷。宋代陳彭年等奉詔重修。原為增廣《切韻》而作。除增字外，部目也略有增訂。收字二萬六千餘。是漢語音韻學重要的一部韻書。146光祿　光祿大夫，官名。沒有固定的職守，相當於顧問。此處指陳蕃。147茂才　漢代舉用人材的一種科目，即「秀才」。148張說　字道濟，唐代洛陽（今屬河南）人。官至中書令，封燕國公。擅長文辭，亦能詩。有《張燕公集》。149河曲　古地區名。指今山西芮城縣西風陵渡一帶。黃河自北向南流，至此折向東流成一曲，故名。春秋時秦、晉曾屢次作戰於此。150迴兵　返回軍隊。151臨洮　縣名。秦置。治所在今甘肅岷縣，以臨洮水而得名。152金節　隋制，儀仗之類有金節，黑漆竿，上施圓盤，周綴紅絲拂八層，黃繡龍袋籠之。153玉帳　征戰時主將所居的軍帳。154悽愴　悲感；哀傷。155唐文粹　宋代姚鉉編，一百卷。初名《文粹》，南宋重刻始加「唐」字。選錄唐代詩、文、歌、賦，均取古體，不錄駢體文和五七言律詩，意在糾正五代詩文的流弊。156峻岨塍四句　《文選李注義疏》引胡紹煐曰：「『塍埒長城』與『吞若巨防』相對為文，則埒不當訓為田埒。埒，等也。塍，界也。言峻岨界等長城也。上曰『埒』，下曰『若』，意並同。」岨，通「阻」。險要。巨防，長城。157賞弄　猶賞玩。欣賞觀玩。158漱　為水所沖刷剝蝕。159素心　純潔之心。160真趣　真實的情趣。161浮齡　超過一般人的年齡。浮，超過。162謝靈運　南朝宋詩人。陳郡陽夏（今河南太康）人。謝玄孫，晉時襲封康樂公，故稱謝康樂。入宋，曾任永嘉太守等職。後被殺。明人輯有《謝康樂集》。163漢西平四年　即西元一七五年。西平，即「熹平」。東漢靈帝劉宏的年號。164蔡邕　字伯喈，陳留圉（今河南杞縣）人。東漢文學家、書法家。靈帝時為議郎。熹平四年，靈帝詔蔡邕與堂谿典等寫定六經文字，部分由邕自書丹於石，立太學門外，世稱「熹平石經」。(165)書丹　古時刻碑，先用朱筆在石上書寫，叫書丹。(166)太學　中國古代的大學。自漢武帝元朔五年（西元前一二四年）開始建立，直至明清，雖名稱先後有所變更，但均為傳授儒家經典的最高學府。(167)正始　為三國時魏齊王曹芳的年號。即西元二四〇至二四九年。(168)三字石經　亦稱「三體石經」、「正始石經」、「魏石經」。三國魏曹芳正始二年（西元二四一年）刊立，刻有《尚書》、《春秋》和《左傳》（未刊全）。碑文皆用古文、小篆和漢隸三種字體書寫。碑原在今河南偃師朱家圪壋村，已毀。宋代以來常有殘石出土。(169)天寶　為唐玄宗李隆基的年號。(170)泯　滅；消滅淨盡。(171)先後鄭　指東漢經學家鄭眾和鄭玄。鄭眾，字仲師，河南開封（今開封南）人。曾任大司農，世稱鄭司農。傳其父鄭興《左傳》之學，兼通《易》、《詩》，明三統曆。世稱先鄭。鄭玄，字康成，北海高密（今屬山東）人。博學多聞，遍注群經，成為漢代經學的集大成者。世稱後鄭。(172)三禮　《儀禮》、《周禮》、《禮記》三書的合稱。(173)子貢問樂　見《禮記・樂記》。(174)錯簡　古人以竹簡刻書，按序編列；凡次第錯亂，謂之錯簡。亦指古書中文字顛倒錯亂。(175)自專　謂只憑己見獨斷專行。(176)師傳　一脈相承的師法。(177)大學　儒家經典之一。原為《禮記》中的一篇。傳為曾子作。宋代從《禮記》中把它抽出，以與《論語》、《孟子》、《中庸》相配合。至淳熙年間（西元一一七四—一一八九年），朱熹撰《四書章句集注》，成為「四書」之一。(178)繫辭　即《繫辭傳》，《十翼》的兩篇。為《易傳》思想的主要代表作。(179)拘攣之習　猶言拘束的習慣。(180)周禮　亦稱《周官》或《周官經》。儒家經典之一。搜集周王室官制和戰國時代各國制度，添附儒家思想，增減排比而成的彙編。全書分為〈天官冢宰〉、〈地官司徒〉、〈春官宗伯〉、〈夏官司馬〉、〈秋官司寇〉和〈冬官司空〉等六篇。〈冬官司空〉早佚，故有五官之稱。(181)紛紜　雜亂貌。(182)召南　《詩經》篇名，為十五〈國風〉之一。召在岐山之南，為周初召公奭之采邑。其所採集民間樂調歌謠，叫〈召南〉。(183)小雅　《詩經》組成部分之一。大部分是西周後期及東周初期貴族宴會的樂歌，小部分是批評當時朝政過失或抒發怨憤的民間歌謠。(184)篇第　謂篇目次第。(185)先人　亡父。(186)鑿　謂穿鑿附會。[187]寡昧　見聞貧乏，愚昧無知。[188]僭　越分。此為自謙之詞。[189]彖　彖傳，亦稱「彖辭」。〈易傳〉中說明各卦基本觀念的篇名。〈十翼〉的兩篇。[190]尋討　尋找探討。[191]竄併入之　猶言竄改合併於其中。[192]夫子有言三句　見於《論語・雍也》。猶言齊國（的政治和教育）一有改革，便達到魯國的樣子；魯國（的政治和教育）一有改革，便進而合於大道了。[193]菟園之冊　唐代蔣王李惲命僚佐杜嗣先仿效應試科目的策問，製成問答題，引經史解釋，編成《兔園策》一書，作為啟蒙課本，因此受到士大夫的輕視。菟園，亦作「兔園」。本是漢文帝之子劉武（梁孝王）的園囿。李惲為唐太宗之子，因取梁孝王的兔園作為其書之名。[194]劉淵　參見本書〈音學五書序〉[45]。[195]周顒沈約　參見本書〈音學五書序〉[30]、[31]。[196]自絀　自我廢棄。絀，通「黜」。廢棄；貶斥。[197]遷流　變易流傳。[198]弦而歌之　謂以琴瑟伴奏而歌。上古時代詩、樂、舞三位一體。故《詩》三百可以弦而歌之。[199]一帙　一函。[200]日知　平日所知。[201]完本　完善的版本。

【語　譯】三代六經的音韻，已失傳很久了。六經的文字存在於世，大多為後人所不能通曉，因為不能通曉，後人就以今日的音韻去改變它，於是乎就有了修改經書的弊病。這種弊病開始於唐明皇修改《尚書》，而後人往往仿效他，但是還說：以前為某，今天改為某，如此則其本文還在。至於近日刻本盛行，凡是先秦以後的書則任意直接改動，不再說明被改動的文字以前為某，如此則古人的音韻消失而文字也消失了，這尤其是應該感歎的。開元十三年詔命說：「我利用處理政務的空閒時間，於二更時分看書，每次讀《尚書・洪範》時，讀到『不應當有任何的偏頗，要完全遵照君王所建立的規範行事』時，再三回味這兩句話，常有疑惑之處。依據其下文都協韻，唯有『頗』這個字實際上不同韻；再看《周易・泰卦》中說：『開始平坦，隨後必將有險陂』；《釋文》說：『陂字有時也讀頗音。』可見，『陂』字與『頗』字，從訓詁的角度說二者沒有差別，如此說來，《尚書．洪範》所謂『不應當有任何偏頗』的『頗』字，應當改為『陂』字。」唐明皇不知道古人讀「義」為「我」，而用「頗」字未嘗有錯。《易．象傳》說：「變革鼎耳，使其實而不虛，那就失其虛中納受之義了。」又說：「鼎中食物傾出於外，的確有這種不知道怎麼對付的事情。」《禮記．表記》說：「仁好比是右手，道好比是左手；講仁就是愛人，行道就是裁制得體。」這是「義」讀為「我」的例子，這種例子見於其他書的，倉猝間難以說盡。王應麟說：「宣和六年詔命說：〈洪範〉恢復以前的文字為頗。」然而國子監的刻本還是像以前那樣，沒有改過來。《史記．宋微子世家》在轉述這部書時，則說「不應當有任何的偏頗」；《呂氏春秋》引述這部書時，則說「不應當有任何的偏頗」；〈洪範〉傳到今天的原本，也沒有改變「頗」字。《易．漸卦》第六爻的爻辭說：「飛鴻漸近於高位，其羽毛可用作儀表。」范諤昌改「陸」為「逵」，朱熹說以韻來讀確實是這樣。他們不知道古人讀「儀」為「俄」，不與「逵」協韻。《易．小過卦》第一爻的爻辭說：「不知道遏止其超過恰當限度的行為就會遭逢羅網；如同飛鳥飛翔無所依託，一定會遭逢短箭射傷。」朱熹保留了兩種說法，聲稱仍然應當是「不知道超過恰當限度的行為需要遏止」，他不了解古代讀「離」為「羅」，正與「過」協韻。《易．雜卦傳》說：「〈晉卦〉，（喻示臣子的升進，因此）包含光明的意思，〈明夷卦〉（喻示闇主在上，明臣在下，不敢顯示其明智，因此）包含誅傷的意思。」孫奕改「誅」為「昧」，不知道古人讀「晝」為「注」，正與「誅」協韻。《楚辭．天問》說：「簡狄住在高臺上，帝嚳為什麼認為與她成家很合適？鳳凰送給聘禮，處女何以變成了婦人？」後人改「嘉」為「喜」，而不知道古人讀「宜」為「牛何反」，正與「嘉」協韻。《楚辭．招魂》說：「靈魂歸來呀！北方不可以停留。那裏層層堅冰，高高聳起，飛雪籠罩千里。歸來歸來，那裏不可以久留。」五臣《文選》本作「不可以久止」，他們不知道古人讀「久」為「几」，正與「止」協韻。《老子》說：「宮殿很整潔，農田很荒蕪，倉庫很空虛，而穿著錦繡的衣服，佩帶鋒利的寶劍，飽食精美的飲食，占有多餘的財富，這就叫做強盜頭子。」楊慎改為「盜竽」，說是依據於《韓非子》，他不知道古人讀「夸」為「刳」，正與「除」協韻。《淮南子・原道訓》說：「以天為蓋，以地為車。以四時為馬，以陰陽為侍從。乘雲凌霄，與造化同在。伸展志向和節操，以馳騁於廣闊的天空。」後人改「騶」為「御」，而不知古人讀「騶」為「鄒」，正與「輿」協韻。《史記・龜策列傳》說：「（龜為大寶，）雷電為牠送往，風雨為牠迎來，流水為牠送行。侯王有仁德，才能承受牠。」後人改「迎」為「送」，而不知道古人讀「迎」為「昂」，正與「將」協韻。〈太史公自序〉說：「看似有法則又沒有法則，隨順時勢變化去建立功業；看似有法度又沒有法度，隨順事物變化去參與和棄捨。」今天的《漢書・司馬遷傳》也正是寫作「舍」，而後人改為「合」，不知道古人讀「舍」為「恕」，正與「度」協韻。柏梁臺詩〈上林令〉說：「驅狗逐兔張罝罘。」今天的版本改為「罘罝」，又改為「罘罳」，而不知道古人讀「罘」為「扶之反」，正與「時」協韻。揚雄〈後將軍趙充國頌〉說：「在漢中興之時，充國做出武勇的行為。他果毅威武，也承繼於他們的後面。」五臣《文選》本改「後」為「緒」，而不知道古人讀「後」為「戶」，正與「武」協韻。繁欽〈定情詩〉說：「何以相親近，金箔飾玉簪。」後人改「於」為「投」，而不知道古人讀「頭」為「徒」，正與「於」協韻。陸雲〈答兄平原詩〉說：「先人的基業巍峨高大，層樓合乎同樣的規矩法度。重日的光芒盛大顯赫，遙遠的來風猛烈急速。」今天的版本改「鶩」為「鷲」，而不知道古人讀「構」為「故」，正與「鶩」協韻。齊武帝

〈估客樂〉說：「以前經歷樊、鄧之役，為潮水阻於梅根冶。從內心深處對往事發出感歎，意滿志得請求不再敘述。」今天的版本改「冶」為「渚」，不知道《宋書‧百官志》說：江南有梅根及冶塘二個冶煉之處，而古人讀「冶」為「墅」，正與「敘」協韻。《隋書》載梁代沈約〈歌赤帝辭〉說：「酒菜擺在堂上，笙鏞設在堂下。並非只有七百年，不會斷絕，至於千古。」今天的版本改「古」為「始」，不知道「永遠地不會斷絕，至於千古」，是《楚辭‧九歌》中的詞句，而古人讀「下」為「戶」，正與「古」協韻。

《詩‧鄘風‧柏舟》說：「柏木船兒在漂蕩，漂蕩在那河中央。垂髮齊眉的少年郎，該和我來成一雙，到死來，我也不會變心腸。」那麼這是古人讀「儀」為「俄」的例證了。《易‧離卦》第三爻的爻辭說：「太陽西斜，其明將沒。（年老而不委事任人，）則是不鼓擊其缶而歌唱，到了年老空嗟歎。」那麼這是古人讀「離」為「羅」的例證了。張衡〈西京賦〉說：「巡警之路周環宮外，無數哨所設於宮內。衛尉掌管八營衛兵，黑夜警戒白晝巡行。」那麼這是古人讀「晝」為「注」的例證了。《詩‧鄘風‧君子偕老》說：「她與其夫同生共死呀，玉簪兒在髮髻上面插。從容的舉止，端莊的面貌，山一般的靜穆，水一般的明耀。披著華麗的外衣多漂亮。這樣一個好姑娘，還有什麼話可講！」那麼這是古人讀「宜」為「牛何反」的例證了。《詩‧邶風‧旄丘》說：「為什麼居住這麼久呢？一定別有原因吧！」《詩‧小雅‧六月》說：「吉甫歡宴在堂，接受賞賜多樣。他從鎬京歸來，走的時間真長。」那麼這是古人讀「久」為「几」的例證了。左思〈吳都賦〉說：「橫塘查浦，房屋眾多。長干飛甍，綿延交錯。」那麼這是古人讀「夸」為「刳」的例證了。《漢書‧敘傳》說：「舞陽侯樊噲曾以屠狗為業，汝陰侯夏侯嬰曾為掌馬的騎士，潁陰侯灌嬰曾販賣過繒帛，曲周侯酈商曾是一個平庸的人。他們攀龍附鳳，都登上了顯要的高位。」那麼這是古人讀「騶」為「邾」的例證了。《莊子・應帝王》說：「不送不迎，照應萬物而不隱藏，因此能夠與物相稱而不受到傷害。」又說：「沒有送往的，沒有迎來的。」那麼這是古人讀「迎」為「昂」的例證了。《禮記・曲禮》說：「將前往別人家，不可責求主人獲取常有的東西。」《楚辭・離騷》說：「我本知道忠言直諫是會有禍患的，想要忍耐，但終於不能自止而不言。指天為證，我這一切都是為了君王的緣故。」那麼這是古人讀「舍」為「恕」的例證了。秦始皇〈東觀刻石文〉說：「普通的官職已經確定，後代依循先君之業，永遠繼承聖明的治理。群臣讚美皇帝的仁德，敬頌其至高無上的功業，請把它刻在之罘山上。」那麼這是古人讀「罘」為「扶之反」的例證了。《詩・大雅・緜》說：「我以為是有那率下親上的人，我以為是有那前後呼應的人，我以為是有那奔走宣傳的人，我以為是有那抵禦外侮的人。」那麼這是古人讀「後」為「戶」的例證了。《史記・龜策列傳》說：「今天我夢見一位成年男子，伸長脖子和頭，穿著繡花的黑衣而又乘著輜車。」那麼這是古人讀「頭」為「徒」的例證了。《荀子・勸學》說：「肉腐爛就會長出蛆蟲，魚乾枯就會生長蠹蟲。懶散放蕩忘記身體，災禍也就發生了。堅強的東西自然被用作支柱，柔軟的東西自然被用來做繩捆束東西。邪惡污穢存於身體，這是怨氣集聚的結果。」「作」、「束」都是去聲，那麼這是古人讀「構」為「故」的例證了。馬融〈廣成頌〉說：「延緩節奏、舒展顏容，往返回旋、緩步而行，降集園林。川衡、澤虞，陳列祭魚、施布鳥網。茲飛、宿沙，田開、古冶。揮大椎，揚關斧。砍除厚冰，撥開昆蟲蟄伏的穴洞。觀察魚兒深藏的地方，追逐蟲魚之類的蹤跡。」那麼這是古人讀「治」為「墅」的例證了。《詩・召南・采蘋》說：「把祭品放在哪兒呢？在宗廟的天窗下。誰在那兒主持呢？那個齋戒的少女。」那麼這是古人讀「下」為「戶」的例證了。凡是像這樣的例證，倉猝間難以說盡。那些字是古人的本音而不是協韻，對此，陳第已經辨明過了。

至於說近來的刻本，又有做得更過分的。阮瑀〈七哀詩〉說：「昏暗九泉室，漫漫長夜臺。身死氣力盡，精魂無所能。」今天的版本改「能」為「迴」，不知道《廣韻》十六咍部原來就有「能」字，姚寬以《後漢書・黃琬傳》予以證明：「想得到卻又不能得到，光祿大夫舉薦秀才。」以為不一定就是「鼈」。張說〈隴右節度大使郭知運神道碑銘〉說：「於河西回返軍隊，於臨洮曾經布防。手握金節，魂滅軍帳。千里送喪，三軍悽愴。」《唐文粹》本改「防」為「址」，以與上文的「喜」、「祉」諸字協韻，不知道《廣韻》四十一樣部原有「防」字，而「高山峽谷奇險，如同長城一樣」，「防」字已見於左思的〈蜀都賦〉了。李白〈日夕山中有懷〉詩說：「久臥名山雲，遂為名山客。山深雲更好，賞弄終日夕。月銜樓間峰，泉漱階下石。素心自此得，真趣非外借。」今天的版本改「借」為「惜」，不知道《廣韻》二十二昔部原有「借」字，而「悲傷啊，美好的事物馬上就化滅；哀怨啊，超常的年齡如同借得」，可見「借」字已見於謝靈運的〈山居賦〉了。凡是類似的例證，也於倉猝間不能說盡。

啊！學者讀聖人的經典與古人的作品，而不能通曉其音韻；不知道今人的音韻不同於古代，而改古人的文字以遷就今人的音韻，這能不叫做非常糊塗嗎？以前漢代西平四年，議郎蔡邕上書請求修正刊定五經文字，於是親自把經文寫在石碑上，讓工匠鐫刻，立於太學門外，後來的儒生和晚輩學生都照石經去加以糾正。魏代正始年間，又建立了用古文、小篆和漢隸三種字體書寫的石經。從那時候以來，以古文刻印的經書歷代都沒有斷絕過。凡是傳寫中有不同於古代的，如果有疑惑便對照石經去考證。天寶初年，詔命集賢學士衛包將經書改為今文，而古文經書的流傳也就消失了。這是經書的一次變化。漢人對於經書，比如鄭眾、鄭玄注釋三禮，有的只改其音而未嘗變其字。《禮記．樂記》中的〈子貢問樂〉一章，文字顛倒錯亂的情形很清楚，仍沿襲其本文而不敢移動，只是在其下面注明而已。這樣做的原因，就是要傳承古代經書而不只憑己見獨斷專行，古人一脈相承的師法，本來就是這樣的。到了朱熹校正〈大學〉、〈繫辭〉，直接以他自己所認定的為本文，而把有關文字顛倒錯亂的看法注明在它的下面，這已經大破受古文經書拘束的習慣。後人仿效他，《周禮》五官互相更動變易，彼此交錯雜亂；〈召南〉、〈小雅〉又想移動其篇目次第，這是經書的又一次變化。聽先父說，自嘉靖年以前，書的刻本雖不精美工整，而其所不能通的地方，注明存疑；今天的刻本更加精美，而有疑問之處不再注明，並且直接修改它。以非常精美的刻本，而傳布那些徑行修改過的文字，無怪乎舊的版本一天天減少，而新的解釋更加穿鑿附會了。因此我以為讀九經要從考證文字開始，考證文字要從懂得音韻開始。以至於諸子百家的書籍，也沒有不是這樣的。我不忖度自己見聞貧乏、愚昧無知，越分地撰寫了《唐韻正》一書，而對《詩》、《易》二經分別給它們注釋音韻，叫做《詩本音》、《易音》。因為它們是經書，故而列在《唐韻正》之前，而學者閱讀它們，則一定要先讀《唐韻正》，其次才讀《詩》、《易》二書，明白它們變化的原因，而後三百零五篇與卦、爻、彖、象之辭便可以閱讀了。這幾本書的條理最為精密，我私下考慮後來的人一定有厭恨其不便於尋找探討，而又有竄改合併於其中的，因此不得不預先把它說明並且相告於你。孔子有一句話說：「齊國（的政治和教育）一有改革，便達到魯國的樣子；魯國（的政治和教育）一有改革，便進而合於大道了。」今天的《廣韻》，本來是宋代時候的人所說的啟蒙課本，家家流傳戶戶學習。自從劉淵的平水韻流行，而此書幾乎到了不存在的地步。今天讓學者目睹這本書，而說：自齊、梁以來，周顒、沈約幾個人相傳的音韻本來如同這樣，那麼世俗的音韻不必攻擊就自行廢棄了。這就是所謂的「一有改革便達到魯國的樣子」了。又從這裏推進到五經三代的書，而知道秦、漢以後直到齊、梁歷代的變易流傳的失誤，於是《詩經》的詩，也就能夠以琴瑟伴奏而歌唱了。這就是所謂的「一有改革便進而合於大道」了。因此我的書，一概依照《廣韻》的次第而不敢擅自更改，這也還是古人的意見。若要讓以後的學者容易得其門徑而深入了解，不委託給你，誰能傳布它呢？今天抄寫一函順便帶去，而在考證古代之後，有平日所不知道的則不能沒有增加，那麼以此而言，這些書還未能算是完善的版本。

【研 析】顧炎武說：「愚以為讀九經自考文始，考文自知音始。」這是貫穿本文首末的基本論點。為了支撐自己的論點，顧炎武使用了「博證」的方式，也就是大量引用同類的事例，去證明後人不通古人音讀，便「以今世之音改之，於是乎有改經之病」，由此也就說明了弄懂古人音讀的重要性。

顧炎武所使用的「博證」方式，其實正是清代學術研究中最為實用的一種研究方法，即歸納的方法。並且，這種方法之所以能夠成為一代風尚，正是顧炎武倡導的結果。例如，唐明皇讀《尚書・洪範》「無偏無頗，遵王之義」，覺得下文都協韻，唯有「頗」字與「義」不協，便下敕改為「陂」字。顧炎武舉《易・象傳》「鼎耳革，失其義也」、「覆公餗，信如何也」，和《禮記・表記》

「仁者右也，道者左也；仁者人也，道者義也」，證明古人讀「義」為「我」，「義」字正與「頗」字協韻；明皇改「頗」為「陂」是改錯了。又如舉《詩・鄘風・柏舟》「汎彼柏舟，在彼中河。髧彼兩髦，實惟我儀，之死矢靡他」與《易・漸・上九》「鴻漸於陸，其羽可用為儀」比較，證明古人讀「儀」為「俄」，范諤昌改「陸」為「逵」，是改錯了。舉《易・離・九三》「日昃之離，不鼓缶而歌，則大耋之嗟」，與《易・小過・上六》「弗遇過之，飛鳥離之」比較，證明古人讀「離」為「羅」；朱熹說「弗遇過之」當作「弗過遇之」，是錯了。

更為突出的例子是，顧炎武在《詩本音》的「服」字下，舉出了本證十七條，旁證十五條；在《唐韻正》「服」字下，共舉出一百六十二個證據。從文章寫作的角度說，這種「博證」方式的運用，能夠十分有力地證明文章的觀點；從學術研究的角度說，這種歸納方法的使用，正是顧炎武乃至清代的學術研究能夠取得輝煌成果的原因之所在。

答李子德書三

【題　解】本文作者對李子德辭官之事作了簡要分析，勸他伺機而行。同時又希望他不要舉薦自己，以此顯明「知己之愛」。

老弟雖上令伯❶之章，以我度之，未必見聽❷。昔朱子謂陸放翁❸能太高，跡太近❹，恐為有力者❺所牽挽❻，不得全其志節，正老弟今日之謂矣。但與時消息❼，自今以往，別有機權❽，公事之餘，尤望學《易》。吾弟行年❾四十九矣，何必待之明歲哉？更希餘光下被❿，俾暮年迂叟⓫得自遂⓬於天空海闊⓭之間，尤為知己之愛也。

【注　釋】❶令伯　李密，字令伯，西晉犍為武陽（今四川彭山東）人。官至漢中太守。其父早亡，母再嫁，與祖母劉氏相依為命。初，晉武帝徵其為太子洗馬，他以需奉侍祖母為由，上〈陳情表〉固辭。祖母死後，方至京師洛陽為官。❷見聽　猶言被接受。❸陸放翁　即南宋詩人陸游，放翁是其號。❹跡太近　謂太追求功業。跡，功業。近，希求；追求。❺有力者　有權勢者。❻牽挽　猶牽制。❼消息　變化。❽機權　隨機應變的謀略。❾行年　經歷過的年歲。❿餘光下被　猶言剩餘的光輝下及於己。被，及。⓫暮年迂叟　謂迂闊老人。⓬自遂　謂隨心所欲，自由自在地往來。遂，舒緩放肆之貌。⓭天空海闊　指天地寬曠無邊。

【語　譯】你雖然上奏類似李密〈陳情表〉那樣的奏章，但是按我的猜測，未必會被接受。以前朱熹說陸游才能太高，又過於追求功業，恐怕會被有權勢的人所牽制，因此不能成全他的志向和節操，這正是對你今天處境的說明。但是你只要依時勢而變化，從今以後，還是另有隨機應變的謀略的。在處理完公事之後，尤其希望你能學習《易經》。你已有四十九歲了，何必要等到明年呢？我更希望你的剩餘的光輝能下及於我，使我這個迂闊的老人得以自由自在地來往於天空海闊之間，而這尤其能表現為知己的友愛。

【研　析】如果說上一篇〈答李子德書〉的語言嚴肅莊重，讀來如見長者訓誡晚輩，那麼這一篇的語言則輕鬆溫和，讀來如見朋友品茗敘舊，推心置腹地交換看法。這種語言格調的變化，固然與作者當時的寫作心境不無關係，但更主要的則是因所敘之事有所不同。對此，我們只要把這一篇〈答李子德書〉與上篇結合起來閱讀，就可以體悟出來了。

與潘次耕書

【題解】潘耒，字次耕，號稼堂，為顧炎武的好友潘檉章之弟。工詩文，兼長史學，旁及音韻、曆法、算數、宗乘、道藏。著有《類音》、《遂初堂詩文集》。其兄檉章因莊氏史獄，被清廷殺害。潘次耕逃到北京，經顧炎武介紹，為王起田所收留；後來，王起田又將他收為女婿（詳見本書〈山陽王君墓誌銘〉）。潘次耕與顧炎武實際上存在著師生之情。這從本文之用語及文中所流露出的關切之意，足可看得出來。顧炎武諄諄告誡潘次耕「自今以往，當思中材而涉末流之戒，處鈍守拙」，「務令聲名漸減，物緣漸疎」等等，無非是傳授他保全自己、免遭迫害的方法罷了。

於天空海闊之中，一旦為畜樊之雉❶，才華累❷之也。雖然，無變而度❸，無易而慮❹，古人於遠別之時，而依風巢枝❺，勤勤致意❻，願子之勿忘也。自今以往，當思中材❼而涉末流❽之戒，處鈍守拙❾。孝標策事，無侈博聞❿；明遠為文，常多累句⓫。務令聲名漸減，物緣⓬漸疎，庶幾免於今之世⓭矣。若夫不登權門⓮，不涉利路⓯，是又不待⓰老夫之灌灌⑰也。

【注釋】❶畜樊之雉　語出《莊子》。猶言養於籠中的野雞。畜，飼養禽獸。樊，籠。雉，野雞。❷累　通「縲」。捆綁，猶束縛、限制。❸而度　你的儀度。而，汝；你。❹而慮　你的思想。❺依風巢枝　《文選‧古詩十九首》之一云：「胡馬依北風，越鳥巢南枝。」後省作「依風巢枝」，都是不忘本鄉的意思。❻勤勤致意　殷勤致意。❼中材　中等才能。❽末流　指衰亂時代的不良風習。《史記‧游俠列傳》云：「此皆學士所謂有道仁人也，猶然遭此菑，況以中材而涉亂世之末流乎？」此為所本。❾處鈍守拙　安於愚鈍，恪守笨拙。❿孝標策事二句　孝標即梁代劉峻字。據《南史‧劉懷珍傳》載：「武帝每集文士策經史事，時范雲、沈約之徒皆引短推長，帝乃悅，加其賞賚。曾策錦被事，咸言已罄，帝試呼問峻。峻時貧悴冗散，忽請紙筆疏十餘事，坐客皆驚，帝不覺失色，自是惡之。」策事，對策言事。無侈博聞，不願浪費其博聞多見。侈，浪費。⓫明遠為文二句　明遠即劉宋時代鮑照字。據《宋書‧臨川王道規傳》云：「世祖以照為中書舍人。上好為文章，自謂物莫能及，照悟其旨，為文多鄙言累句，咸謂照才盡，實不然也。」累句，猶病句。⓬物緣　即人緣。物，人。⓭庶幾免於今之世　猶言差不多可以幸免於今世的災難。幾，差不多。⓮權門　權貴之門；有權勢的豪門。⓯利路　獲利之路。⓰不待　不要；不需。⓱灌灌　懇切告誡之貌。

【語譯】在天空海闊之中，人一旦成為如同飼養在籠中的野雞，他的才華就會受到束縛。雖則如此，你也不要改變你的儀度，不要變易你的思想。古人在遠別的時候，總是不忘本鄉，殷勤致意，希望你不要忘了這點。自今以後，你應當想到「以中等才能而經歷亂世之不良風習」的警戒，安於愚鈍，恪守笨拙。梁代劉峻對策言事，不願浪費其博聞多見（因此為梁武帝所厭惡）；宋代鮑照寫文章，常常有很多病句（這是因為他領悟了宋世祖的旨意）。你務必讓自己的聲名漸漸減弱，務必讓自己的人緣漸漸疏遠，這樣一來，你差不多就可以幸免於今世之難了。至於不登權貴豪門，不涉足獲利之路，這就更不需要我懇切告誡的了。

【研　析】作者既希望潘次耕固守節度，不為名利所動；又希望他能免遭迫害，保全性命。於是，反覆引古鑑今，以明處世之道；同時，又用不容置疑的口吻，傳授保全之法。叮嚀復叮嚀，這並非是一個老於世故者的經驗之談，而是一位聰明長者對晚輩後生的竭誠厚愛。因此，本文於字裏行間，也就處處流露出了諄諄告誡之意，殷勤關切之情。

答次耕書

【題解】在這篇文章中，作者再次表明堅守母訓，「無仕異朝」的決心。

來書〈北山〉南史❶一聯❷，語簡情至，讀而悲之！既已不可諫❸矣，處此之時，惟退惟拙❹，可以免患。吾行年已邁❺，閱世❻頗深，謹以此二字❼為贈。子德書來云：「頃聞將特聘先生，外有兩人。」此語未審虛實❽？「君子之道，或出或處」❾，鄙人情事與他人不同。先妣❿以三吳⓫奇節⓬，蒙恩旌表，一聞國難，不食而終，臨沒丁寧⓭，有「無仕異朝」之訓。辛亥之夏，孝感特柬⓮相招，欲吾佐之修史，我答以果有此命，非死則逃。原一⓯在坐與聞，都人⓰亦頗有傳之者，耿耿⓱此心，終始不變！幸以此語白之知交⓲。前札中勸我無入都門⓳及定卜⓴華下㉑，甚感此意。迴環中腑㉒，何日忘之！

【注　釋】❶北山南史　指直刺君王無道及直書亂臣犯上之事。北山，《詩．小雅》篇名。據〈北山序〉所說，這首詩是諷刺周幽王的。南史，為春秋時齊國的史官。據《左傳．襄公二十五年》載：太史直書「崔杼弒其君」，崔杼殺之；太史之弟接著又直書其事，崔杼又連殺二人。最後此事還是被記錄下來。南史氏聽說太史被殺光，於是執簡前往，又聽說此事已被記錄下來，便回去了。❷聯　對偶稱聯。詩文每兩句為一聯。❸諫　匡正；挽回。❹惟退惟拙　謂只有引退和守拙。守拙，安於愚拙而不取巧。❺行年已邁　謂年老。行年，經歷過的年歲。❻閱世　經歷時世。❼二字　指「退」與「拙」二字。❽未審虛實　猶言不清楚是真是假。審，詳知。虛實，猶真假。❾君子之道二句　見於《易．繫辭上》。出、處，進退之意。❿先妣　稱已去世的母親。⓫三吳　古地區名。其說不一。《水經注》稱吳郡、吳興和會稽為三吳。⓬奇節　奇特的節操。關於顧炎武嗣母的事跡，可參閱本書〈與史館諸君書〉。⓭丁寧　同「叮嚀」。叮囑；告誡。⓮柬　通「簡」。信札；名刺。⓯原一　徐乾學，號健庵，字原一，顧炎武之甥。康熙進士，累官至刑部尚書。有文集傳世。⓰都人　謂京師人。都，京都。⓱耿耿　誠信貌。⓲白之知交　謂告訴知己。白，陳述；稟告。⓳都門　京師城門。⓴定卜　謂定居。卜，即「卜居」。用占卜選定居之地。㉑華下　指華山之下。㉒迴環中腑　猶言時時記在心中。迴環，環繞迴轉。中腑，猶內心。

【語　譯】來信中陳述〈北山〉南史的那一聯，語言簡潔而情感的抒發達到極點，讀了使人感到悲痛。既然已經不可能挽回了，那麼處在這種時候，只有引退，只有守拙，才能夠免除禍患。我已年老，所經歷的時世頗深，謹以這兩字為贈。子德來信說：「不久前聽說將特別聘請您，另外還有兩人。」這話不清楚是真是假？《易．繫辭》說：「君子處世之道，或進或退。」我的情況與他人不同。母親曾以三吳之地奇特的節操，蒙受皇恩而被表彰。她一聽說國家有難，便絕食而死，臨終時叮囑告誡，有「不要在異朝為官」的遺訓。辛亥年的夏天，孝感特地來信邀請，想邀我輔助他修撰《明史》。我答覆說，果真有這種命令，我不是死就是逃。原一當時在座，他聽見了這句話，京城的人士也多有傳說這句話的，我的這種誠信之心，始終不會變化！幸運的是我能夠把這句話告訴知己。你上一次的來信中勸我不要進國都的城門以及定居華山之下，我特別感謝你的這種好意。對此，我時時記在心中，任何時候都忘不了的！

【研　析】忠與孝在顧炎武身上得到了很好的統一。他拒絕參與修撰《明史》，說果真要徵用他，便「非死則逃」，這是忠於明室、堅持民族氣節的表現；但這種表現又根源於孝，即他恪守母親遺訓，堅持「無仕異朝」。當他把對明室的忠與對母親的孝視為一體時，他的一生的行為也就有了最好的注釋，而我們在閱讀他的文章時，則又不能不與他的忠孝觀念緊密聯繫起來，否則，便很難深入理解他的思想內容。

與潘次耕書一

【題解】在本文中，作者提出：「著述之家，最不利乎以未定之書傳之於人。」並且結合自己所撰寫的《音學五書》對上述觀點進行了闡述。作者治學之嚴謹，由此又可得到證明。

著述之家，最不利乎以未定之書傳之於人。昔伊川先生❶不出〈易傳〉，謂是身後之書，即如近日力臣札來，《五書》❷改正約有一、二百處：《詩・祈父》「靡所厎止」❸、〈小旻〉「伊于胡厎」❹誤作「底」，注云：十一薺❺，而不知其為五旨❻也。五經無「底」字，皆是「厎」字，惟《左傳・襄二十九年》「處而不底」❼，〈昭元年〉「勿使有所壅閉湫底以露其體」❽，乃音「丁禮反」耳。今《說文》❾本厎字有下一畫，誤也。字當從氐。《詩》「周道如砥」❿，孟子引之作「厎」，以砥厎音同而古亦可通也。今本誤為底字。童而習之，并《詩》之砥字亦讀為邸矣。〈商頌・列祖〉詩上云「以假以享」⓫，下云「來假來饗」⓬，石經上作享，下作饗。歐陽氏曰：「上云以享者，謂諸侯皆來助享於神也；下云來饗者，謂神來至而歆饗⓭也。」享、饗二義不同，享者，下享上也，《書》⓮曰「享多儀」⓯是也。饗者，上饗下也，《傳》⓰曰「王饗醴」⓱是也。故〈周頌〉「我將我享」⓲作享，「既右饗之」⓳作饗；〈魯頌〉「享以騂犧」⓴作享，「是饗是宜」㉑作饗。今《詩經》本周、商二〈頌〉㉒上下皆作享，非矣。舉此二端㉓，則此書雖刻成而未可刷印，恐有舛漏㉔以貽後人之議㉕。馬文淵㉖有言：「良工不示人以璞㉗。」今世之人速於成書，躁㉘於求名，斯道也將亡矣。前介眉札來索此，原一亦索此書並欲鈔《日知錄》，我報以《詩》、《易》二書㉙今夏可印，其全書再待一年，《日知錄》再待十年；如不及年，則以臨終絕筆㉚為定，彼時自有受之者，而非可豫期㉛也。《詩》云：「如切如磋，如琢如磨。」㉜此之謂也。

【注釋】❶伊川先生　北宋哲學家程頤，字正叔，人稱伊川先生。洛陽（今屬河南）人。曾和其兄程顥學於周敦頤，並同為北宋理學的奠基者，世稱「二程」。❷五書　指顧炎武所著《音學五書》。參見本書〈音學五書序〉。❸靡所厎止　出自《詩・小雅・祈父》。猶言不能夠自持。厎，主持；掌管。❹伊于胡厎　出自《詩・小雅・小旻》。猶言照此而行會是什麼結果。于，往行。厎，至；終止。❺十一薺　謂其屬《廣韻》上聲十一薺部。❻五旨　謂其屬《廣韻》上聲五旨部。❼處而不厎　引自《左傳・襄公二十九年》「季札觀樂」一節。季札聽見歌〈頌〉，予以評論，其中有「處而不厎」一句。孔穎達《正義》曰：「雖久處而不厎滯也。」處，中止。厎，停滯。❽勿使有所壅閉句　引自《左傳・昭公元年》「子產答叔向問」一節。孔穎達《正義》曰：「壅，謂降而不使行，若土壅水也。閉謂塞而不得出，若閉門戶也。湫謂氣聚。厎謂厎止。……言人之養身，當須宣散其氣，勿使氣有壅閉集滯以羸露其形骸也。」❾說文　《說文解字》的略稱。該書為漢代許慎撰。字義解釋，皆本六書，歷來為治小學之學者所宗。❿周道如砥　出自《詩・小雅・大東》。謂大道平坦像磨石。周道，大道；官路。砥，磨石，比喻大道很平坦。⓫以假以享　猶言諸侯來朝而祭獻。假，至；到。⓬來假來饗　猶言鬼神光臨而享受。⓭歆饗　指鬼神享受祭品。⓮書　指《尚書》。⓯享多儀　載《尚書・洛誥》。猶言貢享應以禮儀為重。多，超過。⓰傳　指《左傳》。⓱王饗醴　謂王賞賜甜酒。醴，甜酒。⓲我將我享　引自《詩・周頌・我將》。猶言我捧上、我獻上。將，奉。享，獻。⓳既右饗之　引自《詩・周頌・我將》。猶言亦請他來嘗一嘗。右，勸之意。⓴享以騂犧　引自《詩・魯頌・閟宮》。猶言奉上一頭紅色牛。騂，赤色馬，也指赤色牛。犧，古時宗廟祭祀用的純色牲畜。㉑是饗是宜　引自《詩・魯頌・閟宮》。猶言請光顧、請享受。宜，本祭祀之名，此指神享受所祭之物。㉒頌　指《詩經》中的〈周頌〉、〈魯頌〉和〈商頌〉。㉓二端　兩個方面。㉔舛漏　錯漏。舛，錯亂。㉕貽後人之議　謂留給後人去議論。貽，遺留。㉖馬文淵　馬援，字文淵，東漢扶風茂陵（今陝西興平東北）人。官至伏波將軍，封新息侯。㉗璞　指未雕琢的玉。㉘躁　急躁。㉙詩易二書　指《詩本音》、《易音》。㉚絕筆　指臨死寫的東西。㉛豫期　事先期望。豫，通「預」。㉜詩云三句

《詩・衛風・淇奧》曰：「如切如磋，如琢如磨。」古時把骨器加工稱切，象牙加工稱磋，玉的加工稱琢，石的加工稱磨。

【語　譯】著書的人，最不利的是把還未定稿的書傳給別人。以前程頤不肯出示〈易傳〉，說這是死後才給人看的書，就如近日力臣來信，對《音學五書》改正的約有一、二百處：《詩・小雅・祈父》說：「不能夠自持。」《詩・小雅・小旻》說：「照此而行會是什麼結果。」把「厎」誤作「底」。注釋說：「厎」屬《廣韻》上聲十一薺部，而不知它屬於《廣韻》上聲五旨部。五經沒有「底」字，都是「厎」字，只有《左傳・襄公二十九年》說：「雖中止而不停滯。」又〈昭公元年〉說：「不要讓氣有壅閉集滯而羸露其形骸。」這兩處「底」字的讀音才是「丁禮反」。今天的《說文》本「厎」字有下面一畫，這是錯誤的。此字當從「氐」。《詩・小雅・大東》說：「大道平坦像磨石。」孟子引用這句詩時作「厎」，因為「砥」與「厎」同音而在古代也是可以通用的。今本誤為「底」字。童子學習時，連同《詩經》中的「砥」字也讀為「邸」了。《詩・商頌・列祖》這首詩的前面說：「諸侯來朝而祭獻」，後面則說：「鬼神光臨而享受」，在石經上前面作「享」，後面作「饗」。歐陽氏說：「前面說『以享』，是說諸侯都來幫助祭獻鬼神；後面說『來饗』，是說鬼神到來而享受祭品。」「享」、「饗」二字的含義並不相同：所謂「享」，是處於下位的人把祭品獻給處於上位的人；如《尚書・洛誥》說：「貢享應以禮儀為重。」就是例證。所謂「饗」，是處於上位的人享受處於下位人的祭品，如《左傳》說：「王享受甜酒。」就是例證。因此《詩・周頌・我將》說：「我捧上，我獻上。」作「享」；又說：「也請他們來嘗一嘗。」作

「饗」。《詩・魯頌・閟宮》說:「奉上一頭紅色牛。」作「享」;又說:「請光顧,請享受。」作「饗」。在今天的《詩經》本中〈周頌〉、〈商頌〉的前後文都作「享」,是不對的。舉這兩個方面的例子,就說明《音學五書》雖然刻成但還不能印刷,唯恐有錯漏而遺留給後人議論。馬援有一句話說:「好的工匠不把璞拿給人看。」可是今天世上的人快速編著成書,急切求取功名,這種原則也將不存在了。前次介眉來信要這部書,原一也要這部書並想抄寫《日知錄》。我給他們回信說《詩本音》、《易音》今年夏天可以印刷,而《音學五書》全書則要再等一年,《日知錄》則要再等十年;如果等不到上述年限,則以臨終絕筆為定本,那時自然有接受它們的,但這是不能事先期望的了。《詩・衛風・淇奧》說:「像角牙般的切磋過,像玉石般的琢磨過。」說的就是這個意思。

【研 析】從本文的闡述中,我們可以得到如下的啟發:做學問應當持「三負責」的態度,即對前人負責、對後人負責和對自己負責。所謂對前人負責,就是在研究古代學術問題時,不能以自己的認識替代古人的認識,否則便是「以今釋古」,那就會歪曲古人的本意。所謂對後人負責,就是說古論今不能以訛傳訛,似是而非,否則便是「以其昏昏,使人昭昭」,最終將誤導後人。所謂對自己負責,就是自己所寫下的一字一句,都經得起歷史的檢驗,否則便是「示人以璞」,必為後世所恥笑。

與潘次耕書二

【題　解】潘次耕之兄潘檉章有史才。他在與吳炎共撰《明史記》時，曾向顧炎武借得史書千餘卷；後受莊氏史獄牽連而被害，其所借之書也因此而失散。對此，本書卷五〈書吳潘二子事〉作過說明。

自從潘檉章等人被害之後，顧炎武對明朝史事避而不談，以免遭殺身之禍。不過，在好友之間，有時也不忌諱，並且偶爾還從學術的角度，對如何修撰《明史》提出自己的看法。

大家❶續孟堅❷之作，頗有同心❸；巨源告延祖之言❹，實為邪說。展讀來札，為之愴然❺！吾昔年所蓄史事之書，並為令兄取去，令兄亡後，書既無存，吾亦不談此事。久客北方，後生晚輩益無曉習前朝之掌故者。今兄之亡十七年矣，以六十有七之人，而十七年不談舊事，十七年不見舊書，衰耄❻遺忘，少年所聞，十不記其一二。又當年牛李、洛蜀之事❼，殊難置喙❽。退而修經典之業，假年❾學《易》，庶無大過，不敢以草野之人⑩，追論朝廷之政也。然亦有一得之愚⑪，欲告諸良友者。自庚申至戊辰邸報皆曾寓目⑫，與後來刻本記載之書殊不相同。今之修史者，大段⑬當以邸報為主，兩造⑭異同之論，一切存之，無輕刪抹⑮，而微其論斷之辭⑯，以待後人之自定，斯得之矣。割補⑰《兩朝從信錄》尚在吾弟處，看完仍付來，此不過邸報之二三也。

【注釋】❶大家　或稱曹大家，即東漢班昭，為班固之妹。嫁曹世叔，早寡。班固著《漢書》，八表及〈天文志〉未成而卒，和帝命昭到東觀藏書閣續完此書。多次受召入宮，為皇后及諸貴人當教師，號稱大家。著有《女誡》等。《後漢書》有傳。❷孟堅　班固，字孟堅。繼承其父業，撰《漢書》。曾任蘭臺令史等職。《後漢書》有傳。❸頗有同心　猶言都有相同的心願。頗，皆；都。❹巨源告延祖之言　巨源，山濤，字巨源，晉代河內懷縣（今河南武陟西）人。竹林七賢之一。自魏入晉，為吏部尚書十餘年，選用官吏，都親作評論，當時號為「山公啟事」。《晉書》有傳。❺延祖　嵇紹，字延祖，晉代譙國（今安徽亳縣）人。嵇康之子。官至侍中。《晉書》有傳。據《世說新語・政事》載：「嵇康被誅後，山公舉康子紹為祕書丞。紹咨公出處，公曰：為君思之久矣。天地四時，猶有消息，而況人乎！」❺愴然　悲傷貌。❻衰耄　衰老。耄，老；年高。❼牛李洛蜀之事　指朋黨之事。牛李，即牛李黨爭。唐穆宗、敬宗、武宗之世，朝臣牛僧孺與李德裕父子互立朋黨而爭權。時稱「牛李黨爭」。洛蜀，即洛蜀三黨。宋哲宗時，朝中有三黨：洛黨以洛陽人程頤為首。蜀黨以蘇軾為首。朔黨以劉摯為首。合稱「洛蜀三黨」。❽置喙　插嘴。❾假年　猶言老天給與我年齡。假，授；給與。⑩草野之人　猶言平民。草野，民間。⑪愚　愚見。自謙之詞。⑫寓目　觀看；過目。⑬大段　猶言主要或重要。⑭兩造　指爭論的雙方。⑮刪抹　猶刪除。⑯微其論斷之辭　猶言隱匿那些論斷的語句。微，隱藏。⑰割補　割裂增補。

【語譯】班昭續撰班固之作，頗有同心；山濤告訴嵇紹之言，實為邪說。展開來信拜讀，為之感到悲傷。我以前所收集的有關史事的書籍，都被你的兄長拿去，你的兄長死後，那些書已經沒有存留下來的了，我也不談這件事。我長久客居北方，後生晚輩更加不明白和熟悉前朝的掌故。你的兄長去世十七年了，我作為六十七歲的老人，十七年不談舊事，十七年不見舊書，衰老遺忘，年輕時所聽說的，十件事中就有一、二件事不記得了。再說當年如同牛李、洛蜀的朋黨之事，尤其很難插言，於是我退一步修習經典之業。老天給與我年齡，讓我能夠學習《易經》，使我差不多沒有大的過失。我不敢以平民的身分，回頭再去評說朝廷的政治。然而我也有一得之愚見，想告訴好朋友。從庚申年到戊辰年的邸報我都見過，與後來的刻本所記載的很不相同。今天修史的人，主要應當以邸報為主，爭論雙方或異或同的議論，一切予以保存，不要輕易刪除，而把那些論斷的言辭隱匿起來，以等待後人自己去判定，這樣做就合適了。割裂增補過的《兩朝從信錄》還在你那裏，看完就請還給我，這不過占邸報的十分之二、三。

【研析】顧炎武雖一再拒絕參與修撰《明史》，但在給親朋的信中卻幾次談到了如何修撰《明史》的看法。比如他在〈與公肅甥書〉及本文中就提出在修《明史》的過程中，對於爭論雙方或是或非的意見，應當同時保存，並且修史者不要輕易對它們下結論，要留待後人去判斷。這種看法，無疑對任何時代的修史者都有指導作用。因為每一朝代的歷史，都是後一朝代的人所修撰。時過境遷，史事的真偽需經歷一個較長時間的甄別過程，才能辨明是非；若修史者以己意為標準，隨便刪削，妄作結論，就會歪曲歷史。我們常說，應當以實事求是的態度去寫歷史，其理由即在於此。

與李中孚書一

【題解】李中孚，即李顒。陝西盩厔（今陝西周至）人。家貧借書苦學，遍讀經史諸子以及釋道之書。曾講學江南，門徒甚眾，後主講關中書院。與孫奇逢、黃宗羲並稱三大儒。清廷屢次以博學鴻詞徵召，均以死相拒得免（參見本書〈答李紫瀾書〉）。在本文中，顧炎武竭力勸阻李顒回盩厔，以為此處並不安全。並且針對李顒所謂「置死生於度外」的說法，予以反駁。其朋友之情、相愛之意，均於這種坦誠的「忠告」裏得到了充分表達。

先生已知盩厔之為危地，而必為是行，脫❶一旦有意外之警❷，居則不安，避則無地，有焚巢喪牛❸之凶，而無需沙出穴❹之利，先生將若之何？至云置死生於度外❺，鄙意未以為然。天下之事，有殺身以成仁❻者；有可以死，可以無死，而死之不足以成我仁者。子曰：「吾未見蹈仁而死者也。」❼聖人何以能不蹈仁而死？時止則止，時行則行，而不膠於一❽。孟子曰：「大人者言不必信，行不必果。」❾於是有受免死之周⑩，食嗟來之謝⑪，而古人不以為非也。使必斤斤⑫焉避其小嫌⑬，全其小節⑭，他日事變之來，不能盡如吾料，苟執一不移⑮，則為荀息之忠⑯，尾生之信⑰，不然，或至并其斤斤者而失之⑱，非所望於通人⑲矣。承惓惓⑳相愛之切，故復為此忠告，別有札與憲尼㉑，囑其懇留先生也。

【注釋】❶脫　倘或；或許。❷警　凡報告危急的信息都可稱警。❸焚巢喪牛　比喻徹底毀滅。❹需沙出穴　語本《易・需》：「需於沙，小有言，終吉。」又：「需於血，出自穴。」後因用「需沙出穴」謂遇凶險而能幸免。❺度外　心意計慮之外。即不必介懷。❻有殺身以成仁　語出《論語・衛靈公》。猶言有勇於犧牲來成全仁德。❼吾未見蹈仁而死者也　語出《論語・衛靈公》。猶言我沒看見踐履仁德而死了的。❽不膠於一　猶言不拘泥於一個方面。❾孟子曰三句　語見《孟子・離婁下》。猶言有德行的人，說話不一定句句守信，行為不一定時時堅決。果，果敢；堅決。❿周　通「賙」。救濟。⓫食嗟來之謝　《禮記・檀弓下》：「齊大饑，黔敖為食於路，以待餓者而食之。有餓者蒙袂輯屨，貿貿然來。黔敖左奉食，右執飲，曰：『嗟，來食。』揚其目而視曰：『余唯不食嗟來之食，以至於斯也。』從而謝焉，終不食而死。」⓬斤斤　苛細、瑣屑之意。⓭小嫌　小的怨仇。⓮小節　細小的、無關大體的節操。⓯執一不移　即固執不變。⓰荀息之忠　荀息為春秋時晉國大夫。獻公卒，立奚齊而輔之；里克殺奚齊，又輔立卓子；卓子亦被殺，荀息隨之而死。⓱尾生之信　《莊子・盜跖》云：「尾生與女子期於梁下，女子不來，水至不去，抱梁柱而死。」⓲并其斤斤者而失

之　猶言專於其斤斤計較而連荀息之忠、尾生之信都失去了。并，專。⑲通人　指學識淵博的人。⑳惓惓　懇切貌。㉑憲尼　生平不詳。

【語　譯】先生已知盩厔是危險之地，卻一定要去，倘若一旦有意外的警報，住則不安全，避又沒有地方，那就會有被徹底毀滅的凶險，而沒有遇凶險能幸免的便利，到那時先生將怎麼辦呢？至於先生所謂已置死生於度外，在我看來則不以為然。天下的事，有勇於犧牲來成全仁德的；有可以死，有可以不死，而死不足以成全我的仁德的。孔子說：「我沒看見踐履仁德而死了的。」聖人怎樣才能不踐履仁德而死呢？回答是：有時當止則止，有時當行則行，而不拘泥於一個方面。孟子說：「有德行的人，說話不一定句句都守信，行為不一定時時都堅決。」於是便有人接受使之免於餓死的救濟，有人表達嗟來之食的謝意，而古人並不以為這有什麼不對。假使一定要斤斤計較而迴避那種小的怨仇，保全那種小的節操，那麼在他日事變到來，不能全都如同自己所意料的時候，如果仍固執不變，那就只能做到如同荀息那樣的忠誠、尾生那樣的守信，不然，或許至於因專於斤斤計較而連荀息之忠、尾生之信都失去了，而這卻不是對學識淵博的人所希望的。承蒙您真切相愛，所以我又說了這番忠告。我另外有信給憲尼，囑咐他要誠懇地留住您。

【研　析】這是一篇駁論文章。作者所要表明的觀點則是：為人處世，應善於變通，而不可拘泥於一個方面。他的這一觀點是在反駁李中孚「置死生於度外」的說法中得以確立的。

為了駁倒李中孚的觀點，作者多次引述孔子和孟子的言論。這種以古代聖人之「是」來否定李中孚之「非」，自然可以置對方於無可辯說的境地。作者在引述時，並不只是簡單地提出孔、孟言論便罷了，而是在此基礎上進行了合乎邏輯的分析推理。如引述孔子所謂「吾未見蹈仁而死者也」之後，反問道：「聖人何以能不蹈仁而死？」答案是：「時止則止，時行則行，而不膠於一。」又如，在引述孟子所謂「大人者言不必信，行不必果」之後，順其意而推斷古人不以「受免死之周，食嗟來之謝」為非，隨之又運用假設方式，作進一步推斷，若斤斤計較、「執一不移」，將會帶來「非所望於通人」的後果。這種合乎邏輯的分析推理，實質上是對孔、孟之論的擴展，是對孔、孟本意的引申。因此，它大大增強了文章的反駁力量。

與李中孚書二

【題　解】這篇文章講了三件事：一是不能回歸江南的原因，二是有關建朱子祠堂的事情，三是對李中孚請求為其母作祠文婉言謝絕。這三件事之間並無直接聯繫，但放在一篇文章裏又顯得那麼和諧，究其原因，大概與作者選取自敘觀感的角度有關。

衰疾漸侵，行須扶杖，南歸尚未可期。久居秦❶、晉❷，日用不過君平百錢❸，皆取辦囊橐❹，未嘗求人。過江而南，費須五倍，舟車所歷，來往六千，求人則喪己❺，不求則不達，以此徘徊未果。華令❻遲君謀為朱子祠堂，卜於雲臺觀之右❼，捐俸百金，弟亦以四十金佐之。七月四日買地，十日開土，中秋後即百堵皆作❽。然堂廬門垣❾，備制❿而已，不欲再起書院。惟祠中用主像⓫，遵足下前諭，主題⓬曰：太師徽國文公朱子神位像，合用林下冠服⓭，敢祈足下考訂明確示之。太夫人⑭祠已建立否？委作記文⑮，豈敢固辭⑯，以自外於知己。顧念先妣以貞孝受旌，頃使舍姪⑰於墓旁建一小祠，尚未得立，日夜痛心。若使不立母祠，而為足下之母作祠文，是為不敬其親而敬他人矣。足下亦何取其人乎？貴地高人逸士甚不乏人，似不須弟；若謂非弟不可，則時乎有待，必鄙願已就，方可泚筆⑱耳。

【注釋】❶秦　陝西省的簡稱。因戰國時為秦國地而得名。❷晉　山西省的簡稱。因春秋時晉在此建國而得名。❸君平百錢　漢代嚴君平在成都賣卜，得百錢後，即閉門講《老子》。❹囊橐　均為盛物的袋子。❺喪己　謂喪失自己的人格。❻華令　指華陰縣令。❼卜於雲臺觀之右　猶言選擇在雲臺觀的西面。卜，選擇。右，表示方位。古時西方稱右。❽百堵皆作　語出《詩・小雅・鴻雁》。猶言百面牆壁同時而起。堵，土牆。❾堂廬門垣　即屋宇門牆。垣，矮牆。❿備制　猶言盡合祠堂形制。備，盡；皆。制，形制。⓫用主像　指朱熹（朱子）像。⓬主題　謂在牌位上題寫。主，供奉死人的牌位，俗稱神主。⓭林下冠服　謂作隱士穿戴。林下，退隱之所。⓮太夫人　漢制，列侯之母方稱太夫人。後來官僚豪紳的母親，不論存亡，均稱太夫人。⓯記文　亦即後文所謂祠文，即記載建立祠堂的祭文。⓰固辭　一再推辭。⓱舍姪　指自己的姪兒。舍，自謙之詞。⓲泚筆　謂以筆蘸墨。

【語譯】衰老疾病漸漸侵奪身體，行走也必須扶著手杖，返回南方之事還不能預料。我在陝西、山西已經居住了很久，每天花費不過如同君平百錢，而且都用來置辦盛物的袋子，未嘗求過他人。

過江去南方，那裏每天的花費必須增加五倍，乘船乘車所遊歷的費用，一來一往又得六千，求人則喪失自己的人格，不求則不能到達，因此而猶豫未決。華陰縣令遲君打算修建朱子祠堂，選擇在雲臺觀的西面，他捐獻俸薪百金，我也拿出四十金幫助他。七月四日買地，十日破土，中秋之後百面牆壁同時而起。然而堂宇門牆，盡合祠堂形制而已，不想再修書院。只有祠堂中朱熹的像，遵照你前次的告示，在牌位上題寫道：太師徽國文公朱子神位像，朱子像適合著隱士的穿戴，冒昧請你考訂後明確告訴我。你母親的祠堂已經建立了嗎？你委託我寫一篇記述修建祠堂的祭文，豈敢一再推辭，以至於自我疏遠知己。只是想到我的母親曾因守貞節講孝道而受到朝廷表彰，不久前我讓姪兒在她的墓旁修一座小祠堂，還沒能夠建立起來，因此我日夜痛心。假使我不為自己的母親建立一座祠堂，而為你的母親寫一篇祭文，那就是不敬自己的母親而敬他人了。你又何必求於我呢？貴地隱逸之士中特別不乏撰寫祭文的人，似乎不必要我來寫，假如說非我不可，則要等待一些時日，一定是在我的心願已經完成之後，方可動筆。

【研　析】顧炎武文章的語言格調，常因所敘之事有別而不同，即使是寫給同一個人的書信也是如此。對此，我們已在前面第二篇〈答李子德書〉作過簡要說明。這裏，我們不妨結合兩篇〈與李中孚書〉再作分析。

在第一篇中，作者唯恐李中孚不肯與清廷合作而遭殺身之禍，因此提出忠告，勸其要善於變通，不要「執一不移」。因此，其語言就顯得嚴肅，甚而至於冷峻，那種對朋友關切至深的情感溢於言表。而本篇則不然。因為所敘述的都屬於日常之事，並非與生死攸關，因而其語言平實，讀起來則感到輕鬆多了。由此我們似可悟出一個寫文章的道理，在記敘文中，語言格調只有與所敘之事的影響作用和輕重程度相符合，才能更好地介紹事件和準確地傳達出作者的情感來。

答王山史書

【題解】本文依據古代葬禮，對王山史應當如何安葬其庶母作了簡要說明。

仲復之言，自是尋常之見。雖然，何辱之有？〈小星〉❶、〈江汜〉❷，聖人❸列之〈召南〉❹，而紀叔姬筆於《春秋》矣。或謂古之媵者❺皆姪娣❻，與今人不同。誠然。然今人以此為賤者，不過本其錙銖❼之身價而已，價與義有時而互為輕重。《記》❽曰：「父母有婢子❾，甚愛之，雖父母沒，沒身❿敬之不衰。」夫愛且然，而況於其五十餘年之節行乎？使鄉黨⓫之人謂諸母⓬之為尊公⓭媵者，其位也；其取重於後人而為之受弔⓮者，其德也。《易》曰：「利幽人之貞，未變常也。」⓯諸母當之矣。君子以廣大之心而裁物制事⓰，當不盡以仲復之言為然。將葬，當以一牲⓱告於尊公先生而請啟土⓲。及墓，自西上，不敢當中道⑲；既窆，再告而後反⑳，其反也，虞於別室㉑，設座不立主㉒，期而焚之㉓。

【注釋】❶小星　《詩・召南》篇名。漢代鄭玄《箋》說，小星即眾多無名的星，比喻周王的眾妾。孔穎達《正義》曰：「作〈小星〉詩者，夫人以恩惠及其下賤妾也。」❷江汜　《詩・召南》篇名。孔穎達《正義》曰：「作〈江有汜〉詩者，言美媵也，美其勤而不怨。」❸聖人　指孔子。相傳《詩經》為孔子所修定。❹召南　《詩經》篇名。為十五〈國風〉之一。召在岐山之南，為周初召公奭之采邑。其所採民間樂調歌謠，叫〈召南〉。❺媵者　古時諸侯女兒出嫁時隨嫁與陪嫁的人。❻姪娣　從嫁的妹妹或姪女。❼錙銖　錙、銖都是古代很小的重量單位。比喻極微小的數量。❽記　即《禮記》。❾婢子　婢妾。❿沒身　終身。⓫鄉黨　猶鄉里。⓬諸母　庶母；父之妾。⓭尊公　對別人父親的敬稱。⓮受弔　猶言表示哀悼。⓯利幽人之貞二句　《易・歸妹》第二爻象辭。孔穎達《正義》曰：「利幽人之貞者，居內處中能守其常。施之於人，是處幽而不失其貞正也。」又曰：「能以履中不偏，故云未變常也。」幽人，指有堅定的貞操和中庸德性的女子。⓰裁物制事　猶言安排和處理事物。裁、制，均有安排和處理之義。⓱牲　供祭祀用的家畜。⓲啟土　動土，指挖掘墓穴。⓳中道　道路的中央。《禮記・曲禮上》說：「為人子者，……行不中道，立不中門。」⓴既窆二句　猶言落葬完畢，再次祭告而後返回。窆，落葬。告，祭告。㉑虞於別室　謂在另外的房子裏拜祭。虞，古時葬後拜祭稱虞。㉒設座不立主　謂設立座位但不立神主。主，神主；供奉死者的牌位。㉓期而焚之　謂到了一年就把它燒掉。期，一週年。

【語譯】仲復所說的，自然是尋常的見解。雖然如此，又有什麼恥辱的呢？〈小星〉、〈江汜〉，聖人把它們列入〈召南〉，而紀叔姬還把它們寫進了《春秋》。有人說古代隨同陪嫁的女子都是妹妹或姪女，與今天陪嫁的人不同。的確是這樣。然而今天人們以陪嫁為低賤的原因，不過依據於她們輕微的身價而已，身價與道義有時是互為輕重的。《禮記》說：「父母有婢妾，對她特別喜愛，雖然父母死了，也還是終身尊敬而不衰減。」既然對父母喜愛的婢妾尚且這樣，何況對於你那位有五十多年節操品行的庶母呢？假使鄉里的人說你的庶母是你父親的陪嫁來的人，那說的是她的身分地位；而她為後人所尊重並因此而受到哀悼，則是她的德性。《易·歸妹卦》第二爻的象辭說：「得利在於所娶女子不改變其恆常的貞節德性。」這句話，你的庶母受之無愧。君子以廣大的心胸去安排和處理事物，就應當不完全以仲復的話為準。將安葬你的庶母時，應當以一牲畜祭告於你的父親請求動土；等到送往墳墓時，你自西側前行，不能走在路的中央；落葬完畢，再次祭告你的父親而後返回。返回之後，在另外的房子裏拜祭，為你的庶母設立座位而不立牌位，到了一週年便把它燒掉。

【研　析】中國素稱禮儀之邦。數千年來，諸多遞相沿襲的禮儀規範著一代又一代人們的行為，從而形成了優良的傳統道德，塑造了美好的民族性格。儘管有些禮儀已經不適用於今日了，但禮的精神（道德的精神）滲透進了我們生活的各個層面，構成了中華民族文化的堅實基礎。因此無時無刻都在發揮著潛移默化的影響作用。顧炎武在本文中對友人的庶母五十多年不變節行予以肯定，並說：「價與義有時而互為輕重。」其實質就是對傳統的道德精神的讚揚。對此，我們有必要回味再三。

與王山史書

【題解】本文所述為修建朱子祠堂之事。可與前面第二篇〈與李中孚書〉結合起來閱讀。

朱子祠堂之舉，適有機緣❶。今同令弟及諸君相視形勢❷，定於觀❸北三泉之右❹，擇平敞之地，二水合流之所，建立一堡❺，止用地四、五畝，繚以周垣❻，引泉環之，並通流堂下。前為石坊，列植松柏，內住居民三、四家守之。雖所費不訾❼，但有百金即便興工，不患無助。春仲❽弟自來視工❾。望作一家報❿，凡擇地委人一切託之令弟允塞，仍移書⓫報弟，速為措辦⓬可也。

【注釋】❶機緣　機會和緣分。此處指華陰縣令想修建朱子祠堂。見〈與李中孚書二〉。❷形勢　指地理形勢。❸觀　指雲臺觀。見〈與李中孚書二〉。❹右　表示方位。古時稱西方為右。❺堡　土築的小城。❻周垣　四周的院牆。垣，矮牆。❼訾　足。❽春仲　猶「仲春」。農曆二月。仲，指其月在春季的中間。❾視工　監督施工。❿家報　家信；家書。⓫移書　移送文書。⓬措辦　置辦。

【語　譯】建朱子祠堂的舉動，恰好有了機緣。今天和你的弟弟及其他人去察看了地理形勢，決定在雲臺觀北面三泉的西邊，選擇平敞的地方，二條流水匯合之處，建立一座小土城，只占地四、五畝，周圍修建院牆，再引泉水環繞著它，並讓泉水通流到祠堂之下。祠堂前面是石坊，依次排列地種植松柏，祠堂內住進三、四戶居民，以便守護它。雖然所需費用不足，但是有百金就能興工，不擔心沒有資助。仲春時我親自來監督施工。希望你寫一封家信，凡是選擇地點委任施工者等等一切事都託付給你的弟弟允塞，仍然請他移送一份文書回報給我，請迅速置辦就可以了。

【研　析】建朱子祠堂本為擬議中的事，作者卻用簡潔的筆墨勾畫出了一幅建築藍圖，從選址到堂前祠內，交代得眉目清楚，使我們恍若眼前矗立著一座朱子祠堂似的。之所以能產生這種效果，恐怕與作者確定以雲臺觀為敘述的參照物，和選擇了由表及裏、由前及後的敘述次序有關。

與王仲復書

【題解】在這篇文章中，作者對古時「免服」之制作了較為詳盡的說明。關於它的思想內容，可結合〈答王山史書〉去理解。

華陰王君無異有諸母張氏，年二十六，其君[1]與小君[2]相繼殁[3]。無異以兄子為後，方四齡，張氏獨守節以事太君[4]。二十五年太君亡，又三十餘年年八十一，及見無異之曾孫而終。無異感其節，將為之發喪[5]受弔[6]而疑所服[7]。僕[8]以免服[9]告之。讀來教[10]與無異書，未之許[11]也。竊惟《禮經》[12]之言免者不一，而詳其制有二焉。其重也，自斬[13]至緦[14]皆有免；其輕也，五世之親[15]為之袒免[16]。夫五服之制，有冠有衰[17]，免則無冠也。鄭氏[18]曰：以布廣一寸，自項中而前，交於額[19]上，卻[20]繞紒[21]，如著幓頭[22]矣。是故有免而衰者，有免而袒者；在五服之內則免而衰，五服之外則免而袒。袒者，非肉袒㉓也，無衰，故謂之袒也。《傳》㉔言晉惠公獲㉕於秦，穆姬「使以免服衰絰㉖逆㉗」，是免而衰者矣。史言漢高㉘為義帝㉙發喪，「袒而大哭，兵皆縞素」㉚，是無衰而袒者矣。今張氏之卒，無異將為之表其節而報其恩，其可以無服乎哉？童汪踦㉛幼而勿殤㉜，縣賁父㉝卑而有誄㉞，國固有之，家亦宜然。請為之免而布素，既葬而除，敢以質之君子。若曰：「汰哉，叔氏，專以禮許人！」㉟則吾豈敢。

【注釋】❶其君　指張氏的丈夫。即無異之父。❷小君　妻子的通稱。此處指無異之母。❸殁　「歿」的本字。死；終。❹太君　對他人母親的尊稱。❺發喪　人死公告於眾。❻受弔　接受哀悼。❼疑所服　謂對其穿何喪服猶豫不決。❽僕　自謙之詞。❾免服　古人服喪時，脫帽紮髮，用布纏頭。故免有免冠之意。❿來教　對他人來信的敬稱。⓫許　贊同。⓬禮經　指《禮記》。⓭斬　即「斬衰」。舊時五種喪服（斬衰、齊衰、大功、小功、緦麻）中最重的一種。用粗麻布製成的喪服，左右和下邊不縫。⓮緦　即「緦麻」。舊時五種喪服中最輕的一種。用疏織細麻布製成的孝服，通常服喪三月。⓯五世之親　謂五服之外的親屬。⓰袒免　袒衣免冠。古代喪禮：凡五代外的遠親，無喪服之制，唯袒衣免冠，以示哀思。露左臂曰袒，去冠束髮曰免。⓱有冠有衰　謂有冠就穿斬衰。衰，通「縗」。⓲鄭氏　指鄭玄。⓳頟　「額」的本字。⓴卻　再。㉑繞紒　謂繞束為結。紒，通「結」。㉒幓頭　束髮巾。㉓肉袒　脫去上衣，裸露肢體。㉔傳　指《左傳》。㉕獲　受辱。㉖衰絰　古代居喪之服。絰，古代喪期結在頭上或腰間的麻帶。㉗逆　迎。㉘漢高　指漢高祖劉邦。㉙義帝　秦二世元年，項梁、項籍起兵於吳，次年梁得故楚懷王孫心於民間，立為懷王，國號楚，治盱台（今屬江蘇）。秦亡，項籍尊懷王為義帝，徙於長沙郴縣。第二年，又命九江王英布殺義帝於郴縣江中。見《史記・項羽本紀》、〈高祖本紀〉。㉚袒而大哭二句　見《史記・高祖本紀》。縞素，白色的喪服。㉛汪踦　春秋時魯國童子。哀公十一年，與齊師戰於郎而死，魯人因其死於國事，以成人之禮葬之。事見《左傳・哀公十一年》。踦，《左傳》作「錡」。㉜勿殤　謂不以未成年而死對待他，即以成人之禮安葬他。殤，未成年而死。㉝縣賁父　春秋時魯莊公與宋人戰於乘丘，縣賁父為之駕車，馬驚而敗。縣賁父說，他日不敗，今日敗，是我無勇。遂赴敵戰死。事後，魯莊公認為他無罪，便作悼辭哀悼他。㉞誄　即今悼辭。㉟若曰四句　見《禮記・檀弓上》。汏，通「泰」。驕奢。叔氏，孔子弟子子游的別字。許人，許諾人；答覆人。這三句話是縣子對子游的批評。謂子游不依據以前的禮來回答人，而是以「是這樣」來作答，好像禮就出於他自己。這是自大驕奢的表現。

【語　譯】華陰縣王無異有庶母張氏，在她二十六歲時，丈夫及其正房妻子相繼去世。無異以張氏丈夫兄長的兒子過繼為嗣，當時正四歲，張氏獨自守節撫孤，侍奉太君。過了二十五年太君去世，又過了三十多年，張氏八十一歲時，見到了無異的曾孫，這才過世。無異被她的節操所感動，準備為她發喪、接受哀悼，但是對穿什麼喪服則猶豫不決。我告訴他說穿免服。可是我讀了你的來信與無異的書信，這才知道你並不贊同。我個人考慮《禮經》所說的免服並不一致，而詳察其制式則有兩種。其重的一種，則是從斬衰到緦麻，都有免冠的規定；其輕的一種，則五代之外的遠親，都為之袒衣束髮。根據五服的制式，有冠就有衰服，免服則無冠。鄭玄說：用一寸寬的布，從脖子中間往前交於額頭上，再繞束為結，如同戴著束髮的頭巾。因此，有免冠而著衰服的，有免冠而袒衣的；對五服之內的近親就免冠而著衰服，對五服之外的遠親就免冠而袒衣。所謂袒衣，並不是脫去上衣，裸露肢體，因為沒有著衰服，所以稱之為袒衣。《左傳》寫晉惠公受辱於秦時說，穆姬「讓人著免服衰絰去迎接」，這是免冠而著衰服的例子。史書說漢高祖劉邦為義帝發喪，「袒衣而大哭，士兵都穿白色的喪服」，這是無衰服而袒衣的例子。今天張氏去世，無異將表彰她的節操、報答她的恩情，那麼對她可用無服之喪嗎？童子汪踦雖年幼而以成人之禮安葬他，縣賁父雖卑下而有誄文表示哀悼，國家本來就有這種例子，家庭也應當這樣去做。請為張氏免服而以白布束結於額頭，安葬張氏之後便除掉。我大膽地以上述看法詢問於君子。如果說：「驕奢啊，叔氏，專門以禮來許諾別人！」那麼我又怎麼敢這樣做呢！

【研析】讀這篇文章，我們不一定要弄清楚古代喪服的嚴格制式，需要的則是理解該文所表露出的對守節施恩之人的崇敬，即使此人地位卑下，但只要其德性高尚，就應在其死後以適當的喪禮予以安葬，以表彰其生前的功德。這種重德性、重人格修養的思想，值得我們發揚光大。

復張又南書

【題　解】作者在本文中敘述了兩件事，一是修建朱子祠堂，另一是自陳僑居之計。關於第一件事，已在〈與李中孚書〉等篇中多次談到，可參閱。

華下有晦翁❶舊事，歷五百餘年始得山史為之表章，又十二年，而炎武重遊至此。至今不刱❷，更待何人？今移買山之貲❸，先作建祠之舉。若改歲❹之初，旌騶❺至止❻，當於華下奉迎。白石清泉，其談中愫❼，慰二載之闊悰❽，訂千秋之大業，幸甚幸甚！至鄙人僑居❾之計，且為後圖❿，而其在此，亦非敢擁子厚⓫之臯比⓬，坐季長之絳帳⓭。倘逖聽⓮不察，以為自立壇坫⓯，欲以奔走⓰天下之人，則東林覆轍⓱，目所親見，有斷斷⓲不為者耳！

【注　釋】❶晦翁　即朱熹，其字元晦，一字仲晦，號晦庵，後世尊稱晦翁。❷刱　「創」的異體字。首創，指開始建造朱子祠堂。❸買山之資　為隱居而購買山林所需的錢。買山，喻賢士的歸隱。❹改歲　由舊的一年進入新的一年。❺旌騶　猶言尊駕，稱呼對方的敬詞。❻止　至；到。❼中愫　內心的真情實意。愫，情愫；本心。❽闊悰　久別而生的思念之情。悰，心情；思慮。❾僑居　寄居他鄉。❿後圖　後來的打算、計劃。⓫子厚　張載，字子厚，宋代鳳翔郿縣（今陝西眉縣）橫渠鎮人。世稱橫渠先生。熙寧初為崇文院校書，後退居南山下教授諸生。⓬皐比　虎皮的座席。後來常指學師的座席。⓭坐季長之絳帳　季長，馬融，字季長。東漢右扶風茂陵（今陝西興平東北）人。曾任校書郎、南郡太守等職。遍注群經。常坐高堂，施絳紗帳，前授生徒，後列女樂。絳帳指紅色的帳帷。後因用絳帳作為師長或講座的代稱。⓮逖聽　在遠處聽到。⓯壇坫　盟會的場所。坫，秦代以前築在室內的土臺。⓰奔走　驅使。⓱東林覆轍　明代萬曆年間，無錫人顧憲成革職還鄉，與高攀龍等人在東林書院講學，議論朝政，得到部分士大夫的支持，被稱為「東林黨」。天啟年時，宦官魏忠賢專權，東林諸人與之相抗，慘遭迫害。直到崇禎即位，魏忠賢失勢自殺，黨禁始解。覆轍，猶言覆車。比喻失敗的教訓。⓲斷斷　確實。

【語　譯】華山之下留有朱熹往日的事跡，經過五百多年才得到王山史對他的表彰，又過了十二年，我重遊到此。直到今天還不開始建造朱子祠堂，又等待何人呢？現在我挪用準備歸隱時買山的錢，先作修建祠堂的安排。假如明年年初，尊駕來到，我當在華山之下奉迎。面對白石清泉，共談內心的真情，以慰分別二年的思念，訂立流傳千年的大業，實在幸運得很！至於我寄居他鄉的計劃，自然是為以後作打算，而我寄居這裏，也不敢擁有子厚那樣的講席，坐上季長那樣的講座。否則，倘若朝廷在遠處聽到傳聞而又不了解，以為我們自立盟會場所，想從此而驅使天下的人，那麼東林黨失敗的教訓，則是親眼所見，因此我有確實不能授徒的理由！

【研　析】顧炎武多次談到修建朱子祠堂之事，並且還自願以買山的錢給與資助，如此熱心，則與他推崇朱熹的學問不無關係。至於他說到「僑居之計，且為後圖」，則暗示他仍念念不忘恢復明室。他曾在解釋自己定居華山之下的原因時說：「華陰綰轂關、河之口，雖足不出戶，而能見天下之人，聞天下之事。一旦有警，入山守險，不過十里之遙。若志在四方，則一出關門，亦有建瓴之便。」這段話可看作是對「且為後圖」的最好注腳。他在詩中也曾寫道：「遠路不須愁日暮，老年終自望河清。」可見他的抗清意志，至老未衰。

與三姪書

【題解】顧炎武志存恢復明室，故於西元一六五六年隻身北上，來往於山東、河北、山西、陝西一帶，觀察地理形勢，以謀求根據地。最後定居於陝西的華陰。其理由正如他在本文中所言：「秦人慕經學，重處士，持清議，實與他省不同。」「然華陰綰轂關、河之口，雖足不出戶，而能見天下之人，聞天下之事。一旦有警，入山守險，不過十里之遙。若志在四方，則一出關門，亦有建瓴之便。」在華陰，他置田五十畝自給；他處開墾所入，另外存儲，以備恢復之用。然而，大勢已去，顧炎武欲力挽狂瀾於既倒，終沒成功。這也是他遺恨終身之事。

新正❶已移至華下❷。祠堂、書院之事，雖皆秦人❸為之，然吾亦須自買堡中❹書室一所，水田四、五十畝，為饔飧之計❺。秦人慕經學❻，重處士❼，持清議❽，實與他省不同。黃精❾松花❿，山中所產；沙苑⓫蒺藜⓬，止隔一水⓭，終日服餌⓮，便可不肉不茗⓯。然華陰綰轂關、河之口⓰，雖足不出戶，而能見天下之人，聞天下之事。一旦有警，入山守險⑰，不過十里之遙。若志在四方⑱，則一出關門，亦有建瓴⑲之便。

今年三月，乘道塗之無虞⑳，及筋力㉑之未倦，出崤㉒、函㉓，觀伊㉔、雒㉕，歷嵩㉖、少㉗，亦有一、二好學之士，聞風願交㉘。但中土㉙飢荒，不能久留，遂旋車而西㉚矣。彼中經營㉛方始，固不能久留於外也。

【注釋】❶新正　謂元旦。❷華下　此謂華山之下。❸秦人　指陝西省人。❹堡中　城中。堡，土築的小城。❺饔飧之計　猶生活之計。饔飧，朝食曰「饔」；夕食曰「飧」。❻經學　研究經書，為諸經作訓詁，或發揮經中義理之學。❼處士　古時稱有才德而隱居不仕的人。❽清議　公正的評論。古時指鄉裏或學校中對官吏的批評。❾黃精　草名。又名黃芝、鹿竹、野生薑等。多年生草本。葉似竹而短，根如嫩薑，可入藥。道家以為其得坤土之精粹，故名黃精。❿松花　松樹之花。可用以製作松花餅或釀製松花酒。⓫沙苑　地名。在陝西大荔南，產蒺藜。⓬蒺藜　據《本草》載：「蒺藜有二種：一杜蒺藜，開小黃花，結芒刺；一白蒺藜，出沙苑，結莢長寸許，子大如黍粒。」可入藥。⓭止隔一水　止，只；僅。水，謂渭水。大荔在渭水北，華陰在渭水南。⓮服餌　服食。餌，吃。⓯不肉不茗　不食肉不飲茶。茗，茶。⓰華陰綰轂關河之口　綰轂，言控扼路口。綰，聯貫。轂，車輪中心插軸的部分，比喻許多道路湊集之點。關，謂潼關，在華陰東。河，謂黃河，在華陰東北。⓱入山守險　謂入華山扼守天險。華山在華陰南十里。山之東有牛心谷，南通商洛，為險阨處。⓲四方　天下。⓳建瓴　即「高屋建瓴」。謂居高臨下，勢不可阻。建，傾倒。瓴，瓦溝，或屋檐瀉水的溝槽。

⑳無虞　無所憂慮。㉑筋力　猶言體力。㉒崤　謂崤山。在河南永寧北。㉓函　謂函谷關。古函谷關在今河南靈寶北。戰國秦置。因關在谷中，深險如函得名。㉔伊　伊水。出河南伊氏東南悶頓嶺東北，流至偃師入洛。㉕雒　通「洛」。洛水出陝西雒南縣之秦嶺東北，流至河南汜水縣入黃河。㉖嵩　嵩山。一名太室山，五嶽之中嶽也，在河南登封北。㉗少　少室山。在開封縣西。㉘聞風願交　聽到風聲願意結交。㉙中土　中原。㉚旋車而西　掉轉車身而向西。㉛經營　籌劃營謀。指在華陰建立根據地。

【語　譯】今年元旦我已移居到了華山之下。修建祠堂、書院之事，雖然都是陝西人所做的，然而我為生活之計也還必須自己購買一所城中的書室，和四、五十畝水田。陝西人仰慕經學，重視有才德而隱居不仕的人，發表公正的評論，這實際上都與其他省不同。黃精和松花，為華山之中所產；沙苑的蒺藜，與華陰只隔一條渭水。假若終日服食，便可以不食肉不飲茶了。然而華陰控制著潼關和黃河的道口，雖然足不出戶，卻能見到天下之人，聽到天下之事。一旦有警報，進入華山扼守天險，不過十里之遙。若志在圖謀天下，則一出潼關之門，也有高屋建瓴的便利。

今年三月，我乘路途無所憂慮，及體力沒有疲倦之機，出遊崤山、函谷關，考察伊水和洛水，經歷嵩山、少室山，途中也有一、二位好學之士，聽到風聲而願與我結交的。但是中原發生饑荒，不能久留，於是我就掉轉車身而西歸了。再說，我在華陰的籌劃營謀才剛剛開始，本來就不能久留於外。

【研　析】作者在這篇給姪兒的書信中，說明了自己的行蹤，交代了自己之所以移居華陰的原因。從他對華陰風土人情、物產和地理環境的介紹中可知，他實地考察相當深入，其圖謀恢復明室之苦心，實在令人慨歎。

因為是叔姪之間的交談，故本文語調舒緩，語氣懇切，讀來如同爐邊家人的絮語，頗有一份親近的感覺。

與李霖瞻書

【題解】作者與友人訴說家常，言雖簡短，而朋友之間的親密關係，卻表現得頗為鮮明。

猶子❶衍生前歲曾蒙青盼❷，今已隨其師至關中❸，稍知禮法，不好嬉戲，竟立以為子。而崑山❹從弟❺子嚴連得二孫，又令荊妻❻抱其一，以為殤兒之後❼。桑榆末景❽，或可回三舍之戈❾。此間風俗大勝東方，雖未卜居，亦有安土之懷❿矣。

【注釋】❶猶子　即「從子」。兄弟之子。❷青盼　猶青眼。重視；看重。❸關中　地名。相當於今陝西省。❹崑山　縣名。在江蘇東南部，鄰接上海市。顧炎武老家即在此。❺從弟　堂兄弟。從，同一宗族次於至親者叫從。❻荊妻　對人謙言己妻。❼殤兒之後　謂作為死去的兒子的後嗣。❽桑榆末景　指晚年。桑榆，指日西垂，其光照在桑榆上，喻日暮。❾三舍之戈　指戰爭。三舍，一舍三十里，三舍九十里。《左傳・僖公二十三年》云：「(重耳答曰)晉、楚治兵，遇於中原，其辟君三舍。」❿安土之懷　猶言定居的想法。安土，安於本土。

【語　譯】我兄弟的兒子衍生去年曾蒙受你的看重，現在已隨他的老師來到陝西，他稍稍懂得禮儀法度，不喜歡玩樂，我終於把他立為嗣子。而在崑山縣的叔伯兄弟子嚴接連得到兩個孫子，又讓我的妻子把其中一個抱來了，以作為死去了的兒子的後嗣。我已到了晚年，也許能夠躲過戰火。這裏的風俗大大優於東方，我雖未定居於此，但是也有在此定居的想法了。

與王虹友書

【題解】在這篇文章中，作者借用數典，敘述了自己寄居陝西華山之下的境況，同時也表達了歸而無期的愁悵之情。

流寓❶關、華❷，已及二載，幸得棲遲❸泉石，不與弓旌❹。而此中一、二紳韋❺頗知重道，管幼安之客公孫，惟說六經之旨❻；樂正裘之友獻子，初無百乘之家❼。若使戎馬不生❽，弦歌無輟❾，即此可為優遊卒歲❿之地矣。惟是筋力衰隤⓫，山川緬邈⓬，獲麟西野，粗成撥亂之書⓭；化鶴東州，未卜歸來之日⓮。言及邦族⓯，憬然⓰如何！

【注釋】❶流寓　流落；寓居。❷關華　即關中、華山。❸棲遲　淹留；隱遁。❹弓旌　古代徵聘之禮，用弓招士，用旌招大夫。弓、旌均為徵聘的信物。❺紳韋　猶紳士和隱士。紳，束在腰間、一頭垂下的大帶。古代有身分的人束紳，後因此稱有地位權勢的人為紳。韋，韋帶。韋為熟牛皮。古代未出仕為官則束韋帶，故以韋帶借指未仕或隱居在野之人。❻管幼安之客公孫二句　管幼安即三國時魏國的管寧，幼安是其字。篤志於學，精於六經。東漢末黃巾起義時，他避居遼東，講《詩》、《書》、禮讓，從者甚多。曾客居公孫度處，只談六經之旨。事見《三國志・魏書・管寧傳》。❼樂正裘之友獻子二句　樂正裘為春秋時魯國人，曾與孟獻子友善。百乘之家，《禮記・大學》云：「（孟獻子曰）百乘之家，不蓄聚斂之臣。」《疏》云：「百乘，謂卿大夫有采地者也，以地方百里，故云百乘之家。」❽戎馬不生　謂戰事不發生。戎馬，指軍事。❾弦歌無輟　謂禮樂教化不停止。弦歌，指禮樂教化。❿優遊卒歲　猶言終年都悠閒自得。優遊，悠閒；閒暇自得的樣子。卒歲，終年。⓫隤　隤敗。⓬緬邈　遙遠貌，含有瞻望弗及之意。⓭獲麟西野二句　春秋時魯哀公在西方田野獵獲麒麟。相傳孔子作《春秋》，至此輟筆。魯哀公獲麟，事見《春秋・哀公十四年》。撥亂之書，指《春秋》。⓮化鶴東州二句　晉代陶潛《搜神後記》曰：「丁令威本遼東人，學道於靈虛山，後化鶴歸遼。」這二句猶言丁令威能化鶴成仙而回到東方，但我卻不能卜知歸來的日期。化鶴，謂成仙。⓯邦族　猶家國。⓰憬然　遙遠的樣子。

【語　譯】我流落寓居於陝西華山之下，已有二年，幸虧能夠隱遁於泉石之間，而不被徵聘。這裏有一、二位紳士隱者頗知重道，與他們相交，彷彿管幼安客居公孫度處，只是談論六經的要旨；如同樂正裘與孟獻子友善，最初都不是采地百里之家。假使戰爭不發生，禮樂教化不停止，那麼這裏可以成為終年悠閒的地方了。只是我的筋力衰敗，而山川則遙遠而望不到盡頭，想到魯哀公在西方的田野獵獲麒麟，孔子則粗略撰成撥亂反正的《春秋》一書；丁令威能化鶴成仙而回到東方，但我卻不能卜知歸來的日期。說到家國，它們離我是多麼的遙遠啊！

【研　析】本文用典，主要有兩個作用：一是借典喻事，二是借典抒情。

借典喻事，則使文章的內容顯得凝重而厚實。因為在今人與古人、今事與古事的兩相比照中，歷史與現實交會，從而使人能夠透過歷史的帷幕來認識現實。比如本文談到作者自己寄寓華山之下，與紳士隱者相交時，用「管幼安之客公孫」、「樂正裘之友獻子」兩個典故作喻，使人深刻感受到了作者的高尚志趣及其悠閒自得的現實處境。

至於抒情，則是於借典敘事中間接抒發情感，這樣，就使文章內容顯得含蓄而雋永。比如本文作者談到自己晚年難歸故土，其感覺人生的悽愴和對家國的懷念，均寓於「獲麟西野」與「化鶴東州」兩個典故之中。讀來如同是歷史而不是作者本人在向我們訴說著內心的悲痛與眷念，其感人至深，怕是不用典而直抒胸臆所難以做到的。

與周籀書書

【題解】這也是一篇駢體文。關於駢體文的特點，已在本書〈答原一、公肅兩甥書〉的研析中介紹過，此不贅述。

本文內容之一是敘舊，其間也透露著對自己今日身處逆境的傷感。其內容之二是勸學，希望周籀書「加進往之功」，「務本原之學」。

昔年過❶訪尊公❷於江村寓舍中。其時以去國❸孤蹤❹，相逢話舊，遇聲子於鄭郊❺，久諳❻家世❼；和漸離於燕市❽，竊附風流❾。雹散蓬飄❿，忽焉二紀⓫，東西南北，音信闕如⓬。為天涯⓭獨往之人，類日暮倒行之客⓮。乃者⓯發函伸紙⓰，如見故人，問道論文，益徵同志⓱。信後生之可畏⓲，知斯道之不亡。

至於鄙俗學而求六經⓳，舍春華而食秋實⓴，則為山覆簣，當加進往之功㉑；祭海先河㉒，尤務本原之學㉓。老夫耄㉔矣，何足咨詢㉕？而況二十年前已悔久焚之作㉖乎？重違來旨㉗，輒布區區㉘。

【注釋】❶過訪 探望。❷尊公 稱人之父。❸去國 離開本國。此借指明朝為清朝所滅。❹孤蹤 孤單；孤身在外。❺遇聲子於鄭郊 據《左傳．襄公二十六年》載：「伍舉奔鄭，將遂奔晉；聲子將如晉，過之於鄭郊，班荊相與食，而言復故。」❻諳 熟悉。❼家世 家閥世系。❽和漸離於燕市 據《史記．刺客列傳》載：「荊軻至燕，愛擊筑者高漸離，與飲於燕市。酒酣，高漸離擊筑，荊軻和而歌，相樂，已而相泣，旁若無人者。」和，應和。❾竊附風流 謂暗暗地依附風流。竊，暗暗。風流，遺風。❿雹散蓬飄 喻各奔東西，四海飄泊。⓫二紀 每十二年為一紀，二紀為二十四年。⓬闕如 闕，缺少。如，助詞。⓭天涯 謂極遠之地。涯，邊際。⓮日暮倒行之客 據《史記．伍子胥列傳》載：「伍子胥曰：為我謝申包胥曰，吾日暮途遠，吾故倒行而逆施之。」日暮，即「日暮途遠」。謂日景已暮而行程尚遠。喻力竭計窮。倒行，即「倒行逆施」。顛倒疾行，逆理行事。指做事違反常道，不擇手段。⓯乃者 猶言曩者、嚮者。⓰發函伸紙 打開信函展開信紙。⓱益徵同志 猶言更加徵詢志趣相同者的意見。⓲後生之可畏 語出《論語．子罕》。畏是敬畏佩服之意。後來多用以稱讚有志氣有作為的年輕人。後生，後輩；後一代。⓳六經 六部儒家經典。即《詩》、《書》、《禮》、《易》、《春秋》和《樂》。⓴舍春華而食秋實 《三國志．魏書．邢顒傳》云：「君侯采庶子之春華，忘家丞之秋實。」按：庶子，指劉楨，楨以文章名；家丞，指邢顒，顒以篤行稱。曹植和劉楨很親近，跟邢顒不相合，故云。春華，比喻文采絢麗。秋實，比喻操行篤實。㉑則為山覆簣二句 《論語．子罕》云：「譬如為山，未成一簣，止，吾止也。譬如平地，雖覆一簣，進，吾往也。」語譯則為：好比堆土成山，只要再加一筐土便成山了，如果懶得做下去，這是自己停止的。又好比在平地上堆土成山，縱是剛剛倒下一筐土，如果決心努力前進，還是要自己堅持下去。簣，盛土之竹器。㉒祭海先河 《禮記．學記》云：「三王之祭川也，皆先河而後海。」河為海之本，故先祭河而後祭海，使人知務本。㉓務本原之學　謂勉力從學問的根本做起。㉔耄　老。《禮記・曲禮上》云：「八十、九十曰耄。」㉕咨詢　徵詢求問。咨，徵詢。㉖久焚之作　等待應焚燒的文章。意即自愧文不如人，表示不再著述。久，等待。㉗來旨　謂來書之旨意。㉘輒布區區　猶言特地陳述微末之見解。輒，特；獨。布，陳述。區區，小；少。

【語　譯】往年我於江村寓舍之中訪問過你的父親。那時我因離開本國孤身在外，與你父親相逢，話舊好似伍舉在鄭國的郊外遇到聲子，很早就熟悉對方的家世；也如荊軻在燕國的集市應和高漸離，暗暗依附於風流。後來我們如雹散，如蓬飄，忽然間過去了二十四年，東西南北，缺少音信。如今，我成了天涯獨來獨往的人，類似日暮途遠、倒行逆施的過客。以往打開信函、展開信紙，如見故人；求問道理討論文章，更要徵詢志趣相同者的意見。你的來信使我相信後生是值得敬畏佩服的，知道這種道理也不會亡失。

至於說鄙視世俗的學問而探求六經的意義，捨棄春華般的文采而保持秋實般的操行，這如同堆土成山，只要再加一筐土便成山了，那就應當自己加強努力前進而堅持下去的功力。祭川應是先祭河而後祭海，因此特別要勉力從學問的根本做起。我老了，哪裏值得你來信徵詢求問呢？況且在二十年前我就已經後悔寫那些等待焚燒的文章呵！我再次違背你來信的意旨，特地陳述微末的見解。

【研　析】本文言事抒情，特別講究比喻的運用。作為駢體文，大量用典是本文特點之一，而用典的目的在於以古人古事比喻今人今事，以便更深厚地抒發情意，或者更深刻地講清道理。比如作者在敘述自己與周籀書之父昔日的交往時，用了伍舉遇聲子於鄭郊及荊軻和高漸離於燕市之事；在訴說自己今日的處境時，則以伍子胥之事自比等等。這無疑收到了很好的抒情和說理效果。

此外，以物作比，也在本文中數次見到。比如在敘述作者與周籀書之父相聚之後又各奔東西，用了「雹散蓬飄」加以比喻。這很生動地表現出老友匆匆分離的情景，其間透露出的是悲涼與哀傷。

從比喻在文章的藝術作用而言，用典作比，可以古今對照，由古鑑今，給人以歷史感；用物作比，可以使物我為一，情景交融，給人以形象感。從這篇文章對比喻的運用中，我們完全可以悟出這一點來。

與人書一

【題解】作者認為：「人之為學，不日進則日退。」而他所理解的學問，則是：「自一身以至於天下國家，皆學之事也。」（見本書〈與友人論學書〉）這種認識，是對當時空談心性、學非所用的心學的反動，也是他的為學當「經世致用」的學術主張的必然體現。基於此，他強調為學之途徑有二：一是博覽群書，二是出門遊歷。否則，即使有子羔、原憲之賢，還是沒有用的。事實上，作者學識淵博，正是從這兩條途徑得來的。這正如他的弟子潘次耕在〈日知錄序〉中所說的，先生「自少至老，未嘗一日廢書」，其「足跡半天下，所至交其賢豪長者，考其山川、風俗、疾苦、利病，如指諸掌」。

人之為學，不日進則日退。獨學無友，則孤陋而難成❶，久處一方，則習染❷而不自覺。不幸❸而在窮僻之域，無車馬之資❹，猶當博學審問❺，古人與稽❻，以求其是非之所在，庶幾可得十之五、六。若既不出戶，又不讀書，則是面牆❼之士，雖子羔❽、原憲❾之賢，終無濟於天下。子曰：「十室之邑，必有忠信如丘者焉，不如丘之好學也。」❿夫以孔子之聖，猶須好學，今人可不勉⓫乎？

【注釋】❶獨學無友二句　語出《禮記‧學記》。謂獨學而無朋友相切磋，則學識褊狹淺薄，難以有成效。❷習染　為習俗所感染。❸不幸　指意外挫折或災禍。❹資　資助；供給。❺博學審問　語出《禮記‧中庸》。謂廣博地學習，詳細地詢問。審，詳細；周密。❻古人與稽　語出《禮記‧儒行》。謂與古人相合。稽，合。❼面牆　語出《尚書‧周官》。面對著牆，比喻不學。❽子羔　春秋時衛國人。姓高名柴，子羔是其字。為孔子弟子。有仁孝之德性。❾原憲　春秋時魯國人，字子思。孔子學生。孔子為魯司寇，以憲為家邑宰。❿子曰四句　見《論語‧公冶長》。丘，孔子之名。⓫勉　努力。

【語譯】人們做學問，不是天天進步就是天天退步。獨自學習而無朋友相切磋，就會學識褊狹而淺薄，難以有成效。長久地待在一個地方，就會被習俗所感染而自己卻不知道。如果遭到不幸而處在窮困偏僻之地，即使沒有車馬的資助，還是應當廣博地學習、詳細地詢問，求得與古人相合，以弄清其是非之所在，這樣差不多可以得到十分之五、六的學問。假如既不出戶，又不讀書，那就是不學之士，雖然有子羔、原憲那樣的賢德，最終也無益於天下。孔子說：「就是十戶人家的地方，一定有像我這樣又忠心又信實的人，只是趕不上我的喜歡學問罷了。」以孔子這樣的聖人，尚且還必須喜愛學習，今人能夠不努力嗎？

【研析】顧炎武在本文中所談到的幾點看法，既是他對自己為學經驗的一種總結，又是他對古人有關論述的一種擴展。因此，我們在理解本文時，除了要參照顧炎武做學問的經歷外，還應當把清代以前的學者的一些論述，與本文的有關看法聯繫起來思考，其感受就會更加深刻。

比如，顧炎武認為，「人之為學，不日進則日退」。關於這種「不進則退」的道理，宋代朱熹在〈為學之方〉（見《朱子全書》）中就作過很具體的說明：「為學正如撐上水船，方平穩處，盡行不妨；及到灘脊急流之中，舟人來這上一篙不放緩，直著力撐上，不得一步不緊，放退一步，則此船不得上矣。」由此看來，在做學問的過程中，進與退是緊密關聯的。要做到學問日進，不可不注意為學之方。為此，顧炎武提出了兩點，即博學和遊歷。關於博學，漢代王充就在《論衡・別通》中闡述道：「人目不見青黃曰盲，耳不聞宮商曰聾，鼻不知香臭曰痈。痈聾與盲，不成人者也。人不博覽者，不聞古今，不見事類，不知然否，猶目盲、耳聾、鼻痈者也。」關於遊歷，元代郝經在〈內游〉（見《郝文忠公陵川文集》卷二〇）中則以司馬遷為例，作了說明：「昔人謂漢太史遷之文，所以奇，所以深，所以雄雅健絕，超麗疏越者，非區區於文字之間而已也。……能盡天下之大觀，以助其氣，然後吐而為辭，筆而為書。故爾欲學遷之文，先學其游可也。」讀了這兩段文字，我們也就懂得顧炎武之所以強調要讀書和遊歷的理由了。

與人書二

【題解】本文認為，《易》所表達的就是聖人的所聞所見，若「掃除聞見，并心學《易》」，則是把《易》摒棄於聞見之外，這樣就成了莊周等人的學說，而不是聖人的學說了。

聖人❶所聞所見，無非《易》也。若曰：掃除聞見，并心❷學《易》，是《易》在聞見之外也。六十四卦三百八十四爻，皆所以告人行事，所謂「擬之而後言，議之而後動」❸者也。若夫「墮枝體，黜聰明」❹，此莊周❺、列禦寇❻之說，《易》無是也。

【注釋】❶聖人　指人格品德最高的人。儒家經典中多泛指堯、舜、禹、湯、文王、武王、周公、孔子。

❷并心　專心。并，專。❸擬之而後言二句　見《易‧繫辭上》。孔穎達《正義》曰：「聖人欲言之時，必擬度之而後言也。……欲動之時，必議論之而後動也。」擬，揣度。❹墮枝體二句　見《莊子‧大宗師》。這是道家對物我兩忘、淡泊無慮的所謂「坐忘」的精神境界的描述。墮，毀廢。黜，退除。雖然聰屬於耳，明屬於目，而聰明之用，本乎心靈。既悟一身非有，萬境皆空，故能毀廢四肢百體，摒黜聰明心智了。枝，通「肢」。

❺莊周　戰國時宋國蒙（今河南商丘縣）東北人。他繼承和發展了老子的學說，是道家思想的代表人物。著有

《莊子》。❻列禦寇　相傳戰國時鄭國人。《莊子》裏有許多關於他的事跡。被道家尊為前輩。

【語　譯】聖人所聞所見，無非由《易》來表達的。如果說：掃除所聞所見之後再來學《易》，這是把《易》摒棄於所聞所見之外了。六十四卦三百八十四爻，都是用來告訴人們如何行事的，這就是所謂「揣度之後再發表看法，議論之後再去行動」的意思。要說那「毀廢肢體，退除聰明」的觀點，則是莊周、列禦寇的學說，《易》卻不是這樣認為的。

與人書三

【題解】這篇文章提出了一項寫文章的原則，即「凡文不關於六經之指、當世之務者，一切不為」。這表明了作者所一貫堅持的實用主義的文章觀。

孔子之刪述六經，即伊尹❶、太公❷救民於水火之心，而今之注蟲魚、命草木❸者，皆不足以語此也。故曰：「載之空言，不如見諸行事。」❹夫《春秋》之作，言焉而已，而謂之行事者，天下後世用以治人之書，將欲謂之空言而不可也。愚不揣❺，有見於此，故凡文不關於六經之指❻、當世之務❼者，一切不為。而既以明道救人❽，則於當今之所通患❾，而未嘗專指其人者，亦遂不敢以辟❿也。

【注釋】❶伊尹　商湯的臣子。名摯，是湯妻陪嫁的奴隸。後佐湯伐夏桀，被尊為阿衡（宰相）。❷太公　即太公望，姜姓，呂氏，名尚。相傳釣於渭水之濱，周文王狩獵相遇，與語大悅，同載而歸，說：「吾太公望子久矣！」因號為太公望，立為師。武王即位，尊為師尚父，輔佐武王滅殷。❸注蟲魚命草木　猶言對《詩經》所載的蟲魚予以注釋，對《詩經》所載的草木予以命名。據前人統計，《詩經》中出現的蟲有三十七種，魚有十六種，草有三十七種，木有四十三種。因此，孔子才對鯉說，學《詩》可以「多識於鳥獸草木之名」。❹載之空言二句　見《史記・太史公自序》。空言，不起作用的話。行事，實行於事。❺不揣　猶不自量。自謙之詞。❻指　通「旨」。宗旨。❼務　事務。❽明道救人　謂闡明道理救治人民。道，指儒家之道。❾通患　通病。❿辟　通「避」。迴避。

【語　譯】孔子刪定和撰述六經，就有如伊尹、太公救民於水火之心，而今天的人們對《詩經》中的蟲魚予以注釋，對《詩經》中的草木予以命名，都不足以說有救民於水火之心。因此說：「寫一些不起作用的話，不如見之於行事。」《春秋》所撰述的，乍看是不起作用的話，但是說到它行之於事，天下後世又把《春秋》用來作為治人之書，這麼一來，恐怕想把它所記述的稱之為是不起作用的話，又是不可以的。我不自量，有見於此，因此凡是文章不關於六經的宗旨、當世的事務，便一概不去寫作。既然文章是用來闡明道理救治人民的，那麼對於批評當今的通病，而又未嘗專指某些人的文章，我也就不敢避而不寫了。

【研　析】「文以載道」是中國傳統的文章觀。這種觀點的核心內容是：文章是闡明仁義之道的工具，應當有益於社會。否則，便「一切不為」。這種文章觀十分注重文章的社會作用，極力反對「載之空言」。從這文章觀裏折射出的是中華民族自古以來就重實際、輕玄想的實用主義的生活態度。

不用說，顧炎武也是這種文章觀的忠實鼓吹者。他不僅在本文中表明了這種看法，而且在《日知錄・文須有益於天下》中說得更透徹：「文之不可絕於天地間者，曰明道也，紀政事也，察民隱也，樂道人之善也。若此者，有益於將來，多一篇，多一篇之益矣。若夫怪力亂神之事，無稽之言，勦襲之說，諛佞之文。若此者，有損於己，無益於人，多一篇，多一篇之損矣。」用顧炎武這段話來衡量今天的文章，固然有其不太適用之處，但它所表明的精神實質，卻對今天的文章寫作，仍然是有其指導意義的。

與人書四

【題解】本文對後人在注釋《詩經》時「執韻而論經」和「改經而就韻」提出了批評，並且就如何才能恢復《詩經》之韻的本來面目，提出了自己的看法。而這種看法，又是對他撰述《音論》的研究方法的某種說明。閱讀本文時，可參讀〈答李子德書〉。

《詩》三百篇即古人之韻譜。經之與韻，本無二也，病在後之學者執韻而論經❶；其不能通，則改經而就韻。夫道若大路然，安用此多岐❷乎？休文❸之四聲，神珙❹之翻切❺，三代之所未有也。顏師古❻、章懷太子❼始有叶韻❽之說，而漢以前亦未之有也。乃援今而議古，焉得不圓鑿而方枘❾乎？且經學自有源流，自漢而六朝而唐而宋，必一一考究，而後及於近儒之所著，然後可以知其異同離合之指❿。如論字者必本於《說文》，未有據隸⓫楷⓬而論古文者也。已僭成一書⓭，今先刻

《音論》⓮附往。

【注釋】❶執韻而論經　謂固執於韻而論斷經文。❷岐　通「歧」。歧路；岔道。❸休文　沈約，字休文，南朝宋吳興武康（今浙江德清武康鎮）人。沈約主四聲八病之說，曾撰有《四聲韻譜》。《南史》有傳。❹神珙　唐代西域沙門，憲宗元和以後人，撰《四聲五音九弄反紐圖》。其序言引及《元和韻譜》，並論四聲讀音。❺翻切　即「反切」。用兩個字拼切一個字的音，上字取聲，下字取韻。❻顏師古　唐代訓詁學家。名籀，以字行。京兆萬年（今陝西西安）人。官至中書侍郎。作《漢書注》、《急就章注》及《匡謬正俗》等，考證文字，多所訂正。❼章懷太子　即李賢。唐高宗第六子。字明允。曾招集當時學者張大安等注范曄的《後漢書》。❽叶韻　猶協韻。❾圓鑿而方枘　語出《楚辭‧九辯》。謂方榫圓孔，彼此不合。比喻格格不入。枘，榫頭。❿指　通「旨」。⓫隸　即「隸書」。書體名，為就小篆簡化之一種字體。相傳為秦始皇時程邈在雲陽獄中所作。⓬楷　即「楷書」。漢字字體之一。減省隸書之波磔而成，形體方正，筆畫平直。⓭僭成一書　指本文作者自己所編纂的《音學五書》。僭，越分。指超越身分，冒用在上者的職權行事。常作自謙之詞。⓮音論　為《音學五書》之一。

【語譯】《詩》三百篇就是古人的韻譜。經與韻，本來是不能一分為二的，毛病就出在後來的學者固執於韻而論斷經文；對那些解釋不通的，則改變經文而遷就音韻。道理就像大路一樣，哪裏用得上這麼多的歧路呢？沈約的四聲說，神珙的反切說，都是三代所未曾有的。從顏師古、章懷太子開始才有協韻之說，而這也是漢代以前所未曾有的。後之學者卻援用今天的音韻去議論古代的音韻，怎麼能夠不出現圓鑿而方枘的毛病呢？況且經學自有源流，從漢到六朝，再到唐、宋，必須一一考察探究，而後才涉及到近來的儒生所著之書，這樣才可以知道今古之韻異同離合的意思。比如談到字體，必定以《說文》為本，而未有據隸書、楷書而談到古文。我已纂成《音學五書》，今先把《音論》刻印出來附寄給你。

與人書五

【題解】在這篇文章中，作者提出：一個人著書立說與他平時待人接物是不同的。平時待人接物，可以依從眾人去行事，但著書立說則應當實事求是地去記錄。並以孔子撰述《春秋》與他平時行事有所不同為例，來予以證明。

君子將立言❶以垂❷於後，則其與平時之接物❸者不同。孔子之於陽貨❹，蓋以大夫❺之禮待之，而其作《春秋》則書曰盜。又嘗過楚，見昭王，當其問答，自必稱之為王，而作《春秋》則書：「楚子軫卒。」黜其王❻，削其葬❼。其從眾而稱之也，不以為阿❽；其特書而黜之也，不以為亢❾，此孔子所以為聖之時❿也。孟子曰：「庸敬在兄，斯須之敬在鄉人。」⓫今子欲以一日之周旋⓬，而施諸久遠之文字，無乃不知《春秋》之義乎？

【注　釋】❶立言　著書立說。❷垂　留傳。❸接物　與人交際。❹陽貨　春秋時魯國人。事季平子，平子卒而專魯國之政。欲去三桓，因劫定公與叔孫州仇以伐孟氏。貨敗，取公宮寶玉大弓，出奔至齊，後又至晉。❺大夫　官名。殷、周時有大夫、鄉大夫、遂大夫、朝大夫、冢大夫等。❻黜其王　謂廢除其王的稱號而直呼其名。❼削其葬　謂刪除其安葬之事而不敘述。❽阿　曲從；迎合。❾亢　高傲。❿孔子所以為聖之時　語出《孟子・萬章下》。猶言這正是孔子是聖人中識時務者的原因。⓫孟子曰三句　見《孟子・告子上》。猶言平常的恭敬在於哥哥，暫時的恭敬在於本地長者。庸，平常；日常。斯須，暫時；片刻。⓬周旋　應酬；打交道。

【語　譯】君子將著書立說以留傳於後世，那麼這和他平時與人交際則不同。孔子對於陽貨，平時以大夫之禮接待他，而在作《春秋》時則稱之為盜。孔子又曾路過楚國，拜見了楚昭王。當他與楚昭王一問一答時，自然一定是稱之為王，而在作《春秋》時則寫道：「楚子軫死了。」廢除了楚昭王的稱號「王」，而且呼其名；刪除了他安葬的過程而不加以敘述。孔子依從眾人而稱楚昭王為王，並不是以此來迎合他；孔子特地寫上楚昭王的名字而廢除其王的稱號，並不是以此來顯示自己的高傲，這正是孔子是聖人中識時務者的原因。孟子說：「平常的恭敬在於哥哥，暫時的恭敬在於本地長者。」今天你想把一日的應酬，寫成能留傳久遠的文字，大概是不了解《春秋》的含義吧？

與人書六

【題解】作者在本文中認為，「君子之學，死而後已」。其主張如同俗話所說的「活到老，學到老」。這種主張，正從一個方面體現出中華民族所固有的那種奮發向上、自強不息的精神。

生平所見之友，以窮以老，而遂至於衰頹❶者，十居七、八。赤豹❷，君子❸也，久居江東❹，得無有隕穫❺之歎乎？昔在澤州❻，得拙❼詩，深有所感。後書曰：「老則息❽矣，能無倦哉？」此言非也，夫子❾：「歸與歸與！」❿未嘗一日忘天下也。故君子之學，死而後已。

【注釋】❶衰頹　衰敗頹唐。❷赤豹　人名。不詳。❸君子　泛稱有才德之人。❹江東　自漢至隋唐稱自安徽蕪湖以下的長江下游南岸地區為江東。❺隕穫　猶喪失志氣。❻澤州　州名。故治在今山西晉城縣。❼拙　自謙之詞。❽息　休息；停止。❾夫子　指孔子。❿歸與歸與　語出《論語・公冶長》。猶言回去吧。

【語譯】我有生以來所遇見的朋友，因為窮困或年老而終究至於衰敗頹唐的，十人中就有七、八個人。赤豹，本是有才有德之人，但他長久地居住在江東，能夠沒有喪失志氣的感歎嗎？以前在澤州，他收到我的詩作，深有所感，給我回信說：「年老就該休息了，你（一如既往）能不疲倦嗎？」他這種說法就不對了。孔夫子雖然曾經說道：「回去吧！回去吧！」但是他的心未嘗一日忘記天下之事。因此，有才有德之人的學習，是到死才罷休的。

【研　析】本文先敘後議，敘為議提供對象，議則以敘為基礎，相得益彰。在敘述時，先概述朋友中多數因窮困或年老而意志消沈，接著則舉赤豹為例，具體介紹能表明他喪失志氣的幾句話。這幾句話既使赤豹這一君子變成了議的對象，又在文章結構上成了由敘轉為議的津梁。在議論時，先舉孔夫子為例，說明聖人雖有「歸與歸與」的感慨，但並非有一日忘記了天下。隨後予以概括，得出「君子之學，死而後已」的結論。

從上面的介紹又可知道，敘是由一般到個別，議則由個別到一般，前後區別分明；但是，又因為敘時點明了「赤豹，君子也」。議時則又概括說：「故君子之學，死而後已。」前後一脈相承，這就把文章組織得天衣無縫了。

可見，雖是一篇短文章，但在敘與議兩種表達方式的結合運用上，在文章的結構安排上，都是頗具匠心的。

與人書七

【題解】本文表達了作者憂國憂民之心。

每接談論，不無感觸，夜來夢作一書與執事❶曰：「過蒲❷而稱子路❸，之平陸而責距心❹。」嗟乎！夢中之心，覺時之心也；匹夫❺之心，天下人之心也。今將暫別貴地，民生❻利病❼望悉以見教。人雖微，言雖輕，或藉❽之而重。

【注釋】❶執事　指侍從左右供使令的人。舊時書信中用以稱對方，謂不敢直陳，故向執事者陳述，表示尊敬。❷蒲　春秋時衛國之地。在今河南長垣境內。❸子路　春秋時卞（今山東泗水）人。仲氏，名由，也字季路。孔子學生。仕衛，為蒲大夫，後為衛大夫孔悝邑宰。在孔悝作亂，迎立蒯聵為衛公時，被殺。❹之平陸而責距心　據《孟子・公孫丑下》云：孟子到平陸，責備孔距心失職，致使災荒年時，其地老百姓或拋屍山溝，或逃亡四方。孔距心承認是自己的罪過。之，到；至。平陸，戰國時齊國邊境城邑名，故城在今山東汶上北。距心，即孔距心，人名。為平陸邑宰。❺匹夫　泛指尋常的人。❻民生　平民的生計。❼利病　利弊；利害。❽藉　借。

【語　譯】每次交接談論，不無感觸。夜來夢到給你寫了一封書信，其中說：「孔子路過蒲地而稱讚子路，孟子來到平陸而責備距心。」啊！夢中所思慮的，就是覺醒時所想到的；匹夫所思慮的，就是天下人所想到的。今天將暫時離開貴地，有關民生利弊的情況希望得到你的指教。我雖然人微言輕，但是也許能夠借助你的指教而受到重視。

【研　析】顧炎武說過：「保天下者，匹夫之賤，與有責焉耳矣。」這大概就是所謂「天下興亡，匹夫有責」的語源吧？這句話連同本文所說的「匹夫之心，天下人之心也」，都表明顧炎武具有以「天下為己任」的強烈責任感。雖然，這種社會責任感的產生，與他飽受磨難，以及對明室忠誠不貳不無關係，但我們更要看到，中國知識分子自古以來就有憂國憂民的傳統，顧炎武的這種社會責任感，不過就是對這種傳統的繼承或發揚光大而已。

與人書八

【題　解】在本文中，作者表明：援引古例以謀劃今事，固然是儒生所能起到的治理世事的作用，但又鑒於當時「興一利便是添一害」，因此，其所作所為則不願讓當權者知道。

引古籌今❶，亦吾儒經世❷之用，然此等故事❸，不欲今在位之人知之。今日之事，興一利便是添一害，如欲行沁水❹之轉般❺，則河南必擾；開膠萊❻之運道，則山東必亂矣。

【注　釋】❶引古籌今　謂援引古代之例來謀劃今日之事。❷經世　治理世事。❸故事　舊事。❹沁水　即「沁河」。為黃河支流。源出山西沁源東北的羊頭山，南流經安澤，經河南武陟入黃河。❺轉般　即轉運。般，猶「搬」，轉運之意。❻膠萊　即「膠萊河」。在山東，分南北二流。東南流者曰膠萊南河，由膠縣的麻灣口入海。西北流者曰膠萊北河，由掖縣的海倉口入海。

【語　譯】援引古代之例來謀劃今日之事，這也是我們儒生所能起到的治理世事的作用。然而這類的舊事，則不想讓在位的人知道。今日之事，興辦一件便是增添一害。比如想利用沁河來進行轉運，那麼河南就一定被侵擾；想開通膠萊河的運道，那麼山東就一定要遭亂了。

與人書九

【題　解】在這篇文章中，作者認為，國家的盛衰興亡無不由於風俗；而風俗之成敗，則由於教化紀綱；而教化紀綱之成敗，又常由於在上者之行事。關於這一點，他還在《日知錄·兩漢風俗》及〈宋世風俗〉兩篇文章中作過進一步闡述，可參閱。

目擊世趨❶，方知治亂之關必在人心風俗，而所以轉移人心，整頓風俗，則教化❷紀綱❸為不可闕矣。百年必❹世養❺之而不足，一朝一夕敗之而有餘。

【注　釋】❶目擊世趨　猶言親眼見到人世的趨向。目擊，猶目睹。❷教化　政教風化。❸紀綱　法度。❹必　假使。❺世養　謂時時保持。世，時。養，保持。

【語　譯】親眼見到人世的趨向，才知道治亂的關鍵一定在於人心和風俗，而轉移人心，整頓風俗的手段，則不可缺少政教風化和法度。在一百年裏，假使時時保持它們也不足夠，一朝一夕損害它們卻有餘。

與人書十

【題解】作者對今人粗製濫造地纂輯書籍提出了頗為嚴厲的批評，認為自己纂輯《日知錄》則不同，其內容是自己「早夜誦讀，反復尋究」得來，因此有如古人的「采山之銅」，自有其學術價值。

不過，要真正理解這篇短文，不可不了解作者所處時代的學風。當時的學風可用八個字概括，即「束書不觀，游談無根」。關於這種學風，作者在《日知錄・夫子之言性與天道》中又斥之為「清談」，並作過具體說明：「昔之清談，談老莊，今之清談，談孔孟。未得其精而已遺其粗；未究其本而先辭其末。不習六藝之文，不考百王之典，不綜當代之務，舉夫子論學論政之大端一切不問，而曰『一貫』曰『無言』，以『明心見性』之空言，代修己治人之實學。」了解這種學風後來讀這篇短文，便可知道，在這裏作者實質上是在批評當時的那種惡劣學風，同時又是在以自己的學術實踐提倡另一種樸實的學風。

嘗謂今人纂輯[1]之書，正如今人之鑄錢。古人采銅於山，今人則買舊錢，名之曰廢銅，以充鑄而已。所鑄之錢，既已粗惡，而又將古人傳世之寶，舂❷剉❸碎散，不存於後，豈不兩失之乎？承問《日知錄》又成幾卷，蓋期之以廢銅；而某自別來一載，早夜誦讀，反復尋究❹，僅得十餘條，然庶幾采山之銅也。

【注　釋】❶纂輯　搜集材料編輯成書。❷舂　用杵臼搗去穀物的皮殼。❸剉　「銼」的異體字。謂用銼磋磨。❹尋究　探求。

【語　譯】我曾經說過，今人所纂輯的書籍，正如同今人鑄造錢幣。古人在山裏開採銅來鑄錢，今人則買古人留下的舊錢，稱之為廢銅，用以充作鑄錢之物。他們所鑄之錢，既顯得太粗惡，而又把古人的傳世之寶，舂搗磋磨得粉碎零散，使之不可能留於後世，這豈不是鑄錢和傳世之寶兩樣都喪失了嗎？承蒙問《日知錄》又寫成了幾卷，大概您期望得到的是廢銅；而我自從與您分別以來過了一年，早晚誦讀，反覆探求，僅僅只得到十餘條。然而這些差不多就是從山中開採得來的銅了。

【研　析】在這篇短文中，作者把比喻和對比兩種手法巧妙地結合了起來。作者說，古人纂輯書籍如同「采銅於山」，今人纂輯書籍如同買廢銅以鑄錢。在這裏，鑄錢比喻纂輯書籍，淺顯而又生動；把古人與今人在纂輯書籍上所表現出的不同學風兩相對照，彼此優劣鮮明。由此，讀者便易於準確地理解或把握作者的主張或意圖了。

與人書十一

【題解】本文對朋友提出忠告：貪圖安樂將會導致志滅氣衰，並以自己雖歷經磨難而胸懷正氣的體會，從另外一面證明了上述觀點。

頃過里第❶，見家道❷小康❸，諸郎成立❹，甚慰。然自此少遊之計多❺，而伏波之志減❻矣。況局守❼一城，無豪傑之士可與共論，則志不能帥氣，而衰鈍❽隨之。敢以一得之愚獻諸執事。某雖學問淺陋，而胸中磊磊❾，絕無閹然媚世❿之習，貴郡之人見之，得無適適然⓫驚也？

【注釋】❶里第　鄉里府第。❷家道　家計；家產。❸小康　經濟較寬裕，不愁溫飽。❹成立　成家立業。❺少遊之計多　謂減少出遊的考慮就多了。少遊，減少外出遊覽。計，謀劃。❻伏波之志減　謂類似伏波將軍那樣的志氣就減少了。伏波，即伏波將軍馬援，為東漢光武帝南征，立下汗馬功勞。他嘗對賓客說：「丈夫為志，窮當益堅，老當益壯。」又說：「男兒要當死於邊野，以馬革裹尸還。」❼局守　猶局限。守，此指長期待在一個地方。❽衰鈍 衰弱愚鈍。❾磊磊 指胸次分明、直率開朗。❿閹然媚世 語出《孟子・盡心下》。以迎合別人意志而討好的樣子，去求悅於當世。⓫適適然 驚視自失貌。適，驚奇貌。

【語譯】不久前路過你家，見家產已到小康水準，幾個兒子也成家立業，特別感到寬慰。然而自此以後減少出遊的考慮就多了，而類似伏波將軍那樣的志氣就減少了。何況局限於一個城邑，沒有豪傑之士能夠與你共同談論，這樣就會導致志不能統帥氣，而衰弱愚鈍也就伴隨而來了。我冒昧地把一得之愚呈獻給你。我雖學問淺陋，而胸懷磊落，絕無迎合別人來討好的習氣，貴郡的人見到我，能不驚奇得自失其態嗎？

與人書十二

【題解】作者對自己的著作不能廣泛流傳於人間的原因作了簡要說明。

吾輩學術❶，世人多所不達，一二稍知文字者，則又自媿❷其不如。不達則疑，不如則忌，以故平日所作，不甚傳之人間。然老矣，終當刪定一本，擇友人中可與者付之爾。

【注釋】❶學術　指較為專門、系統的學問。❷媿　通「愧」。慚愧。

【語譯】我們這一代人的學問，世人大多不能通達，一二位稍稍知道文字的，則又自愧不如。不能通達則懷疑，自愧不如則又妒忌，因此我們平日所撰述的著作，不能很廣泛地流傳人間。然而我已老了，最終應當刪定一本，選擇友人中能夠交與的則託付給他。

與人書十三

【題解】本文對明室於崩潰之時無人能力挽狂瀾感慨萬分。

讀來論為之感歎！自北平、南昌二變❶以後，一代規模❷於「宗子維城」❸四字，竟不復講。至崇禎❹之時，人心已去，雖使親王典兵❺，其能者不過如漢之陳王寵，下者則唐之覃王嗣周、延王戒丕而已。積輕之勢❻固不能有所樹立，而變故萌生，難可意料，誰肯獨創非常❼，建房琯❽之策者哉？雖然，苻堅❾不過氐酋❿偽主⓫，而其疏屬⓬尚有苻登⓭，誠得此論而用之，未必無一、二才傑之士自茲而奮發也。

【注釋】❶北平南昌二變　北平之變，指明末李自成率兵攻入京師（即北京），崇禎皇帝自殺。南昌之變，指清順治二年攻入南昌，剿滅故明魯王及其餘部。❷規模　氣象；氣概。❸宗子維城　語見《詩·大雅·板》。猶言嫡子是城牆。宗子，嫡長子。古代宗法制度，嫡長子承繼大宗，為族人兄弟所共尊，故稱宗子。❹崇禎　明毅宗朱由檢的年號。❺親王典兵　明末李自成入京，崇禎自殺，清兵入關，明福王、魯王、唐王、桂王先後在南部各省稱帝，建立地方政權，最後都為清朝所滅。親王，皇族中封王者稱親王。典兵，掌管軍事。❻積輕之勢　長期被輕視的情勢。❼獨創非常　謂獨自創立非同尋常的功業。❽房琯　字次律，唐代河南（方鎮名，治所在今河南開封）人。玄宗時官至文部尚書，同中書門下平章事。肅宗立，多參與決斷朝中機密事務。❾苻堅　字永固，一字文玉。晉時前秦君主。堅殺從兄苻生篡其帝位。前後滅前燕，克前涼，占晉漢中，為十六國中最強者。晉太元五年，堅大舉攻晉，與謝玄等戰於淝水，大敗。此後國勢日弱，後為姚萇所殺。《晉書》有傳。❿氐酋　氐族酋長。氐，古族名，又稱西戎。⓫偽主　猶言偽朝君主。偽朝，自認為正統的王朝對敵對王朝的貶稱。⓬疏屬　猶言遠族。⓭苻登　前秦人，苻堅族弟。字文高。封南安王。及關中亂，歸河州牧毛興，興臨死，以後事付登。遂專征伐，及苻丕敗，登乃於晉太元中僭稱帝，改元太初。後為姚興所敗。諡高帝。見《晉書》卷一一五。

【語　譯】閱讀你的來信所議論的內容，我為之感歎。自從北平、南昌二次事變以後，一個朝代的氣象就包括在「宗子維城」四字之中，此後竟然不再有人談論了。到崇禎之時，人心已經離去，雖然讓親王掌管軍事，但是他們中有才能的也不過如同漢代的陳王劉寵，才能差一些的也就如同唐代的覃王李嗣周、延王李戒丕罷了。長期被輕視的情勢固然不能有什麼建樹，而變故萌生，又難以意料，誰肯獨自創造非同尋常的功業，提出房琯那樣的計策呢？雖然如此，像苻堅那種人不過是氐族酋長偽朝君主，而在他的遠族中尚且還有苻登這樣的人物，假如確實能夠按照你的來信所議論的去運用它，未必就沒有一、二位才能傑出的人從此而勇氣奮發啊！

【研　析】本文談論時勢，感慨萬千。作者那種對故國的哀傷與悲憤，盡流露於言表，而他對復興明室的希望，則耿耿於懷。讀完全文，淒涼之情油然而生，同時對作者的一生赤誠，則又感佩至深。

與人書十四

【題解】本文引用《論語》二章，意在說明：只有特別好學，才能看到自己的過錯，才能改正不好的方面而歸於好的方面。

每接高談，無非方人之論❶。子曰：「三人行，必有我師焉，擇其善者而從之，其不善者而改之。」❷執事之意其在於斯乎？然而子貢方人❸，子曰：「賜也賢乎哉？夫我則不暇。」❹是則聖門之所孳孳以求❺者，不徒在於知人也。《論語》二十篇，惟〈公冶長〉一篇多論古今人物，而終之曰：「已矣乎！吾未見能見其過而內自訟者也。」❻又曰：「十室之邑，必有忠信如丘者焉，不如丘之好學也。」❼是則論人物者，所以為內自訟之地❽；而非好學之深，則不能見己之過，雖欲改不善以遷於善❾，而其道無從也。記此二章於末，其用意當亦有在，願與執事詳之。

【注釋】❶方人之論　對他人過失的譏評。方人，言他人之過失。❷子曰五句　見《論語・述而》。❸子貢方人　謂子貢譏評別人。子貢，姓端木，名賜，字子貢。春秋時衛國人，孔子弟子。❹子曰三句　見《論語・憲問》。❺孳孳以求　謂勤勉不懈地求取。孳，通「孜」。勤勉；不懈怠。❻而終之曰三句　見《論語・公治長》。訟，責備。❼又曰四句　見《論語・公治長》。❽自訟之地　猶言自我責備的處所。❾遷於善　猶言變易為優點。

【語譯】每次交往所高談闊論的，無非是對他人過失的譏評。孔子說：「幾個人一起走路，其中便一定有可以為我所取法的人，我選取那些優點而學習，看出那些缺點而改正。」你的意思大概就在於此吧？然而子貢譏評別人，孔子卻對他道：「你就夠好了嗎？我卻沒有這閒功夫。」由此看來，那麼聖人的門下所孜孜以求的不只是在於了解別人。《論語》二十篇，只有〈公治長〉一篇大多評論古今人物，而在這一篇的最後則說：「算了吧！我沒有看見能夠看到自己的錯誤便自我責備的哩。」又說：「就是十戶人家的地方，必定有像我這樣又忠心又信實的人，只是趕不上我這樣喜歡學問罷了。」由此看來，那麼評論人物，也就用來作為內心自我責備的處所。可是，不是深切喜愛學問，則不能看到自己的過錯，雖然想改正缺點而變為優點，但是不知道從哪條渠道去進行。把《論語》的這一章記述在信的末尾，我的用意應當也在其中，希望與你詳細辨明它。

與人書十五

【題解】本文對今日好名之人進行了分析，認為這種人實在不值得加以重視。

古之疑眾者行偽而堅❶，今之疑眾者行偽而脆❷，其於利害得失之際，且不能自持其是❸，而何以致人之信❹乎？故今日好名之人皆不足患❺，直❻以凡人視之可爾。

【注釋】❶行偽而堅　行事欺詐而堅決。❷脆　脆弱。即不堅決。❸自持其是　謂自我保持那種正確的操守。❹致人之信　猶言給人以誠信。❺患　憂慮。❻直　僅僅。

【語譯】古代懷疑眾人的人，行事欺詐而堅決；今日懷疑眾人的人，行事欺詐而脆弱。他們在關係利害得失的時候，尚且不能自我保持那種正確的操守，那麼又怎麼能夠給人以誠信呢？因此今日愛好名聲的人都不足以值得憂慮，僅僅以普通人看待他們就可以了。

與人書十六

【題　解】本文提出：作詩當「自出己意」，不可「祖襲」古人。

初為此詩，不過具❶賓主一夕之談爾。後之作者遞相祖襲❷，無乃失壽陵之本步❸乎？海內不乏能言之士，區區何足相師？惟自出己意，乃敢許為知音者耳。

【注　釋】❶具　陳述。❷遞相祖襲　謂先後仿效。祖襲，仿效；沿襲。❸壽陵之本步　據《莊子・秋水》云：燕國壽陵的少年，遠來趙國的邯鄲學習步行。結果不但沒學會，反而連自己本來的步行方式也不會了，只好爬行回去。

【語　譯】最初寫這首詩，不過是陳述賓主一夕的談話罷了。後來的作者先後仿效，恐怕會失掉壽陵本來的步行方式吧？天下並不缺少能夠寫詩的人，我所寫的怎麼足以相與學習呢？只有自己表達自己的思想，才敢應允為知音。

與人書十七

【題解】本文對朋友之詩的模仿習氣提出了尖銳批評。

君詩之病在於有杜❶，君文之病在於有韓、歐❷。有此蹊徑❸於胸中，便終身不脫依傍二字，斷不能登峰造極。

【注釋】❶杜　即杜甫。❷韓歐　即韓愈、歐陽脩。❸蹊徑　門徑；路子。此指寫詩作文的模式。

【語譯】你的詩歌的毛病就在於有杜甫詩歌的影子，你的散文的毛病就在於有韓愈、歐陽脩散文的影子。有這種模式存於胸中，也就終身不能脫離「依傍」二字，絕對是不能登峰造極的。

【研析】顧炎武一貫認為，文學是發展的。每位作者所表達的是他所處的那個時代的心聲。因此，後人不應當一味摹仿古人，否則要想達到登峰造極的地步是根本不可能的。李白〈古風〉二首之一說：「醜女來效顰，還家驚四鄰；壽陵失本步，笑殺邯鄲人。」顧炎武在本文中所表明的觀點，顯然與李白的看法是完全一致的。

與人書十八

【題解】作者於本文中闡明自己不作有關「一人一家之事，而無關於經術政理之大」的應酬文字，其原因是為了「養其器識，而不墮於文人」之列。並以韓愈為例，證明「士當以器識為先」的觀點是對的。

《宋史》言劉忠肅❶每戒子弟曰：「士當以器識❷為先，一命❸為文人❹，無足觀矣。」僕自一讀此言，便絕應酬文字，所以養其器識，而不墮於文人也。懸牌在室，以拒來請，人所共見，足下❺尚不知耶？抑將謂隨俗為之，而無傷於器識耶？中孚❻為其先妣❼求傳再三，終已辭之，蓋止為一人一家之事，而無關於經術❽政理❾之大，則不作也。韓文公❿文起八代之衰⓫，若但作〈原道〉、〈原毀〉、〈爭臣論〉、〈平淮西碑〉、〈張中丞傳後序〉諸篇，而一切銘⓬狀⓭概為謝絕，則誠近代之泰山北斗⑭矣，今猶未敢許也。此非僕之言，當日劉叉已譏之⑮。

【注釋】❶劉忠肅 名摯，字莘老，宋代永靜東光人。嘉祐進士。累官至僕射，卒諡忠肅。❷器識 器度見識。❸命 名；稱作。❹文人 此指專注於蠅頭小利而不講究道德修養的能文之士。❺足下 稱呼對方的敬詞。據說始於晉文公稱介之推。❻中孚 即李顒。參見本書〈與李中孚書一〉的題解。❼先妣 稱已死之母。妣，母死曰「妣」。❽經術 經學儒術。❾政理 為政之道。❿韓文公 即韓愈。⓫文起八代之衰 語出蘇軾〈潮州韓文公廟碑〉。猶言韓愈的文章能夠振起八個朝代傳下來的衰敗氣象。八代，東漢、魏、晉、宋、齊、梁、陳、隋。⓬銘 古代的一種文體，常刻於碑版或器物，或以稱功德，或以申鑒戒。⓭狀 古代一種文體，用以陳述事實的一種文書。⓮泰山北斗 《新唐書・韓愈傳贊》：「唐興，愈遂以六經之文為諸儒倡。自愈沒，其言大行，學者仰之如泰山、北斗云。」後用以比喻某一方面負有名望者。⓯劉叉已譏之 《新唐書・劉叉傳》云：「(劉叉)聞愈接天下士，步歸之。……後以爭語不能下賓客，因持愈金數斤去曰：『此諛墓中人得耳！不若與劉君為壽。』愈不能止。」

【語譯】《宋史》記載劉忠肅時常告誡他的子弟說：「讀書人應當把器度見識放在第一位，一旦名為文人，他的文章就沒有值得給人看的了。」我自從讀到這句話以後，便拒絕寫那些應酬文字，這是我修養自己的器度見識而不墮落於文人之列的方法。關於這事，我已寫在牌上並懸掛在室內，用以拒絕來人的請求，這是人們所共同見到了的，您是還不知道呢？還是說隨俗寫一寫應酬文字，並不對器度識見有什麼傷害呢？李顒為他死去的母親再三求我寫傳，我最後完全推辭了。只是為一人一家的事，而無關於經學儒術和為政之道的大事，我就不寫。韓愈的文章能夠振起八個朝代傳下來的衰敗氣象。假如他只寫了〈原道〉、〈原毀〉、〈爭臣論〉、〈平淮西碑〉、〈張中丞傳後序〉幾篇文章，而一切銘、狀全都謝絕，那就確實是近代的泰山、北斗了，但是至今也還不敢認可他。而這並不是我的說法，當日的劉叉就已經譏諷他了。

【研　析】自從孔子明確強調「有德者必有言，有言者不必有德」之後，人們便把自我的道德修養放在寫作文章之上，也就是強調為人在先，為文在後，所謂「先器識而後文藝」或「士當以器識為先」等等，表達的就是上述意思。這種把為人與為文聯繫起來，並且把前者視作後者根本的認識，成為中國歷代文章寫作的傳統，並影響至今。它對塑造中國歷代知識分子的人格乃至中華民族的整體性格方面，無疑都產生了很好的作用。關於這一點，我們只要考察一下在中國歷史上留下極佳聲譽的文人或中華民族的優秀性格，就可明白。

與人書十九

【題解】本文似對友人欲請良家女子彈琵琶以助酒興表示不滿。

彈琵琶侑❶酒，此倡女❷之所為，其職則然也。苟欲請良家女子出而為之，則艴然❸而怒矣。何以異於是？

【注釋】❶侑　勸；輔助。❷倡女　古代以歌舞為業的女藝人。❸艴然　發怒的樣子。

【語譯】以彈琵琶來助酒興，這是倡女所做的事，她們的職業也是這樣。假如想請良家的女子來做這件事，那麼她就會發怒了。怎麼想到這種異於平常的作法的呢？

與人書二十

【題解】本文以「墜井」來比喻「某君欲自刻其文集以求名於世」，以「下石」來比喻為這一文集作序。其批評之意自在其中。

某君欲自刻其文集以求名於世，此如人之失足而墜井也。若更為之序，豈不猶之下石乎？惟其未墜之時，猶可及止；止之而不聽，彼且以入井為安宅❶也。吾已矣夫❷！

【注釋】❶安宅　安居。❷吾已矣夫　語出《論語・子罕》。猶言我要說的說完了。

【語譯】某君想自刻文集以求名於世，這如同有人失足而墜落井裏了。假如又替他的文集寫一篇序，豈不猶如往井裏扔石頭嗎？只有在他沒有墜落井裏的時候，還可能來得及制止；制止而不聽，他姑且以入井為安居罷了。我要說的說完了！

與人書二十一

【題解】本文說的是東漢鄭玄晚年的遭遇，其言外似乎有自我慶幸之意。

鄭康成❶以七十有四之年，為袁本初❷強之到元城❸，卒於軍中。而曹孟德❹遂有鄭康成行酒❺，伏地氣絕之語，以為本初罪狀。後之為處士❻者，幸無若康成；其待處士者，幸無若本初。

【注釋】❶鄭康成　鄭玄，字康成，東漢高密（今屬山東）人。經學家，曾以古文經說為主，兼採今文經說，遍注群經，成為漢代經學的集大成者。《後漢書》有傳。❷袁本初　袁紹，字本初，東漢汝陽（今河南商水西南）人。靈帝時為佐軍校尉。獻帝初平元年，起兵討伐董卓，各州並推紹為盟主。及卓死，據河北，破公孫瓚，併其眾。建安七年與曹操戰於官渡，兵敗，病死。《後漢書》有傳。❸元城　縣名。漢置。在今河北省。❹曹孟德　即曹操。❺行酒　行巡酌酒勸飲。❻處士　未仕或不仕的士人。

【語譯】鄭玄以七十四歲的高年，被袁紹強迫到元城，最後死於軍中。而曹操於是就有了鄭玄行巡酌酒勸飲，倒伏於地，氣絕而死的說法，用以作為袁紹的罪狀。後來當處士的人，幸虧不像鄭玄；那些對待處士的人，幸虧也不像袁紹。

與人書二十二

【題解】 本文對介石建祠而「遷二程、朱子之位於中，奉之以為一院之主」提出異議，認為這樣做有不合禮之處，並提出了「合禮」的建議。

井叔於崇福宮故址建祠築垣，以祀宋提舉❶崇福宮十有四公❷，可謂合禮。今介石復建一堂於此祠之前，而遷二程❸、朱子之位於中，奉之以為一院之主。其尊師重學之意，非不甚至❹，但其中若韓公、呂公、司馬公、劉公❺，皆與二程同時，而官品多在二程之上，以朱子視之，則皆前輩也。楊龜山❻先生，又朱子師之師也。同一祠秩❼，非有所分別也；而儼然❽獨處於前堂，使諸公並世而生，必不安於其位也。夫鬼神之情，人之情也。子曰：「未能事人，焉能事鬼。」❾竊謂宜仍井叔之舊，而別建一祠以奉程、朱，庶乎得之。

【注　釋】❶提舉　官名。宋時樞密院編修敕令所有提舉，宰相兼；同提舉，執政兼。❷十有四公　對崇福宮所祭祀的十四個人，本文作者自注曰：韓公維、呂公誨、司馬公光、程公頤、顥、劉公安世、范公純仁、楊公時、李公綱、李公邴、朱公熹、倪公思、王公居安、崔公與之。❸二程　即程頤、程顥兄弟二人。❹甚至　猶言十分深厚。至，至意；深厚之意。❺韓公呂公司馬公劉公　即韓維、呂誨、司馬光、劉安世。❻楊龜山　楊時，字中立。北宋南劍州將樂（今屬福建）人。晚年隱居龜山，人稱龜山先生。師事程顥、程頤，在傳播理學方面影響很大。朱熹為其三傳門人。《宋史》有傳。❼祠秩　指祠堂中的位次。❽儼然　形容矜持莊重。❾未能事人二句　見《論語・先進》。

【語　譯】井叔在崇福宮的舊址建祠堂修院牆，以祭祀宋代提舉於崇福宮中供奉的十四位先賢，可以說合乎禮儀。今天介石在這座祠堂前又建了一座祠堂，而把程頤、程顥、朱熹的牌位移到這座祠堂中，將他們奉為一院之主。他尊師重學的心意，並非不深厚，但十四位先賢中像韓維、呂誨、司馬光、劉安世，都與程頤、程顥同時代，而他們的官職級別大多在程頤、程顥之上，再從朱熹的角度看，他們則都是前輩了。楊時又是朱熹老師的老師。讓程頤、程顥、朱熹和他們處在祠堂中同一位次上，本來就沒有什麼分別；而讓程頤、程顥、朱熹儼然單獨處於前面的祠堂中，那麼使其他人同世而生，一定也不會安居於自己的位置。鬼神的情感，也就是人的情感。孔子說：「活人還不能服事，怎麼能去服事死人？」我私下以為應當依照井叔以前的那樣去奉祀，而另建一座祠堂用來供奉程頤、程顥和朱熹，這樣大概就合乎禮儀了。

與人書二十三

【題解】本文指出，當世的文人和講師意在求名，並且表明了自己不與他們同類的志向。

能文不為文人，能講不為講師❶，吾見近日之為文人、為講師者，其意皆欲以文名，以講名者也。子不云乎？「是聞也，非達也」❷，「默而識之」❸。愚雖不敏，請事斯語矣❹。

【注釋】❶講師　講解經籍的人。❷是聞也二句　見《論語・顏淵》。❸默而識之　見《論語・述而》。❹愚雖不敏二句　見《論語・顏淵》。

【語譯】能寫文章的不去做文人，能講經籍的不去做講師。我見近日當文人、當講師的，他們的主意都是想以寫文章而揚名，以講經籍而揚名。孔子不是說過嗎？「這個叫聞，不叫達」，「默默地記在心裏」。我雖然不聰慧，也要實行這句話。

與人書二十四

【題解】作者在本文中表明了一個基本觀點，即自己不願出仕並非是為了釣名，而是為了堅守節操。

頃者❶東方❷友人書來，謂弟盍❸亦聽人一薦，薦而不出，其名愈高。嗟乎！此所謂釣名❹者也。今夫婦人之失所天❺也，從一而終❻，之死靡慝❼，其心豈欲見知於人哉？然而義桓之里，稱於國人❽，懷清之臺，表於天子❾，何為其莫之知也？若曰：必待人之強委禽❿焉而力拒之，然後可以明節，則吾未之聞矣。

【注釋】❶頃者　不久前。❷東方　相對於作者定居地陝西華陰而言。❸盍　何不。❹釣名　作偽求名。❺所天　指丈夫。❻從一而終　語出《易・恒》。封建禮教倡導一女不事二夫、夫死不再嫁，叫做「從一而終」。❼之死靡慝　語出《詩・鄘風・柏舟》。言守節之婦至死也不改嫁。之，至；直到。慝，邪。❽義桓之里二句　據《漢書》載：「劉長卿妻，鸞女。生一男，五歲；長卿卒，遠嫌不歸寧。男十五而夭，乃刑其耳自誓。

……沛相王吉上奏題其門曰『行義桓嫠』。」里，鄉里。❾懷清之臺二句　據《史記・貨殖列傳》載：「巴寡數世，家亦不訾。清，寡婦也，能守其業，用財自衛，不見侵犯。秦始皇以為貞婦而客之，為築女懷清臺。」懷清臺位於今四川長壽南。❿委禽　致送聘定的禮物。

【語　譯】前不久，住在東方的友人寫信來說，你何不也聽憑他人一再的推薦；推薦而不出仕，你的名聲就高了。哎！這就是所謂的沽名釣譽啊！比如現在有一個婦人死了丈夫，她從一而終，至死不改嫁。她的心跡難道想讓人知道嗎？但是那個名叫義桓的鄉里，仍然被國人所稱頌，那個稱作懷清臺的，則受到了天子的表彰。這怎麼能做到不讓人知道呢？假如說一定要等到他人強行致送聘禮時再竭力予以拒絕，然後才可以表明節操的話，那麼我還沒有聽說過呢！

【研　析】本文作者在闡述自己的觀點時，用了寡婦從一而終的事例作比喻。這一比喻既是明喻又是暗喻。明喻則是，自己拒薦有如寡婦至死不嫁，並非釣名而其名則自然而然地傳揚開去，不可能不讓人知道。暗喻則是，以寡婦為了守節而至死不嫁，喻指自己為了守節而堅拒出仕，只是寡婦守節為遵守婦道，自己守節則是忠於先朝。因為是雙重比喻，所以用來作喻的事例具有更深一層的含義，由此作者在表達觀點時就顯得比較含蓄了。

與人書二十五

【題解】作者於本文中明確主張：「君子之為學，以明道也，以救世也。」這種「學以明道及救世」的主張，正是他一貫所持有的「經世致用」的思想的具體表述。

君子之為學，以明道❶也，以救世也。徒以詩文而已，所謂雕蟲篆刻❷，亦何益哉！某自五十以後，篤志❸經史，其於音學❹，深有所得。今為《五書》❺，以續三百篇❻以來久絕之傳；而別著《日知錄》，上篇經術❼，中篇治道❽，下篇博聞，共三十餘卷。有王者起❾，將以見諸行事，以躋❿斯世於治古⓫之隆⓬，而未敢為今人之道也。向時⓭所傳刻本，乃其緒餘⓮耳。

【注釋】❶明道　闡明治世之道。❷雕蟲篆刻　語出漢代揚雄《法言》。比喻小技、小道。❸篤志　志向專一不變。❹音學　音韻學。❺五書　即《音學五書》，共五部三十八卷，即《音論》三卷、《詩本音》十卷、《易音》三卷、《唐韻正》二十卷、《古音表》二卷。❻三百篇　《詩經》共三百零五篇，故稱為「三百篇」。

❼經術　猶經學、儒術。❽治道　致治之道；使國家達到強盛的方法。❾有王者起　猶言有君王興起。❿躋　登；升。⓫治古　謂古之治世。⓬隆　興盛。⓭向時　以前；往昔。⓮緒餘　抽絲後留在蠶繭上的殘絲。借指事物之殘餘或主體之外所剩餘者。

【語　譯】有才有德的人做學問，是為了闡明治世之道，是為了救世。僅僅用來寫詩作文，這就是所謂的雕蟲小技，又有什麼益處呢？我從五十歲以後，就對經學和史學專心研究，其中對於音韻之學，深有所得。我現在撰寫了《音學五書》，用以接續自《詩經》以來斷絕很久的傳授。另外又撰寫了《日知錄》，其上篇談的是經學、儒術，其中篇談的是致治之道，其下篇則是記錄廣見博聞，一共三十多卷。若有君王興起，將會用以見之於所行之事，用以把此世提升到古之治世的興隆境地，對此，我未敢對今人談起過。以前所流傳的刻本，只是它的剩餘部分。

【研　析】若從文學批評的角度而言，這篇文章其實表達了作者的一個很重要的觀點，即學以濟世、文以明道；假若為學無益於救世，為詩文無益於明道，那麼，其學問則是「空虛之論」，其詩文則是無用之物了。因此為學以濟世、為文以明道則是有才德者所必須要做到的。

事實上，作者把上述主張貫穿於自己著書立說、寫詩作文的整個過程之中了。關於這一點，從他在本文中談到《日知錄》時就可粗略窺知。另外，他的《日知錄》裏有一條是〈作詩之旨〉，其中十分推崇白居易〈與元九書〉中所說的「文章合為時而著，歌詩合為事而作」，以為是「知立言之旨者」。這既明確地闡明了他的上述主張，同時也可推知他在為學與為文過程中是如何按照這種主張去做的。

不過，作者的上述主張並非是他的發明，而是他對前人相同觀點的繼承。如梁代劉勰在《文心雕龍・原道》中就說：「道沿聖以垂文，聖因文而明道。」如唐代王通在《文中子・天地》中也說：「學者博誦云乎哉！必也貫乎道；文者苟作云乎哉！必也濟乎義。」由此我們又可知道，學以濟世、文以明道的主張，是中國古代文人學者為文與為學的一種傳統，我們是應當繼承和發揚下去的。

卷五

聖慈天慶宮記

【題解】「記」是古代的一種記事文體。用這種文體記人敘事，其內容相當複雜，因此，清代有人又從「記」文的內容出發，分出了幾種類別。如林琴南在《春覺齋論文》中就說：「然勘災、浚渠、築塘、修祠宇、記亭臺，當為一類；記書畫、記古器，又別為一類；記山水又別為一類；記瑣細奇駭之事，不能入正傳者，其名為『書某事』，又別為一類；學記則為說理之文，不當歸入廳壁；至游讌觴詠之事，又別為一類；綜名為記，而體例實非一。」

這篇文章屬於記敘祠宇一類。它介紹了聖慈天慶宮的來歷，並抒發了作者的深切感受。

泰山之西南麓有宋天書觀，大中祥符[1]年間建。後廢為碧霞元君[2]之宮，前一殿奉元君。萬曆[3]中，尊孝定皇太后[4]為九蓮菩薩，構一殿於元君之後奉之。崇禎❺中，尊孝純皇太后❻為智上菩薩，復構一殿於後奉之。乃更名曰聖慈天慶宮，而按察使左佩玹為之碑。宮成於十七年之三月❼，神京淪喪❽，即此月也。竊惟經傳之言曰：「為之宗廟❾，以鬼享之。」又曰：「為天子父，尊之至也。」孔子論政必也正名❿。昔自明太祖皇帝⓫之有天下也，命嶽瀆⓬神祇⓭並革前代之封⓮，正其稱號。而及其末世，至以天子之母，太后之尊若不足重，而必假西域⓯胡神⓰之號以為崇，豈非所謂國將亡而聽於神者耶？然自國破以後，宗廟山陵⓱之所在，樵夫⓲牧豎⓳且或過而慢⓴焉，而此二殿獨以託於泰山之麓，元君之宮，焚香上謁㉑者無敢不合掌跪拜，使正名之曰皇太后，固未必其能使天下之人虔恭敬畏之若此。是固大聖人之神道設教㉒，使民由之而不知者㉓乎？其與宋之託天書㉔以夸契丹㉕者，相去遠矣。以其事為國史之所不及載，故序而論之，俾後之人有以覽焉。

【注　釋】❶大中祥符　為宋真宗趙恆的年號。❷碧霞元君　西晉時即有泰山神女的傳說，宋真宗東封，命於泰山頂建昭應祠，封天仙玉女碧霞元君。❸萬曆　為明神宗朱翊鈞年號。❹孝定皇太后　為神宗之母。❺崇禎　明毅宗朱由檢年號。❻孝純皇太后　為明毅宗之母。❼十七年之三月　即崇禎十七年三月（西元一六四四年三月）。❽神京淪喪　即李自成攻入北京，崇禎自殺，京師失陷。神京，即帝都、京師。❾宗廟　天子、諸侯祭祀祖先的處所。❿正名　辨正名分。⓫太祖皇帝　即朱元璋。⓬嶽瀆　五嶽四瀆。⓭神祇　天地之神。⓮封　帝王築壇祭天。⓯西域　西域之稱始於漢，指玉門關以西、巴爾喀什湖以東及以南的廣大地區。後世泛指葱嶺以西諸國。⓰胡神　中國古代對北方邊地及西域各民族稱呼為胡。當時這些民族信奉佛教，菩薩為佛教中位次僅次於佛者，故以胡神稱之。⓱山陵　帝王的墳墓。⓲樵夫　打柴的人。⓳牧豎　牧童。⓴慢　輕忽。㉑上謁　請求進見或進獻。㉒神道設教　語出《易・觀》。本謂順應自然之勢以教化萬物，後指假託鬼神之道以治人。㉓使民由之而不知者　《論語・泰伯》曰：「子曰：『民可使由之，不可使知之。』」譯為：孔子說：「老百姓，可以使他們照著我們的道路走去，不可以使他們知道那是為什麼。」㉔天書　道家稱元始天尊所著之書或託言從天而降的書。參見《宋史・真宗紀》。㉕契丹　中國古代民族名。為東胡族的一支，居今遼河上游西拉木倫河一帶，以游牧為生。北魏時自號契丹。唐末耶律阿保機統一各部，於西元九一六年建契丹國，自稱皇帝。後改國號為遼。

【語　譯】泰山的西南麓有一座宋代的天書觀，是宋真宗大中祥符年間修建的。後來廢除而改為碧霞元君的宮殿，在它前面一座殿堂裏就供奉著元君。萬曆年中，尊崇孝定皇太后為九蓮菩薩，並在元君殿的後面修建了一座殿堂來供奉她。崇禎年中，尊崇孝純皇太后為智上菩薩，又在其後修建了一座殿堂來供奉她。這才改名叫聖慈天慶宮，按察使左佩玹為它立了一塊碑。此宮建成於崇禎十七年的三月，而京師的淪陷，也是在這一個月。我想到了經傳中有一句話說：「修建一座宗廟，讓鬼神來享受。」又說：「作為天子的父親，其尊崇到了極點。」孔子議論政事一定要辨正名分。以前自從太祖皇帝統一天下，就命令全部變革五嶽四瀆和天地之神的祭祀，辨正其稱號。可是到了末代，竟至於以為天子的母親、太后的尊位還不夠高貴，而一定要借用西域佛教中菩薩的稱號以示尊崇，這豈不就是所謂國家將滅亡而聽從於鬼神嗎？然而自從國家滅亡以後，宗廟、山陵所在之處，樵夫牧童有時經過也輕慢它們，而這兩座殿堂唯獨因為依託於泰山之麓，元君之宮，焚香而請求進獻的人不敢不合掌跪拜。假使辨正其名分而稱之為皇太后，原本就未必能使天下的人虔誠敬畏得像這個樣子了。這本來就是大聖人假託鬼神之道去治理老百姓，從而使他們照著所指的路去走，而不必讓他們知道那是為什麼嗎？這與宋代假託天書而在契丹面前加以炫耀的行為，相去很遠了。因為這件事沒有被國史所記載，所以我就對它加以敘述並且予以評論，使後來的人有文字可以參看啊！

【研　析】以「記」這種文體去介紹祠宇時，還可以結合所敘之事物發議論、抒情感，從而使文章內容顯得更加深厚，讀者也就能更深刻理解作者的用意。比如在這篇〈聖慈天慶宮記〉中，作者在交代宮成之日，即神京淪喪之時後，議論道，這「豈非所謂國將亡而聽於神者耶」？把建宮與國亡聯繫在一起，其中所透露的是對明末統治者昏庸無道的嚴厲批評。再如，該文在敘述明代其他宗廟和帝王陵墓連樵夫牧童都輕慢地加以對待，而唯獨聖慈天慶宮卻香火興旺，作者把這種反常情形的出現歸結於那兩位皇太后被尊崇為菩薩的緣故。並說，假如讓她們恢復本來面目，「未必其能使天下之人虔恭敬畏之若此」，隨後由此而推想到聖人的神道設教，豈不是要「使民由之而不知者乎」?其譏諷之意、悲憤之情,表露無遺。讀到這裏,我們也就能更深刻地感受到明朝滅亡的悲劇色彩和作者銳利的歷史眼光了。

裴村記

【題　解】這篇文章通過對裴氏與唐朝相存亡的記敘，以及對其他名門望族興衰的考察，表明了顧炎武的一個政治觀點，即在封建之制不可恢復的時候，朝廷應當分權給地方，應當重視氏族，實行宗法自治，這樣才能保家安國。

顧炎武曾在〈郡縣論〉中主張，「寓封建於郡縣之中」，是改革君主政制，從而使民富國強的必由之路。本文所提出的政治觀點，可以看作是對這一主張的補充。從顧炎武的一系列論述中，我們可以得出一個結論：他強烈反對君主專制制度，表現出進步的民主思想。

嗚呼！自治道❶愈下而國無彊宗❷，無彊宗，是以無立國，無立國，是以內潰外畔❸而卒至於亡。然則宗法❹之存，非所以扶人紀❺而張國勢❻者乎？

余至聞喜縣❼之裴村，拜於晉公❽之祠，問其苗裔❾，尚一、二百人，有釋耒❿而陪拜者。出至官道旁，讀唐時碑，載其譜牒⓫世系⓬，登隴[13]而望，十里之內邱墓相連，其名字官爵可考者尚百數十人。蓋近古氏族之盛，莫過於唐，而河中[14]為唐近畿地[15]。其地重[16]而族厚[17]，若解[18]之柳[19]，聞喜之裴，皆歷任數百年，冠裳不絕[20]。汾陰[21]之薛憑河自保於石虎[22]，苻堅割據之際，而未嘗一仕其朝。猗氏[23]之樊、王舉義兵[24]以抗高歡[25]之眾，此非三代之法猶存，而其人之賢者又率之以保家亢宗[26]之道，胡以能久而不衰若是？自唐之亡，而譜牒與之俱盡。然而裴樞[27]輩六、七人猶為全忠[28]所忌，必待殺之白馬驛而後篡唐[29]。氏族之有關於人國也如此。至於五代之季[30]，天位[31]幾如弈碁[32]，而大族高門[33]，降為皂隸[34]。靖康之變[35]，無一家能相統帥以自保者。夏縣[36]之司馬氏舉宗南渡[37]，而反其里者，未百年也。嗚呼！此治道之所以日趨於下，而一旦有變，人主無可仗之大臣，國人無可依之巨室[38]，相率奔竄[39]，以求苟免[40]是非，其必至之勢也與？是以唐之天子，貴士族而厚[41]門蔭[42]，蓋知封建[43]之不可復，而寓其意於士大夫[44]，以自衛於一旦倉黃[45]之際，固非後之人主所能知也。

予嘗歷覽山東、河北，自兵興以來，州縣之能不至於殘破者，多得之豪家大姓之力，而不盡恃乎其長吏[46]。及至河東[47]，問賊李自成所以長驅而下三晉[48]之故，慨焉傷之。或言曰：崇禎之末，輔臣[49]李建泰者，曲沃[50]人也。賊入西安，天子臨朝而歎。建泰對言：「臣郡當賊衝[51]，臣請率宗人[52]鄉里[53]出財百萬，為國家守河[54]。」上大喜，命建泰督師[55]，親餞之正陽門樓。舉累朝[56]所傳之御器而酌之酒，因以賜之。未出京師，平陽[57]、太原[58]相繼陷，建泰不知所為。師次[59]真定[60]，而賊已自居庸[61]入矣。此其人材之凡劣[62]，固又出於王鐸、張溍[63]之下，而上之人無權以與之，無法以聯之，非一朝一夕之故矣。乃欲其大臣者以區區宰輔[64]之虛名，而繫社稷[65]安危之命，此必不可得之數也。《周官》：「（太宰）以九兩繫邦國之民……五曰：宗，以族得民。」[66]觀裴氏之與唐存亡，亦略可見矣。夫不能復封建之治，而欲藉士大夫之勢以立其國者，其在重氏族哉！其在重氏族哉！

【注釋】❶治道　治理國家的方法。❷彊宗　強大的宗族。❸畔　通「叛」。❹宗法　封建社會規定嫡庶系統的法則叫宗法。以始祖的嫡長子一系遞承而下的嫡子為大宗，其餘庶子為小宗，由此而分別系統。天子、諸侯、大夫、士、庶人都受這法則支配。❺扶人紀　匡扶人的立身處世之道。❻張國勢　使國家勢力強大。張，使強大。❼聞喜縣　屬山西省。❽晉公　唐裴度之封號。裴度，字中立，聞喜縣人。唐憲宗時任宰相。曾督師削藩，卓有成就。晚年以宦官專權退居洛陽。《新唐書》卷一七三有傳。❾苗裔　後代子孫。❿耒　原始的翻土農具。此代指農具。⓫譜牒　記述氏族或宗族世系的書。⓬世系　一姓世代相承的系統。⓭隴　高丘。⓮河中　指黃河中游地區。⓯近畿地　謂接近京城的地區。畿，古稱天子所領之地。後指京城管轄的地區。⓰地重　地勢重要。⓱族厚　宗族多。⓲解　解州。西元一九一二年廢州改縣，屬山西省。⓳柳　柳氏宗族。⓴冠裳不絕　謂官宦士紳不絕。冠裳，本謂帽子和衣裳，後作為官宦士紳的代稱。㉑汾陰　地名。在今山西萬榮境內，因在汾水之南而得名。㉒石虎　晉時後趙君主。石勒從子。字季龍。石勒死，其子石弘立，以虎為丞相，封魏王。不久虎殺弘自立，稱大趙天王，改元建武。復稱帝，改元太寧。立十五年卒。諡武帝，廟號太祖。《晉書》卷一〇六、一〇七有傳。㉓猗氏　縣名。屬山西省。㉔義兵　此處實指鄉兵。㉕高歡　北齊之祖。字賀六渾。初仕後魏，封平陽郡公。後擁立孝武帝，自為丞相。專權用事，勢傾其主。孝武帝不堪其逼，西走依宇文泰，歡別立孝靜帝。自此魏分東西。及其子高洋篡魏，追尊為神武帝。見《北齊書》卷一。㉖亢宗　庇護宗族。㉗裴樞　唐代人，裴向孫。字紀聖。咸通進士。官至門下侍郎、平章事。哀帝時，為朱全忠所殺。見《新唐書》卷一四〇。㉘全忠　即朱全忠，本名溫。碭山人。唐僖宗時從黃巢造反，後降唐，賜名全忠。因攻滅黃巢有功，封東平郡王。後弒唐昭宗及哀帝篡位，國號梁，史稱後梁。在位六年，為其子友珪所弒。見《五代史》

卷一二。㉙必待殺之句　事見《新唐書·裴樞傳》。㉚五代之季　指後梁、後唐、後晉、後漢、後周五代之時。㉛天位　帝位。㉜弈碁　下棋。㉝高門　高貴之家。㉞皂隸　古時官府裏的差役。㉟靖康之變　北宋靖康二年，金軍南下，陷宋都汴京，徽宗、欽宗被虜，史稱靖康之變。靖康，宋欽宗趙桓年號。㊱夏縣　縣名。後魏置。在今山西安邑東北。㊲南渡　猶南遷。宋高宗趙構渡長江遷於南方建都，故史稱南渡。此處僅指司馬氏全族南遷。㊳巨室　指世家大族。㊴相率奔竄　謂相互跟著奔逃。奔竄，慌忙逃跑。㊵苟免　以不正當的手段求免。㊶厚　增益。亦可解釋為注重。㊷門蔭　謂借先人之功，循例得官。㊸封建　封邦建國。古代帝王把爵位、土地分賜給親戚或功臣，使之在各該區域內建立邦國。㊹寓其意於士大夫　謂把封建之意寄託在士大夫身上。㊺倉黃　匆忙急迫。㊻長吏　舊稱地位較高的官吏。亦指州縣長官的輔佐，此泛指官吏。㊼河東　黃河流經山西省境，自北而南，故稱山西省境內黃河以東的地區為河東。㊽三晉　戰國時趙、韓、魏三國的合稱。趙氏、韓氏、魏氏原為晉國大夫。戰國初，分晉各立為國，故稱。其地約當今之山西及河南中部、北部，河北南部、中部。後「三晉」又為山西省的別稱。㊾輔臣　輔政大臣。㊿曲沃　縣名。在今山西西南部。(51)衝　要衝；要道。(52)宗人　全宗族的人。(53)鄉里　同鄉。(54)河　指黃河。(55)督師　督率軍隊。(56)累朝　歷朝。(57)平陽　府名。屬山西省。(58)太原　府名。治所在晉陽（今山西太原西南）。(59)次　停留。(60)真定　府名。治所在今河北正定。(61)居庸　關名。在軍都山（位於北京昌平西北）上。兩山夾峙，懸崖峭壁，地勢險要，古稱九塞之一。(62)凡劣　平庸低劣。(63)王鐸張濬　顧炎武自注云：「二人皆唐末宰相，統師出討而敗績者。」(64)宰輔　皇帝的輔政大臣，一般指宰相或三公。(65)社稷　本土、穀之神。歷代封建王朝必先立社稷壇壝；滅人之國，必變置滅國的社稷。因以社稷為國家政權的標誌。(66)周官五句　周官，指《周禮》一書。漢世初出，稱《周官》。因與《尚書》的〈周官〉相混，改稱《周官經》。自劉歆以後稱《周禮》。這裏所引述的見於《周禮·天官·大宰》。孔穎達《疏》云：「謂王者於邦國之中立法，使諸侯與民相合耦，而聯綴不使離散有九事。故云以九兩繫邦國之民也。」又云：「五曰宗。以族得民者，謂大宗子與族食族燕，序以昭穆，故云：……民即族人也。」

九，九件事。兩，猶耦。合；和諧。邦國，指分封的諸侯國。宗，周代宗法以始祖的嫡長子為大宗，其他為小宗。此指大宗。

【語　譯】啊！自從治理的方法越來越低下，國家也就沒有了強大的宗族；沒有強大的宗族，所以就不能建立國家；不能建立國家，所以就內部崩潰、外部背叛而最終直至滅亡。既然這樣，那麼保存宗法制度，不就是匡扶人紀和使國勢強大的方法嗎？

我來到聞喜縣的裴村，拜謁晉公的祠堂，問起他的後代子孫，還有一、二百人，其中就有放下農具來陪我拜謁的。出村來到官道旁，讀唐代的碑文，上面記載著裴氏宗族的世系，登上高丘而望，十里之內山丘和墳墓相連，這些死去的人中，名字官爵可以考證的還有一百幾十人。大概近古時期氏族的興盛，沒有超過唐代的，而黃河中游是唐代接近京城的地區。這裏地勢重要而宗族又多，比如解州的柳氏，聞喜縣的裴氏，都是歷代任用達數百年，官宦士紳沒有中斷過。汾陰的薛氏，憑著黃河抵抗石虎的攻擊而自保，就是在苻堅割據之際，他們也未嘗有一人在他的朝廷為官。猗氏縣的樊氏、王氏發動義兵以抗擊高歡的軍隊。這不是夏、商、周三代的宗法制度還存在，而那些人中的賢者又率領他們以盡保家護族的道義，其氏族又怎麼能夠像這樣延續久遠而不衰敗呢？自從唐代滅亡，記載宗族世系的書也隨之都毀盡了。然而裴樞那一輩六、七人還是為朱全忠所顧忌，一定等到在白馬驛把他們殺了之後，他才篡奪唐代政權。可見，氏族就是這樣與個人國家有關的。至於五代之時，帝位差不多像下棋那樣更換，而高門大族，則降為官府的差役。靖康之變，沒有一家能夠相繼統帥義兵以自保的。夏縣的司馬氏曾經全族南遷，後來返回他們的故里，也不到一百年。啊！這就是治理的方法日趨於下的見證，而一旦發生事變，帝王就沒有可以倚仗的大臣，國人就沒有可以依靠的世家大族，人們相互跟隨著慌忙逃跑，以不正當手段去求免是非。這難道是必然要到來的情勢嗎？因此唐代的天子，尊重士族而厚待門蔭，大概是知道封建之制不可恢復，於是便把封建之意寄託在士大夫身上，以便於一旦倉惶之際能夠自衛，而這又不是後來的帝王所能知道的了。

我嘗一一遊覽了山東、河北，自從戰爭發生以來，州縣能夠不至於殘破的，多虧豪家大姓的力量，而並不都是依靠當地的官吏。等我到了黃河以東，問起李自成所以能夠長驅而下三晉的緣故，不禁感慨悲傷。有人說道：崇禎末年，輔政大臣李建泰，他是曲沃人。李自成攻入西安，天子臨朝悲歎。建泰上奏說：「我那個郡正當李賊的要道，我請求率領族人同鄉出資百萬，為國家守住黃河。」天子大喜，命令建泰督帥軍隊，並親自在正陽門為他餞行。選用歷朝所傳下來的御器給他酌酒，順便把它們都賞賜給他。可是還未出師，平陽、太原相繼失陷，建泰不知道該怎麼辦。軍隊停留在真定府，而李自成已從居庸關進入關內了。這樣看來，他這人才能的平庸低劣，本來就出於王鐸、張溍之下，而天子又沒有權力給他，沒有方法與他聯絡，那麼失敗也就並非一朝一夕的緣故了。既然如此，竟希望那些大臣以區區宰輔的虛名，而寄託社稷安危的命運，這一定是不可實現的算計了。《周禮》說：「(太宰)用九件事來聯繫諸侯與族人，使他們相互和諧而不離散。……第五件事叫『宗』：就是大宗子與族人一同會飲時，也要按輩分論次序，這才能夠得到族人的擁護。」觀察裴氏與唐代共存亡，也大略可以看出這種說法有道理。不能恢復封建的治理方式，而又想借助士大夫的勢力以建立其國家，恐怕就在於重視氏族啊！恐怕就在於重視氏族啊！

【研　析】本文記述裴氏與唐代共存亡的文字很少，而大部分則是基於此而展開的議論。可見，「記」這種文體，運用起來還是很靈活的。

如果把這篇文章當作一篇議論文字來讀，其論述的過程頗為清晰。文章的第一部分從宗族與國家的關係談起，最後推論出了論點：「然則宗法之存，非所以扶人紀而張國勢者乎？」文章的第二部分，一方面記述裴氏與唐代共存亡，列舉薛氏、樊氏、王氏抗敵以自保，從正面闡述氏族的強大與國人密切相關；另一方面則談到五代之季，天下大亂，許多氏族難以自保，國家也因為無依靠而分崩離析，從反面證明保存宗法之制何等重要。

文章的第三部分列舉了明代正反兩方面的例子，進一步證明論點。尤其是在結尾時說：「欲藉士大夫之勢以立其國者，其在重氏族哉！其在重氏族哉！」這不僅是對論點的回應，更是對明朝滅亡的慘痛教訓的反覆強調，其警示之意十分明顯。

齊四王冢記

【題 解】齊為周朝的分封國，姜姓。在今山東北部，開國君主是呂尚，建都營丘（後稱臨淄，在今山東淄博東北）。春秋初期齊桓公任用管仲進行改革，國力強盛，成為霸主。春秋末年君權逐漸為大臣陳氏（即田氏）所奪。後來，周安王承認田和為齊侯。田和傳三代到齊威王，進行改革，國勢復興，成為戰國七雄之一。戰國後期，齊被燕將樂毅攻破，從此國力衰弱，最終為秦所滅。

本文從齊國田氏四王的墳墓談起，重點追述有關史實，順便褒揚了齊襄王之孝和諷刺了周宣王的不孝。

自青州❶而西三十餘里，淄水❷之東，牛山之左❸，大道之南，穹然而高者❹，四大冢❺焉。酈道元❻《水經注》曰：「水南山下有四冢，方基圓墳，咸高七尺。東西直列，是田氏四王冢也。」余考田氏之稱王者五，而王建遷於共❼以死，所謂四王，則威、宣、湣、襄是矣。威、宣二王當齊全盛之日，其厚葬❽固宜；獨是湣王殺死於莒❾，齊之七十餘城皆已為燕，田氏之絕而無主者五年，而田單❿以一邑之兵，一戰破燕，收數千里之地，而迎王子於城陽⓫之山中。其時君臣新立，人民新定，死者未弔，傷者未起⓬，反故王之喪於莒而葬之，其制不少殺⓭於威、宣二王之舊，吾是以知襄王之孝，田單之忠，而三代以下之為人臣子者莫能及也。吾嘗考地理之志，有周厲王之墓，在霍州⓮東北。王流於彘⓯，卒且葬焉。宣王即位而未之能復也。詩人志之曰：「韓侯取妻，汾王之甥。」⓰厲王也而謂之汾王，刺宣王也。故厲王稱汾，而湣王不稱莒也，是襄王之孝也。或曰：厚葬，非禮也。子奚取焉？曰：此常論也。乃齊之二王既以為故事矣。宋元公告其群臣，請無及先君，而仲幾不可⓱，又況於處變⓲之日乎？然則後之人君，不幸而遇國家之變，其如齊之襄王，其如周之宣王，請擇於斯二君者。

【注釋】❶青州　府名。治所在今山東益都。❷淄水　即今山東省境內的淄河。❸牛山之左　牛山，在山東淄博臨淄南。左，旁；附近。❹穹然而高者　謂像天空形狀那樣的高地。穹然，像天空那樣中間隆起而四周下垂的形狀。❺冢　隆起的墳墓。❻酈道元　北魏地理學家。字善良，范陽涿縣（今河北涿縣）人。撰《水經注》一書，記述大小水道一千多條，窮究源委，並詳細介紹所經地區山陵、城邑、關津的地理沿革以及人物風貌，極有史料價值。❼共　古國名。西周時為共伯封國，在今河南輝縣。❽厚葬　隆重安葬。厚，重。❾莒　古國名。西周分封的諸侯國，己姓。建都計斤（今山東膠縣西南），春秋初年遷於莒（今山東莒縣）。❿田單　戰國時齊將，臨淄（今屬山東淄博）人。燕將樂毅破齊時，他堅守即墨（在今山東平度東南）。齊襄王五年（西元前二七九年）施反間計，使燕惠王改用騎劫為將，他用火牛陣擊敗燕軍，一舉收復七十多座城，被齊襄王任為相國，封安平君。齊王建元年入趙，任相國，封平都君。⓫城陽　戰國時齊地。漢初置城陽郡。即今山東沂水縣、莒縣地。⓬起　治癒。⓭少殺　稍微減省。少，稍微；略微。殺，省；少。⓮霍州　州名。本周初霍邑，武王封其弟叔處於此，是為霍國。隋置汾州，金置霍州。即今山西霍縣。⓯彘　古地名。在今山西霍縣東北。西元前八四一年，因國人起義，周厲王逃奔至此，旋死。⓰詩人志之曰三句　所引詩句見《詩‧大雅‧韓奕》。志，記。取，娶。汾王，周厲王之別稱。周厲王流於彘，時人稱為汾王。⓱宋元公告其群臣三句　事載《左傳‧昭公二十五年》。先君，已故的父親。仲幾，戰國時宋國的左師。⓲處變　處置事變。

【語　譯】從青州往西三十餘里，在淄水的東面，牛山的附近，大道的南面，有像天空形狀那樣的高地，那是四座大的墳墓。酈道元《水經注》說：「水之南山之下有四座墳墓，方的墳基圓的墳頂，都高達七尺。由東向西直線排列，這就是田氏四王的墳墓。」我考證田氏稱王的有五人，而其中一位名叫田建的則被放逐到共國之後死去。所謂四王，則是威王、宣王、湣王和襄王了。威王、宣王正當齊國全盛之日，對他們隆重安葬是合適的；唯獨湣王被殺於莒國，齊國七十多座城邑都被燕國占領，田氏斷絕、齊國無主達五年，而田單以一城之兵，一戰便攻破燕軍，收復數千里之地，並從城陽的山中迎回王子，立為襄王。當時君臣初次確立，人民初次安定，死者沒有哀弔，傷者沒有治癒，在這個時候，從莒國運回湣王予以安葬，其喪禮並不比威王、宣王安葬時稍有減省，我因此才知道襄王的孝心，田單的忠誠，而三代以下為人臣為人子都不能比得上了。我嘗考證關於地理的記載，有周厲王的墓，就在霍州東北。厲王逃到彘，死後又葬在這裏。周宣王登位後並未能夠把他運回去重新安葬。詩人記載說：「韓侯娶的那位姑娘，是汾王家的外甥女。」把厲王稱為汾王，這是諷刺周宣王。因此厲王稱汾，而湣王不稱莒，就是襄王盡孝的緣故。有人說：「隆重安葬湣王，不合禮儀，你為什麼肯定它呢？」我的回答是：這是平常的議論。而且齊國的威王、宣王已經有過隆重安葬的事了。宋元公告訴他的群臣說，請不要貶損我那死去的父親，而仲幾並不同意。又何況在處置事變之日呢？既然這樣，那麼後來的帝王，假如不幸而遇到國家的變動，是如同齊國的襄王那樣，還是如同周朝的宣王那樣呢？請在他們二位中間作出選擇吧。

【研　析】這篇文章在交代了齊國四王墳墓的地理方位之後，便把筆墨的重點漸漸落到了齊襄王身上。在介紹齊襄王時，撇開其他，僅僅記述他在田單幫助下登上王位之後，做的第一件大事即厚葬其父。在敘述厚葬其父時，並沒有詳細介紹其過程，而是一筆帶過，隨即轉到了周宣王身上。周宣王與齊襄王經歷相仿，但是他即位之後並沒有厚葬其父，因此受到了詩人的譏諷。由此，周宣王不孝便與齊襄王之孝形成鮮明對照，並從反面襯托出齊襄王的人品或德性。可見寫周宣王其實還是在寫齊襄王。

從上面的分析中可以得知，這篇文章有兩個特點：一是體裁上詳略得當，二是在表現手法上成功地把直接描寫與間接描寫結合了起來。

五臺山❶記

【題解】這篇文章介紹了五臺山的地理位置、名稱來歷、大小規模，以及歷代史書關於它的史實的記載。

五臺山在五臺縣❷東北一百二十里，西北距繁峙縣❸一百三十里。史炤❹《通鑑注》曰：「五臺山在代州❺五臺縣，山形五峙❻，相傳以為文殊❼示現之地。」《華嚴經疏》云：「清涼山者，即代州鴈門❽五臺山也。歲積堅冰，夏仍飛雪，曾無炎暑，故曰清涼；五峰聳出，頂無林木，有如壘土之臺，故曰五臺。」余考昔人之言五臺者過侈❾，有謂：環基所至五百餘里；有謂：四埵去中臺各一百二十里，東埵為趙襄子❿所登，以臨代國⓫；南埵為帝堯遭洪水繫舟之處；北埵夏屋山，後魏⓬孝文⓭駐蹕⓮之所；西埵天池，隋煬帝避暑之龍樓鳳閣者，皆太廣遠而失其實。惟今《山志》所言五臺者近是。北臺最高，後人名之叶斗峰，有龍湫⑮。其東二十里為華嚴嶺。又東二十里為東臺，上可觀日出，其東為龍泉關路。自北臺而南二十里為中臺，其巔西北有太華泉。又西十五里為西臺，其西疊嶂數十里，北有祕魔崖，東南有清涼嶺，惟南臺稍遠，去中臺可⑯五十里。五峰周遭如城，其巔風甚烈，不可居。而佛寺之大者五、六皆在谷中，其地寒不生五穀，木有松無柏，亦有民人以樵採射獵為業。在古建國時當為林麓⑰之地，中代⑱以下，而吾人之逃於佛⑲者居焉，於是山始名而亦遂為其教之所有。

然余考之：五臺在漢為慮虒縣，而山之名始見於齊⑳。其佛寺之建，當在後魏之時，而彼教㉑之人以為攝摩騰㉒自天竺㉓來此，即居是山。不知漢孝明㉔圖像之清涼臺在雒陽㉕而不在此也。余又考之《北齊書》㉖，但言：突厥㉗入境，代、忻㉘二州牧馬數萬匹在五臺山北柏谷中避賊。《隋書》但言：盧太翼㉙逃於五臺山，地多藥物，與弟子數人廬於巖下，蕭然絕世[30]，以為神仙可致而已。至《唐書・王縉傳》始言：五臺山有金閣寺，鑄銅為瓦，塗金於上，照耀山谷，費錢巨[31]億萬。縉為宰相，給中書[32]符牒[33]，令臺山僧數十人分行郡縣，聚徒講說以求貨利[34]，於是此山名聞外夷[35]。至吐蕃[36]遣使求五臺山圖，見於敬宗[37]之紀[38]，而《五代史》[39]則書：有胡僧[40]遊五臺山，莊宗[41]遣中使[42]供頓[43]，所至傾動城邑。又書：五臺山僧繼顒為劉承鈞鴻臚卿[44]，能講《華嚴經》[45]，四方供施[46]多積蓄以佐國用。五臺當契丹[47]界上，繼顒常得其馬以獻，號「添都馬」。《元史》則書：武宗[48]至大二年[49]，二月癸亥，皇太后幸[50]五臺山。三月己丑，令高麗[51]王隨太后之五臺山。英宗[52]至治二年[53]，五月甲申，車駕[54]幸五臺山，庚寅，禜星[55]於五臺山。夫以王縉之為相，莊宗、武宗、英宗之為君，其事亦可知矣。然此皆《山志》所不載，問之長老[56]，亦無有知其跡者。此在三、四百年之間，而不能記述已如是矣，而況於摩騰之始來，文殊之示現乎？其山中雨夜時吐光燄。

《易》曰：「澤中有火，革。」57深山巨壑無佛之處亦往往有之，不足辨。

嗚呼！韓公58〈原道〉59之作，至於「人其人60，火其書61，廬其居62」，而李文饒63為相，能使張仲武64封刀65付居庸關66，而不敢納五臺之逃僧。蓋君子之行王道67者，其功至於如此。而吾以為當人心沈溺68之久，雖聖人復生，而將有所不能驟革，則莫若擇夫荒險僻絕之地，如五臺山者而處之，不與四民69者混，猶愈70於縱71之出沒於州里之中，兩敗72而不可禁也。作〈五臺山記〉。

【注　釋】❶五臺山　在山西北部。東北—西南走向，長約百餘公里。北部割切深峻，五峰聳立，峰頂平緩。主峰北臺。山上多佛寺，主要有顯通寺、塔院寺、菩薩頂、殊像寺等，還有唐代南禪寺大殿和佛光寺。與普陀、九華、峨眉合稱中國四大佛教名山。因夏無炎暑，佛教稱清涼山。❷五臺縣　屬山西省。漢代設慮虒縣。隋代改為五臺縣，因以山為名。❸繁峙縣　在山西北部恒山與五臺山之間。❹史炤　字子熙，宋代眉山縣（屬四川）人。蘇軾兄弟師事之。博古能文，著《通鑑釋文》三十卷。見《宋元學案》卷二一。❺代州　州名。屬太原府。轄境相當於今山西代縣、繁峙、五臺、原平等縣。❻五峙　謂五峰對峙。❼文殊　菩薩名。梵語「文殊師利」的簡稱。意譯為妙德、妙吉祥。與普賢常侍於佛之左右。文殊塑像，頭頂有五髻，象徵大日五智，手持劍，駕獅子。❽鴈門　山名。又名鴈門塞。在山西代縣西北。古以兩山對峙，鴈度其間而得名。❾侈　張大；誇大。❿趙襄子　名毋恤，趙鞅子，戰國時晉國大臣，趙國先祖。事見《史記・趙世家》。⓫代國　戰國時古國名。為趙襄子所滅。地在今河北蔚縣一帶。⓬後魏　北朝之一。鮮卑族拓跋珪於太元十一年自立為代王，同年稱帝，改國號為魏，都平城（今山西大同）。史稱北魏或後魏，以別於三國之魏。至永明十一年拓跋宏（孝文帝）遷都洛陽，改姓元，史或稱元魏。後分裂為東魏、西魏，分別為北齊高洋、北周宇文覺所廢。⓭孝文　即孝文帝拓跋宏，後改姓元，稱元宏。⓮駐蹕　帝王出行，中途暫住。蹕，指帝王的車駕或行幸之處。⓯湫　水潭。⓰可　大約。⓱林麓　竹木生平地叫林，山足叫麓。⓲中代　次於上古時代。中國歷史上的中古時代，說法不一。現在一般以魏、晉、南北朝、隋、唐為中國歷史上的中古時代。⓳逃於佛　亦謂逃禪，即逃避世事，歸依佛法。⓴齊　朝代名。南朝蕭道成廢宋，自稱帝，國號齊，史稱南齊。北朝高洋廢東魏稱帝，國亦號齊，史稱北齊。㉑彼教　指佛教。㉒攝摩騰　後魏來華的印度僧人。㉓天竺　印度的古稱。㉔漢孝明　即東漢明帝劉莊。據載佛教自印度傳入始於漢明帝。㉕雒陽　即洛陽。㉖北齊書　原名《齊書》，宋代時加「北」字，以與蕭子顯的《南齊書》區別。唐李百藥撰，五十卷。㉗突厥　中國古代民族。西元前六世紀時，游牧於金山（今蒙古阿爾泰山）一帶。首領姓阿史那。金山形似兜鍪（古代戰盔），俗稱「突厥」，因以名其部落。㉘代忻　即代州、忻州。均在今山西省。漢代時代州地屬雁門郡，忻州屬太原郡。㉙盧太翼　字協昭，河間（屬河北）人。本姓章仇氏，後隋煬帝改為盧氏。博綜群書，兼及佛道。隱居白鹿山，後徙居林慮山。請業者眾多，初無所拒，後憚其煩，逃至五臺山隱居。《隋書》有傳。㉚蕭然絕世　謂超逸脫俗，與世隔絕。㉛巨　通「詎」。豈。㉜中書　即「中書省」。官署名。總管國家政事。㉝符牒　符書。詔令文書之一。㉞聚徒講說以求貨利　調聚集徒弟講授佛經以求得錢財。㉟外夷　外族。夷，古代對異族的貶稱。㊱吐蕃　中國古代藏族所建立的地方政權。在今西藏地。㊲敬宗　即唐敬宗李湛。㊳紀　舊史體裁之一，記一代帝王事跡，為全史之綱。

㊴五代史　宋薛居正等撰，一百五十卷。記載梁、唐、晉、漢、周五代史實。仁宗時，歐陽脩重加修定，撰《五代史記》七十四卷。後來為了別於舊史，也稱《新五代史》。㊵胡僧　外國僧人。胡，中國古代泛稱北方邊地與西域的民族為胡，後也泛指一切外國為胡。㊶莊宗　即後唐莊宗李存勗。㊷中使　帝王宮廷中派出的使者，多由宦官充任。㊸供頓　設宴請客。㊹鴻臚卿　官名。掌朝賀慶弔之贊導相禮。㊺華嚴經　佛經名。全名為《大方廣佛華嚴經》。大方廣為所證之法，佛以華莊嚴法身，故曰華嚴。㊻供施　指供獻施捨的錢財。㊼契丹　中國古代民族名。為東胡族的一支，居今遼河上游西拉木倫河一帶，以游牧為生。北魏時自號契丹，分屬八部。唐末耶律阿保機統一各部，於西元九一六年建契丹國，自稱皇帝，後改國號為遼。㊽武宗　即元武宗海山。㊾至大二年　即西元一三〇九年。至大為武宗年號。㊿幸　古時稱皇帝等親臨為幸。51高麗　亦作「高句麗」。古國名。後為衛氏朝鮮所併。52英宗　即元英宗碩德八剌。53至治二年　即西元一三二二年。至治為英宗年號。54車駕　帝王的代稱。55禜星　謂祭星神。禜，古代禳除災害之祭，臨時圈地，以芳草捆紮，圍成祭祀場所。56長老　謂僧之年德俱高者。57易曰三句　見《易．革》象辭。孔穎達《正義》曰：「火在澤中，二性相違，必相改變，故為革象。」又曰：「革者，改變之名也。」58韓公　指韓愈。59原道　韓愈作此文，意在探求儒道之原，用以排斥佛老之說。60人其人　謂令佛教和道教徒還俗，從事生產。61火其書　謂燒掉佛道之書。62廬其居　謂把寺觀廟宇改為民用的房屋廬舍。63李文饒　李德裕，字文饒。唐代贊皇縣（屬河北）人。武宗時為宰相。曾反對私度僧尼，並令僧人還俗。又受詔為銘，稱頌張仲武戍邊之功。《唐書》卷一八〇有傳。64張仲武　唐代范陽（屬河北）人。初為雄武軍使，以破回鶻有功，任兵部尚書。《唐書》有傳。65封刀　將刀封裹，意謂停止殺戮。66居庸關　舊稱薊門關。在北京昌平西北部。67王道　儒家稱以「仁義」治天下，與「霸道」相對。68沈溺　謂不改逃於佛的積習。69四民　指士、農、工、商。70愈　勝過。71縱　放縱。72兩敗　兩者一起失敗。兩，指王道與佛道。

【語　譯】五臺山在五臺縣東北一百二十里，西北距繁峙縣一百三十里。史炤《通鑑注》說：「五臺山在代州五臺縣，山形為五峰對峙，相傳以此為文殊菩薩顯現的地方。」《華嚴經疏》說：「清涼山，就是代州鴈門五臺山。那裏一年都聚積著堅冰，夏季仍然飄飛雪花，從沒有炎熱的暑天，因此叫清涼山；五峰高聳而出，峰頂沒有林木，如同用土壘起的臺，因此又叫五臺山。」我經過考證，以前人們談到五臺山時過分誇張。有的說：環繞山基達五百多里；有的說：四埵離中臺各有一百二十里，東埵被趙襄子所登上過，他在此居高面臨代國；南埵是堯帝遭遇洪水時繫舟的地方；北埵的夏屋山，是後魏孝文帝出行時暫時住宿之處；西埵的天池邊上，有隋煬帝避暑的龍樓鳳閣。這些說法都顯得太寬廣遙遠而失去了它們的真實性。只有今天的《山志》所記載的五臺山才接近真實情況。這座山的北臺最高，後人稱之為叶斗峰，有一個龍湫潭，它的東面二十里處是華嚴嶺。又往東二十里是東臺，上面可以觀日出，東臺的東面則是通向龍泉關的道路。從北臺往南二十里是中臺，中臺山頂的西北面有太華泉。從中臺又往西五十里是西臺，西臺的西面重巖疊嶂綿延幾十里，它的北面有祕魔崖，東南面有清涼嶺。只有南臺稍遠一些，離中臺大約五十里。五峰四周如同城牆，峰頂上的風十分猛烈，不能停留。而五、六座大的佛寺都建在山谷中，這裏土地寒冷不長五穀，樹木中有松樹而無柏樹，也有老百姓以打柴、採集果實或打獵為業。在古代建國時應當是林麓之地，中古以後，則有我們的一些逃避世事、歸依佛法的人居住了，於是這座山開始有了名稱，同時也就為佛教所占有。

然而我又通過考證得知：五臺縣在漢代稱為慮虒縣，而山的名稱首先見於南朝齊代的記載。那些佛寺的建造，應當是在後魏的時候，而佛教中的人則認為攝摩騰從天竺來到此地，便居住在這座山上。他們不知道漢代孝明帝時所畫的清涼臺在洛陽而不在這裏。我又考證了《北齊書》，上面只是說：突厥侵入國境，代、忻二州的牧馬數萬匹在五臺山北面的柏谷中躲避賊兵。《隋書》只是說：盧太翼逃到了五臺山，見這個地方長了很多藥物，便與幾個弟子在巖下結廬而居，超逸脫俗，與世隔絕，以為神仙也可求得了。直到《唐書・王縉傳》才開始寫道：五臺山有金閣寺，以銅鑄造成瓦，瓦上塗了一層金，其金光照耀山谷，花費的錢豈止億萬。王縉為宰相，給中書省發下符書，命令五臺山的幾十個僧人分別去各個郡縣，聚集信徒講說佛法以求取錢財，於是這座山名揚外族。至於吐蕃派使者前來求取五臺山圖，則見於敬宗之紀。而《五代史》則寫道：有一位外國僧人前來遊五臺山，莊宗派中使設宴款待，所到之處，傾倒震動了城邑。又寫道：五臺山僧人繼顒為劉承鈞的鴻臚卿，能講說《華嚴經》，四面八方供獻施捨的錢財大多積蓄起來以貼補國家所用。五臺山正位於契丹的邊界上，繼顒常常得到他們的馬匹以獻給朝廷，號稱「添都馬」。《元史》則寫道：武宗至大二年，二月癸亥日，皇太后駕臨五臺山。三月己丑日，又詔令高麗王隨太后到五臺山。英宗至治二年，五月甲申日，英宗駕臨五臺山。庚寅日，在五臺山祭祀星神。以王縉作為宰相，以莊宗、武宗、英宗作為國君，他們的行事也應當就是可以知道的。然而這些都為《山志》所沒記載，詢問長老，也沒有誰知道他們的事跡。這還只是在三、四百年之間的事，而不能記述已經都是如此了，更何況摩騰的開始到來，文殊菩薩的顯現呢？五臺山中每逢雨夜時還吐出光燄。《易經》說：「澤中有火，必相改變。」深山無佛之處也往往有這種情形，對此，不足以辨析。

啊！韓愈寫作〈原道〉，其中竟至於說到了「令佛教徒和道教徒還俗去從事生產，還要燒毀佛、道之書，並把寺觀改為民用的房屋」。而李文饒作為宰相，能使張仲武停止殺戮並把居庸關交給他鎮守，卻不敢接納五臺山的逃僧。君子實行王道，其功效竟到了如此的地步。而我以為當人心很久不改逃於佛的積習時，雖然聖人再次出現，也將不能馬上加以改變，為此則不如選擇荒險僻絕之地，如同五臺山這樣的地方讓僧人居住，使他們不與四民混雜一起，那麼也還勝過放縱他們出沒於州里之中，以至於王道與佛道二者一起失敗，而最終還是不能禁止佛道流行於世。我因此寫了這篇〈五臺山記〉。

【研　析】這篇文章有兩點值得我們借鑑：一是重考證，輕傳言。關於五臺山的名稱來歷、大小規模以及有關史事，傳言多有誇大。作者則從史籍中收集大量證據予以廓清，以還五臺山的真實面目。這種重考證、輕傳言的作法，正是作者從事學術研究的一大特點。二是記敘地理方位井然有序。為了使讀者對五臺山有一個整體印象，作者先從五臺山最高的北臺敘起，然後分別由北臺向東敘及東臺，向南敘及中臺；又由中臺向西敘及西臺，向南敘及南臺。最後又對五臺山周圍的情勢和各臺之巔的共同特點作一總體說明。這種由此及彼、有分有合的敘述方式，常常見於作者記敘亭臺樓閣和山水的文章之中。

拽梯郎君祠記

【題解】本篇主要記述了拽梯郎君守城拒敵的忠義之舉，說明忠臣義士本於其天性，而非仰慕忠義之名而為之。

忠臣義士，性❶也，非慕其名而為之。名者，國家之所以報❷忠臣義士也。報之而不得其名，於是姑以其事名之❸，以為後之忠臣義士者勸❹，而若人之心❺，何慕焉，何恨焉❻！平原君朱建之子，罵單于而死❼，而史不著其名。田橫❽之二客❾，自剄❿以從⓫其主，而史並忘其姓。錄其名者而遺其晦⓬者，非所以為勸也。謂忠義而必名，名而後出於忠義，又非所以為情也。

余過昌黎⓭，其東門有拽⓮梯郎君祠⓯，云：方⓰東兵⓱之入遵化⓲，薄⓳京師，下永平⓴，而攻昌黎也，俘掠人民以萬計，驅使之如牛馬。

是時昌黎知縣左應選，與其士民㉑嬰城㉒固守，而敵攻東門甚急。是人者㉓，為敵舁㉔雲梯㉕至城下，登者數人，將上矣，乃拽而覆之㉖。其帥磔㉗諸城下。積六日不拔㉘，引兵退，城得以全。事聞天子，立擢㉙昌黎知縣，為山東按察司僉事㉚，丞以下遷職有差㉛。又四年，武陵㉜楊公嗣昌㉝以巡撫㉞至，始具疏上請㉟，邑之士大夫㊱皆蒙褒敘㊲；民兵死者三十六人，立祠祀之㊳。而楊公曰：「是拽梯者雖不知何人，亦百夫之特㊴。」乃請旨封為拽梯郎君，為之立祠。

嗚呼，吾見今日亡城覆軍之下，其被俘者，雖以貴介㊵之子，弦誦之士㊶，且為之刈薪芻㊷，拾馬矢㊸，不堪其苦，而死於道路者何限也！而郎君獨以其事著。吾又聞奢寅㊹之攻成都㊺也，一銃㊻手在賊梯上，得間㊼向城中言曰：「我良民也，賊以鐵索繫我守梯，我仰天發銃，未嘗向官軍也。今夜賊飲必醉，可來救我。」官軍如其言，夜出斫營㊽，火其梯㊾，賊無得脫者，而銃手死矣。若然，忠臣義士，豈非本於天性者乎？

郎君之祠且二十餘年，而幸得無毀，不為之記，無以傳後。張生莊臨，親其事㊿者也，故以其言書之。

【注釋】❶性　謂本於天性。❷報　酬報。❸姑以其事名之　姑且以他所做的事稱呼他。名，指稱。❹勸　勉勵；獎勵。❺若人之心　這些人的心。若，這；這些。❻何慕焉二句　羨慕什麼，悔恨什麼。意謂忠臣義士既不羨慕忠義之名，也不悔恨忠義之行。❼平原君朱建之子二句　朱建，漢代楚國人，因進諫阻止淮南王黥布謀反有功，被封為平原君。漢文帝時因事自殺，文帝乃召其子拜為中大夫。其子出使匈奴，單于無禮，怒罵之，遂死於匈奴中。單于，匈奴稱其君長為單于。❽田橫　秦末狄縣（今山東高青東南）人。本齊國貴族。秦末，從兄田儋起兵，重建齊國。楚漢戰爭中自立為齊王，不久為漢軍所破，投奔彭越。漢朝建立，率徒黨五百餘人逃亡海島。漢高祖命他到洛陽，他被迫與二門客前往，因不願稱臣於漢，中途自殺。留居海島的五百餘壯士聞訊亦全部自殺。❾客　門客。舊指寄食於貴族豪門的人。❿自剄　自殺；自刎。剄，割頸。⓫從　追隨。⓬晦　隱匿。⓭昌黎　縣名。屬河北省。⓮拽　拖；用力拉。⓯祠　祠堂，舊時祭祀祖宗或先賢的堂廟。⓰方　正當。⓱東兵　指清兵。⓲遵化　縣名。在河北東部，鄰接天津市，北靠長城。⓳薄　逼近。⓴永平　明清時府名。治所在今河北盧龍。㉑士民　兵士與庶民。㉒嬰城　閉城而守。㉓是人者　即拽梯郎君。㉔舁　抬。㉕雲梯　攻城之高梯。㉖拽而覆之　用力拖雲梯使之傾覆。㉗磔　古代的一種酷刑，即分屍。㉘積六日不拔　累積六天都沒能攻破。拔，攻克。㉙擢　提升。㉚僉事　官名。宋代的按察司設有僉事，元代有都督僉事。明代沿襲，在按察使下設僉事，以分領各道。㉛遷職有差　謂升職而各有官差。遷，古代調動官職叫遷，一般指升職。㉜武陵　舊縣名。治所在今湖南常德。㉝楊公嗣昌　楊嗣昌，字文弱，萬曆進士，崇禎時，累拜兵部右侍郎，總督宣大山西軍務。後聞洛陽陷，福王遇害，不食而死。㉞巡撫　官名。明正式設置，與總督同為地方最高長官。㉟具疏上請　準備奏章向皇上請求。具，準備。請，告訴。㊱士大夫　舊時也用以指稱有地位有名望的讀書人。㊲褒敘　嘉獎；稱讚。㊳立祠祀之　修建祠廟祭祀他們。㊴百夫之特　眾人中才能突出的。百夫，百人，泛指多人。特，突出；才能出眾。㊵貴介　猶言高貴。介，大。㊶弦誦之士　讀書之人。弦，弦歌。誦，誦讀。古代學校裏讀詩，有用琴瑟等弦樂器配合歌唱的，有只口誦而不用樂器的。後即用「弦誦」稱學校教學。㊷刈薪芻　割草餵牲口。刈，割。薪，割草。芻，亦指用草餵牲口。㊸馬矢　馬糞。㊹奢寅　奢崇明之子。明熹宗時，與其父作亂。㊺成都　縣名。治所在今四川成都。㊻銃　舊時的一種火器。㊼得間　得到空隙。間，空隙。㊽斫營　偷襲敵營。㊾火其梯　用火焚燒其雲梯。㊿親其事　親身經歷此事。

【語　譯】忠臣義士，是本於其天性而不是仰慕那種名聲去做忠義之事的。名聲，是國家用來酬報忠臣義士的。酬報而不知其姓名，於是姑且以他所做的事去稱呼他，作為對後來的忠臣義士的勉勵。至於那些忠臣義士的心裏怎麼會仰慕聲名？怎麼會悔恨自己的忠義行為呢？平原君朱建的兒子，因當面責罵單于而被處死，史書上卻沒有寫上他的姓名。田橫的兩位門客，為了追隨主人而自殺，史書連他們二人的姓名都忘了記載。對忠臣義士若記錄有名有姓的而遺漏那些無名無姓的，這不是勉勵後人的辦法。既稱為忠義必定有相應的名聲，名聲是出於忠義之後的。如果只記載有名有姓的而遺漏無名無姓的，這又不是表達崇敬之情的辦法。

我路過昌黎縣城，其東門建有「拽梯郎君祠」。據說：清兵入侵遵化，逼近京師，攻下永平，進攻昌黎縣時，俘虜的人民數以萬計，清兵把他們當作牛馬來驅使。這時候，昌黎知縣左應選，與他的士兵和老百姓閉城固守，敵兵攻打東門，十分危急。那個拽梯郎君，為敵兵抬著雲梯到了城下。有幾人登梯而上。當這幾人將登上城牆時，拽梯郎君用力拖雲梯使之傾覆，結果清兵統帥把他分屍在城下。清兵共計六天不能攻下昌黎縣城，便引兵而退，昌黎縣得以保全。這件事被天子知道了，馬上提拔昌黎知縣為山東按察司僉事，丞以下的人都升職而有官差。又過了四年，武陵人楊嗣昌以巡撫的身分來到昌黎，方始備辦奏章向皇上請求，昌黎縣的士大夫因此都受到褒獎；士兵和老百姓中守城戰死的有三十六人，也修建祠廟來祭祀他們。楊嗣昌說：「那個拽梯的雖不知他是什麼人，但也算得上眾人中才能突出者。」於是請求皇上降旨封他為拽梯郎君，並為他修了祠廟。

哎！我看見今天城破兵敗之下，那些被俘的，有的雖然是高貴之人、讀書之士，尚且為清兵割馬草，拾馬糞，難以忍受那種痛苦，而死於道路上的哪有什麼極限！而拽梯郎君則獨以其所做的事而聞名於世。我又聽說奢寅叛亂攻打成都時，一位銃手在叛賊雲梯上，他乘空對城中說：「我是好人，叛賊用鐵索繫著我讓我守梯，我朝天發銃，未嘗向官軍射擊過。今天夜晚敵人飲酒必醉，你們可以來救我。」官軍如他所說的那樣，夜晚出城偷襲敵營。焚燒了雲梯，敵兵無一人得以逃脫，而那位銃手卻死了。照這樣看來，忠臣義士，豈不是本於其天性嗎？

拽梯郎君的祠廟，修建了二十多年，幸虧沒有被毀，不為它寫一篇記，就沒有可用來把它傳給後世的。張莊臨是親身經歷過那件事的，所以就把他所說的記錄下來。

【研　析】這篇記事文有別於其他同類文章。它以一段議論文字起筆，看似與所述之事無關，其實不然。文章首句即點明主旨：「忠臣義士，性也，非慕其名而為之。」僅此一句，便有涵蓋全篇之勢，更不用說隨之而來的拓展之筆，更使這一主旨能夠籠罩全文。明代散文家歸有光說：「起頭處斷而不斷（斷而不斷以意言）。」這篇文章的開頭便具有這種特點。這樣起筆的好處在於高屋建瓴，氣勢恢宏。因為作者目光之所注，並不限於拽梯郎君一人一事，而是一語道破天下所有忠臣義士的忠義之舉的動因。

當然，作為一篇記事文章，議論畢竟次於敘述，議論必須從屬於敘述。因此，文章的中間部分比較詳細記述了拽梯郎君的壯舉及其祠廟的修建。按理，交代完這些，文章也就應該收束了。但作者並非如此，而是稍加過渡之後又宕開一筆，敘述了一位銃手的忠誠故事，並再一次點醒主旨，使文章有了「千巖萬壑、重巒復嶂之觀」（曾國藩語）。宕開之筆亦須收回，否則文章結構就不緊湊了。所以這篇文章的最後又扣住題目，交代拽梯郎君祠的現狀、本文所述拽梯郎君忠義之舉的依據，以及作者的寫作動機。

總而言之，本文縱橫捭闔，左右逢源。似信筆所至，卻又意脈不斷；似虛實無度，卻有一唱三歎之妙。

復菴記

【題解】這是一篇遊記。作者首先簡略介紹了復菴的來歷、它所處的地理位置，以及它的主人的身世。隨後便著重描述復菴周圍的環境，並在此基礎上揭示了復菴主人的志向，即不降清室、不做異國之臣。其實，這也正是作者志之所在。因此，與其說作者寫此文是為了使後之登山者不忘復菴主人之志，不如說作者是借記述復菴而明自己之志。

舊中涓❶范君養民，以崇禎十七年❷夏，自京師徒步入華山❸為黃冠❹。數年，始克❺結廬❻於西峰之左，名曰復菴。華下❼之賢士❽大夫❾，多與之遊；環山之人，皆信而禮之❿。

而范君固非方士⓫者流也。幼而讀書，好《楚辭》⓬，諸子⓭及經史⓮，多所涉獵⓯，為東宮⓰伴讀⓱。方李自成⓲之挾東宮二王⓳以出也，范君知其必將西奔，於是棄其家，走之關中⓴，將盡厥㉑職焉。乃東宮不知所之，而范君為黃冠矣。

太華之山㉒，懸崖之巔，有松可蔭㉓，有地可蔬㉔，有泉可汲㉕，不稅於官㉖，不隸於宮觀之籍㉗。華下之人，或助之材，以剏㉘是菴而居之。有屋三楹㉙。東向以迎日出。余嘗一宿其菴，開戶而望，大河㉚之東，雷首之山㉛，蒼然㉜突兀㉝，伯夷、叔齊之所采薇而餓者㉞，若揖讓乎其間㉟，固范君之所慕而為之者也。自是而東，則汾之一曲㊱，綿上之山㊲，出沒於雲煙之表㊳，如將見㊴之。介子推㊵之從晉公子㊶，既反㊷國而隱焉，又范君之所有志而不遂㊸者也。又自是而東，太行㊹、碣石㊺之間，宮闕㊻山陵㊼之所在，去之茫茫而極望之不可見㊽矣。

相與泫然㊾，作此記，留之山中。後之君子，登斯山者，無忘范君之志也。

【注釋】❶中涓　宮廷內侍之官，謂其在宮廷內主管清潔灑掃之事，後世一般用作宦官之稱。❷崇禎十七年　即西元一六四四年。崇禎，明毅宗朱由檢的年號。❸華山　在陝西華陰南，即五嶽中的西嶽。❹黃冠　即道士。唐代李播棄官為道士，號「黃冠子」，後人因通稱道士為「黃冠」。❺克　能夠。❻結廬　謂構屋居住。

❼華下　華山之下。❽賢士　德才並美之人。❾大夫　為一般任官職者之稱。❿信而禮之　信從而以禮對待他。⓫方士　從事求仙、燒丹、禁祝、祈禳等方術之士。⓬楚辭　總集名。西漢劉向輯。收戰國楚人屈原、宋玉及漢代淮南小山、東方朔等人作品。以其運用楚地的文學樣式、方言聲韻，敘寫楚地風土物產等，具有濃厚地方色彩，故名《楚辭》。⓭諸子　指先秦至漢初的各派學者及其著作。⓮經史　即經書和史書。⓯涉獵　謂瀏覽群書，不深入鑽研。⓰東宮　太子居東宮，因以東宮指稱太子。⓱伴讀　官名。宋代時有南北院伴讀，負責宗室子弟的教學工作；遼、金至明，皆為親王府官。⓲李自成　西元一六〇六－一六四五年。明陝西米脂人。崇禎二年投闖王高迎祥為闖將；崇禎九年，高迎祥死，繼為闖王。轉戰各地，聚眾百萬。崇禎十六年在襄陽稱新順王，後建立大順政權，年號永昌。崇禎十七年春攻克北京，明毅宗自殺。同年山海關守將吳三桂引清兵入關，李自成率部退出北京，轉戰河南、陝西等地。永昌二年，在湖北通山縣九宮山遇難。⓳東宮二王　指福王、唐王。⓴關中　此指陝西省。秦朝建都咸陽，漢朝建都長安，因稱函谷關以西為關中。㉑厥　其。㉒太華之山　華山因其西有少華山，故又名太華山。㉓可蔭　可以遮蔽。㉔可蔬　可種蔬菜。㉕可汲　可引水。㉖不稅於官　不向官府納稅。㉗不隸於宮觀之籍　不附屬於宮觀的名冊之上。宮觀，供帝王遊玩住宿的宮館。㉘刱　「創」的異體字。㉙楹　計算房屋的單位，一列為一楹。㉚大河　即黃河。㉛雷首之山　即首陽山，在山西永濟縣南。㉜蒼然　青色貌。㉝突兀　高聳特出貌。㉞伯夷叔齊之所采薇而餓者　伯夷、叔齊，商末孤竹君的兩個兒子。初，孤竹君以次子叔齊為繼承人。孤竹君死後叔齊讓位於其兄伯夷，伯夷不受，遂逃去，叔齊亦不立而逃。周武王伐商，二人叩馬而諫；及周勝商而有天下，二人恥食周粟，隱於首陽山，採薇而食，遂餓死。薇，植物名。或曰即大巢菜。㉟揖讓乎其間　禪讓於其間，指叔齊、伯夷相互讓位。揖讓，禪讓。㊱汾之一曲　汾河一彎曲之處。汾，汾河，在山西省境內。㊲綿上之山　即綿山，又名介山，在今山西沁源、靈石、介休三縣之界。綿上，即綿山附近之地。㊳表　外。㊴見　通「現」。㊵介子推　亦作「介之推」、「介推」。春秋時晉國人，曾從晉文公流亡國外。文公回國後賞賜隨從臣屬，沒有賞到他。遂與母親隱居綿上山中而

死。文公找尋不到，曾以綿上作為他名義上的封田。後世遂稱綿山為介山。傳說文公燒山逼他出來，他因不願出來而被燒死。㊶晉公子　即晉文公。名重耳，為春秋時五霸之一。㊷反　通「返」。㊸遂　成功；如願以償。㊹太行　即太行山。在山西高原與河北平原之間。㊺碣石　即碣石山，在河北昌黎北。㊻宮闕　古代帝王所居宮門外有兩闕，故稱宮殿為「宮闕」。㊼山陵　舊稱帝王的墳墓為「山陵」。㊽茫茫而極望之不可見　猶言深遠而至於極力遠望而不可見到。茫茫，遼闊；深遠。極望，極力遠望。㊾相與泫然　謂遠望宮闕山陵不禁痛哭流涕。相與，即共同之意，指作者與目中所見之物共生悲痛。泫然，流涕貌。

【語　譯】以前任中涓之職的范養民，在崇禎十七年夏天，從京師徒步進入華山，做了道士。數年之後，方始能夠在西峰的左邊構屋居住，稱之為「復菴」。華山之下的賢士大夫，多與他交遊，華山周圍的人，都信從他並以禮相待。

而范養民本來就不是方士之類的人。他年幼時就讀書，喜愛《楚辭》，對諸子及經史也多所涉獵，曾任東宮伴讀。當李自成挾持東宮二王離開京師時，范養民知道他必將向西奔逃，於是拋棄自己的家庭，前往關中，準備盡自己的職責。終因東宮不知去了哪裏，范養民便去當了道士。

太華山的懸崖之巔，有松可以遮蔽，有地可以種蔬菜，有泉可以引水，不必向官府納稅，也不附屬於宮觀的名冊之上。華山之下有人給范養民資助了木材，他便用以創建此菴而居住。復菴有屋三列，朝東以迎日出。我嘗在復菴住過一夜，打開窗戶望去，只見黃河的東面有雷首山，蒼然突兀，那是伯夷、叔齊採薇而餓死之處。他們之間相互揖讓，這本來就是范養民所仰慕而仿效的呀。從雷首山又向東，則是汾河一彎曲之處，有綿山出沒於雲煙之外，似乎將要現形一樣。介之推曾經跟從晉文公流亡國外，回國之後他就在這座山裏隱居。這又是范養民有志於此而沒有如願的事。又從綿山向東，在太行、碣石兩山之間，是宮殿和天子墳墓之所在，距離深遠以至於極力遠望而不可見到。

禁不住悲痛而流涕，於是便寫了這篇遊記，把它留在山中。以後的君子中有登此山的人，就請不要忘了范養民的志向啊！

【研　析】清人王夫之在《薑齋詩話》中說：「無論詩歌與長行文字，俱以意為主，意猶帥也，無帥之兵，謂之烏合。」可見主意在文章寫作中起著很重要的作用。這篇記遊文章，在材料的處理上，主次分明；在文字的表達上，詳略得當。這都是為了要更好地表達「崇尚民族氣節」這一主題的結果。

概括說來，這篇遊記主要敘述了四件事：復菴的來歷、它所處的地理位置、它的主人的身世以及復菴周圍的環境。在處理這四件事時，作者對前兩件均以簡筆略作交代，而在後兩件事上則花了較多的筆墨。不過，在交代後兩件事時，文章也沒有平分秋色，而是將復菴周圍的環境作了更為詳盡的描述。為什麼要這樣做呢？答案只能是：服從於主題表達的需要。這篇文章記復菴是為了介紹其主人，因此對復菴不能交代過多。同時，文章要讚美的是復菴主人的民族氣節，因此對他的身世固然不能忽略，但又不能交代太多，而是應當重點揭示其構建復菴、向東而居的用心。為此，作者用了大半篇幅去寫由復菴開戶東望時清晰見到的首陽山、隱約見到的介山和想像中見到的宮闕與山陵。由近而遠，依次敘述，復菴主人之志也就不言自明了。

貞烈堂記

【題解】這篇文章記述了貞烈堂的來歷，對晉氏三代守節予以褒揚。

古之人所以傳於其後者，不以其名而以其實，不以其天❶而以其人。以其名，以其天者，世人之所以為榮；以其實，以其人者，君子之所修而不敢怠也。晉生文煜，關中❷之通士❸也。名其堂曰貞烈，而請為之記。其言曰：「余之祖妣❹，臨潼王府鎮國中尉懷墀女也。歸於晉，生余考❺及二姑。年十九而余祖考❻亡，余考方四歲，守節不二，迄六十有八而終。崇禎末巡按御史金公毓峒以事上聞，請行旌表❼。命未下而寇至❽，二姑死焉，故堂以貞烈名也。」余又讀朝邑❾李君楷所為傳，則二姑者，一適❿西安右衛昭信校尉王宏祖，一適臨潼王府奉國中尉誼濋，並封安人⓫。早寡，寇至之日，各自投於井。長姑子寅年十三，從焉。蓋三世而其節不隕⑫，可無媿其名也已。史言郭昌娶真定恭王女⑬，號郭主。主雖王家女，而好禮節儉，有母儀⑭之德，生光武郭皇后。此特居室之常行爾，而當時稱之，史冊載之，其後郭后雖出⑮，而東海恭王猶得保其餘慶⑯以垂⑰於後嗣⑱。乃晉氏之先祖妣其治家如郭主，加以柏舟之節⑲，其女與外孫守死不辱，有卓絕之殊軌⑳焉。屬當岸谷之變㉑，門戶衰微，無能光大其業，使聲聞烜赫㉒，傳之彤管㉓，而僅以一堂之名託之文字，以示子孫不忘，此又其遇之懸於天㉔，實命不同，而可為悲悼者也！然君子之為教，於家有百世之規，而不以一時之所遇為興替㉕。《易》不云乎：「〈家人〉，利女貞。」㉖自今以往，晉氏之為女者，必貞，以宜其家㉗；為子者必孝於親，必忠於君，以顯於其國，則受介福於王母㉘以大其門㉙者，不在其身，將在其子孫。而斯堂之名，永世弗墜㉚，必繼中壘㉛而修列女之傳者焉。余濡筆㉜俟㉝之矣。

【注釋】❶天命　命運。❷關中　相當於今陝西省。❸通士　通達事理之人。❹祖妣　祖母。妣，祖母和祖母輩以上的女性祖先。❺考　指死去的父親。❻祖考　祖父。❼旌表　表彰。自漢代以來，歷代王朝提倡封建禮教，對「義夫、節婦、孝子、順孫」，常由官府立牌坊，賜匾額，稱為旌表。❽寇至　指李自成攻進西安。❾朝邑　縣名。今併入陝西大荔。❿適　舊指女子出嫁。⓫安人　封建王朝給婦人封贈的稱號。⓬隕　毀壞。⓭史言郭昌娶真定恭王女　見《後漢書・光武郭皇后紀》。光武，指後漢光武帝劉秀。真定，府名。今為河北正定。恭王，名劉普，漢景帝七代孫。⓮母儀　猶言母範。《後漢書・光武郭皇后紀》云：「郭主雖王家女，而好禮節儉，有母儀之德。」⓯出　遺棄；棄逐。⓰餘慶　猶餘福，謂澤及後人。⓱垂　流傳下去。⓲後嗣　後代。⓳柏舟之節　《詩・鄘風》有〈柏舟〉。小序謂衛世子共伯早死，父母欲迫其妻共姜改嫁，姜作詩以自誓。後稱夫死不嫁為「柏舟之節」，本此。⓴殊軌　不同的軌道或行為準則。喻差距甚大。㉑岸谷之變　《詩・小雅・十月之交》云：「高岸為谷，深谷為陵。」毛《傳》云：「言易位也。」鄭玄《箋》云：「易位者，君子居下，小人處上之謂也。」後比喻政治上的重大變化。㉒烜赫　聲威盛大。㉓彤管　《詩・邶風・靜女》：「靜女其孌，貽我彤管。」後來相沿稱女史記事所用的赤管筆為彤管。㉔其遇之懸於天　猶言其際遇繫於天。遇，際遇；機會。懸於天，繫於天。㉕興替　興盛與衰敗。㉖家人二句　見《易・家人》卦辭。孔穎達《正義》曰：「家人者，卦名也。明家內之道，正一家之人，故謂之家人。利女貞者，既修家內之道，不能知家外他人之事，統而論之，非君子丈夫之正，故但言利女貞。」依此，則家人，謂一家之人。利女貞，謂有利於女子正其內。貞，正。㉗宜其家　謂其家庭安順，夫婦和睦。㉘受介福於王母　語出《易・晉》：「受茲介福，于其王母。」介福，大福。王母，祖母。㉙大其門　光大其門庭。㉚墜　喪失。㉛中壘　此處指稱西漢劉向。中壘本官名。西漢時有中壘校尉，掌管北軍壘門，又外掌西域。劉向曾任此官，故有劉中壘之稱。劉向曾撰《列女傳》七卷。列記古代婦女事跡一百零四則，每則都有贊語。該書旨在宣揚傳統禮教。㉜濡筆　以筆蘸墨，指寫作。㉝俟　等待。

【語　譯】古代的人在他死後被傳頌的原因，不是因為他的虛名而是因為他的事實，不是因為他的命運而是因為他的為人。因為他的虛名、因為他的命運而傳頌於身後，這是世人引以榮耀的；因為他的事實、因為他的為人而傳頌於身後，這是君子所注重修養而不敢怠慢的。晉文煜是關中通達事理之人，他把修建的祠堂稱作貞烈堂，並請我為它寫一篇記。他說道：「我的祖母是臨潼王府鎮國中尉懷墀的女兒。嫁到晉氏後，生下我的父親和二位姑姑。她十九歲那年我的祖父去世了，當時我的父親才四歲，她堅守節操，不再改嫁，直到六十八歲才死去。崇禎末年，巡按御史金毓峒把這件事上奏給朝廷知道，請求對我的祖母進行表彰。詔命還未下達而賊寇已經到來，二位姑姑也死了；因此，祠堂就以貞烈命名。」我又讀了朝邑人李楷所寫的傳記，他的二位姑姑，一位嫁給西安右衛昭信校尉王宏祖，一位嫁給臨潼王府奉國中尉誼漇，並受封為安人。她們都是早年守寡，賊寇到來的那天，她們各自投井自盡。大姑姑的兒子寅才十三歲，也跟隨投井而死。祖孫三代的節操都沒有毀壞，因此可以無愧於貞烈之名。史書說郭昌娶真定恭王之女，號稱郭主。郭主雖是王家之女，而喜愛禮儀節儉，有母範的德性。她生下了光武帝的郭皇后。她所做的只是夫婦之間平常的行為，而當時還稱頌她，史書也加以記載。其後郭皇后雖然被光武帝廢棄，而東海恭王還能保其餘福，以致流傳給後代。至於晉氏的祖母則治家如同郭主，加上有柏舟之節，她的女兒與外孫至死不受屈辱，有特別突出而又不同尋常的行為準則。正當岸谷之變，門戶衰微，不能光大其家業，使之聲名烜赫，傳之史冊；而僅以一座祠堂的名稱去託付於文字，以顯示子孫不能忘懷，這又是將其際遇繫之於天，其實是命運不同，實在是值得悲痛哀悼的了！然而君子所施行的教化，對於家庭來說有百代的法規，而不是因一時的遭遇而興盛與衰微。《易經》不是說過：「〈家人〉這一卦，有利於女子正其內。」自今以後，晉氏的女子，一定正其內而使家庭安順；晉氏的男子一定孝敬其父母，一定忠於其君王，以顯耀於他的國家，那麼受大福於祖母以光大其門庭的，不在其自身，將在其子孫後代。這座堂的貞烈之名，將永世不會喪失，一定有接替劉向而修《列女傳》的。我寫作這篇記以等待重修《列女傳》的人。

【研　析】這篇文章所褒揚的晉氏女子的貞烈，有兩種表現：一是早年喪夫而不改嫁，如晉文煜的祖母十九歲便守寡撫孤，有「柏舟之節」。一是以死殉國，不甘屈辱，如晉文煜的兩位姑姑在賊寇到來之日，各自投井自盡。其實，這兩種貞烈之舉，也正是顧炎武母親一生的寫照，因此，我們在讀這篇文章時，只要聯想到顧炎武多次對母親的讚揚，就可知道他所寫的這篇文章為什麼會情真意切了。

楊氏祠堂記

【題解】這篇文章記述了楊子常的家世及其修建祠堂的目的。

天下之事，盛衰之形，眾寡之數，不可以一定，而君子則有以待之❶。所以撫盛而合眾❷者，中人❸以上之所能，若夫為盛於衰，治眾於寡，孑然一身❹之日，而有萬人百世之規，非大心❺之君子莫克❻為之矣。古之君子，慮先人之德，久而弗昭，於是為之祠堂以守之，其盛者及於始祖❼。古之君子，慮宗人之渙而無統❽，於是歲合子姓❾於祠而教之孝；奠爵獻俎❿，畢而餕食⓫，以教之禮。其子孫之眾，或至於數千百人，此祠堂之所由興，而祭法之所由傳也。

常熟⓬楊子常先生，通經之士。於先朝⓭之末，由訓導⓮除⓯都昌⓰知縣，未任，以疾歸，而遭國變，至於今，先生年七十有二矣。先有一子，年二十餘以卒，晚得一子又殤，而其兄子亦中歲夭折。今其族孫之在者，不過二十餘人。其先世自關中來，祖、父並為農，風尚樸質。高祖⑰以上，不能舉其諱字⑱。自遷常熟以來，復無顯者，及先生始仕宦。今白首老矣，無親子孫。夫人之情，於身且若此，遑恤其後⑲乎？而先生曰：「不然。吾父雖農，在里中頗能言民疾苦，以達於縣吏，而除其菑⑳，當不至於無嗣。以五服㉑之間，得一、二十人，以合其歡㉒而教之以孝以禮，豈必其中無能學以大其宗者？以吾之年雖老且獨，而幸有薄田之入㉓，為先祖父所遺，可以舉先人未行之事而傳之其後人。」於是即祖墓之旁，建屋三楹㉔，為祠堂，以奉其先人並諸父兄子姓之亡者。其下為田若干畝，以供歲時之祭。定其儀，秩其品㉕，簡而文，約而不陋㉖。曰：「及吾身存，與諸孫行禮其中，使諸孫之繼我，如今日焉，先德其毋墜已㉗。」又於其墓之旁植木開河通水，凡世俗所為安死利生之法無不備，此非所謂衰而有盛之心，寡而能眾之事者乎？《易》曰：

「可大則賢人之業。」㉘《傳》曰：「人定能勝天。」吾以卜楊氏之昌於其後，必也。承先生之命而為之記。

【注釋】❶有以待之　猶言對它有所準備。❷撫盛而合眾　猶言順應興盛而聚會眾人。撫，順應；依循。❸中人　平常人。❹孑然一身　孤獨一人。孑然，孤獨貌。❺大心　語出《荀子・不苟》。謂心之大者。❻克　能。❼始祖　最早的祖先。❽渙而無統　謂渙散而沒有世代相繼的系統。❾子姓　同姓。❿奠爵獻俎　謂設酒食以祭祀。爵，酒器。俎，古代祭祀時陳設牲口的禮器。⓫餕食　謂吃盡所餘下的食物。餕，食之餘。⓬常熟　縣名。在江蘇南部。⓭先朝　指明朝。⓮訓導　學官名。明、清府、州、縣學皆設訓導，掌協助同級學官教育所屬生員。⓯除　拜官授職。⓰都昌　縣名。在江西北部。⓱高祖　祖父的祖父。⓲諱字　名字。諱，指對尊長輩的名字避開而不直稱。⓳遑恤其後　語本《詩・邶風・谷風》。猶言怎能擔憂其後的子孫。遑，怎能；何。⓴菑　同「災」。災害。㉑五服　猶言五代。古代的喪服制度，以親疏為差等，有斬衰、齊衰、大功、小功、緦麻五種名稱。統稱「五服」。故以此別稱五代。㉒合其歡　謂和合歡樂。㉓薄田之入　少量田地的收入。薄，少。㉔三楹　三間。楹，量詞。屋一間為一楹。㉕定其儀二句　謂確定其禮儀，分別其等級。秩，次序。品，等級。㉖簡而文二句　猶言節簡而美善，簡略而不鄙陋。文，指禮之美、善。㉗先德其毋墜已　猶言先人的德性不至於喪失。㉘易曰二句　見《易・繫辭上》。孔穎達《疏》云：「功勞既大，則是賢人事業。」可，能。

【語譯】天下的事情，有或盛或衰的情形，有或多或少的數量，不能以一定之規去看待它，而君子對它的變化則有所準備。順應興盛而聚會眾人，這是常人以上所能做到的；要說在衰敗時做興盛時的事，在人少時做人多時的事，在孤獨一人之日，有萬人百世的規則，這不是大心君子就不能辦到了。古代的君子，憂慮先人的德性很久不能得到彰明，於是為他們修建祠堂而又固守其德性，那些達到極點的則連最早的祖先也為他修了祠堂。古代的君子，憂慮同宗的人渙散而無世代相繼的系統，於是每年在祠堂裏聚會同姓的人，教誨他們奉行孝道；陳設酒食以祭祀，祭祀完畢則吃盡所剩下的食物，教誨他們遵守禮儀。那些子孫多的，有的達到數千數百人，這樣一來，祠堂由此而興盛，祭法由此而流傳了。

常熟縣的楊子常先生，是一位通曉經義的人。他在明朝末年，由訓導升為都昌縣知縣，沒有到任，就因生病回家，此後便遭遇國家的變故，直到今天，先生有七十二歲了。他早年有一個兒子，二十多歲便死了，晚年得到一個兒子，又死了，而他的兄長的兒子也在中年死去。現在他同族的孫子中還活著的，不過二十多人。他的先輩從關中遷來，祖父和父親都是務農，家風崇尚質樸。對於他的高祖以上的人，已不能舉出他們的名字。自從遷移到常熟縣以來，他們家再沒有顯達的人，直到先生才開始做官。現在他的頭髮白了，年紀老了，又沒有嫡親的子孫。照人之常情，於其自身尚且如此，怎能擔憂那些後來的子孫呢？可是先生說：「不是這樣。我的父親雖然務農，在里中卻頗能為老百姓的疾苦說話，並告訴給縣吏，從而消除其災害，照此看來，理當不至於沒有後代。在五服之間，還有一、二十人，我與他們和合歡樂，以孝以禮去教誨他們，難道其中就必定沒有能學習而光大其宗族的嗎？論我的年齡雖然老了，而且獨身一人，但是幸而有少量田地的收入，這是祖父遺留下來的，可用來興辦先人沒有做的事情，並且把它傳給那些後來的人。」於是他便在祖墓的旁邊，建屋三間，作為祠堂，以奉祭先人及各位父兄與同姓中死去的人。在祠堂的後面留田若干畝，以供每年祭祀的費用。同時又確定其禮儀，分別其等級，做到了節簡而美善，簡略而不鄙陋。先生又說：「在我活著時，與各位孫子在祠堂裏舉行祭禮，使他們將來能繼續我的作法，就像今天這樣，那麼先人的德性也就不至於喪失了。」而且他又在祖墓的旁邊種上樹木、開河通水，凡是世俗所能做的安於死、利於生的方法無不具備。這不是所謂在衰敗之時而有興盛之心，在人少之時能做人多之事嗎？《易・繫辭上》說：「功勞既大，則是賢人的事業。」《傳》說：「人定能勝天。」我以先生的行事來預測楊氏將昌盛於他之後，一定會是這樣的。我稟承先生的命令而為楊氏祠堂寫了這篇記。

【研　析】「論古以言今」，這是本文的一個重要的寫作方法。

文章的第一部分有兩段論「古之君子」：一是論古之君子修祠堂以固守先人之德，由此修建祠堂便興盛了起來；一是論古之君子在祠堂祭祀先人之時，以孝和禮教誨後人，由此祭法便得以流傳。這看似論古，其實正是為言今作了鋪墊。文章的第二部分轉到今人楊子常身上，交代他的身世以及他修建祠堂的經過與目的。正是因為有了前面的鋪墊，所以讀者便可以古之君子的行為來參照今之楊子常的行事，於是便可得知，楊子常暗合古之君子，其品德之美善自然也就與古之君子相彷彿了。

於此，我們似可這樣認為，「論古以言今」這種寫作方法，其實能夠為讀者認識今人今事提供歷史的認識層面。

華陰王氏宗祠記

【題解】「人倫」，是指社會裏人與人之間的等級關係和應當遵守的行為準則。《孟子·滕文公上》對人倫的具體內容作了說明，即「父子有親，君臣有義，夫婦有別，長幼有序，朋友有信」。

顧炎武在本文中提出：「有人倫，然後有風俗，有風俗，然後有政事，有政事，然後有國家。」正是因為「人倫」如此重要，所以孔夫子所用來教誨人的先王所努力去做的，無非是「立天下之人倫」。可是，自三代以下，人主則不以「人倫」為治國之本。雖然如此，歷代儒者仍教人以「人倫」。只是到了明代滅亡之後，人倫才喪失殆盡。在文章的最後，顧炎武才敘述華陰王宏撰修建宗祠之事，並對後人與先王之教寄予厚望。

昔者孔子既沒，弟子錄其遺言以為《論語》，而獨取有子、曾子之言次於卷首❶，何哉？夫子所以教人者，無非以立天下之人倫，而孝弟❷，人倫之本也；慎終追遠❸，孝弟之實也。甚哉，有子、曾子之言似夫子也。是故有人倫，然後有風俗，有風俗，然後有政事❹，有政事，然後有國家。先王之於民，其生也，為九族[5]之紀[6]，大宗小宗[7]之屬以聯之；其死也，為之疏衰[8]之服，哭泣殯葬虞[9]附[10]之節以送之；其遠也，為之廟室之制[11]，禘嘗[12]之禮，鼎[13]、俎[14]、籩、豆[15]之物以薦之；其施之朝廷，用之鄉黨[16]，講之庠序[17]，無非此之為務也。故民德厚而禮俗成，上下安而暴慝[18]不作。自三代以下，人主之於民，賦斂之[19]而已爾，役使之而已爾，凡所以為厚生正德[20]之事，一切置之不理，而聽民之所自為，於是乎教化之權常不在上而在下。兩漢以來，儒者之效亦可得而考矣。自二戴之傳[21]，二鄭之注[22]，專門之學以禮為宗，歷三國、兩晉、南北[23]、五季[24]干戈分裂之際[25]而未嘗絕也。至宋程、朱[26]諸子卓然[27]有見於遺經[28]，而金、元之代，有志者多求其說於南方以授學者[29]。及乎有明[30]之初，風俗淳厚，而愛親敬長之道達諸天下。其能以宗法[31]訓其家人，而立廟以祀，或累世同居[32]，稱之為義門[33]者，亦往往而有。十室[34]之忠信[35]，比肩而接踵[36]，夫其處乎雜亂偏方閏位之日[37]，而守之不變，孰勸帥之而然[38]哉？國亂於上而教明於下。《易》曰：「改邑不改井。」[39]言經常之道[40]，賴君子而存也。

嗚呼！至於今日而先王之所以為教，賢者之所以為俗，殆澌滅[41]而無餘矣！列在搢紳[42]而家無主祏[43]，非寒食[44]野祭[45]則不復薦[46]其先人[47]；期功[48]之慘[49]，遂不制服[50]，而父母之喪，多留任而不去[51]；同姓通宗而不限於奴僕；女嫁，死而無出[52]，則責償其所遣之財[53]；昏媾異類[54]而脅持其鄉里[55]，利之所在，則不愛其親而愛他人，於是機詐之變[56]日深，而廉恥道盡[57]。其不至於率獸食人而人相食[58]者幾希矣！昔春秋之時，弒君三十六，亡國五十二，而秉禮之邦[59]，守道之士不絕於書，未若今之滔滔[60]皆是也。此五帝[61]三王[62]之大去其天下[63]，而乾坤或幾乎息[64]之秋[65]也。又何言政事哉！

吾友華陰王君宏撰，鄰華先生之季子[66]，而為徵華先生後者也。遊婺州[67]，二年而歸，乃作祠堂以奉其始祖，聚其子姓而告之以尊祖敬宗之道。其鄉之老者喟然(68)言曰：不見此禮久矣，為之兆(69)也，其足以行乎？孟子有言：「惻隱之心，仁之端也。」(70)夫躬行(71)孝弟之道，以感發天下之人心，使之惕然有省(72)，而觀今世之事若無以自容(73)，然後積污之俗(74)可得而新(75)，先王之教可得而興也。王君勉之矣。

【注釋】❶獨取有子曾子句　《論語》的第一篇為〈學而〉。其中記載有子所言「孝弟也者，其為仁之本」，及曾子所言「慎終追遠，民德歸厚」。顧炎武認為，這種言論類孔子，因此後來的儒者才把他們所說的話載入《論語》卷首了。有子，名若，春秋末魯國人。孔子學生。孔子死後，因其「狀似孔子」，曾為孔門弟子所特別尊重。曾子，名參，字子輿，春秋末魯國人。孔子學生。以孝著稱。次，按次序編列。❷孝弟　儒家倫理思想。即「孝悌」。根據朱熹的解釋，「善事父母為孝，善事兄長為弟」。❸慎終追遠　慎重地辦理父母的喪事，虔誠地追念祖先。❹政事　施政的一切事務。❺九族　指本身以上的父、祖、曾祖、高祖和以下的子、孫、曾孫、玄孫。舊時立宗法、定喪服，皆以此為準。❻紀　綱；人倫。❼大宗小宗　古代宗法制度以嫡系長房為「大宗」，餘子為「小宗」，其子孫稱之為祖。❽疏衰　喪服名。為五服中次於斬衰者。即「齊衰」。衰，通「縗」。古代喪服。❾虞　古時葬後拜祭稱虞。❿附　通「祔」。古代祭儀之一。⓫廟室之制　謂建宗廟祭祀之制度。⓬禘嘗　均為古代祭名。《禮記．王制》云：「天子諸侯宗廟之祭，春曰礿，夏曰禘，秋曰嘗，冬曰烝。」⓭鼎　古代飲器。⓮俎　古代祭祀時用以載牲的禮器。⓯籩豆　均為古代禮器。籩，古代祭祀用來盛果脯的竹器。豆，用木製或銅製、陶製，盛虀醬等。⓰鄉黨　周代制度以五百家為黨，一萬二千五百家為鄉，後因以「鄉黨」泛指鄉里。⓱庠序　中國古代的學校。⓲暴慝　殘暴邪惡。慝，邪惡。⓳賦斂之　猶言向他們徵收賦稅。斂，徵收。⑳厚生正德　語出《尚書・大禹謨》。厚生，使人民生活充裕。正德，端正德行。㉑二戴之傳　漢代戴德傳《禮記》八十五篇，後人稱為《大戴禮》；他的姪子戴聖傳《禮記》四十九篇，稱《小戴禮》，就是十三經中的《禮記》。㉒二鄭之注　二鄭指東漢經學家鄭眾、鄭玄。二人均對《周禮》等經書作過注釋。㉓南北　指南朝北朝。㉔五季　指後梁、後唐、後晉、後漢、後周五代。㉕干戈分裂之際　謂戰爭興起、國土分裂之時。㉖程朱　指程顥、程頤和朱熹。㉗卓然　高超之貌。㉘遺經　謂傳下來的經書。㉙金元之代二句　金、元為北方少數民族當國主政，故向南方漢族學者求程、朱學說。㉚有明　指明代。有，作語助詞，無義。㉛宗法　指家法。規定家族中的祭祀、婚嫁、家塾、慶弔、送終等事務，以維持上下尊卑的等級關係。㉜累世同居　指數代同堂。㉝義門　仁義之門。㉞十室　謂家家戶戶。㉟忠信　忠誠守信。信，誠實；不欺。㊱比肩而接踵　謂肩膀靠肩膀，腳尖碰腳跟。形容人多。㊲雜亂偏方閏位之日　猶言政局混亂、一方偽主篡位之日。雜亂，紛雜混亂。指政局。偏方，一個方面。閏位，古人稱非正統的帝位叫閏位。閏，凡非正者謂之閏。㊳帥之而然　猶言遵循人倫以至於這樣。帥，遵循。㊴易曰二句　見《易・井》。孔穎達《正義》云：「井體有常，邑雖遷移而井體無改。」又說：「此卦明君子修德養民，有常不變，始終無改。」㊵經常之道　指常行的義理、法制、原則等。㊶澌滅　盡滅。澌，竭盡。㊷搢紳　插笏於帶間，因稱士大夫為搢紳。㊸主祏　神主的石匣。㊹寒食　節令名。在農曆清明前一或二日。㊺野祭　謂上墳祭墓。㊻薦　遇時節供時物而祭。㊼先人　祖先。㊽期功　古代喪服的名稱。期，服喪一年。功，指大功和小功。大功服喪九月，小功服喪五月。㊾慘　喪事。㊿制服　喪服。(51)留任而不去　謂留任官職而不辭去。根據禮制，父母喪，官員當離任去職守喪。(52)死而無出　謂至死沒有遭遺棄。出，女子遭遺棄。(53)責償其所遣之財　謂要求歸還其送嫁的財物。責，要求。(54)昏媾異類　謂與異族通婚。昏，通「婚」。媾，交互為婚姻。(55)脅持其鄉里　猶言橫行鄉里。脅持，用武力強迫人服從命令。(56)機詐之變　智巧詭詐之變化。(57)廉恥道盡　廉潔與知恥之道喪失殆盡。(58)率獸食人而人相食　語本《孟子・梁惠王上》。喻施行暴政，以至於率領禽獸來吃人，甚至是人吃人。(59)秉禮之邦　執禮的邦國。秉，執持。(60)滔滔　盛多；普遍。(61)五帝　其說不一。通常認為指伏羲（太皞）、神農（炎帝）、黃帝、堯、舜。(62)三王　其說不一。通常認為指夏禹、商湯、周文王和周武王。(63)大去其天下　謂其天下一去不復返。大去，一去不返。(64)息　息滅。(65)秋　時機；日子。(66)季子　少子；小兒子。(67)婺州　州名。明代改為金華府。舊治在今浙江金華。(68)喟然　歎息之貌。(69)兆　開始。(70)孟子有言三句　見《孟子‧公孫丑上》。猶言同情之心，是仁的萌芽。(71)躬行　親身實踐；身體力行。(72)惕然有省　謂警惕而有所省悟。(73)無以自容　沒有什麼可以用來自容其身。(74)積污之俗　猶言積累起來的壞風俗。(75)新　革新。

【語譯】以前孔子死了之後，弟子記錄他的遺言編輯成了《論語》一書，其中唯獨收入有子、曾子的言論並把它們放在書的前面，這是什麼原因呢？孔子教誨別人的目的，無非是希望以此建立天下的人倫，而善事父母和兄長，則是人倫的根本；慎重地辦理父母的喪事、虔誠地追念祖先，則是善事父母和兄長的實際運用。的確是啊，有子、曾子的言論類似於孔子。所以說有了人倫，然後才有風俗，有了風俗，然後才有政事，有了政事，然後才有國家。先王對於人民，在他們活著時，為他們制定九族的綱紀，用大宗、小宗之類把他們聯為一體；在他們死後，為他們制定疏衰的喪服，用哭泣殯葬和虞、祔的禮節來為他們送葬；對於其祖先，則為他們制定了建宗廟以祭祀的制度，舉行禘、嘗的祭禮，用鼎、俎、籩、豆之物以進獻祭品；在其施行於朝廷，運用於鄉里，講授於學校時，則無不是把這些作為其要緊的事情。因此人民的德行寬厚而禮儀風俗也就形成，上下安定而殘暴邪惡也就不會發生。自從三代以後，帝王對於人民，只是向他們徵賦收稅而已，只是驅使他們而已，凡是用來使人民生活充裕、端正其德行的事，則一概置之不理，而聽任人民自行其事，於是乎教化的權力常常不在上面而在下面。兩漢以來，儒生的作用也是能夠考證的。從二戴的經傳、二鄭的經注可以看出，專於一門的學問是以禮為其本源，在經歷三國、兩晉、南北朝、五季的戰爭和國土分裂之際也未嘗斷絕。到了宋代，程顥、程頤、朱熹對於遺傳下來的經書有高超的見解，而金、元兩朝，有志者多在南方求得他們的學說以傳授給學者。到了明代初年，風俗淳樸厚重，而熱愛父母尊敬兄長之道通行於天下。那些能以家法訓誡其家人，建立宗廟以祭祀祖先，或者數代同堂，被稱為仁義之門的，也往往具有。家家戶戶忠誠守信，比肩而接踵，他們處於政局混亂、一方偽主篡位之日，卻能堅守不變，誰能勸他們遵循人倫以至於這樣呢？國家動亂於上而教化顯明於下。《易經》說：「城邑雖然遷移而水井則不改變地方。」它說的是常行的義理，要依賴於君子而存在。

啊！到了今天，先王所用來進行教化、賢者所用來促成風俗的，差不多消失殆盡而無餘了。身在士大夫之列而家中沒有神主的石匣，不到寒食之日上墳祭墓則不再祭其祖先；遇到需服喪一年或九個月或五個月的喪事，竟然不穿喪服，而在為父母守喪時，大多留任官職而不辭去；同姓通宗而不限於奴僕；女兒出嫁，直到死也沒有遭遺棄，卻還要求歸還送嫁時的財物；與異族通婚而橫行其鄉里，利之所在，則不愛其父母而愛他人，於是智巧詭詐的變化日益加深，而廉潔與知恥之道則喪失殆盡。這樣一來，那種不至於「率領禽獸來吃人，甚至人吃人」的情形差不多很少了！以前在春秋時代，殺死的君王共三十六位，滅亡的國家共五十二個，而執禮的邦國、守道的人士並不絕於記載，可是也不像今天普遍都是。這是五帝、三王的天下一去不返，而世界或許將近息滅之日，又談什麼政事呢！

我的朋友華陰縣的王宏撰，是鄰華先生的小兒子，過繼為徵華先生的後代。他遊歷婺州二年回來後，便建造祠堂以供奉其最早的祖先，聚集其同宗之人而把尊祖敬宗之道告訴他們。那些鄉里的老人歎息道：不見這種禮儀已經很久了，作為尊祖敬宗的開始，這種禮儀足以推行嗎？孟子有一句話說：「同情之心，是仁的萌芽。」身體力行善事父母與兄長之道，以感動啟發天下的人心，使之警惕而有所省悟，觀察今天世上的事情，假若沒有什麼可以用來自容其身時，然後日積月累的壞風俗就可以得到更新，先王的教化就可以得到復興了。王君你努力去做吧！

【研　析】這篇文章顯得很有氣勢，其原因在於作者通篇縱論古今，而不是把眼光僅僅局限在今時今事的狹小範圍之內。

文章首先由孔子教人的目的而得出結論說：「有人倫，然後有風俗，有風俗，然後有政事，有政事，然後有國家。」可見，人倫是基礎，是根本。隨後便以事予以證明：從五帝三王起，到明代為止，維繫這數千年中華文明的是人倫，即使是戰爭頻仍、國土分裂之際，人倫也沒有斷絕過。只是在明代滅亡之後，人倫才遭受破壞。雖然如此，文章最後在敘及本文正題時，又含蓄指出：今有華陰王宏撰修廟祭祖，再續人倫，那麼更新流俗，復興先王之教，便又有希望了。於此，文章前後一氣貫通，讀來恍如置身高處，把中華民族數千年文明史盡納入自己的眼中。

書孔廟兩廡位次考後

【題解】古人常在孔子廟東西兩廡中設置孔子弟子或後代諸儒的神位。明代歸莊就所設牌位的次序進行了考證，並寫了一篇文章給顧炎武。顧炎武收藏該文達五十年之久，又在其後附上自己的文章，進一步辯明兩廡位次，以便後人知道。

予居蘇之崑山❶。崇禎初，先師❷廟東西兩廡❸壞，予時為博士弟子❹。一日過之，見神位在瓦礫中，與同學二、三生拾取，命工修完，奉之東齋❺，告於邑之長官。越二年，始復其故。因考《史記》、《家語》❻及今代闕里之書❼，多有不同，以《大明會典》❽為定。而友人歸生莊作《兩廡位次考》一通❾，受而藏之幾五十年，來關中，得郃陽❿甯生浤丁《祭考義》，亦崇禎中作，大略相同。然兩廡位東西相對，以次列及門弟子⓫畢，而後及左氏、公羊、穀梁⓬三子暨漢以下諸儒，此舊制也。嘉靖九年⑬，采諸臣之議，有黜者⑭，有改祀者，於是東廡之弟子三十三，而西廡二十九。左丘明躋⑮秦非⑯之上，伏勝⑰躋顏噲⑱之上，孔安國⑲躋穀梁赤之上，而自此以下，時代先後大率⑳倒誤㉑。當日東西之位仍如舊次，雖有闕者而不復更移，蓋亦知二鄭㉒、賈㉓、服㉔諸儒傳經之功不可沒，而有待於異日之重議，此秉禮㉕者之微意也。予恐後之人不知，而欲循時代以正東西之次，又悲夫亡友之遺墨㉖猶存，而不獲共論此也，乃書其末，以俟後人。歸生名莊，更名祚明，工草隸㉗，為東吳㉘高士㉙。

【注釋】❶蘇之崑山　江蘇省的崑山縣。❷先師　即孔子。❸廡　堂下周圍的走廊或廊屋。❹博士弟子　漢武帝設博士官，置弟子五十人，令郡國選送。唐以後也稱生員為博士弟子。生員即秀才。❺東齋　東面書齋。❻家語　即《孔子家語》。❼闕里之書　猶儒學之書。闕里，地名。相傳為春秋時孔子授徒之所，在洙泗之間。孔子時無闕里之名，其名始見於《漢書》。至後漢始盛稱孔子故里為闕里。後借指儒學。❽大明會典　明弘治年間李東陽等奉敕撰，匯集明代制度。❾一通　一篇。❿郃陽　縣名。即今陝西合陽。⓫及門弟子　語本《論語・先進》。猶受業弟子。⓬左氏公羊穀梁　即左丘明、公羊高、穀梁赤。相傳《春秋左傳》、《春秋公羊傳》、《春秋穀梁傳》分別為他們所作。⑬嘉靖九年　即西元一五三〇年。嘉靖，為明世宗朱厚熜的年號。⑭黜者　被廢除者。⑮躋　登；升。⑯秦非　春秋時魯國人。字子之，孔子弟子。見《史記》卷六七。⑰伏勝　字子賤，漢代濟南（郡治在今山東章丘西）人。曾任秦博士。漢文帝時派鼂錯向他學《尚書》。今本《今文尚書》二十八篇，即由他傳授而存。⑱顏噲　春秋時魯國人。字子聲，孔子弟子。見《史記》卷六七。⑲孔安國　西漢人，孔子後裔。受《詩》於申公，受《尚書》於伏生。以治《尚書》為武帝博士，官至諫大夫、臨淮太守。《尚書孔氏傳》舊題為安國所作。⑳大率　大概。㉑倒誤　指上下顛倒有誤。㉒二鄭　即漢代經學家鄭眾、鄭玄。㉓賈　指東漢經學家賈逵。賈逵字景伯，賈誼九世孫。曾著《左氏傳解詁》、《經傳義詁》等。《後漢書》有傳。㉔服　指東漢經學家服虔。服虔又名重，字子慎。河南滎陽人。著有《春秋左氏傳解誼》。《後漢書》有傳。㉕秉禮　執守禮儀。㉖遺墨　指人死後留下的文章。㉗草隸　猶草書，漢字字體的一種。㉘東吳　古地區名。一說即蘇州府，為古代三吳之一。㉙高士　猶高人、超世俗之人。

【語譯】我住在江蘇省的崑山縣。崇禎初年，孔子廟的東西兩座廊屋都毀壞了，我當時是秀才。一天經過那裏，見神主牌位倒在瓦礫中，便與二、三位同學拾起來，請工匠修整完好，供奉於東面的書齋，並告訴了本城的長官。過了二年，這些神位才在東西廊屋中恢復以前的排列次序。於是我考證《史記》、《孔子家語》及今世儒學之書，記載的大多有所不同，應當以《大明會典》為定論。友人歸莊寫了一篇〈兩廡位次考〉，我把它收藏了差不多五十年。來到關中，又得以見到郃陽縣甯浤丁的《祭考義》，這也是在崇禎年寫的，其看法大致相同。然而孔子廟東西兩座廊屋相對而立，裏面依次排列著孔子受業弟子的神位，排列完之後，再排列左丘明、公羊高、穀梁赤三人和漢代以後各位儒生的神位，這是以前的制度。嘉靖九年，明世宗採納各位大臣的建議，有被廢除的，有被改祀的，於是東面廊屋中排列著孔子三十三位弟子的神位，西面廊屋中排列著二十九位儒生的神位。左丘明升到了秦非的前面，伏勝升到了顏噲的前面，孔安國升到了穀梁赤的前面，自此以後，各位儒生的時代先後大概顛倒有誤。可是當日東西兩座廊屋中的神位仍然如同舊的次序排列，雖然有缺少的也不再更改移動，大概也知道鄭眾、鄭玄、賈逵、服虔各位儒生傳授經義的功勞不可磨滅，因而有所期待能在另外的日子加以重議，這是執守禮節的細微之意。我擔心後來的人並不知道這些，而想按照時代先後來糾正東西兩座廊屋中神位的次序，又悲傷亡友歸莊的遺文還存在，卻不能與他共同討論這件事，於是在他的文章後面寫了上述的文字，以等待後人去閱讀。歸生名莊，又名祚明，擅長於草隸，是東吳地方能超越世俗的人。

【研　析】顧炎武做學問不依傍他人。對於孔子廟兩廡位次，雖然歸莊等人已有考證，但他仍然要通過自己的深入研究去弄清其原委。其治學之嚴謹，於此可見一斑。

書廣韻後

【題解】《廣韻》全稱《大宋重修廣韻》，是宋代陳彭年等奉詔重修的一部韻書。原為增廣《切韻》而作，除增字加注外，部目也略有增訂。研究中古語音的，大都以此為重要根據；研究上古或近代語音的，也以此書作為比較的資料，是漢語音韻學中重要的一部韻書。

這篇後記除了交代重刻《廣韻》的目的以外，以大量例子證明該書現存的版本並不完整，有許多內容被後人刪去，覺得這是很可惜的事。

余既表❶《廣韻》而重刻之，以見自宋以前所傳之韻如此，然惜其書之不完也。《路史》❷曰：「周有井伯，《廣韻》曰：子牙後❸。」今井下無此文。又曰：「《廣韻》云：漢有⿰崩阝城後❹。」今⿰崩阝字灰等二韻兩收而亦無此文。又引⿰崩阝下云：「鄉名，在右扶風❺。」而今灰韻注但「鄉名」二字。《困學紀聞》❻曰：「《廣韻》以賁為姓，古有勇士賁育。」今賁下但「亦姓」二字。又曰：「《廣韻》云：《後蜀錄》有法部尚書屯度。」又曰：「《廣韻》引《何氏姓苑》有：況姓，廬江人。」今屯下況下但「又姓」二字。《禮部韻略》❼引《廣韻》彼❽字注云：「《論語》：子西彼哉❾。」軻字注云：「孟子居貧轗軻❿，故名軻，字子居。」今並無此文。又注鼮⓫字云：「漢光武得此鼠，竇攸識之。《廣韻》以為終軍⓬，誤。」今亦無終軍之文也。太原傅山曰：「宋姚寬《戰國策後序》引《廣韻》七事：晉有大夫芬質，羋⓭干者著書顯名，安陵丑，雍門中大夫藍諸，晉有亥唐，趙有大夫肁賈，齊威王時有左執法公旗蕃。」蓋注中凡言又姓者，必以其人實之，而今書皆無此文。又史炤⓮《通鑑釋文》所引《廣韻》，其不載於今書者亦多也。十干⓯皆引《爾雅》⓰歲陽⓱，而戊下不引著雍⓲。又考之《玉海》⓳，言《廣韻》凡二萬六千一百九十四言，注一十九萬一千六百九十二字。今僅二萬五千九百二言，注一十五萬三千四百二十一字。則注之刪去者，三萬八千二百七十一，而正文亦少二百九十二言矣。又《文獻通考》⓴

曰：有陸法言、長孫訥言、孫愐三序，今止愐序。又言：首載景德㉑、祥符敕牒㉒，今亦無之，則亦後人刪去之矣。其幸而存者，天之未喪斯文㉓也。嗚呼，惜哉！

【注釋】❶表　古代奏章的一種。❷路史　宋代羅泌撰，四十七卷。記三皇至夏桀之事，多不經之談。❸子牙後　謂姜太公呂尚的後代。子牙即呂尚、太公望，周初人，姜姓，呂氏，名尚，又名牙。輔佐周武王滅殷。俗稱姜太公。見《史記・齊太公世家》。❹鄘城後　疑為「鄘城侯」，漢代侯國名，故地在今陝西鄠邑境內。❺右扶風　漢郡名。在今陝西鄠邑。❻困學紀聞　宋代王應麟撰，二十卷，多為箚記考證文字。內容有：說經、天道、曆數、地理、諸子、考史、詩文評、雜識等。❼禮部韻略　韻書名。宋代景德四年丘雍、戚綸所定，今已不存。景祐四年丁度重修，改名《禮部韻略》，五卷。後紹興三十二年毛晃表進所撰《增修互注禮部韻略》五卷。現存即紹興重修本。❽佊　邪。見《廣韻》四紙部。❾子西佊哉　《論語・憲問》云：「問子西，曰：彼哉彼哉！」（今《論語》作「彼」而非「佊」）猶言又問到子西。孔子說：「他呀，他呀！」表示輕視。❿轗軻　亦作「坎軻」、「坎坷」。不平貌。後用以比喻遭遇不順利，不得志。⓫鼮　一種有斑彩的老鼠。⓬終軍　字子雲，西漢濟南（郡名，治所在今山東章丘西）人。年十八為博士弟子。武帝時為諫議大夫。後因遊說南越王歸順漢而被殺。年僅二十餘歲。《漢書》有傳。⓭芈　古代的姓。⓮史炤　字子熙，宋代眉山人。蘇軾兄弟師事之。博古能文，著有《通鑑釋文》三十卷。見《宋元學案》卷二。⓯十干　指甲乙丙丁戊己庚辛壬癸。⓰爾雅　中國最早解釋詞義的專著。由漢初學者綴輯周漢諸書舊文，遞相增益而成。至唐宋時遂為十三經之一。⓱歲陽　古代以干支紀年。十干叫歲陽。⓲戊下不引著雍　《爾雅・釋天》云：「太歲在甲曰閼逢，……在戊曰著雍。」⑲玉海　類書名。宋王應麟撰。收集典故，囊括舊聞，共二百卷。⑳文獻通考　元代馬端臨撰，三百四十八卷。按《通典》成例，別增經籍、帝系、封建、象緯、物異五門，共為二十四門。《通典》所收材料自上古至天寶，此自天寶增補續修至南宋嘉定末。史料頗豐富。㉑景德　為宋真宗年號。㉒敕牒　猶敕書。君王詔書。㉓未喪斯文　《論語・子罕》云：「天之將喪斯文也。」文，本指禮樂制度，後來以斯文指儒者或文人。此處則指《廣韻》。

【語　譯】我已上表請求重刻《廣韻》，以顯明自宋代以前所流傳的音韻就是這樣，然而我感到惋惜的是這部書並不完整。《路史》說：「周代有一位名叫井伯的，《廣韻》道：他是姜子牙的後代。」今本《廣韻》的「井」字下沒有這些文字。又說：「《廣韻》道：漢代有鄘城侯。」今本《廣韻》中的鄘字被灰、等二韻同時收入，但卻也沒有這些文字。又引述鄘字下的注釋說：「鄉名，在右扶風。」而今本《廣韻》中灰韻的注釋卻只有「鄉名」二字。《困學紀聞》說：「《廣韻》以賁為姓，古代有一位勇士名叫賁育。」今本《廣韻》賁字下只有「亦姓」二字。又說：「《廣韻》道：《後蜀錄》載有法部尚書屯度。」又說：「《廣韻》引《何氏姓苑》有況姓，廬江人的記載。」今本《廣韻》屯字下、況字下都只有「又姓」二字。《禮部韻略》引《廣韻》佊字的注釋說：「《論語》記述道：他呀，他呀！」引《廣韻》軻字的注釋說：「孟子處境貧困，又不得志，所以名叫軻，字子居。」今本《廣韻》中並沒有這些文字。又注鼮字說：「漢光武帝得到這種老鼠，竇攸認識牠。《廣韻》以為是終軍，這是錯誤的。」今本《廣韻》中也沒有終軍這些文字。太原人傅山說：「宋代姚寬的〈戰國策後序〉引述《廣韻》所載七件事：晉國有一位大夫叫芬質，芈干這個人以著書顯名於世，有關安陵丑的事，有關雍門中大夫藍諸的事，晉國有個人名叫亥唐，趙國有一位大夫叫扉賈，齊威王時有一位左執法名叫公旗蕃。」舊本《廣韻》在注釋時凡是說「又是姓」的，一定以有這個姓的人去證實它，但是今本《廣韻》中都沒有這些文字。再次，史炤《通鑑釋文》所引述的舊本《廣韻》的文字，不載於今本《廣韻》也是很多的。如十干都是引述《爾雅》的歲陽，而戊的下面卻沒有著雍二字。又考證《玉海》，談到《廣韻》正文共二萬六千一百九十四字，注釋一十九萬一千六百九十二字。今天的《廣韻》正文僅有二萬五千九百零二字，注釋有一十五萬三千四百二十一字。那麼注釋所刪去的，達三萬八千二百七十一字，而正文也少了二百九十二字。再者，《文獻通考》說：《廣韻》有陸法言、長孫訥言、孫愐三人的序，今天卻只有孫愐的一篇序。又說：《廣韻》的開頭載有景德、祥符的詔書，今天也沒有，那麼這也是後人刪去了。那些僥倖留存下來的，則是老天不肯喪失這些文字了。唉，可惜啊！

【研　析】為了證明今本《廣韻》的確並不完整，顧炎武旁徵博引，讀來不能不相信其立論之正確。

旁徵博引是基於博覽群書之上的。從做學問的角度說，只有廣泛涉獵，才能見識淵博，才能言之有據，而不為他人言論所迷惑。因此，古人所謂「讀萬卷書」，自有其深義在，對此，我們只要聯繫本文去思考，是不能不回味再三的。

讀宋史陳遘

【題解】經制錢是宋代實行的一種附加雜稅。宋徽宗宣和三年，詔命陳遘以發運使的身分經理節制東南七路的財賦。陳遘建議添加酒價、增稅額，另外建立收入帳目，稱為經制錢。其後，翁彥國為總制使，倣效其法另立名目徵稅，稱為總制錢。南宋則把徵收這種附加雜稅當作是通常的制度，成為當時老百姓的一大禍害。對此，宋代羅大經在《鶴林玉露》中有較詳細的記載。

據《宋史・忠義傳》載，金兵圍攻中山，陳遘守城不屈，一家十七人均被叛將殺害。史臣因其忠義之節，對其徵收經制錢所造成的危害略而不提。顧炎武認為這樣處理並不恰當，宋代滅亡，始於經制錢，雖一家人被害，也不足以抵償其剝削人民的罪責，他本人也沒有資格列入忠臣。

吾讀《宋史・忠義傳》至於陳遘，史臣以其嬰城❶死節❷，而經制錢一事為之減損其辭❸，但云：天下至今有經總制錢名，而不言其害民之罪。又分其咎於翁彥國，愚以為不然。《鶴林玉露》❹曰：「宣和❺中，大盜方臘❻擾浙東❼，王師討之。命陳亨伯❽以發運使❾經制❿東南七路⑪財賦，因建議如賣酒、鬻糟⑫、商稅、牙稅⑬，與頭子錢⑭、樓店錢皆少增其數，別歷收繫⑮，謂之經制錢。其後盧宗原頗附益之⑯，至翁彥國為總制使，倣其法，又收贏⑰焉，謂之總制錢。靖康⑱初，詔罷之。軍興，議者請再施行，色目⑲寖廣⑳，視宣和有加㉑焉。以迄於今，為州縣大患。初，亨伯之作俑㉒也，其兄聞之，哭於家廟。謂剝民斂怨㉓，禍必及子孫。其後葉正則作《外稿》㉔，謂必盡去經總錢，而天下乃可為，治平乃可望也。」然則宋之所以亡，自經總制錢，而此錢之興，始於亨伯。雖其固守中山㉕，一家十七人為叛將所害，而不足以償其剝民之罪也。孔子述古書之文，凡紂之臣附上而聚斂㉖者，雖飛廉㉗之死，不得與於三仁㉘之列。若亨伯之為此也，其初特一時權宜之計㉙，而遺禍及於無窮。是上得罪於藝祖㉚、太宗㉛，下得罪於生民㉜，而斷脰決腹㉝，一瞑於中山，不過匹夫匹婦㉞之為諒㉟而已，焉得齒於忠義㊱哉！知此，然後天下之為人臣者，不敢懷利以事其君，而但以一死自託㊲於忠臣之列矣。

【注釋】❶嬰城　環城固守。❷死節　謂寧死不屈的氣節。❸減損其辭　謂減少其文字。❹鶴林玉露　南宋羅大經撰，十六卷。雜記讀書所得，體例在詩話、語錄之間。❺宣和　為宋徽宗趙佶年號。❻方臘　北宋末年青溪人。以牟尼教組織群眾，於宣和二年秋，在睦州起事，自號聖公，建元永樂。先後占有睦州、杭州等七州四十八縣。宣和三年四月戰敗被官軍俘虜，不久被殺害。❼浙東　謂浙江省浙江東部地區，南宋時為浙東路。❽陳亨伯　陳遘，字亨伯。進士出身。徽宗時歷任中山、真定、河間知府。欽宗時又任中山知府。金兵來犯，陳率兵固守中山，金兵圍攻達半年之久。後為叛將沙振所害。《宋史》有傳。❾發運使　宋代專指總領江淮等七路漕運之官。❿經制　經理節制。⓫路　宋代行政區域名。⓬鬻糟　賣酒滓。糟，未清帶滓的酒。⓭牙稅　牙行所納的稅。牙行，舊時為買賣雙方議價說合抽取佣金的商行。⓮頭子錢　舊指租賦外的附加稅。⓯別歷收繫　謂另外依次列出收繳。⓰附益之　猶言增加之。附益，增益。⓱收贏　謂徵收得更多。贏，過度。⓲靖康　宋欽宗趙桓年號。⓳色目　種類；名目。⓴寑廣　逐漸擴大。寑，通「寖」。逐漸。廣，擴大。㉑有加　又增加。有，通「又」。㉒作俑　製造殉葬的偶像。後謂創始為作俑。俑，古代用來陪葬的木偶或泥偶。㉓剝民斂怨　謂剝削人民，聚集怨恨。㉔葉正則作外稿　葉正則，葉適，字正則，宋代永嘉（溫州永嘉，今屬浙江）人。淳熙進士，累官至吏部侍郎，學者稱水心先生。著有《水心文集》、《外集》。見《宋史》卷四七四。《外稿》即其《外集》。㉕中山　中山府。在今河北定縣。㉖⿰飠隹斂　重賦。㉗飛廉　商紂王的諛臣。《孟子・滕文公下》云：「驅飛廉於海隅而戮之。」㉘三仁　三位仁人。指殷末之微子、箕子和比干。《論語・微子》云：「微子去之，箕子為之奴，比干諫而死。孔子曰：殷有三仁焉。」㉙權宜之計　變通的措施；隨事勢而採取的適宜辦法。㉚藝祖　有才德材藝之祖，古帝王對祖先的美稱。後代帝王因以藝祖為太祖的通稱。此處指宋太祖趙匡胤。㉛太宗　指宋太宗趙炅。㉜生民　人民。㉝斷脰決腹　語出《戰國策・楚策一》。猶言砍頭剖腹，形容死之壯烈。㉞匹夫匹婦　平民男女，泛指平民。㉟諒　誠信。㊱齒於忠義　猶言次列於忠義者之中。在《宋史》中，陳遘生平收入〈忠義傳〉。但顧炎武認為他不能算作忠義之人。齒，次列。㊲自託　謂自我託身。

【語　譯】我讀《宋史・忠義傳》，讀到〈陳遘傳〉時，見史臣因為他有環城死守、寧死不屈的氣節，便對他徵收經制錢一事減少了敘述的文字。只是說：天下至今還有經制錢的名目，而不談他危害人民的罪責。並且又把他的罪責分出一部分給翁彥國承擔，我以為不能這樣。《鶴林玉露》說：「宣和年間，大盜方臘騷擾浙江東部地區，帝王的軍隊去討伐他。朝廷命令陳遘以發運使的身分經理節制東南七路的財政賦稅，陳遘於是建議如賣酒、鬻糟、商稅、牙稅，與頭子錢、樓店錢都稍微增加其數額，並且另外一一列出收繳，稱之為經制錢。其後盧宗原頗有增加，到了翁彥國任總制使時，他倣效陳遘的方法，又徵收得更多了，並稱之為總制錢。靖康初年，詔令罷免這種附加雜稅。戰爭興起後，建議的人請求再徵收經制、總制錢，種類逐漸擴大，與宣和年間相比又有增加。以至於到今天，成為州縣的一大禍害。起初，陳遘創始徵收經制錢時，他的兄長聽說後，在家廟裏痛哭。說如此剝削人民、聚集怨恨，其災禍必定要殃及子孫。其後，葉適撰寫《外稿》說：『一定要完全免去經制、總制錢，這樣天下才可以得到治理，國家太平安定才有希望。』」既然這樣，那麼宋代滅亡的原因，是由於徵收經制、總制錢，而對這種錢的徵收，則開始於陳遘。雖然他固守中山府，一家十七人都被叛將殺害，但是也不足以抵償他剝削人民的罪責。孔子在引述古書的文字時，凡是商紂王的臣子中有依附於上而徵收重賦的，雖然像飛廉那樣死去，也不能進入三位仁人的行列。像陳遘這樣徵收經制錢，起初只是一時的權宜之計，而留下的禍害則無窮。這樣他上得罪於宋太祖、宋太宗，下得罪於人民，即使砍頭剖腹，死於中山，也不過是如同平民百姓守著小節小信罷了，怎麼能夠把他列入忠義之人呢！知道這一點，然後天下那些作為人臣的，就不敢懷著私利而侍奉其君王，僅僅以一死而自我託身於忠臣之列了。

【研　析】本文表明了一個很重要的觀點：在評論歷史人物時，應當綜觀其一生，而不是著眼其一時一事，否則便會作出違背歷史真實的結論。陳遘雖在國難當頭能以死報國，但是導致天下大亂、國家滅亡的根源則在於他創立經制錢，因此把他視為忠義之人不妥，因為他有環城死守之舉而隱去其剝民之罪更不妥。還歷史以本來面目，是史臣首先應當做到的，只有這樣，後人才能以古鑒今，才能從歷史中獲得教益。

吳同初行狀

【題解】行狀亦稱「狀」、「行述」。是古代的一種文體。常用來記述死者世系、籍貫、生卒年月和生平概況。其撰述者多為死者門生故吏或親友。所撰述內容供朝廷議謚參考或撰寫墓誌，史傳者也從中採擇材料，往往多浮誇溢美之詞。

這篇行狀記敘了吳同初的籍貫、生平事跡，表達了生者對死者的不盡之思和深切懷念，那種國破人亡之後的民族之恨，亦隱然可見。

自余所及見，里中二、三十年來號為文人者，無不以浮名[1]苟得[2]為務[3]。而余與同邑歸生，獨喜為古文辭，砥行立節[4]，落落不苟於世[5]，人以為狂[6]。已而又得吳生。吳生少余兩人七歲，以貧客嘉定[7]。於書，自《左氏》[8]下，至《南北史》[9]，無不纖悉強記[10]。其所為詩，多怨聲[11]，近〈西州〉[12]、〈子夜〉[13]諸歌曲。而炎武有叔蘭服，少兩人二歲；姊子徐履忱，少吳生九歲。五人各能飲三、四斗[14]。五月之朔[15]，四人者，持觥⑯至余舍為母壽。退而飲，至夜半，抵掌⑰而談，樂甚。旦日⑱，別去。余遂出赴楊公⑲之辟⑳，未旬日，而北兵渡江㉑。余從軍於蘇㉒，歸而崑山㉓起義兵㉔，歸生與焉，尋㉕亦竟得脫，而吳生死矣，余母亦不食卒㉖。

其九月，余始過吳生之居而問焉，則其母方煢煢㉗獨坐。告余曰：「吳氏五世㉘單傳㉙，未亡人㉚惟一子一女，女被俘，子死矣；有孫二歲，亦死矣。」余既痛吳生之交，又念四人者持觥以壽吾母，而吾今以衰㉛絰㉜見吳生之母於悲哀其子之時，於是不知涕淚之橫集也。

生名其沆，字同初，嘉定縣學生員㉝。世本儒家㉞，生尤夙惠㉟，下筆數千言，試輒第一；風流㊱自喜㊲，其天性也。每言及君父之際㊳，及交友然諾㊴，則斷然不渝㊵。北京之變㊶，作〈大行皇帝〉、〈大行皇后〉㊷二誄㊸，見稱於時㊹。與余三人，每一文出，更相寫錄㊺。北兵至後，遺余書及記事一篇，又從余叔處得詩二首，皆激烈悲切，有古人之遺風㊻。然後知閨情諸作㊼，其寄興之文㊽，而生之可重者不在此也。

以生居崑山，當抗敵時，守城不出以死，死者四萬人，莫知屍處。以生平日憂國不忘君，義形於文㊾若此，其死豈顧問㊿哉？

生事母孝，每夜歸，必為母言所與往來者為誰，某某最厚(51)。死後，炎武嘗三過其居，無已(52)，則遣僕夫視焉。母見之，未嘗不涕泣，又幾(53)其子之不死而復還也。然生實死矣！

生所為文最多，在其婦翁(54)處，不肯傳，傳其寫錄在余兩人處者，凡二卷。

【注釋】❶浮名　猶虛名。❷苟得　謂不當得而得。❸務　要緊事情。❹砥行立節　磨練品行，立守節操。砥，磨刀石。❺落落不苟於世　獨行而不合流俗。不苟，認真。❻狂　狂妄。❼以貧客嘉定　因為貧窮而客居嘉定。客，客居。指外地人寄居本地。嘉定，縣名。位於上海市西北部。❽左氏　即《左傳》。❾南北史　《南史》八十卷，自劉宋至陳，一百七十年。《北史》，自魏至隋，二百四十二年。唐代李延壽撰。❿纖悉強記　謂對細微之事全都勉力記住。纖悉，細微詳盡。強記，勉力記住。⓫怨聲　哀怨之聲，即表達哀怨之情。⓬西州　古曲名。其中有「憶梅下西州，折梅寄江北」之句。⓭子夜　古曲名。《唐書・禮樂志》云：「〈子夜歌〉

者，晉曲也。晉有女子名子夜，造此聲。」⑭斗　古代酒器。⑮朔　朔日；夏曆每月的初一日。⑯觥　古代酒器。⑰抵掌　鼓掌；擊掌。⑱旦日　猶言明日。⑲楊公　名永言。⑳辟　徵召。㉑北兵渡江　指清兵渡過長江。此事發生於西元一六四五年五月間。㉒從軍於蘇　顧炎武於蘇州參加抗清戰爭，最後失敗。蘇州，為蘇州府治所，位於今江蘇南部。㉓崑山　縣名。在江蘇東南部，鄰接上海市。㉔義兵　舊王朝的遺臣或其子孫糾合起來以圖恢復舊朝的軍隊。㉕尋　不久。㉖余母亦不食卒　據作者〈先妣王碩人行狀〉載：崑山、常熟接連陷落之後，「吾母聞之，遂不食，絕粒者十有五日。至己卯晦而吾母卒」。㉗煢煢　孤獨無依貌。㉘五世　五代人。㉙單傳　舊俗稱只有一男傳宗接代為單傳。㉚未亡人　婦人喪夫者自稱之詞。㉛衰　通「縗」。古時喪服，用粗麻布製成，披於胸前。㉜絰　古代喪服中的麻帶，在首為首絰，在腰為腰絰。㉝生員　明清時代，凡經過本省各級考試取入府、州、縣學的，通名生員，即習慣上所謂秀才。㉞儒家　儒學之家，即崇奉孔孟學說之家。㉟夙惠　早慧。即年幼時就表現聰明出眾。夙，早。惠，通「慧」。㊱風流　有才能而超流俗。㊲自喜　自樂。㊳言及君父之際　即「言及君王之時」。君父，君王；天子。㊴然諾　許諾。㊵斷然不渝　絕對不變，即不變其忠義與誠信之心。斷然，決然無疑；絕對。渝，變。㊶北京之變　指李自成攻入北京，明代崇禎皇帝自盡之事。㊷大行皇帝大行皇后　即崇禎皇帝和周皇后。《諡法》云：「大行受大名，小行受小名。」崇禎皇帝與周皇后初喪時，未有定諡，稱之為「大行」，言其有大德行，必受大名。㊸誄　古代用以表彰死者德行並致哀悼的文辭。僅能用於上對下。後來成為哀祭文體的一種。㊹見稱於時　為時人所稱讚。㊺更相寫錄　相互抄錄。更，交替。㊻遺風　猶餘風，謂前代遺留下來的風尚。㊼閨情諸作　表達女子思慕哀怨之情的諸多作品。㊽寄興之文　寄情託興的文章。㊾義形於文　指仗義持正的心情流露於文章之中。㊿顧問　言其必死，不須顧慮。(51)厚　寬厚；厚道。(52)無已　不得已。(53)幾　通「冀」。期望。(54)婦翁　岳父。

【語　譯】在我所能見到的人中，二、三十年來在鄉里號稱文人的，沒有誰不是以求得不該得到的虛名為要緊的事情。而我與同縣姓歸的書生，唯獨喜愛寫作古文，磨練品行、立守節操，獨行超俗而且認認真真地活於世上，人們以為這是狂妄。不久又遇到姓吳的書生。吳生小我們兩人七歲，因為貧窮而客居嘉定。對於古書，自《左傳》以下，直到《南史》、《北史》，凡細微之事無不勉力記住。他所寫的詩，多哀怨之聲，近似〈西州〉、〈子夜〉等各種歌曲。我有一位叔叔名蘭服，小他們兩人二歲；我的姊姊的兒子徐履忱，小吳生九歲。我們五人各能飲酒三、四斗。五月初一，他們四人手持酒餚到我家來為我母親祝壽。祝完壽之後，我們五人又一起飲酒到半夜，擊掌而談，非常高興。第二天，他們告別而去。我也離家前去響應楊公的徵召。沒過十天，清兵渡過長江。我在蘇州從軍，而崑山興起義兵，歸生參與其事，不久竟然也得以逃脫，而吳生卻死了，我的母親也拒不進食而餓死。

那年九月，我初次拜訪吳生的家並慰問其家人，看見他的母親正孤身獨自坐著。她告訴我說：「吳氏五世單傳，我只有一兒一女，女兒被俘虜，兒子死了；有一個孫子才二歲，也死了。」我既為失去吳生的友誼而悲痛，又想念他們四人持酒餚來為我母親祝壽的情景，而在吳生的母親為她的兒子的死而悲哀的時候，我今天則身著喪服來見她，於是我連鼻涕眼淚橫集於面也不知道了。

吳生名其沆，字同初，嘉定縣學生員。世代本是儒學之家，而吳生尤其早慧，下筆就是幾千字，考試則名列第一。超俗自樂，這是他的天性。每當談到君王之時以及交友的許諾，則絕對不改變其忠義與誠信之心。北京事變後，他寫了〈大行皇帝〉及〈大行皇后〉二誄，為時人所稱讚。他與我們三人，每寫出一篇文章，便相互抄錄。清兵來後，他給我寫來一封書信和一篇記事文章，我又從我的叔叔處得到他的二首詩，都表現得激烈悲切，有古人的遺風。比較之下，然後就知道吳生之可貴不在他的那些表達閨情的諸多作品或者寄情託興的文章。

吳生家住崑山，當抗擊敵人的時候，因守城不出而死，與他一起死的共有四萬人，現在還不知道他的屍體埋在何處。照吳生平日那樣憂國不忘君，義形於文看來，他難道還顧慮抗敵而死嗎？

吳生侍奉母親很孝順，每次夜晚回家，一定對母親講與他往來的是誰，某某最厚道。吳生死後，我曾三次看望他的家，萬不得已時便派僕人去看望。他的母親見到後，未嘗不痛哭流涕，期望他的兒子沒死又回來了。然而吳生確實是死了！

吳生所寫的文章最多，都存放在他的岳父那裏，不肯傳於世，能傳於世的只有他那些被我和歸生抄錄的文章，共有二卷。

【研　析】這篇文章在安排材料上乍看似無序，但反覆讀來，則可發現，作者信筆所至，如流水行於其所當行，止於其不可不止，結構十分謹嚴。其間的巧妙處在於作者以念往憶舊為線索，把許多有關吳生才識、品行和民族氣節的材料貫穿起來。而吳生的籍貫、生卒年月等則在文中穿插交代，毫無散落零碎之感。

按照「行狀」的一般寫法，先要交代死者的世系、籍貫、生卒年月，然後才詳細介紹其生平事跡。這樣寫就顯得頭緒清楚一些。這篇文章之所以打破慣例，主要是為著表情達意的需要。

文章的開頭首先寫作者與歸生的超俗獨行，這是側筆，作者目光所注仍在吳生。因為吳生所交之友尚且如此，其本人的行事也就可想而知了。接下來在交代吳生的學識才能之後，筆墨轉到五人為作者母親祝壽以及他們相聚而樂的情景，這似乎顯得突兀，其實不然，寫樂就是為了寫悲，有了這幾筆，隨後所言吳生抗敵而死及作者母親拒食而死就顯得尤為慘烈。

既然已經言及吳生之死，按說接下來應詳細描述他抗敵而死的情景，並且順便點明其籍貫、生卒年月等等，但文章又跳了開去，而是寫作者看望吳生母親時，他母親的談話及自己的感受。這種生者痛悼死者的情形，為吳生之死塗上了濃濃的悲劇色彩。

直到這裏，作者才交代吳生的籍貫、家世，尤其說明在國難之時吳生作品變哀怨之聲為激切悲壯，這實際上已經暗示出他抗敵而死是有其必然性的。文章的最後，作者在介紹吳生生前孝順母親的同時，再次描述其母對兒子的深切思念。至此，經過前面的幾番鋪墊，作者所要表達的民族恨、家國仇和對朋友的思念之情，因此而突現得格外鮮明。

綜上所述，本文以表情達意為準則，對材料的安排呈跳躍狀態。這樣寫，使文章跌宕起伏，曲折多變，讀來似乎覺得作者的滿腔悲憤與思念時時在奔瀉而出，但始終又瀉而不盡。

汝州知州錢君行狀

【題解】這篇行狀記述了汝州知州錢祚徵的生平事跡，尤其對他固守汝州、不屈而死作了充分介紹。

崇禎十四年①二月辛亥，賊②陷汝州③，知州④錢君死之。君諱祚徵，字君遠，其先吳越王⑤裔⑥，居池⑦之青陽⑧。國初⑨遷於萊⑩，為掖縣人。君七歲出嗣⑪其從叔父⑫一夔為之子，事其嗣大母⑬杜氏如其父母。大母之黨⑭有煩言⑮，君言於大母，施予⑯諸姻屬⑰甚周⑱，以是大母安之。中天啟元年⑲舉人。大母終，哀毀⑳如父喪。署㉑恩縣㉒教諭㉓，三年，除㉔汝州知州。汝為流賊㉕出入孔道㉖，又有土賊聚至萬人，依山為巢，百姓苦之。君至，則簡㉗鄉勇㉘飭兵㉙得千餘人，佯為城守計㉚。忽夜半開門出，從間道㉛踰山谷，步行抵其巢，賊方縱酒不為備，急擊，大破之。君策㉜賊眾難盡誅，乃釋其俘招之，仍令民千家立一寨，有警相救。賊屢失利，其頭目魯加勒等遂詣州降。南召㉝、登封㉞諸賊聞之，亦來降。君簡其驍健㉟，送軍門效用，餘給牛種㊱遣之。汝人少休。君守汝三年，多善政。及是年㊲正月，賊陷河南府㊳，遂犯汝州。君斬麾下㊴之言款㊵賊者以徇㊶，率兵嬰城固守。賊攻城，君中流矢㊷，力疾㊸乘城㊹督戰數日。二月庚戌，大風霾㊺，賊以火箭射城上，城上發礮應之，風逆火反㊻，樓堞㊼盡焚，賊乘之入，君被執，大罵不屈，被擊仆地，加以炮烙㊽，一宿死。年四十七。弟社徵，從子㊾青，僕十餘人皆死，無一還者。巡撫臣高名衡以聞，奉旨下部議卹㊿，未覆。子大受，縣學生(51)。痛父節未表於先朝(52)，懼後世之沒而無傳也，乃質言其事(53)以告於余而為之狀。

【注釋】❶崇禎十四年　即西元一六四一年。崇禎，明毅宗朱由檢年號。❷賊　指李自成的軍隊。❸汝州　州名。治所在今河南臨汝。❹知州　官名。總理州郡政事之官。❺吳越王　唐代末年，錢鏐為鎮海軍節度使，後梁封為吳越王，自稱吳越國王。有今浙江及江蘇西南部、福建東北部地區。傳五主八十四年，納土歸宋。❻裔　後裔；後代。❼池　州、府名。唐代置池州，轄境相當今安徽貴池、青陽、東至等縣地，明代改為府，轄境擴大至今銅陵市。❽青陽　縣名。屬安徽省。❾國初　指明代初年。❿萊　府名。治所在今山東掖縣。⓫出嗣　猶言過繼為嗣子。⓬從叔父　指堂叔父。從，指堂房親屬。⓭大母　祖母。⓮黨　親族。⓯煩言　氣憤不滿的話。⓰施予　給與；惠與。⓱姻屬　即親屬。⓲周　周到。⓳天啟元年　即西元一六二一年。天啟，明熹宗朱由校年號。⓴哀毀　居哀毀形。哀，父母之喪。毀，指因喪親而哀傷過度至於毀形。㉑署　代理；暫任。㉒恩縣　縣名。明屬山東東昌府。西元一九五六年撤消，劃入平原、夏津、武城三縣。㉓教諭　元、明、清三代縣學教官，掌文廟祭祀，訓誨所屬生員。㉔除　拜官授職。㉕流賊　指李自成軍。㉖孔道　大道；大路。㉗簡　選擇。㉘鄉勇　猶鄉兵、地方武裝。㉙衙兵　州鎮長官的親兵。㉚佯為城守計　猶言假裝為城邑的防守打算。㉛間道　微道；小道。㉜策　謀劃。㉝南召　縣名。屬河南省。㉞登封　縣名。屬河南省。㉟驍健　勇猛健壯。㊱牛種　小牛。㊲是年　指崇禎十四年。㊳河南府　治所在今河南洛陽。㊴麾下　部下。㊵款　議和。㊶狥　通「徇」。對眾宣示。㊷流矢　無端飛來的亂箭。㊸力疾　謂勉強支撐傷體。㊹乘城　登城。乘，登。㊺霾　大風雜塵土而下。㊻風逆火反　謂大風逆向吹來，大火反燒城樓。㊼樓堞　城樓上如齒狀的矮牆。㊽炮烙　殷紂王所用過的酷刑。用炭燒熱銅柱，令人爬行柱子，即墮炭上燒死。㊾從子　姪子。伯父、叔父為從父，故稱姪子為從子。㊿議卹　商議撫卹。卹，救濟。(51)縣學生　縣學生員。(52)先朝　指明朝。(53)質言其事　實言其事。質言，實言；據實相告。

【語　譯】崇禎十四年二月辛亥日，李自成的軍隊攻陷汝州，知州錢君遇難。錢君名叫祚徵，字君遠，其祖先是吳越王的後裔，居住在池府的青陽縣。明朝初年遷移到萊府，成為掖縣人。錢君七歲便過繼給堂叔父一夔，成為他的兒子。錢君侍奉其堂祖母杜氏如同侍奉自己的父母一樣。堂祖母的親族有一些氣憤不滿的議論，錢君轉告給堂祖母，施與各位親屬很周到，因此堂祖母才安心下來。錢君考中天啟元年的舉人。堂祖母去世，他居哀毀形如同為父守喪一樣。他代理恩縣教諭之職，過了三年，被授職汝州知州。汝州為李自成軍隊出入的大道，又有當地的賊寇聚眾達萬人，依山築巢，百姓痛恨他們。錢君來到汝州，便挑選鄉勇親兵共一千多人，假裝是為了防守城邑而作打算。忽然在半夜打開城門奔出，從小路越過山谷，步行抵達賊寇的老巢，賊寇正在縱情飲酒沒有防備，鄉勇親兵突然對他們發起攻擊，把他們打得大敗。錢君謀劃，賊寇人多難以殺絕，於是釋放了那些俘虜並招募他們，仍然命令百姓每千家建立一個村寨，有警報便相互救援。賊寇屢次失利後，他們的頭目魯加勒等人便到汝州來投降。南召、登封縣的各賊寇聽說後，也來投降。錢君挑選那些勇猛健壯的送到軍營效力致用，其餘的發給小牛遣送回家。汝州人這才稍微得到休息。錢君鎮守汝州三年，頗多好的施政。到了崇禎十四年正月，李自成的軍隊攻陷河南府，因此而侵犯汝州。錢君把部下主張與李自成軍隊議和的人斬首以警示眾人，並率領士兵環城固守，李自成軍隊攻城，錢君為流箭所傷，但他仍然勉強支撐傷體登城督戰數日。二月庚戌日，大風夾雜塵土而下，李自成的軍隊把火箭射到城上，城上發礮予以回應，大風逆向吹來，大火反燒城樓，城堞全被燒毀，李自成的軍隊乘機攻入，錢君被俘，大罵而不屈服，被擊打倒地，又遭受炮烙，被折磨一夜而死。年僅四十七歲。他的弟弟祉徵，姪子青，十多位僕人全都死了，沒有一個生還的。巡撫臣高名衡聽說此事，上奏朝廷，奉旨下達給吏部議論撫卹，未有回覆。錢君的兒子大受，是縣學生員。他痛心於父親的節操沒有在明朝得到表彰，擔心後世湮沒而不能流傳，於是便把這件事據實告訴於我，請我為他父親寫了這篇行狀。

【研　析】這篇行狀採用了倒敘手法。文章開頭便交代錢祚徵之死，隨後依次敘述其家世和個人簡歷，以及他治理汝州的政績，最後詳細介紹錢祚徵守城遇難的經過，並且順便說明寫這篇行狀的原因。因為倒敘時首先交代了當事人的命運的結局，這就造成了懸念，從而吸引讀者繼續往下讀，以便弄清事情的原委和當事人的生平事跡。可見，倒敘手法若運用得好，是能夠產生一定的藝術效果的。

書吳潘二子事

【題　解】這篇文章敘述了吳炎、潘檉章二人共撰明史，未成，因湖州莊氏史獄的牽連而無辜遭難。讚揚他們好學篤行、剛直不阿的才識和品行。

先朝❶之史，皆天子之大臣，與侍從之官，承命為之，而世莫得見。其藏書之所，曰皇史宬❷。每一帝崩❸，修實錄❹，則請前一朝之書出之，以相對勘❺，非是莫得見者。人間所傳，止有《太祖實錄》。國初人樸厚，不敢言朝廷事，而史學❻因以廢失。正德❼以後，始有纂為一書，附於野史❽者，大抵草澤❾之所聞，與事實絕遠❿，而反行於世。世之不見《實錄》者，從而信之。萬曆⓫中，天子蕩然無諱⓬，於是《實錄》稍稍傳寫流布。至於光宗⓭，而十六朝之事具全。然其卷帙⓮重大⓯，非士大夫累數千金之家不能購，以是野史日盛，而謬悠⓰之談徧⓱

於海內[18]。

蘇[19]之吳江[20]，有吳炎[21]、潘檉章[22]二子，皆高才，當國變[23]後，年皆二十以上，並棄其諸生[24]，以詩文自豪[25]。既而曰：此不足傳也，當成一代史書，以繼遷[26]、固[27]之後。於是購得《實錄》，復旁搜人家所藏文集奏疏，懷紙吮筆[28]，早夜矻矻[29]，其所手書，盈牀滿篋[30]，而其才足以發之。及數年而有聞，予乃亟[31]與之交。二子皆居江村，潘稍近，每出入未嘗不相過[32]。又數年，潘子刻《國史考異》三卷，寄予於淮上[33]，予服其精審[34]。又一年，予往越州[35]，兩過其廬。及余之昌平[36]、山西，猶一再寄書來。

會湖州[37]莊氏難作。莊名廷鑨，目雙盲，不甚通曉古今，以史遷[38]有「左丘[39]失明，乃著《國語》」之說，奮欲著書。其居鄰故閣輔朱公國楨[40]家；朱公嘗取國事及公卿[41]誌[42]狀[43]疏[44]草，命胥[45]鈔錄，凡數十帙[46]，未成書而卒。廷鑨得之，則招致[47]賓客，日夜編輯為《明書》；

書凡雜，不足道也。廷鑨死，無子，家貲[48]可[49]萬金。其父允城流涕曰：「吾三子皆已析產[50]，獨仲子[51]死無後，吾哀其志，當先刻其書，而後為之置嗣[52]。」遂梓[53]行之。慕吳、潘盛名，引以為重[54]，列諸參閱[55]姓名中。書凡百餘帙，頗有忌諱語[56]，本前人詆斥[57]之辭，未經刪削[58]者。

莊氏既巨富，浙人得其書，往往持而恐嚇之，得所欲以去[59]。歸安[60]令吳之榮者，以贓[61]繫獄[62]，遇赦得出。有吏教之買此書，恐嚇莊氏。莊氏欲應之。或曰：「踵[63]此而來，盡子之財，不足以給，不如以一訟[64]絕之。」遂謝[65]之榮。之榮告諸大吏[66]，大吏右[67]莊氏，不直[68]之榮。之榮入京師，摘忌諱語，密奏之。四大臣大怒，遣官至杭[69]，執莊生之父，及其兄廷鉞，及弟姪等，并列名於書者十八人，皆論死。其刻書鬻書[70]，并知府[71]、推官[72]之不發覺者，亦坐[73]之。發廷鑨之墓，焚其骨，籍沒[74]其家產。所殺七十餘人，而吳、潘二子與其難。

當鞫訊[75]時，或有改辭以求脫者，吳子獨慷慨[76]大罵，官不能堪[77]，至拳踢仆地(78)。潘子以有母故，不罵亦不辨。其平居(79)孝友篤厚(80)，以古人自處(81)，則兩人同也。予之適越(82)，過潘子時，余甥徐公肅新狀元(83)及第(84)。潘子規(85)余，慎(86)無以甥貴，稍貶其節(87)，余謝不敢(88)。二子少余十餘歲，而予視為畏友(89)，以此也。

方莊生作書時，屬(90)客延(91)予一至其家。予薄(92)其人不學(93)，竟去，以是不列名，獲免於難。

二子所著書若干卷，未脫稿(94)，又假(95)予所蓄書千餘卷，盡亡(96)。予不忍二子之好學篤行(97)而不傳於後也，故書之。且其人實史才(98)，非莊生者流也。

【注釋】❶先朝　指明朝。作者置身清朝，故稱已經滅亡的明朝為先朝。❷皇史宬　中國古代的檔案庫。明嘉靖十三年（西元一五三四年）建立於北京。明清兩代都保存有記載皇帝事跡的「實錄」、「寶訓」等史籍。宬，藏書之室。❸崩　稱皇帝死為「崩」。❹實錄　中國歷代所修每個皇帝統治時期的編年大事記。實錄都是由當代人奉敕編撰，於實事每多忌諱，後來也往往有所修改；但資料豐富，常為修史者所依據。❺對勘　校訂；核對。❻史學　研究歷史的科學。❼正德　明武宗年號（西元一五〇六－一五二一年）。❽野史　私人所編撰的史書。❾草澤　草野之士；隱士。❿絕遠　極遠。⓫萬曆　明神宗年號（西元一五七三—一六一九年）。⓬蕩然無諱　胸懷坦蕩，無所忌諱。⓭光宗　神宗子，年號泰昌（西元一六二〇年），在位僅三十日。⓮卷帙　卷冊。帙，包書的套子，用布帛製成。因即謂書一套為一帙。⓯重大　甚大；極多。重，極；甚。⓰謬悠　謬妄無稽。⓱徧　「遍」的異體字。⓲海內　古代傳說中國疆土的四周有海環繞，故稱國境之內為海內。猶言天下。⓳蘇　指蘇州府。轄境相當今江蘇蘇州、吳縣、吳江、崑山、常熟等地。⓴吳江　縣名。在江蘇最南部，西濱太湖，鄰接上海市。㉑吳炎　字赤溟，又字如晦，號媿庵，後更號赤民。明代諸生。亂後隱居教授，既而遭莊氏史案，遂及於難。有《吳赤溟集》。㉒潘檉章　字力田，一字聖木。明代諸生。肆力於學，綜貫百家。對史實尤精。與吳炎共撰《明史記》，未成。因莊氏史案，亦及於難。㉓國變　指國家的變故。㉔竝棄其諸生　一同放棄他們的諸生資格。竝，「並」的本字。同、齊之意。諸生，明清時經省各級考試錄取入府、州、縣學者，稱生員。生員有增生、附生、廩生、例生等名目，統稱諸生。㉕自豪　值得驕傲；感到光榮。㉖遷　指司馬遷。著《史記》。㉗固　指班固。著《漢書》。㉘懷紙吮筆　懷藏紙，口吮筆。指撰書不輟。吮筆，寫作之意。吮，以口含吸。㉙早夜矻矻　謂夜以繼日，勤勉不息。矻，辛勞至極貌。㉚篋　箱。㉛亟　急；迫切。㉜過　拜訪；探望。㉝淮上　淮水邊上。㉞精審　精密確實。㉟越州　即今浙江紹興。㊱昌平　縣名。今屬北京市。㊲湖州　府名。治所在烏程（今浙江吳興）。㊳史遷　即司馬遷。司馬遷所說的這句話載於《史記·太史公自序》。㊴左丘　即左丘明，春秋時魯國人。一說複姓左丘，名明。一說姓左，名丘明。雙目失明，曾任魯太史。相傳曾著《左傳》。㊵閣輔朱公國楨　朱國楨，字文寧，烏程（今浙江吳興）人。萬曆進士，累官至首輔。卒諡文肅。宰相入閣辦事，故稱閣輔。㊶公卿　原指三公九卿，後泛指朝廷中的高級官員。㊷誌　文體名。用以記事，如地方誌、墓誌。㊸狀　亦稱「行狀」、「行述」。文體名。為已死人物所作的傳記。㊹疏　即奏疏。㊺胥　即胥吏。舊時在官府中辦理文書的小吏。㊻凡數十帙　共數十冊。凡，共。帙，卷冊。㊼招致　招引。㊽家貲　即家產。貲，通「資」。㊾可　大約。㊿析產　分家產。(51)仲子　第二子，指廷鑨。仲，舊時兄弟排行常以伯、仲、叔、季為序。仲是「老二」。52置嗣　設立嗣子。舊時無子者以近支兄弟或他人之子為嗣，稱「嗣子」。嗣，子孫。53梓　雕製印書的木板。引申為印刷。54引以為重　謂援引吳、潘之名而標榜其書貴重。55參閱　參考審閱。56忌諱語　指某些需要避忌的言語。57詆斥　詆毀斥責。58刪削　刪掉削除。59得所欲以去　得到所想得到的而後才離去。60歸安　舊縣名。治所在今浙江吳興。61贓　貪污受賄。62繫獄　拘囚獄中。繫，拘囚。63踵　跟隨。64訟　責備。65謝　拒絕。66大吏　大臣。67右　偏袒。據史書載，吳之榮將莊氏私修《明書》之事告訴將軍松魁，松魁將此事轉告巡撫朱昌祚。朱又告訴督學胡尚衡。莊廷鑨之父對上述諸人均行以重賄，莊氏史獄初次得以免罪。對莊氏所修《明書》稍作改易指斥語後，予以重新刊印。68不直　不以為是；不信任。69杭　杭州府。治所在今杭州市。70鬻書　賣書。71知府　官名。為府一級的行政長官。此指任職才半月的譚希閔。以隱匿罪被處以絞刑。72推官　官名。明代於府置推官，掌勘問刑獄。此指李煥。亦以隱匿罪被處以絞刑。73坐　獲罪。74籍沒　沒收財物入官。75鞫訊　審訊。76慷慨　情緒激昂。77堪　忍受。78拳踢仆地　拳打腳踢使之仆倒在地。79平居　猶言平時。80篤厚　真誠純一。篤，即厚。81以古人自處　即把自己比擬古人。自處，猶自況。處，對待。82適越　前往越州。83狀元　科舉考試以名列第一者為元，鄉試第一稱解元，會試第一稱會元，殿試第一為狀元。84及第　科舉考中之稱。列榜有甲乙次第，故稱。85規　規勸。86慎　禁戒之詞。87節　節操。88不敢　指不敢以甥為貴。89畏友　品德端重、使人敬畏的朋友。90屬　通「囑」。託付。91延　邀請。92薄　鄙薄。93不學　沒有學問。94脫稿　完稿。95假　借。96亡　失。97篤行　行為惇厚。98史才　編纂史書的人材。

【語　譯】明朝的史書，都是天子的大臣與侍從的官員受命撰寫而成，世人不可能見到。那個藏史書的地方叫皇史宬。每一位皇帝逝世，都要撰修實錄，便請將前一朝的史書拿出來，用以相互核對校訂，不是這樣就不可能見到。民間所傳的只有《太祖實錄》。明朝開國之初，人們樸實敦厚，不敢談論朝廷的事，而史學因此而衰敗喪失。正德年以後，開始有人編纂成一書，屬於野史之類，其內容大抵是草野之士所聽說的，與事實相距極遠，但這類書反而流傳於世。世人不能見到《實錄》，故聽從而相信它。萬曆年間，天子胸懷坦蕩，無所忌諱，於是《實錄》稍被傳抄而流行開去。到光宗時，明代十六朝的《實錄》俱全。然而其卷冊極多，不是士大夫中的那些積累了數千金的家庭，不可能買到。因此野史日益盛行，而謬妄無稽之談遍於天下。

在蘇州府吳江縣，有吳炎、潘檉章二人，他們都有很高的才能。當國家發生變亂之後，他們的年齡都在二十歲以上。他們一同放棄自己的諸生資格，以寫詩作文而自豪。不久又說，寫詩作文不足以傳於世，應當撰成一代史書，以此承接於司馬遷、班固之後。於是他們購得《實錄》，又從旁搜集別人家裏所藏的文集奏疏，懷藏紙口吮筆，夜以繼日，勤勉不息。他們親手所寫的書稿堆滿床、裝滿箱，他們的才能足以得到發揮。等到數年而有所聞時，我便急切與他們交往了。他們二人都住在江村，潘檉章住得稍近，我每次出門回家，未嘗不與他相互探望的。又過了數年，潘檉章刻印《國史考異》三卷，寄來給我，當時我正留住淮河邊上，我佩服他的精密確切。又過了一年，我前往越州，兩次去他家裏拜訪。直到我去昌平、山西時，他還一再寄信來。

恰巧湖州莊氏獄難發生。莊生名廷鑨，兩眼都瞎了，也不大通曉古今之事，因為司馬遷有「左丘明雙目失明，這才寫出了《國語》」之說，於是他發憤想著書。他住在過去的閣輔朱國楨家的隔壁，朱國楨曾取回有關國事和公卿的誌狀奏疏的手稿，讓胥吏抄錄下來。共有數十冊，還未編成書便死了。莊廷鑨得到這些之後，便招納賓客，日夜編輯為《明書》。該書冗雜，不值得一談。莊廷鑨死而無子，家產約有萬金。他的父親莊允城流著淚說：「我的三個兒子都已分了家產，唯獨第二個兒子死了沒有後代。我哀憐其志向，當先刻印他的書，然後為他立嗣。」於是便把《明書》刻印發行了。莊氏仰慕吳、潘二人的盛名，為標榜其書的貴重，便把吳、潘二人列入參閱者的姓名中。該書共有一百多冊，頗有忌諱的語句，這本來是前人詆毀斥責之辭，而莊氏未經刪除就寫進書中了。

莊氏既然是巨富之家，浙江人購得他的書後，往往拿著去恐嚇他，從而得到他們所想得到的而後離去。歸安令吳之榮，曾因貪污受賄而被拘囚獄中，後來遇到大赦才得以出來。有一位胥吏教唆他買到此書，再去恐嚇莊氏。莊氏想答應他的要求。有人則說：「隨之而來的，就是散盡你的家財也不足以供給，不如以一次責備去拒絕他。」於是便拒絕了吳之榮的要求。吳之榮報告給諸位大臣，他們偏袒莊氏，不相信吳之榮所言。吳之榮去京師，摘錄《明書》中的忌諱語，祕密奏報。四位大臣大怒，派遣官員到杭州府，拘捕莊廷鑨之父及其兄莊廷鉞，還有他的弟弟、姪兒等，再加上列名於書上的十八人，把他們全都定為死罪。那些刻書、賣書的，與知府、推官這些沒有發覺莊氏書中忌諱語的人，也都因此而獲罪。同時又掘開莊廷鑨之墓，焚燒其屍骨，把他的家產沒收入官。因此案而被殺頭的有七十餘人，吳、潘二人也遭其難。

當受審的時候，有人改變言辭以求得解脫，唯獨吳炎慷慨大罵。審訊的官員不能忍受，以致對吳炎拳打腳踢使之仆倒在地。潘檉章因為有母親的緣故，不罵也不申辯。那種平時孝順父母，敬愛兄弟，真誠純一，以古人自況的品行，兩人則相同。我前往越州，拜訪潘檉章時，我的外甥徐公肅正好考中新科狀元。潘檉章規勸我，不要因外甥高貴而稍有貶低其氣節和操守的舉動。我感謝他而不敢這樣做。吳、潘二人小我十多歲，而我把他們看作品德端重、使人敬畏的朋友，其原因就在於此。

當莊廷鑨編寫《明書》時，曾託付賓客邀請我一齊到他家。我鄙薄他這人沒有學問，終於離去，因此而沒有被列名於書中，我才得以免遭災難。

吳炎、潘檉章所著之史書有若干卷，沒有完稿，又把我所積累的書借去千餘卷，全都亡失了。我不忍心看著他們二人好學並且行為惇厚而不流傳於後世，所以才記下他們的事。再說他們二人實際上都是史才，而不是如同莊廷鑨之流的人。

【研　析】本文作者是中國近代史上具有民主思想的啟蒙思想家。這從他在〈郡縣論〉對封建專制的抨擊中便可知道。這篇文章詳細記敘莊氏史案及吳、潘二人因受牽連而遭難的經過，亦可看作是作者對封建專制草菅人命的暴行的揭露，其進步的民主思想也可從這種揭露中看出來。

本文從始至終均圍繞一個「史」字在寫：第一段交代明朝史書官修及野史流布的情況。第二段敘述吳、潘二人如何實踐其「成一代史書」的志向。第三段詳細記敘莊氏史案的經過。第四段寫吳、潘因史案而遭難，以及他們臨死不屈和孝友篤厚的品行等等。因為以「史」字貫穿全篇，故線索清楚、層次分明，材料各歸其位，結構完整緊湊。

山陽王君墓誌銘

【題解】 墓誌銘是以前常用的一種文體。它通常包括誌和銘兩部分。誌多用散文，記敘死者姓氏、籍貫、生平等。銘則用韻文來概括全篇，是對死者的讚揚、悼念和安慰之詞。但也有只用碑誌或只用碑銘的。本篇則誌與銘俱全。

本篇的誌用了相當多的篇幅記敘王起田以誠信交友的事實，褒揚他重友輕財、樂善好施、仁而愛人等高尚品性。本篇的銘則主要表達了作者崇敬、哀痛與懷念之情。

往余在吳中[1]，常鬱鬱[2]無所交。出門[3]至於淮上[4]，臨河不度[5]，徬徨者久之，因與其地之賢人長者[6]相結[7]，而王君起田最與余善。自此一、二年或三、四年一過[8]也。

王君與余同年月生，而長余二十餘日，其行事[9]雖不同而意相得[10]。凡余心之所存，及其是非好惡，無不同者。雖不學古，而闇[11]合於義，仁而愛人，樂善不倦，其天性然也。生八歲而孤，事母孝，事其兄恭，其居財也有讓⑫。少為帖括⑬之學，及中年，遂閉戶不試⑭。家頗饒裕，每受人之負⑮，折券⑯不較，以是其產稍落。而四方賓客至者，未嘗不與之周旋⑰。

當余在太原⑱，而余友潘力田⑲死於杭⑳，係累㉑其妻子以北㉒，少弟耒㉓，年十八，孑㉔身走燕都㉕，介余一蒼頭㉖以見王君。王君曰：「我固聞之。寧人嘗與我言，潘君力田，賢士也，不幸以非命終㉗。而寧人之友之弟，則猶之吾弟也。」迎而舍之㉘。比㉙其歸也，則曰：「家破矣，可奈何？吾有女年且㉚笄㉛，將壻子㉜。」間二年㉝，耒遂就昏㉞。王君與耒非素識㉟也，特以寧人之友故，而余在遠，弗及為之從臾㊱也。

每為余言：「子行遊天下二十年，年漸衰，可已矣㊲，幸過我卜築㊳。一切居處器用，能為君辦之。」逡巡㊴未果。而別君之日，持觴㊵送我大河之北㊶，留一宿，視余上馬，為之出涕，若將不復見者。乃明年，余遂有山東之厄㊷，而海、岱㊸以南，地大震，君亦為里中兒㊹所齮齕㊺，意不自得㊻。又明年六月庚午㊼，君卒。惟君生平以朋友為天倫㊽，其待余如昆弟㊾。而余以窮厄蹇連㊿，無能申大義(51)於詐愚(52)凌弱(53)之日者。以十九年之交，再三之約，而不獲與之分宅卜鄰(54)，同晨共夕(55)；其終也，又不獲視其含斂(56)，而撫其遺孤(57)。吁，可悲矣！君諱略，字起田，淮安(58)山陽(59)人，家清江浦(60)之南，卒時年五十七。娶方氏，子一，寬。將以卒之某年某月某日，葬於某地之先塋(61)，而子壻未以狀(62)，及寬書來，是不可以無銘。銘曰：

少而孝，長而恭。好禮(63)而敦(64)，樂善(65)而從(66)。為義勇(67)而與人忠(68)。胡(69)天不弔(70)，而降此鞠凶(71)！士絕絃(72)，人罷舂(73)。以斯銘，告無窮(74)。

【注釋】❶吳中　今江蘇吳縣。春秋時為吳國都，古亦稱吳郡。❷鬱鬱　悶悶不樂貌。❸出門　離家。❹淮上　淮水邊上。淮水，即淮河，為古代四大河流之一，流經河南、安徽、江蘇三省境地。❺度　通「渡」。❻賢人長者　有德行的人。❼結　結交。❽過　訪問；探望。❾行事　做事。❿相得　相投合。⓫闇　「暗」的異體字。⑫其居財也有讓　猶言積累財富能夠辭讓。居，積累。讓，辭讓。⑬帖括　科舉考試文體之名。⑭閉戶不試　猶言不出門參加科舉考試。⑮負　拖欠；虧欠。⑯折券　謂廢其契據。⑰周旋　應接；交際。⑱太原　縣名。治所在晉陽（今山西太原西南）。⑲潘力田　名檉章，字力田。明諸生。江南吳江（今屬江蘇）人。明亡後隱居不仕。著《國史考異》，顧炎武推其精審。與友吳炎等共撰《明史記》，書未成，遭莊廷鑨明史獄牽連，被清室殺害。⑳杭　即今浙江杭州。㉑係累　綑綁；拘縛。㉒北　意即流放北方。㉓耒　潘耒，字次耕，號稼堂。工詩文辭，兼長史學，旁及音韻、曆法、算數等。著有《遂初堂詩文集》等。㉔孑　單。㉕燕都　即北京。㉖介余一蒼頭　謂依賴我的一位僕人。介，依賴。蒼頭，僕人。㉗以非命終　謂因遭意外災禍而死亡。非命，意外災禍。終，終止生命，即死亡。㉘迎而舍之　歡迎並讓他住下。舍，住宿。㉙比　及；等到。㉚且　將近。㉛笄　本為古代用來插住挽起的頭髮的簪子。這裏特指女子可以盤髮插笄的年齡，即成年。㉜將壻子　謂將選擇你為女婿。壻，通「婿」。㉝間二年　間隔二年。㉞就昏　成婚；完婚。昏，通「婚」。㉟非素識　即素不相識。素，向來。㊱從臾　即「慫恿」。鼓動或誘勸他人行事。㊲可已矣　可以停止了。㊳幸過我卜築　希望到我這裏來擇地建屋。幸，希望。過，至；到達。卜築，擇地建屋。㊴逡巡　欲進不進，遲疑不決的樣子。㊵觴　古代盛酒之器。㊶大河之北　即淮河北岸。㊷戹　苦難。㊸海岱　指東海與泰山間之地。㊹里中兒　謂鄉里小人。里，鄉里。㊺齮齕　本意為「咬」，引申為傾陷、排擠等意。㊻意不自得　即不得意，自己不能稱心如意。㊼庚午　古人用干支紀日。干是天干，即甲乙丙丁戊己庚辛壬癸。支是地支，即子丑寅卯辰巳午未申酉戌亥。十干和十二支依次組合為六十單位，稱為六十甲子。每個單位代表一天。這裏的庚午，就是指海、岱地震後第二年的六月的一天。㊽天倫　兄先弟後，天然倫次，故稱兄弟為天倫。㊾昆弟　兄和弟。㊿窮戹蹇連　窮困艱難。蹇連，艱難。(51)大義　猶言正義、正道。(52)詐愚　欺詐愚昧者。(53)凌弱　凌辱弱小者。(54)分宅卜鄰　謂隔宅而為好鄰居。分宅，春秋魯國郈成子與衛國穀臣相友好。穀臣死後，成子將其家眷接來，隔宅而居。後來以分宅指朋友間不負生死之義。卜鄰，選擇好鄰居。(55)同晨共夕　即朝夕相處。(56)含斂含玉入棺。含，含玉。古喪禮，把玉物放在死者嘴裏。斂，給死者穿著入棺。57遺孤　遺留下的孤兒。58淮安　府名。治所在山陽縣。59山陽　即今江蘇淮安。60清江浦　水名。在江蘇清江市北淮河與運河會合處。61先塋　先人之葬地。塋，葬地。62狀　指陳述、記敘的文辭。63好禮　喜愛禮節。64敦　敦厚；誠樸寬厚。65樂善　樂於行善。66從　多；重疊。即多次行善事。67為義勇　見義勇為。68與人忠　待人忠誠。69胡　為什麼。70弔　悲傷；憐憫。71鞠凶　語出《詩・小雅・節南山》。即很多災禍。鞠，盈；多。凶，通「訩」。禍亂。72絕絃　謂停止絃誦之聲。73罷春　謂停止音樂。春，春牘，樂器名。74告無窮　告之無窮之後世。

【語譯】以前我在吳中時，常常為沒有可交往之人而悶悶不樂。於是離家來到了淮河邊上，卻臨河不渡，徘徊了很久。因為我與這個地方有德行的人相互結交了，而王起田則與我最為友善。從此，我一、二年或三、四年拜訪他一次。

王君與我同年同月生，而他大我二十多天。他的所作所為雖然與我不同，但我們兩人情投意合。凡是我心中所存想的，與他的是非好惡，無不相同。他雖然不學習古代的東西，但是其言行暗合於道義，他有仁德而愛他人，樂意行善而不知疲倦，這是他的天性促使他這樣的。他八歲時便喪父，他侍奉母親有孝心，對其兄長能恭敬，積累財富能辭讓。他年少時學習寫作帖括之文，到了中年，便不出門參加科舉考試了。他的家境頗為富裕，每當他人虧欠時，便廢其契據而不計較，因此他的家產稍有衰落。雖然如此，四方賓客到來時，他從沒有不迎接招待的。

當我在太原時，我的朋友潘力田死於杭州，他的妻子被拘縛流放到北方。他的小弟潘耒，年方十八，單身逃到北京。依靠我的一個僕人才得以見到王君。王君說：「我本來就聽說了。寧人曾經對我說起過潘力田，他是有德有才之人，不幸遭意外之禍而死。寧人的朋友的弟弟，就如同是我的弟弟。」於是便歡迎潘耒並讓他住了下來。等到潘耒要歸去時，王君說道：「你家破人亡，怎麼辦呢？我有一個女兒快要成年了，將來就選擇你為女婿吧。」過了二年，潘耒就完婚了。王君與潘耒素不相識，他這樣對待潘耒，只是因為他是我的朋友的原因，而我遠在他地，不能夠慫恿他去這樣做啊！

王君常對我說：「你行遊天下已二十年了，一年一年地漸漸衰老，現在可以停止了吧，希望到我這裏來擇地建屋。一切居處器用，我都能為你備辦好的。」我遲疑不決，使得他的話始終沒有成為事實。在與他分別的那天，他手拿酒觴，把我送到淮河的北邊，留我住了一晚，看著我上馬，痛哭流涕，好像將不會再見面了似的。於是第二年我就遭遇山東之難，而海、岱以南，則發生了大地震；王君也為鄉里小人所排擠，不能稱心如意。第三年的六月庚午之日，王君去世了。只有他生平把朋友當兄弟，待我就如同兄弟一般。而我窮困艱難，不能在詐愚凌弱之時申明正義。以十九年的交情，三番兩次的約定，我卻沒能夠和他隔宅為鄰，朝夕相處；他去世時，我又沒能夠看著他含玉入棺，並撫慰其遺孤。哎，可悲喲！王君名略，字起田，淮安山陽縣人，家住清江浦以南，死時五十七歲。娶方氏為妻，生有一子，名寬。他的女婿潘耒來信陳述他死於某年某月某日，葬於某處先人的墓地，他的兒子王寬也有信來。因此，不能夠沒有銘文。銘文說道：

少年而盡孝，成年而恭敬。好禮而敦厚，樂善而多施。見義則勇為，待人則忠誠。為何天不憐憫，降下災禍，如此之多！士子停止絃誦之聲，學人停止吹奏之樂。我將以此篇銘文，告訴無窮之後世。

【研　析】這篇墓誌銘寫得十分動人。這不僅因為作者在文中寄託了自己無盡的哀思，更由於選材精當、重點突出，把王起田的所作所為生動地展示在讀者面前。

與朋友交而有信，這是曾子修身的內容之一。王起田生平以朋友為天倫，正表現了他以誠信交友的高尚品德。作者以親身經歷為基礎，著重描述了有關王起田的兩件事。其一，作者是明室遺民，為清室所難容。而王起田敢於和他交往達十九年之久，並再三勸作者與自己比鄰而居，朝夕相處，答應為他的定居置辦一切。只是由於作者遲疑不決，才使得王起田的希望沒有實現。王起田與作者最後一次分別時，依依不捨，情真意切；其中的細節描寫，更加重了那種生離死別的悲劇氣氛。其二，在潘耒家破人亡之際，僅僅因為他是作者朋友之弟的緣故，王起田就大膽地收留了他，並且還招他為婿。這兩件事集中表現了王起田是如何以誠信交朋友的，而他能夠做到這一點，卻又是與他見義勇為、仁而愛人分不開的。

因為選材精當，所以才能表現人物的諸多高尚品德。又因為重點突出，所以人物高尚品德的一個方面才能感人至深。這大概是本文寫作最成功之處了。

歙王君墓誌銘

【題解】這篇墓誌銘之「誌」，主要記敘了王時沐的家世，以及他遵守孝悌之道，重義輕財，「有遠見，能自樹」的生平事跡。這篇墓誌銘之「銘」，則說明由子之為人而可推知其父之為人，基於此便對王時沐進行了褒揚。

王君以崇禎十四年❶卒。後三年國變❷，王君之子璣流寓❸於吳❹，又一年而不孝❺始識王生，因以知王生之人與其世德❻之概。與王生交一年，而生以狀❼請銘，不孝以母未葬❽，弗敢作也。又一年，卜葬❾，葬有日，而王生復來請銘，不孝不獲辭而銘之。

君諱時沐，字惟新，其先歙❿之澤富人。在唐曰祕閣校正希羽，十七傳至名關者，避元亂徙而東，為龍溪⓫始祖，又八傳至於君。君大父⓬諱福鳳，始業行鹽⓭，父諱正寵，承其業，以至於君。君以其故不克[14]讀書。然君雖業鹽，而孝友[15]急公好施[16]，有遠見，能自樹，乃過於世之君子，若所云事其慈母與父妾盡禮，而友愛弟時洸終其身，則其孝友也。祖墓之木為不肖者伐，且鬻其旁地，君為捐金贖之；澤富有宗祠，君重作之龍溪，其急大義也。叔正完客杭[17]而病，曰：於我葬[18]；外舅卒，遺孤一人，曰：於我長[19]；其他卹人窮，振人困多類是，是其好施也。同事欲因君請院司[20]據西龍為鹽窩[21]，君止之，無何，並抵罪，西龍商獨免，其有遠見也。好從士君子而恥謁貴人，邑有司[22]欲賓[23]之，不就，其能自樹也。凡此皆余之所信於王生者也。君享年六十有七，娶朱氏，子四：長璣，杭州府錢塘縣[24]學生員，次文秩，次文秋，次文秬。孫六，曾孫二，以卒之年十二月甲子，葬於其里象山之麓。蓋王氏中世[25]為商，而通經義思用之天下者，自璣始。自君之沒而家益落，璣遂走京師，歷薊[26]，抵寧遠[27]，觀列邊之大勢[28]，每以大計干[29]當事者，不用，轉客東萊[30]，而聞京師之變[31]，哭先皇帝[32]於萊山之陽[33]。馳至南都㉞，而公卿又無下士㉟者，遂僦居㊱於吳，著《信書》一編㊲以示余，而為之太息㊳焉。此固宋之遺臣㊴所隱晦而不敢筆之書者也。而王生之不撓於時㊵若此，其抱濟物之才㊶，而發憤於大義又若此，非世德之遺而能然乎！銘曰：

不知其人視其子。子為信人為節士。嗚呼君兮永宅此㊷！

【注釋】❶崇禎十四年　即西元一六四一年。崇禎，為明毅宗朱由檢年號。❷國變　國家發生變故。指李自成攻入北京，清兵入關，明朝滅亡。❸流寓　寄居他鄉。❹吳　地名。東漢時江蘇省為吳郡地，後別稱吳。❺不孝　父母死，子自稱不肖子，亦稱不孝。此處為顧炎武自稱之詞。❻世德　世代流傳的功德。❼狀　行狀。文體名稱，記述死者生平行事的文章。❽未葬　顧炎武在〈先妣王碩人行狀〉中自述其母死於不可以葬之時，只好草草安葬，待以後再正式安葬。此謂未葬，當指沒有正式安葬。❾卜葬　擇地而葬。卜，以占卜選擇墓地。❿歙　即歙縣，屬安徽省。⓫龍溪　地名。晉代為晉安縣地，南朝梁置龍溪縣。明、清皆為漳州府治。西元一九六〇年與海澄縣合併，改名龍海縣，屬福建省。⓬大父　祖父。⓭始業行鹽　謂開始以販鹽為業。⓮克　能。⓯孝友　孝順父母與友愛兄弟。⓰急公好施　熱心公益，樂於施捨。⓱杭　杭州府。府治即今浙江杭州。⓲於我葬　猶言由我來安葬。⓳於我長　猶言由我來撫養長大。⓴院司　鹽院和鹽運司，均為管理鹽務的官員。㉑鹽窩　鹽販安身之處。㉒有司　官吏。古代設官分職，事各有專司，故稱有司。㉓賓　歸服；順從。㉔錢塘縣　縣名。杭州府治在此。㉕中世　中期。㉖薊　地名。故地在今北京市西南。㉗寧遠　明代衛所，在今遼寧興城縣。㉘列邊之大勢　謂對立雙方邊境總的形勢。㉙干　求取。㉚東萊　府名。治所在今山東掖縣。㉛京師之變　指李自成攻陷北京，崇禎皇帝自殺。㉜先皇帝　指崇禎皇帝。㉝萊山之陽　指萊山的南面。萊山，在山東黃縣東南。陽，山之南或水之北稱陽。㉞南都　明朝人稱南京為南都。㉟下士　謂謙恭對待賢士。㊱僦居　租屋居住。僦，租賃。㊲編　篇；冊；本。㊳太息　出聲長歎。㊴遺臣　亡國之臣。㊵不撓於時　謂不屈服於時勢。撓，彎曲；屈服。㊶濟物之才　猶言濟世助人的才能。濟物，猶言濟人、助人。㊷宅此　謂葬於此地、安息於此。宅，葬地；墓穴。

【語　譯】王君死於崇禎十四年。三年之後國家發生變故，王君之子王璣寄居吳地，又過了一年，我才開始認識王璣，由此也就知道王璣的為人與其家世所流傳的功德的大概情況。與王璣交往一年，他便拿著行狀請求為其父撰寫墓誌銘，我因為母親還沒有正式安葬，不敢寫作。又過了一年，我擇地正式安葬了母親，王璣又來請求寫作墓誌銘，我推辭而沒有得到同意，於是便寫了這一篇。

王君名叫時沐，字惟新，他的祖先是歙縣澤富人。在唐代有一位被稱作祕閣校正王希羽，從他開始經過十七代傳到一位名叫王關的，為避元代戰亂向東遷徙，成為龍溪始祖，又傳了八代才到王時沐。王時沐的祖父名叫福鳳，開始以販鹽為業，他的父親名叫正寵，繼承了這一行業，直到王時沐也是這樣。王時沐因為這個緣故才不能讀書。然而他雖然以販鹽為業，卻在孝順父母、友愛兄弟、熱心公益、樂於施捨、有遠見、能自立各方面，居然超過了世上的君子。比如所談到的侍奉其慈母及其父之妾能盡禮，直到死都友愛其弟時洸，那麼他做到孝順父母和友愛兄弟了。祖墓上的樹木被不肖者砍伐，並且賣到別的地方，王時沐捐金贖了回來；澤富建有王氏宗祠，但王時沐在龍溪重新建造了一座，可見他熱心於大義。他的叔父正完客居杭州府而病倒，他說：由我來安葬；他的舅舅死了，留下一個孤兒，他說：由我來撫養長大；其他如撫卹別人的窮苦、救濟他人的貧困，大多類似於此，所以說他樂於施捨。同事想通過他請求鹽院和鹽運司允許占據西龍為鹽商安身之處，王時沐制止了。不久，其他鹽商一同都抵償其應負的罪責，而唯獨西龍的鹽商幸免，可見他有遠見。他喜愛追隨有節操和學問的人，而恥於謁見高貴之人，城邑的官吏想使他順從，而他則不接近他們，可見他能夠自立。凡是這些都是我相信王璣所說的事。王時沐享年六十七歲，娶朱氏為妻，有四個兒子：長子璣，是杭州府錢塘縣學的生員，次子文秩，三子文秋，四子文秜。有六個孫子，二個曾孫，在他死的那一年十二月甲子日，被葬於其鄉里象山的山腳下。王氏中期才經商，而通曉經義、想成為有用於天下的人，則從王璣開始。自從王時沐死後，家道日益衰落，王璣便奔走京師，經過薊地，抵達寧遠，觀察對立雙方邊境總的形勢，每次以大計求取於當權者，卻不被採用，於是他便輾轉客居於東萊，聽說京師的變故後，他在萊山的南面哭祭崇禎皇帝。他奔馳到南京，而公卿中又沒有禮賢下士的人，於是便在吳地租房居住下來，寫了一冊《信書》拿來給我看，我為它出聲長歎。這本來是宋代的遺臣所隱晦而不敢寫進書裏的。而王璣能夠這樣不屈服於時勢，懷抱濟世助人的才能，而對大義又如此抒發他的憤怒，不是世代流傳的功德遺留下來，他能這樣做嗎！為此，銘文說道：

不知那人則看他的兒子。兒子是誠信之人，父親就是守節之士。啊，王君你永遠安息於此地吧！

【研　析】古人撰寫墓誌銘，多有溢美之詞。本篇則不然，在介紹王時沐的生平事跡時，稱他「孝友急公好施，有遠見，能自樹，乃過於世之君子」。何以見得？作者分別以例子以證明，並且還強調指出：「凡此皆余之所信於王生者也。」交代上述事實為王時沐之子王璣所提供，同時也表明自己相信王璣並非妄言。為什麼？作者在後文又用相當多的篇幅介紹王璣，肯定他是一個誠信之人，由子可推知其父，因而王璣所提供的有關他父親的情況應當也是可信的。這無疑進一步加強了前面所介紹的王時沐生平事跡的可信程度。

富平李君墓誌銘

【題　解】李因篤的父親名叫李映林，年僅二十七歲便病死了。他生前不合流俗，「獨好傳注」，以通經義。他死後不久，李自成的軍隊攻入關中，「李氏之門合良賤死者八十有一人」。李因篤長大後，繼承父志，「潛心於傳注之書」，頗有成就。在父親死後十三年，李因篤又重新加以安葬，並請顧炎武寫了這篇墓誌銘。

關中故多豪傑之士，其起家商賈❶為權利❷者，大抵崇孝義，尚節概❸，有古君子之風，而士人❹獨循循❺守先儒之說不敢倍❻。嘉靖❼中，高陵❽、三原❾為經生❿領袖⓫，其後稍衰。而一二賢者猶能自持⓬於新說⓭橫流⓮之日，以余所聞李君，蓋可謂篤信⓯好學而不更其守者邪？李氏之先，山西之洪洞⓰人，元時遷美原⓱，洪武⓲初，縣廢，為富平⓳人，數傳至君之曾祖諱朝觀者，為邊商⓴，以任俠㉑著關中，與里豪㉒爭渠田，為齮齕㉓以死。而君之祖諱希奎，走闕下㉔上書愬㉕，天子直其事[26]，大猾[27]以次[28]就法[29]，報父讎，名動天下，乃其家遂中落。至君之考[30]諱效忠，中武舉[31]，稍復振。君始以文補邑諸生[32]。君少而剛方[33]，績學[34]不怠。當萬曆[35]之末，士子[36]好新說，以莊、列[37]百家之言竄入經義，甚者合佛老[38]與吾儒為一，自謂千載絕學[39]，君乃獨好傳注[40]，以程、朱[41]為宗，既得事恭定馮先生[42]，學益大進。君事親孝，其於諸父[43]昆弟[44]恭而有讓[45]，待人以嚴而引之於道，治家冠婚[46]喪祭一如禮法，以是年雖少，鄉人重之如王彥方[47]、黃叔度[48]焉。崇禎七年[49]四月壬午以疾卒，年二十七。君卒之三月，而關中大亂。君之考武舉君[50]以哭子繼君以沒。而寇至里中，妣[51]楊氏與族人登樓，並焚死。李氏之門合良賤[52]死者八十有一人。嗚呼，憯[53]矣！而孤子因篤方三歲，迪篤二歲，從其母田氏走之外家[54]以免。其後因篤既長，乃折節[55]讀書，已為諸生，旋棄之。為詩文，有聞於時，而尤潛心於傳注之書，以力追先賢。蓋近年以來關中士子為《大全》[56]、《蒙引》[57]之學者，自君父子倡之。君沒越十有三年，十月癸酉，因篤始葬君於韓家村東南之新阡[58]。因篤既與崑山顧炎武為友，且數年，而曰：「吾先人之墓石[59]未立，將屬[60]之子。」炎武不敢辭，乃為之撰次[61]，其詳則因篤之狀存焉。君諱映林，字暉天。其沒也，鄉人私諡[62]曰貞孝先生。孫男三人：漢、渭、泗。銘曰：

李氏之先，以節俠聞。及至於君，乃續斯文。刊落[63]百氏[64]，以入聖門[65]。好義力行[66]，鄉邦所尊。何不永年[67]，遭室之焚。有封若堂[68]，于韓之原[69]。惟德繩繩[70]，在其後昆[71]。

【注　釋】❶起家商賈　謂興起於商人之家。商賈，商人。❷權利　權勢及貨財。❸節概　志節氣概。❹士人　積學修業之人。❺循循　恭順貌。❻倍　背棄。❼嘉靖　明世宗朱厚熜的年號。❽高陵　縣名。屬陝西省。❾三原　縣名。屬陝西省。明代三原儒者王恕等創立學派，時稱三原學派。❿經生　治經學者的通稱。⓫領袖　表率。⓬自持　自己克制，保持一定的操守。⓭新說　即後文所謂「以莊、列百家之言竄入經義，甚者合佛老與吾儒為一」。⓮橫流　充溢；遍布。⓯篤信　真誠守信。⓰洪洞　縣名。屬山西省。⓱美原　後魏土門縣，唐改為美原縣，元併入富平縣，在陝西省。⓲洪武　明太祖朱元璋年號。⓳富平　縣名。屬陝西省。⓴邊商　明代成化、弘治年之後，鹽商有邊商、內商、水商之分。那些把糧食運到邊疆後，憑證到轉運提舉司支取食鹽叫邊商。㉑任俠　打抱不平，負氣仗義。㉒里豪　鄉里的豪紳。㉓齮齕　側齒咬。引申為毀傷。㉔闕

下　宮闕之下。指朝中。㉕愬　訴說；申訴。㉖直其事　平反。㉗大猾　異常奸狡之人。㉘以次　按照罪行等次。㉙就法　猶言受到法律制裁。㉚考　死去的父親。㉛武舉　武科舉人。科舉時代選士分文、武兩科。唐武后長安二年置武舉，為武科之始。㉜諸生　明清時經省各級考試錄取入府、州、縣學者，稱生員。生員有增生、附生、廩生、例生等名目，統稱諸生。㉝剛方　嚴正。㉞績學　治理學問不懈怠。㉟萬曆　明神宗朱翊鈞年號。㊱士子　學子。㊲莊列　即莊子、列子。㊳佛老　指佛教、道家學說。老，老子，道家學說創始人。㊴絕學　中斷的學術。㊵傳注　指解說和注釋經義的書籍。㊶程朱　即宋代理學家程顥、程頤和朱熹。㊷恭定馮先生　明代馮從吾，字仲好，謚號恭定。官至工部尚書。《明史》有傳。㊸諸父　對同宗族伯叔輩的通稱。㊹昆弟　兄弟。㊺恭而有讓　謂恭敬且能謙讓。㊻冠婚　加冠結婚。冠，加冠。古代男子成年時舉行加冠的禮儀。㊼王彥方　王烈，字彥方，後漢太原人。陳寔弟子，以義行稱於世。《後漢書》有傳。㊽黃叔度　黃憲，字叔度，東漢汝南郡（治所在今河南上蔡西南）人，以學行見於時。《後漢書》有傳。㊾崇禎七年　即西元一六三四年。㊿考武舉君　指其已死的父親李效忠。(51)妣　亡母。(52)良賤　舊時以職業分貴賤，士農工商謂之良，娼優隸卒謂之賤。此處指主人和奴僕。(53)憯　通「慘」。慘痛。(54)外家　外祖父母家；舅家。(55)折節　改變平日志向。謂強自克制。(56)大全　明成祖永樂十二年十一月，詔命翰林院學士胡廣等修《五經四書大全》，永樂十三年九月告成。(57)蒙引　即《五經四書蒙引》，明代蔡清等編修。(58)阡　墓道。(59)墓石　墓碑。(60)屬　通「囑」。託付。(61)撰次　寫作；記述。(62)謚　帝王、貴族、大臣、士大夫死後，依其生前事跡給與的稱號。(63)刊落　刪除繁瑣蕪雜的文字。(64)百氏　猶言諸子百家。(65)聖門　聖人之門。指儒學之門。(66)力行　勉力而行。(67)永年　長壽；延壽。(68)有封若堂　《禮記・檀弓上》云：「吾見封之若堂者矣。」《注》云：「封，築土為壟。堂，形四方而高。」封，此處指墳墓。堂，土堆。(69)于韓之原　謂在韓城縣的平原上。韓，韓城縣，在陝西省。(70)繩繩　眾多貌。(71)後昆　後代子孫。

【語　譯】關中以前多豪傑之士，那些興起於商人之家而成為有權勢有貨財的人，大抵崇尚孝行道義、志節氣概，有古代君子的風度，而那些積學修業之人，則只是恭順地恪守先儒的學說，不敢背棄。嘉靖年間，高陵、三原縣的經學家成為治經學者的表率，其後則稍有衰落。而一、二位德才兼備的人還能在新的學說充溢之日自我保持操守，就我所聽說的李君，大概可以稱為真誠守信、愛好學習而不改變其操守的人吧？李氏的祖先，是山西省洪洞縣人，元代時遷到了美原縣，洪武初年，美原縣被廢置，成為富平縣人，經過幾代相傳，到李君的曾祖朝觀時，成為邊商。朝觀以負氣仗義聞名於關中，他在與鄉里豪紳爭水渠田地時，被毀傷而死。李君的祖父希奎，奔走於朝中，上書訴冤，天子平反了那件事，異常奸狡之人按照其罪行等次而受到法律制裁。報了父仇，希奎的名聲震動天下，而他的家道便中途衰落了。到了李君的父親效忠，考中了武舉人，家道才稍微又振興起來。從李君開始以文章增補為縣邑諸生。李君年少卻嚴正，治理學問毫不懈怠。正當萬曆末年，學子喜好新說，把莊子、列子等百家之言改易後混入經義之中，做得更過分的還把佛、道與我儒學合而為一，自稱是千載絕學。可是李君獨自喜好解說和注釋經義的書籍，以程顥、程頤和朱熹對經義的解釋為本源，隨後得以侍奉馮恭定先生，學問更加大有進步。李君侍奉父母很孝順，他對於同族的伯伯叔叔和兄弟恭敬且能謙讓，以嚴肅的態度對待他人並且引導他們走上正道，治理家務、加冠結婚和喪祭一概都依照禮法行事，因為這樣，所以他雖然年少，鄉里的人卻重視他如同王彥方、黃叔度一樣。崇禎七年四月壬午日因病逝世，享年二十七歲。李君死去三個月，關中大亂。李君的父親武舉效忠因為痛哭兒子早逝也跟著去世了。李自成的軍隊來到鄉里，李君的母親楊氏與族人登上屋樓，一齊被燒死。李氏一家連主人帶奴僕總共死了八十一人。

哎！悲慘呀！當時成了孤兒的李因篤才三歲，迪篤才二歲，因為跟隨他們的母親田氏逃到外祖父家才幸免於難。其後因篤長大了，於是強自克制讀書，雖已成為諸生，但是不久便把它放棄了。他寫作詩文，聞名於時，他尤其潛心於那些解說和注釋經義的書籍，以求盡力追隨先輩中德才兼備的人。近年以來關中學子治理《大全》、《蒙引》之學，是由於李君父子倡導的結果。李君死後過了十三年，這年的十月癸酉日，李因篤才把李君正式安葬於韓家村東南面新的墓道。因篤已與崑山顧炎武成為朋友，而且有數年之久，因此他說：「我的先人的墓碑還沒有建立，此事將託付給你了。」炎武不敢推辭，於是便為他撰寫了墓誌銘，其詳細情況則在因篤的行狀中有記載。李君名映林，字暉天。他死後，鄉人私下給與他一個稱號叫貞孝先生。李君有三個孫子，名叫：漢、渭、泗。銘文說道：

李氏的祖先，以守節仗義而聞名。到了李君，才傳承儒者之文。刪除經義中百家之言，於是進入聖人之門。喜好道義，勉力而行，為鄉里所尊敬。為什麼不長壽？竟然合家被焚。有墳如土堆，立在韓城縣的平原上。只有那眾多的功德，遺留給了後代子孫。

【研　析】記述文首先必須做到的是，敘事要突出重點。這篇文章在記述李映林家世時，重點介紹其曾祖父任俠關中及其祖父上書訴冤之事；記述李映林生平事跡時，重點介紹其「篤信好學而不更其守」；在記述李映林以功德遺於後人時，重點介紹其子李因篤的為人與行事。由於敘事有重點，所以能給讀者留下較深的印象。

謁欑宮文一

【題　解】欑宮，即帝王的殯宮，也就是帝王臨時停柩之所。明朝滅亡後，顧炎武曾數次往謁昌平的明十三陵和南京的明孝陵，以表達對明王朝的忠誠和亡國之痛。本篇及以下三篇謁文，同樣也表達了這兩層意思。

伏念❶臣草野❷微生❸，干戈❹餘息❺，行年五十❻，慨駒隙❼之難留；涉路三千，望龍髯❽而愈遠。茲當忌日❾，祗❿拜山陵⓫。履雨露之方濡⓬，實深哀痛；睠⓭松楸⓮之勿翦⓯，猶藉神靈。敢陳于沼之毛⓰，庶格在天之馭⓱。臣某謹言⓲。

【注　釋】❶伏念　舊時下對上有所陳述時所用的表敬之詞。❷草野　鄙陋。❸微生　猶言卑賤的生命。微，卑賤。❹干戈　戰爭。❺餘息　猶言殘喘、殘生。❻行年五十　語出《國語・晉語四》。行年，謂經歷過的年歲。❼駒隙　喻時光易逝。❽龍髯　傳說黃帝鑄鼎於荊山下，鼎成，有龍下迎帝升天，從帝登龍身者七十餘人，餘人持龍髯，髯斷落地，並墮黃帝之弓。百姓抱弓視龍髯而哭。後用為悼念皇帝去世之典。❾忌日　皇帝、皇后死亡之日。❿祗　恭敬。⓫山陵　帝王的墳墓。⓬履雨露之方濡　《禮記・祭義》云：「春，雨露既濡，君子履之，必有怵惕之心。」濡，浸；濕潤。⑬睠　通「眷」。反顧。⑭松楸　松樹和楸樹。因多植於墓地，常用為墓地的代稱。⑮翦　翦除。⑯敢陳于沼之毛　猶言冒昧地陳列池中之蘋藻。《左傳・隱公三年》有所謂「澗谿沼沚之毛，蘋蘩薀藻之菜，……可薦於鬼神」的記載。毛，草；菜。⑰庶格在天之馭　猶言希望感通在天之仙馭。庶，希冀之詞。格，感通。馭，車駕，代指帝王。⑱謹言　猶言恭敬地奉上祭言。

【語　譯】臣鄙陋卑賤，在戰爭中苟延殘喘，至今已經歷五十歲年紀，不禁感慨時光易逝，難以久留；跋涉三千里路程，仰望君王卻離臣愈來愈遠。此時正當忌日，恭敬地拜謁於君王的墓前。踏著正當濕潤的雨露，實在深深地感到哀痛；回顧松楸沒有翦除，都是借助了神靈的保祐。冒昧地陳列池中的蘋藻，希望感通在天的仙馭。臣某恭敬地奉上祭言。

謁欑宮文二

自違❶陵下，即度太行❷，遠歷關河❸，再更寒暑❹。茲以孟秋❺之望❻，重修❼拜奠之儀❽。身先❾旅鴈❿，過絕塞⓫而南飛；跡似流萍⓬，隨百川而東下。感河山之如故，悲灌莽⓭之方深⓮！庶表忱思⓯，伏祈昭鑒⓰！

【注釋】❶違　離開。❷太行　太行關，又名天井關，在山西晉城縣太行山上。❸關河　泛指山河。❹再更寒暑　寒暑再次相互易換，謂又過了一年。❺孟秋　秋季第一個月，即農曆七月。❻望　望日；農曆每月十五日。❼修　整治。❽儀　禮儀。❾先　本來。❿旅鴈　猶征鴈。遠飛的大鴈。⓫絕塞　極遠的邊塞。⓬流萍　漂流的浮萍。⓭灌莽　草木叢生。⓮深　茂盛。⓯忱思　真誠的思念。⓰昭鑒　猶明鑒。清楚地鑒察。

【語譯】自從離開君王的陵墓，便度過了太行關，又是一年過去了。此時正當七月十五日，臣重新整治拜奠的禮儀。自身本如遠飛的大鴈，越過遙遠的邊塞而飛向南方；足跡好似漂流的浮萍，隨著百川而流向東海。感慨河山如同以前一樣，悲哀草木正生長茂盛！希望以此表達真誠的思念，祈請君王清楚地鑒察！

謁櫕宮文三

臣炎武，臣因篤，江左❶豎儒❷，關中下士❸。相逢燕市❹，悲一劍之猶存❺；旅拜❻橋山❼，痛遺弓❽之不見。時當春暮，敬擷❾村蔬，聊攄草莽❿之心，式薦⓫園陵⓬之事。告四方之水旱，及此彌年⓭；乘千載之風雲⓮，未知何日？伏惟昭格⓯，俯鑒丹誠⓰！

【注　釋】❶江左　江東。即長江中下游以東地區，即今江蘇省一帶。❷豎儒　對儒者的鄙稱，言其賤如童奴。為自謙之詞。❸下士　最差一等的人。自謙之詞。❹燕市　春秋戰國時燕國的國都。《史記・刺客列傳・荊軻》：「荊軻嗜酒，日與狗屠及高漸離飲於燕市。」❺悲一劍之猶存　此句暗指荊軻刺秦王之事。❻旅拜　猶祭拜。旅，祭祀名。❼橋山　在陝西黃陵縣西北。有沮水穿山而過，山呈橋形，因以為名。相傳上有黃帝墓。《史記・五帝本紀》：「黃帝崩，葬橋山。」❽遺弓　參見〈謁櫕宮文一〉❽。❾擷　採摘。❿草莽　猶草茅。喻鄉野。⓫式薦　猶言崇敬地祭奠。式，古人立而乘車，低頭撫式，以示敬意。薦，遇時節供時物而祭。⓬園陵　帝王的陵墓。⓭彌年　經年；滿一年。⓮風雲　喻指時局變化莫測。⓯昭格　謂明白地感應。⓰丹誠　赤誠的心。

【語　譯】臣炎武，臣因篤，都是江東鄙陋的儒生，又是關中下等的人士。兩人相逢於燕市，悲傷一劍還存在；祭拜於橋山，痛心遺弓不能見到。此時正當春暮，崇敬地採來鄉村的菜蔬，姑且表達鄉野之人的心意，進行祭奠君王陵墓的事情。稟告四方的水旱，到現在已滿一年；乘上千載的風雲，不知道何日才清除災害？請君王明白地感應，俯察臣等赤誠的心！

謁欑宮文四

自違陵下，今又八年。濩落❶關河❷，差池烽火❸，想遺弓而在望，懷短策❹以靡前❺，每屆春秋❻，獨泣蒼梧之野❼；多更甲子❽，仍憐絳縣之人❾。朔氣❿初收，光風⓫漸轉，敬羞⓬蘊藻⓭，重展松楸⓮。雖鼎俎⓯之久虛⓰，幸罘罳⓱之未壞。黃圖⓲如故，乍驚失鹿⓳之辰；白首無歸，終冀攀龍⓴之日。仰憑㉑明命㉒，得遂深祈㉓。

【注釋】❶濩落　空闊。❷關河　泛指一般山河。❸差池烽火　指戰火出乎意料之外。差池，意外。烽火，古時邊境報警的煙火。史載：在邊境作高土臺，臺上置放高木櫓，櫓上裝有桔槔（一種可以牽引上下的木製機具），桔槔頭上有兜零（籠子），以薪置其中，謂之烽。常低之，有寇則點火燃燒舉之以相告。❹短策　笨拙的策略。❺靡前　謂不能向前。靡，不能。❻每屆春秋　猶言每年到了春天和秋天。屆，到。❼蒼梧之野　相傳舜帝葬蒼梧之野。見《禮記・檀弓上》。蒼梧，山名。又叫九疑。地在今湖南寧遠境內。❽甲子　古時用甲子紀歲月，因以甲子為歲月、年歲的代稱。❾絳縣之人　語本《左傳・襄公三十年》。謂高壽之人。❿朔氣　北方的寒氣。⓫光風　雨止日出、日麗風和的景象。⓬敬羞　猶敬獻。羞，進獻。⓭蘊藻　水草名。參見〈謁欑宮文一〉⓰。⓮重展松楸　猶言再次瞻仰君王的陵墓。展，省視；瞻仰。松楸，古人常在墓地種植松樹和楸樹，故以松楸代指墓地。⑮鼎俎　祭祀或宴會時用以裝牲肉的盛具。⑯久虛　謂空著很久不用。⑰罘罳　亦作「浮思」、「罦思」。古代設在宮門外或城角的屏，上面有孔，形似網，用以守望和防禦。⑱黃圖　京師；帝都。⑲失鹿　失去天下。鹿比喻帝位。⑳攀龍　比喻依附帝王以建功業。㉑仰憑　猶言依靠、仰仗。㉒明命　君王之命。㉓得遂深祈　猶言使請求得以遂心如意。遂，如意。

【語　譯】自從離開君王的陵墓，至今又有八年。山河空曠遼闊，戰火出乎意外，思念逝去的君王即將顯現，胸懷笨拙的策略不能向前。每到春秋之季，臣獨自哭泣於蒼梧之野；雖多次歲月變化，仍愛慕高壽之人。寒氣剛剛收起，光風漸漸轉變，崇敬地獻上薀藻，再次瞻仰君王的陵墓。雖然鼎俎空著很久不用，幸虧罘罳還沒有毀壞。帝都如同以前一樣，驟然驚懼失去天下的日子；年老而不返回家園，最終希望有依附君王的那天。仰仗君王之命，使臣的請求得以遂心如意。

華陰縣朱子祠堂上梁文

【題解】關於籌建朱子祠堂的經過，以及朱子祠堂的構造和所處地理環境，在本書卷四〈與李中孚書一〉和〈與王山史書〉中，作者都作了詳細介紹。

本篇則是為朱子祠堂在修建過程中架上屋梁時寫的。「上梁文」是一種文體名稱，最初出現在北魏時期，它是專門為修建房屋時頌祝的駢文。根據明代徐師曾《文體明辨》中所說：上梁文是木匠在架上屋梁時的致詞。在傳統的風俗中，房屋上梁必須選擇吉日進行。上梁之日，房屋主人要以好的食物犒賞木匠。上梁時，木匠中最有威望的人一邊把麵食拋向屋梁，一邊誦上梁文以示祝賀。這種文章首尾都用對偶句式，中間則用六首詩來陳述，每首詩各有三句。之所以用六首詩陳述，是因為有四方上下六個方位的緣故。按照徐師曾的說明，本篇上梁文並不完整，因為它只有文而無詩；不過若把它當作上梁文的變體來讀，那麼它又是完整的。

蓋聞宣氣❶為山，眾阜❷必宗乎喬嶽❸；明徵❹在聖，群言實總於真儒❺。自夫化缺三雍❻，風乖四始❼，兩漢而下，雖多保殘守缺❽之人，六經所傳，未有繼往開來之哲❾。惟絕學❿首明於伊雒⓫，而微言⓬大闡於考亭[13]，不徒羽翼[14]聖功[15]，亦乃發揮王道[16]，啟百世之先覺[17]，集諸儒之大成[18]。然而代運當〈屯〉[19]，蓍占[20]得〈遯〉[21]，官方[22]峻直[23]，難久立於朝端[24]；祠祿[25]優遊[26]，每自安於林下[27]。

睠[28]此雲臺[29]之側，實為寄祿[30]之邦[31]。子靜[32]書中，羨希夷[33]之舊隱；《啟蒙》序末[34]，題真逸[35]之新名。雖風聲[36]遠隔於殊方[37]，而道德實同乎一統[38]。家傳戶誦，久已無間[39]寰區[40]；春祀秋嘗[41]，獨此未瞻廟貌[42]。於是邑之薦紳[43]耆舊[44]，以及學士[45]青衿[46]，無不博考遺編，深嗟闕典[47]，睇[48]琳宮[49]之絢爛[50]，悲木鐸[51]之幽沉[52]。爰有廷掾張君、山史王君蒐採於前，子德李君、適之宋君宣揚於後；而會炎武跋涉關河，留連[53]原巘[54]，發遐情[55]於五嶽[56]，尋墜緒[57]於千年。即雲臺舊院之西，度[58]香火[59]專祠之地，重邀茂宰[60]，贊此良圖[61]。萃[62]人力以作新[63]，捐緡錢[64]而倡導[65]，卜神[66]涓[67]吉，庀材效工[68]。右帶[69]流泉[70]，來惠風[71]之習習[72]；前憑嶽麓[73]，狀盛德之峨峨[74]。將使俎豆[75]增崇[76]，章逢[77]無絕，敬泚衰蕪之筆78，式陳邪許之辭79。

【注釋】❶宣氣　謂陰陽氣盛。❷阜　土山。❸喬嶽　高山。❹明徵　顯明的徵驗。❺群言實總於真儒　猶言眾人的言論實際上歸總於真正的儒生。❻化缺三雍　猶言教化缺少三雍。三雍，辟雍、明堂、靈臺，合稱三雍。為古代帝王舉行祭祀、典禮的場所。❼風乖四始　猶言風氣背離四始。四始，《詩序》謂《詩經》有四始，據鄭玄言：〈風〉、〈小雅〉、〈大雅〉、〈頌〉四者為王道興衰之所由始，故稱四始。❽保殘守缺　一味好古，死守著殘缺陳舊的東西不放。亦即泥古守舊之意。今多作「抱殘守缺」。❾哲　哲人。明達而有才智的人。❿絕學　中斷的學術。⓫伊雒　即「伊洛」。本指宋代程顥、程頤的理學。二程講學於伊水和洛水之間，故稱其學為伊洛之學。此文以伊洛代指二程。⓬微言　精微之言。⓭考亭　地名。在今福建建陽縣西南。唐末侍御黃端於此建有望考亭，以望其父墓。其地因名考亭里。宋代朱熹晚年居此，建竹林精舍講學。宋理宗時詔立書院，親書「考亭書院」四字匾其門。朱熹因此別稱考亭。⓮羽翼　輔佐；輔助。⓯聖功　至高無上的功業德行。⓰王道　儒家稱以「仁義」治天下為「王道」，與「霸道」相對。⓱先覺　預先認識覺察。⓲集諸儒之大成　語本《孟子・萬章下》。謂集中儒家各派學說形成完整體系。⓳代運當屯　謂交替運行，正當艱難之時。屯，《周易》卦名。其意即艱難。⓴著占　猶占卜。著，即「蓍草」。中國古代常用以占卜。㉑遯　《周易》卦名。其意即隱退逃避。㉒官方　謂做官應守的常道。㉓峻直　猶嚴峻正直。㉔朝端　朝廷。㉕祠祿　宋代制度，大臣罷職，令管理道教宮觀，以示優禮，無職事，但借名食俸，謂之祠祿。㉖優遊　悠閒自得。㉗林下　樹林之下。本指幽靜之地。此指退隱之所。㉘睠　反顧。㉙雲臺　即「雲臺觀」。在陝西華陰縣南。㉚寄祿　即「寄祿官」。官階名。宋代制度，官分階官和職事官，階官有名銜而無職事，只作為銓敘、升遷的依據，稱為寄祿官。㉛邦　泛指地方。㉜子靜　陸九淵，字子靜，自號存齋，南宋撫州金溪（今屬江西）人。曾結茅講學於象山（在今江西貴溪縣西南），學者稱象山先生。在一些哲學問題上，曾和朱熹長期辯論。有《象山先生全集》傳世。㉝希夷　指道家、道士。㉞啟蒙序末　猶言在《啟蒙》這本書的序言的末尾。啟蒙，即《易學啟蒙》。㉟真逸　朱熹又號雲臺真逸。㊱風聲　猶聲望、聲譽。㊲殊方　不同的方向。㊳一統　即統一、一樣。㊴無間　猶言天下沒有差別。間，差別。㊵寰區　猶寰宇、天下。㊶春祀秋嘗　猶言春秋祭祀。嘗，祭祀名。秋祭名嘗。㊷獨此未瞻廟貌　猶言唯獨在此地不能瞻仰朱子形貌。意謂沒有修廟以供奉朱子。廟貌，祠廟中所供奉的祖先或先儒的形像。㊸薦紳　指士大夫中有官位的人。㊹耆舊　故老；年老的舊好。耆，年老。㊺學士　學者；文人。㊻青衿　語本《詩・鄭風・子衿》。為學子之服，後借稱學子。㊼闕典　缺失的經典。㊽睇　斜視；流盼。㊾琳宮　猶「琳宇」。本指仙人所居之所，亦道院的美稱。㊿絢爛　光彩炫耀。51木鐸　以木為舌的大鈴。52幽沈　謂木鐸聲幽遠深沈。53留連　捨不得離開。54原巘　平原山巒。巘，山峰。55遐情　久遠之情。56五嶽　即中嶽嵩山，東嶽泰山，西嶽華山，南嶽衡山，北嶽恆山。57墜緒　指衰亡或將絕而未絕的事業。58度　忖度；考慮。59香火　香煙燈火，用於祭祀神靈。60茂宰　賢能的縣官。作者原注：指華陰令遲維城。61良圖　深思熟慮的打算。62萃　會集。63作新　語出《尚書・康誥》。本謂教導殷民服從周的統治，後用來比喻教化百姓，移風易俗。64緡錢　用繩（緡）穿連成串的錢，即貫錢。65倡導　首倡；首先發起。66卜神　占卜問神。67涓　擇取。68庀材效工　具備材料，開始動工。庀，具備。69帶　環繞。70流泉　流淌的泉水。71惠風　和風；夾花草芳香之風。72習習　和煦溫暖貌。73前憑嶽麓　前面依靠山麓。74狀盛德之峨峨　巍峨狀似盛美的品德。盛德，盛美的品德。峨峨，此處形容品德盛美之貌。75俎豆　都是古代宴客、朝聘、祭祀用的禮器。俎，置肉的几。豆，盛乾肉一類食物的器皿。76增崇　加多堆高，猶言堆滿食物。77章逢　即「章甫縫掖」的省稱。語出《禮記・儒行》。指儒者。78泚衰蕪之筆　猶言以衰朽蕪雜之筆墨。泚，泚筆；以筆蘸墨。衰蕪，自謙其文詞衰朽蕪雜，不堪入目。79式陳邪許之辭　猶言陳述勸眾人齊心合力之言辭。式，發語詞。邪許，勞動時眾人一齊發出的呼聲。

【語譯】聽說陰陽氣盛而成為山巒，眾多小山一定歸向高山；明證則在於聖人，眾人的言論實際歸總於真正的儒生。自從教化缺少「三雍」，風氣背離「四始」，兩漢以下，雖多抱殘守缺之人，但六經流傳，卻沒有繼往開來的賢哲。只是中斷的學術為二程所首次顯明，精微的言論為朱熹所透徹闡述，這不僅僅輔助了至高無上的功業，同時也就闡發了王道的精義，啟示了百代的先知先覺，集中了儒家各派學說而形成完整的體系。然而朱子的運氣，好壞交替運行，他正當艱難之時，占卜而得〈遯卦〉，本來做官應守的常道是嚴峻正直，依此而行則很難長久立於朝廷；於是借名食祿，悠閒自得，常常自我安樂於退隱之所。

回顧這座雲臺觀的側旁，實在是寄祿官的棲身之地。陸九淵曾在信中，羨慕道家舊時的隱居，朱子在《啟蒙》序言的末尾也題上「真逸」這一新的名字。雖然他們的聲望遠隔於不同的方向，但是其道德實際上相同而統一。對此家家傳誦，天下久已沒有差別；但春秋祭祀，唯獨此地不能瞻仰朱子形像。於是本邑有官位的士大夫和年老的故交，以及文人學子，無不廣博考證遺留後世的著作，深深感歎缺失的經典，流盼道院的裝飾光彩炫耀，悲傷木鐸的聲音幽遠深沈。於是有張廷揆、王山史搜集於前，李子德、宋適之宣揚於後；而逢炎武跋涉山河，留連於平原山巒，在五嶽抒發久遠的情懷，從千年中探究將絕而未絕的事業。就在雲臺觀舊院的西側，考慮選一處供奉香火單獨祠祭之地，再次邀請賢能的縣官，贊助這種深思熟慮的打算。會集人力以教化百姓，捐獻貫錢而首先發起，占卜問神擇取吉日，具備材料開始動工。朱子祠堂右邊有流淌的泉水繞過，和風吹來，和煦溫暖；前面依靠著山麓，巍峨狀似盛美的品德。將讓俎豆堆滿食物，前來拜謁的儒生絡繹不絕。於是我崇敬地以衰朽蕪雜的筆墨，陳述勸眾人齊心合力的言辭。

【研　析】本文大量運用對偶句式，表現出句式整齊、音韻鏗鏘的特點。如開頭一聯：「宣氣為山，眾阜必宗乎喬嶽；明徵在聖，群言實總於真儒。」上聯與下聯均由四字句加七字句構成，整聯便呈現為「四、七」與「四、七」相對的樣式；又因為上下聯的詞性也相對，於是讀來不僅感到語句對仗工整，同時又覺得有一種音樂的韻味。

大量運用對偶句易於造成行文呆板，而這篇文章卻沒有這種毛病。其原因在於：對偶句式富於變化。比如前面舉的例子是「四、七」句式相對，而接下去則有「四、八」句式或「四、六」句式乃至四字句式、六字句式相對，這樣，便在整齊之中顯示出了變化，自然就不會使人有全篇一律、呆板乏味的感覺了。

卷六（補遺）

軍制論

【題解】這篇文章對明代軍隊建制的來歷及其變易作了介紹，指出現存的軍制並非明太祖所制定的軍制，現存的軍制不僅給老百姓加重了軍費負擔，而且又造成兵愈多而守土愈無人的奇怪局面。為此，作者提出了對現存軍制進行改革的具體建議。

法不變，不可以救今已。居不得不變之勢，而猶諱其變之實，而姑守其不變之名，必至于大弊。今日之軍制，可謂高皇帝❶之軍制乎？其名然，其實變矣，而上下相與守之至于極❷，而因循不改，是豈創制之意哉？高皇帝云：「吾養兵百萬，不費民間一粒。」自今言之，費乎不費乎？百萬之兵安在乎？而猶以為祖制則然，此所謂相蒙之說❸也。

嘗考古《春秋》、《周禮》寓兵于農之說，未嘗不喟然❹太息❺，以為判兵與農而二之❻者，三代以下之通弊；判軍與兵而又二之者，則自國朝始❼。夫一民也，而分之以為農，又分之以為兵，是一農而一兵也，費堪；一兵也，而分之以為軍，又分之以為兵，是一農而二兵也，愈弗堪；一兵也，而分之以為衛❽兵，又分之以為民兵❾，又分之以為募兵❿，是一農而三兵也，又益弗堪。不亟變⓫，勢不至盡毆民為兵不止⓬，盡毆民為兵，而國事⓭將不忍言⓮矣。二祖⓯之制：京師設都督府五，衛七十二；畿甸⓰設衛五十；各省設都指揮使司二十一，留守司二，衛百九十一，守禦屯田⓱群牧⓲千戶所二百十有一；邊徼⓳設宣慰安撫長官司九十五，番夷都司衛所百有七。以五千六百人為衛，千一百二十人為千戶所，百十有二人為百戶所，給軍田⓴，立屯堡㉑，且耕且守。人受田五十畝，賦糧二十四石，半贍其人，半給官俸㉒，及城操之軍㉓

有儆㉔，朝發夕至。若是，天下何病乎有兵，而又烏乎復立兵？久安弛備㉕，政圮伍虛㉖。正統㉗末，始令郡縣選民壯㉘。弘治㉙中，制㉚里僉㉛二名若㉜四五名，有調發㉝，官給行糧㉞。正德㉟中，計丁糧編機兵銀㊱，人歲食至七兩有奇㊲，悉賦之民。此謂之機快民壯。而兵一增，制一變。又久備益弛，盜發雍㊳、豫㊴，蔓延數省。民兵不足用，募新兵倍其餼㊵，以為長征之軍，而兵再增，制再變。屯衛者曰：我烏知兵？轉漕㊶耳，守禦非吾任也。故有機壯㊷而屯衛為無用之人。民壯曰：我烏知兵？給役㊸耳，調發非吾任也。故有新募而民壯為無用之人。臣嘗合天下衛所計之，兵不下二百萬。國家有兵二百萬，可以無敵，而曾不得一人之用；二百萬人之田，不可謂不贍㊹，而曾不得一升一合㊺之用。故曰：高皇帝之法亡矣。

然則將盡衛所之軍而兵之，官而將之乎？曰不能。抑將盡衛所之軍而廢之，田而奪之乎？曰不能。請于不變之中，而寓變之之制，因已變之勢，而復創造之規。舉尺籍㊻而問之，無缺伍㊼乎？缺者若干人？收其田，以新兵補之。大集伍而閱之㊽，皆勝兵乎？不勝者免，收其田，以新兵補之。五年一閱，汰其羸㊾，登其銳㊿，而不必世其人(51)。若然，則不費公帑一文(52)而每衛可得若干人之用，推之天下，二百萬之兵可盡復也。矧(53)今日駐蹕(54)南中(55)，輓漕之卒(56)，歲省數倍，以為兵則強，以為農則富，而不及時之宜一為變通(57)，俾(58)此百十萬人襲兵之名，縻(59)兵之食，而不能張拳注矢(60)，為國家毫毛之用(61)，是國家長棄此百十萬人，並此百十萬人之田，而終世不復也。則物力烏得不詘(62)？軍政烏得不窳(63)？又何以兆謀敵愾(64)，成克復之動(65)哉？

【注釋】❶高皇帝　即明太祖朱元璋。❷極　極限。謂上下相與保持這種軍制到了極點。❸相蒙之說　相互蒙騙的說法。❹喟然　歎息聲。❺太息　歎息；出聲長歎。❻判兵與農而二之　猶言把士兵與農民一分為二。判，分離。❼判軍與兵而又二之者二句　明代初年實行衛所制度，其士兵之正式名稱為「軍」，軍外招募之民才稱為兵。國朝，指明朝。❽衛　衛以及後文提到的所，都是明代初年的軍隊編制名稱。京師和各地要害處均設衛所，即一府設所，數府設衛。大抵五千六百人稱衛，一千一百二十人稱千戶所，一百一十二人稱百戶所；百戶所設總旗二（五十人為一總旗），小旗十（十人為一小旗）。大小聯比，合成一軍。其長官衛稱指揮使，所稱千戶、百戶。各衛所分統於各省的都指揮使司（都司），由中央的五軍都督府分別管轄。洪武二十六年（西元一三九三年）定全國都司、衛所為：都司十七，行都司三，留守司一，內外衛三百二十九，千戶所六十五；成祖後增都司為二十一，留守司為二，內外衛四百九十三，千戶所三百五十九。軍士皆世襲。見《明史・兵志》。❾民兵　指鄉兵。以健壯的農民列入兵籍，平時無事，從事生產，有事則徵召入伍。❿募兵　指招募的兵。⓫亟變　急速改變。⓬勢不至盡敺民為兵不止　猶言情勢不到完全逼迫人民去當兵而不會停止的。敺，古「驅」字。驅使；逼迫。⓭國事　國家的政事。⓮不忍言　不忍心去說。⓯二祖　指建立王朝的祖先二人。此處指明太祖朱元璋和明成祖朱棣。⓰畿甸　古代制度王畿千里，千里之內曰甸服，離王城五百里。後泛指京城地區。畿，古稱天子所領之地。⓱屯田　自漢代以來，政府利用軍隊或農民商人墾種土地，徵取收成以為軍餉，稱屯田。⓲群牧　合群而牧。指牧養牲畜。⓳邊徼　猶邊境。徼，邊界。⓴軍田　供軍士耕種的田地。㉑屯堡　戍卒的駐所。㉒半贍其人二句　謂一半用來贍養那些兵，一半用來供給朝廷的俸祿。㉓城操之軍　猶言把守城邑的軍隊。操，把守。㉔儆　通「警」。緊急事件。多指戰爭而言。㉕久安弛備　長久安定而疏於防備。弛，鬆懈或解除。㉖政圮伍虛　猶言政事毀壞而軍隊空虛。圮，毀壞。㉗正統　明英宗朱祁鎮的年號。㉘民壯　舊時被徵服役的壯丁。㉙弘治　明孝宗朱祐樘的年號。㉚制　詔命。㉛里僉　鄉里僉事。僉事，官名。官府幕僚。㉜若　或。㉝調發　調取徵發。㉞行糧　兵士出征、巡邊、守墩等按日或按月所領的口糧。㉟正德　明武宗朱厚照的年號。㊱計丁糧編機兵銀　猶言計算按人口所收的稅糧編應募民為機兵的銀兩。丁糧，按人口所收的稅糧。機兵，官府自行招募的兵。㊲奇　餘數。㊳雍　雍州。古九州之一。今陝西、甘肅及青海額濟納之地即古雍州。㊴豫　豫州。古九州之一。其地包括今河南及湖北北部。㊵糈　糧餉。㊶轉漕　運糧。車運曰轉，水運曰漕。㊷機壯　即機快民壯。猶機兵。㊸給役　供差遣的勞役。㊹贍　充足。㊺合　量詞。十合為一升。㊻尺籍　漢代制度，將殺敵立功的成績書寫在一尺長的竹板上，稱為尺籍。後也泛稱軍籍。

㊼伍　古代軍隊編制單位名，五人為伍。㊽大集伍而閱之　猶言大規模集合軍隊而進行檢閱。古代的軍隊每五年進行一次大檢閱。㊾汏其羸　謂淘汰那些身體瘦弱的。汏，通「汰」。羸，瘦弱。㊿登其銳　謂進用那些精銳的。登，進用；選拔。(51)不必世其人　猶言不必讓他們世襲軍士。世，繼承。(52)不費公帑一文　猶言不花費公家一文錢。帑，庫金。(53)矧　況且。(54)駐蹕　帝王出行，中途暫住。蹕，指帝王車駕。(55)南中　泛指國土南部，即今川、黔、滇一帶，也指嶺南。(56)輓漕之卒　指從水路運送物資的士兵。(57)不及時之宜一為變通　猶言不及時地適當予以變通。宜，適當。(58)俾　使。(59)糜　浪費。(60)張拳注矢　猶言張弓射箭。拳，弩弓。注矢，射箭。(61)毫毛之用　言作用甚微。(62)詘　短縮。(63)窳　腐敗。(64)兆謀敵愾　謂預先謀劃抵抗其所恨怒者。兆，開始；預先。敵愾，抵抗其所恨怒者。(65)克復之勳　收復失地的功勳。

【語　譯】法制不改變，就不能夠挽救今天的局勢。處於不得不改變的情勢之下，還忌諱其需要改變的實質，而姑且守住其不變的名稱，那就必定導致大的弊病出現。今天的軍隊建制，能說是高皇帝的軍隊建制嗎？其名稱是這樣，其實質則改變了，而上下相互遵守它達到了極點，因循守舊而不改變，這難道是創立軍制的意思嗎？高皇帝說：「我養兵百萬，不花費民間一粒糧食。」從今天而言，花費了還是沒有花費呢？百萬士兵在什麼地方呢？可是還認為祖宗的軍制就是這樣，這是所謂相互蒙騙的說法。

我曾經考證古代的《春秋》、《周禮》關於把士兵寄寓在農民之中的說法，未嘗不出聲歎息，以為把士兵與農民分成兩部分，則是三代以下的通病；把軍士與士兵又分成兩部分，則是從我朝開始。整個人民，從中分出一部分作為農民，又分出一部分作為士兵，造成了一個農民負擔一個士兵，那就不堪重負了；整個士兵，從中分出一部分作為軍士，又分出一部分作為士兵，這成了一個農民負擔二個士兵，那就更加不堪重負了；整個士兵，從中分出一部分作為衛兵，又分出一部分作為鄉兵，又分出一部分作為招募來的兵，造成了一個農民負擔三個士兵，又更加不堪重負了。對此不急速加以改變，其情勢不到完全逼迫人民去當兵而不會停止的，假如到了完全逼迫人民去當兵的地步，那麼國家的政事也就不忍心去談它了。太祖和成祖的軍隊建制是：京師設五個都督府，七十二個衛；京城地區設五十個衛；各省設二十一個都指揮使司，二個留守司，一百九十一個衛，從事守衛防禦、屯田和牧養牲畜的千戶所二百一十一個；邊境設宣慰安撫長官司九十五個，番夷都司衛所一百零七個。以五千六百人為衛，一千一百二十人為千戶所，一百一十二人為百戶所，給與軍田，建立屯堡，一面耕種一面守衛。每人收受的田地五十畝，上繳稅糧二十四石，其中一半用來贍養那些士兵，一半用來供給朝廷的俸祿，到守城的軍隊有警報時，則早晨出發晚上就到了。如果是這樣，天下怎麼會苦於有士兵，而又怎麼會再去設置士兵呢？長久安定而疏於防備，政事毀壞而軍隊空虛。正統末年，開始詔令郡縣挑選民壯。弘治年間，詔命設鄉里僉事二名或四、五名，若有調取徵發，則官府供給行糧。正德年間，計算按人口所收的稅糧編應募民為機兵的銀兩，每人每年的俸祿達到七兩有餘，全是從人民那裏徵收的賦稅。這些機兵叫作「機快民壯」。而兵一增加，建制也改變一次。又加上長久以來防備越來越鬆弛，盜賊發生在雍州、豫州，隨之蔓延到幾個省。鄉兵不夠用，於是招募新兵加倍地供給其糧餉，並把他們用來作為長征之軍，而士兵再次增加，建制再次改變。其結果是駐守防禦的士兵說：我怎麼是兵？只是負責運糧罷了，守衛防禦不是我的責任。因此有了機快民壯而駐守防禦的士兵成了無用之人。民壯說：我怎麼是兵？我只是供差遣的勞役罷了，調取徵發不是我的責任。因此有了新招募的士兵而民壯成了無用之人。我曾經把天下所有的衛所合起來計算了一下，士兵總數不低於二百萬。國家有二百萬士兵，可以所向無敵，但是卻不能得到一個人的作用；二百萬人的田地，不可謂不充足，但是卻不能得到一升一合的糧食。因此說：高皇帝的法制消失了。

既然這樣，那麼就將所有衛所的軍士全部改為士兵，將所有衛所的官員全都改為將軍嗎？回答是不能。或者將所有衛所的軍士全都廢棄，把他們的田地全都收回嗎？回答是不能。（那麼該怎麼辦呢？）請於不變之中，寄寓變易的建制，順應已經改變的情勢，恢復創造的法度。拿著軍籍問道：沒有伍缺人嗎？缺多少人？沒收他們的田地，用新兵去予以補充。大規模集合軍隊而進行檢閱，所有的士兵都能承擔起士兵的責任嗎？不能承擔的則免去其當兵的資格，收回他們的田地，用新兵去予以補充。五年一次的大檢閱，淘汰那些瘦弱的，進用那些精銳的，而不必讓軍士世襲。如果這樣，那麼不費公家一文錢，而每一個衛都可以得到若干人的作用，推廣到天下，二百萬的士兵就可能全都恢復其作用了。況且今天君王出行而在國土南部暫住時，那些從水路運送物資的士兵，一年減省數倍，以為這樣軍隊就會強大，以為這樣農民就會富裕，卻不及時地適當予以變通，讓這幾百萬人襲用士兵的名稱，浪費士兵的糧食，而不能張弓射箭，對國家只有微小的作用，這等於就是國家長久地棄用這幾百萬人，連同這幾百萬人的田地，而終世不能恢復其作用了。如此則物力怎麼能夠不短縮？軍隊朝政怎麼能夠不腐敗？再說又拿什麼去預先謀劃抵抗其所仇恨的人，成就收復失地的功勳呢？

【研　析】本文在論述過程，運用較多的設問句式，使論辯力量得到了增強。

在運用設問句式時，有的只問不答，有的則問而有答。只問不答，並非真不答，只是將答案暗含於問中，由讀者自行得出，這樣便與讀者有了思想的交流。如文章寫道：「高皇帝云：『吾養兵百萬，不費民間一粒。』自今言之，費乎不費乎？百萬之兵安在乎？」答案自然是否定的，而這種否定的答案存在於後文的具體闡述中，讀者自然會從中歸納出來。

至於問而有答，則是擺明了作者的看法，有助於將所闡述的問題向縱深擴展。問而作答又有兩種情形，一是以反問句式緊隨其後，以此將答案的含義揭示得更加深刻。如文章前面寫道：「今日之軍制，可謂高皇帝之軍制乎？其名然，其實變矣，而上下相與守之至于極，而因循不改，是豈創制之意哉？」今日的軍制已不是高皇帝的軍制，但今日上下仍因循不改，這就是有違於高皇帝當初創制的本意。於此，便在回答所設之問的基礎上，對今日之軍制作了深入的剖析和嚴厲的批評。還有一種情形，就是在問而作答的過程中，暗寓著排除法。所謂排除法，就是在提出種種答案的同時，分別予以否定，剩下沒有被否定的便是正確的答案了。如文章後面寫道：「然則將盡衛所之軍而兵之，官而將之乎？曰不能。抑將盡衛所之軍而廢之，田而奪之乎？曰不能。」連續作出否定性結論後，接著便是正確的答案了：「請于不變之中，而寓變之之制，因已變之勢，而復創造之規。」由於在問而有答中巧妙使用了這種排除法，這就使文章的基本觀點被表達得更加鮮明了。

形勢論

【題解】這篇文章對歷史上建都南方的八個朝代興亡的原因以及明太祖用兵的謀略進行了分析。認為奪取天下的人，必定要占據上游的地理位置，這才可以制服他人；國家的興亡，在相當程度上與其所處的地理形勢有關。為此，作者提出：把天下的一半聯為一體，這樣便能夠用之如常山之蛇，首尾相互照應，並認為這是很好的計策。

昔之都于南者，吳、東晉、宋、齊、梁、陳、南唐、南宋凡八代。當吳之世，三方鼎峙❶，西以巴邱❷，北以皖城❸、濡須❹為境。迨❺其亡也，則以長江之險，先為晉有。永嘉❻南渡❼，荊、豫、青、兗及徐❽之半入于劉石❾，梁、益❿入於李雄⓫，以合淝⓬、淮陰⓭、壽陽⓮、泗口⓯角城⓰為重鎮⓱。至苻⓲、姚⓳、慕容⓴之亂，始得青、兗、梁、益，而宋因之。及元嘉㉑北伐，磽礉㉒喪師㉓，佛狸㉔之馬，屯於瓜步㉕，於是乎守江矣。拓跋㉖奄㉗有中原㉘，齊、梁嗣主㉙江左㉚，淮南北並為戰場。太清[31]內禍[32]，承聖[33]尋兵[34]，齊略[35]淮南[36]，魏[37]收蜀漢[38]，而江陵[39]淪陷。陳氏[40]軼興[41]，西不得蜀漢，北失淮、淝，以長江為境，于是乎守江矣。幅員日狹[42]，國祚彌短[43]，采石[44]、京口[45]同時並濟[46]，卒并於隋。南唐既失淮南，亦以江為境，國遂不支[47]，宋都臨安[48]，與金人盟，中淮流為界，西拒大散關[49]。端平[50]滅金蔡州[51]，挑兵[52]蒙古。寶祐[53]失蜀，咸淳[54]失襄、樊[55]，元兵南下，幼主[56]銜璧[57]，豈非大勢然耶？

嘗歷考八代興亡之故，中天下而論之[58]，竊以為荊、襄[59]者，天下之吭[60]，蜀者，天下之領[61]，而兩淮[62]、山東，其背也。蜀據天下之上流[63]。昔之立國於南者，必先失蜀而後危仆[64]從之。蜀為一國而不合於中原，則猶可以安。孫吳之於漢[65]，東晉之於李雄是也。蜀合於中原，而並天下之力，資上流之勢，以為我敵則危。王濬[66]自巴丘東下，劉整[67]謀取蜀以規[68]宋是也。故守先蜀。若輯[69]蜀之人，因其富，出兵秦[70]、鳳[71]、涇[72]、隴[73]之間，以撼[74]天下不難。故戰先蜀。趙鼎[75]言：

經營[76]中原自關中始，經營關中自蜀始，幸[77]蜀自荊、襄始。陳亮[78]言：荊、襄據江左上流，西接巴、蜀，北控關、洛[79]，楚人用之虎視齊、晉[80]，與秦爭帝。東晉以來，設重鎮以扼中原。孟珙[81]言：襄、樊，國之根本，百戰復之，當加經理[82]。蓋宋人之論如此。及元取宋，果自襄陽、樊城以度鄂[83]，故以天下之力圍二城者五年，及其渡江，不二年而取臨安矣。故無蜀猶可以國，東晉是也；無荊、襄不可以國，楚去陳徙壽春[84]是也。無淮南北，而以江為守則亡，陳之禎明[85]、南唐之保大[86]是也。故厚荊、襄急[87]。古之善守者，所憑在險，而必使力有餘於險之外，守淮者不於淮，于徐泗；守江者不于江，于兩淮。此則我之戰守有餘地，而國勢可振，故阻兩淮急[88]。或曰，高皇帝嘗以南取北矣，而何廑[89]廑守之謂？愚曰固也。夫取天下者，必居天下之上游而後可以制人。英雄無用武之地，則事不集[90]，且人知高皇帝之都金陵[91]，而不知高皇帝之所以取天下，當江東未定，先以大兵克襄、漢[92]，平淮安[93]，降徐宿，而後北略94中原，此用兵先得地勢也。且楚之霸也在邲95；漢高之起自沛入秦96，自南陽、析、酈97；光武98起自南陽；宋武99滅南燕100，自淮入泗101，滅秦102自汴103入河104，此皆古來以南伐北之明證，有地利而後動者也。如愚之策，聯天下之半以為一105，用之若常山之蛇106，則雖有苻秦107百萬之師，完顏108三十二軍之眾，不能闚109我地；而蓄威固銳110，以伺敵人之暇111，則功可成也。此戰守兼得之謀，而用兵之上術也。

【注釋】❶三方鼎峙　謂三方鼎立對峙。三方，指吳（孫吳）、蜀（蜀漢）、魏（曹魏）三國。❷巴邱　山名。又名巴陵、巴丘、天岳。在湖南岳陽湘水右岸。三國吳孫權派魯肅以萬人屯巴丘，即此。❸皖城　地名。東漢皖縣治所，其城在皖水之北，故號皖城。故城在今安徽潛山縣北。❹濡須　水名。今稱運漕河或裕溪河。漢末建安十七年孫權徙治建康，於濡須口作塢以備曹操，次年操攻濡須，相拒月餘不得進，即此。❺迨　通「逮」。等到。❻永嘉　為晉懷帝司馬熾年號。❼南渡　晉元帝司馬睿渡江，建都建業（即今南京），史稱東晉。因是自北渡過長江，所以叫南渡。❽荊豫青兗及徐　均為古九州之一。古九州是傳說中的中國中原上古行政區劃。❾劉石　即前趙劉淵與後趙石勒。❿梁益　梁州和益州。三國魏至南齊皆分置益州為梁、益二州，故地大部在今四川省境內。⓫李雄　成漢的創立者。成漢為東晉十六國之一。氐族李特在蜀地起兵，其子李雄據成都，稱成都王，後稱帝，建號成。李雄姪李壽又改號為漢，舊史稱成漢。有今四川及陝西南部，雲南、貴州北部之地。傳五帝，歷時四十五年。為東晉桓溫所滅。⑫合淝　即「合肥」。地名。故城在今安徽合肥北。⑬淮陰　縣名。秦置。在今江蘇北部。⑭壽陽　縣名。在今山西中部偏東。⑮泗口　地名。故地在今江蘇淮陰。⑯角城　一作「甬城」。晉置，北齊改為文城，北周改為臨清。故城在今江蘇淮陰縣南。⑰重鎮　有兵駐守的要地。⑱苻　東晉時苻洪據關中稱三秦王，後其子苻健稱帝，建都長安，史稱前秦。⑲姚　東晉時姚萇初事前秦主苻堅，為龍驤將軍，後殺堅稱帝於長安，國號大秦，史稱後秦。⑳慕容　東晉時慕容皝襲父位為遼東公。後自稱燕王，遷都龍城。子儁稱帝，遷都鄴城。史稱前燕。㉑元嘉　為南北朝時宋文帝劉義隆年號。㉒碻磝　山名。在山東東阿南。城南舊有土堆三，俗名虛糧冢，相傳即南朝宋檀道濟唱籌量沙處。㉓喪師　損失軍隊。㉔佛狸　即「佛貍」。北魏拓跋燾（世祖太武帝）的小字。見《宋書．索虜傳》。㉕瓜步　鎮名。在今江蘇六合縣東南。南北朝時為兵家必爭之地。北魏拓跋燾南征劉宋，兵至瓜步，即此。㉖拓跋　也作「托跋」。北魏皇族的姓。㉗奄　覆蓋；包括。㉘中原　地域名。狹義的中原指今河南一帶。廣義的中原，指黃河中下游地區或整個黃河流域。㉙嗣主　接連入主，先後稱王。㉚江左　古人地理上以東為左，以西為右，故稱江東為江左。東晉及南朝宋、齊、梁、陳各代的根據地都在江左，故當時人又稱這五朝及其統治下的全部地區為江左。㉛太清　為梁武帝蕭衍的年號。㉜內禍　內亂；國內的變亂。㉝承聖　為梁元帝蕭繹的年號。㉞尋兵　用兵；使用武力。尋，使用。㉟略　通「掠」。侵略；掠奪。㊱淮南　泛指淮水以南之地，大致為今江蘇、安徽兩省長江以北、黃河以南地區。㊲魏　指北魏。㊳蜀漢　指蜀郡和漢中一帶。今屬四川、陝西兩省轄地。㊴江陵　縣名。今屬湖北省。北魏以江陵封後梁。㊵陳氏　陳霸先，初仕梁為始興太守，以戰功累遷至相國，封陳王，遂廢梁即帝位，國號陳，都建業。見《陳書》。㊶軼興　更迭興起。㊷幅員日狹　謂疆域日益狹小。廣狹稱幅，周圍稱員，故稱疆域為幅員。㊸國祚彌短　謂帝王在位時間更加短暫。國祚，帝王之位。彌，更加。㊹采石　即「采石磯」。在安徽當塗西北，牛渚山北突入江中之處，為長江最狹之處。歷代為南北戰爭必爭之地。隋開皇九年渡江破陳，即此地。㊺京口　城名。為古代長江下游的軍事重鎮。地在今江蘇鎮江市。㊻濟　渡過。㊼不支　不能支持；不能支撐。㊽臨安　即今浙江杭州。南宋紹興八年在此定都。㊾西拒大散關　謂西面防禦於大散關。因南宋保有今淮河至大散關以南之地。拒，抵禦。大散關，即「散關」。又稱崎谷，在陝西寶雞西南大散嶺上，為陝西、四川兩省往來要道，亦為古代兵家必爭之地。㊿端平　為宋理宗趙昀年號。51蔡州　州名。即今河南汝南縣。金末哀宗自汴京遷於此。52挑兵　猶挑戰。53寶祐　為宋理宗趙昀年號。54咸淳　宋度宗趙禥年號。55襄樊　即襄陽、樊城。今屬湖北省。56幼主　指趙㬎。57銜璧　古者國君死，口含玉。故戰敗出降者銜璧以示國亡當死。58中天下而論之　猶言把天下比作人的身體來加以論述。中，身。59荊襄　即荊州、襄陽。今屬湖北省。60吭　咽喉。61領　頸項。62兩淮　宋代置淮南東路、淮南西路，稱為兩淮。63上流　猶上游。64危仆　猶言危險失敗。65漢　指劉備的蜀漢政權。66王濬　字士治，晉代弘農湖縣（今河南靈寶西南）人。兩任益州刺史。自泰始八年（西元二七二年）起，大造舟艦，練水師，積極準備進攻吳。咸寧五年（西元二七九年）受命進兵，次年克武昌，順流而下，直取吳都建康（今江蘇南京），接受孫皓投降。官至撫軍大將軍。67劉整　字武仲，沈毅有智謀，由金入宋，後歸附元，官至中書左丞。《元史》有傳。68規　規劃而占有。69輯　聚集。70秦　秦州。州治在今甘肅天水市西南。71鳳　鳳州。屬陝西省。72涇　即「涇水」。73隴　即「隴山」。在今陝西隴縣至甘肅平涼一帶。74撼　搖動。75趙鼎　字元鎮，宋代解州聞喜縣（今屬山西）人。累官至尚書右僕射兼樞密使。以力圖復興為志，世稱宋中興賢相。《宋史》有傳。76經營　規劃創業。77幸　指皇帝駕臨。78陳亮　字同甫。宋代婺州永康（今屬浙江）人。人稱龍川先生。才氣超邁，好言兵，力主恢復中原。著有《龍川文集》。《宋史》有傳。79關洛　即關中、洛陽。80齊晉　指戰國時的齊國、晉國。81孟珙　字璞玉，宋代人。累官至京西鈐轄，以恢復中原為己任。《宋史》有傳。82經理　猶言治理。83鄂　即「鄂州」。州治故地在今湖北武昌。84楚去陳徙壽春　壽春為戰國時楚國城邑，在今安徽壽縣西南。西元前二四一年，楚考烈王自陳遷都於此。85陳之禎明　猶言陳朝禎明之時。陳指南北朝時的陳朝，禎明為陳後主陳叔寶的年號。(86)南唐之保大　猶言南唐保大之時。南唐為五代十國之一。保大為南唐君王李璟的年號。(87)厚荊襄急　謂重視荊州、襄陽的防守是當務之急。厚，重視。(88)阻兩淮急　謂阻敵於兩淮是當務之急。(89)廑　通「僅」。(90)不集　謂不能成就。集，成就。(91)金陵　即今南京市。(92)襄漢　指襄陽、漢陽。(93)淮安　路名。治所在今江蘇淮安。(94)略　謀略。(95)楚之霸也在邲　邲為春秋時鄭國的城邑。故地在今河南滎陽東北。春秋魯宣公十二年（晉成公十年，楚莊王十七年）晉楚大戰於邲，晉敗，為春秋時列國著名戰役之一。楚莊王稱霸自此戰役始。(96)漢高之起自沛入秦　漢高祖劉邦從沛縣起兵而後攻入關中。秦，即關中之地，即今陝西省地。(97)自南陽析酈　南陽，郡名。秦置。治所在宛城，即今河南南陽。劉邦攻宛城，接受陳恢之計，招降宛城守將，封其為侯。自此向西進兵，沿途諸城開門而待，析、酈二城皆降。析，春秋時楚國城邑。漢置縣。故地在今河南西峽境。酈，也是楚國城邑，秦置縣。故地在今河南內鄉縣東北。(98)光武　指東漢光武帝劉秀。(99)宋武　指宋武帝劉裕。(100)南燕　晉時十六國之一。鮮卑族慕容德據滑臺（今河南舊滑縣），稱燕王。史稱南燕。據有今山東東部地。宋武滅南燕，劉裕曾為東晉北府兵將，因戰功封晉公。兩次北伐，滅南燕、後秦，元熙二年廢晉帝，建立宋王朝。(101)自淮入泗　謂自淮水入泗水。淮水，即「淮河」。源出河南桐柏山，東經安徽、江蘇兩省入洪澤湖。其下游本流經淮陰漣山入海，後改道入長江。泗水，即「泗河」。源於今山東泗水縣陪尾山，經江蘇、徐州、泗陽至淮陰入淮河。(102)秦　指後秦。東晉列國之一。羌族姚萇於太元九年稱王，次年殺前秦君王苻堅，太元十一年稱帝於長安，史稱後秦。義熙十三年為劉裕所滅。(103)汴　汴河。其故道之一是由河南的舊鄭州、開封、歸德北境，流經江蘇的舊徐州合泗水入淮河。(104)河　指黃河。(105)聯天下之半以為一　猶言把天下的一半聯為一體。(106)常山之蛇　比喻一種陣法。《孫子・九地》云：「故善用兵，……如常山之蛇也。擊其首則尾至，擊其尾則首至，擊其中則首尾俱至。」(107)苻秦　即前秦，東晉十六國之一。(108)完顏　為金朝皇族之姓。此代指金朝。(109)闚　通「窺」。窺視。(110)蓄威固銳　蓄積威勢鞏固精銳。(111)以伺敵人之暇　猶言以窺測敵人可乘之機。暇，暇隙；可乘之機。

【語譯】以前在南方建都的，有孫吳、東晉、劉宋、齊、梁、陳、南唐、南宋共八代。在孫吳那一代，三方鼎立對峙，孫吳則西以巴邱，北以皖城、濡須為界，到它滅亡的時候，則因為有長江的險阻，而首先為晉朝所占有。永嘉時，晉元帝渡江而在南京建都，荊州、豫州、青州、兗州及徐州的一半都併入了前趙劉淵和後趙石勒的版圖，梁州、益州則為成漢李雄所占有，當時晉代只是以合淝、淮陰、壽陽、泗口、角城等為重兵駐紮的要地。到了苻洪、姚萇、慕容皝作亂時，才收復青州、兗州、梁州、益州，而劉宋則承接晉代而占有這些地方。到元嘉時，宋文帝北伐，在碻磝山折損軍隊，北魏太武帝佛狸的兵馬，駐守到了瓜步鎮，於是劉宋只好堅守長江了。北魏拓跋氏的版圖包括中原，齊、梁先後接連在江東稱王，淮南、淮北都成了戰場。太清年間，梁朝發生內亂，承聖時，梁朝動兵作戰，齊朝掠奪淮南，北魏收復蜀郡和漢中，而江陵也遭陷落。陳氏更迭興起，其國土西面不能到蜀郡和漢中，北面又失去淮水、淝水，以長江為界，於是陳朝只好堅守長江了。其幅員日益狹小，帝王在位的時間更加短暫，采石磯、京口同時一齊被渡江占據，最後都併入了隋朝的版圖。南唐失去淮南以後，也以長江為界，國家也就不能支持下去了。宋朝遷都臨安，與金人簽訂盟約，以淮河中間為界，西面則設防於大散關。端平年間消滅金朝的蔡州，向蒙古挑戰。寶祐年間失去四川，咸淳年間失去襄陽、樊城，元兵南下，宋朝幼主趙㬎投降，這難道不是大勢所造成的嗎？

我曾一一考證了八代興亡的原因，把天下當作人的身體來加以論述，以為荊州、襄陽，是天下的咽喉，四川是天下的頸項，而兩淮和山東，則是天下的脊背了。四川占據天下的上游。以前在南方建立國家的，必定先失去四川而後危險失敗隨之而來。四川成為一個國家而不與中原聯合，則還可以平安。孫吳之於漢朝，東晉之於成漢李雄就是例證。四川與中原聯合而又合併天下的力量，借助上游的地勢，若為我方的敵人所有就危險了。王濬自巴丘東下，劉整謀取四川而規劃占有宋朝之地就是例證。因此要防守的首先是四川。假如聚集四川的人民，憑藉他們的財富，出兵於秦州、鳳州、涇水、隴山之間，而撼動天下並不困難。因此，要征服的首先是四川。趙鼎說：經營中原從關中開始，經營關中從四川開始，巡幸四川從荊州、襄陽開始。陳亮說：荊州、襄陽占據江東的上游，西面連接巴邱、四川，北面控制關中、洛陽，楚國人因此而虎視齊國和晉國，與秦爭強為帝。東晉以來，設重鎮以扼制中原。孟珙說：襄陽、樊城，是國家的根本，經百戰才能收復它們，應當加以治理。大約宋代人的議論就如同這樣。等到元朝攻取宋朝，果然是從襄陽、樊城而度過鄂州，因此以天下的兵力圍困二城達五年之久，及其渡過長江，不到二年便奪取臨安了。因此沒有四川還可以建立國家，東晉就是例證；沒有荊州、襄陽就不可以建立國家，楚國離開陳國而遷都於壽春就是例證。沒有淮南、淮北，而以長江作為防守之地那就要滅亡，陳朝的禎明、南唐的保大時代就是例證。因此重視荊州、襄陽的防守是當務之急。古代善於防守的人，所憑藉的在於險阻，而必定把他多餘的力量放在險阻之外，防守淮河的不在淮河，而在徐州、泗水；防守長江的不在長江，而在兩淮。這樣我方也就或戰或守都有餘地，而國家的威勢就可以振興了。因此阻敵於兩淮是當務之急。有人會說：高皇帝曾經就是以南取北的，為什麼僅僅說是防守呢？我說固然是這樣。奪取天下的人，一定占據天下的上游而後可以制服他人。英雄無用武之地，則事業就不能成就。況且人們只知道高皇帝建都金陵，而不知道高皇帝能夠奪取天下的原因，當時江東未定，先以強大的兵力攻克襄陽、漢陽，平定淮安，逼降徐宿，而後向北謀略中原，這就是用兵要先得地勢之利。再說楚國稱霸在於郯城之戰；漢高祖的崛起是從沛縣進入秦地，從南陽招降到析、酈；光武帝則是從南陽崛起的；宋武帝滅南燕，是從淮水進入泗水，滅後秦則是從汴河進入黃河，這都是古代以來依靠南方討伐北方的明證，都是占有地勢之利而後才行動的。而我的計策，則是把天下的一半聯為一體，運用起來如同常山之蛇首尾照應，那麼雖然有苻秦的百萬之師，完顏的三十二軍之眾，也不能窺視我國土；而我國則積蓄威勢，鞏固精銳，以窺測敵人可乘之機，那麼大功就可告成了。這是戰或守都合適的計謀，也是用兵的上策。

【研　析】這篇文章大致可分為兩部分：第一部分敘述建都南方八代興亡更迭的史實，第二部分則是在第一部分所述史實的基礎上所作的分析論證。

第二部分的分析論證，有兩種方法值得重視。第一種方法是比喻論證。文章在分析八代興亡之故時，用比喻方法對天下地理形勢作了概括說明：天下好比人的身體，荊、襄就是其咽喉，四川就是其頸項，而兩淮、山東則是其脊背。這一比喻形象生動又通俗易懂，上述幾個地方在天下所處的地理位置上之重要，經這麼一比喻，就更清楚明白了。第二種方法是大量引證。這不僅表現在分析過程中的一論一證上，尤其還表現在連續引證古人的言論上。比如文中就連續提出了宋人趙鼎、陳亮和孟珙的有關論述，這對於文章的中心論點無疑能起到支撐、擴展或加深的作用。

田功論

【題　解】所謂田功，就是農事，也就是耕種田地之事。本文對宋代魏了翁疏中關於墾荒的建議頗為贊同，認為這也是「今日之急務」。並且結合當時的實際情況，闡述了實施墾荒之策的「四易」和「三難」，同時也提出了解決三難的辦法。

天下之大富有二：上曰耕，次曰牧。國亦然。秦楊以田農而甲一州❶；烏氏、橋姚以畜牧而比封君❷，此以家富也。棄❸穎栗❹而邰❺封，非子❻蕃息❼而秦胙❽，此以國富也。事有策之甚迂❾，為之甚難，而卒可以并天下之國，臣❿天下之人者莫耕若⓫。嘗讀宋魏了翁⓬疏⓭，以為：「古人守邊備塞⓮，可以紓⓯民力而老⓰敵情，唯務農積穀為要道⓱。」又言：「有屯田⓲，有墾田⓳，大兵之後，田多荒萊⓴，諸路㉑閒田當廣行招誘㉒，今人開墾，因可復業㉓，則耕稼之實效，往往多於屯田。蓋並邊㉔之地，久荒不耕則穀貴，貴則民散，散則兵弱；必地闢耕廣則穀賤，賤則人聚，聚則兵強。請無事屯田之虛名，而先計墾田之實利。募士豪㉕之忠義者，官為給助㉖，隨便開墾，略計所耕可數千頃，明年此時便收地利，可食賤粟。況耕田之甿㉗，又皆可用之兵，萬一有警，家自為守，人自為戰，比于倉卒㉘遣戍㉙，亦萬不侔㉚。無屯田之名，而有屯田之實；無養兵之費，而又可潛制驕悍之兵；不惟可以制虜㉛，而又可以防他盜之出入。不數年間，邊備隱然㉜，以戰則勝，以守則固。」愚以為此正今日之急務㉝。夫承平之世㉞，田各有主，今之中土㉟，瀰漫㊱蒿萊㊲，誠㊳田主也疾力耕㊴，不者籍而予新甿㊵，不可使吾國有曠土㊶，若是人心服，一易；屢豐之日，視粟為輕。今干戈相承㊷，連年大饑，人多艱食㊸，必勸於耕，二易；古之邊屯多於沙磧㊹，今則大河以南厥土塗泥㊺。水田揚州㊻，陸田潁壽㊼，修羊、杜㊽之遺跡，復上元㊾之舊屯㊿，三易；久荒之後，地力未洩，粟必倍收，四易。

然而有三難：大農51告絀52，出數十萬金錢求利於四三年之後，一難；朝不能久任53，人不甘獨勞54，蘄以數年之力專任一人，二難；天有旱澇，歲有豐凶55，若何承矩56之初年種稻，霜早不成，幾於阻格57，三難。愚請捐數十萬金錢，予勸農之官，毋問其出入，而三年之後，以邊粟之盈虛貴賤為殿最58。此一人者，欲邊粟之盈，必疾耕59，必通商60，必還定61。安62集邊粟而盈，則物力豐，兵力足，城圉堅63，天子收不言利之利，而天下之大富積此矣。

【注釋】❶秦楊以田農而甲一州　語出《史記・貨殖列傳》。謂秦楊「以田地過限，從此而富，為州中第一」。秦楊，《漢書・食貨志》作「秦陽」。甲，天下的第一位。❷烏氏橋姚句　《史記・貨殖列傳》載：烏氏倮，畜馬牛用穀計量，秦始皇命比封君，以時與列臣朝請。又：橋姚蓄馬千匹，牛則翻倍，羊萬頭，粟以萬鍾計。比，類似。封君，領受封邑的貴族。❸棄　即后稷，周的祖先。相傳他的母親曾欲棄之不養，故名棄。為舜帝的農官，封於邰，號后稷，別姓姬氏。見《史記・周本紀》。❹穎栗　借指糧食豐收。《詩・大雅・生民》記載后稷的生平，其中有「實穎實栗」一句。穎，帶芒的穀穗。栗，指穀穗栗栗然，即穀穗成熟低垂的樣子。❺邰　古邑名。在今陝西武功西南。❻非子　也作「飛子」。周代秦的始祖，嬴姓部落首領。居於犬丘（今甘肅禮縣東北），善於養馬。受周孝王召，主管養馬於汧水、渭水之間，後來封於秦（今甘肅張家川東北），作為周的附庸。見《史記・秦本紀》。❼蕃息　繁殖增多。❽胙　賜。❾迂　曲折。❿臣　臣服；稱臣屈服。⓫莫耕若　猶莫若耕，謂不如耕種。⓬魏了翁　字華父，號鶴山，邛州蒲江（今屬四川）人。南宋學者。官至端明殿學士。著有《鶴山全集》。⓭疏　奏章。⓮守邊備塞　即防守邊塞。邊塞，邊疆設防之處。⓯紓　紓緩。⓰老　熟悉之意。⓱要道　重要的道理。⓲屯田　漢代以後，歷代政府為取得軍隊給養或稅糧，利用士兵和農民墾種的荒廢田地。有軍屯、民屯和商屯。⓳墾田　開墾荒廢的田地。⓴荒萊　猶荒蕪。雜草叢生，田地不治。萊，長滿雜草。㉑路　宋代行政區域名。見《宋史・地理志》。㉒廣行招誘　廣泛進行招募誘導。誘，獎引教導。㉓復業　恢復常業。㉔並邊　猶傍邊。靠近邊境。並，通「傍」。㉕土豪　地方上的豪強或豪門大戶。㉖給助　供給援助。㉗甿　通「氓」。田民；農民。㉘倉卒　匆忙。卒，通「猝」。㉙遣戍　舊時發送犯人戍邊，使效力贖罪，謂之遣戍。㉚不侔　不相等同。㉛制虜　謂制服敵人。虜，對敵方的蔑稱。㉜邊備隱然　謂用於防守邊境的儲備殷盛富裕。㉝急務　急需辦理的事務。㉞承平之世　猶言太平之世。承平，太平；治平相承。㉟中土　中原。㊱瀰漫　布滿。㊲蒿萊　指荒草。㊳誠　如果。㊴疾力耕　猶言盡力耕種。疾，盡。㊵不者籍而予新甿　猶言否則的話就把他們的田地沒收入官而給與新的農民。不，通「否」。籍，籍沒；沒收入官府。㊶曠土　閒置的田地；不耕種的荒地。㊷干戈相承　指戰爭接連不斷。㊸艱食　古人稱五穀為艱食，意謂稼穡艱難。㊹沙磧　沙漠。㊺塗泥　語出《尚書・禹貢》。謂土濕如泥。㊻揚州　古九州之一。《爾雅・釋地》云：「江南曰揚州。」㊼潁壽　潁州、壽州。潁州州治在今安徽阜陽。壽州州治在今安徽壽縣。㊽羊杜　晉代羊祜和杜預。相繼鎮襄陽，皆有政績，為民所稱，後並稱羊杜。㊾上元　唐高宗的年號。㊿舊屯　舊有的屯田制度。(51)大農　古官名。如大司農之類。(52)告絀　上報不足。絀，不足；減損。(53)朝不能久任　謂朝廷不能長久任用一人為農官。(54)獨勞　獨自辛勞。(55)豐凶　豐收饑荒。(56)何承矩　字正則，宋代人。宋真宗時為齊州團練使。《宋史》有傳。(57)阻格　阻止。格，被阻遏。(58)殿最　古代考核軍功或政績時，以上等為最，下等為殿。(59)疾耕　盡力耕作。(60)通商　進行貿易。(61)還定　償還所欠之銀錠。定，舊時金幣的計算單位。後加「金」旁作「錠」。62安　於是。63城圉堅　言城邑的防禦堅固。圉，通「禦」。

【語　譯】天下獲得眾多財富的方式有兩種：首先叫做農耕，其次叫做畜牧。國家也是這樣。秦楊因種田而富裕，成為州中的第一名；烏氏、橋姚因畜牧而富裕，類似於領受封邑的貴族，這是以農耕或畜牧而使家庭富裕的例子。后稷使糧食豐收而受封於邰，非子使馬匹繁殖增多而受封於秦，這是以農耕或畜牧而使國家富裕的例子。事情策劃起來很曲折，行動起來很困難，但是最後可以用來兼併天下之國，臣服天下之人的莫如農耕。我曾讀宋代魏了翁的奏章，他認為：「古人防守邊塞，可以用來紓緩民力而熟悉敵情，但唯有務農積穀才是重要的道理。」又說：「有屯田，有墾田，經過大的戰爭之後，田地多荒蕪，對各路閒置的田地，應當廣泛招募誘導，讓人們去開墾，藉此可以恢復常業，那麼耕種收穫的實效，往往多於屯田。靠近邊境的土地，荒蕪很久而不耕種，也就使穀價昂貴，穀價昂貴則人民渙散，人民渙散則兵力減弱；一定是土地開闢耕種廣闊則穀價便宜，穀價便宜則人民聚集，人民聚集則兵力強盛。請不要圖屯田的虛名，而先考慮開墾田地的實利。招募土豪中的忠義之人，官府給與供應援助，讓他們隨便開墾，這樣粗略計算，所耕種的大約有數千頃，到明年的這個時候便能收穫地利，就可吃到價格便宜的糧食了。況且耕田的農民，又都可以用作士兵，萬一有警報，家家自己進行防守，人人自己進行戰鬥，較之倉卒間派遣犯人防守邊境，也是萬萬不相等同的。沒有屯田之名，而有屯田之實；不開支養兵的費用，而又可以暗暗控制驕橫強悍的士兵；不只是能夠用來制服敵人，而又能夠用來防止其他強盜的出入。過不了幾年時間，用於防守邊境的儲備便殷盛富裕了。以此作戰就能勝利，以此防守就能堅固。」我以為魏了翁所說的這些正是今天急需辦理的事務。太平之世，田地各有其主，而現在的中原，遍地是荒草。如果田地的主人也在盡力耕種那就算了，否則的話就把他們的土地沒收入官分給新的農民，不能使我國有空閒的土地，如果這樣，人民必定服從，這是第一件容易辦到的事情；屢次豐收之日，對糧食就看得很輕了。今天戰爭接連不斷，連年發生大的饑荒，人民種田大多艱難，一定要勸導他們去耕種，這是第二件容易辦到的事情；古代邊境的屯田大多在沙漠，今天則黃河以南土濕如泥。揚州有水田，潁州、壽州有旱田，修整羊祜、杜預的遺跡，恢復上元時舊有的屯田制度，這是第三件容易辦到的事情；荒蕪很久之後，地力沒有消耗，糧食一定加倍收穫，這是第四件容易辦到的事情。然而也有三件困難的事情：大農上告儲備不足，卻要拿出數十萬兩金錢去求得四、三年之後的利益，這是第一件難事；朝廷不能長久委任農官，人們也不甘心獨自辛勞，請求讓數年的勞役由一人單獨去承當，這是第二件難事；天有乾旱有水澇，每年有豐收有饑荒，比如何承矩起初那年種稻穀，霜降早而沒有成功，其種稻幾乎受到阻止，這是第三件難事。我請求捐助數十萬兩金錢，給與勸農之官，不問其支出和收入，而在三年之後，以邊防糧食的盈滿和空虛、價格的貴和賤來評其政績的上下等次。那麼這一個人，想讓邊防的糧食盈滿，一定盡力耕種，一定進行貿易，一定償還所欠之銀錠。於是集聚邊防的糧食而盈滿，則物力豐富，兵丁充足，城邑的防禦堅固，天子則收穫了不需言明利益的利益，而天下眾多的財富也就積蓄於此了。

【研　析】顧炎武做學問在於經世致用，凡是有利於國計民生的事情，他都認真去思考，去研究，並且有針對性的提出自己的看法。本文就很鮮明地體現了這一點。

顧炎武讀到魏了翁奏章中關於墾荒的一段話後，頗為贊同。因為他自己所處的明代末年與魏了翁生活的南宋時代情形相似：戰爭接連不斷，田地荒蕪，國力日弱，民不聊生。如何使國富民強，也就成為他寢食難安的事情。他從魏了翁的奏章中受到啟發，結合明末的具體情況，在分析墾荒的「四易」與「三難」的同時，指出了解決困難的途徑。其認識之深刻，見解之獨到，充分說明他是一個有強烈社會責任感的學者。我們在閱讀這篇文章時，首先應當要弄清楚的也許就在於此了。

錢法論

【題解】所謂錢法，就是錢幣制度；所謂行錢，就是對錢的使用，也就是以錢納稅或借貸等。本文考察了歷代的錢法和行錢，認為錢法是明代的最好，行錢則是明代的最差。由此分析了明代行錢最差的原因，同時也提出了改進措施。

莫善於國朝[1]之錢法，莫不善於國朝之行錢。考之史：景王[2]鑄大錢[3]，周錢蓋一變。漢承秦半兩[4]，已為莢錢[5]，為四銖[6]，為三銖，為五銖，為赤仄[7]，為三官[8]。逮於靈、獻[9]，為四出[10]，為小錢[11]。漢錢凡九變。唐鑄開通[12]，已更鑄大錢，則有乾封[13]、乾元[14]、重稜[15]，唐錢凡四變。宋倣開通舊式，西事[16]起鑄大錢，崇寧[17]鑄當十[18]，嘉定[19]鑄當五[20]，又雜用鐵錢[21]、交子、會子[22]，而法彌弊。宋錢亦三四變。每錢之變，貨物騰躍[23]輕重無常，而民苦之。國朝自洪武[24]至正德[25]十帝常而僅四鑄，以後帝一鑄，至萬曆㉖而制益精。錢式每百重十有三兩㉗，輪郭㉘周正㉙，字文明潔㉚，蓋倣古不愛銅惜工之意。而又三百年來無改變之，今市價有恆，錢文不亂，民稱便焉。此錢法之善也。

然至於今，物日重，錢日輕，盜鑄雲起㉛，而上所操以衡萬物之權㉜，至於不得用，何哉？蓋古之行錢者，不獨布之於下，而亦收之於上。漢律：人出算㉝百二十錢，是口賦之入以錢。《管子》鹽筴㉞：「萬陣之國㉟，為錢三千萬。」是鹽鐵㊱之入以錢。商賈㊲緡錢㊳四千而一算，三老㊴、北邊騎士㊵軺車㊶一算，商賈軺車二算，船五丈以上一算，是關市㊷之入以錢。今民占㊸賣酒，租升四錢㊹，是榷酤㊺之入以錢。隆慮公主以錢千萬為子贖死，是罰鍰㊻之入以錢。晉氏南渡㊼，凡田宅奴婢馬牛之券㊽，每值一萬稅四百，是契稅㊾之入以錢。張方平㊿言屋廬正稅(51)茶鹽酒醋之課(52)率錢(53)，募役(54)青苗(55)入息(56)之法，以斂天下之錢而上之，賚予(57)祿給(58)，慮無不用(59)。錢自上下，自下上，流而不窮者，錢之為道也。今之錢則下而不上，偽錢之所以日售，而制錢(60)日壅(61)，未必不由此也。請略倣前代之制，凡州縣之存留支放，一切以錢代之。使天下非制錢不敢入於官而錢重，錢重，而上之權重。賈山(62)有言：「錢者，無用之器也，而可以易富貴。富貴者，人主之操柄(63)也。今民為之，是與人主共操柄，不可長(64)也。」故計本程息(65)之利小，權歸於上之利大。今市肆(66)之錢惡(67)，而制錢亦與俱惡，以故市肆之錢賤，而制錢亦與俱賤。是上無權，以下為權也。上亦何利之有？此無他，上不收錢，錢不重也。愚故曰：莫不善於今之行錢，是賈生(68)所謂「退七福而行博禍」(69)者也。

【注釋】❶國朝　本朝。指明代。❷景王　即周景王貴。❸大錢　錢幣名。多指面值大的貨幣。《國語・周語下》云：「景王二十一年，將鑄大錢。」❹半兩　錢幣名。秦始皇統一中國後，廢除刀、布、貝等幣，以半兩錢為全國統一的鑄幣。每枚重量為當時的半兩，即十二銖。漢初所鑄的錢，雖陸續減輕重量，仍稱半兩。如呂后二年（西元前一八六年）減為八銖；文帝五年（西元前一七五年）減為四銖。民間私鑄的「半兩」，有輕不足一銖的，因其輕薄如榆莢，故稱「榆莢半兩」或「莢錢」。漢武帝元狩五年（西元前一一八年）廢半兩錢，行

「五銖錢」。❺莢錢　見上注。❻銖　中國古代衡制中的重量單位。說法不一。根據顏師古的說法，一銖重一百黍。二十四銖為一兩，十六兩為一斤。唐代以後，兩以下改用「錢」、「分」、「厘」等單位。❼赤仄　同「赤側」。漢代錢幣名。據《漢書・食貨志下》云：「郡國鑄錢，民多姦錢，錢多輕，而公卿請令京師鑄官赤仄，一當五，非赤仄不得行。」❽三官　即「三官錢」。也就是漢代管鑄錢的均輸、鍾官、辨銅令三官所鑄之錢。❾靈獻　指漢靈帝劉宏、漢獻帝劉協。❿四出　即「四出文錢」。漢靈帝中平三年所鑄五銖錢，錢背有四道斜紋，由穿孔直達邊緣，故稱。⓫小錢　漢代王莽鑄的一種錢。徑六分，重一銖，又稱「小錢直」。⓬開通　即「開元通寶」。唐代錢幣名。唐高祖武德四年始鑄，徑八分，其文以八分、篆、隸三體。高宗、玄宗時並鑄之。錢上刻印有「開元通寶」四字，循環讀為「開通元寶」。⓭乾封　唐高宗李治的年號。唐高宗時鑄「乾封泉寶」。⓮乾元　唐肅宗李亨的年號。肅宗時鑄「乾元重寶」錢，與「開元通寶」參用。⓯重稜　唐代錢幣名。⓰西事　西方有事，或有關西方之事。⓱崇寧　宋徽宗趙佶的年號。⓲當十　謂以一當十。⓳嘉定　宋寧宗趙擴年號。⓴當五　謂以一當五。㉑鐵錢　指用鐵鑄成的錢。古錢通常以銅鑄成，俗稱銅錢。㉒交子會子　都是宋代發行的紙幣。㉓貨物騰躍　指商品的價格跳躍不定。㉔洪武　為明太祖朱元璋的年號。㉕正德　為明武宗朱厚照的年號。㉖萬曆　明神宗朱翊鈞的年號。㉗錢式每百重十有三兩　謂錢的制式為每百枚重十三兩。㉘輪郭　邊緣；物體的外緣。㉙周正　平整端正。㉚字文明潔　指錢面上的文字和線紋清晰乾淨。㉛雲起　如雲興起。喻眾多。㉜上所操以衡萬物之權　猶言上面掌握用以衡量萬物的權力。指鑄錢之權。㉝算　即「算賦」。漢代的人丁稅。漢代有口賦、算賦。七歲至十四歲出口賦，每人每年二十三錢，叫口賦錢；十五歲至五十六歲出算賦，每人每年一百二十錢，叫算賦。㉞鹽筴　徵收鹽業稅的政策。筴，通「策」。引文出自《管子・海王》。㉟萬陣之國　指能出兵車萬輛的大國家。㊱鹽鐵　煮鹽和冶鐵。自漢以來，歷代王朝皆以鹽鐵為政府專營，鹽鐵之稅與田稅為國賦收入的主要項目。㊲商賈　商人。㊳緡錢　用繩穿連成串的錢，即貫錢。緡，古時用以貫錢的繩子。㊴三老　秦置鄉三老。漢並置縣三老、郡三老，幫助縣令、丞、尉推行政令。㊵北邊騎士　北方邊境的騎兵。㊶軺車　一馬駕之輕便車。㊷闤市　人員物資聚集之地。㊸占　估計上報。㊹租升四錢　謂每升酒交納四錢的稅。租，稅。升，量酒單位。㊺榷酤　官府專利賣酒。也叫「榷酒」、「酒榷」。榷，專利；專賣。㊻罰鍰　贖罪納金。鍰，古代重量單位。古代贖金以鍰計，故後稱罰款為罰鍰。㊼南渡　晉元帝渡江，建都建業（今南京），史稱東晉。因自北渡過長江，所以叫南渡。㊽券　契據。㊾契稅　契券稅。㊿張方平　字安道。宋代南京人。進士。神宗時累官參知政事。著《樂全集》。《宋史》有傳。(51)屋廬正稅　猶房屋稅。屋廬，居室的泛稱。正稅，指主要賦稅，與鹽課、茶課等雜稅相對而言。(52)課　賦稅；抽稅。(53)率錢　謂通常以錢納稅。率，大率；通常。(54)募役　募人充當官役。歷代王朝所有差役，強徵人民充當。宋代王安石當政時，定免役法，按民戶貧富分成五等，凡不願充役的，出助役錢由官府募人充當。(55)青苗　即「青苗錢」。王安石創青苗法。當青黃不接之際，官貸錢於民。正月放而夏斂，五月放而秋斂，納息二分。本名常平錢，民間稱青苗錢。(56)入息　納息；交納利息。(57)賚予　賜予。(58)祿給　俸祿；官吏的俸給。(59)慮無不用　猶言大概沒有不使用錢的。慮，大概。(60)制錢　明代洪武以後官局所製的錢。因形式、文字、重量、成色都有定制，故名。(61)壅　堆積。言其多。(62)賈山　漢代潁川人。泛覽群書，孝文帝時，上書言治亂之道，借書為喻，名曰《至言》。後文帝除鑄錢令，山又上書諫之，復禁鑄錢。《漢書》有傳。(63)操柄　掌握的權柄。比喻權力。(64)長　助長；滋長。(65)計本程息　謂計算本錢衡量利息。程，考核；衡量。(66)市肆　市中商店。(67)惡　醜；劣。(68)賈生　即漢代賈誼。(69)退七福而行博禍　語出賈誼《新書・銅布》。猶言七福離去而多種禍害流行。退，離去。七福，七種福，即富貴壽考之類。博禍，多種禍害。

【語譯】沒有比本朝的錢幣制度更好的，也沒有比本朝對錢的使用更不好的。考證歷史：周景王鑄大錢，周代的錢大約只有一次變化。漢代承襲秦代的半兩錢，隨即鑄莢錢，鑄四銖錢，鑄三銖錢，鑄五銖錢，鑄赤仄錢，鑄三官錢。到了漢靈帝、漢獻帝，又鑄四出錢，鑄小錢。漢代的錢共有九次變化。唐代鑄開元通寶，隨即又鑄大錢，大錢則有乾封泉寶、乾元重寶、重稜錢三種，唐代的錢共有四次變化。宋代的錢最初倣照開元通寶舊的樣式，從西方有事起鑄大錢，崇寧間所鑄大錢以一當十，嘉定所鑄大錢以一當五，又雜用鐵錢、交子、會子等錢，於是錢幣制度更加敗壞。宋代的錢也有三、四次變化。每次錢的變化，都會使貨物價格跳躍不定，分量輕重無常，因此人民苦於這種變化。本朝從洪武到正德年間共有十位皇帝，而僅僅四次鑄錢。以後每一位皇帝鑄一次錢，到萬曆年製作更加精美。錢的制式每一百枚重十三兩，輪廓周正，文字和線紋清晰乾淨，大概是倣古而不吝惜銅和工力的意思。而且又是三百年來沒有改變它，讓市價恆常不變，錢面上的文字不混亂，因此人民稱其方便。這就是本朝錢幣制度的好處。

然而至於今天，物日重，錢日輕，盜鑄錢的人如雲興起，而上面掌握用以衡量萬物的權力，到了不能使用的地步。這是為什麼呢？古代使用錢的，不獨讓它流布於下面，還把它回收到上面。漢代的律令規定：每人出算賦一百二十錢，這是以錢交納人口稅。《管子》的鹽策說：「能出兵車萬輛的大國，交納稅錢三千萬。」這是以錢交納鹽鐵稅。商人每四千貫錢則交納一算賦，三老、北邊騎士每一輛軺車則交納一算賦，商人每一輛軺車則交納二算賦，每五丈以上的船則交納一算賦，這是以錢交納關市稅。讓人民估計上報自己所賣的酒，每升酒交稅四錢，這是以錢交納酒稅。隆慮公主以千萬錢為兒子贖死罪，這是以錢交納贖金。東晉時，凡是田宅、奴婢、馬牛的契據，每值一萬則交稅四百，這是以錢交納契券稅。張方平說，房屋正稅和茶、鹽、酒、醋之課稅通常以錢交納，對招募官役的錢和青苗錢採用付利息的方法，以此聚斂天下的錢而回收於上面，賜予官吏的俸給，大概也沒有不使用錢的。錢自上而下，又自下而上，如此流通而沒有窮盡，這就是錢之為錢的道理。今天的錢則流布於下而不回收於上，假錢日益出售，制錢日益堆積，原因未必不是由於此。請大略倣效前代的錢幣制度，凡州縣需存留和支出發放的，一切用錢來代替。使天下不是制錢不敢入於官府，從而使錢重，錢重，上面的權力也重。賈山說：「錢，是無用之具，但可以用來換得富貴。富貴，是人主掌握的權柄。讓人民用錢換得富貴，就是讓他們與人主共同掌握權柄，不能助長他們這樣做。」因此計算本錢衡量利息雖所獲之利小，但權力歸於上面的利則大。今天市中商店所用的錢粗劣，而制錢也與它同樣粗劣，因此市中商店的錢低賤，而制錢也與它同樣低賤。於是上面無權，而下面則行使權力了。上面又有什麼利呢？這沒有別的原因，上面不收錢，錢也就不重了。我因此才說：沒有比今天對錢的使用更不好的，這就是賈誼所說的「七種福離去，而多種禍卻流行」了。

【研析】本文要論證的觀點是：明代的錢幣制度是最好的，而明代對錢的使用是最不好的。在論證這一觀點的過程中，作者成功地採用了比較法。

為什麼說明代的錢幣制度是最好的呢？請看事實：周代的錢有一次變化，漢代的錢有九次變化，宋代的錢有三、四次變化，而明代從開國起，三百年來沒有一次變化。在明代以前，每次錢的變化都會造成物價波動，人民深受其苦；而在明代，市價有恆，錢文不亂，人民稱便。於此可見，明代的錢幣制度的確是最好的。

為什麼說明代對錢的使用是最不好的呢？請看事實：古代對錢的使用，不僅讓它流布於下，而且還把它收回於上。比如，古代用錢交納人口賦、鹽鐵稅、關市稅、酒稅、贖罪金、契稅等等。

由於錢自上而下、自下而上地流通，錢就得到了合理利用。但是明代的錢則下而不上，導致「偽錢之所以日售，而制錢日壅」和「上無權，以下為權」等弊病的出現。由此看來，明代對錢的使用的確是最不好的。

運用比較法，能使被比較的雙方彼此區別開來，從而對論點形成有力的證明作用。從這篇文章中，我們完全可以得到這種啟示。

子胥鞭平王之尸辨

【題解】子胥即春秋時吳國大夫伍員，子胥是其字。伍員的父親是伍奢，伍奢是楚國大夫，楚平王時任太師，因直諫而被殺害。伍員經宋、鄭等國逃到吳國，幫助闔閭刺殺吳王僚，奪取王位，整軍經武，國勢日盛。後來幫助吳國攻破楚國。此時楚平王已死，伍員為報父仇，掘開楚平王之墓，鞭屍三百——《史記》是這樣記載的。但顧炎武則對《史記》的這種說法進行質疑，並舉出充分證據說明伍員最多只是鞭撻楚平王之墓而已。同時進一步指出，《史記》的這種記載，對後代產生很不好的影響作用。

人之大倫❶曰君臣，曰父子。臣事君，猶子事父也，苟為父報讎，則必甘心❷焉而後已。甘心焉而後已者，于凡人可也，于君則有不得以行之者矣。太史公言子胥鞭楚平王之尸❸，《春秋傳》❹不載，而予因以疑之。疑春秋以前無發冢戮尸之事，而子胥亦不得以行之平王也。鄭人為君討賊，不過斲子家❺之棺而已。齊懿公掘邴歜之父而刖之❻，衛出公掘褚師定子之墓⑦，焚之于平莊之上，《傳》皆書之以著其虐，是春秋以前無發冢戮尸之事也。平王固員之父讎，而亦員之君也。且淫刑之罪，孰與篡弒⑧？一人之讎，孰與普天⑨？報怨之師，孰與討賊？唐莊宗尚不加於朱溫⑩，而子胥以加之平王，吾又以知其無是事也。考古人之事必于書之近古⑪者。《穀梁傳》云：「吳入楚，撻平王之墓。」賈誼《新書》亦云：「《呂氏春秋》云：鞭荊平⑫之墓三百。」《越絕書》⑬云：「子胥操捶笞⑭平王之墓。」《淮南子》⑮云：「闔閭鞭荊平王之墓，舍昭王之宮⑯。」而〈季布傳〉⑰亦云：「此伍子胥所以鞭平王之墓也。」蓋止于鞭墓，而傳者甚之⑱以為鞭尸，使後代之人，蔑棄人倫，讎對枯骨⑲。趙襄子⑳漆智伯㉑之頭，王莽發定陶恭王母丁姬之冢㉒，慕容儁投石虎尸于漢水㉓，姚萇倮撻苻堅㉔，薦之以棘㉕，王頒發陳高祖陵㉖，焚骨取灰，投水而飲之，楊璉真珈㉗取宋諸帝之骸，與牛馬同瘞㉘，或快意於所仇，或肆威於亡國，未必非斯言取之也。然則鞭墓可乎？亦曰：員之所以為員而已矣。

【注釋】❶大倫　倫常大道。古代多指儒家所規定的人與人相處的根本準則。❷甘心　稱心；快意。❸太史公言句　《史記・伍子胥列傳》云：「伍子胥……乃掘楚平王墓，出其尸，鞭之三百，然後已。」❹春秋傳　指《春秋左傳》、《春秋公羊傳》、《春秋穀梁傳》。❺子家　即鄭公子歸生。歸生弒其君，故鄭人為其君討賊。❻齊懿公句　齊懿公為公子時，與邴歜父爭田不勝。及其即位，乃掘其父屍而刖之，並以歜為僕。後為歜弒。見《左傳・文公十八年》。刖，斷足。❼衛出公掘褚師定子之墓　事見《左傳・哀公二十六年》。❽且淫刑之罪二句　猶言況且濫用刑罰之罪，怎比得上篡位弒君之罪呢。淫刑，濫用刑罪。❾普天　猶普天。普，通「普」。❿唐莊宗尚不加於朱溫　唐莊宗指後唐莊宗李存勗。其父李克用，曾帶領沙陀兵鎮壓黃巢軍，進逼長安，被唐朝任為河東節度使，封晉王。以後割據一方，與朱溫長期混戰。死後，李存勗建立後唐。不久滅後梁，但他並沒有掘朱溫之墓。朱溫，唐代碭山縣（今屬安徽）人。唐僖宗時隨黃巢造反，後降唐，賜名全忠。攻滅黃巢後，封為東平郡王。又因率兵誅宦官有功，改封梁王。其後弒唐昭宗及哀帝篡位，國號梁。史稱後梁。見《五代史》。⓫近古　根據本文可知，顧炎武所說的近古指春秋戰國至秦漢之時。⓬荊平　即楚平王。荊為楚國的古稱。⓭越絕書　不著撰人姓名。十五卷，其文與《吳越春秋》相類，記春秋越國事。⓮捶笞　用鞭抽打。捶，通「箠」。鞭子。⓯淮南子　漢代淮南王劉安等撰。其內容大旨歸於道家的自然天道觀，但也糅合先秦各家學說。⓰舍昭王之宮　猶言住進楚昭王的宮殿。舍，住宿。⓱季布傳　見《史記・季布欒布列傳》。⓲甚之　謂過分誇大。⓳枯骨　即死人。⓴趙襄子　即春秋時晉國大夫趙毋恤。㉑智伯　春秋時晉國六卿之一。智伯會同韓、魏攻趙襄子，趙襄子則暗與韓、魏聯合反攻智伯，並消滅智伯，三分其地。趙襄子素怨智伯，故漆其頭以為飲器。見《史記・刺客列傳・豫讓》。㉒王莽發定陶恭王母丁姬之冢　事見《漢書・王莽傳》。王莽，字巨君，漢元帝皇后姪。西漢末，以外戚掌握政權。成帝時封新都侯。元始五年毒死平帝，自稱假皇帝。次年立年僅二歲的劉嬰為太子，號「孺子」。初始元年稱帝，改國號新。光武帝起兵，莽敗被殺。㉓慕容雋投石虎尸于漢水　事見《晉書·慕容雋載記》。慕容雋，東晉時前燕的建立者。其父慕容皝於東晉咸康三年自稱燕王，其死後慕容雋繼立為燕王，不久稱帝。石虎，為東晉時後趙的建立者。㉔姚萇倮撻苻堅　參見《晉書·姚萇載記》或《晉書·苻堅載記》。姚萇，東晉時後秦的建立者。姚萇初事前秦主苻堅，為龍驤將軍。後慕容泓起兵攻堅，萇為泓所敗，奔渭北，自稱秦王。會西燕攻長安，苻堅兵敗，萇捉住堅殺之。不久稱帝於長安。倮，同「裸」。㉕薦之以棘　猶言以荊棘當草墊，讓他躺在上面。薦，草墊。㉖王頒發陳高祖陵　王頒，字景彥，隋代人。其父為陳武帝陳霸先所殺。滅陳後，王頒令人祕密發掘陳武帝墓，焚骨取灰，投水飲之，並自縛請罪，隋文帝釋之不問。見《陳書》。陳高祖即陳霸先。㉗楊璉真珈　元代西方來華僧人。元世祖時為江南佛教總統，奏請發掘宋代皇陵，總制院桑哥假傳聖旨准奏，於是南宋帝王大臣在錢塘、紹興的一百一十座墓全被發掘。見《元史》。㉘瘞　埋葬。

【語　譯】人的倫常大道叫做君臣之道，父子之道。臣侍奉君，如同子侍奉父一樣。假如為父報仇，那就一定快意而後完事。快意而後完事的作法，對於一般人可以，對於君王則有不能運用的道理。太史公談到伍子胥鞭打楚平王之屍的事，《春秋傳》沒有記載，我則因為這點而對它產生懷疑。我懷疑春秋以前並無發掘墳墓斬戮屍體的事情，而伍子胥也不能把這種作法用在楚平王身上。鄭國人為其君王討伐賊臣，也不過是斲開子家的棺木而已。齊懿公掘出邴歜父親的屍體而砍斷其足，衛出公發掘褚師定子之墓，把他的屍體焚燒於平莊之上，對於這些事，《春秋傳》都把它們記載下來以顯示其暴虐，因此說春秋以前並無發掘墳墓斬戮屍體之事。楚平王固然是伍員的仇人，但也是伍員的君王。況且濫用刑罰之罪，怎麼比得上篡位弒君之罪呢？一個人的仇恨，怎麼比得上天下的仇恨呢？報復仇怨的軍隊，怎麼比得上討伐姦賊的軍隊呢？後唐莊宗尚且還不把發掘墳墓斬戮屍體之事施加到朱溫的身上，而伍子胥卻把這種事施加到了楚平王身上，由此我又知道他沒有做出這種事來。我考證古人的事必定被記載於近古之時。《穀梁傳》說：「吳國侵入楚國，鞭撻楚平王的墳墓。」賈誼的《新書》也說：「《呂氏春秋》說：鞭撻楚平王之墓三百下。」《越絕書》說：「伍子胥揮鞭抽打楚平王之墓。」《淮南子》說：「闔閭鞭打楚平王之墓，住宿在楚昭王的宮中。」而《史記》的〈季布欒布列傳〉也說：「這就是伍子胥鞭打楚平王之墓的原因。」大概伍子胥僅僅是鞭打楚平王之墓，但傳說的人則加以誇大，以為是鞭打其屍體，使後代的人，蔑視而捨棄人倫，以仇恨方式對待死人。趙襄子把智伯的頭骨塗上油漆當作飲器，王莽發掘定陶恭王母親丁姬的墳墓，慕容雋把石虎的屍體投入漢水，姚萇脫光苻堅衣服而予以鞭撻，並用荊棘作草墊，讓他躺在上面，王頒發掘陳高祖的陵墓，焚燒其屍骨，並把他的骨灰取來放進水裏喝下去，楊璉真珈把宋朝諸位皇帝的屍體拿來與牛馬同葬，他們這些人有的快意於報仇，有的逞威於消滅別的國家，這些事未必不是照太史公說的那句話去做的。那麼伍子胥鞭打楚平王的墳墓也是可以的嗎？我只能回答說：「這正是伍員成為伍員的原因罷了。」

【研　析】辯駁史實，重在證據。本文意在證明《史記》所載「子胥鞭楚平王之尸」失真。其證據有三點：一是《春秋傳》不載此事，而對其他暴虐之事，卻都予以載明。二是近古之書中談到子胥為父報仇，都只言明是鞭楚平王之墓，並非鞭其屍。三是在《史記・季布欒布列傳》中也有鞭楚王之墓的記載。這三點證據頗有說服力，作者判斷「春秋以前無發冢戮尸之事」，令人可信。

顧與治詩序

【題解】這篇文章介紹了顧與治的家世及其詩作特點，並交代其詩作刻行的過程。

與治之先自吳郡❶。洪武中，以貲❷徙都下❸，遂為金陵❹人。從曾祖❺華玉先生，官至南京刑部尚書，以文章聞于代。至與治亦號能詩。當崇禎之世❻，天下多故，陪京❼獨完❽，得以餘日賦詩飲酒，極意❾江山，流連❿卉木，騁筆墨之長，寫風騷之致⓫。晚值喪亂，獨身無子，迫於賦役，固躓以終⓬。今讀其詩鬱紆⓭悽惻⓮，有郊、島⓯之遺音⓰焉。余兄事與治，曩⓱北行時，謂與治曰：「兄平生作詩多散軼⓲，今老矣，可無傳乎？」與治曰：「有一編在故人沈子遷所，其他藁雜舊笥⓳中，病未理也。」余行三歲乃歸，次⓴揚州㉑，而與治卒。宣城㉒施尚白欲集其詩刻之，未果。明年冬，余過六合㉓，子遷出其一編並所搜輯者共二百六十首，余為刪其大半，授子遷刻之。嗚呼！士之生而失計㉔，不能取舍㉕，至有負郭㉖數頃㉗，不免饑寒以死，而猶幸有故人錄其遺詩，以垂名異日，君子之所以貴乎取友也如是。與治名夢游，前貢士㉘。其書法尤為時所重云。

【注釋】❶吳郡　即今江蘇蘇州。❷貲　財貨。❸都下　京城。❹金陵　即今南京市。明代洪武年建都於此。❺從曾祖　曾祖父的兄弟。即伯曾祖父或叔曾祖父。從，同一宗族次於至親者叫從。❻崇禎之世　即明毅宗朱由檢之世。崇禎是其年號。❼陪京　即陪都。在國都以外另設的都城。明代崇禎時京城為北京，南京是其陪都。❽獨完　獨自完好。❾極意　恣意；盡意。❿流連　依戀不捨。⓫風騷之致　猶言詩之情致。風騷，泛指詩文。⓬固躓以終　猶言因此困頓而死。固，因此。躓，困頓。⓭鬱紆　憂思縈回。⓮悽惻　悲傷。⓯郊島　指唐代詩人孟郊、賈島。二人之詩，清峭瘦硬，好作苦語，故有「郊寒島瘦」之說。⓰遺音　猶餘音、餘韻。⓱曩　往昔；從前。⓲散軼　猶散失。軼，通「佚」。散失。⓳笥　盛物之器，以葦或竹編成。⓴次　至；到。㉑揚州　即今江蘇揚州。㉒宣城　縣名。今屬安徽省。㉓六合　縣名。今屬江蘇南京。㉔失計　失策；計謀錯誤。㉕取舍　猶進退之意。㉖負郭　靠近城郭。㉗數頃　指數頃田地。㉘貢士　自唐以來，朝廷取士，由學館出身者曰生徒，由州縣者曰鄉貢，由朝廷自詔者曰制舉。鄉貢有秀才、進士、明經等名目。經鄉貢考試合格者稱貢士。

【語譯】與治的祖先出自吳郡。洪武年中，借助資財而遷移到京師，於是便成了金陵人。其從曾祖父華玉先生，官至南京刑部尚書，因文章而聞名於當代。到與治時也號稱能寫詩。正當崇禎之世，天下多變故，唯陪都獨自完好，他才能在本朝剩下的日子裏賦詩飲酒，盡意遊覽江山，流連於花卉草木，發揮寫作的特長，寫出詩的情致。晚年正好遇上死喪禍亂，獨身無子，為賦稅勞役所逼迫，因此困頓而死。今天讀他的詩，憂思縈回，悲痛哀傷，有孟郊、賈島之詩的餘韻。我把與治當作兄長來侍奉，以前我到北方去時，對與治說：「兄平生所作的詩大多散失，現在老了，能不流傳下去嗎？」與治說：「有一編在老朋友沈子遷處，其他草稿雜亂地放在筒中，因病沒有整理。」我到北方去了三年才回來，來到揚州，而與治卻死了。宣城縣施尚白想收集他的詩刻印出來，沒有結果。第二年冬天，我路過六合縣，沈子遷拿出他所收藏的那一編以及他所搜輯到的，共二百六十首詩，我把它刪去了一大半，交給沈子遷刻印。啊！讀書人的一生都計謀錯誤，不能進退，直到擁有靠近城郭的數頃田地，也免不了挨餓受凍而死，但還是慶幸有老朋友記錄他的遺詩，以便讓他垂名於後世，君子貴於交朋友的原因也就如同這樣。與治名夢游，前朝的貢士。他的書法尤其被當時人們所看重。

方月斯詩草序

【題解】這篇文章對方月斯的為人及其詩作特色作了簡要介紹。

與方子定交❶自單閼❷之歲，今且六年。余客鍾山❸而方子亦僑居❹雲間❺，不數數見❻。頃冬春之際，余以仇家之訟至雲間，逆旅❼中困不自聊❽，而方子時時相過❾慰藉❿，與余周旋⓫兩月，因出其詩草⓬示余，讀之，如聽河上之歌⓭，令人感慨欷歔⓮而不能止也。方子生於楚⓯，長於吳⓰，以絕群⓱之姿⓲，遭離⓳困厄⓴，發而為言，磊塊㉑歷落㉒，自其所宜㉓。余獨喜方子之詩在楚無楚人剽悍之氣㉔，在吳無吳人浮靡之風㉕；不獨詩也，其人亦然。夫方子以妙年㉖軼才㉗，當天下有事之日，明習掌故㉘，往往為設方略㉙，可見之行，豈獨區區㉚稱能言之士哉！子曰：「誦《詩》三百，授之以政，不達；使於四方，不能專對，雖多亦奚以為？」㉛若方子者，吾望其能從政繼先公㉜為名臣矣。

【注　釋】❶定交　確定交情。謂結成朋友。❷單閼　十二支中卯的別稱，用以紀年。❸鍾山　在今南京市東，此處借指南京。❹僑居　寄居他鄉。❺雲間　江蘇松江縣之古稱。❻不數數見　謂不是經常見面。數數，屢次；多次。❼逆旅　客舍。❽困不自聊　困頓而自我無所寄託。❾相過　相訪問。過，拜訪；探望。❿慰藉　盡意撫慰。⓫周旋　應酬；打交道。⓬詩草　詩作。⓭河上之歌　即〈河上歌〉。古歌名。《吳越春秋‧闔閭內傳》云：「吳大夫被離承宴問子胥曰：『何見而信喜？』子胥曰：『吾之怨與喜同。子不聞〈河上歌〉乎？同病相憐，同憂相救。』」⓮欷歔　歎息聲；抽咽聲。⓯楚　指春秋時楚國之地。相當於今湖北、湖南一帶。楚國建都郢（今湖北江陵縣西北紀王城）。⓰吳　指春秋吳國之地。相當於今江蘇、浙江一帶。⓱絕群　超群。⓲姿　姿質；才能。⓳遭離　遭逢。⓴困阨　窘迫；貧苦。㉑磊塊　磊石高低不平。喻心中鬱結不平。㉒歷落　眾多貌。㉓自其所宜　謂自己隨心所欲地加以表達。宜，適宜。指心之所欲，適於表達。㉔剽悍之氣　矯捷驍勇之氣概。㉕浮靡之風　虛浮奢靡之風氣。㉖妙年　少壯時期。㉗軼才　才能出眾。㉘掌故　國家的故事，即舊的典章制度。㉙方略　計謀策略。㉚區區　小；不足道。㉛子曰七句　見《論語‧子路》。專對，古代的使節，只接受使命，至於如何去交涉應對，只能隨機應變，獨立行事，更不能事事請示或者早就在國內一切安排好，這就叫做「受命不受辭」，也就是「專對」之意。同時，春秋時的外交酬酢和談判，多半背誦詩篇來代替語言，所以《詩經》是外交人材必讀的書。以為，「以」作動詞，用之意。「為」表疑問的語氣詞，但只跟「奚」、「何」諸字連用。㉜先公　先父；亡父。公，指父親。

【語　譯】與方子定交是從單閼之年開始，到今天將近六年。我客居鍾山，而方子也客居雲間，並不常常見面。近來冬春之際，我因仇家的訴訟來到雲間，住在客舍中困頓而獨自無所寄託，方子則時時前來探望和盡意撫慰，與我打交道兩月之久，於是拿出他的詩作給我看，我讀這些詩，如同聽見河上之歌，令人感慨歎息而不能停止。方子生於楚地，長於吳地，以超群的才能遭逢貧苦，感發而寫成詩作，其胸中眾多不平之氣，自己隨心所欲地加以表達。我唯獨喜愛的是方子之詩在楚地卻無楚人矯捷驍勇的氣概，在吳地卻無吳人虛浮奢靡的風氣；不只是詩，他這個人也是這樣。方子以其青春妙年，才能出眾，當天下有事之日，因明察熟悉國家的典章制度，往往就設想出計謀策略，並且可以見之於行動，如此看來，他難道僅僅是那種區區稱作能言善辯之士嗎！孔子說：「熟讀《詩經》三百篇，把政治任務交給他，卻辦不通；叫他出使外國，又不能獨立地去談判酬酢；縱是讀得多，又有什麼用呢？」至於方子，我希望他能夠從政而繼先父之後成為名臣。

【研　析】顧炎武替他人詩集寫序，大都包含三方面內容：一是對其詩作的藝術特色進行分析評論，二是敘及有助於理解其詩作的背景材料，三是借題發揮，談到似乎與其詩作無關的內容。在上篇〈顧與治詩序〉中評論顧詩「有郊、島之遺音」，並交代顧與治本人的窮困經歷，同時由友人刻印顧氏遺詩引出「君子之所以貴乎取友也如是」的感歎。在本文中，作者說讀方子之詩「如聽河上之歌」，並且論詩及人，認為方子之為人如其詩。由此，在引述孔子關於《詩》的社會作用的論述之後，表明自己希望方子「從政繼先公為名臣」。如此看來，顧炎武替他人詩集寫序，「大體則有，定體則無」，那種看似不著邊際的借題發揮，其實仍與全篇內容緊密關聯。

天下郡國利病書序

【題解】《天下郡國利病書》共一百二十卷，是顧炎武取史書、實錄、圖經、說部、文編、邸抄等凡有關於國計民生的，隨讀隨錄，並以遊歷時實地的觀察，斟酌損益得到的結果，前後共歷時二十年之久。規模宏大，內容豐富，只可惜沒有成為定稿。

本文便是對該書的內容和成因所作的簡要說明。

崇禎己卯，秋闈❶被擯❷，退而讀書。感四國❸之多虞❹，恥經生❺之寡術❻，於是歷覽二十一史以來及天下郡縣志書，一代名公文集及章奏文冊之類，有得即錄，共成四十餘帙❼。一為輿地❽之記，一為利病❾之書。亂後多有散佚，亦或增補，而其書本不曾先定義例❿，又多往代之言，地勢民風與今不盡合，年老善忘，不能一一刊正⓫，姑以初稿存之篋⓬中，以待後之君子斟酌去取云爾。

【注　釋】❶秋闈　即秋試。科舉時代，鄉試例於八月舉行，故稱秋闈。❷擯　謂排斥、擯棄或取消。❸四國　四方。❹多虞　多所憂慮。❺經生　研究經書的儒生。❻寡術　缺少學術。❼帙　書函。書一函稱一帙。❽輿地　地圖。❾利病　利弊；利害。❿義例　著書的主旨和體例。⓫刊正　校正謬誤。⓬篋　箱。

【語　譯】崇禎己卯年，鄉試被取消，我退而讀書。感慨四方多所憂慮，恥笑經生缺少學術，於是逐一閱覽二十一史以來的史書及天下郡縣志書，以及一代著名人士的文集及奏章文冊之類，有所得便記錄下來，共輯成四十餘函。一為地圖之記，一為利病之書。動亂之後多有散佚，也有的作過增補。這部書未曾先定主旨體例，記錄的又多是以前各代的言論，地勢民風與今天不盡吻合，而我又年老容易遺忘，不能一一校正謬誤，姑且把初稿存於箱中，以此等待後來的君子去斟酌取捨了。

肇域志序

【題解】肇域就是疆域。《肇域志》共一百卷，是顧炎武編輯《天下郡國利病書》的副產品。他在考索歷代利病之餘，參合圖經而成的。沒有刻印。

本文對該書成書情況及其他事情作了簡要說明。

此書自崇禎己卯起，先取《一統志》❶，後取各省府州縣志，後取二十一史參互❷書之。凡閱志書一千餘部，本行不盡，則注之旁；旁又不盡，則別為一集曰《備錄》。年來餬口❸四方，未遑❹刪訂，以成一家之書。歎精力之已衰，懼韋編❺之莫就，庶後之人有同志者為續而傳之，俾區區❻二十餘年之苦心不終泯沒❼爾。

【注釋】❶一統志　記全國地理之書。❷參互　相互參照。❸餬口　寄食。❹遑　閒暇。❺韋編　古代無紙，以竹簡寫書，用皮繩編綴，故稱韋編。後因作為古代典籍的泛稱。❻區區　自謙之詞。❼泯沒　消失殆盡。

【語　譯】這部書從崇禎己卯年起，先取《一統志》，後取各省府州縣志，再後取二十一史相互參照而寫成。我一共閱讀志書一千餘部，本行沒有敘盡，則在其旁邊加上注釋；旁邊又注釋不盡，則另外寫成一集叫做《備錄》。近年來我寄食於四方，沒有閒暇予以刪削訂正，以成一家之書，我感歎精力已經衰退，擔心古籍不能編撰成功，希望後來的人中有相同志向者接著完成，並把它流傳下去，使我二十多年的苦心不至於最終消失殆盡。

下學指南序

【題　解】所謂「下學」，就是學習人情事理的基本常識。所謂「指南」，則是指導之意。本文是為《下學指南》這本書作的序。其內容主要敘述宋代理學的源流，指出它與禪學的關係，並希望能由朱子之言，而通達聖人有關下學的旨意。

今之言學者必求諸語錄[1]，語錄之書始于二程[2]，前此未有也。今之語錄幾于充棟[3]矣。而淫[4]于禪學[5]者實多，然其說蓋出于程門。故取慈谿[6]《黃氏日鈔》所摘謝氏[7]、張氏[8]、陸氏[9]之言，以別其源流，而衷[10]諸朱子[11]之說。夫學程子而涉于禪者，上蔡[12]也，橫浦[13]則以禪而入于儒，象山則自立一說，以排千五百年之學者，而其所謂「收拾精神，掃去階級」[14]，亦無非禪之宗旨矣。後之說者遞相演述，大抵不出乎此，而其術愈深，其言愈巧，無復象山崖異[15]之迹，而示人以易信。苟讀此編，則知其說固源于宋之三家⑯也。嗚呼！在宋之時，一陰之〈姤〉⑰也，其在于今，五陰之〈剝〉⑱也。有能繇⑲朱子之言，以達夫聖人下學之旨，則此一編者，其碩果⑳之猶存也。孟子曰：「能言距楊、墨者，聖人之徒也。」㉑得不有望于後之人也夫！

【注釋】❶語錄　文體名。宋儒師徒傳授常採用此體。如程頤《語錄》、朱熹《語錄》等。❷二程　指宋代理學家程顥、程頤兄弟。❸充棟　滿屋。言其多。❹淫　沈溺。❺禪學　佛教的禪宗學說。❻慈谿　縣名。在浙江東北部。此處借指宋代黃震。黃震，字東發，慈谿（今作溪）人。寶祐進士，任過撫州知府等職。學宗朱熹。著《黃氏日鈔》。該書就所讀諸書，隨筆箚記，而斷以己意，大旨於學問則排斥佛、老之學。❼謝氏　即謝良佐，字顯道，宋代上蔡縣（今屬河南）人。與游酢、呂大臨、楊時稱程門四先生。著有《論語說》。《宋史》有傳。❽張氏　指宋代張九成。張九成，字子韶，錢塘（即今杭州）人。自號橫浦居士。從學楊時，後又學禪於僧宗杲。其學遂雜，朱子攻其借儒談禪，而不復自認為禪。著有《橫浦集》。《宋史》有傳。❾陸氏　指宋代陸九淵。陸九淵，字子靜，撫州金溪（今屬江西）人。曾結茅講學於象山（在今江西貴溪縣西南），學者稱象山先生。著有《象山先生全集》。❿衷　折中；裁斷。⓫朱子　指朱熹。⓬上蔡　指謝良佐。⓭橫浦　即張九成。⓮收拾精神二句　猶言集聚思想精神，掃去等級差別的成見。禪宗講「明心見性」，這就需要不斷地把心中的一切塵滓打掃乾淨，直到心明如鏡，見性成佛。陸九淵認為「心即理」，心是唯一的實在。因此為學要「發明本心」，或悟得本心。這種反求於己心的觀點，與禪宗有一致之處，因此，顧炎武在本文中才認為其主張「無非禪之宗旨」。⓯崖異　標異於眾，不隨流俗。⓰三家　指宋代以謝良佐、張九成和陸九淵為代表的三家學派。⑰一陰之姤　姤，《周易》卦名。〈姤〉的卦爻是五陽而一陰。陰下陽上，陰與陽相遇，故「姤」為「遇」的意思。一陰之姤，猶言一個陰爻的〈姤卦〉。比喻在宋代時，以禪學入於儒學，已有動搖儒學正道之虞。⑱五陰之剝　剝，《周易》卦名。〈剝〉的卦爻是五陰一陽，五陰盛而一陽將消，故「剝」為「剝落」之意。五陰之剝，猶言五個陰爻的〈剝卦〉。比喻今天儒學正道因佛、老之學的混入而岌岌可危。⑲繇通「由」。⑳碩果　豐碩的果實。《易・剝》云：「上九，碩果不食，君子得輿。」《疏》云：「碩果不食者，處卦之終，獨得完全，不被剝落，猶如碩大之果，不為人食也。」㉑孟子曰三句　猶言能夠以言論來反對楊、墨的，也就是聖人的門徒了。距，抗拒。楊墨，即楊朱、墨翟。楊朱字子居，戰國時魏國人。其說重在愛己，不拔一毛以利天下，被儒家斥為異端。墨翟，春秋戰國之際魯國人。其說主張「兼愛」，反對儒家的繁禮厚葬，提倡薄葬、非樂。

【語譯】今天談到學習經書必定求之於語錄，語錄之書是從二程開始才有的，在二程之前沒有見到。今天的語錄差不多汗牛充棟了。沈溺於禪學者實在太多，然而他們的主張大概都出於程門。因此，取來黃震的《黃氏日鈔》所摘錄的謝良佐、張九成、陸九淵的言論，以分別其源流，而折中於朱熹的學說。學二程而涉於禪學的，是謝良佐，張九成則是以禪學入於儒學，陸九淵則自立一家之說，以排斥一千五百年來的學者。而他所謂的「集聚思想精神，掃去等級差別的成見」，也無非是禪學的宗旨。後來論說的人相互交替地引申闡述，大抵沒有超出這些，而他們的學術越來越深奧，他們的言論越來越巧妙，不再有陸九淵標新立異的跡象，而明示給人的是使之易於信從的觀點。只要讀一讀這本書，便可知道它的論說本來就源於宋代的三家學派。啊！這種情形，在宋代的時候，算是一個陰爻的〈姤卦〉，其在於今天，則成五個陰爻的〈剝卦〉了。如果有能夠由朱熹的言論，而通達聖人下學的要旨，那麼這一本書，大概就是至今還存在的碩果了。孟子說：「能夠以言論來反對楊朱、墨翟的，也就是聖人的門徒了。」我能不寄望於後來的人嗎！

【研　析】求學也應當有學術眼光，對所要學習的對象需做到胸中有數，明白各家觀點、各派源流，這樣才能知道從何處入手，才能明確努力方向。本文對宋代理學加以辯析，指出宋代理學三家都受到禪學或深或淺的影響，要正本清源，就得從研習朱子的言論入手，去通達聖人下學的要旨。全篇要言不繁，句句中的，這與作者的學術眼光寬廣是不無關係的。

吳才老韻補正序

【題解】宋代吳棫，字才老。著有《韻補》五卷，分古韻為九部，認為古人用韻較寬，立古韻通轉之說，為後來研究古韻的先驅。顧炎武根據這本書，對古音叶讀之舛誤，今韻通用之乖方，分別加以注釋說明，從而編撰成《韻補正》一書。本篇序則是對該書的成因及吳棫《韻補》的得失作了簡要說明。

余為《唐韻正》，已成書矣。念考古之功，實始於宋吳才老，而其所著《韻補》，僅散見于後人之所引而未得其全。頃過東萊❶任君唐臣，有此書，因從假❷讀之月餘。其中合者半，否則半，一一取而注之，名曰《韻補正》，以附《古音表》❸之後。如才老可謂信而好古❹者矣。後之人如陳季立❺、方子謙❻之書，不過襲其所引用，別為次第而已。今世甚行子謙之書，而不知其出于才老，可歎也。然才老多學而識矣，未能一以貫之，故一字而數叶❼，若是之紛紛❽也。夫以余之謭陋❾，而獨學無朋，使得如才老者與之講習❿，以明六經之音，復三代之舊，亦豈其難？而求之天下，卒未見其人，而余亦已老矣，又焉得不于才老之書而重為之三歎也夫！

【注釋】❶東萊　府名。治所在今山東掖縣。❷假　猶借。❸古音表　顧炎武所撰《音學五書》之一。❹信而好古　語出《論語・述而》。猶言以相信的態度喜愛古代文化。❺陳季立　陳第，字季立，明代連江縣（今屬福建）人。著有《毛詩古音考》、《屈宋古音義》等。❻方子謙　方日升，字子謙，明代永嘉縣（今屬浙江）人。著有《韻會小補》。❼一字而數叶　亦即一字數讀，多次叶韻。❽紛紛　雜亂貌。❾謭陋　淺薄鄙陋。謭，淺薄。❿講習　講論研習。

【語譯】今天我所撰寫的《唐韻正》，已經成書了。想到考證古音韻的成果，其實從宋代的吳才老就開始出現了，可是他所著的《韻補》一書，僅僅散見於後人所引述之中，而未能見到其全部。近來拜訪東萊縣任唐臣，他有這部書，於是我從他那裏借來讀了一個多月。其中相合的有一半，不相合的有一半，我一一摘錄下來對它們進行注釋，稱之為《韻補正》，以附在《古音表》的後面。而才老可稱得上是以相信的態度去喜愛古代文化的人了。後來的人如陳季立、方子謙的書，不過是抄襲他所引用的了，只是另外安排了次序而已。今天世上很流行子謙的書，而不知道它出於才老，對此，理應表示感歎。然而才老多學而博識，卻未能一以貫之，因此一字而有多種叶韻，如果這樣就顯得雜亂了。以我的淺薄鄙陋，而獨自學習卻沒有朋友，假使能夠有如才老這樣的人，和他講論研習，以闡明六經的音韻，恢復三代時的原樣，那麼，難道那還困難嗎？可是求之於天下，最終沒有見到這樣的人，而我也已經老了，又怎能不面對才老之書而又為之三歎呢！

書故總督兵部尚書孫公清屯疏後

【題解】 所謂清屯，就是對屯田進行清理整頓。崇禎朝曾任總督兵部尚書的孫公上疏認為，軍餉充足，在於屯田；現在有權有勢的人暗中侵占田地，致使軍餉欠缺，為此建議對屯田進行清理。得到朝廷批准後，他在陝西任巡撫的三年期間，強行清理屯田，成效顯著。可是後來朝廷卻將他調任他職，致使前功盡棄，國家也因此而難保。有鑒於此，顧炎武提出，在國家危難關頭，朝廷用人是否得當，是至關重要的。

國家當危亂之日，未嘗無能任事之人，而嘗患于不用；用矣，患不專❶；用之專且效矣，患于輕徙其官，使之有才不得遂其用，以致于敗，而國隨之。若總督兵部尚書孫公之事，可悲矣！方崇禎朝，流賊❷為秦患且五、六年，天子一日用公巡撫❸陝西，于是兵且日增而餉絀❹。公以為國家之所以足軍食者，屯田也。承平❺既久，而額設之田❻乃為權豪有力者所據，以至隱占侵沒，弊孔❼百出而軍食虧；軍食虧，而國家且不得一軍之用，是國家之患不在賊，而在隱占侵沒之人也。于是下令清屯，健丁一授田百畝，免其租，課其餘地[8]，分為三等，徵糧濟餉。先行之于西安三衛[9]，而軍果大譁，斬李進成等七人而後定。持之不變，期月[10]之間，所清釐[11]而歸之天子者，計兵得九千餘，餉銀一十四萬。天子為降詔褒賞進秩[12]，而關中之賊或斬、或擒、或撫。三年，關中幾無賊矣，而東邊告急。天子用武陵[13]楊公之言，召公入援。遂用之督師薊州[14]，又移之保定[15]，而公請陛見[16]，不許，因以病辭，且得罪，下獄。及賊陷襄、雒[17]，復出公總督軍務，公至關中而事已不可為矣。使當日用他將統[18]勤王之師[19]，而自陜[20]以西悉委之公，十年而奏其效，則他邊方雖潰敗，而公必能為國家保有關中，以待天子；且使賊不得關中，必不敢長驅而向闕[21]也。一詔移公[22]，而國之存亡乃判[23]于此。

予讀公〈清屯疏〉及文移[24]而深有感焉。公之子世瑞、世寧，請為公立傳，而功狀[25]缺佚，不得其詳，故特舉其大者書之于此，以見公以一身而係天下之重。然則天下未嘗無人，而患于不用；又患于用之而徙。用徙之間無幾何時，而大事已去，此忠臣義士所以追論㉖而流涕者。嗚呼！先帝末年之事，可勝歎哉㉗！

【注釋】❶不專　謂不專任，即不一心信任。❷流賊　此指李自成、張獻忠。❸巡撫　官名。明代始設此職。❹絀　不足；減損。❺承平　太平。❻額設之田　謂根據規定的數目而安置的田地。❼弊孔　弊病漏洞。❽課其餘地　謂對其多餘之地徵稅。課，賦稅；抽稅。❾三衛　明代設置朵顏、福餘、泰寧三個具有軍事性質的地方行政機構，史稱元良哈三衛。❿期月　一整年。謂一週年的十二個月。⓫清釐　猶清理。釐，治理。⓬進秩　猶提升官職。秩，官吏的職位或品級。⓭武陵　縣名。屬湖南省。⓮薊州　州名。轄地相當今河北薊縣、三河縣、玉田縣、豐潤縣一帶。⓯保定　府名。府治在今河北保定。⓰陛見　謁見天子。⓱襄雒　即襄陽、洛陽。⓲將統　率領；統率。⓳勤王之師　謂救援王朝的軍隊。⓴陝　即今河南陝縣。㉑闕　指皇帝所居。借指朝廷或京城。㉒移公　猶言調動孫公的官職。移，遷徙。㉓判　區別；分辨。㉔文移　公文。移，箋表之類。㉕功狀　記錄文武官吏功勞的行狀。㉖追論　追敘議論。㉗可勝歎哉　猶言盡可感歎啊。勝，盡。

【語譯】國家正當危急動亂的時候，未嘗沒有能夠勝任大事的人，而曾經憂慮的是這種人不被起用；被起用了，又憂於不能受到一心的信任；被起用而又受到一心的信任，並且也有成效，又憂於隨便調動他的官職，使他有才幹卻不能盡其所用，以至於遭到失敗，而國家也隨之滅亡。如此看來則總督兵部尚書孫公之事，就值得悲歎了！正當崇禎皇帝的朝代，流賊在陝西為害將近五、六年，天子一時起用孫公任陝西巡撫，於是士兵日益增加，但軍餉卻很缺乏。孫公以為國家軍糧充足的原因就是實行屯田。天下太平已經很久，而根據規定的數目所設定的田地，卻被有權有勢的人所占據，以至於把它們偷偷侵占吞沒，弊病漏洞百出而軍糧虧損；軍糧虧損，而國家自然不能使一軍的作用得以發揮，因此國家的禍患不在流賊，而在偷偷侵占吞沒田地的那些人。於是下令清理屯田，健壯的人每人分給田地一百畝，並且免去這一百畝田的租稅，多餘的田則徵收賦稅，並且分為三等去徵收糧食接濟軍餉。先在西安三衛推行清屯，而軍隊果然大聲喧譁，直到把李進成等七人斬首之後才安定下來。清屯之法保持不變，一年之間，所清理出來而歸於天子的，計算起來得到了九千多名士兵，一十四萬兩用作軍餉的銀子。天子因此而降下詔書褒揚獎賞孫公，給他提升官職，而關中的流賊有的被斬首，有的被擒拿，有的接受安撫。經過三年，關中差不多沒有流賊了。此時東邊告急，天子採用武陵人楊公的建議，召孫公入關援助。於是派他去薊州督軍，隨後又把他調往保定，孫公請求謁見皇上，卻沒有得到允許，因此便藉口有病而辭職，卻又獲罪，被投入監獄。等到流賊攻陷了襄陽、洛陽，朝廷又起用孫公總督軍務，孫公回到關中而清屯之事已經不能再進行了。假使當日用他統率救助王朝的軍隊，從陝縣以西全都委託給他，歷經十年而取得其成效，那麼其他各方雖然潰敗，孫公卻一定能為國家保住關中，以等待天子的到來；再說假使流賊不占領關中，一定不敢向京城長驅直入了。一封詔書調動了孫公的官職，而國家的存或亡也就區別於此了。我讀孫公的〈清屯疏〉以及公文而深有感慨。孫公的兒子世瑞、世寧請我為他們的父親立傳，而記錄文武官員功勞的行狀卻遺缺散佚，不能知道孫公的詳細情況。因此只是舉出他最重大的事情記敘在這裏，以顯示孫公以一身而關涉天下安危的重要。既然這樣，那麼天下未嘗沒有人材，而是憂於不能任用，又憂於任用後再把他調離。任用和調離之間沒有多少時間，而大事已經過去，這就是忠臣義士追敘議論而痛哭流涕的原因。哎！先帝末年的事情，盡可感歎啊！

【研　析】在國家處於危亂之際，若起用人材和善用人材，則能使國家轉危為安，否則會導致國家滅亡。孫公巡撫陝西，採取清屯之法，僅用一年時間就為明朝天子積累了巨額財富；三年之內，關中幾乎沒有流賊騷擾了。可是朝廷知人而不善用，很快把孫公調任別的地方，結果關中失守，明朝也隨之而亡。假使讓孫公在陝西經營十年，而不是很快地將他調離，那麼即使其他地方潰敗，他也會為明朝保住關中，流賊也不會從關中長驅直入京師了。由此可見，能否重用人材，善用人材，直接關係著國家的興衰或存亡。這是明代崇禎朝留給後人的啟示，也是本文所要闡明的一個重要道理。

廣師

【題解】本文題為「廣師」，顧名思義，即「廣泛地學習」。作者在本文所要闡明的觀點也正是這點。文章以汪琬〈論與人師道書〉裏的兩句作為話題，談到作者自己所不如人處，同時也一一詳述了可師之人。文章雖然無一處點明上述題意，但讀者可從文中自行抽繹出來。

苕文汪子❶刻集，有〈與人論師道書〉，謂：「當世未嘗無可師之人。其經學修明❷者，吾得二人焉，曰顧子寧人❸，李子天生❹。其內行淳備❺者，吾得二人焉，曰魏子環極❻，梁子曰緝❼。」炎武自揣鄙劣，不足以當過情之譽❽，而同學❾之士，有苕文所未知者，不可以遺也，輒❿就所見評之：

夫學究天人⓫，確乎不拔⓬，吾不如王寅旭⓭；讀書為己，探賾洞微⓮，吾不如楊雪臣⓯；獨精三禮⓰，卓然經師⓱，吾不如張稷若⓲；蕭然物外⑲，自得天機⑳，吾不如傅青主㉑；堅苦力學㉒，無師而成，吾不如李中孚㉓；險阻備嘗，與時屈伸㉔，吾不如路安卿㉕；博聞強記，群書之府㉖，吾不如吳任臣㉗；文章爾雅，宅心和厚㉘，吾不如朱錫鬯㉙；好學不倦，篤于朋友㉚，吾不如王山史㉛；精心六書㉜，信而好古㉝，吾不如張力臣㉞。至于達而在位㉟，其可稱述㊱者，亦多有之，然非布衣㊲之所得議也。

【注釋】❶苕文汪子　汪琬，字苕文，清初長洲（今屬江蘇吳縣）人。康熙中舉博學鴻詞，授編修，與修《明史》。當時和魏禧、侯方域並稱古文三大家，有《鈍翁前後類稿》、《堯峰詩文鈔》。❷經學修明　對經學闡述明確。經學，訓解和闡述儒家經典之學。修明，昌明；闡明。❸顧子寧人　即顧炎武，寧人為其字。❹李子天生　李因篤，字天生，清初富平（今屬陝西）人。其學以朱熹為宗，工詩，尤精音訓，有《受祺堂集》、《漢詩音注》。❺內行淳備　操行敦厚美好。內行，操行；品行。淳，敦厚。備，美好。❻魏子環極　魏象樞，字環極，順治進士，官至刑部尚書。為人正直。❼梁子曰緝　梁熙，字曰緝，鄢陵（今屬河南）人，官至御史，性澹泊寧靜。❽自揣鄙劣二句　自認為淺薄低劣，不足以承當超過實際情況的榮譽。揣，猜度。鄙，淺薄。情，實情。❾同學　清代文人之間互稱同學。❿輒　則。⓫學究天人　學而能深入探究天象和人事的道理。天，天象。人，人事。⓬確乎不拔　堅定而不移。確，堅定。拔，移易；動搖。⓭王寅旭　王錫闡，字寅旭，吳江（今屬江蘇）人。精通中西天文學，著有《曉庵新法》。⓮探賾洞微　探討幽深，洞察細微。意即見解深刻。賾，幽深。洞，透徹。⓯楊雪臣　楊瑀，字雪臣，武進（今屬江蘇）人。著有《飛樓集》二百卷。⓰獨精三禮　特別精通三禮。三禮即《儀禮》、《周禮》、《禮記》三書的合稱。⓱卓然經師　高明的經學之師。卓然，高明貌。指學問超越尋常。經師，傳授經學之師。⓲張稷若　張爾岐，字稷若，濟陽（今屬山東）人。著有《儀禮鄭注句讀》等書。⓳蕭然物外　蕭然出於塵俗之外。⓴自得天機　自有天賦的悟性。天機，天性；天賦的悟性。㉑傅青主　傅山，字青主，陽曲（今屬山西）人。隱於黃冠。康熙中，徵舉鴻博，堅臥不試。㉒堅苦力學　堅毅勤勉地學習。堅苦，堅毅；不畏堅苦。力學，勤勉學習。㉓李中孚　李顒，字中孚。刻苦獨學，經史百家，無不通覽。晚年講學富平。關學自張橫後，至是復盛。㉔險阻備嘗二句　猶言險阻全都經歷，並能與世俗浮沈。嘗，經歷。㉕路安卿　路澤溥，字安卿，曲周（今屬河北）人。嘗於危難中拯救顧炎武。㉖博聞強記二句　見聞廣博，記憶力強，為群書的府庫。㉗吳任臣　吳志伊，字任臣，仁和（今屬浙江杭縣）人。學貫經史，兼精天官、樂律、奇任之術。著有《周禮大義》、《託山詩文集》等。㉘文章爾雅二句　文章雅正，居心溫和敦厚。爾雅，文雅；雅正。宅心，居心；存心。和厚，溫和敦厚。㉙朱錫鬯　朱彝尊，字錫鬯，秀水（今屬浙江嘉興）人。無書不覽，詩文甚佳。著有《曝書亭集》。㉚篤于朋友　真誠地對待朋友。篤，真誠；純一。㉛王山史　王宏撰，字山史，華陰（今屬陝西）人。工書能文，精金石之學。著有《易圖象述》、《砥齋集》。㉜精心六書　專心於六書。精心，專心。六書，古人分析漢字的造字方法而歸納出的六種條例，即象形、指事、會意、形聲、轉注、假借。㉝信而好古　以相信的態度喜愛古代文化。信，信任；相信。㉞張力臣　張弨，字力臣，山陽（今屬陝西）人。家貧，但喜歡收集古代金石文字。㉟達而在位　顯貴而居官任職。達，顯貴。在位，在職；居官任職。㊱稱述　評述。稱，述說。㊲布衣　庶人；老百姓。

【語　譯】汪苕文刻印文集，其中一篇〈與人論師道書〉說道：「當今之世未嘗沒有可以學習的人。對經學闡述明確的，我可以師從二人，即顧寧人、李天生。品行敦厚美好的，我可以師從二人，即魏環極、梁曰緝。」炎武自認為淺薄低劣，不足以承擔超過實際情況的榮譽，而在文人之中，還有苕文所不知道的，不可以遺漏。那麼我就所見到的評述如下：

學而能深入探究天象與人事的道理，並且堅定不移，我不如王寅旭；讀書為自己，並能探討幽深、洞察細微，我不如楊雪臣；特別精通三禮，算得上高明的經學之師，我不如張稷若；蕭然出於塵俗之外，自有天賦的悟性，我不如傅青主；堅毅勤勉地學習，雖然沒有從師而學問有成，我不如李中孚；險阻全都經歷，並能與世俗浮沈，我不如路安卿；見聞廣博，記憶力強，為群書的府庫，我不如吳任臣；文章雅正，居心溫和敦厚，我不如朱錫鬯；好學而不倦怠，真誠地對待朋友，我不如王山史；專心於六書，以相信的態度去喜愛古代文化，我不如張力臣。至於顯貴而居官任職的那些人中，可以評述的還不少，然而他們又不是一個老百姓所能夠議論的。

【研　析】作者所提倡的是應當廣泛地向他人學習。要做到這一點，就得知人之所長、知己之所短，就應當有謙虛好學、不恥下問的精神。在這方面，作者為我們作出了表率。在文章的第一段，作者認為自己學識淺薄，而汪琬之讚辭實屬過譽。隨後，在第二段中，作者從十個方面具體說明了自己不如人之處，也是自己應當向他人學習之處。同時評述了十位值得自己師從之人。由此，我們可以明白，文章作者之所以能夠成為清初著名學者，與他能夠廣泛地向他人學習是分不開的。

從語言表達的角度來看，文章的第二段大量採用排比句式，這樣寫顯得很有氣勢，大大增強了文章的感染力量。

與盧某書

【題解】顧氏宗族的始祖曾任過黃門侍郎，這位黃門公一直被顧氏子孫供奉於蘇州城外一所義學中的孔子牌位旁邊。後來盧氏也將其一位祖先的牌位置於其間。對此，顧炎武認為不合情理，於是給盧某寫了這封書信，希望他們將其祖先的牌位移回本鄉供奉，以免除兩姓子孫的爭訟。

夙仰鴻名❶，未獲奉教，良深傾仰。茲有白者：閶門❷外義學❸一所，中奉先師孔子，旁以寒宗❹始祖黃門公❺配食❻。黃門，吳人，而此地為其讀書處，是以歷代相承，未之有改，嘗為利濟寺僧所奪，寒宗子姓❼訟❽而復之❾，史郡伯❿祁撫臺⓫記文昭然可據，非若鄉賢祠⓬之列置前獻⓭，可以遞增⓮也。近日瞻拜間，忽添一盧尚書牌位，不勝疑訝，問之典守⓯，則云：有令姪欲為奉祀生員，而借託於此者。夫尚書為君家始祖，名德著聞，與我祖黃門豈有優劣？然考尚書當日固嘗從祀學宮⑯，而嘉靖九年⑰，奉旨移祀其鄉矣。尚書之鄉為涿郡涿縣，則今之涿州⑱也；尚書之官為九江廬江二郡太守，則今之廬州⑲、壽州⑳也。漢史㉑本傳尚書當日足跡從未至吳，既非吳人，又非吳官，為子孫者欲立家祠㉒，自當別剏㉓一室，特奉一主，而偪處㉔異姓之卑官，援附㉕無名之血食㉖，於義何居？夫吳中顧、陸，河北崔、盧，並是名門㉗，各從本望㉘。天下之忠臣賢士多矣，國家之制，止于名宦鄉賢，是以《蘇州府志》載本郡氏族一卷，有顧無盧；載本郡祠廟一卷，有顧野王而無盧某。《府志》出自君家㉙教諭㉚所修，乃猶不敢私為出入㉛，豈非前哲㉜之公心，史家之成法㉝，固章章㉞若此乎？夫國乘㉟不書，碑文不紀，憲冊㊱不載，邦人不知，既非所以章先德而崇大典㊲，又況几筵㊳不設，爐供不具㊴，而以尺許之木主㊵，側置先師之坐隅㊶，於情為不安，於理為不順。寒宗子姓嘖有繁言㊷，不佞㊸謂范陽大族㊹，豈無知禮達孝之士，用敢直陳於左右，伏祈主持改正，使兩先賢各致其尊崇，而後裔得免于爭訟㊺，所全實多矣！臨楮翹切㊻！

【注釋】①夙仰鴻名　猶言久仰大名。鴻名，大名；崇高的名聲。②閶門　蘇州城西門名。③義學　即義塾，舊時免費的私塾。④寒宗　寒微的宗族。自謙的說法。⑤黃門公　似即後文所說的顧野王。大概他做過黃門侍郎之官，故以官名稱之。⑥配食　附祭；配享。⑦子姓　子孫。⑧訟　訴訟。因紛爭而告於官署，以分曲直。⑨復之　指顧氏始祖又得以配享。⑩郡伯　舊稱知府為郡伯，以其掌管一郡，相當於古代的方伯。⑪撫臺　巡撫之尊稱。⑫鄉賢祠　鄉中先賢的祠廟。⑬列置前獻　謂排列安置的先賢的牌位。獻，賢；有德行有才能的人。⑭遞增　依次增補。⑮典守　主管。⑯學宮　本指學校，後來也稱孔廟為學宮。⑰嘉靖九年　即西元一五三〇年。嘉靖，為明世宗朱厚熜年號。⑱涿州　今之河北涿縣。⑲廬州　府名。治所在今安徽合肥。⑳壽州　今之安徽壽縣。㉑漢史　指《漢書》。㉒家祠　家族的祠廟。㉓刱　「創」的異體字。猶創立。㉔偪處　緊靠；雜居。㉕援附　攀附。㉖血食　古時殺牲取血，用以祭祀，故名。㉗名門　著名的豪門。㉘本望　本願。㉙君家　對人尊稱其家。㉚教諭　元、明、清三代縣學教官，掌文廟祭祀，訓誨所屬生員。㉛出入　猶增刪修改之意。㉜前哲　前賢；古代的賢人。㉝成法　現成的法度。㉞章章　昭著貌。㉟國乘　猶言國家的史書。乘，春秋時晉史書名。㊱憲冊　法典之書。㊲大典　重大的儀典。㊳几筵　此指靈座。㊴爐供不具　猶言香爐供品都不具備。㊵木主　即神主，為死者立的木製牌位。㊶坐隅　座位的邊側。㊷嘖有繁言　猶嘖有煩言，意見分歧，言語發生爭執。「繁」疑為「煩」。語出《左傳‧定公四年》。㊸不佞　無才。自謙之詞。㊹范陽大族　指盧氏而言。范陽，郡名。故城在今河北涿縣。㊺爭訟　爭吵訴訟。㊻臨楮翹切　為古代書信結尾的客氣語。猶言面對著信紙而殷切盼望著回音。楮，紙的代稱。翹切，翹首切望，猶殷切盼望。

【語譯】久仰大名，卻沒有得到您的指教，我確實深深地愛慕和欽佩您。在這裏我需要告訴您的是：蘇州西門外有一所義學，其中供奉著先師孔子的牌位，旁邊則以我們宗族的始祖黃門公附祭。黃門公是吳郡人，此地是他讀書之處，把他附祭於義學，歷代相承，從來沒有改變，雖然曾經為利濟寺佛僧所剝奪，但我們宗族子孫訴訟於官府，又恢復對黃門公的配享。對此，史知府和祁撫臺的記文清清楚楚可作證據，這不是如同鄉賢祠中排列安置先賢牌位，可以依次增加的。近日我瞻仰拜祭之間，忽然看見添了一座盧尚書的牌位，不勝疑惑驚訝，詢問主管，則說：您的一個姪子想成為奉祀生員，因而把盧尚書的牌位借託在這裏。盧尚書是您家的始祖，其聲名德行為人所知，與我的始祖黃門公難道會有什麼優劣之分嗎？然而經考證，盧尚書當日本來也隨從祭祀於學宮，但是在嘉靖九年，已奉聖旨移到其鄉里去祭祀了。盧尚書的鄉里為涿郡涿縣，也就是今天的涿州；盧尚書的官職為九江、廬江二郡太守，也就是今天的廬州、壽州。《漢書》中盧尚書本傳記敘他當日的足跡從未到過吳郡，既然不是吳郡的人，又不是吳郡的官，作為他的子孫想建立家族祠廟，自然應當另外建一座房子，只供奉一個神主，而現在緊靠在異姓卑微之官的旁邊，攀附沒有名分的祭祀，在義理上如何解釋呢？吳郡中的顧氏、陸氏，黃河以北的崔氏、盧氏，都是著名的豪門，還是應各自依從其本願。天下的忠臣賢士很多，根據國家的制度，只記錄那些著名的官吏和鄉里的賢士，因此《蘇州府志》有一卷記載本郡的氏族，其中有顧氏而無盧氏；有一卷記載本郡的祠廟，其中有顧野王而無盧某。《府志》為您家的教諭所修，卻同樣不敢私下進行增刪，這難道不是古代賢人的公心，史家現成的法度，已經明明白白地像這樣擺著嗎？國史不書，碑文不記，法典不載，國人不知，既不是出於彰揚先人德行而崇尚大的儀典的原因，又何況靈座沒有設置，香爐供品也不具備，而以一尺多長的神主，側放在先師座位的一邊，這在情感上表現為不安，在道理上表現為不順當。我們宗族的子孫因意見分歧，言語上發生爭執，不才我以為你們范陽大族，怎麼會沒有知道禮節通達孝道的人，因此才敢於直接向您陳述出來，請主持並改正此事，使兩位先賢各自完全受到尊敬和崇拜，而他們的後代也能夠免於爭吵訴訟，這樣做所成全的事情實在很多了！面對信紙殷切盼望著回音！

【研　析】本文意在批評盧氏不該將其始祖牌位錯託於蘇州西門外義學之中，以致與顧氏始祖爭奪配享。其用語頗為得體。在敘及盧氏始祖時，稱其「名德著聞，與我祖黃門豈有優劣」，語氣誠懇莊重，絲毫沒有輕慢先賢的意味。可是在指責盧氏子孫供奉始祖不當時，語氣便顯得凌厲峻峭了。如：「為子孫者欲立家祠，自當別搬一室，特奉一主，而偪處異姓之卑官，援附無名之血食，於義何居？」又如：「既非所以章先德而崇大典，又況几筵不設，爐供不具，而以尺許之木主，側置先師之坐隅，於情為不安，於理為不順。」讀來如同聽見一位嚴厲的長者教訓子輩，句句鋒利，不容置辯。

答友人論學書

【題解】顧炎武在本文中主張學問只在極平實處，要學以致用，於「無益者不談」，於「巧言」者「不以措筆」，以免「入於空虛之論」。這種主張與他把明朝的滅亡僅僅歸結於道學先生的空談的看法有關。對此，我們在本書的〈導讀〉中已有所涉及。

〈大學〉[1]言心[2]不言性[3]，〈中庸〉[4]言性不言心。來教[5]單提心字，而未竟其說，未敢漫為許可，以墮於上蔡[6]、橫浦[7]、象山[8]三家之學。竊以為聖人之道，下學上達[9]之方，其行在孝弟[10]、忠信[11]，其識在灑掃應對進退[12]，其文在《詩》、《書》、三禮[13]、《周易》、《春秋》，其用之身，在出處[14]、辭受[15]、取與[16]，其施之天下，在政令、教化、刑法，其著之書，皆以為撥亂反正[17]，移風易俗，以馴致[18]乎治平[19]之用，而無益者不談。一切詩、賦、銘[20]、頌、贊[21]、誄[22]、序、記之文，皆謂之巧言㉓，而不以措筆㉔。其於世儒盡性㉕至命㉖之說，必歸之有物有則㉗，五行㉘、五事㉙之常，而不入於空虛之論。僕之所以為學者如此，以質㉚諸大方之家㉛，未免以為淺近，而不足觀。雖然亦可以弗畔㉜矣夫。

揚子㉝有云：「多聞則守之以約㉞，多見則守之以卓㉟。少聞則無約也，少見則無卓也。」此其語有所自來，不可以其出於子雲而廢之也。世之君子，苦博學明善㊱之難，而樂夫一超㊲頓悟㊳之易，滔滔者天下皆是也㊴，無人而不論學矣。能弗畔於道者誰乎？相去千里，不得一面㊵，敢㊶率其胸懷㊷，以報嘉訊㊸。幸更有以教之㊹。

【注釋】❶大學　儒家經典之一。原是《禮記》的一篇，約是秦漢之際的儒家作品。宋代從《禮記》中抽出，以與《論語》、《孟子》、〈中庸〉相配合。至朱熹撰《四書章句集注》後，成為「四書」之一。內容提出格物、致知、誠意、正心、修身、齊家、治國、平天下等條目，成為南宋後理學家講倫理、政治、哲學的基本綱領。❷心　哲學範疇。與「物」相對。指人的意識。主觀唯心主義者認為「心」是世界的本原，如南宋陸九淵說：「宇宙便是吾心，吾心即是宇宙。」（《象山全集・雜說》）❸性　哲學範疇。指人的自然質性，通常指人性。孟子提出「性善說」，荀子提出「性惡說」。〈中庸〉則謂「天命之謂性」。❹中庸　儒家經典之一。原是《禮記》中的一篇，相傳為戰國時子思作。內容肯定「中庸」（即處理事情不偏不倚、無過不及）是道德行為的最高標準。朱熹把它同《論語》、《孟子》、〈大學〉並列為「四書」之一。❺來教　客套語，猶言來信指教。❻上蔡　謝良佐，宋代上蔡（今河南上蔡）人，字顯道，受業程顥、程頤，世稱上蔡先生。❼橫浦　宋代張九成，錢塘（今杭州）人。字子韶，學於楊時，自號橫浦居士。❽象山　宋代陸九淵，金溪（今江西金溪縣）人。字子靜。學者稱象山先生。❾下學上達　語出《論語・憲問》。猶言下學人事，上達聖人之道。❿孝弟　即「孝悌」。儒家倫理思想。《論語・學而》：「其為人也孝弟。」朱熹注：「善事父母為孝，善事兄長為弟。」⓫忠信　忠誠守信。⓬灑掃應對進退　語出《論語・子張》。猶言灑水掃地、對答進退。⓭三禮　指《周禮》、《儀禮》、《禮記》。⓮出處　進退。《易・繫辭上》：「君子之道，或出或處。」⓯辭受　謙讓。⓰取與　收受及給與。⓱撥亂反正　語出《公羊傳・哀公十四年》。謂治平亂世，回復正道。⓲馴致　逐漸達到。⓳治平　本指治國平天下，後指國家太平安定。⓴銘　古代常刻銘於碑版或器物，或以稱功德，或以申鑒戒，後成為一種文體。㉑頌贊　均為古代一種文體。㉒誄　古代哀祭文體的一種。㉓巧言　表面上好聽而實際上虛偽的話。㉔措筆　施之於筆，猶寫作。㉕盡性　儒家用語。儒家認為人物之性都包含著「天理」；只有至誠的人，才能儘量發揮自己和他人的本性，進而發揮萬物的本性。㉖至命　達到天命或天道。㉗有物有則　語出《詩・烝民》。猶言各人有應做的事體，也都有一定的規矩。物，事體。則，規矩。㉘五行　五種行為。《禮記・鄉飲酒義》云：「貴賤明，隆殺辨，和樂而不流，弟長而無遺，安燕而不亂，此五行者，足以正身安國矣。」㉙五事　語出《尚書・洪範》。指古代統治者修身的五件事，即貌恭、言從、視明、聽聰、思睿。㉚質　通「詰」。詢問。㉛大方之家　語出《莊子・秋水》。猶言有名的大家。大方，大道理，引申為見識廣博。後稱博學或精於一技一藝者為大方、方家。㉜畔　離；背。㉝揚子　即揚雄，字子雲。㉞守之以約　言掌握要領。㉟守之以卓　掌握高超的見解。㊱明善　懂得美善。㊲超　躍而過之。㊳頓悟　頓時解悟。㊴滔滔者天下皆是也語出《論語・微子》。原意指像洪水一樣的壞的東西到處都是。此處以滔滔洪水比喻天下到處都是「樂夫一超頓悟」之人。❹⓪不得一面　不能見上一面。❹①敢　自言冒昧之詞。❹②率其胸懷　謂直接陳述胸中所想到的，即直抒胸臆。率，坦率。❹③嘉訊　吉訊。猶今言平安，為書信結尾套語。❹④幸更有以教之　猶言希望再有高明的見解來教育我。此為書信結尾的客套話。

【語　譯】〈大學〉談心而不談性，〈中庸〉談性而不談心。您的來信只提心字，而沒有說盡它的含義，不敢隨便表示贊同，以至於陷入宋代謝良佐、張九成、陸九淵的學說。我私下認為，聖人之道，有其下學上達的方法，其德行在孝悌、忠信，其職掌在灑掃、應對、進退；其文章在《詩》、《書》、三禮、《周易》、《春秋》；其用之於修身，在出處、辭受、取與；其施行於天下，在政令、教化、刑法；其所著之書，都是作為撥亂反正、移風易俗，而逐漸達到國家太平安定之用的，無益的內容則不談。一切詩、賦、銘、頌、贊、誄、序、記的文章，都稱之為巧言，而不去寫作。它對於世代儒生所謂的盡性至命的學說，一定歸結到「有物有則」、「五行、五事」的日常道理，而不墮入空虛的議論。我做學問的方法就是這樣的，以此來詢問大方之家，未免認為淺近，而不足以示於人。雖然如此，也能夠不違背下學上達之方了。

揚雄有這樣一種說法：「多聞則能掌握要領，多見則能掌握高深的見解。少聞則不得要領，少見則不明高深的見解。」他的這些話有它自己的出處，不能因為它出於揚雄的口而把它廢棄。世上的君子，苦於博學和懂得美善之難，而樂於一躍而過、頓時醒悟之易，這樣的人如同洪水一樣到處都是，而且無人不是在談學問，這樣一來，能夠不違背聖人之道的人又有誰呢？我與您相隔千里之遙，不能夠見上一面，冒昧地直抒胸臆，而又報以平安。希望再有信來對我進行教誨。

【研　析】顧炎武強調學以致用，反對「空虛之論」；主張博聞多見，反對「一超頓悟」，無疑是對的。這不僅在當時有振聾發聵的作用，對於今天的學人，也是有借鑒意義的。

不過，他在談下學上達之方時，把詩、賦、銘、頌等文章都稱之為「巧言」而全都加以否定，這種極端實用主義的觀點未免有偏頗之處。須知，詩、賦等文學作品，能緣情體物，創造意境，給人以美的享受，銘、頌等實用文章，亦可敘事言志，明理達意，予人以真與善的啟迪。關鍵在於無論寫什麼文章，要為時而著，為事而作，言之有物，而不墮於空談。這就要求為學之人，一方面要注意自身的知識積累和道德修養，另一方面應貼近社會現實，而不忘「當世之務」。其間起決定作用的則是要有「天下興亡，匹夫有責」的責任心；而在這一點上，顧炎武又不失為一代楷模。

與友人辭往教書

【題　解】所謂往教，即老師前往門徒處施教。在本文中，作者婉言謝絕了「往教」的邀請，並簡要說明了謝絕的理由。

羇旅之人❶，疾病顛連❷，而託跡❸于所知❹，雖主人相愛，時有蔬菜之供，而饔飧❺一切自給，在我無怍❻，于彼為厚，此人事之常也。若欲往三四十里之外，而赴張兄之請，則事體迥然❼不同，必如執事❽所云：有實心向學之機❾，多則數人，少則三四人，立為課程❿，兩日三日一會，質疑⓫問難⓬，冀得造就成材，以續斯文⓭之統⓮，即不能盡依白鹿⓯之規，而其遺意須存一二，恐其未必辦此⓰，則徒餔啜⓱也，豈君子之所為哉？一身去就⓲，係⓳四方觀瞻⓴，不可不慎！廣文㉑孫君與弟有舊㉒，同張兄來此，劇論㉓半日，當亦知弟為硜硜㉔踽踽㉕之人矣。

【注　釋】❶羈旅之人　猶言作客他鄉之人。羈，作客在外。❷顛連　困頓；苦難。❸託跡　猶言託身。寄託蹤跡。❹知　指知交、朋友。❺饔飧　熟食。早餐稱饔，晚餐稱飧。❻怍　羞愧。❼迥然　差別很大的樣子。❽執事　本指供役使的人。後在書信中常用作對方的敬稱，表示不敢直指其人。❾機　機會。❿課程　按規定數量和內容的學習進程。⓫質疑　心有所疑，就正於人。⓬問難　詰問駁辯。⓭斯文　指儒者或文人。⓮統　傳統。⓯白鹿　即白鹿洞書院，位於江西廬山五老峰下。宋代朱熹曾講學於此，並制定學規，包括「五教之目」、「修身之要」、「接物之要」、「為學之序」、「處事之要」五大類。⓰辦此　猶言做到這點。⓱餔啜　即食與飲、吃與喝。⓲去就　去留；進退。⓳係　聯繫。⓴覲瞻　觀望。㉑廣文　明清以來泛指儒學教官。㉒舊　舊交情。㉓劇論　激切的辯論。㉔硜硜　淺見固執貌。㉕踽踽　孤獨貌。

【語　譯】我是作客他鄉的人，疾病纏身，困頓不堪，寄身於朋友之處，雖然主人對我友愛，時時有蔬菜供應，但是熟食則一切自給，這對我來說沒有什麼羞愧的，而對主人來說已是很優待的了，這是人事之常情。如果想去三、四十里之外，以順應張兄的邀請，那麼事情就迥然不同，必定如你所說：有真心趨向學問的機會，多則數人，少則三、四人，確定學習內容的進程，兩三天聚會一次，質疑問難，期望造就成材，以繼承儒者的傳統，即使不能完全依照白鹿洞書院的學規去做，而學規遺留下來的意思必須保存一、二點，恐怕他們未必能做到這些，那麼就只剩下吃喝了，這難道是君子所做的事嗎？一身的去留，要聯繫四方去觀望，不可不慎重！廣文孫君與我有舊交情，他與張兄來到這裏，與我激烈辯論了半天，他應當也知道我是一個固執孤獨的人了！

答徐甥公肅書

【題解】徐公肅名元文，號立齋，公肅是其字。清代順治進士第一，官至文華殿大學士、戶部尚書，是顧炎武的外甥。

本文是顧炎武對徐公肅來信求教明代文獻的回覆，認為「史書之作，鑒往所以訓今」；晚明雖國運不濟，但君王之從諫，臣下之敢諫，足可為今之楷模；當今兵荒馬亂，民不聊生，朝廷或未深悉，當事者卻不「因事納規」。而自己之所以「貢此狂言」，無非是「不忘百姓」而已。

幼時侍先祖❶，自十三、四歲，讀完《資治通鑑》❷後，即示之以邸報❸。泰昌❹以來，頗窺崖略❺。然憂患之餘，重❻以老耄❼，不談此事，已三十年，都不記憶。而所藏史錄❽奏狀一、二千本，悉為亡友❾借觀，中郎❿被收，琴書俱盡。承吾甥來札惓惓⓫，勉以一代⓬文獻⓭，衰朽⓮詎足副此！既叨⓯下問⓰，觀書柱史⓱，無妨往還，正未知絳人甲子⓲，郯子雲師⓳，可備趙孟、叔孫之對否耳。

夫史書之作，鑒往所以訓今。憶昔庚辰[20]、辛巳[21]之間，國步[22]阽危[23]，方州[24]瓦解[25]，而老成[26]碩彥[27]，品節矯然[28]。下多折檻之陳[29]，上有轉圜之聽[30]。思賈誼之言[31]，每聞於諭旨[32]，烹弘羊之論[33]，屢見於封章[34]。遺風善政，迄今可想，而昊天不弔[35]，大命忽焉[36]。山嶽崩頹，江河日下[37]，三風[38]不儆[39]，六逆[40]彌臻[41]。以今所覩國維[42]人表[43]，視昔十不得二三，而民窮財盡，又倍蓰[44]而無算[45]矣。身當史局[46]，因事納規[47]，造鄴[48]之謨[49]，沃心之告[50]，有急於編摩[51]者，固不待汗簡[52]奏功[53]然後為千秋金鏡之獻[54]也。

關輔[55]荒涼，非復十年以前風景，而雞肋蠶叢[56]，尚煩戎略[57]；飛芻輓粟[58]，豈顧民生！至有六旬老婦，七歲孤兒，挈米八升，赴營千里。於是強者鹿鋌[59]，弱者雉經[60]，闔門而聚哭投河，併村而張旗抗令[61]，此一方之隱憂，而廟堂[62]之上或未之深悉也。吾以望七[63]之齡，客居斯土，飲瀣餐霞[64]，足怡[65]貞性[66]，登巖俯澗，將卜幽棲[67]。恐鶴唳[68]之重驚[69]，即魚潛(70)之非樂，是以忘其出位(71)，貢(72)此狂言。請賦〈祈招〉之詩(73)，以代麥丘之祝(74)。不忘百姓，敢自託於魯儒(75)；維此哲人(76)，庶與哀於周〈雅〉(77)。當事君子(78)，倘亦有聞而歎息者乎？東土(79)饑荒，頗傳行旅；江南水旱，亦察輿謠(80)。涉青雲以遠遊(81)，駕四牡而靡騁(82)，所望隨時示以音問(83)，不悉(84)。

【注釋】❶先祖　自稱去世的祖父。❷資治通鑑　北宋司馬光撰。書名「資治」，目的在於提供在位者從歷代治亂興亡中取得鑒戒。全書貫串一千三百六十二年史事，為歷史研究者提供了較系統而完備的資料。❸邸報　中國古代官府用以傳知朝政的文書抄本和政治情報。❹泰昌　明光宗朱常洛的年號。❺崖略　猶言大略、概略。崖，邊際。略，粗略。❻重　增益；加重。❼耄　老。《禮記・曲禮》云：「八十、九十曰耄。」❽錄　記載言行事物的冊籍。❾亡友　指吳炎、潘檉章。事見本書〈書吳潘二子事〉。❿中郎　即蔡邕，東漢陳留圉（今河南杞縣）人，字伯喈。董卓專權，被任為侍御史，官左中郎將。卓被誅後，邕為王允所捕，死於獄中。⓫惓惓　誠懇深切之意。⓬一代　指明代。⓭文獻　謂可徵之典籍與賢人。⓮衰朽　老邁無用，自謙之詞。⓯叨　謙詞。猶言辱承。⓰下問　以能問於不能，以上問於下。⓱柱史　即「柱下史」。周時官名，掌圖書典籍。⓲絳人甲子　據《左傳・襄公三十年》載：「絳縣或年長矣，有與疑年，使之年曰：『臣生之歲正月甲子朔，四百有四十五甲子矣；其季於今，三之一也。』……趙孟問其縣大夫，則其屬也，召之而謝過焉。」趙孟即趙文子，名武，晉正卿。⓳郯子雲師　《左傳・昭公十七年》載：「秋，郯子來朝，公與之宴，昭子問焉曰：『少皞氏鳥名官，何故也？』郯子曰：『吾祖也，我知之：昔者黃帝氏以雲紀，故為雲師而雲名。……』」郯子，郯國之君。昭子，叔孫婼，魯大夫。⑳庚辰　崇禎十三年，即西元一六四〇年。㉑辛巳　崇禎十四年，即西元一六四一年。㉒國步　猶言「國運」。㉓阽危　危險。阽，臨近。㉔方州　指州郡。㉕瓦解　言割裂如瓦之解散也。㉖老成　閱歷多而練達世事。㉗碩彥　賢德之士。彥，舊時對士的美稱。㉘品節矯然　猶言以品德節操來勉勵自己。矯，勉勵。㉙折檻之陳　據《漢書·朱雲傳》載，漢成帝時，朱雲請誅安昌侯張禹，成帝怒，欲斬朱雲。朱雲手攀殿檻，檻折。辛慶忌救之，得免死。後成帝知朱雲請誅張禹為忠言，修檻時，命保存原樣，以表彰朱雲的直言。後用為朝臣敢於直諫的典故。㉚轉圜之聽　謂聽從之迅速。《漢書·梅福傳》：「昔高祖納善若不及，從諫若轉圜。」轉圜，轉動圓體的器物，喻便易迅速。㉛思賈誼之言　據《漢書·賈誼傳》載：「後四歲，齊文王薨，亡子，文帝思賈生之言，迺分齊為六國。」㉜諭旨　皇帝對臣下的命令、文告。㉝烹弘羊之論　《漢書·食貨志》載：「是歲小旱，上令百官求雨，卜式曰：『縣官當食租衣稅而已，今弘羊令吏坐市列，販物求利。烹弘羊，天乃雨。』」弘羊，即桑弘羊，西漢洛陽（今河南洛陽東）人。武帝時任粟都尉，領大司農，制訂、推行鹽鐵酒類官營專賣，設立平準、均輸機構控制全國商品，這些措施打擊了富商大賈的勢力。昭帝時被指為與上官桀等謀反，誅。㉞封章　亦稱「封事」。古時臣下上書君主，慮有宣洩，囊封以進，故曰「封章」。㉟昊天不弔　語出《詩·小雅·節南山》。猶言不為天所憐恤。昊天，即天。㊱大命忽焉　謂天命終絕，指亡國。大命，即天命。忽，絕。㊲山嶽崩頹二句　喻指明朝滅亡。㊳三風　指巫風、淫風、亂風。其中巫風二：舞、歌；淫風四：貨、色、遊、畋；亂風四：侮聖言、逆忠直、遠耆德、比頑童，合為十愆。㊴儆　通「警」。戒備。㊵六逆　指違反倫常的六件事。《左傳·隱公三年》載：「且夫賤防貴、少陵長、遠間親、新間舊、小加大、淫破義，所謂六逆也。」㊶臻　至。㊷國維　據《管子》云：「禮、義、廉、恥，國之四維。」㊸人表　謂其行為足為人之師表。㊹蓰　五倍。㊺無算　無法料想。㊻史局　即史館，官修史書的機構。㊼納規　進獻規勸。㊽造厀　至於膝下，謂親近。厀，通「膝」。㊾謨　謀劃。㊿沃心之告　語出《尚書・說命上》。後指臣下向皇帝獻謀建議為沃心。51編摩　猶編輯。52汗簡　即汗青。古代寫字在竹簡上，先用火炙竹簡令汗，乾則易寫，又不受蟲蛀，稱為汗青。引申為書冊。此指史策。53奏功　泛稱治事有成效。54千秋金鏡之獻　唐玄宗時，以八月初五生日為千秋節，王公大臣並獻寶鑑，張九齡上書鑒十章，號《千秋金鑑錄》，以伸諷諭。見《新唐書・張九齡傳》。金鏡，即金鑑。55關輔　漢代建都關中，分近畿之地為三輔、六輔，故關中亦稱關輔。56雞肋蠶叢　謂路途險峻，若雞肋蠶叢。57戎略　猶言兵略。58飛芻輓粟　語出《漢書・主父偃傳》。謂迅速運送糧草。59鹿鋌　語出《左傳・文公十年》。謂如鹿赴險。鋌，疾走貌。60雉經　語出《國語・晉語二》。俯頸閉氣而死，像雉一樣吊死。經，自縊。61抗令　抗拒命令。62廟堂　謂朝廷。63望七　將近七十。64飲瀣餐霞　語出《列仙傳》。喻其隱居，與天地為伍。瀣，露氣。65怡　怡悅。66貞性　正直本性。67將卜幽棲　將以占卜選擇隱居之所。幽棲，隱居。68鶴唳　語出《晉書・謝玄傳》。形容驚恐疑慮，自相驚擾。唳，鳥鳴。69重驚　重新驚擾。70魚潛　以喻隱居。71出位　語出《論語・憲問》。越出本位。72貢　進獻。73祈招之詩　周逸詩。周穆王欲漫遊天下，祭公謀父乃作〈祈招〉之詩以諫之。詩中有「形民之力，而無醉飽之心」等語。見《左傳・昭公二十九年》。74麥丘之祝　齊桓公至麥丘，有老人祝壽，公封之麥丘，後因以為姓。見《元和姓纂・十》。75魯儒　魯國的儒士。76維此哲人　語出《詩・小雅・鴻雁》。維，語助詞。哲人，才能識見超越尋常的人。77周雅　指周詩〈大雅〉和〈小雅〉。78當事君子　指當權者。79東土　指陝西以東的地方。80輿謠　眾人的謠傳。輿，眾人的。81涉青雲以遠遊　《楚辭・遠遊》云：「涉青雲以汎濫兮，忽臨睨夫舊鄉。」青雲，謂高空。82駕四牡而靡騁　《詩・小雅・節南山》云：「駕彼四牡，四牡項領，我瞻四方，蹙蹙靡所騁。」四牡，四匹雄馬。靡騁，不能馳騁。83音問　音訊；書信。84不悉　書信結尾用語。猶言不一一盡述。悉，全部。

【語　譯】年幼時我侍候在祖父身旁，從十三、四歲起，讀完《資治通鑑》後，他就把邸報拿出來給我看。泰昌以來，頗能窺知其大略。然而憂患之餘，又加上年老，不談這種事，已有三十年，大都不能記憶。而我所藏的史、錄、奏、狀共一、二千本，全都被亡友借去觀閱，結果如同蔡邕被收捕，其琴書喪失殆盡一樣。承蒙我的外甥來信懇請以一代文獻相勸勉，我怎能夠足以符合這種請求呢！既然辱承你詢問，意在從柱下史那裏閱讀書籍，我無妨應對酬答了。只是不知道像絳縣那位年長者明白甲子之年、郯國之君清楚雲師之事那樣，能否完全應對趙孟、叔孫一類人的提問呢？

史書的撰寫，是以往古為鑒來訓導今人。記得在崇禎十三、十四年之間，國運危險，州郡瓦解，可是那些閱歷豐富而練達世事的賢德之士，仍然以品德節操來勉勵自己。為臣者多能如同折檻直諫，為君者也能從諫如轉圜。像漢文帝那樣想到賈誼的進言，常常從諭旨中聽到；像卜式那樣奏請誅殺桑弘羊的議論，屢屢在封章中見到。這種遺留下來的風尚和妥善的法則政令，直到今天還能夠想像得到。可是老天並不憐恤，天命最終絕滅，山嶽崩頹，江河日下，三風不能戒備，六逆更加達到極點。以今天所見到的國之四維、人之師表，再看看往日，十分中不能占有二、三分，而民窮財盡，又是加倍增進而無法預料。身任史局之職，依據事實而進獻規諫。對於親近而至於膝下的謀劃，臣子向君王稟明的建議，那些急於編輯的人，必定不會等到它用於治事而有成效之後再書之於史策，然後作千秋金鑑去進獻的。

關中荒涼，不再是十年以前的風景，而路險如雞肋蠶叢，尚且為兵略所煩擾；迅速運送糧草，怎麼會顧及人民的生命！乃至於有六十歲的老婦，七歲的孤兒，帶著八升米，奔赴於千里之外的軍營。於是強者如鹿鋌而走險，弱者自縊如同野雞一樣吊死，一家人相聚痛哭而投河，全村人張設旃旗而抗令。像這種一方的隱憂，朝廷可能並不深入知道啊！我以將近七十的年齡，客居在這個地方，飲露餐霞，足以怡悅正直的本性；登巖俯澗，將以占卜選擇隱居之所。唯恐聞風聲而鶴唳，重受驚擾，那樣即使隱居也非樂事，因此忘記自己越出本位，獻上這些狂言。請允許我賦〈祈招〉之詩，以取代麥丘的祝壽。不忘百姓，才敢自託於魯國的儒生；只有這樣的明理之人，大概就能於周詩〈大雅〉、〈小雅〉中興起哀思。當權的人，或許也聽說這些而歎息吧？東方之地鬧饑荒，頗為行旅之人所傳說；江南遭受水旱災害，亦能察於眾人的謠言。我想涉青雲而去遠方遊歷，可是駕四牡而不能馳騁。我所希望的是你要隨時來信，別的就不一一盡述了。

【研　析】本文寫得頗有氣勢。其原因之一是在語言運用上駢散相間，於對偶排比中加進散文句式，這樣便在整齊中出現變化，語言因此而生動靈活，更富於表現力。比如，第三部分第一層次敘述關中兵荒馬亂、民不聊生時，先用散句從整體上介紹關中荒涼情景，隨後便用較多的對偶排比句作具體描述，最後又用散句點明「廟堂之上或未之深悉」「此一方之隱憂」，暗示史官應當據實直陳。淋漓酣暢，讀來有一瀉胸中鬱氣之感。

本文之所以有氣勢的另一原因是用典和內容上的對比。大量用典是作者寫文章的一大特色，僅在這篇文章中便有十處之多，其中有六處用於古今社會政治的對比上。因為用典，就使歷史與現實的反差更加強烈，或褒或貶，一寓於其間，於是情感的宣洩也就無所阻礙，論理之透徹也就使文章的氣勢於說服人的力量之中得以產生。

作者說自己「忘其出位，貢此狂言」。「狂言」之「狂」，正可看作是對本文氣勢的一種表述，而「狂」之所在，則恰如上述，正可從語言的運用和內容的表達中得知。

規友人納妾書

【題解】《蔣山傭殘稿》卷一載有此文，其題為〈與王山史〉，並下注云：「諱宏撰，字無異，薦舉。陝西華陰人。」

作者於本文中誠懇規勸王山史宏撰不要納妾，並以例說明納妾既有害其身，亦有損其德。

董子❶曰：「君子甚愛氣❷，而謹遊於房❸。是故新壯者十日而一遊於房，中年者倍新壯，始衰者倍中年，中衰者倍始衰，大衰者以月當新壯之日，而上與天地同節❹矣。」炎武年五十九，未有繼嗣❺，在太原❻遇傅青主，浼❼之診脈，云：尚可得子。勸令置妾，遂於靜樂❽買之。不一二年❾，而眾疾交侵，始思董子之言，而瞿然❿自悔。立姪⓫議定，即出而嫁之。嘗與張稷若言，青主之為人，大雅⓬君子也。稷若曰：「豈有勸六十老人娶妾，而可以為君子者乎？」愚⓭無以應也。

又少時與楊子常先生最厚⑭。自定夫⑮亡後，子常年逾六十，素有目眚⑯，買妾二人，三五年間，目遂不能見物。得一子，已成童而夭亡，究同於伯道⑰。此在無子之人，猶當以為戒，而況有子有孫，又有曾孫者乎？有曾孫而復買妾，以理言之，則當謂之不祥；以事言之，則朱子斗⑱詩有所謂〈好人歎〉者，即西安府⑲人，殷鑒不遠⑳也。伏㉑念足下之年五十九，同於弟；有目疾，同於子常；有曾孫，同於西安之「好人」。故舉此以為規㉒，未知其有當否？

【注釋】❶董子　即董仲舒，西漢今文經學大師，廣川（今河北棗強東）人。著有《春秋繁露》及《董子文集》。此處所引述的見於《春秋繁露·循天之道》。❷氣　中國古代哲學概念。常指構成萬物的物質。❸房　房事，指夫妻之間的性生活。❹上與天地同節　猶言上與天地的法則相同。董仲舒主張「天人感應」，認為人道要遵循天道，故在房事上也應與天地的法則相符合。❺繼嗣　傳宗接代者，即兒子。❻太原　舊縣名。治所在今太原市西南，今併入太原市。❼浼　請託。❽靜樂　縣名。在今山西中部偏北。❾不一二年　猶言沒過一、二年。❿瞿然　心驚貌。⓫立姪　立姪兒為嗣。⓬大雅　高才，用以作為文人之間的敬稱。⓭愚　自稱的謙詞。⓮厚　謂交往深厚。⓯定夫　楊子常之子。⓰眚　眼病生翳。⓱伯道　晉代鄧攸，字伯道，襄陽人。石勒起兵，挈家而走。因其弟早亡，為保全其姪子，把自己的兒子繫於樹而逃走。後來，他至死都無子。時人悲歎道：「天道無知，使鄧伯道無兒。」⑱朱子斗　名誼汭，陝西人。有詩集，顧炎武為之寫過序。⑲西安府治所在長安、咸寧（今西安）。⑳殷鑒不遠　語出《詩・大雅・蕩》。原謂殷人滅夏，殷的子孫應以夏的滅亡作為鑒戒。後泛稱可借鑒的往事不遙遠。㉑伏　敬詞。㉒規　規勸。

【語　譯】董仲舒說：「君子特別愛氣，而對夫妻之間的性生活則很謹慎。因此，新婚的壯年人十天有一次性生活，中年人則二十天一次，開始衰老的人則四十天一次，中等衰老的人則八十天一次，完全衰老的人則把月當作新婚的壯年人的日來計算，這樣就上與天地的法則相符合了。」炎武五十九歲時還沒有兒子，在太原遇到傅青主，請他診脈，他說我還可以生兒子，勸我納妾。於是我在靜樂買了妾。沒過一、二年，許多疾病交相侵擾身體，這才想到董仲舒的那些話，因此心驚而後悔。立姪為嗣的事議定後，就把妾嫁了出去。我曾對張稷若說，照青主的為人看來，算得上是大雅君子。稷若說：「難道有勸六十歲的老人娶妾而能夠成為君子的嗎？」我沒有話回答。

另外，我年少時與楊子常先生交往最深厚。自從定夫死後，子常年過六十，向來就有眼翳之病，他買了兩個妾，三、五年之間，眼睛就不能見物了；生了一個兒子，已到童年卻死了，結局與伯道相同。這對於沒有兒子的人，尚且應當引以為戒，何況有子孫、又有曾孫的人呢？有曾孫而又買妾，以理言之，則應當叫做不善；以事言之，則朱子斗有所謂〈好人歎〉的詩，其中的好人就是西安府的人，可資借鑒的往事還不遙遠。我考慮到您有五十九歲，與我當初買妾時相同；有眼疾，與楊子常相同；有曾孫，與西安府的「好人」相同。因此列舉這些作為規勸的例子，不知道這樣做是否恰當？

【研析】作者在規勸王宏撰不要納妾時主要採用類推的手法。所謂類推，就是依照某一事物的道理推出同類其他事物的道理。作者先敘自己於五十九歲時置妾後導致「眾疾交侵」，次敘楊子常素有眼疾，置妾之後「目遂不能見物」，最後敘述西安府之「好人」有曾孫而置妾，「當謂之不祥」。敘完上述三個事例，便與王宏撰的情況聯繫起來進行類推：「伏念足下之年五十九，同於弟；有目疾，同於子常；有曾孫，同於西安之『好人』。」既然所列舉的三例已經證明置妾或有害其身，或有損其德，那麼當王宏撰的情況分別與上述三例相同時，置妾的結果也必然會相同。

與楊雪臣

【題解】作者在本文中對楊雪臣表達敬慕之情和自述處境艱難的同時，也談到了本人所著的《日知錄》和《音學五書》，其中包含了三點意思。其一，《日知錄》經過反覆刊改，《音學五書》亦「為一生之獨得」，「非如近時拾瀋之語」，可見作者治學態度非常嚴謹。其二，著《日知錄》之目的「意在撥亂滌污，法古用夏，啟多聞於來學，待一治于後王」。關於這一點，作者在〈初刻日知錄自序〉、〈與友人論門人書〉等文中多次提到，足見作者之用心良苦。其三，作者自信《日知錄》之「必傳」，《音學五書》「亦足羽翼六經」，表明二書有很高的學術價值或歷史價值。關於這一點，不僅已為今天的事實所證實，就是當時的人們業已看出來了，這從他多次答友人對二書，尤其對《日知錄》的關切中就可得到證明。

想年來素履❶康豫❷，盛德日新❸，而愚所深服先生者，在不刻文字❹，不與時名❺。至于朋友之中，觀其後嗣❻，象賢❼食舊❽，頗復難之。郎君❾博探文籍而不赴科場❿，此又今日教子者所當取法也。人苟徧⓫讀五經⓬，略通史鑑⓭，天下之事，自可洞然⓮，患在為聲利⓯所迷而不悟耳。

向者《日知錄》之刻，謬承許可⑯，比⑰來學業稍進，亦多刊改⑱。意在撥亂滌污⑲，法古⑳用夏㉑，啟多聞於來學㉒，待一治于後王㉓，自信其書之必傳，而未敢以示人也。若《音學五書》，為一生之獨得，亦足羽翼六經㉔，非如近時拾瀋之語㉕，而亦不肯供他人捉刀㉖之用，已刻之淮上㉗矣。

平生志行㉘，知己㉙所詳。惟念昔歲孤生㉚，飄搖風雨㉛；今茲親串㉜，崛起雲霄㉝。思歸尼父之轅㉞，恐近伯鸞之竈㉟。且九州㊱歷其七，五嶽㊲登其四，未見君子㊳，猶吾大夫㊴，道之難行，已可知矣。爾乃徘徊渭川㊵，留連㊶仙掌㊷，將營一畝，以畢餘年。然而霧市雲巖㊸，人煙斷絕，春畦㊹秋圃㊺，虎跡縱橫，又不能不依城堡而架椽㊻，向鄰翁而乞火㊼。視古人之棲山飲谷㊽者，何其不侔㊾哉！世既滔滔㊿，天仍夢夢(51)，未知此生，尚得相見否？輒因便羽(52)，附布(53)區區(54)。

【注　釋】❶素履　語出《易・履》。比喻質樸無華、清白自守的處世態度。❷康豫　猶康健。❸盛德日新　美盛的品德日日出新。《易・繫辭》云：「日新之謂盛德。」後多用為修養深厚之稱。❹不刻文字　指不刻印書籍。❺不與時名　不與時人爭名。❻後嗣　後代。❼象賢　語出《尚書・微子之命》。言後代子孫能像先賢那樣。後來成為稱美父子事業相承的套語。❽食舊　即「食舊德」。語出《易・訟》。承守其先代之德澤。❾郎君　漢代制度規定，二千石以上，得任其子為郎，故謂人之子弟曰「郎君」。❿科場　科舉的考試場所。⓫徧同「遍」。⓬五經　五部儒家經典，始稱於漢武帝時。即《詩》、《書》、《禮》、《易》、《春秋》。⓭史鑑　泛稱史籍。《史記》與《資治通鑑》為中國史書代表作，故用二者作為中國史籍代稱。⓮洞然　透徹、深入了解的樣子。⓯聲利　即名利。⓰謬承許可　猶言錯誤地承蒙您予以肯定。謬，此處有自謙之意。許可，允許。此處有肯定《日知錄》價值之意。⓱比　近。⓲刊改　修改。刊，刪改；修訂。⓳撥亂滌污　廢棄雜亂，滌除污垢。謂對錯誤之處予以修正。⓴法古　效法古代。㉑用夏　據《孟子・滕文公上》云：「吾聞用夏變夷者，未聞變于夷者也。」依此，「用夏」即「用夏變夷」。謂以中國之風教化夷狄，「使之歸於善」。夏，諸夏，古代指中原地區周王朝所分封的各諸侯，後泛指中國。㉒來學　後來的學生。㉓一治于後王　謂被後來的帝王用以安定天下。治，安定。㉔羽翼六經　猶言對六經有輔助作用。羽翼，輔佐。六經，指《詩》、《書》、《易》、《禮》、《樂》、《春秋》。㉕拾瀋之語　指不切實用之空論。拾瀋，語出《左傳・哀公三年》。謂拾取汁水。比喻事情不可能辦到。瀋，汁。㉖捉刀　語出《世說新語・容止》。後稱代人作文字為捉刀。㉗淮上　淮水之邊上。淮水今稱淮河，為古四瀆之一，跨河南、安徽、江蘇三省境。㉘志行　志向和操行。㉙知己　謂彼此相知、情誼深切的朋友。㉚孤生　猶言孤單、孤微。㉛飄搖風雨　語出《詩・豳風・鴟鴞》。比喻動蕩不安。此自喻處於憂患之中。㉜親串　猶言親戚。㉝崛起雲霄　謂置身通顯。此指作者外甥徐元文兄弟二人身居高位。參見本書〈答原一、公肅兩甥書〉題解。㉞思歸尼父之轅　猶言孔子思歸的車馬，意謂作者自己想回去。尼父，謂孔子。《論語・公冶長》云：「子在陳，曰：『歸與！歸與！吾黨小子狂簡。』」㉟伯鸞之竈　漢代梁鴻字伯鸞，少孤，詣太學受業，常獨坐止，不與人同食，鄰舍先炊已，呼伯鸞趁熱釜炊，伯鸞曰：「童子鴻不因人熱者也。」滅竈更燃之。見《東觀漢記・梁鴻傳》。後以「伯鸞之竈」比喻沾他人光或依附他人。㊱九州　中國古代之區劃。有兩說：〈禹貢〉曰兗、冀、青、徐、豫、荊、揚、雍、梁。《周禮》曰揚、荊、豫、青、兗、雍、幽、冀、并。㊲五嶽　謂中嶽嵩山、東嶽泰山、西嶽華山、南嶽衡山、北嶽恆山。㊳未見君子　語本《論語・述而》。㊴猶吾大夫　喻指見到的掌權者都是行為不正之人。《論語・公冶長》云：「崔子弒齊君，陳文子有馬十乘，棄而違之。至於他邦，則曰：『猶吾大夫崔子也。』違之。」㊵渭川　即渭水。黃河最大支流，在陝西中部。㊶留連　留戀不願離開。㊷仙掌　華山東峰名。㊸霧市雲巖　指隱居之地。霧市，據《後漢書・張霸傳》附「張楷」云，漢代張楷隱居弘農山中，好道術，能作五里霧，故謂其居為霧市。㊹畦　指田地。㊺圃　指菜地。㊻架椽　謂建房。椽，承受屋瓦的木條。㊼乞火　乞討火種。㊽棲山飲谷　即隱居山谷。㊾不侔　不相等同。㊿滔滔　語出《論語・微子》。像洪水泛濫時一樣的。(51)天仍夢夢　語本《詩・小雅・正月》。謂天仍是昏沈的。夢，昏亂不明貌。(52)便羽　猶言「便雁」，謂便中之書信。羽，即雁。《漢書・蘇武傳》云：「言天子射上林中，得雁足有繫帛書。」以「雁」、「羽」為書信之稱，本此。(53)布　陳述。(54)區區　猶「拳拳」，忠愛懇切之意。

【語　譯】想起近年來您平居守分身體康健，品德美盛，日日出新，而我所深深佩服先生的，則是您不刻印書籍，不與時人爭名。至於朋友之中，看看他們的後代，能像先賢承守德澤的，又頗困難了。您的兒子廣博探求於文獻典籍，卻不赴科舉考試，這又是今天教育子弟的人所應當效法的。一個人假如讀遍五經，又粗略通曉史籍，天下的事，自然可以透徹了解，令人憂慮的則在於為名利所迷惑而不覺悟。

以前，《日知錄》的刻印，錯誤地承蒙您的肯定；近來我的學業稍有長進，對《日知錄》作了較多修改，意在把錯誤之處去掉，並效法古代以中國之風去教化夷狄，以廣聞博見去啟發後來的學生，並等待以後的帝王用它去安定天下，自信這部書一定會流傳於世，因此不敢把它出示於人。至於《音學五書》，是我一生研究的獨自心得，也足以對六經起到輔助作用，並不是如同近時那些不切實用的空虛之論，而我也不肯供他人捉刀之用，我已經在淮水之濱把它刻印出來了。

我平生的志向和操行，已為知己所詳悉。想起往日孤單，風雨飄搖；而今卻有親戚置身通顯。我本想像思歸的孔子那樣駕車回去，又唯恐近似伯鸞之寵，沾光於人。況且九州中我已遊歷了七個，五嶽中我已攀登了四座。卻沒有遇見君子，所見到的掌權者都是行為不正之人，世道之難行，也就已經由此可以知道了。如此我便徘徊於渭水之邊，留連於仙掌峰之上，我將經營一畝之地，以了結剩餘的歲月。然而隱居之地，人煙斷絕，春畦秋圃，虎跡縱橫，我又不能不依傍城堡而架椽建屋，向鄰居老翁去乞討火種。看看古人隱居山谷的情形，何其不相等同啊！世道像洪水泛濫時一樣敗壞，老天仍然是昏昏沈沈。不知道這一生是否還能相見？於是就通過便中之書信，附帶陳述我的懇切忠厚之意。

【研析】讀這篇文章，應當注意作者情感的變化。

文章的第一段，在稱頌楊雪臣淡泊名利的同時，也表達了自己不為名利所迷惑的志向，其間顯露出了敬慕與自愛之情。第二段敘述《日知錄》或《音學五書》的修改情況、撰寫目的或學術價值，其自信之意與自豪之情則溢於言表。第三段談到欲歸不能，隱居不易；虎狼當道，天地昏暗，更不知此生能否再與老友相見，不禁悲從心生，哀惋淒絕。綜觀全篇，其情感的波瀾則表現為由平緩升至高潮，再墮入低谷，跌宕起伏，動人心弦。

古人說過：為文應當一波而三折。這篇文章正有這一特點，它的藝術魅力也正在於此。

與戴耘野

【題解】在這篇文章中，作者敘述了自己的近況，表達了對朋友思念和仰慕之情。

一別廿載，每南望鄉關❶，屈指❷松陵❸數君子，何嘗不緬想❹林宗❺，長懷仲蔚❻，音儀雖闊❼，志嚮靡移❽。其如一鴈難逢❾，雙魚莫寄❿，而故人良友存亡出處⓫之間，又不禁其感涕矣！遙審⓬素履⓭無恙⓮，風節彌高，已成三輔⓯之書，獨表千秋之躅⓰。晨星⓱碩果⓲，非君而誰？弟生罹多難⓳，淪落⓴異邦㉑，長為率野㉒之人，無復首丘㉓之日。然而九州㉔歷其七，五嶽登其四，今將卜居㉕太華㉖，以卒餘齡。百家之說㉗，粗有闚于古人；一卷之文，思有裨㉘于後代，此則區區自矢㉙而不敢惰偷㉚者也。〈關中詩〉五首，〈寄次耕詩〉一首呈覽，可以徵㉛出處大概㉜。昔年有纂錄《南都時事》一本，可付既足持來。尊著《流寇編年》、《殉國彙編》，聞已脫藁，所恨道遠無從披讀。敬佇㉝德音㉞，以慰懸企㉟！

【注釋】❶鄉關　指故鄉。❷屈指　彎曲手指計算數目。❸松陵　為吳淞江之古稱。唐代皮日休、陸龜蒙等人唱和之詩，以《松陵集》命名。此處借用此典。❹緬想　遙想。❺林宗　後漢郭泰字。其品學為時人所重。見《後漢書・郭泰傳》。❻仲蔚　後漢張仲蔚常居窮素，所處蒿蓬沒人，閉門養性，不治榮名。見《高士傳》。❼音儀雖闊　猶言聲音儀容雖遠離。闊，疏遠；遠離。❽靡移　不移；沒有改變。❾一鴈難逢　猶言一鴈難以相逢，作者自比孤鴈失群。❿雙魚莫寄　猶書信不能寄達。雙魚，謂書信。⓫出處　進退。⓬遙審　在遠處詳知。⓭素履　比喻質樸無華、清白自守的處世態度。⓮無恙　問候用語。無疾無憂之意。⓯三輔　指西漢治理京畿地區三個職官。又長安近畿，三輔所轄之地亦稱三輔。漢代趙岐撰有《三輔決錄》，記漢時三輔事。唐代無名氏撰有《三輔黃圖》，記載漢時長安古蹟。此處大概是借典言事。⓰躅　足跡。引申指事跡。⓱晨星　晨見的星。星至晨而沒，後常以此比喻稀少。⓲碩果　豐碩的果實，後謂難得之人材僅存者。⓳生罹多難　猶言生來遭遇很多苦難。罹，遭遇。⓴淪落　流落。㉑異邦　異鄉。㉒率野　《詩・小雅・何草不黃》云：「匪兕匪虎，率彼曠野。」孔子厄於陳蔡時，曾詠此詩，意謂人非兕虎，為何被圍困於此曠野。後因以指淪落他鄉。㉓首丘　相傳狐死時必正首向故丘。後因以喻懷戀故鄉。㉔九州　古代中國設置的九個州。據《尚書・禹貢》稱九州為：冀、豫、雍、揚、兗、徐、梁、青、荊。㉕卜居　用占卜選擇定居之地。㉖太華　即西嶽華山。㉗百家之說　百家的學說。百家，指先秦諸子，舉成數而言。㉘裨　裨補；增益補闕。㉙自矢　猶自誓、立志不移。㉚惰偷　懶惰。㉛徵　驗證。㉜大概　指大致情況。㉝佇　佇立；等待。㉞德音　語出《詩・邶風・谷風》，意即善言。後成為對別人言辭的敬稱。㉟懸企　冀求；想念。

【語　譯】一別二十年，每次向南遠望故鄉，數一數松陵幾位君子，何嘗不遙想林宗，長久懷念仲蔚，音容雖然遠離，而志向卻沒變化。無奈一鴈難以相逢，書信不能寄達，而想到故人良友或存或亡或進或退，又不禁感慨涕零！在遠處詳知你平居守分無疾無慮，風骨氣節更加高尚，你已經撰成有關三輔的著作，僅僅為了顯揚千年的事跡。晨星碩果，不是你還有誰？我生來遭逢很多苦難，流落異鄉，長期成為淪落之人，不再有回到故鄉之日。然而我已到過九州中的七個，登過五嶽中的四座，現在將選擇華山定居下來，以度完剩下的年齡。對於諸子百家的學說，我已粗略窺知古人的觀點；撰成的一卷文章，想來對後代能增益補缺，這就是我立志不移而又不敢懶惰的原因。我寫了五首〈關中詩〉，把〈寄次耕詩〉一首呈送給你閱覽，可以從中驗證進退的大致情況。往年纂錄的一本《南都時事》，可以交給既足拿來。你的大作《流寇編年》、《殉國彙編》，聽說已經脫稿，遺憾的是道路遙遠無從翻閱拜讀。我敬候德音，以安慰內心的思念。

【研　析】借典言事，借典抒情，是顧炎武書信的一大特色。本文在表達對友人的思慕之情時，用了「松陵數君子」一典，借以追憶往日朋友之間交往親密的情形，又用了後漢人郭泰、張仲蔚之典，借以稱頌朋友的高風亮節。在談到自己的處境時，用了「率野」一典，借以表達自己淪落他鄉的悲憤之情，又用了「首丘」一典，借以表達自己對故鄉的深切思念。閱讀顧炎武的這篇文章，如果不弄懂其中所借用的典故，就難以領會其深刻含義，當然也就更難以體會到作者盤結在胸的各種情感了。

與潘次耕

【題解】潘次耕的身世，已在本書卷四〈與潘次耕書〉中作過介紹。本文除了勉勵潘次耕自強外，還對自己的遊歷情況作了簡要介紹。

接手札[1]如見故人，追念痛酷[2]，其何以堪[3]！古人於患難之餘，而能奮然自立，以亢宗[4]而傳世者，正自不少，足下[5]勉旃[6]，毋怠！承諭[7]負笈[8]從遊[9]，古人之盛節[10]，僕何敢當！然中心[11]惓惓[12]，思共晨夕[13]，亦不能一日忘也。而頻年[14]足跡所至，無三月之淹[15]，友人贈以二馬二騾，裝馱書卷，所雇從役，多有步行，一年之中，半宿旅店，此不足以累[16]足下也。近則稍貸貲本[17]，于鴈門[18]之北，五臺[19]之東，應募墾荒。同事者二十餘人，闢草萊[20]，披荊棘，而立室廬于彼。然其地苦寒特甚，僕則遨遊四方，亦不能留住也。彼地有水而不能用，當事[21]遣人到南方，求能造水車、水碾、水磨之人，與夫能出貲以耕者。大抵北方開山之利，過于墾荒；蓄牧之獲，饒于耕耨㉒，使我有澤中千牛羊，則江南不足懷也。列子㉓「盜天」之說㉔，謂取之造物㉕而無爭于人。若今日之江南，錐刀之末㉖將盡爭之，雖微如蟣蠓㉗，亦豈得容身于其間乎？文淵、子春並於邊地㉘立業㉙，足下倘有此意，則彼中亦足以豪㉚，但恐性不能寒㉛，及家中有累㉜耳。徐介白久不通書，為我以此字達之，知區區未死，宇內猶有一故人也。

【注釋】❶手札　手書；親筆信。❷痛酷　猶慘痛。指潘次耕之兄因莊氏史案而遭殺害之事，使之慘痛於心。❸堪　能承當或忍受。❹亢宗　庇護宗族。❺足下　古代下稱上或同輩相稱的敬詞。❻勉旃　猶努力。旃，同「旃」。助詞。相當於「之」或「之焉」。❼承諭　猶言接受勸說。❽負笈　揹著書箱。❾從遊　即遊覽。從，指參與某事。❿盛節　大節；美節。⓫中心　內心。⓬惓惓　猶「拳拳」。懇切貌。⓭思共晨夕　謂想到朝夕相處。⓮頻年　猶言連續多年。⓯淹　久留；滯留。⓰累　連累。⓱貲本　猶資本。貲，通「資」。⓲鴈門　即「雁門」。山名。在今山西代縣西北。⓳五臺　山名。在今山西五臺東北。⓴草萊　草茅、雜草之類。㉑當事　當權者。㉒耨　除草。㉓列子　即戰國時人列禦寇，著有《列子》一書。㉔盜天之說　見《列子・天瑞》。㉕造物　創造萬物者。㉖錐刀之末　譬喻細微。錐刀，小刀。㉗蟣蠓　一種小蟲名。㉘邊地　邊境之地。㉙立業　建立功業。㉚豪　人豪；豪傑。㉛寒　貧困。㉜累　牽連；妨礙。

【語　譯】接到親筆書信，如同見到老朋友。追念往事慘痛於心，那種情形怎能忍受！古人在經歷患難之後，卻能奮起自立，以庇護宗族而流傳於世的，正是不少，你要努力，不要懈怠！接受勸說我揹著書箱遊歷四方，古人的美節，我怎敢擔當！然而拳拳之心，想到曾與朋友朝夕相處，對此一天也不能忘記。我連續多年足跡所到之處，沒有滯留過三月之久，友人贈給我的二匹馬、二匹騾子，替我馱著裝有書卷的箱子，所雇的隨從僕役，大多步行，一年之中，有一半住在旅店，這些都不足以連累你了。近來我則稍稍借貸資本，在鴈門山之北，五臺山之東，響應招募來此開墾荒地。一同墾荒的有二十多人，闢除雜草，斬去荊棘，並在那裏修建了房屋。然而那個地方特別寒冷，我則遨遊四方，又不能留住下來。那個地方有水而不能用，當權者派人到南方，求取能造水車、水碾、水磨的人，以及能出資而耕種的人。大概北方開山的利益，超過了墾荒；蓄養牲畜的收穫，比耕種田地更富饒，假使我在水草叢雜之地養有牛羊千匹，那麼江南也不足以懷念了。列子有「盜天」的說法，說的是取之於造物者而不爭奪於人。比如今天的江南，連如同錐刀之末的土地都將盡力去爭奪，即使微小如蟣蠓，又難道能夠在其間容身嗎？文淵、子春都在邊境之地建立功業，你如果有這種意思，那麼在那裏也足以成為豪傑，但是恐怕你的性情不能安於貧困，再說你的家中還有拖累。徐介白很久不通書信，替我把這幾個字轉達給他，讓他知道我還未死，天下還有一個老朋友在世。

答毛錦銜

【題解】本文對毛錦銜所問以異姓為後嗣的事，引述史實予以解答。

異姓為後見于史者，魏陳矯❶本劉氏子，出嗣舅氏❷；吳朱然❸本姓施，以姊子為朱後，惟此二人為賢，而賈謐❹之後充，則有莒人滅鄫❺之譏矣。惟《晉書》有一事與君家相類，云吳朝周逸，博達古今，逸本左氏之子，為周氏所養；周氏自有子，時人有譏逸者，逸敷陳❻古事，卒不復本姓，學者咸謂為當。然亦未可引以為據，以經典別無可證也。

【注釋】❶陳矯　字季弼，三國時魏人。官至司徒，封東鄉侯。《三國志》有傳。❷出嗣舅氏　謂出為舅舅的後嗣而改成舅舅的姓。❸朱然　字義封，三國時吳人。為朱治嗣子。累官至左大司馬、右軍師，封當陽侯。《三國志》有傳。❹賈謐　字長深，晉代人。本姓韓，賈充無子，以謐為後。官至侍中，後因謀反而被斬首。《晉書》有傳。❺莒人滅鄫　《左傳．襄公六年》云：「莒人滅鄫。」《晉書．秦秀傳》云：「昔鄫養外孫莒公子為後。」莒，西周諸侯國。故址在今山東莒縣。鄫，西周諸侯國。故址在今山東棗莊市藍陵。❻敷陳　鋪敘。

【語譯】以異姓為後嗣而見於史書記載的，有魏朝的陳矯，他本是劉氏之子，出為舅舅的後嗣而改成舅舅的姓；還有吳朝的朱然，他本姓施，作為朱家姊姊的兒子而成為朱家的後嗣，唯有這二人有德有才。而賈謐作為賈充的後嗣，則有莒人滅掉鄫國的議論。只有《晉書》中有一件事與你家相類似，說吳朝的周逸，博通古今，周逸本是左氏之子，為周氏所收養，周氏自有其子，當時的人有譏諷周逸的，周逸則敷陳古代的事進行辯解，最終沒有恢復本來的姓，學者都說這樣做是恰當的。然而也不能引以為據，因為經典中另外沒有可以用來證明的。

與毛錦銜

【題解】本文主要敘述作者在關中以禮為教授的內容，這既是對儒學傳統的繼承，同時也是對當世講學之師在聚徒教授時不嚴肅恭敬的否定。

比❶在關中，略倣橫渠❷、藍田❸之意，以禮為教。夫子嘗言：「博學於文，約之以禮。」❹而劉康公❺云：「民受天地之中以生，所謂命也。是以有動作禮義威儀❻之則，以定命也。」然則君子之為學，將以修身，將以立命❼，舍禮其何由哉？吾之先元歎❽丞相在吳先主❾朝，以嚴見憚，先主每言：「顧公在坐，使人不樂。」吾見近來講學之師，專以聚徒立幟為心，而其教不肅，故欲反其所為。〈衛詩〉言武公之德曰：「瑟兮僩兮。」❿雖不能至，然心嚮往之。倘有如阮籍⓫之徒，猖狂妄行，而嫉禮法為仇讎者，則亦任之而已。憶昔萬曆庚申⓬，吾年八歲，今年元日作一對曰：「六十年前二聖⑬升遐⑭之歲，三千里外孤忠⑮未死之人。」便中有字與吳門⑯，可代為錄此，與一二耆舊⑰知心者觀之，知此迂拙之叟⑱猶在人間耳。一詩并附。

【注　釋】❶比　近來。❷橫渠　即宋代張載，為鳳翔郿縣（今陝西眉縣）橫渠人，世稱橫渠先生。曾退居南山下講學，因是關中人，故其學派稱為關學。著有《張子全書》。❸藍田　宋代呂大臨，人稱藍田先生。初拜張載為師。載死後又師事程顥兄弟，成為程門四先生之一。官祕書省正字。《宋史》有傳。❹夫子嘗言三句　見《論語・雍也》。❺劉康公　周朝人，亦稱王季子。采食於劉，為卿士。此處所引劉康公的幾句話，載《左傳・成公十三年》。❻威儀　禮儀細節。❼將以修身二句　語本《孟子・盡心上》。修身，修養身心。立命，安身以順從天命。❽元歎　即三國時吳國顧雍，元歎是其字。孫權為吳主，顧雍累遷大理奉常、領尚書令。《三國志》有傳。❾吳先主　指孫權。❿衛詩言武公之德曰二句　見《詩・衛風・淇奧》。此詩歌頌衛武公的品德。瑟兮僩兮，猶言莊重啊，威嚴啊！根據朱熹的解釋，瑟為矜莊貌。僩，威嚴貌。⓫阮籍　字嗣宗。三國時陳留尉氏（今屬河南）人。蔑視禮教，嘗以白眼看待禮俗之士。著有《阮嗣宗集》。⓬萬曆庚申　即西元一六二〇年。萬曆，為明神宗朱翊鈞的年號。⓭二聖　指二位皇帝。⓮升遐　稱帝王死。⓯孤忠　忠心耿耿而不得支持。⓰吳門　古吳縣（今蘇州）的別稱。⓱耆舊　故老；年老的舊好。⓲迂拙之叟　迂闊笨拙的老人。叟，老年人。

【語　譯】近來我在關中，倣效張載、呂大臨的樣子，以禮為教授的內容。孔子嘗說：「廣泛地學習文獻，再用禮節來加以約束。」劉康公說：「人民稟受於天地之中而得以生存，這就是所說的命。因此才有行為、禮儀、威儀的準則，這是用來確定命的。」既然這樣，那麼君子求學的目的，將是用來修養身心，將是用來安身以順從天命，捨棄了禮那又從何著手呢？我的祖先顧元歎丞相生活在吳國先主孫權那一朝，因嚴肅而使人畏懼，先主常常說：「顧公在坐，使人不愉快。」我見近來講授儒學的經師，單純以聚集門徒樹立旗幟為用心，而其教授則不嚴肅，因此我便想與他們的所作所為相反。〈衛詩〉談到衛武公的美德時說：「莊重啊！威嚴啊！」我雖然不能達到，但心卻嚮往他。假使有如阮籍一類的人，肆意妄行，把禮法視為仇敵而加以嫉恨，那麼也就任他所為罷了。回憶以前萬曆庚申年時，我的年齡才八歲，今年元旦我作了一副對子說：「六十年前二聖升遐之歲，三千里外孤忠未死之人。」你在方便之中有字捎與蘇州，可以代我錄下這副對子，帶給一、二位已經年老的往日的朋友和知心的人看一看，讓他們知道我這個迂闊笨拙的老頭還活在人間。另有一首詩一齊附上。

先妣王碩人行狀

【題解】本文以深情而悲痛的筆調，敘述母親的生平事跡。先妣，自稱去世的母親。碩人，宋代婦人的封號，後為對婦人的尊稱。作者對母親的貞烈與氣節，給予充分的褒揚，並且表示自己要遵從母親遺訓，以仁人義士為楷模而成就其志向的決心。

嗚呼！不孝❶炎武幼時，而吾母授以《小學》❷，讀至王蠋❸忠臣烈女之言，未嘗不三復❹也。〈柏舟〉之節❺紀於《詩》，首陽之仁❻載於傳，合是二者為一人，有諸乎？於古未之聞也，而吾母實蹈之。此不孝所以藁葬❼而不葬，將有待而後葬者也。忽焉二載，日月有時。念二年以來，諸父❽昆弟❾之死焉者，姻戚❿朋友之死焉者，長於我而死焉者，少於我而死焉者，不可勝數也；不孝而死，是終無葬日也。矧⓫又獨子。此不孝所以踟躕⓬二年，而遂欲苟且以葬者也。

古人有雨不克葬⑬者，有日食而止柩道右⑭者，今之為雨與日食也大矣⑮。《春秋》⑯嫁女不書葬⑰，而特葬宋共姬⑱，賢之也。吾母之賢如此，而不克特葬，又於不可以葬之時，而苟且以葬，此不孝所以痛心擗踊⑲，而亟欲請仁人義士之文，以錫⑳吾母於九泉者也。

先妣王氏，遼東㉑行太僕寺少卿諱宇之孫女，太學生諱述之女。年十七而吾父亡，歸於我㉒，教諭㉓沈君應奎為之〈記〉。又一年而先曾王母㉔封淑人㉕孫氏卒，又十年而先王父㉖之猶子㉗文學公生炎武，抱以為嗣，縣人張君大復為之〈傳〉。其〈記〉曰：

> 貞孝王氏者，崑山儒生顧同吉未婚妻也。年將笄㉘，嫁有日㉙矣。父上舍㉚述，為治裝㉛，裝多從俗鮮華。氏私白其母曰：「兒慕古少君㉜、孟光㉝之為人，焉用此？」父為去華就質㉞者十之五。已而㉟顧生病，尋卒㊱。氏不食數日，衣素告父母曰：「兒願一奠顧郎，歸乃食。」父母知不可奪，為治奠挈氏往。氏拜顧生柩，嗚咽㊲弗哭。奠

久，入拜太姑[38]淑人、姑[39]李氏，請依居[40]焉。謂父上舍曰：「為我謝母，兒不歸矣！」父為之斂容[41]不能語。舅[42]紹芾者，名士，曉大義。泣謂氏曰：「多新婦[43]，卒念存吾兒；然未講伉儷[44]，安忍遂婦吾子[45]？」氏曰：「聞之禮：信，婦德也。曩[46]已請期[47]，妾身為顧氏人矣，去此安往[48]？」自是依太姑與姑，朝夕一室，送迎不踰閾[49]，數歲不一歸省[50]。父上舍病，亟待訣[51]，旦日[52]一往哭，即夕返。

其〈傳〉曰：

> 貞孝自小嚴整如成人，父母愛之。而顧生故獨子，早有文。王與顧為同年家[53]，因許女與之。無何[54]，生年十八，夭。父母意甚徬徨[55]，欲未令貞孝知，而貞孝已竊聞之。亟脫步搖[56]，衣白布澣衣[57]，色意大愴[58]，婉婉[59]至父母前，不言亦不啼，若促駕而行[60]者。父母初甚難，而念女至性不可奪[61]，使嫗[62]告其翁姑[63]。翁姑悲愴不勝，灑掃[64]如迎婦禮，然不敢言去留也。貞孝既至，面生柩，拜而不哭，斂容見翁姑，有

終焉之色[65]。而姑李氏，故以德聞，拭淚謂貞孝曰：「婦豈聖耶？奈何以吾兒累新婦！」貞孝聞姑稱新婦，淚簌簌下交於頤[66]。早晚跪奠生柩前，間視[67]姑眠食，而自屏[68]處一室，親戚遣嫗候視，輒謝之。有女冠[69]持梵行[70]甚嚴，請見貞孝。貞孝不與見，曰：「吾義[71]不見門以外人。」自是率婢子挫鍼[72]操作以為常，時遣訊父母安否而已。其他婉淑之行[73]，世莫得聞。

久之，翁詣金陵[74]，而姑適[75]病，且悴[76]。貞孝左右服勤，湯糜茗盌[77]，視色以進[78]。姑意大憐[79]，而貞孝彌連晝夜不少怠。一日，煮藥進姑。姑強視貞孝言曰：「新婦何瘦之甚？盍[80]少休乎？」貞孝多為好語慰藉[81]，既進藥而病立間[82]。姑謂婢子曰：「吾曩者憂獨子，天且奪之，而與吾新婦，吾固當一子，不得兩耳。」攲枕執貞孝手，而貞孝若不欲露其指者。偵之，則已斷一小指，和藥煮之，姑之病所以立瘥[83]者也。諸婢子亦莫得見，相傳語，驚且泣。貞孝止之曰：「姑受命於天，宜老壽[84]，而婢子何得妄言陰騭[85]事耶？」姑既病起，亦絕不言貞孝斷指事，獨姑之兄李箕竊聞之云。

貞孝既侍翁姑十二年，而翁姑始為其子定嗣[86]，貞孝撫之如己生。此二先生之言云，而不孝不敢溢[87]一辭者也。又二年，而知縣陳君祖苞拜其廬。又三年，先王母李氏卒，喪之如禮[88]。又十六年，而巡按御史祁君彪佳[89]表其門[90]。又二年，母年五十有一，而巡按史王君一鶚奏旌其門[91]，曰貞孝，下禮部[92]。禮部尚書姜公逢元[93]奏如章，八月辛巳上，其甲申，制[94]曰「可」。於是三吳[95]之人，其耆舊隱德[96]，及能文奇偉之士，上與先王父交，下與炎武游者，莫不牽羊持酒，踵門稱賀，謂史策所紀，罕有此事。蓋其時炎武已齒[97]文會[98]，知名且十年矣。而先王父年七十有四，祖孫母子，怡怡[99]一門之內，徼[100]天子之恩，以為榮也。

而天下之兵方起，而江東[101]大饑。又五年，先王父卒，其冬，合葬先王父先王母於尚書浦之賜塋，如禮。而家事日益落[102]。又三年，而先皇帝升遐[103]，又一年，而兵入南京。其時炎武奉母僑居常熟[104]之語濂涇，介兩縣之間。而七月乙卯，崑山[105]陷；癸亥，常熟陷。吾母聞之，遂不食，絕粒者十有五日。至己卯晦[106]而吾母卒。八月庚辰朔[107]，大斂[108]，又明日而兵至矣。嗚呼，痛哉！遺言曰：「我雖婦人，身受國恩，與國俱亡，義也。汝無為異國臣子，無負世世國恩，無忘先祖遺訓，則吾可以瞑於地下。」嗚呼，痛哉！

初吾母為婦十有七年，家事竝[109]王母操之。吾母居別室中，晝則紡績，夜觀書至二更乃息。次日平明[110]起，櫛縰[111]問安以為常。尤好觀《史記》、《通鑑》，及本朝政紀諸書，而於劉文成[112]、方忠烈[113]、于忠肅[114]諸人事，自炎武十數歲時，即舉以教。及王母亡，董[115]家事，大小皆有法。有使女曹氏，相隨至老，亦終身不嫁。有奩田[116]五十畝，歲所入，悉以散之三族[117]，無私蓄。

先妣生於萬曆十四年[118]六月二十六日，卒於弘光元年[119]七月三十日，享年六十。其年十二月丁酉，不孝炎武奉柩藁葬於先考[120]之墓傍。嗚呼，痛哉！王孫賈之立齊王子也而其母安[121]。王陵之事漢王也而其母安[122]。若不孝者，何以安吾母？而猶然有靦[123]於斯人之中，將於天崩地坼[124]之日而卜葬[125]。橋山之未成[126]，而馬鬣之先封[127]也。此不孝所以痛心擗踊，而號諸當世之仁人義士者也。

今將以隆武三年[128]十月丁亥，合葬於先考之兆[129]，在先曾王考兵部右侍郎公賜塋之東六步五尺。伏念先妣之節之烈，可以不辱仁人義士之筆，而不孝又將以仁人義士之成其志，而益自奮，以無忘屬纊之言[130]，則仁人義士之銘之也，錫類[131]之宏，而作忠[132]之至者也，不惟一人一家之褒已也。

不孝顧炎武泣血[133]謹狀。

【注　釋】❶不孝　舊時自稱的謙詞，多用於父母死後。❷小學　舊時兒童教育讀本。宋代朱熹、劉子澄編。輯錄符合傳統道德的言行，共六卷，分內、外篇。❸王蠋　戰國時齊國畫邑（故城在今山東臨淄南）人。燕初破齊，樂毅聞蠋賢，令軍環畫邑三十里無入，備禮請蠋，蠋謝不往，燕人劫之，遂自經死。❹三復　再三反覆。❺柏舟之節　〈柏舟〉為《詩・鄘風》篇名。舊說以為「共姜自誓」之詩。〈詩序〉云：「衛世子共伯早死，其妻守義，父母欲奪而嫁之，誓而弗許，故作是詩以絕之。」❻首陽之仁　首陽即首陽山，在山西永濟南。據史籍記載：商末孤竹君死後，其子伯夷與弟叔齊互讓君位而逃亡，後兩人因反對周武王討伐商紂，隱居首陽山，不食周粟而餓死。❼藁葬　草草安葬。藁，一種草本植物。❽諸父　伯父、叔父的統稱。❾昆弟　即兄和弟，也包括近房的及遠房的兄弟。❿婣戚　由婚姻關係而形成的親戚。婣，「姻」的異體字。⓫矧　何況。⓬踟躕　猶豫。⓭雨不克葬　雨天不能夠安葬。克，能夠。⓮日食而止柩道右　遇日食則把裝有屍體的棺木停放在道路的右邊。⓯今之為雨與日食也大矣　謂今之災變更大於雨與日食。⓰春秋　儒家經典之一。相傳孔子依據魯國史官所編《春秋》加以整理修訂而成，記載春秋時魯隱公至魯哀公間二百四十二年的各國史事，為中國第一部編年體史書。⓱嫁女不書葬　出嫁之女的死則不記載其喪葬之事。⓲特葬宋共姬　謂特意記載宋國共姬的喪葬。⓳擗踊　親喪哀痛貌。拊心曰擗，頓足曰踊。⓴錫　賜與。㉑遼東　都司名。明朝洪武四年（西元一三七一年）改為遼東都司。治所在定遼中衛（今遼陽）。轄區相當今遼寧省大部。㉒歸於我　謂來到顧家。歸，女子出嫁。㉓教諭　學官名。明朝在縣學設教諭，掌文廟祭祀，教育所屬生員。㉔先曾王母　尊稱已去世的曾祖母。先，對已去世者的尊稱。王母，祖母。㉕封淑人　封號淑人。明朝時，淑人為三品官之妻的封號。㉖先王父　尊稱已去世的祖父。㉗猶子　指姪子。㉘笄　簪子。此指女子可以盤髮插笄的年齡，即成年。㉙嫁有日　謂出嫁之日已擇定。㉚上舍　太學生之最優等者。宋制：初入學者為外舍，由外舍升內舍，由內舍升上舍。㉛治裝　備辦嫁妝。㉜少君　史載：少君姓桓，東漢鮑宣妻。初歸宣，裝送資賄甚盛，宣不悅，少君乃悉歸資御服飾，與宣共挽鹿車歸鄉里，拜姑畢，提甕用汲，修行婦道。㉝孟光　東漢梁鴻妻，字德耀。與鴻隱居霸陵山中，荊釵布裙，耕織以供衣食。每進食，舉案齊眉。所在敬而慕之。㉞去華就質　捨棄華麗歸於質樸。㉟已而　不久。㊱尋卒　隨即去世。尋，旋即；不久。㊲嗚咽　低聲哭泣。㊳太姑　丈夫的祖母。㊴姑　丈夫的母親，即婆婆。㊵依居　依傍而居。㊶斂容　猶正容。表示肅敬。㊷舅　丈夫之父，即公公。㊸多新婦　猶言好兒媳。多，推重、讚美之意。新婦，古時對剛進門的兒媳的稱呼。㊹未講伉儷　謂尚未婚為伉儷。講，通「媾」，猶「婚」。伉儷，夫妻；配偶。㊺遂婦吾子　遂以為吾子之婦。㊻曩　從前；以往。㊼請期　古代婚禮「六禮」之一。男家納徵之後，擇定婚期，備禮告女家，求其同意。㊽去此安往　離開此處又往哪裏去。㊾不踰閾　不越過門檻。踰，越；跨。閾，門限。㊿歸省　回娘家省親。(51)亟待訣　急待訣別。(52)旦日　白天。(53)同年家　同年之家。同年，科舉制度同榜的人稱同年。(54)無何　不久。(55)徬徨　徘徊不安貌。(56)亟脫步搖　急忙脫掉步搖。步搖，古代婦人首飾之一種。以金銀絲宛轉屈曲作花枝，插髻後，隨步輒搖，故名。(57)澣衣　洗衣。澣，「浣」的異體字。洗濯。(58)大愴　非常悲傷。(59)婉婉　和順貌。(60)促駕而行　催促車駕起程。(61)至性不可奪　性情純厚，不可強行改變其意願。(62)嫗　老婦。(63)翁姑　公婆。(64)灑掃　清理打掃。(65)終焉之色　長久住下之意。終，長久。(66)頤　下巴。(67)閒視　抽空探視。閒，空閒。(68)屏　退避。(69)女冠　本謂女道士，世稱尼姑。(70)梵行　佛門之戒行。(71)義　事之宜。即行為準則。(72)挫鍼　捉鍼、捏鍼，謂縫衣。挫，通「捉」。操作。(73)婉淑之行　美好善良的行為。(74)金陵　府名。治所在今南京市。(75)適　正；恰好。(76)悴　危殆之意。(77)湯糜茗盌　湯、粥和茶水。湯，菜湯。糜，稀粥。茗，茶。盌，「碗」的異體字。(78)視色以進　謂依據其氣色而奉上。(79)大憐　非常愛憐。(80)盍　何故。(81)慰藉　安慰。(82)間　指病稍癒。(83)瘥　病癒。(84)老壽　長壽。(85)陰隲　陰德。(86)定嗣　確定繼嗣人。(87)溢　增加。(88)喪之如禮　遵從禮節而治喪。(89)祁君彪佳　字弘吉，天啟進士，累官右僉都御史，巡撫江南，明朝亡，絕粒而死。(90)表其門　旌表其門。(91)奏旌其門　上奏皇帝旌表其門。旌，表彰。古代旌表忠孝節義之人，由朝廷官府賜給匾額，張掛門上，叫做「旌門」。(92)下禮部　謂把奏章送交禮部。下，投送。(93)姜公逢元　字仲訒，萬曆進士，崇禎初累官至禮部尚書。

(94)制　天子之言。(95)三吳　指蘇州、常州、湖州。(96)耆舊隱德　猶言德高望重之人。耆舊，年高而久負聲望之人。隱德，隱於世間的大德之人。(97)齒　列。(98)文會　文酒之會。語出《論語・顏淵》。(99)怡怡　和悅貌。(100)徼　通「邀」。求取；獲得。(101)江東　自漢至隋、唐稱安徽、蕪湖以下的長江下游南岸地區為江東。(102)落衰敗。(103)升遐　天子崩曰「升遐」。此處指崇禎皇帝去世。(104)常熟　縣名。在今江蘇省南部。(105)崑山　縣名。在今江蘇省東南部，鄰接上海市。(106)晦　日暮；夜。(107)朔　天明時。(108)大斂　屍體穿上衣服曰小斂，屍體入棺曰大斂。(109)竝　「并」的異體字。(110)平明　天大亮之時。(111)櫛縰　梳頭髮。縰，束髮之帛。(112)劉文成　字伯溫，元末進士。佐明太祖成帝業，封誠意伯，正德中追諡文成，著有《郁離子》等書。(113)方忠烈　不詳。(114)于忠肅　名謙，字廷益，永樂進士。因戰功加封少保。性忠孝，不避嫌怨，卒以被誣棄世。萬曆中諡忠肅。有《于忠肅集》。(115)董　監督。(116)奩田　陪嫁之田。奩，舊時用為出嫁所備衣物的總稱。(117)三族　父族、母族、妻族。(118)萬曆十四年　即西元一五八六年。萬曆，明神宗年號。(119)弘光元年　即西元一六四五年。弘光，福王朱由崧的年號。(120)先考　舊時稱去世的父親。(121)王孫賈句　王孫賈為戰國時齊國人。年十五，事閔王，王出走，失王之處，其母曰：「汝朝出而暮歸，則吾倚門而望；汝暮出而不歸，則吾倚閭而望。汝今事王，王出汝不知處，汝尚何歸？」賈乃入市中，曰：「淖齒亂齊國，殺閔王，欲與我誅者，袒右。」市人從者四百人，遂誅淖齒而立閔王之子。(122)王陵句　王陵，沛人。始為縣豪。高祖起沛，陵以兵屬之。項羽得陵母，置軍中，陵使至，羽使陵母召陵。母私送使者泣曰：「為老妾語陵：善事漢王，無以老妾故懷二心也。」乃伏劍死。(123)靦　慚愧貌。(124)天崩地坼　猶天翻地覆。指明朝滅亡。坼，裂。(125)卜葬　擇地而安葬。(126)橋山之未成　典出《史記・封禪書》。此謂明朝崇禎皇帝之死而未葬。(127)馬鬣之先封　謂墳墓封土若馬鬣一樣沒有封好。鬣，馬領毛。(128)隆武三年　即西元一六四七年。隆武為唐王朱聿鍵的年號。(129)兆　墓地。(130)屬纊之言　臨死之遺言。纊，新綿，易動搖，人將死，置其口鼻上以為候；故今稱瀕死曰「屬纊」。(131)錫類　語出《詩・大雅・既醉》。謂以善施及眾人。類，善。(132)作忠　即盡忠。語出《禮記》。明代張綸《林泉隨筆》云：「今詳其意，蓋言君子之作忠效勞也如此，而群小之妨賢蠹國如彼。」133泣血　語出《禮記．檀弓上》。謂因親喪而哀傷之極，後用為居父母喪之辭。

【語譯】唉！不孝炎武小的時候，我的母親給我講授《小學》，讀到敘述王蠋等忠臣烈女的那些文字時，沒有不再三領悟的。〈柏舟〉之詩所讚美的貞節，記述於《詩經》；首陽山上所表現出的仁義，載於史傳。把上述所謂貞節與仁義結合在一起並體現於一人身上，有這種事嗎？在古代沒有聽說過，而我的母親則事實上做到了。這就是我把母親草草下葬而不正式安葬，將等待時機然後正式安葬的原因。轉瞬間過了兩年，一日一月地等待，已有一段時間了。想到兩年以來，伯父、叔父和兄弟中死去的，親戚朋友中死去的，有比我年紀大而死去的，有比我年紀小而死去的，不可勝數；看樣子我直到死，最終也沒有正式安葬母親的日子。更何況我又是獨子。這就是我猶豫了兩年之後，於是想不循禮法以安葬母親的原因。

古人有下雨天不能安葬的，有遇到日食把裝有屍體的棺木停放在道路右邊的。今天的災變比下雨和日食還要大呀！《春秋》對出嫁之女的死則不記載其喪葬之事，但是卻特意記載了宋國共姬的喪葬，就是為了表彰其賢慧。我的母親如此賢慧，卻不能享受「特書其葬」的待遇，又是在不能安葬的時候而不循禮法地被安葬，這就是我痛苦而拊心頓足，屢次想請仁人義士撰寫文章，以賜與九泉之下的母親的原因。

母親姓王，是遼東行太僕寺少卿王宇的孫女，太學生王述的女兒。她十七歲那年，在我的父親去世後，她到了我家。教諭沈應奎為她寫了一篇〈記〉。過了一年，封號為淑人的曾祖母孫氏去世；又過了十年，祖父的姪子文學公生下了我，母親抱過來立以為嗣，同縣人張大復為她寫了一篇〈傳〉。沈應奎的〈記〉說：

王貞孝，是崑山儒生顧同吉的未婚妻，快成年時，便擇定了出嫁的日期，其父上舍王述為她備辦嫁妝，這些嫁妝大多隨俗而鮮豔華麗。貞孝私下對母親說：「兒羨慕古代少君、孟光的為人，怎麼用得上這些鮮豔華麗的嫁妝呢？」父親因此而把華麗的十分之五換成了質樸的。不久顧同吉生病，隨即便去世了。王貞孝幾天沒有吃飯，穿著素衣，告訴父母說：「兒希望去祭奠一下顧郎，回來後便吃飯。」父母知道不可強行阻止其意願，於是便準備了祭禮，由父親帶著她前往顧家。王貞孝向顧同吉的棺木拜祭，低聲抽泣而沒有大聲痛哭。祭奠完畢，入室內拜見顧同吉封號淑人的祖母和他的母親李氏，請求依傍而居，並對自己的父親上舍王述說：「請為我感謝母親，兒不回去了。」其父王述為之正容，不能說什麼。顧同吉的父親名紹芾，是一位名士，通曉大義。他抽泣著對王貞孝說：「好媳婦，你始終想念著我的兒子，然而你們尚未婚為伉儷，怎能忍心讓你成為我兒的妻子呢？」王貞孝說：「我聽說過禮：誠信，是婦女的美德。以前已經擇定了婚期，我已是顧家的人了，離開顧家，我又到哪裏去呢？」從此便依傍於祖母和婆婆身邊，朝夕獨處一室，送往迎來不越過門限，幾年沒有回娘家省親一次。其父上舍王述病危，急待訣別，她也是白天回娘家哭別父親，當天傍晚便返回了婆家。

張大復的〈傳〉說：

貞孝自小嚴正端整如同成人一樣，父母對她很喜愛。而顧同吉本來就是獨子，很早就有文名。王與顧是同年之家，因此王家便把女兒許配給了顧家。不久，顧同吉十八歲便去世了，他的父母情意不安，徘徊不定，希望不讓貞孝知道，而貞孝已經悄悄聽說此事，急忙脫掉步搖，披戴白布去洗濯衣服，其面色情意顯得十分悲痛，她和順地來到父母面前，不說話也不啼哭，好像是催促車駕啟程而行的樣子。父母起初很為難，但是又想到女兒性情純厚，不可強行改變其意願，便派一位老婦告訴她的公婆。公婆悲痛得難以忍受，依照迎接媳婦的禮節清理打掃，可是不敢說起貞孝或去或留的事情。貞孝來到顧家，面對顧同吉的棺木，拜祭而沒有痛哭，隨後臉色嚴正地拜見公婆，有久留而不離去的意思。婆婆李氏本來就以德行聞名，她擦著眼淚對貞孝說：「你難道是聖人嗎？怎麼能因為我兒的緣故而拖累新婦你呢？」貞孝聽見婆婆稱自己為「新婦」，眼淚簌簌流到了下巴上。她在顧家住下後，早晚跪拜祭奠於顧同吉的棺木前，並抽空探視婆婆的睡眠飲食，自己則退避而別居一室，親戚派老婦來問候探視，則予以謝絕。有一位尼姑，清修佛門戒行很嚴格，請求面見貞孝，貞孝也不與她相見。她說：「我的行為準則是不見門外之人。」從此，她的日常事情便是帶領奴婢縫衣或操持家務，此外便是時常派人去娘家訊問父母是否安康。有關她的其他美好善良的行為，世間沒有能夠聽說到。

過了很久，公公去了金陵，而婆婆正好生病，而且病得很厲害。貞孝左右服侍效勞，依據婆婆的氣色而進奉湯、粥和茶水。婆婆流露出非常愛憐的意思，而貞孝則更是晝夜連續服侍，不敢稍有懈怠。一天，貞孝煮好藥進奉給婆婆，婆婆勉力察看她說：「新婦為何瘦得這麼厲害呢？莫非是休息得太少嗎？」貞孝多用好話安慰。進奉完湯藥之後，婆婆的病立刻便稍有好轉。婆婆對奴婢說：「我以前擔憂的是獨有一個兒子，而天卻把這個兒子奪走了，但是又給了我一個新婦。我本該只有一個兒子，不能得到兩個兒子啊！」婆婆欹靠枕頭、握著貞孝的手，而貞孝好像不想露出她的手指似的；暗中察看，則已斷了一個小指。原來她把小指和藥煮了，婆婆的病因此才立刻稍有好轉的。諸位奴婢並沒有見到，相互傳說此事，感到震驚而且都流下了眼淚。貞孝制止道：「婆婆受命於天，應該長壽，奴婢怎能胡說陰德之事呢？」婆婆病癒起床後，也絕口不說貞孝斷指之事，唯獨婆婆的兄長李箕悄悄聽說了這件事。

貞孝服侍公婆十二年之後，公婆才為自己的兒子顧同吉確定繼嗣之人，貞孝則撫養嗣子如同自己生的一樣。

上面是二位先生所記述的，我不敢增加一辭。又過了兩年，知縣陳祖苞登門拜訪。又過了三年，祖母李氏去世，依照禮節辦了喪事。又過了十六年，巡按御史祁彪佳旌表其門。又過了兩年，母親年滿五十一歲時，巡按御史王一鶚撰寫奏章請求旌表其門，並稱我母親為「貞孝」。他把奏章送交禮部，禮部尚書姜逢元依其章上奏朝廷，八月辛巳日上奏的，甲申日天子批復道：「可以。」於是三吳之中，那些德高望重及能文奇偉之士，上與祖父交往的，下與炎武交往的，沒有不牽羊持酒，一個接一個登門表示祝賀的，都說史策所記載的，也很少有這種事情。當時炎武我已列於文酒之會，知名於世已有十年。而祖父的年紀已有七十四歲，祖孫母子，一家之內，和悅歡樂，以獲得天子之恩為榮耀。

當時天下戰亂方才興起，而江東出現很大的饑荒。又過了五年，祖父去世，那年冬天，依照禮節把祖父祖母合葬於尚書浦中所受賞賜的墳墓。此後家事日益衰落。又過了三年，崇禎皇帝僊逝。又過了一年，叛軍攻入南京。當時，我侍奉母親僑居在常熟縣的語濂涇，此地介於兩縣之間。七月乙卯日，崑山縣淪陷，癸亥日，常熟縣也淪陷了。我的母親聽說此事後，便不進食，絕食十五天，到己卯日夜晚，她才去世。八月庚辰日天明時，把她的遺體移入棺木中，而第二天叛軍就到了。咳，悲痛啊！母親臨死前說：「我雖是婦人，但身受國恩，與國一同滅亡，則合乎道義。你不要做異國臣子，不要辜負世世代代的國恩，不要忘記先祖留下的家訓，你做到這些，那麼我就可以在地下瞑目了。」咳，悲痛啊！

起初，我母親當媳婦十七年，與祖母共同操持家事。我母親住在另一房間，白天紡紗績布，夜晚則看書至二更才休息。次日天大亮時就起床，梳頭問安，習以為常。她尤其喜愛看《史記》、《通鑑》及本朝政紀等各種書籍，而對劉文成、方忠烈、于忠肅等人的事跡，從我十幾歲時開始，便列舉出來作為教導的範例。祖母去世後，母親監督家事，或大或小都有法度。有一位使女曹氏，伴隨母親直到年老，也是終生不嫁。母親有陪嫁之田五十畝，每年所收穫的全都散發給了三族的親戚，私下沒有什麼積蓄。

母親生於萬曆十四年六月二十六日，於弘光元年七月三十日去世，享年六十歲。那年十二月丁酉日，不孝炎武敬奉她的棺木草草葬於父親的墓傍。咳，悲痛啊！戰國時，王孫賈立了齊閔王之子後，他的母親才心安；西漢時，王陵事奉漢高祖後，他的母親才放心。至於我，用什麼來使我的母親安心呢？而我仍然還慚愧地列於這些人中間，並將在天崩地坼之日擇地安葬母親。更何況崇禎皇帝僊逝而沒有正式安葬，其墳墓的封土如同馬鬣一樣。這就是我痛苦而拊心頓足、對仁人義士放聲痛哭的原因。

現在將於隆武三年十月丁亥日，把母親合葬於父親的墳墓，就在曾任過兵部右侍郎的曾祖父所受賞賜的墳墓之東六步五尺之處。想到母親的氣節與貞烈，可以不屈辱仁人義士的筆墨，而我又將以仁人義士為榜樣而成就其志向，並且還要更加自我發奮，以不忘母親的臨終遺言，那麼仁人義士所記載的所謂宏揚以善施及眾人，所謂極其盡忠，也就不只是對一個人一個家庭的褒揚之辭了。

不孝顧炎武哀傷至極，恭敬地以此作為母親的行狀。

【研析】本文寫得迴腸盪氣，感人之至，就是因為字字血、句句淚，悲痛之情溢於言表。且不說全文辭調哀婉，用語凝重，只要讀讀文中依事抒情的諸多段落，便會有痛徹肺腑之感。比如作者在敘述母親絕食而死、臨終遺言及藁葬母親於先父之墓傍時，先後連續三次情不自禁地發出「嗚呼，痛哉」的呼號，彼情彼景，足以使日月失輝，怎能不使人為之落淚呢？古人在談到詩文寫作時有所謂「根情，苗言，花聲，實義」之說，其中把情感視為詩文的根本，這是對的，由本文便可得到確證。

然而，抒情必須依於敘事。離開了好的敘事，所抒之情便成了空洞之物。本文在敘事方面有其獨到之處。作者在交代母親的生平事跡時，主要是轉述沈、張二位先生所撰之〈記〉與〈傳〉，並聲稱自己「不敢溢一辭者也」，這就使母親集「節」與「仁」於一身的事實，具有了真實性。再者，〈記〉與〈傳〉中記錄了不少有關母親行事的細節，這就使人真切感受到了母親品德之高尚。如〈記〉中敘述母親「慕古少君、孟光之為人」，〈傳〉中敘述母親「斷指療姑」等等，都充分顯示出母親之賢慧。也正是因為有了這些感人的細節描寫，所以作者的抒情才能夠產生如此震撼人心的力量。

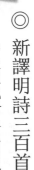

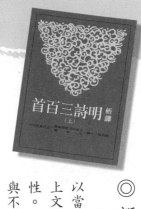

國家圖書館出版品預行編目資料

新譯顧亭林文集／劉九洲注譯.——二版一刷.——臺北市：三民，2020
面；　公分.——(古籍今注新譯叢書)

ISBN 978-957-14-6798-6（平裝）
1.(清)顧炎武 2.學術思想 3.注釋

847.2　　109004075

古籍今注新譯叢書

新譯顧亭林文集

注譯者　劉九洲
校閱者　黃俊郎

發行人　劉振強
出版者　三民書局股份有限公司
地　址　臺北市復興北路386號(復北門市)
　　　　臺北市重慶南路一段61號(重南門市)
電　話　(02)25006600
網　址　三民網路書店 https://www.sanmin.com.tw

出版日期　初版一刷 2000年5月
　　　　　二版一刷 2020年8月
書籍編號　S031770
ISBN　978-957-14-6798-6